HEYNE

Das Buch

Mord am Millionenhügel:
Baltasar Matzbach, der Universaldilettant, gefällt sich in seiner neuen Rolle als Privatdetektiv. Ihn interessiert das Schicksal einer fremden Zahnbürste in seinem Badezimmer. Was er dabei zutage fördert, ist dazu angetan, einer Reihe von achtbaren Stützen der Bonner Gesellschaft die Masken von den Gesichtern zu reißen. Mit Hilfe seiner Freunde beweist er der Polizei, daß einiges, was am Bonner Millionenhügel glänzt, zwar echtes Gold ist – aber Gold, an dem mancher Schmutz und manches Blut klebt.

Und oben sitzt ein Rabe:
Nach dem Doppelmord an einer Frau und ihrem Liebhaber scheint das Motiv klar: Eifersucht und Habgier. Der gehörnte Gatte wird festgenommen. Da schreitet Baltasar Matzbach ein, denn obwohl alles gegen den Angeklagten spricht, ist der Amateur-Detektiv von dessen Unschuld überzeugt. Ein Mensch, der stolzer Besitzer eines räudigen Rabens namens Poe ist und denselben mit Senf-Erdbeertörtchen verwöhnt, kann kein Mörder sein.

Der Autor
Gisbert Haefs, 1950 in Wachtendonk am Niederrhein geboren, lebt und schreibt in Bonn. Als Übersetzer und Herausgeber ist er unter anderem für die neuen Werkausgaben von Ambrose Bierce, Rudyard Kipling und Jorge Luis Borges zuständig. Zu schriftstellerischem Ruhm gelangte er nicht nur durch seine Kriminalromane, sondern auch durch seine farbenprächtigen historischen Werke *Hannibal*, *Alexander* und *Troja*. Zuletzt bei Heyne erschienen: *Roma* und *Das Schwert von Karthago*.

Lieferbare Titel
Das Gold von Karthago – Das Schwert von Karthago – Alexander – Alexander in Asien – Troja – Hannibal – Roma

GISBERT HAEFS

MORD AM MILLIONENHÜGEL

UND OBEN SITZT EIN RABE

WILHELM HEYNE VERLAG
MÜNCHEN

Die Originalausgabe von MORD AM MILLIONENHÜGEL erschien 1981
Die Originalausgabe von UND OBEN SITZT EIN RABE erschien 1983

FSC
Mix
Produktgruppe aus vorbildlich bewirtschafteten Wäldern und anderen kontrollierten Herkünften

Zert.-Nr. SGS-COC-1940
www.fsc.org
© 1996 Forest Stewardship Council

Verlagsgruppe Random House FSC-DEU-0100
Das FSC-zertifizierte Papier *München Super* für Taschenbücher aus dem Heyne Verlag liefert Mochenwangen Papier.

Vollständige Taschenbuchausgabe 02/2006

Printed in Germany 2006
Umschlagillustration: © Lacz/mauritius images
© J. L. Zorzi/Corbis
Umschlaggestaltung: Nele Schütz Design, München
Satz: Leingärtner, Nabburg
Druck und Bindung: GGP Media GmbH, Pößneck
ISBN-10: 3-453-43116-2
ISBN-13: 978-3-453-43116-4

http://www.heyne.de

GISBERT HAEFS

MORD AM MILLIONENHÜGEL

1.

An einem Abend Ende August 1980 teilte mir furchterregender Lärm vor der Tür mit, daß Baltasar Matzbach seine 120 Kilo an mein Domizil befördert hatte – Hupen, das Scheppern der Wagentür, das Schnauben und jener nasale Fanfarenstoß, der meinem Namen entfernt ähnlich klang, waren eindeutig. Ich war kurz vorher aus Bonn aufs Land gezogen und begrüßte die Störung in meinem Exil. Nach weitläufiger Wiedersehensfreude erwähnte Baltasar (er hatte mindestens 100 Gramm abgenommen) seinen grimmigen Hunger. Von Mitleid geschüttelt, schlug ich zehn Eier (zwei für mich) mit reichlich Schinken in mehrere Pfannen und braute Kaffee.

Nach der Vertilgung, unter Beifügung eines halben Graubrots, erzählte Baltasar die wirre Geschichte seines Tages bis zu diesem Zeitpunkt. Ich gebe sie folgend perspektivisch versetzt und sortiert ungefähr so wieder, wie sie sich zugetragen haben dürfte. Die Anzahl meiner Zwischenfragen zur Klärung von Einzelheiten und undeutlichen Schilderungen mag bei fünfzig gelegen haben.

Der Tag hatte für Baltasar Matzbach schlecht begonnen. Gegen Mittag erwachte er, gepeinigt von einem Rudel gegensätzlicher Gefühle. Die pralle Blase nötigte ihn, das Bett um einen schnöderen Ort zu verlassen. Das Sägewerk in seinem Kopf ließ ihn weiteren Schlaf ersehnen. Sein Mund schmeckte, als hätten Caesars Legionen in älteren Fußlappen dort eine nächtliche Marschübung vorgenommen. Aus dem Bett trieb ihn der Hunger; die Magenränder überlappte ein flaues Gefühl, das Ruhe erheischte. Zu allem Überfluß ging draußen ein graues Augustnieseln namens Bonner Sommer um, das aber nicht ausreichte, den Blick auf das Bonner Stadthaus, jene Feste des bürokratischen Terrorismus, zu verhängen. Baltasar hatte vergessen (oder war nicht mehr fähig gewesen), die Vorhänge zuzuziehen. »Und wenn es köstlich war«, knurrte er und setzte sich mühselig auf, »so war es«, schwankend kam er auf seine breiten Füße, »Mühsal und Pein.« Auf dem Heimweg aus dem Bad fiel sein Blick auf die unförmigen Beinkleider, die er Hosen zu nennen beliebte. Sie waren versuchsweise in Falten gelegt und hingen so über einer Stuhllehne. Ein sicheres Anzeichen für besinnungslosen Suff, dachte er, denn ein voll seiner Sinne mächtiger Mensch käme gar nicht erst auf den Gedanken, dergleichen Objekte zu fälteln. Seufzend zog er sich halbwegs an; danach schlurfte er in die Küche seines Altbauappartements, setzte Kaffeewasser auf, riß einen halben Liter Milch aus dem Kühlschrank und goß den kalten Kuhsaft in sich hinein.

Während das Wasser leise zu singen begann, schlurfte Baltasar abermals ins Bad, um nach den dringenden nun die notwendigen Dinge zu erledigen. Kaltes Wasser eröffnete ihm neue Perspektiven. Sodann griff er zur Zahnbürste, um die Spuren der Kohorten zu verwischen. In diesem Moment sah er, zum (bewußt) ersten Mal, was in den folgenden Tagen sein Leben verändern, meine Zeit stehlen und einige ehrbare Bonner Bürger ins Elend stürzen sollte: Neben seiner zartrosa Zahnbürste mit dem günstigen Knickhals stand eine zweite im Becher, gallig grün.

Nachdenklich schlürfte er seinen Kaffee und sog an der ersten schwarzen Zigarre des Tages. Dabei zerbrach er sich den Kopf, wozu allerdings nicht viel gehörte, denn dieser war ohnehin lädiert. Der Albino im Spiegel sah aus wie aller Überdruß des Erdballs in einem Brennglas versammelt. Immerhin – selbst in Bonn, wo viele Dinge möglich sind und viele unmögliche Dinge Gesetz werden, ist das jähe Eindringen einer Zahnbürste in eine abgeschlossene Wohnung ein seltener Vorgang, der Anlaß zur Besorgnis gibt. Baltasar klärte, das heißt: Er dachte mit erhellender Logik nach. ›Da ich‹ – so dachte er – ›mich nicht an die Bürste erinnern kann, wird sie gestern wohl noch nicht dagewesen sein. Bleiben zwei Möglichkeiten: Entweder hat jemand sie in meine Wohnung gebracht und in den Zahnbecher gestellt, während ich weg war. Die Wohnung war abgeschlossen. Außer mir hat nur der Vermieter einen Schlüssel. Anrufen.‹

Der Anruf brachte ein negatives Ergebnis. Der Vermieter äußerte sein Befremden über die Unterstellung, bei Nacht und Nebel Zahnbürsten in vermietete Wohnungen geschmuggelt haben zu sollen. Er empfahl Baltasar zudem, mit solchen Anrufen bis zum nächsten 1. April zu warten.

Fortgang des Denkens: ›Oder ich habe die Bürste selbst mitgebracht und in den Becher gestellt. Da ich ein unordentlicher Mensch bin‹ – immerhin, er weiß es – ›hätte ich sie normalerweise auf den Kühlschrank oder in ein Bücherregal gelegt. Sie steht aber im Zahnbecher. Das heißt, siehe Hose in Falten, ich war breit wie eine Flunder, als ich sie angeschleppt habe. Wo bin ich gestern abend gewesen? An einige Kneipen erinnere ich mich, an andere nicht. Ich nehme aber an, daß da, wo in meiner Erinnerung ein Loch ist, gestern abend noch ein paar Kneipen waren. Aber in welcher Bonner Kneipe kriegt man nach Mitternacht Zahnbürsten? Muß ein merkwürdiges Lokal sein.‹

Die Uhr zeigte kurz nach eins, als Matzbach soweit gediehen war. Er wußte, daß es nun sinnlos war, etwas zu unternehmen, da alle Leute, an deren Anwesenheit in der einen oder anderen Kneipe er sich erinnern konnte, tagsüber arbeiteten. (Beamte gehören nicht zu seinem Freundeskreis.) Also verschob er weitere Nachforschungen auf den Abend und begab sich an seinen Schreibtisch.

Die Frage, was er an seinem Schreibtisch tat, steht in Zusammenhang mit einigen anderen Fragen, die ich ebensowenig beantworten kann. Nämlich, um nur die vorlautesten zu nennen: Wer ist Baltasar Matzbach, was treibt er, was treibt ihn, woher kommt er, wovon lebt er und so weiter. Baltasar ist in erster Linie fett; manchmal habe ich den weitergehenden Verdacht, daß er an Elephantiasis der Seele leidet, aber diese Vermutung ist so ungeheuerlich, daß man sie ignorieren kann. Er wurde 1939 geboren, wuchs nach dem Bombentod seiner Eltern bei Großeltern auf, war ein helles Kerlchen und studierte Philosophie und Atomphysik. Mit ungefähr 25 Jahren machte er eine Erfindung und entwickelte ein Patent für etwas an einem Betatron, das so kompliziert ist, daß er es selbst nicht mehr erklären kann. Hauptsache ist aber, daß diese Erfindung verwendet wird und ihm immer noch nette Tantiemen einbringt. Anschließend komponierte er eine Weile vor sich hin und zeugte einen Evergreen, einen absolut blödsinnigen Schlager, der aber auch noch immer läuft und Penunse zeitigt. Nachdem seine Finanzen so auf einigermaßen sicheren Füßen standen, gewann er auch noch im Lotto und ergab sich der sinnlosen Bildung. So stammt aus seiner Feder ein in Fachkreisen geschätztes Büchlein über *Monotheistische Strömungen des inselkeltischen Druidentums.* Dann hielt er sich eine Weile an der bretonischen Küste auf, bevor sie von der Völkerwanderung des Tourismus verwüstet wurde, als Mäzen und Manager junger Künstler, Veruntreuer von frühen Touristinnen und Privatdozent gegen Okkultismus. Dabei verfaßte er zwei weitere Bücher: *Schamanistische Einflüsse in die Analekten des Konfuzius* und *Sexualpathologische Aspekte der Psychokinese.* Im Lauf der Jahre betrieb er noch viele weitere unsinnige Dinge, die ihm aber ausnahmslos zu Gold gerannen. Ich erinnere mich, daß ich ihm im August 1979 heftig davon abriet, eine knapp sechsstellige Summe in Gold zu investieren. Als er auf dem Höhepunkt des Booms im Frühjahr 1980 wieder verkaufte, lud er mich für die guten Ratschläge zu einer Currywurst mit Fritten ein.

Zudem betreut er seit Jahren die wöchentliche Kolumne ›Fragen Sie Frau Griseldis‹ einer großen Illustrierten. Abgesehen davon, daß dieser Kummerkasten gut dotiert ist, ist Matzbach natürlich infolge seiner umfassenden Bildung bestens für Ratschläge in Lebens- und Herzensfragen geeignet und stockt seine Bildung im Verlauf dieser Tätigkeit weiter auf; sein Schatz an abenteuerlich verquasten Anekdoten und Problemstellungen reicht aus, ganze UNO-Sitzungsperioden zu überbrücken, ohne etwas zu versäumen.

An diesem Nachmittag befaßte er sich mit nämlicher Kummerpost. Dabei lachte er mehrmals so herzlich, daß er die Zahnbürste für eine Weile vergaß. (Ich fragte ihn abends, als er sich auf meinem Teppich lümmelte, ob ihm im Verlauf des Tages, nach Abklingen des Katers, nie die Absurdität seines Problems aufgegangen sei; er wies das weit von sich. Dazu mehr später.)

Am frühen Abend begann er zu telefonieren. Nach einigen vergeblichen Versuchen mit Leuten, die entweder nicht zu Hause waren oder ihn am letzten Abend nicht gesehen hatten, erreichte er Edgar Römertopf, auch Doc genannt, einen abnorm häßlichen Gynäkologen und Herzensbrecher. Bereits nach dem vierten Piepser hob Römertopf ab.

»Ja«, sagte er verbindlich.

Baltasar zog den Inhalt seiner Nase hoch. »Ich«, sagte er präzise. »Ein Mysterium.«

Edgar lachte höhnisch. »Du bist kein Mysterium«, sagte er, »du bist ein fettes Scheusal.«

Baltasar machte: »Hm, hm. Du mißverstehst. Ich bin an diesem donnersten Tage mit einem Mysterium befaßt.«

Pause. Edgar schien die Sprechmuschel mit einer Hand zu verdecken und jemandem etwas zu sagen. Dann meldete er sich wieder.

»Aha.«

»Ja, und zwar habe ich eine Zahnbürste entdeckt.«

Römertopf schien zu nicken. »Irrsinnig interessant«, sagte er.

»Nicht wahr? Sie steckt in meinem Zahnbecher neben meiner Bürste, und die war gestern noch allein.«

Edgar kicherte. »Hast du schon in deinem Bett nachgesehen?«

»Da ist niemand.«

»Ich dachte nur. Das Mädel, das du dir gestern geangelt hast, könnte ja vielleicht eine Bürste als Marschgepäck gehabt haben.«

Baltasar runzelte die Stirn. »Welches Mädel?«

»Na, diese Topfrau. Tophäßlich.«

»Teurer Freund, du sprichst in Rätseln. Welche Frau?«

Edgar kicherte erneut. »Ach ja, stimmt, du warst ja schon ziemlich hinüber.«

Baltasar räusperte sich. »Ich verbitte mir solche beleidigenden Unterstellungen. Ich war höchstens besoffen.«

»Ziemlich.«

»Nun hilf mir doch mal auf die Sprünge. Ich hab nen Filmriß, und zwar sauber perforiert. Wo und wann hatten wir das Vergnügen miteinander?«

Edgar schnaufte. »Kein Vergnügen. Also, du bist gegen eins in die *Krätze* gekommen, da hattest du schon rosa Äuglein. Dann hast du ungefähr einen Liter Elbling in einer halben Stunde inhaliert, dann noch mal eine Flasche. Zwischendurch hast du versucht, mir und meiner – hm, Entourage mit klaren Argumenten darzulegen, daß Elbling gut ist gegen Curare. War sehr amüsant. Anschließend hast du diese Tussi angemacht. Du hast ihr etwas über die Hege des

Karakulschafs erzählt und ihr die Locken gepinselt, und dann seid ihr abgezogen.«

»Wie gepinselt?«

»Pfotenmäßig. Also, am Schluß warst du so breit, daß dich jede Scholle mit ›Hallo, Bruder‹ angeredet hätte. Das ist aber auch die einzige Entschuldigung, die du hast.«

»Entschuldigung wofür?«

»Na, für die öffentliche Demolierung der Ästhetik.«

»Wie soll ich das verstehen?«

»Also, dir so nen Ofen auf die Matratze zu nageln ...«

Baltasar grübelte eine Weile. »Ich weiß von nichts, und zwar *nichts*. Hast du diese bemerkenswerte Dame, die deine Zunge beflügelt, schon mal gesehen?«

»Die ist, glaub ich, immer in der *Krätze*, wahrscheinlich oft mit Zahnbürste.«

»Okay, wenigstens eine Spur. Bist du nachher zu Hause? Ich melde mich. *Hasta luego*.«

»Bis die Tage.«

Nach dem Telefonat verließ Matzbach die Wohnung und schlenderte durch die Straßen der sogenannten Altstadt zu seinem Wagen, den er in der Paulstraße geparkt hatte. (Für Nichtbonner sei angemerkt, daß die Altstadt zu einem Teil aus Kneipen besteht und deshalb so heißt, weil dort alles, was etwas älter aussah – oder fast –, in den letzten Jahren unter dem Titel *Sanierung* abgerissen wurde.)

Kurz vor acht betrat er die *Krätze*.

Tatsächlich hockte vor dem Tresen ein Wesen, das aus Römertopfs Mund zu kommen schien. Die Dame sah ihm entgegen und widmete ihm ein schadhaftes Lächeln.

»Na, suchst du mich?«

Baltasar hielt Abstand. »Entschuldige«, sagte er vorsichtig, »aber ich glaube, ich weiß nicht mehr viel.«

Sie kicherte. Ein unangenehmes Geräusch. »Glaub ich. Du warst ganz schön knülle.«

Baltasar zupfte an seinem Kinn. »Ich weiß nur noch«, log er tapfer, »daß ich in deiner charmanten Begleitung diesen finsteren Ort verlassen habe.«

»Just«, sagte sie. »Und dann wolltest du unbedingt noch in den *Pinsel*. Da hatt ich aber keine Lust mehr zu.«

»Und?«

»Na, ich hab dich noch über die Bahn gebracht, weil ich sowieso in der Gegend wohne. Dann bist du im *Pinsel* verschwunden, und ich bin allein ins Bettchen gekrochen.« Sie sah ihn auffordernd an.

»Das tut mir leid«, sagte er hemmungslos, »aber vielleicht begegnen wir uns da drin ja noch mal. Ich danke dir jedenfalls einstweilen.«

Damit ließ er sie hocken und wanderte wieder zu seiner alten, schwarzen Pallas. Wider Erwarten fand er in der Weberstraße einen Parkplatz und stiefelte in den *Pinsel*.

Der Kellner vom Dienst, Gotthold, begrüßte ihn freundlich. »Na, Mann, alles klar? Was macht die Birne?«

Baltasar betrachtete ihn mißtrauisch. »Danke, alles bestens. Sag mal, ich hab nen Filmriß. War ich gestern hier?«

Gotthold grinste. »Körperlich.«

»Wieso?«

»Wenn geistig, dann aber hochprozentig! Du hast bis kurz vor fünf da hinten in der Ecke gestanden und Leichengeschichten erzählt, eine gruseliger als die andere. Und laut! Weißt du wirklich nichts mehr? Echt?«

Matzbach nickte.

»Schade«, sagte Gotthold bedauernd, »die Stories waren ehrlich stark.«

»Ach so«, murmelte Baltasar, »dir geht's um die Stories. Die krieg ich wahrscheinlich wieder zusammen. – Sag mal, war ich allein?«

»Nee. Hattest reichliches Publikum. Haben dir dauernd Bier spendieren wollen.«

»Widerliches Zeug. Hab ich das etwa getrunken?«

»Nein, bist brav bei Wein geblieben. Aber reichlich.«

»Hm, nun ja. Wer war denn dabei, so gegen Ende?«

Gotthold überlegte einen Moment. Er konnte es sich leisten; der Laden war noch fast leer. Schließlich nannte er ein paar Namen, von denen Baltasar die meisten nichts sagten.

»Und dann bin ich kurz vor fünf verschwunden?«

»Richtig. Hast aber brav deine Zeche bezahlt, das heißt, alles, was nicht schon die anderen bezahlt hatten, für deine Geschichten.«

»Bin ich allein rausgegangen?«

»Ja. – Das heißt, warte mal. Da war noch so 'n älterer Knacker, so 'n grauer Typ, weißt du, Haselmaus.«

»Haselmaus?«

»Na ja, so 'n unauffälliger. Hatte die ganze Zeit zugehört und ist dann mit dir zusammen raus. War auch ziemlich breit.«

Baltasar grübelte, konnte sich aber an keine Haselmaus erinnern. »Wie alt war der denn? Älter ist dehnbar. Ich bin auch älter.«

Gotthold grinste wieder. »Nee, du bist fetter. Also, warte mal, ungefähr sechzig, schätze ich. So 'n Greis, Typ Vertreter, grauer Anzug, graues Gesicht, graue Haare, alles wischiwaschi.«

»Hab ich mit ihm geredet?«

»Glaub ich nicht. Ihr seid nur zusammen rausgegangen, das ist alles.«

»Kennst du den?«

»Kann sein, daß er schon mal hier war, vielleicht auch nicht. Weiß nicht. Du, die ganzen Ministerien und Ämter sind voll von solchen. Wenn du einen brauchst, den kriegst du für nen Groschen auf'm Flohmarkt nachgeschmissen.«

Gegen neun trudelte Baltasar dann bei mir ein. Bis er mir die Affäre soweit dargelegt hatte, war es kurz nach zehn. Dann schaute er mich aus seinen grauen Krakenaugen an und fragte:

»Kannst du mir helfen?«

Ich goß uns Kaffee aus der Thermoskanne nach. »Wobei?«

»Bei der Suche nach dem Bürstenhalter.«

»Wieso gerade ich?«

»Na, ist doch logisch.«

Wir hockten auf dem Teppich, zwischen Regalen, halb unter dem kleinen Couchtisch. Durch die offene Verandatür mischten sich abendliches Vogelgezwitscher und das Tuckern der Rheinkähne in die Unterhaltung. Matzbach deutete auf die Regale und den Tisch voller Papiere.

»Als Künstler«, sagte er, »oder so was ähnliches bist du viel nüchterner als die überfantastischen Vierzig-Stunden-Arbeiter, die hinter allem ein Gesetz wittern. Du kannst doch als Poet die einfachen Zusammenhänge zwischen Wolken und Wasser viel sachlicher sehen, ohne gleich in Ergüsse über H_2O und die Meteorologie und was der Science-fiction noch mehr ist zu verfallen.«

Ich lachte herzlich. »Lieber Baltasar, ist dir eigentlich schon aufgefallen, daß deine ganze Sucherei von vorn bis hinten absurd ist?«

Er setzte ein beleidigtes Gesicht auf. »Inwiefern absurd? Ich bitte dich, wenn Zahnbürsten sich selbständig machen und Haselmäuse morgens um fünf in meiner Gesellschaft durch Bonn torkeln, was ist dann noch absurd oder sinnvoll?«

»Wie kann man nur so einen Aufstand machen wegen

einer Zahnbürste. Wirf sie weg, kauf dir für einsfuffzig ne neue und stell sie in deinen Kühlschrank.«

»Ich will wissen, wie eine wildfremde Zahnbürste in mein Bad kommt. Also, hilfst du mir jetzt oder nicht?«

»Wobei?«

»Na, den grauen Mann zu finden.«

»Was willst du denn mit dem?«

»Vielleicht kann der mir weiterhelfen. Graue Männer sind zu allem imstande, das sieht man doch am Zustand der Republik.«

»Wohl wahr. Also – du hast dir in den Kopf gesetzt, deine Zeit mit der Suche nach dem Bürstenhalter zu vergeuden, unwiderruflich?«

»Genau.«

»Aus irgendeinem Grund, abgesehen von deiner üblichen, leichtsinnigen Neugier?«

Baltasar legte sich lang auf den Teppich, verschränkte die Hände hinter dem Kopf und rülpste. Dann starrte er das dreijährige Spinnengewebe an, das wie eine abstrakte Tapisserie in der Ecke über dem Fernseher hing.

»Weißt du«, sagte er versonnen, »die Sache hat mehrere Aspekte. Erstens ist es zumindest merkwürdig, wenn eine Zahnbürste irgendwo mysteriös auftaucht, ohne daß jemand weiß, wie sie dahin gekommen ist. Und bedenke, winzige, vielleicht alberne Dinge können ungeheure Folgen haben. Denk nur an die Maisflut, die nach dem Zweiten Weltkrieg über uns hereingebrochen ist, und alles nur, weil ein Übersetzer *Korn* gleich Getreide mit *corn* gleich Mais übersetzt hat.«

Ich unterbrach ihn, ein wenig hämisch, wie ich zugebe. »Fürchtest du, daß jetzt die Mongolische Volksrepublik eine Lieferung trojanischer Zahnbürsten in die Bundesrepublik startet?«

Matzbach wedelte mit dem rechten Fuß. »Quatsch. Es ist

nur so: Ich finde das merkwürdig. Deshalb will ich wissen, woher die Bürste kommt. Deshalb will ich diesen grauen Mann finden.«

Er richtete sich auf und starrte mich an, als wolle er mich hypnotisieren. »Außerdem«, sagte er, »kennst du ja meine Nase.«

Ich nickte. »Dieses dicke Ding ist mir vom Ansehen bekannt.«

»Gut, gut. Und meine Nase sagt mir, daß da etwas ist. Diesen grauen Mann umgibt ein Geheimnis.«

Ich wußte, daß es jetzt ernst wurde. Baltasars Nase, pataphysisch gesprochen, hatte ihn wirklich noch nie im Stich gelassen. Ihr verdankte er seine finanzielle Unabhängigkeit und viele, viele Geschichten.

»Also deine Nase mal wieder?«

Baltasar stand auf und dräute über mir wie ein Damoklesklops. »Ganz genau, meine Nase.«

Er ging ein paar Schritte zur Veranda, kam wieder zurück und knurrte: »Dieses dicke Ding.«

Halblaut fuhr er dann fort: »Meine Nase sagt, daß da etwas ist, das vielleicht gar nichts mit meiner Zahnbürste zu tun hat – aber da ist etwas. Ich weiß nicht, was. Und selbst wenn ich mich ausnahmsweise von diesem dicken Ding in die Irre führen lasse – wozu lebt der Mensch?«

Ich winkte dankend ab, soweit man im Liegen dankend abwinken kann. »Nicht schon wieder«, sagte ich matt.

Er hob dozierend jene Wurst, die als Zeigefinger zu bezeichnen ich mich nicht aufraffen mag.

»Wenn man nicht gerade seinen Lebensunterhalt verdient, lebt man doch, um etwas zu erleben, an das sich zu erinnern lohnt. Eh? Geschichten, die man sich später, in der Urne, gern noch mal erzählt, weil man keinen mehr zum Zuhören hat. Also: Machst du mit?«

Ich stand ebenfalls auf. Zwar bin ich kleiner als er, aber

trotzdem wirkt er auf ungefähr gleicher Höhe nicht ganz so bedrohlich.

»Hör mal«, sagte ich, »mit den Geschichten hast du ja recht, aber im Gegensatz zu dir muß ich gelegentlich für Brot arbeiten.«

Er betrachtete mißmutig die Papiere und Bücher auf dem großen Tisch am Fenster. Daneben stand die Schreibmaschine, und als ich sie so ansah, schien sie zu knurren und zu winken.

»Hm«, brummte er, »was machst du denn im Moment?«

»Och, nichts Besonderes. Wieder mal ne kleine Auftragsarbeit, Mischung aus Essay und Übersetzung. Mit Termin.«

Baltasar schüttelte traurig den Kopf. »Kannst du nicht mal was Vernünftiges tun? Das Telefon erfinden oder so? Etwas, was Mäuse bringt?«

»Das Telefon ist schon erfunden.«

»Auch wahr. Also, wie steht's?«

»Paß auf: Ich bin bereit, dich gelegentlich durch Zuhören und Mit-dir-durch-die-Gegend-Fahren zu unterstützen. Allerdings nicht vierundzwanzig Stunden am Tag.«

Er schlug mir auf die Schulter. »Abgemacht. Kann ich mal ...?« Er wies auf das Telefon. Ich nickte. Er wählte eine mir bekannte Nummer. Ich gestehe, daß ich immer, wenn ich Baltasar beim Telefonieren zusehe, in Zustände der Verwunderung falle, weil er seine dicken Finger in die Löcher der Wählscheibe steckt, obwohl alle Naturgesetze das Eindringen von Großem in Kleines erschweren.

Nach längerem Warten legte er den Hörer auf die Gabel. »Der Römertopf«, sagte er mißmutig, »ist nicht vorhanden, oder er will nicht gestört werden.«

»Was willst du denn von ihm? Noch mehr Hilfstruppen?«

Er schüttelte den Kopf. »Ihn noch mal was zu gestern abend fragen. Aber egal. Brechen wir?«

Wir brachen.

2.

Auf der Fahrt in die Stadt fiel Baltasar ein, daß er am vergangenen Abend auch Moritz von Morungen gesehen hatte, einen weiteren Bekannten, zu dessen Obliegenheiten als Lokalreporter einer der Zeitungen des Umkreises auch die Berichterstattung über Kriminalfälle gehört.

»Vielleicht«, sagte Baltasar zum Lenkrad, »hat er ja ausnahmsweise mal einen kriminalistischen Tip.«

Moritz wohnt in der Nähe der Poppelsdorfer Allee, in einem vornehm renovierten, villenartigen Bau von etwa 1890, zweite Etage. Von der Straße aus war zu sehen, daß bei ihm Licht brannte. Ich schaute auf die Uhr: kurz nach elf. Wie üblich gab es keine Parkplätze, aber jede Menge Blech zwischen den alten Kastanien und den neuen Neonlaternen, und wie üblich parkte Baltasar sein Vehikel unter souveräner Mißachtung aller Verkehrsregeln.

Die Eingangstür des Hauses war nur angelehnt. Wir stiegen die Treppen zur zweiten Etage hinauf; Baltasar klingelte mehrmals und energisch. Nach einer kleinen Weile öffnete sich die Tür; Moritz stand vor uns und lächelte. »Ah, die günstigen Nachtschwärmer«, sagte er. »Was verschafft mir das Vergnügen?«

Er blieb in der Tür stehen. War barfuß, trug eine leichte Hose und ein offenes Hemd. Ein scharfes Auge konnte die nicht sehr gründlich verwischten Lippenstiftspuren kaum übersehen.

»Eh, Moritz«, sagte Baltasar, »haben wir uns gestern gesehen?«

Moritz nickte. »Filmriß, altes Ekel?«

Baltasar bestätigte. Weitere Fragen, unter anderem nach

einem grauen haselmausartigen Mann, führten zu nichts. Moritz hatte nichts gesehen.

»Hör mal«, sagte er, »ich komme morgen bei dir vorbei, so gegen sechs, ja?«

Wir verabschiedeten uns und stiegen die Treppe wieder hinunter. Baltasar sah mich von der Seite an. »Das war ja deutlich«, sagte er grinsend.

Dann, eher zu sich selbst: »Also, entweder war da schon verschärfte *action* im Gang, oder die Frau ist dumm, oder hübsch, oder häßlich, oder einer von uns kennt sie, oder er will nicht, daß jemand sie sieht. Jedenfalls ist etwas nicht so, wie es sein sollte. Wir leben in würdelosen Zeiten.«

Mit den letzten Silben, die er von sich gab, als wir das Haus wieder verlassen hatten, rannte er gegen einen nächtlichen Wanderer, der mit einer Dame das Viertel durchquerte. Der Mann musterte ihn unfreundlich und fragte:

»Haben Sie was gesagt?«

Baltasar betrachtete ihn und die wie zur feierlichen Eröffnung der Brutsaison aufgetakelte Drohne an seinem Arm aufmerksam; dann verneigte er sich und erwiderte elegant:

»Nichts von Bedeutung, mein Herr. Nur, pardon, Madame, eine erfreute Sentenz über die wohlriechenden Essenzen, in denen Ihre Begleiterin, dieser liebliche Kampfroboter, zu baden pflegt. Kampfer, nehme ich an. Ah, welch orientalische Wollust!«

Damit ließ er die beiden stehen, die ihm sprachlos nachblickten, und ging zu seinem Gefährt. Ich beeilte mich, ihm zu folgen, um nicht in irgendwelche Gefechte verwickelt zu werden.

»Das war«, erklärte Baltasar, als wir weiterfuhren, »die demographische Mitte der Bonner Bevölkerung, repräsentativ für Regierung und Regierte gleichermaßen.«

Ich verschluckte alle gegen Baltasar nutzlosen Antworten und fragte statt dessen: »Was jetzt?«

Baltasar blickte auf die Uhr und ignorierte eine rote Ampel. »Hm, also *Gamsbart, Kuhle* und *Lauseck* müßten wir noch schaffen.«

Das hieß: Er wollte alle Lokale im weiteren Umkreis des *Pinsel* abgrasen.

Ich war skeptisch. »Also, *Lauseck* kann ich mir nicht vorstellen. Hör mal, da hängen doch immer noch vor allem Linke und Grüne rum. Was soll da eine sechzigjährige Haselmaus?«

Baltasar rümpfte die Nase. »Ah, man darf nichts ausschließen. Vielleicht ist er ja ein verkappter DDR-Agent und hat 'ne Sekretärin gesucht.«

In der *Kuhle* trieben sich die üblichen Kurzen zu ohrenbetäubendem Reggae herum. Baltasar hielt einen fest und sagte:

»Hast du deine Hausaufgaben schon gemacht?«

Der Junge sah ihn an, als käme Matzbach vom Mars, riß sich los und sagte etwas, was sich wie »Hau ab, alter Sack« anhörte.

Als wir wieder draußen waren, schüttelte Baltasar den Kopf. »Die sind so frech wie ich, Unverschämtheit.«

Im *Gamsbart*, einer normalen Kneipe, hockte ein flüchtig Bekannter, der bei unserem Anblick aufschrie, endlich kämen die beiden Strohmänner für seinen Skat. Baltasar sah mich an; ich nickte; er blickte auf die Uhr.

»Na ja«, sagte er, »ich glaub eh nicht, daß wir heute unseren Mann noch finden.«

»Wen sucht ihr denn?« fragte der Skatspieler.

Baltasar machte eine wegwerfende Handbewegung. »Ach, so nen kleinen grauen Mann, Haselmaustyp, weißt du, um die Sechzig, der gestern abend im *Pinsel* war. Ich hatte gehofft, er wäre vielleicht auch mal hiergewesen.«

»Ach, so 'n Knacker, der gestern die ganze Zeit zugehört hat bei deinen makabren Geschichten?«

Baltasar kriegte rosa Ohren. »Warst du auch im *Pinsel*?«

»Ganze Weile, aber du warst viel zu breit, um irgendwen zu erkennen.«

Er wandte sich an eine Studentin, die manchmal kellnerte und ihren freien Abend in der gleichen Kneipe verbrachte. »Sag mal, du kennst den doch, ne? Hat der dich nicht neulich mal angemacht? So 'n alter grauer Typ.«

Das Mädchen erinnerte sich. Der Mann, sagte sie, sei ein paarmal dagewesen, meistens relativ früh am Abend, hätte auch mal was gegessen. »Fieser Typ, irgendwie schmierig. Hat mich mal, als er voll war, mit seinen klebrigen Fingern angegrapscht, so allgemein Richtung Busen, und wollte mir sein Herz ausschütten. Klaus heißt er. Mann, ich hab nix gegen Opas, solang sie mich nicht anfassen. Hab ihm gesagt, er könnte mich ruhig siezen. Nächsten Tag ist er wiedergekommen, war ganz verschüchtert, hat sich entschuldigt.«

Baltasar strahlte. »Ha, eine Spur! Darf ich dir in allen Ehren und ohne Grapschen eins ausgeben?«

Die Studentin lachte. »Klar doch. Suchst du den?«

Baltasar nickte.

Sie runzelte die Stirn. »Also, der kommt nicht regelmäßig, aber zweimal die Woche bestimmt. Ob er gestern hier war, weiß ich nicht; ich war gestern nicht da. Kommt aber bestimmt wieder.«

Baltasar bestellte eine Runde Cognac und prostete ihr zu. »Kannst du mir noch was über ihn erzählen?«

»Ja, also, nicht viel. Ist nicht verheiratet, hat jedenfalls keinen Ring. Außerdem hat er was für Jüngere übrig. Mich hat er angefaßt, und dann hat er mal hier mit ner Illustrierten gesessen, ist schon paar Wochen her. Da war 'n Bericht über irgendeinen Macker drin, Bundestagsabgeordneter, glaub ich, der irgendwo in Bonn wohnt, nee, wart mal, Godesberg, in so nem vornehmen Viertel. Waren 'n paar Fotos bei, die hat der Mann mir gezeigt. So ne Villa am Hang. Und was er vor allem angestarrt hat, waren Bilder von der Familie. Zwei sehr hübsche Töchter, oder so was, hat er gemurmelt. Dann wollte er wissen, wo die Straße wär; die war im Bericht genannt. Wußt ich aber nicht. Ich glaub, dann hat er auch noch im Telefonbuch nachgeschaut. Aber die großen Kanaken haben ja alle geheime Nummern. Jedenfalls stand der wohl nicht drin.« Sie erinnerte sich auch noch an die Illustrierte.

Baltasar war fröhlich und guter Dinge und verlor beim folgenden Skat heftig. Da er nicht mehr als zwei Cognacs und einen Kaffee getrunken hatte, brachte er mich auch noch zurück in mein Exil.

Den folgenden Tag verbrachte ich an der Schreibmaschine. Zwischendurch bewunderte ich das Gedächtnis der kellnernden Studentin, bis mir einfiel, daß Kellner ja am Ende eines Abends meistens noch wissen müssen, was welcher Gast in den letzten Stunden getrunken hat. Das übt. Auch Matzbachs Zahnbürste lenkte meine Gedanken immer wieder ab.

Abends klingelte das Telefon. Baltasar, wer sonst.

»Hast du Lust zur nächsten Runde?«

Ich kam zu dem Schluß, daß es mit meiner Arbeitswut ohnehin nicht gut stand, und bejahte. »Hast du noch was rausgekriegt?«

»O ja, erzähl ich dir später. Treffen wir uns im *Gamsbart*?«

»Was willst du denn schon wieder da?«

»Diese Studentin noch was fragen.«

»Matzbach, Matzbach, willst du die junge Dame anfallen? Heute ist Freitag, und außerdem mag sie keine grapschenden Großväter.«

Er schniefte. »Nix grapschen, du Trottel; fragen. Also, bis gleich?«

»Okay, ich bin in ner halben Stunde da.«

Im *Gamsbart* war noch nicht viel los. Wir hatten beide Hunger; ich aß eine Kleinigkeit, Baltasar deren drei. Er hatte die betreffende Ausgabe der Illustrierten aufgetrieben; die Kellnerin bestätigte, daß es die fragliche sei.

Baltasar hatte das ohnehin angenommen. Sein wirklicher Grund für den Besuch im *Gamsbart* war wohl die Hoffnung, die Haselmaus könnte auftauchen.

Vorsichtshalber, wie er sagte, hatte er aber schon Nachforschungen angestellt. Der Abgeordnete, für dessen Villa und Töchter Haselmaus sich interessiert hatte, wohnte auf dem Godesberger Millionenhügel, Ortsteil Schweinheim. Der Name des Hügels leitet sich aus der Tatsache ab, daß nach dem Krieg, als Bonn provisorische Hauptstadt wurde, hier die ersten Minister und viele der zeitweise um die dreihundert Godesberger Millionäre – Industrielle, Politiker, Anwälte, Ärzte und so weiter – ihre Villen errichtet hatten: im Grünen, außerhalb von Bonn, aber in bequemer Entfernung.

»Vornehme Nachbarschaft«, sagte Baltasar. Bewaffnet mit dem neuesten Bonner Adreßbuch hatte er die Gegend inspiziert.

»Zwei Professoren, noch ein Abgeordneter, ein Großkaufmann, alles, was man nicht braucht.«

Wir unterhielten uns eine Weile über dies und das, spielten einige Runden Offiziersskat, fanden einen dritten Mann für ein paar weitere Runden richtigen Skat und beobachteten zwischendurch eintreffende Gäste. Gegen elf Uhr beschloß Baltasar, daß Haselmaus wohl nicht mehr kommen würde, und schlug einen Lokalwechsel vor.

Wir wanderten auf die andere Seite der Bahn, durch die

Straßen mit den teils heruntergekommenen, teils bunt renovieren Altbauten, an deren Türen zahllose Klingeln und Namensschilder verraten, daß hier fast nur Studenten und Gastarbeiter in mehr oder weniger kleinen Zimmern zu mehr oder – selten – weniger teuren Mieten wohnen.

Im *Lauseck*, einer alkoholischen Goldgrube, herrschte das übliche Gedränge. Anfang der siebziger Jahre hatte hier das versprengte Treibgut der Studentenrevolte in nächtelangen Debatten die gescheiterte Revolution nachgespielt und dem Lokal für die folgenden Jahre den Stempel des kompromißlos linken Trinkens aufgedrückt. Vielleicht das einzige Lokal, das man nicht renovieren durfte, weil mit dem Schmutz, den bröckelnden Wänden, den unbeschreiblichen Toiletten und den sonstigen Accessoires auch das Publikum verschwunden wäre, das genau dieses Interieur wollte.

Der dicke Knut mit dem Walroßbart, seit Jahren hinter dem Tresen verwurzelt, nickte uns durch das qualmende Gewühl zu, als wären wir erst gestern dagewesen. Dabei war es, was mich betrifft, schon einige Jahre her. Nicht, daß ich besondere Abneigung gegen den Laden entwickelt hätte; ich war nur jenseits der Demarkationslinie gezogen, die unter dem Namen Bundesbahn Bonn in zwei Hälften schneidet und eine psychologische Barriere bildet: Man geht nur selten in Lokale, die auf der anderen Seite liegen. Aber an manchen Orten bleibt die Zeit stehen; nicht nur durch die beiläufige Begrüßung fühlte ich mich so, als wäre ich nur ein paar Tage fort gewesen. Im Publikum, neben dem zu erwartenden Nachwuchs, immer noch jede Menge Fossilien von vor zehn Jahren: nicht ausgestorbene ewige Studenten, die wehmütig vom SDS träumen; ehemalige Jusos, die mittlerweile als Anwälte oder Immobilienmakler Geld scheffeln und sich abends schnell, mit Jeans verkleidet, in die wilden Jahre zurückschleichen; in Unehren an den Schläfen ergraute, schneidige Aufreißer von einst; in Ehren verbeamtete Lehrerinnen, die noch den gleichen Unsinn erzählen, mit nostalgischen Nebentönen, wie weiland – repressive Bildungsinhalte, Erziehung zur Kritikfähigkeit und so – und gleichzeitig mangelnden Respekt und Arbeitseifer ihrer Eleven beklagen; in Ehrbarkeit trächtige Mütter, die von den Demos gegen § 218 schwärmen und befinden, daß man keine Kinder in diese schlechte Welt setzen sollte. Einer mit AKW und DKP am Revers der Kordjacke setzt einem anderen auseinander, der sich am Bierglas festhält, daß Kernkraftwerke in der DDR nicht gefährlich sind, weil sie nicht der Ausbeutung dienen. Vehemente Antikapitalisten füttern den von Herrn Gottlieb in Chicago verfertigten Flipper mit Münzen und ereifern sich über den Verlauf der Kugeln. Ein Zoo.

»Und ausgerechnet hierhin soll sich Haselmaus verirrt haben?« sagte ich, als wir zehn Zentimeter Tresen erobert hatten.

Baltasar zuckte mit den Schultern. »Warum nicht? Bei Haselmäusen ist kein Ding unmöglich.«

Es dauerte eine Weile, bis wir unseren sauren Wein bekamen, und eine weitere, bis Baltasar Knuts Ohr für einige ruhige Sekunden und eine Frage geborgt bekam. Zu meiner maßlosen Überraschung nickte der Dicke.

»Kenn ich«, röhrte er durch den Lärm, »kommt seit einiger Zeit ungefähr zweimal die Woche her, meistens früh. Hockt in der Ecke, trinkt Bier und starrt den Mädels auf die Titten. Spielt wahrscheinlich Taschenbillard dabei; manchmal seh ich seine Hände lange nicht auf'm Tresen.«

Dann spülte er eine Weile Gläser und zapfte. Später beugte er sich wieder zu Baltasar vor. »Was is denn mit ihm?«

Baltasar machte eine beschwichtigende Geste. »Nichts Wichtiges. Ich habe dieser Tage abends was verloren, hatte nen Filmriß, und ein paar Leute haben gesagt, der Typ wär mit mir zusammen aus der letzten Kneipe gegangen.«

Der Walroßbart verzog sich zur Travestie eines Grinsens. »Wo seid ihr denn versackt?«

»Im *Pinsel*.«

Der Bart verschob sich diagonal. »Spät?«

Baltasar trommelte auf den Tresen. »Knappe fünf.«

Der Bart rutschte wieder in die Horizontale. »Hat aber lang durchgehalten, der Knabe. Hier zieht er immer so um Mitternacht ab.«

Wieder eine Weile später, als einige Sekunden ohne neue Bestellungen vergingen:

»Verträgt nich viel. Drei, vier Große, und er is hinüber. Neulich isser aus der Tür gefallen. Ich war grad vorn und hab ihn aufgehoben. Hat auf die Uhr gekuckt und was von Bahnhof gemurmelt. Hab ihn gefragt, ob er's weit hat und ob ich ihm 'n Taxi rufen soll. Wollt er nich, konnt sowieso nur noch lallen. Hat irgendwas gesagt wie Taxi zu teuer, drei Stationen oder so, dann ist er abgetorkelt. Mann, war der abgefüllt.«

Kurz nach Mitternacht waren wir am Bonner Bahnhof und standen vor einem Plan, auf dem sämtliche Bus- und Straßenbahnlinien graphisch dargestellt waren.

Baltasar betrachtete die Skizze mit gespitztem Mund. »Warum ist er denn bis zum Bahnhof gewandert?«

»Hier kommen fast alle Linien zusammen«, sagte ich.

Baltasar blickte mich von der Seite an. »Okay, Doktor Watson«, sagte er, »denken wir mal ein paar Takte. Die Bahn können wir ausschließen, nicht wahr? Um Mitternacht gibt's zwar noch Züge, aber wenn das mit den drei Stationen stimmt, dann ist das auch bei nem Bummelzug für die nächsten Örter zu weit, um regelmäßig Streifen durch Bonner Kneipen zu machen, richtig?«

»Richtig. Bleiben also Busse und Straßenbahnen. Und unsere U-Bahn.«

Die U-Bahn ist einer der meistbelachten Gags der Bonner Stadtplaner, die nach einhelliger Meinung der Bevölkerung in eine geschlossene Anstalt gehören. Früher gab es eine Straßenbahn von Mehlem im Süden bis ungefähr zum Bonner Bahnhof. (Er heißt Hauptbahnhof, aber das will mir nicht so recht über Lippen und Tasten.) Dann konnte man zu Fuß in ein paar Minuten die Rheinuferbahn erreichen, die nach Köln führte. Der Vorteil der U-Bahn besteht nun darin, daß man zuerst die Strecke Godesberg–Mehlem abschaffte, dann etwa ab dem Regierungsviertel ein halbes Dutzend Stationen unter die Erde legte und unter dem Bahnhof eine Anbindung an die alte Rheinuferstrecke schuf. Drei Viertel der Strecke verläuft die Bahn zwischen Godesberg und Bonn überirdisch, in den alten Straßenbahnschienen. Dafür wurden prachtvolle neue Haltestellen eingerichtet.

Ein paar Jahre vor Beginn der U-Bahn-Buddelei wurde die Straßenbrücke über die Bundesbahn gebaut, die Reuterbrücke. Sie war irrsinnig teuer, weil sie zweigeteilt werden mußte. Damals war man der Meinung, die Bonner Straßenbahn könne auf ewig nicht verlegt werden, und der Schienenstrang lief genau dort entlang, wo die Brücke entstehen sollte. Also wurde die Brücke in zwei Teilen gebaut, dazwischen versickerte die Bahn. Später wurde die Straßenbahn zur U-Bahn, mit einer Zeitersparnis von vier Minuten (auf etwas mehr als zwanzig) gegenüber der alten Straßenbahn und mit einem Kostenaufwand von mehreren hundert Millionen DM. Wegen der hohen Personalkosten verschwanden natürlich die Schaffner, und für viel Geld wurden Fahrkartenautomaten aufgestellt, die meistens nicht funktionieren oder gerade dann, wenn man wirklich nur noch ein Fünfmarkstück hat, kein solches schlucken wollen. Abgesehen davon, daß es erfreulicher ist, Karten von einer Schaffnerin zu kaufen, sind damit auch weitere Möglichkeiten für Studenten mit armen Eltern entfallen. Ich kenne einige, die sich ihr ganzes Studium als Schaffner finanziert haben. Aber nicht genug des makabren Spiels: Um sicherzugehen, daß auch alle Fahrgäste Fahrkarten an den Automaten ziehen, patrouillieren gelegentlich Kontrolleure auf der Jagd nach Schwarzfahrern durch die Wagen. Ob man die wohl speziell hat einstellen müssen? Damit nicht die Arbeitsplätze der Kontrolleure gefährdet sind, wird die Stadt wohl demnächst Schwarzfahrer einstellen. Vielleicht Leute aus Mehlem, um sie so wieder an die Zivilisation anzubinden.

Baltasar schüttelte den Kopf. »Ich stelle eine kühne Behauptung auf. Busse können wir ausschließen.«

»Wieso?«

»Kennst du jemanden, der von Busstationen redet? Alle Leute, die ich je über Busse habe sprechen hören, haben von Bushaltestellen gesprochen. Station verweist meiner Ansicht nach eindeutig auf Bahn. Die Straßenbahnen können wir auch ausschalten.«

»Okay, ich hab auch meistens ›Straßenbahnhaltestelle‹ gehört, aber möglicherweise …«

»Darum geht's nicht. Sieh dir die Linien an. Drei Stationen mit den Straßenbahnen, das bringt ihn mit keiner der Linien weit vom Bahnhof weg, das kann er alles in fünf Minuten zu Fuß haben. Wenn er Richtung Dottendorf fährt, kommt er mit drei Stationen ungefähr bis in Höhe *Lauseck* zurück. Und in den anderen Richtungen gerade bis zum Bertha-von-Suttner-Platz. Lohnt sich also nicht. Übrigens bringen ihn auch drei Busstationen nirgends weit. Nein, er hat die U-Bahn genommen.«

Wir studierten die Strecke. Da wir beide Autofahrer sind, kennen wir die Bahn nicht sehr gut, jedenfalls nur so, daß es zum Spotten reicht.

»Tja«, sagte ich, »das wäre dann also Tannenbusch-

Mitte, Richtung Köln. Drei Stationen Richtung Godesberg brächten ihn vom Bahnhof wieder zurück bis in Höhe *Lauseck*.«

Matzbach sah mich zufrieden an. »Siehst du«, sagte er, »du bist mir eben doch eine große Hilfe. Wär ich nie drauf gekommen.« Er lachte wie über einen guten Witz. »Aber warum ist er nicht in Richtung Rhein gegangen, bis zum Juridicum oder zum AA, um die Bahn schon vor dem Bahnhof zu erwischen?«

Ich erinnerte mich an meine Gefühle beim Überqueren der Bahngeleise. »Erstens ist es nicht wesentlich kürzer. Zweitens, und das ist wichtig, ist die Bahn dazwischen, diese Trennmauer. Wenn ich mit zugehauenem Kopf unterwegs wäre, würde ich immer auf der Seite der Bahn bleiben, wo ich bin.«

Baltasar akzeptierte die Begründung und wies auf den Fahrplan. »Hier«, sagte er, »ungefähr um Viertel nach zwölf fährt die letzte Bahn in diese Richtung. Kommt hin.« Er strahlte. »Was machen wir jetzt? Wollen wir versacken?«

Mir war nicht danach zumute. »Ich würde lieber, solange ich noch nüchtern bin, nach Hause fahren.«

»Okay. Schade, daß die Bahn schon weg ist, sonst hätten wir nachsehen können, ob Haselmaus reinsteigt. Na ja. Was machen wir morgen?«

Wir verabredeten uns zu einem längeren Frühstück gegen zehn in Baltasars Wohnung.

Auf der Heimfahrt fragte ich mich noch mehrere Male, ob ich wirklich so verrückt war, mich auf dieses hirnrissige Unternehmen einzulassen, das weder einen sinnvollen Anfang noch ein ergiebiges Ende zu haben schien. ›Aber‹, dachte ich, ›mal sehen, was der Samstag bringt. Spätestens morgen abend steige ich aus.‹

3.

Es bereitet mir jedesmal ein perverses Vergnügen, bei Tageslicht die Breite Straße zu durchwandern. Ich gebe zu, daß ich häufiger nachts dort anzutreffen bin, im eigentlichen Kneipenviertel, der sogenannten Altstadt, aber das Tageslicht hat den Vorteil, gewisse Perspektiven sichtbar zu machen. Dazu zählt der Blick auf ein weiteres Meisterwerk der Bonner Planer und Bürokraten, die sich seit Jahren nach Kräften darum bemühen, die Stadt unbewohnbar zu machen. Glücklicherweise reicht dazu ihre intellektuelle Kapazität nicht aus; das ist nicht sehr überraschend, denn bei ausgeprägteren geistigen Gaben wären sie nicht in Politik oder Verwaltung gegangen, sondern hätten etwas Anständiges gelernt.

Von der Altstadt gesehen, reckt sich jenseits bunter Jugendstilfassaden ein Betonmonster in den Himmel, Herausforderung an die Götter, deren Nichtexistenz durch das Fortdauern des Gebäudes belegt scheint. An dunklen Tagen sieht das Ganze so aus, als wüchse aus Wolken ein gigantischer Abszeß nach unten, bereit, jederzeit zu platzen. Der Eiter hört auf den Namen Stadtverwaltung. Das Stadthaus ist etwa so ästhetisch in die Umgebung, eingepaßt wie ein Bunker zwischen Pagoden. Der Amtsschimmel hat zahllose Altbauten weggefurzt, um dieses bizarre Exkrement zu äpfeln. Nach der Eingemeindung von Godesberg und anderen Ortschaften sollte die Verwaltung zentralisiert werden. Man wollte alle Ämter an einem Ort, in einem Bau zusammenfassen. Als das Ungetüm fertig war, stellte man fest: Es ist zu klein. Deshalb gibt es in Godesberg und anderswo nach wie vor Rathäuser.

Als ich an diesem ersprießlichen Samstag morgen nach kurzer Wanderung vorbei an geschlossenen Lokalen und emsigen Bäcker-, Metzger- und Tante-Emma-Läden Baltasars Domizil erreichte, bot sich mir das nächste Idyll.

Baltasar Matzbach, ein Fettfleck im gelben Kimono, hockte, der statischen Hast des Verweilens ergeben, in seinem Lebensraum, dessen Beschaffenheit trefflich umrissen werden kann mit dem Satz: Auch das absolute Chaos birgt einen Kern der Vollkommenheit. Auf einem schwankenden Bücherstapel ein Paar Schuhe, zwischen leeren Weinflaschen ein Totenschädel, auf dem Schreibtisch ein riesiger Honigtopf, an der Wand über der Sitzbank Boschs *Garten der Lüste*, darunter besagter Baltasar im Kimono an einem bemerkenswert aufgeräumten Frühstückstisch mit Brötchen, Kaffee, Aufschnitt, Käse und Eiern, aber auch Schnürsenkeln und einem überdimensionalen Sparschwein, dessen Kinn Baltasar geistesabwesend kraulte, während er Zeitung las.

Das Bild überwältigte mich, und die Rührung vertrieb alle harten Worte, die ich über den Unsinn seines Unternehmens hatte sagen wollen. Ich küßte ihn auf die Stirn.

»Ah, ah«, sagte er, »setzen!«

Ich wischte seine Socken von einem Stuhl und setzte mich gehorsam. »Hör mal«, sagte ich, »deine Tür stand auf. Bist du sicher, daß du sie nicht auch vorgestern aufgelassen hast?«

Baltasar betrachtete mich mißtrauisch. »Warum?«

»Na, dann hätte doch irgendwer reinkommen und die Zahnbürste in deinen Becher stellen können.«

Er schüttelte den Kopf und zeigte den Gesichtsausdruck der Fassungslosigkeit. »Aber wer sollte so etwas Absurdes tun? Würdest du in eine zufällig offene Wohnung eine Zahnbürste schmuggeln?«

Nun war ich sprachlos. Ich goß mir Kaffee ein, sezierte ein Brötchen und versah es mit Butter und Schinken.

»Also«, sagte ich dann mit vollem Mund, »vielleicht sollten wir, bevor wir uns über andere Dinge unterhalten, erst mal klären, was du unter absurd verstehst.«

Baltasar schälte ein Ei, stopfte es komplett in den Mund und zwinkerte. »Wieso?« sagte er undeutlich.

»Du bist nach mehreren Telefonaten zu dem Schluß gekommen, daß es absurd wäre, wenn dir jemand eine Zahnbürste in die Wohnung schmuggelte. Es erscheint dir aber nicht als absurd, wegen eben dieser Zahnbürste nächtelang durch Kneipen zu ziehen und Leute nach einem grauen Haselmausmann auszufragen.«

Baltasar grinste. »Nein. Erscheint es mir nicht, richtig. Außerdem ist das eine prima Ausrede für einen ausgiebigen Zug durch die Gemeinde.«

»Da geb ich dir recht. Aber du wirst wohl nicht behaupten, daß du im Ernst weitermachen willst, oder?«

»Aber klar doch. Es wird doch erst interessant.«

»Und was versprichst du dir davon?«

»Ich will wissen, woher die Zahnbürste kommt. Und wieso sich so viele Leute an einen kleinen grauen Mann erinnern, von dem keiner etwas weiß, außer daß er Kellnerinnen begrapscht und Taschenbillard spielt.«

»Mein Gott«, sagte ich, »die Stadt ist voll von kleinen grauen Männern.«

Baltasar nickte. »Du kannst ruhig Baltasar zu mir sagen, wenn wir unter uns sind. – Was die grauen Männer angeht, von denen die Ämter wimmeln: Geh doch mal von Kafka aus.« Er wies aus dem Fenster auf die Impertinenz des Stadthauses. »Eine labyrinthische Organisation von Irren, die U-Bahn, Stadthaus und die ganzen anderen Dinge fertigbringt und der ein ewig lächelnder Schleimi vorsteht, in dessen Familie das Amt des Bürgermeisters dieser demokratischen Hauptstadt erblich ist – eine derartige Organisation ist zu allem fähig.«

Er schwieg einen Moment und griff zum nächsten Ei.

»Sieh mal«, sagte er, wobei er das Ei zu schälen begann, »die sind doch alle überflüssig und wissen es. Bauern, Metzger und Schreiner sind wichtig; Organisten und Gaukler und Schlagersänger auch, der Mensch braucht schließlich Unterhaltung. Aber was sollen wir mit Politikern? Brauchen wir die, damit sie mit anderen Politikern verhandeln können? Das heißt, ihre Existenz ist ihre Existenzberechtigung. Zu mehr hat's bei ihnen nicht gereicht; früher wären sie Wegelagerer geworden. Die Marodeure im Parlament sind also in erster Linie damit beschäftigt, ihre Notwendigkeit zu beweisen. Deshalb erlassen sie Gesetze, die kein Mensch braucht und die kein Mensch versteht. Deshalb gibt es Anwälte, die man zu Hilfe nimmt, um mit den Gesetzen fertig zu werden, die man nicht braucht. Und überflüssige Verwaltungen zur Durchführung überflüssiger Gesetze. Tausende grauer Männer sind dauernd damit beschäftigt, Formulare zu erfinden und auszufüllen, deren einziger Zweck es ist, ausgefüllt zu werden. Alle leben von dem Geld, das anständige Menschen erarbeiten. Und wenn man zu ihnen geht, um irgendein Formular zu bekommen, das von unserem Geld angefertigt wird und das wir nicht brauchen, muß man auch noch dafür bezahlen. Pässe, zum Beispiel. Im Orient heißt es Bestechung, bei uns Gebühr. Wozu brauch ich einen Ausweis? Ich weiß, wer ich bin. Ah, der Herr Staat will wissen, wer ich bin. Er mißtraut mir. Deshalb kassiert er mein Geld ein; davon bezahlt er Beamte, die stellen mir einen Ausweis aus, für den ich extra bezahlen muß; den zeige ich dann anderen Beamten, die auch von meinem Geld leben, und die nehmen mir dann wieder Geld ab, wenn ich in einer Straße parke, die von meinem Geld gebaut worden ist. Das heißt: Wir finanzieren eine Sorte von Beamten, die uns Formulare ausstellt, damit wir sie einer anderen Sorte von Beamten vorzeigen. Damit ist ihre Existenz erschöpft. Wenn sie nicht alle darauf angewiesen wären, daß wir mitspielen und bezahlen, wäre das Ganze ein perfektes Perpetuum Mobile, ein in sich geschlossener Kreis des Irrsinns, der zwar nichts mit der Realität zu tun hat, aber so gewalttätig ist, daß er die Realität zu verdrängen beginnt. Und wohin du siehst und wie weit du auch die Pelle abziehst, anders als bei diesem Ei findest du nie einen Inhalt, sondern nur Luft.«

Sprach's und verschluckte das zweite Ei.

Ich applaudierte. »Baltasars Wort zum Samstag«, sagte ich. »Herr Matzbach, wir danken Ihnen für diesen Monolog.«

Er hob die Hand. »Ich bin noch nicht fertig. Alle Menschen sind böse, deshalb gibt es die Kriminalpolizei. Eine der wenigen sinnvollen Einrichtungen. Und ausgerechnet die ist hier in Bonn personell hoffnungslos unterbesetzt. Warum? Wenn sie genug Leute hätten, könnten sie auf den naheliegenden Gedanken kommen, statt kleiner Gauner zunächst mal die Ursachen zu beseitigen und den gesamten öffentlichen Dienst wegen selbstgenügsamen Irrsinns, epidemischer Absurdität und Ausbeutung der Nation festzunehmen.«

Ich nickte; was hätte ich auch sonst tun sollen? »Schön«, sagte ich, »aber können wir jetzt vielleicht noch mal von deiner Zahnbürste reden?«

»Moment«, knurrte Matzbach, »dazu komme ich gleich. Der langen Rede kurzer Sinn: Die grauen Männer sind permanent damit beschäftigt, ihre Existenz zu rechtfertigen. Das ist ein gewaltiges Komplott, das spätestens bei Plato anfängt. Ich bin davon überzeugt, daß irgendwo eine geheime Behörde damit beschäftigt ist, neue Maßnahmen auszuhecken und ihre Durchführung zu koordinieren, um die erfundene Notwendigkeit des Staats zu untermauern. Dazu gehören bestimmt auch Ablenkungsmanöver, die die

Leute vom Denken abhalten sollen. Vielleicht gibt es eine Fünfte Kolonne, die neuerdings wahllos Zahnbürsten an den unmöglichsten Stellen deponiert, um die Bürger zu verwirren. Vielleicht ist Haselmaus einer ihrer Agenten.«

Als ich meinen Lachanfall durchgestanden hatte, wagte ich einen kleinen Einwand.

»Matzbach, Matzbach«, sagte ich, mit einiger Mühe, »damit unterstellst du einem Apparat, den du selbst als schwachsinnig ansiehst, Einfallsreichtum und Kreativität von fast dadaistischen Ausmaßen. Ist das nicht ein Widerspruch?«

Baltasar stand auf, wobei er sich heftig schüttelte. »Keineswegs. Was vernünftigen Menschen wie uns, die normal denken, als bizarrer Einfall erscheint, kann im Rahmen dieser Maschinerie ganz einfach und logisch sein.«

Daß Baltasar sich als vernünftigen, normaldenkenden Menschen bezeichnete, gab mir den Rest.

»Okay.« Ich gluckste. »Und was machen wir jetzt?«

Etwa eine Stunde später stiegen wir in der Nähe der U-Bahn-Station Tannenbusch-Mitte aus Baltasars Wagen. Die Linie verläuft hier nicht mehr unterirdisch, sondern in einem tief eingeschnittenen Kanal. Die kanalisierten Lebewesen, die hier die Transportkäfige verlassen, stehen in der Trostlosigkeit synthetischer Wohnsilos, und der Eindruck alptraumhafter Irrealität wird verstärkt durch Straßennamen, die untergegangene Orte des deutschen Ostens beschwören.

»Wie viele Leute springen hier jeden Tag aus dem Fenster?« murmelte Baltasar. Und: »Von fern ist Tannenbusch schon schlimm genug, aber mittendrin …«

Ich fürchtete eine weitere monologische Eruption, deshalb sagte ich schnell: »Wo willst du denn hier Herrn Haselmaus finden?«

Ich deutete auf die Riesenhäuser rechts, links, vor uns. Baltasar bedachte mich mit einem geringschätzigen Seitenblick.

»Denk mal ein bißchen, Watson«, sagte er.

Ich dachte, kam zu der Folgerung, daß Baltasar verrückt sei und sagte es ihm.

Er kicherte. »Ernsthaft. Die Idee, daß man eine Nadel in einem Heuhaufen versteckt, ist mir schon immer als albern erschienen.«

»Suchen, lieber Baltasar. Im Sprichwort geht es nicht um Verstecken, sondern um Suchen.«

Er zerschmetterte mich mit einer Grimasse. »Erstens, du Trottel, ist es kein Sprichwort, sondern eine Redewendung. Zweitens muß ja jemand die Nadel in den Heuhaufen gesteckt haben, bevor du sie suchen kannst. *Ver*steckt also. Bäh.« Er holte tief Luft. »Wenn du eine Nadel wärst und dich verstecken wolltest, wo würdest du dich verstecken?«

Ich spielte gelehriger Schüler. »In einem Nadelhaufen, großer Meister.«

Gönnerhaft klopfte er mir auf die Schulter. Er zog mich zu einem der entsetzlichen Gebäude. Während wir die Straße überquerten, sagte er:

»Und wo sollte sich eine kleine graue Haselmaus besser verstecken als unter lauter kleinen grauen Haselmäusen in zahllosen kleinen grauen Haselmauskäfigen? So unästhetisch das alles ist: Ich finde es philosophisch sehr befriedigend, daß Haselmaus sich ausgerechnet in Tannenbusch versteckt.«

»Vielleicht«, sagte ich, während wir uns einer Bäckerei näherten, »hat aber keiner die Nadelmaus in den Mäusehaufen gesteckt, sondern sie ist verlorengegangen.«

Er hörte nicht zu, sondern ging in die Bäckerei, wo er sich nach Hotels, Pensionen und Vermietern möblierter Zimmer erkundigte.

»Hm«, machte er, als er wieder draußen stand und die Häuserblocks betrachtete, »ich glaube, wir sollten uns auf Privatzimmer konzentrieren. Hotels und so sind dünn gesät und liegen alle weiter drüben, in der Nähe der zweiten U-Bahn-Station. Außerdem wird Haselmaus kaum, wenn ihm schon ein Taxi zu teuer ist, wochenlang in Hotels hausen.«

»Darf ich einen ganz bescheidenen Einwand äußern?«

Baltasar nickte freundlich. »Frag ruhig. Du sollst ja was fürs Leben lernen.«

»Manchmal«, sagte ich verträumt, »habe ich Lust, dir hochdero Fresse zu polieren. Was hältst du davon, wenn Haselmaus einfach irgendwie heißt und nicht zur Untermiete wohnt, sondern in einer dieser dreiundachtzigtausend Wohnungen?«

»Ha«, sagte er, »davon halte ich überhaupt nichts. Das wäre fürchterlich. Ich finde, wir hoffen erst mal, daß er irgendwo privat zur Untermiete wohnt.«

»Und was willst du machen? Willst du jetzt alle Leute erstens fragen, ob sie Zimmer zu vermieten haben, und dann, ob sie eine Haselmaus namens Klaus kennen?«

»So etwa. Wir sollten uns trennen. Jeder nimmt sich eine Seite vor. Ich gehe nach links, wenn's dir rechts ist. Wir müssen eben überall klingeln, fragen, ob im Haus jemand Zimmer vermietet, und dann die Haselmaus suchen.«

Da ich mich nun einmal auf den Unsinn eingelassen hatte, konnte ich schlecht aussteigen, wenn mir die Sache auch zuwider war.

Nach zwei Stunden trafen wir uns wie vereinbart beim Auto. An Baltasars betont gelassenem Gesicht sah ich, daß er Erfolg gehabt hatte. Ich hatte zwar ein paar Vermieter möblierter Zimmer gesprochen, aber natürlich ergebnislos.

»Spuck's schon aus«, sagte ich, als Baltasar vor mir stand.

Er winkte ab. »Komm«, sagte er, wobei er das Auto aufschloß und einstieg, »wir fahren. Dabei erzähl ich's dir.«

Im fünften Block hatte er Erfolg gehabt. Eine ältere Dame, betört von seinem unmenschlichen Charme – dicke Menschen wirken harmlos, und Baltasar hatte sich auch noch eine Krawatte um das feiste Genick gedreht –, hatte ihn eingelassen und ihm das Zimmer »seines Freundes« Klaus gezeigt. Ein kleines Zimmer mit Bett, Tisch, einem Stuhl, einem Schrank, Küchen- und Badbenutzung. Baltasar hatte mit der alten Dame geflirtet, ihr etwas von einer Tante erzählt, der sie ähnlich sähe, durch geschickte Fragen herausbekommen, aus welcher Gegend Deutschlands sie stammte, Erinnerungen an diese Gegend erfunden, die sie fast zu Tränen rührten, und dann beiläufig gehustet und gefragt, ob sie vielleicht ein Glas Wasser oder zufällig einen Kaffee für ihn habe, aber sie brauche wirklich nicht extra für ihn etwas zu machen … Natürlich verschwand sie, um einen Kaffee zu kochen, und er konnte sich das Zimmer in aller Ruhe ansehen.

»Im Schrank waren nur ein paar Bücher und ein bißchen Wäsche. Im Nachttisch ein Reisepaß; ich habe mir erlaubt, ihn – hm, auszuleihen. Er kann sowieso nichts mehr damit anfangen, der Paß ist schon lange abgelaufen. Jedenfalls haben wir jetzt ein Foto von ihm, wenn auch ein altes. Und noch etwas.«

Er legte eine Pause ein, als müsse er sich auf den Verkehr konzentrieren.

»Mach's nicht so spannend«, sagte ich. »Was hast du gefunden? Den schriftlichen Auftrag von der Geheimbehörde, überall, vor allem bei Matzbächen, Zahnbürsten zu deponieren?«

Er sah mich an, als wäre ich ein Reptil. »So 'n Schwachsinn«, knurrte er. »Also, zwei Dinge hab ich noch gefunden. Erstens einen Brief.«

Der Brief stammte von einer Textilfirma, die Herrn Klaus Brockmann mitteilte, daß sie auf seine weitere Tätigkeit als Außendienst-Mitarbeiter keinen Wert lege; seine Abschlüsse seien immer unbefriedigender geworden, er habe Termine nie eingehalten, Kunden hätten sich über ihn beschwert; die Kündigung gelte für den nächsten laut Vereinbarung möglichen Termin, bis zu dem er sich als beurlaubt betrachten möge; das für die Zeit bis zu diesem Termin anfallende Fixum werde ihm in einer Summe überwiesen; anbei seine Papiere, und man wünsche ihm viel Glück für seinen weiteren Lebensweg.

Matzbach runzelte die Stirn. »Der Brief war vom März, Kündigungstermin war der 30. Juni. Die Papiere lagen in der Schublade, und zwar, soweit ich sehen konnte, vollständig. Jetzt haben wir Ende August; er hat sich also in fast zwei Monaten, seit er arbeitslos ist, nicht beim Arbeitsamt gemeldet, sonst hätte das eine oder andere Papier fehlen müssen und das eine oder andere Papier des Bonner Arbeitsamts hätte dort liegen sollen. Warum hat er sich nicht gemeldet, und wovon hat er seitdem gelebt? So schrecklich viel Geld kann er nicht gehabt haben, denn das Fixum war nicht bedeutend.«

Das zweite Objekt war ein Fernglas. Wieso ein Fernglas, aber nicht einmal ein Kofferradio oder ein Kugelschreiber?

Die Wirtin erzählte ihm dann beim Kaffee, daß Herr Brockmann auch ein kleines Opernglas besitze, und am Donnerstag morgen habe er, nein, gegen Mittag, das Haus verlassen und sich nun schon zwei Tage nicht mehr gemeldet, und sie sei Baltasar ja so dankbar, daß er sich kümmere, und früher habe Herr Brockmann immer gesagt, wie lange er wegbleiben würde, oder angerufen, und sie sei beunruhigt, und sie werde ihm bestimmt ausrichten, wenn er wieder auftauche, daß er Herrn – wie ist der Name? Lupe? – also, Herrn Lupe anrufen möge, und überhaupt sei es ganz reizend …

»Sehr schön, Herr Lupe«, sagte ich. »Was machen wir nun mit dem Ganzen?«

Baltasar wiegte den Kopf hin und her. »Ich weiß nicht so recht«, sagte er, »aber ich finde es sehr interessant. Von seinem Fenster aus konnte er nur Häuser sehen, und zwar die Hinterseiten von vier Blocks mit mindestens zweihundert Wohnungen. Schlafen nach deiner Meinung Mädchen lieber nach hinten oder nach vorn raus?«

Ich lachte. »Ich kenne kein Mädchen, das irgendwohin schläft. Es soll einige geben, die sich nach oben schlafen, aber nach hinten? Finster, finster.«

Bevor er mich wieder einen Trottel heißen konnte, setzte ich hinzu: »Also, die meisten Schlafzimmer dürften nach hinten liegen, und Mädchen gibt es hier wahrscheinlich genug.«

»Da«, sagte er.

»Wieso, wo?«

»Na, in Tannenbusch. Wir sind wieder in Bonn, und du hast *hier* gesagt.«

»Na, gibt's hier vielleicht keine?«

»Uuuuh.« Pause. Dann: »Siehst du, was ich bei der Sache sehe?«

Ich nickte. »Ich sehe einen alten, schmierigen Seher, oder, französisch, Voyeur, der Kellnerinnen anfaßt und weiblichen Kneipengästen auf die Brüste starrt.«

»Drück dich nicht so gewählt aus. – Und der sich für hübsche Töchter eines Abgeordneten interessiert.«

Ich verfolgte mit Faszination, wie Baltasar seinen dicken schwarzen Haifisch durch das Gewimmel der engen Altstadtstraßen zu einem unvermuteten Parkplatz lenkte.

Als wir ausstiegen, sagte ich: »Das ist zwar einiges, aber viel wissen wir nicht, und was soll nun das alles?«

Baltasar schwieg, bis wir wieder in seiner Wohnung waren. »Korrigier mich«, sagte er dann, wobei er sich auf den

Tisch setzte und dabei Brötchen zerquetschte, »wenn ich bei meiner eminenten Zusammenfassung einen Fehler mache. Also: Eine schmierige Haselmaus wohnt in Tannenbusch, macht Kneipenrunden in Bonn, nimmt die letzte U-Bahn, und seine Libido ist eher visuell. Richtig? Mittwoch ist er versackt, vielleicht zufällig, vielleicht mit Absicht, und hat wahrscheinlich eine der ersten Bahnen am Donnerstag morgen genommen. Er fährt in seine Bude, schläft sich bis gegen Mittag einigermaßen aus und verschwindet. Anders als sonst sagt er dabei nicht, wie lange er wegbleiben wird, und ruft auch nicht zwischendurch an, sondern verschwindet einfach. Er besitzt ein Opernglas, klein und unauffällig transportierbar, das nimmt er mit, denn es ist nicht mehr in seinem Zimmer.«

»Soweit, herrlicher Mann, entdecke ich an deinen Ausführungen keinerlei Makel.«

»Dank, Euer Liebden. Weiter. Er ist ein ordentlicher, regelmäßiger Mensch; seine Kneipenrunden sind vermutlich exakte Kneipenkreise, er kommt zweimal pro Woche, wahrscheinlich an den gleichen Tagen.«

»Moment«, sagte ich, »das ist eine Hypothese.«

»Richtig, und nicht nachprüfbar, denn keiner erinnert sich so ganz genau, wann er wo war. Ist aber auch nicht so wichtig. Er ist jedenfalls ordentlich. Sein Zimmer ist aufgeräumt, und in der Mappe in seinem Nachtkonsölchen sind alle Papiere von der Geburtsurkunde an aufwärts nach Datum einsortiert. Soweit feststellbar, fehlt kein Stück.«

Nachdenklich nahm er einen Schluck von dem kalten Kaffee, der vom Frühstück in seiner Tasse verblieben war.

Ich setzte mich rittlings auf einen Stuhl und starrte den Bosch an der Wand an.

Baltasar grunzte. »Nach seiner Geburtsurkunde ist er im März neunzehn geboren. Nach seinen Papieren hat er die letzten dreißig Jahre bei verschiedenen Firmen verschiedene Arbeiten ausgeführt. Er kann also gut noch ein paar

Takte Arbeitslosengeld kassieren und dann Rente beantragen. Statt dessen läuft er seit zwei Monaten durch die Gegend, ohne sich irgendwo an- oder abzumelden.«

Ich hob die Hand. »Zwischenfrage. Wie lange wohnt er schon da draußen?«

»Seit einem halben Jahr. Vorher wohnte er in Dortmund. Die Firma sitzt in Hannover. Er ist ordentlich. Sogar die Abmeldung seiner Dortmunder Behausung war in den Papieren.« Er klopfte auf seine Brusttasche. »Alles notiert. *Quod scripsi scripsi.* Außerdem war er von einer gewissen grauhaselmäusigen Regelmäßigkeit. Übrigens stand seine Zahnbürste im Bad, eine ekelhafte Zahnbürste, gelb und gerade, igitt.«

Er rutschte vom Tisch, ging zum Fenster, öffnete es, kam zurück und steckte sich eine stinkende Zigarre an. Bei den ersten Wolken zerrte er den Schlips von seinem dicken Hals und warf ihn zwischen die leeren Weinflaschen.

»Ich ziehe«, sagte er dann und hielt mir seine Wurstfinger vor die Nase, »daraus folgende Schlüsse. Erstens: Er geht ohne Zahnbürste weg, nur mit Opernglas, und meldet sich weder für längere Zeit bei seiner Wirtin ab noch ruft er an. Das heißt: Er wollte gar nicht lange wegbleiben. Folglich ist ihm etwas – sagen wir mal zugestoßen, das ihn an der Rückkehr und auch am Telefonieren hindert, oder er will nicht. Aber auch das wäre schon merkwürdig. Zweitens: Daß er sich nicht beim Arbeitsamt gemeldet hat, liegt vielleicht einfach daran, daß er keine Lust hat. Er kann ja auch im Dezember zum Amt gehen. Aber wovon lebt er? Das Fixum, das er bekommen hat, war nicht sehr groß, und so, wie er in der letzten Zeit gearbeitet hat, kann er kein Vermögen an Provisionen verdient haben. Verfügt er vielleicht über eine Einnahmequelle, von der keiner was weiß?«

»Tja«, sagte ich, »ich weiß nicht, was man heute als Voyeur so verdient.«

Baltasar seufzte und hielt mir einen Vortrag – ausgerechnet er – über Ernsthaftigkeit im Umgang mit wesentlichen Problemen. Wir befanden uns in einer sehr vergnüglichen Debatte, als es klingelte.

Moritz von Morungen war es, erbost. »Hör mal, du Knalltüte, zuerst besorgst du mir einen klassischen *interruptus,* dann bist du nicht hier, wenn ich wie verabredet komme, und schließlich gehst du nicht ans Telefon. Was ist eigentlich los?«

Baltasar tippte ihm freundlich auf die Brust. »Ach, du wolltest ja gestern abend vorbeikommen. Hatte ich ganz vergessen, macht aber nichts.«

Moritz sah das anders und empörte sich mannhaft, kam aber gegen Baltasars überlegenes Ignorieren nicht auf. »Also, was willst du?« sagte er schließlich matt.

Baltasar setzte sich wieder auf den Tisch. »Ich brauche deine journalo-kriminelle Mitarbeit für eine Ermittlung.«

Ich stand auf, war keineswegs beleidigt und fühlte mich auch nicht abserviert, denn einige Dinge können Profis besser; außerdem hatte ich keine Lust, mir das ganze Wochenende von Matzbachs Bürstenphantom und dem haselmäusigen Voyeur verderben zu lassen.

»Dann kann ich ja gehen«, sagte ich. »Ich hab nämlich manchmal das reaktionäre Bedürfnis nach ein bißchen Privatsphäre.«

Moritz kicherte. »Hat er dich ausgebeutet?«

Ich nickte. Baltasar überhörte und übersah alles und beschaute mich nachdenklich.

»Montag«, sagte er, »fahr ich nach Hannover zur Firma von Haselmaus und nach Dortmund zu seiner letzten Behausung.«

»Herrlich«, sagte ich.

»Wieso?«

»Das garantiert mir ein paar Tage ohne deine Visage.«

Baltasar zuckte mit den Schultern. »Ich komm wahrscheinlich am Dienstag früh bei dir vorbei.«

Ich klopfte ihm auf den Rücken und boxte Moritz freundschaftlich in den Bauch. »Ich werde mich wappnen. Macht's gut, ihr Kriminellen.«

Schließlich, dachte ich bei der Heimfahrt, was scheren mich eine überzählige Zahnbürste und ein entlassener Textilvertreter? Es ist zwar immer amüsant, Baltasar bei einem seiner abenteuerlichen Projekte zuzusehen, aber ansonsten hielt ich die ganze Sache für unsinnig und belanglos. Zum Glück wußte ich noch nicht, daß sich das bald ändern sollte – es hätte mir sonst wirklich das Wochenende verdorben.

4.

Am Dienstag fand Matzbachs Invasion meiner Behausung statt. Er hatte viel zu berichten.

Die Fahrt nach Hannover und Dortmund war nicht besonders einträglich gewesen. Er hatte einige unwichtige Details aus Brockmanns Vorleben erfahren. Übrigens war Haselmaus nicht wieder in Tannenbusch gesichtet worden; Baltasar hatte noch einmal mit der alten Dame telefoniert und ihr empfohlen, den Untermieter als vermißt zu melden.

Erfolgreich gewesen war dagegen Moritzens Streifzug durch die Straße am Millionenhügel.

»Ich hatte ihm gesagt«, berichtete Baltasar fröhlich, »er solle doch einfach mit seinem Presseausweis in der Hand durch die Straße wandern, an allen Türen klingeln und den Leuten sagen, er hätte gehört, hier wären in letzter Zeit Fälle von Belästigung durch einen Spanner vorgekommen. Du weißt: Mädchen, die sich beobachtet fühlen, zertretene Blumenbeete unter Schlafzimmerfenstern und so weiter.«

Ich lehnte mich im Sessel zurück, zündete mir eine Zigarette an, um gegen Baltasars Zigarre anzustinken, und nahm einen Schluck Kaffee zu mir.

»Ganz schön dreist«, sagte ich. »Also dafür hast du Moritz gebraucht.«

Baltasar schüttelte den Kopf. »Nicht nur. Natürlich ist es ganz günstig, daß er mit seinem Presseausweis hantieren kann. Aber das ist nicht alles. Ich will da nicht zu früh auffallen.«

Er äußerte sich nicht weiter über diese mysteriöse Bemerkung und fuhr fort. »Er ist ein paarmal dagewesen, weil er nicht immer alle Anwohner angetroffen hat. War zwar

Sonntag, aber du kennst das ja: Besuche bei der Schwiegermutter, Wochenendausflüge und so. Egal. Nach und nach hat er die ganze Umgebung abgeklappert. Dabei sind ein paar Sachen rausgekommen. Erstens haben sich einige Leute in der letzten Zeit tatsächlich über einen Spanner beschwert und sogar Anzeige gegen Unbekannt erstattet.«

Er blies mir eine dicke Wolke ins Gesicht. Genießerisch machte er eine Pause. Dann: »Bei der Anzeige ist natürlich nichts rausgekommen. Irgendein Johnny von der Polente war wohl da und hat sich ein paar Notizen gemacht, aber das ist auch alles. Sieh mal.«

Er breitete auf dem Tisch eine vergrößerte Fotokopie aus, Detailausschnitt aus einem Stadtplan.

»Hier«, sagte er und wies auf eine abstrakt S-förmige Straße. »Um diese Häuser herum hat der Unhold sein Unwesen getrieben. Oder der Hold sein Wesen? Egal. Moritz ist zur Sicherheit auch in der weiteren Umgebung gewesen, bei Anliegern anderer Straßen, aber da gab es nichts. Die Leute, die ihn gesehen haben, wohnen hier, hier, hier und hier.«

Mit seinem fetten Finger beschrieb er ein paar Kreise auf dem Plan. Dann schaute er mich an. »Fällt dir was auf?«

Ich seufzte. »Kannst du mir nicht gleich sagen, was los ist, statt wieder einen sokratischen Dialog mit mir anzufangen?«

Baltasar verzog weinerlich das Gesicht. »Du bist immer so hart zu mir«, sagte er. »Es geht um was anderes. Moritz und ich sind unabhängig voneinander zum gleichen Schluß gekommen; nun wüßte ich gern, als zusätzliche Bestätigung, ob dir die Sache auch so offensichtlich vorkommt.«

»Aha.«

Nicht überzeugt beugte ich mich über die Karte. Mit kleinen Kreuzen hatte Baltasar (oder Moritz) die Plätze markiert, an denen der Spanner flüchtig gesehen worden war oder Spuren (zertrampelte Blumen etc.) hinterlassen hatte. Zwei Häuser mit Gärten, in denen er gewesen war, dann eine kleine private Stichstraße, die zwischen zwei Häusern endete, von der aber Garagenzufahrten zu einigen weiteren Häusern führten. Alle diese Gebäude lagen nicht direkt an der S-förmigen Straße, sondern in einem unvollkommenen Kreis, um ein fast parkgroßes Gartenareal gruppiert. Danach weitere Häuser mit Gärten (und Kreuzchen), wieder an der Straße.

»Komisch«, sagte ich. »Ich kenne zwar die Straße nicht; außerdem bin ich natürlich kein Fachmann für die Psychologie von Voyeuren ...«

Baltasar unterbrach mich. »Nun red nicht so lange über deine Einwände und Vorbehalte, du Kokettierbolzen.«

»Aber«, fuhr ich mit einer Grimasse fort, »wenn er aus diesen beiden Gärten kommt und weiter oben in den Gärten wieder Spuren hinterlassen hat, dann ist sein logischer Weg nicht über die Straße, sondern durch diesen großen Gartenpark. Und da hat ihn keiner gesehen?«

Baltasar lächelte wohlwollend. »Richtig, mein lieber Watson. Da hat ihn keiner gesehen. Behaupten jedenfalls alle. Merkwürdig ist nur« – er deutete der Reihe nach auf die ungefähr im Kreis stehenden Häuser – »folgende Tatsache: Hier wohnt der Abgeordnete mit den hübschen Töchtern, hier ein älterer Professor mit Frau und einer sehr hübschen Haushälterin, jedenfalls behauptet Moritz das, hier ein einsamer, aber reicher Witwer, der seine Einsamkeit dadurch zu mildern sucht, daß er ein junges Paar in Untermiete genommen hat; die Frau ist ebenfalls ansehnlich. Daneben ein Pelzhändler mit Frau und einer Tochter Anfang Zwanzig. Der Herr mit den Rauchwaren ist sehr geschäftstüchtig; er hat noch eine kleine Einliegerwohnung, die belebt ein Kandidat des Auswärtigen Amts zwischen zwei Auslandsaufenthalten. In dem Haus hier ein Kommunalpolitiker mit

Frau und ebenfalls zwei Töchtern, daneben ein Bauunternehmer. Er lebt mit einer jüngeren Frau zusammen, sie sind aber wohl nicht verheiratet. Meine Moral sträubt sich.«

Er machte eine Pause; wahrscheinlich, um mir Gelegenheit zu geben, die abenteuerliche Annahme einer in ihm nicht nur vorhandenen, sondern auch noch sträubsamen Moral zu bedenken.

»Ich bin«, sagte ich gehorsam, »des Staunens voll, o Baltasar.«

Er nickte. »Das denke ich mir wohl.«

»Und zwar«, fuhr ich fort, »ob deiner Moral. Ich wußte bis eben nicht, daß du eine solche besitzest.«

»Du weißt«, sagte er, wobei er mich ansah wie ein Vertreter für Hosenträger eine zu überredende Äbtissin, »daß ich zu allen möglichen Exzessen bereit bin, um den Geschmack des Lebens zu erforschen, notfalls sogar zur Moral.« Er lächelte freundlich, etwa wie ein Pferd.

»Nun sag an«, knurrte er dann, »was du von der Belegschaft dieses Villenviertels hältst.«

»Nun ja, was soll ich von ihnen halten? Sie sind offenbar alle recht erfolgreich und zum Teil ausgesprochen zeugungswütig gewesen. Merkwürdig, daß es nur Töchter gibt.«

Baltasar nickte abermals. »Wie wahr«, murmelte er, »aber Töchter sind pflegeleichter als Knaben. Wenn man ein Geschäft hat, müssen Söhne zuerst angelernt werden, damit sie einem zur Hand gehen können, und dann betreiben sie mit Macht die Verdrängung des Vaters; außerdem schleppen sie fremde Frauen an, von denen man sich dann duzen lassen muß. Widerlich. Töchter dagegen streicheln abends dem müden Krieger den Staub aus dem schütteren Haar und schaffen, nach einer Periode nächtlichen Streunens, Schwiegersöhne herbei. Denen kann man das Geschäft übergeben, man muß aber nicht; vor allem kann man sie hinauswerfen, wenn sie einem nicht passen, was man mit eigenen Söhnen nur ungern, wenn auch gelegentlich intensiv betreibt.«

Ich lauschte mit einer gewissen Verwunderung dieser Abschweifung. »Baltasar«, sagte ich, »mir scheint, du schwelgst in Vorstellungen des neunzehnten Jahrhunderts.«

Er hob die Hand und wedelte mit ihr. »Ich danke dir«, sagte er, »für diesen Hinweis. Das neunzehnte Jahrhundert hat mich schon immer gelangweilt. Bring mich nicht noch einmal mit ihm in Verbindung, hörst du?«

»Wieso? Ich hab dich doch nur auf etwas hingewiesen ...«

Er schnaubte. »Wer hat denn mit den Töchtern angefangen?«

»Na, die Bewohner der Villengegend.«

»Ja, aber du hast sie erwähnt. Und du weißt doch, wie ich auf Erwähnungen reagiere.«

»Du nervst mich. Ist es meine Schuld, wenn du aus einem Stichwort eine Anakonda von Assoziationen machst, die sich dann würgend um deinen dicken Hals legt?«

»Du verdrehst die Kausalität«, behauptete er. »Wer verursacht denn die Lawine: der, der sie oben auf dem Berg lostritt oder der, der in ihren Sturz verwickelt wird und sie durch sich selbst anreichert?«

Ich gab auf. Bewaffnete Neutralität ist die einzige Haltung, die gegen Matzbach hilft. Man darf sich nicht in Verwicklungen einlassen; es führt zu nichts.

»Also«, sagte ich matt, »diese Villenbewohner ...«

»Richtig. Wir haben es mit einem extremen Fall zu tun. Der Frauenüberschuß der Republik wurde hier auf die Spitze getrieben. Ich weiß nicht, ob es vertretbar ist, aber es ist nun mal so. Nun muß man sich fragen, woran das liegt. Könnte es ...«

Ich unterbrach ihn verzweifelt. »Hör auf zu spinnen. Bleib bei der Sache.«

Er sah mich verletzt an. »Du trampelst auf meiner zarten Seele herum.«

»Sie wuchert und muß beschnitten werden«, sagte ich höhnisch. »Also, die Villengegend. Wenn es für einen Voyeur eine lohnende Ecke gibt, dann doch bestimmt diesen Fast-Kreis von Häusern.«

Baltasar schien alles andere vergessen zu haben. »Richtig«, sagte er nüchtern. »Eigentlich traumhaft. Vermutlich liegen die meisten Schlafzimmer nach hinten, und hier« – er deutete auf einen Punkt der Karte ungefähr im Zentrum des Garten-Parks – »stehen ein paar Bäume, auf die man hervorragend steigen kann. Wer in einem dieser Bäume sitzt und ein Opernglas bei sich hat, kann bestimmt viele nette Dinge sehen.«

Ich zweifelte. »Vielleicht auch nicht. Immerhin soll es ja Leute geben, die Vorhänge zuziehen oder Rolladen runterlassen, bevor sie sich oder andere ausziehen.«

Baltasar schüttelte den Kopf. »Wozu denn? Klar, wenn man an der Straße wohnt und jeder Nachtwanderer reinschauen kann. Aber hier doch nicht. Wenn die Schlafzimmer wirklich alle nach hinten liegen, das heißt an diesem Garten-Park oder Park-Garten, dann gibt's absolut keinen Grund. Die Bäume in der Mitte sorgen dafür, daß man von keinem Haus in ein anderes sehen kann. Bäume haben bekanntlich Krone und Blätter.«

»Vor allem im Sommer«, sagte ich. »Wie aber steht's im Winter?«

Baltasar blinzelte. »Was soll der Winter? Wir haben August. Man kann zwar in Bonn nie von Sommer reden, aber ...«

»Deinen Ausführungen«, sagte ich ein wenig sarkastisch, »entnehme ich, daß es sich bei den Gewächsen im Garten um Laubbäume handelt, weil man auf Nadelbäume nicht so gut klettern kann. Okay. Laubbäume sind aber winters nackt. Also könnte man im Winter in die Nachbarhäuser sehen. Also könnte man sich seit Jahren daran gewöhnt haben, die Fenster zu verrammeln. Und, wegen der Gewohnheit, dann auch im Sommer.«

Baltasar zögerte einen Moment. »Gut«, sagte er dann, »du könntest recht haben. Man kann aber auch davon ausgehen, daß sie sich seit Jahren daran gewöhnt haben, im Winter verschlossen und im Sommer offen zu schlafen. Zwei plausible Annahmen. Wir werden«, sagte er fröhlich, »einen Lokaltermin machen und uns selbst davon überzeugen müssen.«

Ich klopfte auf den Tisch. »Nix da. Wenn du dir einbildest, ich krieche nachts durch fremde Gärten und spioniere Schlafgewohnheiten aus …«

»Nun reg dich doch nicht so auf. Derart schwierige und diskrete Jobs werde ich dir niemals aufbürden. Dazu muß man sich hurtig und lautlos bewegen können. Ich fürchte, dir geht die notwendige Geschmeidigkeit des Leibes ab; von deiner geistigen Starre nicht zu reden.«

»Aha. Und wer soll's dann machen?«

Baltasar schaute mich verwundert an. »Na, wer wohl? Ich!«

Ich prustete los. »Ach, Dickerchen«, sagte ich, »dich möcht ich sehen, wenn du mit deinen hundertzwanzig Kilo wie ein Satyr durchs Geäst huschst. Ha!«

Er patschte auf seinen Bauch. »Ah«, knurrte er, »du wirst schon sehen. Ich bin ein Gummiball.«

Wir alberten noch eine Weile herum; schließlich verkündete er, er werde in den kommenden Tagen weitere diskrete Nachforschungen anstellen und mich spätestens demnächst wieder informieren.

»Deine unschätzbare Hilfe«, sagte er großzügig, »wird mir zweifellos bei der Erhellung dieses verwickelten Dunkels förderlich sein.«

»Paß auf deine Metaphern auf«, empfahl ich ihm, »sie laufen dir aus dem Ruder. Du bist also nach wie vor wild entschlossen, diese Zahnbürsten-Spinnerei bis zum bösen Ende durchzuziehen?«

»Bis zur Aufklärung dieses finsteren Mordfalls.«

Ich lehnte mich zurück. Ich gebe zu, daß ich verblüfft war. »Wieso Mord? Und wieso Fall?«

»Meine Nase«, sagte er großspurig, »sagt mir, daß es ein Mord ist, was sich am Schluß erweisen wird. Haselmaus ist ein vorzügliches Opfer. Niemand wird ihn vermissen. Vielleicht hat da jemand den perfekten Mord begangen. Und ich, entschlossen, meine vielfältigen Talente einer weiteren Disziplin zuzuwenden, werde mit kriminalistischem Scharfsinn die Sache klären.«

Ich war einigermaßen enttäuscht. Dann schalt ich mich einen Narren; statt anzunehmen, Baltasar habe noch etwas Wichtiges in der Hinterhand, hätte ich gleich davon ausgehen sollen, daß er mit seiner Nase und seiner Fantasie befaßt war. Die theatralische Rede konnte nicht verdecken, daß er wirklich nicht mehr wußte als ich.

»So, so. Du willst nun also unter die Kriminalisten gehen?«

Er schüttelte den Kopf. »Du irrst, mein Lieber. Ich bin bereits unter sie gegangen.«

Am Mittwoch konnte ich ungestört arbeiten. Am Donnerstag wurde ich mit meiner Arbeit fertig. Zwischendurch hatte ich nicht mehr an die Affäre gedacht. Am Spätnachmittag, als ich mich dem Gefühl hingeben wollte, etwas erledigt zu haben, fiel mir die Zahnbürste wieder ein. Zu meinem Erstaunen stellte ich fest, daß mich der Fortgang der

Ereignisse interessierte, wenn auch vielleicht nur als Denkspiel, das sich am Schluß in völlig harmlose, zufällige Erklärungen auflösen würde. Eigentlich war ich davon überzeugt, daß alles Spinnerei war. Aber ein kleiner Mann in meinem Binnenohr bearbeitete mich hartnäckig.

Baltasar Matzbach, der Universaldilettant. In den acht Jahren, seit ich ihn kennengelernt hatte, war ich Zeuge vieler erstaunlicher Vorfälle geworden. Immer wieder hatte er sich mit neuen Dingen beschäftigt und es darin zu einer gewissen Perfektion knapp unterhalb der Grenze des Professionalismus gebracht; wenn ihn dann der Spaß an der Sache verließ, wandte er sich ab und befaßte sich mit dem nächsten Neuen. Das war auch schon vorher so gewesen, aber seine bunte Vorzeit kannte ich nur aus zweiter oder dritter Hand oder aus seinen eigenen Berichten, denen zu mißtrauen mir immer ratsam erschien. Immerhin, der kleine Mann in meinem Binnenohr redete mir beharrlich zu, dem Universaldilettanten zu vertrauen. Warum sollte seine Nase ausgerechnet in dieser Angelegenheit trügen? Und warum sollte sein ausufernder Geist ausgerechnet in der Kriminalistik versagen?

Ich brachte meine fertige Arbeit zur Post und deckte mich kurz vor Ladenschluß in der großen Universitätsbuchhandlung mit Fachliteratur ein: Poirot, Maigret, Lord Peter, Marlowe, Bony, Parodi … Krimis waren mir immer als subalterne Zerstreuung erschienen, deshalb kannte ich einige der Namen nur vom Hörensagen und die anderen gar nicht. In einer angenehmen Nacht lernte ich sie teilweise kennen und schloß Freundschaften. Freitags war ich wild entschlossen, mich mit der Genealogie der Detektive näher zu befassen, konnte aber einen Bekannten, von dem ich wußte, daß er auf diesem Gebiet weitläufig belesen war, nicht erreichen. Zwischen Dupin und Lupin erwischte mich dann Baltasar, per Telefon.

»Eh, was treibst du?« Seine Stimme klang irgendwie zerstreut, abgelenkt.

»Ich ergründe deine Vorfahren«, sagte ich.

»Wieso? Liest du Machiavelli oder die Beschreibungen des Lebens großer Männer?«

Offenbar litt er nicht an Depressionen. Ich teilte ihm freundlich mit, was ich a) las und b) von seiner Selbsteinschätzung hielt. Er ging nicht darauf ein.

»Hör mal«, sagte er, »ich hab dir einen Brief geschickt.«

»Du hast reichlich extravagante Einfälle. Was steht denn drin?«

»Die Ergebnisse meiner weiteren Forschungen.«

»Und warum kommst du nicht vorbei, oder wir treffen uns irgendwo, und du erzählst es mir? Bist du schüchtern?«

Er kicherte. »Nein, beschäftigt. Ich hab ein bißchen herumgeforscht, wie gesagt.«

»Bist du durchs Geäst gehüpft, wie vorgesehen?«

»Ja. Sehr inspirierend. Also: keine Rolläden. Und die Schlafzimmer gehen zum Garten. Aber rat mal, was mit den Bewohnerinnen los ist!«

Ich überlegte. »Na ja, sind sie alle so fett und häßlich wie du?«

»Nein«, grunzte er, »schlimmer.«

Ich überlegte abermals. Schließlich fiel mir einer von Baltasars geflügelten Sätzen ein: *je blonder desto doof.*

»Sind sie alle blond?«

»Ja. Ist das nicht widerlich?«

Ich lachte. »Ziemlich.«

Er räusperte sich. »Ich melde mich hiermit ab«, sagte er. »Ich bin ein paar Tage fort.«

»Was treibst du denn, und wo?«

Er schnalzte mißbilligend mit der Zunge. »Erzähl ich dir nicht, sonst willst du am Ende mitkommen.«

»Aha. Wann geht's denn los?«

»Morgen früh.«

»In Sachen Haselmaus?«

»In Sachen Haselmaus.«

Ich überlegte. »Du«, sagte ich dann, »ich hab Durst. Was machst du heute abend?«

»Bin beschäftigt.«

Irgendwie hallte seine Stimme wider, bevor sie in die Telefonleitung fiel.

»Wo steckst du?«

»Auf dem Klo«, sagte er. »Hier kann ich ungestört mit dir sprechen. Ich verbinde«, erklärte er hoheitsvoll, »das Notwendige mit dem Üblen.«

Ich bezog letzteres auf mich. »Danke, aber wieso bist du beschäftigt und mußt vom Topf aus telefonieren? Hast du am Ende gar Besuch?«

»Scharfsinniges Kerlchen«, sagte er.

Er schwieg, und ich kicherte.

»Baltasar, Baltasar«, sagte ich dann, »was muß ich von dir hören! Und deine Askese?«

Er hustete. »Alles im Interesse der Sache«, behauptete er. »Ich opfere mich für die Fortschritte der Kriminalistik.« Leise deklamierte er: »Wacker ficht unser Held, belagert von zwei Blondinen, öffnet die Pforte mit Macht, bringt so die Wahrheit ans Licht.«

Es war mir unmöglich, das Glucksen zu unterdrücken, das in meine Kehle klomm.

»Ei jei«, sagte ich mühsam, »und abermals ei jei. Macht? Nun ja. Wahrheit? Oho. Die Pforte kenne ich unter anderen Bezeichnungen, und sagtest du ficht, mit Verlaub?«

»Ja, mit ch.«

»Und gleich zwei Blondinen? Wo bleibt da die Moral, von der Kondition gar nicht zu reden?«

Kleinlaut sagte er: »Also, hm, die Tochter geht gleich.«

»Wie? Mutter und Tochter? O diese Abgründe!«

»Du mißverstehst das, teurer Freund. Alles im Interesse der Sache. Die Tochter ist eine Freundin einer der Töchter dieses Abgeordneten, du weißt schon.«

»Baltasar, deine Ausreden werden immer beschaulicher. Und die Mutter?«

»Ist vierzig.«

»Und blond?«

»Ja. Ist das nicht furchtbar? Und sie plant Übles wider mich.«

»Ach nein, du armer Kleiner! Was will sie dir denn Leides tun?«

»Mir droht, fürchte ich, eine schwächende Verminderung meiner Leibesflüssigkeiten.«

»Nein, wie entsetzlich! Und im Interesse der Sache opferst du nicht nur Moral, sondern auch Ästhetik, dein Vorurteil gegen Blonde?«

»Kein Vorurteil. Ich spreche aus Erfahrung. Es ist ein Urteil *a posteriori.*«

»Auch noch *a posteriori*! Entzückend!«

Baltasar hustete erneut. »Du Faselhans«, sagte er böse, »du Schmutzfleck auf dem Latz meiner Freundschaften. Mit dir ist ja heute überhaupt nicht zu reden. Fahr dahin! Und lies meine Post. Bis nächste Woche!«

Bevor ich weiteren Spott ablassen konnte, hängte er ein. Ich ergab mich grinsend der Lektüre. Eine herrliche Zeit stand mir bevor: Baltasar würde eine Weile verschwinden, statt mich zu behelligen. Mit gutem Gewissen, bester Laune und Büchern begab ich mich früh zu Bett.

5.

Die wunderlichen Wege der Bundespost bescherten mir Baltasars Freitagspost am Montag, zusammen mit einem kurzen Schrieb, den er samstags in der Frühe abgelassen hatte, ehe er sich auf seine geheimnisvolle Fahrt begab. Dieser Brief begann mit der Anrede »Elendes Hohngefäß!« und bestand im wesentlichen aus unzusammenhängenden Beschimpfungen übelster Vorzüglichkeit sowie der lakonischen Mitteilung, falls ich Probleme hätte und mit der Lösung des Bürstenrätsels nicht vorankäme, sollte ich mich an die Dame wenden.

Ich ahnte Böses, als ich die dickere Freitagspost öffnete. Dem Nach-Brief konnte ich bereits entnehmen, daß im ersten Schreiben Anweisungen zur weiteren Aktivität stecken mußten. So war es. Der Inhalt der Sendung bestand aus: einem kurzen Bericht über seinen Lokaltermin und die Beobachtungen und Schlüsse; von Moritz und ihm bisher ermittelten Daten einiger der in den Villen lebenden Personen; Fotokopien aus *Who's Who* und anderen Werken, betreffend einige weitere Personen; Kopien aus älteren Zeitungen oder Zeitschriften zu Personen und Vorgängen; der Anweisung, mich mit Moritz und Edgar kurzzuschließen und einige präzise Fragen zu klären; der Aufforderung, bestimmte weitere Personen ausfindig zu machen und zu erforschen. Schließlich teilte er mir noch mit, daß er namens des Statistischen Bundesamtes die Bewohner der Villenstraße auf meinen Besuch als Umfrager vorbereitet habe, und ich solle gefälligst Dienstag und Mittwoch auf diese Arbeit verwenden. Anliegend Umfragefragen.

Dieser feiste Satan hatte es tatsächlich fertiggebracht, Bundespapier mit Geier aufzutreiben, mehrere offiziös aussehende Fragenkataloge zu erstellen und – Höhepunkt seiner Machenschaften – einen auf meinen Namen lautenden Ausweis mit Bild und Stempel beizulegen, demzufolge ich berechtigt war, Fragen zu stellen und Diskretion zuzusichern.

Ich war ein bißchen erschlagen. Als aufgeklärter Staatsbürger weiß ich wohl, daß man, sogar in Bonn, für Geld alles bekommt. Mich erstaunte nicht, daß Baltasar offenbar Adressen kannte, und auch nicht, daß er vermutlich einige größere Lappen für die Kollektion hatte ausgeben müssen, vor der ich nun saß.

O nein, das war es nicht. Auch die Anzahl der Gesetze, die er seit Entwenden des abgelaufenen Passes von Haselmaus Brockmann gebrochen oder zumindest touchiert hatte, löste in mir keine Verwunderung aus. Wieso sollte er denn auch mit Gesetzen schonender verfahren als mit den Nerven seiner Freunde? Seine selbstverständliche Annahme, halb Bonn würde sich während seiner geheimen Reise die Schuhe durchlaufen, um kryptische Aufträge zu erfüllen, deren letzten Zweck keiner außer ihm kannte und deren Kontext alle für Unsinn hielten, war keineswegs verwunderlich, sondern typisch Matzbach.

Was mich erschlug war die Tatsache, daß in dem Bundesamtsausweis mein Foto prangte. Es war mir absolut rätselhaft, woher der Dicke das Bild hatte. Es hatte keinen Rand und zeigte mich im Halbprofil von links; das ist der noch erträglichste Anblick dieser Vista. Bei näherer Betrachtung stellte ich fest, daß ich mindestens eine ganze Weile älter geworden war, seit jemand Zelluloid vergeudet hatte, mich darauf zu bannen.

Schließlich kam ich auf den simplen Ursprung des Bildes. Die Augen verrieten es mir: Sie gehörten einem, der knülle war wie eine Beutelratte. Ich schloß daraus, daß Baltasar mit feiner Schere meinen Schädel aus einem größeren Foto herausgeschnitten hatte, das vor einiger Zeit vermutlich bei einem Gelage aufgenommen worden war.

Zuerst war ich gerührt, denn Baltasars Zuneigung zu mir mußte schlimmere Dimensionen haben, als ich je hätte erraten können – wie wäre es sonst zu erklären, daß er ein Bild von mir gehortet hatte? Doch war es anders zu erklären, und ich fand die Erklärung sehr bald. Vermutlich hatte ich bei der betreffenden Fete in der Nähe einer weiland Gespielin des Matzbach gesessen und so zufällig Eingang in die Gefilde seiner Nostalgie gefunden.

Und dann die Geschichte mit der Dame. Sie hieß, teilte mir sein Schimpfschrieb mit, Ariane Binder, wohnte in Plittersdorf und hatte Telefon, und an sie sollte ich mich wenden, wenn ich nicht weiter wüßte. Das hieß, daß sie etwas wußte, vermutlich auch, daß Baltasar sie in seine mageren Erkenntnisse und seine opulenten Annahmen eingeweiht hatte. Da ich mich nicht dazu aufschwingen mag, Baltasar des sexuellen Opportunismus zu zeihen, kam ich zu dem Schluß, daß es sich um eine bemerkenswerte Frau handeln müsse.

Wie alle anständigen Menschen hasse ich Montage. Die eigenschaftslose Tatsache des 1. September beflügelte mich keineswegs; nach der Lektüre von Baltasars Post hing ich in den Klauen einer allumfassenden Lustlosigkeit mit besonderer Abneigung gegen kriminalistische Allüren. So neigte ich meinen klugen Kopf über eine überregionale Tageszeitung, doch gedieh mir aus diesem Tun kein Balsam; das Blatt quoll über vom zeternden Unflat des Wahlkampfs. Ich meditierte eine Weile um dieses Phänomen herum, da es zu genauem Anfassen allzu glitschig und ekelhaft ist, handelt es sich doch um eine von Regierung und Opposition – egal, wer gerade wo steht – einmütig veranstaltete Entmündigung der Bürger, die vier Jahre lang ohnmächtig (die vom Volk ausgegangene Macht ist bisher nicht heimgekehrt; es läuft eine Vermißtenanzeige) der beiderseits verantwortungslosen Politomanie haben zusehen müssen; wer die Pfründe angreift, einigt die sonst heillos zerstrittenen Popen gegen sich; bevor man wieder eines der mehreren kleineren Übel wählt, muß man sich wie ein Mündel auch noch Rechtfertigungen und Interpretationen für Vorgänge anhören, die weder zu rechtfertigen sind noch einer Deutung bedürfen, schon gar nicht in derart miesem Stil und verstümmeltem Deutsch.

Solch fröhliche Morgengedanken an die grauen Repräsentanten riefen mir den anderen grauen Vertreter namens Brockmann sowie Baltasars Tiraden gegen die Verwaltung und die Wechselfälle des wirklichen Lebens in Erinnerung. Mit einer Gemütsbeschaffenheit, die ich als dynamische Resignation bezeichnen möchte, ergab ich mich in das Unvermeidliche. Baltasar der Große hatte seine Anordnungen erlassen; zweifellos hatte Moritz einen ähnlichen Schrieb bekommen wie ich, und mit einiger Wahrscheinlichkeit war Baltasar auch auf Ideen verfallen, die es ihm ermöglichten, neben Moritz und mir weitere Handlanger zu rekrutieren. Er hatte Bonn verlassen und erging sich in fernen Landen, wo das auch immer sein mochte, und die halbe Stadt arbeitete während seiner Abwesenheit für seine Spinnereien.

Was Edgar, der Arzt, dabei tun sollte, war mir rätselhaft. Da ich ihn aber zu dieser relativ frühen Stunde ohnehin nicht erreichen konnte – er steckte entweder im Krankenhaus oder schlief sich von demselben aus –, verschob ich eine Klärung der Frage auf unbestimmte Zeit.

Moritz hockte in seiner Redaktion und brütete angeblich über wichtigen Berichten.

»Furchtbar«, sagte er, als ich ihn anrief und mich nach seinem Befinden erkundigte, »wirklich furchtbar. Überall diese miesen kleinen Wahlkampfveranstaltungen, zu denen nur Mitglieder der einladenden Partei kommen. Also eindeutig geschlossene Gesellschaften, Privatbünde, sozusagen. Aber man muß sie behandeln, als hätten sie das öffentliche Interesse, das sie annektieren, wirklich verdient. Furchtbar. Und zwischendurch tagt der Ortsverein der Taubenzüchter. Furchtbar. Und jetzt rufst du an. Entsetzlich. Was verschafft mir die ungünstige Ehre?«

»Was wohl?« sagte ich. »Matzbach natürlich.«

Moritz seufzte. »Der ungünstige Motzbauch, ja. Ach, es ist ein Kreuz.«

Er äußerte sich nicht näher, daher nahm ich den Faden einige Zentimeter und Sekunden weiter wieder auf.

»Also Matzbach«, sagte ich energisch. »Ich hab nen Brief von ihm gekriegt.«

»Ist das nicht furchtbar?« jammerte Moritz. »Jetzt schreibt er auch noch.«

»Hast du auch so was bekommen?«

»Und ob. Äußerst ungünstige Sache.«

»Wieso?«

»Na, da ist wohl verschärftes Denken angesagt, oder? Und wie. Mastbär stiehlt unsere Zeit, während er sich im Grünen verlustiert.«

»Weißt du, wohin er gefahren ist?«

»Keine Ahnung. Er tummelt sich irgendwo im Geheimnisvollen.«

»Was hast du denn bisher in der Sache angestellt?«

Die Geräusche verrieten mir, daß Moritz sich zurücklehnte und die Füße auf dem Schreibtisch deponierte.

»Ah«, sagte er lustvoll, »wenn ich schon mit dir telefonieren muß, kann ich dabei ja wenigstens bequem sitzen. – Also, was hab ich in dieser Sache angestellt? Ich hab die

Leute in Godesberg nach Spannern befragt und komische Antworten gekriegt. Da, wo er bestimmt gewesen ist, will keiner was gemerkt haben. Bei einigen von ihnen hatte ich ganz deutlich den Eindruck, daß sie lügen. Schlechte Lügner, übrigens. Du weißt schon: kucken zu Boden, werden rot und so. Ein paar andere waren ganz kalt und ruhig. Zu ruhig.«

Ich räusperte mich. »Ich glaube, lieber Moritz, Baltasar hat dich angesteckt.«

»Wieso dieses?«

»Na ja, ich gehe immer noch davon aus, daß alles Unsinn ist. Wahrscheinlich hast du irgendwelche Leute bei intimen Beschäftigungen gestört, und sie wollten dich schnell loswerden. Deswegen haben sie nein gesagt und waren dabei verlegen. Und die anderen haben vielleicht wirklich nichts gesehen. Was du für kalte Lügen gehalten hast, kann doch einfach die eisige Wahrheit sein, oder?«

Er wurde plötzlich ernst und autoritär. »Abgelehnt. Ich hab in den letzten Jahren oft genug mit Leuten zu tun gehabt, die was ausgefressen hatten, hab im Gericht gehockt und irgendwelche Knallköpfe interviewen müssen; ich weiß, wenn einer lügt. Okay, ich geb zu, keiner ist allwissend, und sogar ich, I myself, Moritz der Bedeutende, kann mich irren. Aber nicht, wenn ein ganzer Haufen von Leuten gleichzeitig in die gleiche Richtung lügt. Ich hab sicher schon mal nen Ganoven für nen ehrlichen Kerl und umgekehrt gehalten, aber so eine ganze verabredete Gesellschaft? Nee, mein Lieber, das kannste mir schon abnehmen.«

Ich ergab mich, mindestens zum zweiten Mal an diesem Morgen. »Na schön. Ich hab im Moment sowieso nichts Besseres zu tun. Nehmen wir also an, es ist so …«

Moritz unterbrach mich streng. »So ist es!«

»Okay, okay, Friede! Was haben wir also? Eine graue Maus namens Brockmann, die keiner kennt, keiner mag und keiner vermißt, ist vielleicht verschwunden. Vielleicht hat Haselmaus Spanner gespielt, vielleicht in einer bestimmten Gegend. Vielleicht haben einige Leute ihn gesehen, und vielleicht lügen ein paar andere. Vielleicht lügen sie aber auch nicht, und die anderen wollen sich wichtig machen. Matzbach hat nun aus dem möglichen Verschwinden dieses Typs eine Idee entwickelt. Die lautet: Mord. Ein Mord, für den es kein Motiv gibt, keine Indizien, nicht mal eine Leiche, keinen Täter und keinen Tatort. Toll.«

Moritz gluckste. »Du siehst das ein bißchen eng, Freund. Das Leben ist ein Traum und gänzlich absurd. Wir versuchen nur, eine uns genehme und von uns erfundene Form der Absurdität einzuschieben. Zitat Matzbach. Ende.«

»Prima gesagt. Ich wünsch dir viel Spaß in deinem metaphysischen Sandkasten. Ich weiß noch nicht, ob ich bis zum Ende mitspiele ...«

»Du hast doch eben noch gesagt, du hättest im Moment sowieso nichts Besseres zu tun ...«

»Ja, das gilt für den Moment. Vielleicht fällt mir gleich was Besseres ein, weiß ich noch nicht. Ich seh mal zu. Ich werd mir heut und morgen ein bißchen den Kopf zerbrechen. Hast du heute abend Durst?«

Moritz blätterte in irgend etwas herum.

»Ja«, sagte er dann, »aber dienstlich. Ein Termin. Wollen wir morgen abend Kriegsrat halten?«

Wir verabredeten uns für etwa 21 Uhr in einem Weinlokal. Plötzlich fiel mir noch etwas ein.

»Sag mal, was soll Edgar bei der Geschichte?«

»Warum? Hast du was gegen ihn?«

»Nein, er ist viel erträglicher als du. Ich wußte nur bisher nicht, daß er sich für Matzbachs Scherze aktiv interessiert. Sonst hatte er doch immer nur höhnische Kommentare bereit.«

»Na ja, diesmal eben nicht. Baltasar will ihn dabeihaben; mehr weiß ich auch nicht.«

»Und was ist mit der Frau?«

»Welcher Frau?«

»Baltasar hat die angebliche Mutter einer angeblichen Freundin einer Tochter eines angeblichen Lügners aufgetan, die angeblich was weiß.«

»Ach so, die. Nee, kenn ich nicht, ich weiß nur, was Matzbach mir geschrieben hat; daß wir sie notfalls befragen sollen.«

Den Rest des Tages verbrachte ich damit, daß ich Baltasars ausgetüftelten Fragebogen des Statistischen Bundesamts begrübelte. Er enthielt unter anderem eine Gruppe von Fragen zur Freizeitgestaltung, etwa ›Lesen Sie Krimis?‹ oder ›Nennen Sie bitte einige Fernsehsendungen, die Sie in der letzten Woche gesehen haben‹; außerdem ein paar unordentliche Verwirrfragen und eine ganze Seite von hohem Bildungswert: Fragen zu Ausbildung und Erinnerungen beziehungsweise Wertungen der besuchten Institute; Angaben über spezifische Vorlieben wie ›Was ist Ihr liebstes Musikstück‹; Aufforderungen, nach Diktat des Interviewers bestimmte Sätze zu schreiben und so weiter. In einigen Fällen erriet ich Matzbachs finstere Absichten, andere Fragen waren eindeutig eingebaut, um den Anschein der amtlichen Untersuchung zu stärken. Einige Fragen allerdings waren mir mehr als rätselhaft und ergaben auch nach langem Denken keinerlei Sinn.

Nun ja, es wäre wohl auch zuviel verlangt, wenn man bei einem solchen Unternehmen, das Baltasars ständig kreißendem Hirn entschlüpft war, in jedem Detail Logik finden wollte.

Am späteren Nachmittag rief ich Ariane Binder an und verabredete mich mit ihr für den Abend des Mittwoch. Sie hatte eine sehr erweckende, leicht angerauhte Altstimme und war offensichtlich keineswegs überrascht über den Anruf. Natürlich hatte Baltasar, da sie schon eingeweiht war, sie auch auf mögliche Attacken seiner minderwertigen Freunde vorbereitet.

Anschließend ergab ich mich der Lektüre und wohnte der Aufklärung eines Rätsels bei, in deren Verlauf dem Inspektor Bony merkwürdige Objekte in die Leber gehext wurden.

Kurz vor dem Ende, sozusagen an der spannendsten Stelle, fiel Edgar Römertopf in meine Behausung ein. Er war auf Kaffee und Schach versessen.

Nachdem er mich furchtbar zerfetzt hatte – ich war allerdings, wie ich zu meiner Rechtfertigung anführen möchte, immer noch stark abgelenkt durch die Leber des Inspektors –, betrachtete er mich triumphierend.

»Nun«, sagte er höhnisch, »du Hobbykriminalist von Matzbachs Gnaden, wappne dich gegen den zweiten Schlag.«

Ich betrachtete ihn, wie er da vor mir saß, kurz und stämmig, mit Stupsnase und angewachsenen Ohrläppchen, ein Grinsen in seinem häßlichen Gesicht. Er muß irgendwelche verborgenen Eigenschaften haben, die mir in all den Jahren unserer Bekanntschaft nicht zu entschleiern waren. Sein Ruf (und Spitzname) als Ladykiller bezieht sich jedenfalls nicht darauf, daß ihm als Assistenzarzt der Gynäkologie in einem Bonner Krankenhaus viele Damen auf dem Operationstablett stürben.

Ruhig und beherrscht fragte ich ihn: »Wie machst du das eigentlich, daß sich trotz deines Gesichts ein paar Frauen von dir behandeln lassen? Der Masochismus muß doch weiter verbreitet sein …«

Er schüttelte den Kopf und grinste erschreckend. »Sie kriegen mich nicht bewußt zu Gesicht, und unser Anästhesist ist ein Schönling.«

»Das erklärt vieles. Was ist mit deinem zweiten Schlag?«

Er zögerte einen Moment, dann gab er sich einen Ruck. »Baltasar behauptet, daß du in seiner Abwesenheit die Ermittlungen leitest, wie er sich auszudrücken beliebte. Ich sage dir das jetzt unter dem Siegel der Verschwiegenheit. Es ist mir etwas unangenehm …«

»Was? Mit mir zu reden?«

»Das auch, du Dödel. Nein, es geht um ein Berufsgeheimnis.« Er zögerte wieder.

»Hm«, sagte ich, »ärztliche Schweigepflicht?«

»Genau. Ich kann dir, versteh das bitte, nicht sagen, von wem ich das habe. Wenn sich herausstellen sollte, daß an Baltasars Spinnerei etwas Wahres ist, kann das vielleicht nützlich sein. Wenn nichts bei eurer Ermittlung rauskommt, vergiß bitte alles, was ich dir jetzt sage.«

Ich versprach es. Ich muß zugeben, daß er mich neugierig gemacht hatte.

»Gut«, sagte Edgar, »vernimm also und staune. Vorletzten Donnerstag« – das war, dachte ich, der Tag, an dem Baltasar die Zahnbürste fand und Haselmaus zuletzt sein möbliertes Zimmer verließ – »kam abends gegen acht ein Mensch in eine der Bonner Notambulanzen. Ich kann dir weder das Krankenhaus noch den Notarzt verraten.«

Er machte eine Pause; offenbar kostete es ihn Überwindung. Ich versuchte, im Geist die Gesetze zu zählen, die im Verlauf des bisherigen Unternehmens ignoriert worden waren. Dann gestand ich mir eine gewisse Überraschung ein; nach so vielen Jahren wurde mir offenbart, daß Edgar Skrupel hatte, oder zumindest etwas in der Art.

Ich versuchte, das Ganze durch Spott zu entschärfen und ihm über die Hürde zu helfen.

»Nun mach schon«, sagte ich; »seit wann brichst du dir ethische Verzierungen ab? Ich hab immer gedacht, du wärst in deiner Unmoral ein wahrer Puritaner.«

Er faßte sich an die Nase. »Mhm«, machte er, »sagt dir der Name Hartmut L. Burger was?«

Ich mußte einen Augenblick lang überlegen.

»Moment mal, ist das nicht der Kandidat vom Auswärtigen Amt, der da in einem der Häuser wohnt? Sekunde ...« Ich wollte Baltasars Papiere holen, aber Edgar hielt mich fest.

»Ist er«, sagte er. »Wohnt am Millionenhügel in einer Einliegerwohnung in der Villa des Pelzhändlers. Okay. Also, dieser Burger kam abends gegen acht an dem bewußten Donnerstag in die Ambulanz. Er hatte ein weißes Hemd an, das war aber blutig. Er hat behauptet, ihm wäre beim Reinigen eines Jagdgewehrs ein Fehler unterlaufen. Sehr originelle Ausrede. Jedenfalls hat es die linke Schulter erwischt. Er meint, die Kugel wär wohl noch drin. Unter dem Hemd ist ein provisorischer Verband, aber voll durchgesuppt. Übrigens ist das Hemd ansonsten intakt. Na, der Notarzt nimmt den Verband vorsichtig ab und fragt dabei, ob er ein anderes Hemd anhatte, als der Schuß losgegangen ist. Burger fragt, warum. Der Arzt setzt ihm auseinander, daß Stofffetzen in die Wunde geraten und böse Dinge tun können. Darauf sagt Burger, bei dem schönen Wetter und der Hitze hätte er bloß eine Hose angehabt. War schwül an dem Tag, aber es hat fast durchgehend genieselt. Egal. Jedenfalls hat die Blutung aufgehört, muß also schon ne kleine Weile her sein. Beim Abtasten stellt der Arzt fest, daß die Kugel kurz vor dem Wiederaustritt in der Muskulatur über dem Schulterblatt steckengeblieben ist. Burger sagt, er soll sie rausholen, er würd schon die Zähne zusammenbeißen. Wie im Western! Also schön, nach kurzem Hin und Her hat der Arzt das Ding rausgepuhlt, die Wunde gesäubert und verbunden. Dann wollte er dem Kandidaten ein Bett verpassen. Burger hat aber darauf bestanden, wieder nach Hause zu gehen, und man kann ja keinen zwingen, auch wenn's eigentlich nicht zu verantworten ist. Der Arzt soll ihm nur was Schmerzstillendes geben, und nen Zettel für den Hausarzt. Er war wohl ein bißchen blaß um die Nase und klapprig in den Knien, aber sonst noch einigermaßen in Ordnung. Wollte unbedingt die Kugel als Andenken haben. Der Arzt bringt ihn raus, und draußen wartet ein Bekannter von Burger, der hat ihn dann wohl nach Hause gefahren.«

Er lehnte sich zurück und atmete durch.

Ich konnte mir einen Pfiff nicht verkneifen. »Toll«, sagte ich, »wie im Krimi oder im Western. Wo hast du die Story denn her?«

Er breitete die Arme aus. »Der Notarzt ist ein alter Kommilitone von mir. Wir haben vor ein paar Tagen Anekdoten ausgetauscht.«

Er machte ein Gesicht, als hätte er noch etwas auf Lager. Ich betrachtete ihn gierig. »Spuck's schon aus!«

Er grinste. »Okay. Also – erstens: der Bekannte, der ihn gefahren hat, war ziemlich groß und rothaarig.«

Ich überlegte. »Das paßt auf – ah, wie heißt er gleich?« Diesmal holte ich doch Baltasars Report. »Hier. Ewald Kleinsiepe, Verwaltungsbeamter, ungefähr einsfünfundachtzig, achtundzwanzig Jahre, rothaarig. Seine Frau Felicitas, zweiundzwanzig, ungefähr einssiebzig, blond. Das sind die beiden, die bei dem reichen alten Witwer zur Miete wohnen; dem war wohl das Haus zu groß geworden. Pistorius, heißt er, Hermann Pistorius.«

Edgar nickte.

»Komisch«, sagte ich, »wenn das Kleinsiepe war – warum ist er draußen geblieben, statt mit seinem verwundeten Nachbarn reinzukommen?«

Edgar zuckte mit den Schultern. »Weiß man's? Vielleicht kann er kein Blut sehen. Aber weiter. Zweitens: das Geschoß. Ich habe keine Ahnung vom Schießen; beweisen läßt sich sowieso nichts mehr, weil Burger die Kugel hat. Aber der Arzt ist Hobbyschütze. Er hat das Ding ja in der Hand gehabt und ist bereit, heilige Eide darauf zu schwören, daß es sich nicht um Gewehr-, sondern um Pistolenmunition gehandelt hat, und zwar, meint er, wahrscheinlich für ein amerikanisches Fabrikat, für das man einen Waffenschein braucht und das auf keinen Fall zum Jagen verwendet wird. Außer zur Jagd auf Präsidenten. Drittens: Nach seinen Waffenkenntnissen und nach der Art der Wunde schätzt er, daß der Schuß aus etwa drei bis vier Metern Entfernung abgegeben wurde. Das schließt einen Unfall beim Reinigen aus. Es sei denn, jemand anderer hätte gereinigt ...«

Ich hatte ein paar Zweifel. »Ich glaub, du erzählst da schöne Geschichten. Nun mal die nicht ganz so dramatische Wahrheit.«

»Du Spielverderber.« Edgar zog einen Flunsch. »Also schön. Der Arzt hat sich die Sache angesehen, durchleuchtet. Eigentlich wollte er wohl noch ein paar Aufnahmen machen, aber der Schußkanal war klar und eindeutig zu sehen. Das Projektil ist von vorn eingedrungen, unter dem Schlüsselbein, vorbei an allen wichtigen Gefäßen und Knochen, und dann etwa fünfzehn Millimeter vor dem Wiederaustritt im Rücken steckengeblieben. Burger wollte alles ganz schnell hinter sich bringen. Also hat der Arzt ihm eine Spritze gegeben und das Ding rausgeholt. Die Sache hat nicht viel länger als eine Stunde gedauert, alles in allem. Burger hatte nicht sehr viel Blut verloren; die Kugel hatte ja keine wichtigen Gefäße verletzt. Wahrscheinlich, meint der Arzt, war die Verletzung ungefähr zwei Stunden alt, als Burger in die Ambulanz kam.«

»Das heißt gegen sechs. Komisch. Wenn man nur wüßte, wo das passiert ist. Irgendwer müßte doch um sechs am Nachmittag was gehört haben!«

Edgar runzelte die Stirn. »Die Welt ist voll von Geheimnissen«, sagte er. »Vielleicht hat niemand etwas hören wollen, oder es ist an einem Ort passiert, wo keiner was hören konnte, oder der Schütze hat einen Schalldämpfer verwendet.«

Ich konsultierte Baltasars Report. »Ich muß gestehen«, sagte ich, »daß ich Matzbachs Geseire bisher nur überflogen habe, aber – Moment, hier ist es. Hartmut L. Burger, vierunddreißig, ungefähr einsachtzig, dunkelbraunes Haar, Auswärtiges Amt, war Attaché in Südamerika, ist seit acht Monaten wieder in Bonn, die übliche Zwischenetappe vor dem nächsten Auslandsjob. Ah, der aufmerksame Baltasar: hält sich unnatürlich gerade, eventuell Verletzung oder Wirbelsäulenschaden? Matzbach steigt in meiner Achtung, das muß ich zugeben.«

Der Witwer Pistorius, las ich, war seit Anfang August im Urlaub. »Hat offenbar einen Hang zu Weltreisen.«

Edgar knurrte: »Widerliches Hobby, ist mir völlig unverständlich.«

»Jedenfalls war er nicht da. Das heißt, daß die Kleinsiepes im Prinzip zu der Zeit das ganze Haus für sich hatten.«

Wir überlegten noch eine Weile hin und her, kamen auch zu vielen fantastischen Einfällen, fanden jedoch nichts, was über die ästhetische Freude hinaus zu kriminalistischer Befriedigung geführt hätte. Wir spielten eine weitere Partie Schach, die ich wieder verlor, aber nicht ganz so haushoch, dann verschwand Edgar. Ich las mein Buch zu Ende und beschloß, am nächsten Tag der Beschäftigung mit Matzbachs Anweisungen ein wenig näherzutreten.

6.

Umgeben von einem unauffällig-halbtraurigen Anzug klingelte ich gegen 17:15 Uhr an der ersten Tür. Am Ende der mehrfach erwähnten Stichstraße liegt ein kleiner Wendeplatz, auf dem einige Wagen standen. Dahinter befinden sich sechs nebeneinanderliegende Garagen. Rechts und links der Garagenfront brechen kleine Plattenwege zwischen Büschen hindurch zu einem unvollständigen Hufeisen auf. Die beiden Wege treffen einander nicht; sie beschreiben jeweils einen Teilkreis und enden an der wildwuchernden Verlängerung des zwischen den Häusern liegenden Parks. An jedem Weg liegen drei Häuser, mit kleinen Vorgärten und ausreichendem Seitenabstand. Insgesamt bildet die Anlage eine Art Hufeisen ohne oberen Abschluß oder ein großes Omega, dessen Fuß die Garagen darstellen.

Ich nahm den linken Weg und begab mich zum ersten Haus. Nach kurzem Warten öffnete sich die Tür halb; Baltasars Beschreibungen zufolge mußte die halböffnende Dame Frau Morken selbst sein. Ich lächelte gewinnend und trat einen halben Schritt zurück. Das ist ein alter Vertretertrick, und er wirkt fast immer. Nahezu automatisch ging die Tür weiter auf. Ich nannte meinen Namen, erinnerte an das Telefonat, das mein »Vorgesetzter« in der vergangenen Woche geführt hatte, und erkundigte mich, ob ich auch nicht ungelegen käme. Frau Morken bat mich hinein.

Sie erschien mir zerbrechlich: eine zierliche, blonde Frau im frühen Mittelalter, ein wenig blaß unter dem dezenten Make-up, das vor allem um die Augen herum die Falten nur unvollkommen verdeckte. Wir gingen durch die weitläufige Diele, in der eine lebensgroße Nachbildung der Aphrodite von Melos in grünem Marmor stand, in das riesige Wohnzimmer. Man war aus dem Gröbsten heraus: sündhaft teure Orientteppiche von insgesamt mehr als 50 Quadratmetern, ein offener Kamin mit einer uralten, echten Platte, eine schwere Sitzgruppe unbestimmten Alters – eine ähnliche hatte ich vor nicht allzu langer Zeit in einem noblen Antiquitätenladen gesehen; der Preis war hoch in den fünfstelligen Zahlen gewesen; einige wunderschöne alte Bauernschränke und Eichenregale; an einer Wand ein echter Manet, an einer anderen eine Reihe von Diplomen und Auszeichnungen, dem geschätzten Freund, Kollegen und Mitarbeiter Morken gewidmete Fotos bedeutender Politiker und so weiter. Jenseits des riesigen, einteiligen Fensters lag die überdachte Veranda, dahinter der Garten oder Park, den ich nun zum ersten Mal sah.

In Anbetracht des angenehmen Wetters bat Frau Morken mich auf die Veranda und entschuldigte sich dann für einige Minuten. Ob ich mit ihr einen Kaffee trinken wollte oder etwas anderes vorzöge?

Während sie den Kaffee zubereitete, betrachtete ich den Garten. Er senkte sich von der linken, oberen Reihe der drei Häuser ein wenig zur rechten Reihe hin; die Entfernung zu den gegenüberliegenden Häusern – oder besser: Villen – mochte etwa 60 Meter betragen. Von den jenseitigen Häusern war nicht viel zu sehen; etwa auf der Hälfte der Entfernung standen hohe Bäume, die ein fantasievoller Mensch vor langen Jahren ohne Rücksicht auf gegenseitige Verträglichkeit oder passendes Ansehen gepflanzt hatte: eine Trauerweide, eine chinesische Sequoia, eine Buche, eine Roßkastanie und eine Eiche. Die Rasenfläche war überall von bunten Beeten durchbrochen. Zweifellos war es möglich, nachts ungesehen von jedem Haus zu jedem anderen zu gelangen; die Bäume, einige Büsche und die zum Teil hochbewachsenen Beete boten ausreichend Schutz gegen jegliches Licht, das der Mond oder erleuchtete Fenster werfen könnten.

Ich nahm den ersten Fragebogenblock aus meiner Tasche und legte ihn samt einem Füller und einem Kuli auf den Verandatisch. Dabei beschäftigte mich ein anderes Problem, das Baltasar als rhetorische Frage in seinen Report aufgenommen hatte, ohne es jedoch beantworten zu können.

Ein Mitglied des Bundestags ohne Bewachung in diesen unruhigen Zeiten war noch erklärbar, denn nicht jeder Hinterbänkler schwebt unaufhörlich in Lebensgefahr, und Emil Morken, MdB, trat nie sonderlich in Erscheinung. Der Bildbericht jener Illustrierten, der Haselmaus Brockmann auf den Abgeordneten und seine Töchter aufmerksam gemacht hatte, war der erste und einzige je über Morken erschienene – soweit wir wußten. Aber Baltasars Bericht enthielt keinerlei Hinweis auf Personal, und mir erschien es zumindest überraschend, daß die Frau eines Abgeordneten selbst Türen öffnet und Interviewern eigenhändig Kaffee zubereitet.

Als Frau Morken sich gesetzt und den Kaffee eingeschenkt hatte, hielt ich meinen kleinen Vortrag, dessen Umrisse ebenfalls Baltasars Hirn enthüpft waren.

»Das Statistische Bundesamt«, log ich wacker, »versucht, mit diesem sorgfältig zusammengestellten Fragenkatalog verschiedene Komplexe zu erfassen. Zum einen geht es um eine Art generelles Stimmungsbild in der Bevölkerung. Unabhängig« – setzte ich lächelnd hinzu – »von den anstehenden Wahlen.«

Frau Morken lächelte ebenfalls und nickte. Aha, dachte ich, erste Runde gewonnen.

»Zweitens soll festgestellt werden, ob es eine allgemeine Übereinstimmung zwischen Bildung, Einkommen, sozialem Status und Ansichten gibt. Wissen Sie«, sagte ich vertraulich, »hinterher werden Sie dann Ergebnisse lesen wie etwa: verheiratete Akademiker mit Segeljachten bevorzugen Kaffee auf der Veranda und die Farbe lila, während ledige Arbeitnehmer Bier im Dunkeln und einen Mallorca-Urlaub sowie verschärftes Demonstrationsrecht billigen.«

Diesmal lachte sie beinahe.

»Ich werde Ihnen eine Reihe persönlicher Fragen stellen, die zu beantworten ich Sie bitte. Sie können sich darauf verlassen, daß alle Daten nur sachlich ausgewertet und anschließend vernichtet werden. Indiskretionen sind ausgeschlossen.«

Sie nahm eine Zigarette aus dem Päckchen, das neben ihrer Hand lag. Ich gab ihr Feuer und lehnte mich zurück.

»Außerdem«, sagte ich wie beiläufig, »ist vorgesehen, daß alle Mitglieder eines Haushalts befragt werden, und zwar getrennt voneinander, um gegenseitige Beeinflussungen auszuschließen«

Sie sah mich an und runzelte die Stirn.

»Sehen Sie, das hat mehrere Gründe. Einige Fragen laufen schon beinahe auf ein kleineres Quiz hinaus, und wenn diese Fragen nicht von jedem Befragten unabhängig beantwortet werden, sind die Ergebnisse natürlich verfälscht. Weiterhin gehen die Verfasser des Fragebogens davon aus, daß bestimmte Themen in vielen Familien kontrovers sind. Daß, zum Beispiel, Väter ihren Kindern das Taschengeld kürzen, wenn die Kinder andere Meinungen vertreten, als den Vätern lieb ist. Diese Unterschiede sind aber wichtig, weil auch das Alter der befragten Personen eine Rolle spielt.«

Nach kurzem Geplänkel begann ich mit Baltasars Camouflage-Verhör. Die erste Überraschung stellte sich bald ein. Im ersten Teil – Name, Geburtsort, Geburtsdatum etc. –, der von Baltasar meiner Meinung nach nur zur Wahrung der Form angelegt worden war, erfuhr ich Erstaunliches.

Eva Morken stammte aus einem kleinen Dorf in der Nähe von Eger und war die einzige Tochter der Ahrenborns.

»Ach«, sagte ich überrascht, »sind Sie mit Ihren Nachbarn verwandt?«

Sie nickte. »Meine Eltern.«

Professor Dr. med. Arno Ahrenborn wohnte gleich nebenan, im zweiten Haus der linken Reihe, und stand natürlich als nächster auf meiner Interviewliste.

Hinterher bildete ich mir ein, in ihrer Stimme sei ein Unterton gewesen, aber ich war viel zu überrascht, um darauf zu achten. Warum eigentlich? Es kommt ja vor, daß man neben den Eltern oder Schwiegereltern wohnt. Etwas störte mich, aber ich wußte nicht, was es war.

Wir kamen zum Fragenteil. Nach kurzer Zeit wurden wir unterbrochen. Die jüngere der beiden Töchter kam nach Hause und wollte sich zu uns setzen. Frau Morken bat sie jedoch, uns wegen des Quiz-Charakters der Befragung allein zu lassen, bis sie gerufen würde. Schmollend verzog sie sich, ein hübsches, schlankes, gebräuntes Mädchen von 18 Jahren mit schulterlangem blonden Haar.

Die meisten Fragen erschienen mir unbedeutend, andere nicht. Ich bemühte mich aber, nach meinem anfänglichen Fehler in allen Fällen, bei denen es um etwas gehen könnte, was für Baltasars Ermittlungen interessant war, scharf auf eventuelle Reaktionen, Zögern, Untertöne oder ähnliches zu achten.

Eine derartige Frage lautete: »Manchmal wird in der Bevölkerung Kritik an zu lascher oder sanfter Strafverfolgung laut. Sind Sie dafür, daß Straffällige härter angefaßt werden?« Eine Ja-Nein-Frage, die Frau Morken ohne zu zögern mit Ja beantwortete.

»Ich nenne Ihnen einige Taten und die Straf-Mittelwerte, die in den letzten Jahren verhängt wurden. Sagen Sie mir bitte jeweils, ob Sie das Strafmaß für angemessen, zu mild oder zu streng halten.«

Es folgte eine längere Liste in bewußt unordentlicher Reihenfolge; weder alphabetisch noch nach Strafmaß noch nach vermeintlicher Schwere der Tat sortiert, fragte ich Frau Morken nach ihrer Meinung über etwa 20 Aktionen. Bei den meisten überlegte sie kurz und gab dann eine klare Antwort; so befand sie, daß Wirtschaftsverbrechen schärfer und kleiner Diebstahl milder behandelt werden sollten. Bei sittlicher Belästigung, etwa durch Voyeure, weiteten sich für einen Sekundenbruchteil ihre Pupillen; sie hatte sich jedoch gut in der Gewalt und antwortete ohne merkliches Zögern, aber auch ohne Hast, daß sie dies nicht als Straftat im eigentlichen Sinne betrachte, falls nicht andere Delikte wie Beschädigung fremden Eigentums damit verbunden seien.

Schließlich kamen wir zu dem Blatt, auf das die Interviewten nach Diktat eigenhändig Sätze schreiben sollten. Die meisten Sätze enthielten irgendeine knifflige Rechtschreibung oder Zeichensetzung oder Fremdwörter; einige waren einfach absurd. Was immer Baltasar gedacht hatte, als er einen Schreiner namens Hrabal eine Werkstattür öffnen und später Schwierigkeiten mit dem Sägeblatttremolo haben ließ, mochte der Himmel wissen. Auch die Behauptung, wenn Reptilien Erbsen von der Erpeler Ley erben, essen sie sie sicherlich nicht, sondern verprassen sie lieber mit einem Erpresser vom Parnaß, ist nicht ganz ohne innere Sinnlosigkeit.

Insgesamt dauerte die Aktion fast vierzig Minuten. Dann kam Tochter Iris an die Reihe. Sie maulte zwischendurch über den Unsinn des ganzen Unternehmens, weigerte sich schnippisch mindestens eine halbe Minute lang, mit Jan, Jean, Gianni, Geoffrey, Juan, James, Django und Jérome jüngst in Lloret zur Jause und in Pjöngjang zum Jagen gewesen zu sein und hielt weder Ärzte noch Abgeordnete oder Kaufleute, wohl aber Diplomaten für angesehene Vertreter eines angesehenen Berufs. Die politische Berichterstattung der Medien erschien ihr unerträglich. Insgesamt hatte ich den Eindruck von politischem Desinteresse, allgemeiner Unreife, nicht sehr bedeutender Intelligenz und blondem Haar. Sehr befriedigt über die Bestätigung meiner Vorurteile beendete ich die zweite Befragung.

Danach wartete ich bei einem weiteren Kaffee und einem Cognac darauf, daß die restlichen Familienmitglieder einträfen. Die ältere der beiden Töchter, Ines, 20, ebenfalls blond, kam glücklicherweise bald. Sie hatte den Nachmittag mit nicht näher bezeichneten Freunden verbracht und machte einen gesunden, gut durchbluteten und irgendwie satten Eindruck. Während Iris mit einer Ehrenrunde gerade die Oberprima (Dreizehn, heißt das) erreicht hatte, war Ines seit drei Monaten von einem Aufenthalt in den USA zurück und wollte im Oktober ihr Studium beginnen. Auch sie hatte die obligatorische Ehrenrunde gedreht. Sie wollte, wie sie betonte, auf keinen Fall und um keinen Preis Jura studieren (was ich vernünftig finde) und bis zum Freiwerden eines Studienplatzes in Kunstgeschichte die Mongolische Sprache erlernen, weil man damit so schön angeben kann (was ich empörend finde), und außerdem »gibt es da mindestens einen Tibeter und einen Mongolen in der Uni«. Ansonsten war sie schnell und weniger aufmüpfig als ihre jüngere Schwester, wenn auch nicht wesentlich beeindruckender. Beide Schwestern waren hübsch, mit angenehmen Gesichtszügen, vollen Lippen, schmalen Nasen, blond, schlank und sportlich, und gänzlich nichtssagend.

Während ich noch Ines befragte, erschien der Abgeordnete Emil Morken, grüßte kurz und von fern; seine Frau erklärte ihm, was los sei, dann zog er sich, ohne etwa seine Frau oder die Töchter geküßt oder gestreichelt zu haben, in sein Arbeitszimmer zurück.

»Lästig«, sagte er, als er schließlich Platz nahm und mich betrachtete, wie man eine Schmeißfliege beschaut. »Aber es muß ja wohl sein. Machen Sie bitte schnell.«

Ein drahtiger dunkelhaariger Mann, Jahrgang 1934, aus dem nämlichen Dorf bei Eger; gesund, sportlich und gebräunt – diese Abgeordneten haben Möglichkeiten, sich fit zu halten, die dem normalen Menschen verschlossen sind –, etliche Falten, interessant angegraute Schläfen, eine breitere Nase als die anderen Familienmitglieder, der Mund schmal und fast verkniffen, das Kinn nicht sehr betont. Seine eisgrauen Augen waren kalt und verschlossen; er erledigte die Fragen blitzschnell, schrieb mit gelangweiltem Gesicht alle Sätze nieder, die ich diktierte, stand dann auf, nickte kurz und ging – kein Händeschütteln, kein Wort, nichts. Ein durchaus unsympathischer Mann, kalt, berechnend, im Zweifelsfall niederträchtig, das war mein Eindruck. Ich gebe zu, daß es ungerecht ist, jemanden nach einem ersten schnellen Eindruck zu beurteilen, aber verglichen mit dem Vater erschienen mir plötzlich die Töchter wie Himmelsgeschöpfe und die Mutter unvergleichlich anmutig und von mächtiger Herzenswärme.

Es war ungefähr acht Uhr, als ich die Morkens verließ. Sehr geschickt hatte ich auf der Veranda einen Kugelschreiber vergessen, um am nächsten Tag noch einen Vorwand zu haben, das Haus abermals aufzusuchen. Ich weiß nicht, was mich dazu bewegte, wahrscheinlich wußte ich es auch nicht in dem Moment, in dem ich den Kuli vergaß.

Ich kalkulierte, daß es mindestens halb zehn, wahrscheinlich später wäre, bis ich die drei Bewohner des Ahrenbornschen Hauses befragt haben würde, dann noch die beiden Kleinsiepes. Meine Verabredung mit Moritz um 21 Uhr war nicht zu schaffen.

Aus Baltasars Report wußte ich, daß die junge Dame, die mir die Ahrenbornsche Tür öffnete, die Haushälterin war, Susanne Weber hieß, 24 war sowie blond und hübsch, aber das sah ich auch selbst.

»Sie wünschen?«

Ich erklärte, um was es ging. Sie nickte und bat mich herein; dann wartete ich eine kleine Weile in der Diele. Verglichen mit dem Luxus im Haus Morken war das Domizil des Professors karg und kalt. Die weitläufige Diele war ordentlich, aber rein funktionell eingerichtet.

Die Haushälterin erschien wieder. »Kommen Sie bitte mit«, sagte sie.

Ich ging hinter ihr her, durch einen Korridor, in dem ein Teppich die Schritte dämpfte, bis wir zu einem großen Raum kamen.

»Die Herrschaften speisen«, sagte sie. Irrte ich mich, oder war da eine kleine Ironie?

»Der Herr Professor meint, Sie möchten in seinem Arbeitszimmer warten. Kann ich Ihnen etwas anbieten? Es ist gerade Tee fertig.«

Ich nahm dankend an; man kann ja, wenn man in einer Wüste wie Bonn lebt, nie genug trinken. Während sie den Tee holte, sah ich mich um. So ähnlich hatte ich mir das Arbeitszimmer eines Professors der Mikrobiologie vorgestellt. Bücher über Bücher an den Wänden, ein von Papieren überhäufter Schreibtisch, in einer Ecke eine Glastür zu einem kleinen, wahrscheinlich hermetisch verschlossenen und sicheren Minilabor. Die zahllosen Geräte, die dort standen, lagen oder hingen, konnte ich bestenfalls als irgendwie medizinisch oder irgendwie biologisch, jedenfalls irgendwie wissenschaftlich einstufen; meine Kenntnisse reichten gerade aus, um mit Sicherheit ein Mikroskop zu identifizieren.

In der Mitte des Arbeitszimmers stand eine Art Trophäenschrank: ein Glaskasten, der sich etwa zwei Meter über einen gemauerten Sockel erhob und ausreichend geräumig war, um sieben Skelette zu bergen. Der Kasten verfügte über eine Schiebetür mit Sicherheitsschloß; ich konnte natürlich nicht widerstehen, aber die Tür war verschlossen. Die Skelette standen gestützt von hauchdünnen Metallstäben, wie Wanderer bei einer Diskussionspause im Forst.

Ich stand noch immer andächtig vor den Skeletten, als die junge Dame mit dem Tee erschien.

»Mögen Sie Skelette?« sagte sie, während sie das Tablett auf einen Beistelltisch neben dem großen Schreibtisch stellte.

Ich runzelte die Stirn. »Na ja, nur mit Senf.«

Sie kicherte. »Sagen Sie das nicht dem Herrn Professor; er liebt sie.«

»Muß nett sein, so ein gemütliches Tête-à-tête mit Knochen, in lauschiger Dämmerstunde bei einem Schoppen.«

Während sie sich lächelnd über den Teetisch beugte und mir eine Tasse eingoß, genoß ich es, mich beim Anblick erfreulicher Beine in einem kurzen Rock von den Skeletten zu erholen.

»Arbeiten Sie schon lange hier?«

Sie sah mich über die Schulter an. »Warum?«

»Ach, nur so. Ich muß Sie übrigens auch interviewen.«

Sie richtete sich auf und warf ihr halblanges Haar mit einer energischen Kopfbewegung zurück.

»Das«, sagte sie halblaut, mit einem vorsichtigen Blick zur Tür, »schlagen Sie sich wohl besser aus dem Kopf.«

»Wieso?«

»Ich glaube kaum, daß der Herr Professor damit einverstanden ist.«

Ich war ein wenig verwundert. »Warum sollte er nicht?«

»Sie werden schon sehen.«

»Wie auch immer, es ist meine Aufgabe, alle Mitglieder des Haushalts zu befragen, und eigentlich sind alle gesetzlich zur Auskunft verpflichtet.«

In diesem Moment betrat der Professor das Zimmer. Er war ein großer, stattlicher Mann mit vollem grauen Haar und einem kantigen Gesicht. Ein Cäsarenkinn, dachte ich bei mir und erinnerte mich an Aufnahmen von Mussolini, ehe er in seinen letzten Tagen verfiel. Mit einer Handbewegung entließ er die Haushälterin, mit einer anderen deutete er auf den Stuhl, der vor seinem Schreibtisch stand. Als wir beide saßen, getrennt durch Tisch und Papiergebirge, streckte er die Hand fordernd aus und sah mich aus sehr kalten, fast unnatürlich hellen blauen Augen an.

»Ihren Dienstausweis bitte!«

Fast ein Befehl, fast im Kasernenhofton. Ich zog Baltasars Kunstwerk aus der Tasche und reichte es ihm wortlos. Er studierte den Wisch kurz und konzentriert, dann gab er ihn mir zurück.

»Also schön, was wollen Sie?«

Ich hielt meine kleine Rede, wie bei Morkens. Er verzog keine Miene, und ich gab schnell den Versuch auf, durch leichte Scherze Sympathie oder Einvernehmen zu heischen.

Er lehnte sich zurück, legte die Hände zusammen und schloß die Augen, während ich sprach. Seine Finger waren lang und dünn, haarlos; schließlich sah er mich an und knurrte:

»Nun gut, fangen Sie an. Aber machen Sie schnell.«

Ich bemühte mich, seiner Aufforderung nachzukommen. Er strahlte eine eisige Kälte aus; ich konnte ihn mir sehr gut als makabren Sensenmann, in Schiefer geschnitzt, in der kalten Diele vorstellen. Als wir zum Diktatteil kamen, runzelte er die Brauen und meinte: »Ich kenne die deutschen Rechtschreibregeln; wozu dieser Unsinn?« Aber er schrieb, schnell und flüssig. Die ganze Aktion dauerte kaum mehr als 25 Minuten. Dann erhob er sich und sah mich auffordernd an.

Ich stand ebenfalls auf, nahm einen letzten Schluck von dem kalten Tee und sagte höflich:

»Ich wäre Ihnen sehr dankbar, wenn Sie mir nun mitteilen könnten, wo ich mich mit Ihrer Frau unterhalten kann.«

»Nichts da«, sagte er barsch. »Es muß Ihnen reichen, daß ich Ihren sinnlosen Bogen ausgefüllt habe. Ich darf Sie ersuchen, mein Haus umgehend zu verlassen.«

Ich schluckte; eine Reihe gehässiger Bemerkungen trippelte ungeduldig auf meiner Zunge, bis ich sie schluckte. In meiner Rolle als Befrager durfte ich mich nicht benehmen, wie ich mich sonst benommen hätte.

»Darf ich Sie darauf hinweisen«, sagte ich mühsam höflich, »daß ich angewiesen bin, alle Mitglieder eines Haushaltes einschließlich des Personals, falls vorhanden, zu befragen, und daß Sie im Prinzip verpflichtet sind, derartige Erhebungen durch Ihre Antworten zu unterstützen?«

Er hob die Brauen. »Sie sollten nicht mit mir argumentieren, junger Mann. Ich habe Ihnen gesagt, daß die Sache für Sie und mich erledigt ist. Wenn Sie Wert darauf legen, können Sie ja mit einem gerichtlichen Vernehmungsbefehl, oder wie immer das heißen mag, zurückkommen.«

Ich sah ihm ruhig in die Augen. »Darf ich vielleicht Ihre Frau dazu hören?«

»Meine Frau wird Ihnen das gleiche sagen wie ich. Leben Sie wohl.«

Er verließ das Zimmer; Sekunden später tauchte die Haushälterin wieder auf.

»Darf ich Sie hinausbegleiten?« sagte sie tonlos.

Ich folgte ihr schweigend durch den Korridor. Sie trat einen Schritt vor die Haustür; als wir draußen standen, fragte sie leise:

»Kriegen Sie Ärger, wenn Sie nicht alle Interviews bekommen?«

Ich nickte und sagte ebenso leise: »Wahrscheinlich.«

Sie zögerte einen Augenblick, dann sah sie mich an und murmelte: »Wenn es Ihnen hilft – tut mir leid, wegen drinnen –, ich hab Donnerstag meinen freien Tag …«

Leise verabredeten wir uns für ein Cafe in Bonn. Dann bedankte ich mich und ging zum nächsten Haus.

Villa Nummer Drei gehörte dem pensionierten Witwer Hermann Pistorius, der sich seit einiger Zeit auf einer Auslandsreise befand. Um seine Einsamkeit zu bevölkern, hatte er ein junges Ehepaar als Mieter aufgenommen, Ewald und Felicitas Kleinsiepe.

Ein großer, kräftiger Mann mit feuerrotem Schopf öffnete mir die Tür.

»Herr Kleinsiepe?« sagte ich, mit meinem gewinnenden Lächeln, das Baltasar gelegentlich als die mundgewordene Idiotie bezeichnet; dabei trat ich den berühmten halben Schritt zurück und nannte meinen Namen.

»Ah, Sie sind der Interviewer, nicht wahr? Da ist ja letzte Woche telefoniert worden. Kommen Sie rein.«

Während wir die Treppe zur ersten Etage hinaufstiegen, erkundigte ich mich nach Herrn Pistorius.

»Nee, der ist schon ne ganze Weile weg. Keine Ahnung, wann er wiederkommt.«

Felicitas Kleinsiepe saß im geräumigen Wohnzimmer und folgte mit Hingabe einer Fernsehsendung. Sie trug eine beinahe durchsichtige Bluse ohne Unterlage und einen nicht mehr modernen, aber überaus panoramischen Ultrakurzrock; blonde Locken, dunkelrot lackierte Finger- und Fußnägel (sie war barfuß), dezentes Make-up zur Betonung des Kirschmundes und der strahlend blauen Kuhaugen. Herr Kleinsiepe schaltete das Fernsehen aus und bot mir Bier oder Wein oder Obstsaft an; ich entschied mich für letzteren.

Als wir mit Getränken um den Couchtisch versammelt saßen, zog ich meine Papiere aus der Aktentasche und legte sie auf den Tisch. Dann hielt ich zum dritten Mal die kleine Rede.

Frau Kleinsiepe sah ihren Mann an und strahlte. »O ja, Schatz, laß mich zuerst, bitte.«

Ich hatte den Eindruck, daß Herr Kleinsiepe mich ungern mit seiner Frau allein ließ. Allerdings verstand ich bald, daß sich dieses Gefühl nicht gegen mich richtete, oder jedenfalls nicht in erster Linie. Ich bin weder so schön noch so charmant, daß Männer in meiner Gegenwart das Bedürfnis verspüren, ihre Frauen zu verstecken.

Als Monsieur den Raum verlassen hatte, nahm ich meinen Füller zur Hand und sah meine Gesprächspartnerin an. »Frau Kleinsiepe«, sagte ich, »zuerst einige Fragen zur Person ...«

»Sagen Sie ruhig Felicitas zu mir«, gurrte sie, »und meine Freunde nennen mich Felly.« Dabei fuhr sie sich mit der Zunge über die Lippen. »Wie heißen Sie denn mit Vornamen?«

Ich räusperte mich und befestigte im Geiste die Brünne. »Gnädige Frau«, sagte ich artig, »ich glaube, wir sollten diese trockene Amtshandlung nicht durch persönliche Verzahnungen hemmen.«

»Oh«, sagte sie und machte ganz große Augen. Die Wirkung hielt lange genug an, daß ich mit der Befragung beginnen konnte. So erfuhr ich, daß sie 22 Jahre alt war, Realschulabschluß hatte und mit dem Namen Weber auf die Welt gekommen war. Als ich sie erstaunt ansah, nickte sie und deutete auf die Wand, in allgemeiner Richtung des Hauses von Professor Ahrenborn.

»Meine Schwester«, sagte sie. »Aber Susanne ist schon alt«, setzte sie hinzu, »über Vierundzwanzig.«

Ich grinste. »Tja, gestatten Sie, daß ich Greis Ihnen weitere Fragen stelle?«

»Bei Männern ist das was anderes«, sagte sie strahlend. »Männer über Dreißig sind viel – besser.« Sie warf einen Blick aus dem Fenster.

»Besser? Wie meinen Sie das?« Ich konnte es mir nicht verkneifen.

Sie kicherte. »Ach, eben so, dies und das, vor allem das.« Dabei strahlte sie mich schon wieder an.

Die Befragung gestaltete sich ein wenig mühsam. Zwischendurch winkte sie mir mit ihren niedlichen Zehen zu; später nahm sie das rechte Bein auf die Couch und setzte sich beinahe auf den rechten Fuß, was die sichtbaren Beine bis zum schwarzen Spitzenslip verlängerte. Irgendwie kriegte ich den Bogen voll. Beim Diktat verwendete sie meinen Füller und lutschte gelegentlich daran, während sie mit großen Augen auf den nächsten Satz wartete.

Schließlich rief sie ihren Mann; mit einem gehauchten »War nett, hoffentlich sehen wir uns mal wieder« verließ sie den Raum. Ihr Mann sah verärgert hinter ihr her.

Bei ihm ging alles schneller. Er war 28 und nach dem Abitur zur Post gegangen. Welche Sorte Unter-, Ober-, Neben- oder Queramtsrat oder -mann er war, weiß ich nicht mehr; ich habe die byzantinischen Verästelungen deutscher Hierarchien nie durchschauen können. Felicitas arbeitete ebenfalls, als Sekretärin in einem Ministerium. Deshalb konnten sie sich die große Etage in der Villa leisten, zwei Autos und die teure und häßliche Ledergarnitur, auf der wir saßen.

Kurz nach zehn bedankte ich mich und verließ das Etablissement. Kurz vor elf gesellte ich mich zu Moritz, der in der vereinbarten Weinstube in der Altstadt am Tresen hing und grinste. Ich klopfte ihm auf die Schulter und entschuldigte mich pro forma für meine Verspätung. Er winkte ab.

»Macht nichts«, sagte er leise, »ich habe mich sehr gut amüsiert.«

»Worüber?«

Er legte den Finger auf seine Lippen und deutete mit einer leichten Neigung des Kopfes nach links, wo drei sehr prominente ehemalige (oder immer noch) Jusos miteinander ernsthaft politisch Tacheles redeten.

»Abenteuerlich«, murmelte er. »Meine Seele schmerzt, wenn ich daran denke, daß die da mal wirklich was zu sagen haben sollen.«

Ich bestellte eine Karaffe Riesling, lauschte mit einem halben Ohr ebenfalls und erzählte zwischendurch leise, was sich an diesem Abend auf dem Godesberger Millionenhügel zugetragen hatte.

»Irgendwie«, murmelte ich, »habe ich das Gefühl, ich war im Kino. Das ist alles ein bißchen dick.«

Ich drehte mich halb um und sah, wie in diesem Moment ein alter Freund, Afrikaner, das Lokal betrat. Ich stieß Moritz an, wies mit dem Kopf auf die drei und sagte sehr laut: »Ah, there goes my favourite nigger.«

Drei Köpfe rotierten, Schultern zuckten, Gesichter wurden in ungläubiger Empörung verkniffen; Luft wurde geholt, wahrscheinlich für eine Grundsatzrede über Rassismus und die Dritte Welt. Inzwischen drehte Freund Hussein sich zu mir um, grinste und breitete die Arme aus.

»Ah«, sagte er, »my favourite imperialist!«

Damit fielen wir einander um den Hals. Ich stellte ihm den wiehernden Moritz vor. Mit einem kleinen Seitenblick auf die verdutzten drei sagte ich:

»Wenn du die da nicht kennst, stelle ich sie dir auch nicht vor. Es handelt sich um ideologische Chauvinisten, in deren Kopf kein Platz für Witz ist.«

»Ah«, sagte Hussein, »typische Krauts, wie?«

Wenn sie sich nun wenigstens gewehrt hätten; aber sie zogen es ganz einfach vor, nichts zu hören, und wandten sich wieder ihren Gläsern und ihrem Gewäsch zu.

Wir redeten eine kurze Weile über Dinge, die sich seit unserer letzten Begegnung verändert hatten oder gleichgeblieben waren; Hussein goß ätzenden Hohn über die jüngsten Äußerungen eines Sprechers der Union zu afrikanischen Fragen und bemerkte, ein Interview mit einem verantwortlichen Menschen des Auswärtigen Amts zur deutschen Afrikapolitik müßte mit einer bestimmten Frage beginnen, und zwar »Warum hat die Bundesrepublik keine Afrikapolitik?« Er versprach, mich demnächst zu besuchen, und verabschiedete sich, weil zwei Bekannte, mit denen er verabredet war, eintrafen und sich an einen Tisch setzten.

»Ach ja«, sagte Moritz wehmütig und schon leicht angeschlagen, »Bonn hat den Vorteil, daß man hier schneller seine Illusionen verliert als an anderen Orten, wo man nicht dauernd irgendwelche Kanaillen am Tresen sieht.«

Es war laut genug; trotzdem kam keine Reaktion.

Später, als sie genug hatten, ließen sie den Mann hinterm Tresen drei Wagen der Bereitschaft des Bundestags für die Abgeordneten X, Y und Z bestellen, zahlten und gingen.

»Unser Geld«, sagte Moritz düster und weinerlich.

Inzwischen hatten wir einen kleineren Kriegsrat gehalten; ich hatte ihm erzählt, daß mir der Professor und die Nymphe wie Kinofiguren, der Abgeordnete wie ein Gangster und die ganze Stimmung irreal vorgekommen sei. Ich bat ihn, seine diversen Informationskanäle anzuzapfen, um wenigstens über Morken etwas zu erfahren.

Er kicherte. »Werd ich. Ich bin morgen sowieso mit einem Kollegen vom Funk verabredet, der ist Spezialist für Politklatsch. Von dem hab ich ein paar günstige Stories gehört …« Dann erzählte er eine lange Geschichte von einem Abgeordneten der Union, gegen den hinter den Kulissen eine Untersuchung vorbereitet wurde.

»Ich glaub, er weiß es, aber keiner sagt es ihm, und natürlich sagt jeder allen anderen was. In Bonn hält ja nichts und niemand dicht, wie allgemein bekannt ist. Dieser günstige Umstand erleichtert das Leben und die Arbeit ungeheuer und macht außerdem Spaß. Im Moment versuchen alle Seiten, alles mögliche zu vertuschen. Nach den Wahlen ist verschärfte Hetzjagd angesagt. Wird lecker. Aber sonst läuft jetzt auch schon genug. Zum Beispiel ...«

Dann kam die Geschichte von einem illustren SPD-Mann mit sehr akademischem Titel, hohem Parteiamt und Sprachfehler. »Den hab ich vor einiger Zeit auf ner Fete getroffen; er wollte die Gastgeberin anmachen. Hat aber nicht geklappt. Jedenfalls ist er bis morgens um vier dagewesen und hat ganz schön zugeschlagen. Hat sich richtig sauber einen geballert. Als er gehen will, fragt irgendwer ihn, ob er 'n Taxi braucht. Sagt er: ›Nein, danke, mein Fahrer wartet unten.‹ Seit abends um neun. Manchmal glaub ich, römische Sklaven sind von ihren Besitzern besser behandelt worden als die Werktätigen heute von ihren sogenannten Vertretern. Aber der Knacker ist sowieso ein Bock; greift allen unter die Röcke und nagelt alles, was sich nicht wehrt. Auf ner andern Fete neulich war's schon ganz gemütlich, da hat er mit einer scharfen Frau getanzt. Plötzlich greift er ihr, auf der Tanzfläche, und wir konnten's alle sehen, in die Bluse und sagt: ›Sehr schön. Gehen wir nachher zu mir?‹ Wir waren alle ein bißchen baff; ich meine, der Mann will ja doch gewählt werden. Die Tante war aber clever. Greift ihm in die Hose und sagt: ›Herr Prof., das reicht mir nicht.‹ Darauf kriegt er ne Bombe und rauscht raus. Wir haben applaudiert und uns totgelacht.«

Nachdenklich nahm er seinen letzten Schluck, rülpste und sagte: »Du siehst, sie sind alle gleich, beide Seiten. Was soll man eigentlich wählen? Eigentlich macht sogar der Kandidat die Sache nicht negativ einfach. Auswandern ...«

Er wollte mir noch etwas Wichtiges erzählen, konnte sich aber durch den Alkohol hindurch nicht mehr erinnern, was es war. Wir verabredeten ein Telefonat für den nächsten Morgen, dann wankte Moritz von hinnen. Ich durfte seine nicht eben kärgliche Rechnung begleichen. Dafür leistete ich mir ein Taxi nach Hause. Leider steht mir der Bereitschaftsdienst des Bundestags nicht für Fahrten zur Verfügung.

Ich beendete diesen Dienstag mit einer gewissen Nachdenklichkeit. Ich muß zugeben, daß ich allmählich an Matzbachs Nase zu glauben begann. Etwas war faul, aber andererseits war alles viel zu theatralisch.

7.

Den Mittwoch vormittag verbrachte ich mit Denken, mit großem D. Das ist ein Verfahren, welches bei den meisten Leuten dann einreißt, wenn es dafür zu spät ist. Ich wußte nicht, ob es vielleicht schon zu spät war; jedenfalls bemühte ich mich, die Eindrücke des gestrigen Tages zu verarbeiten. Die ziemlich ausgefallenen Verhaltensweisen und die allseitige Verschwägerung, die verschiedenen Reaktionen auf Stichfragen und Stichwörter, dazu meine nicht sehr weitgehende Kenntnis von Baltasars Überlegungen bei der Zusammenstellung des Fragebogens beschäftigten mich.

Am Nachmittag versuchte ich mehrmals vergebens, Moritz zu erreichen, der mir irgend etwas Dringendes erzählen wollte. Nach dem sechsten Versuch gab ich auf und machte mich auf den Weg. Ich fuhr mit der legendären U-Bahn (überirdisch) nach Bonn, wanderte zu meinem Wagen, den ich nachts lieber hatte stehen lassen, warf das an der Scheibe prangende Autogramm der Parksündersammler in den Gully und fuhr wieder zurück nach Godesberg.

Kurz vor vier klingelte ich noch einmal bei Morkens. Frau Morken öffnete mir die Tür und lächelte fast freundlich.

»Verzeihen Sie die erneute Störung, gnädige Frau«, sagte ich, »aber ich habe, glaube ich, bei Ihnen etwas vergessen.«

Sie nickte. »Moment bitte!« Es dauerte nur Sekunden, dann kam sie mit meinem Schreibutensil zurück. »Hier bitte. Kommen Sie voran?«

»Ja. Sie wissen ja, wie lange es dauert, bis ein Fragensatz ausgefüllt ist, aber ich komme ganz gut voran.« Ich zögerte; dann sagte ich: »Leider sind nicht alle Kandidaten so kooperativ wie Sie und Ihre Familie.«

Sie runzelte die Stirn und blickte nach rechts.

»Richtig«, sagte ich und deutete mit einem Neigen des Kopfes auf das Nachbarhaus. »Ihr Herr Vater hat leider nicht zugelassen, daß ich Ihre Mutter und Frau Weber befrage.«

»Tut mir leid«, sagte sie, und ich glaubte es ihr. »Mein Vater ist kein sonderlich … Na ja, man kann mit einigen Leuten besser zusammenleben als mit ihm. Hoffentlich haben Sie mit den anderen keine Probleme – oder sind Sie etwa gestern abend fertig geworden?«

»Nein, leider noch nicht. Jedenfalls danke ich Ihnen nochmals für Ihre Freundlichkeit.«

Sie lächelte. »Oh, bitte sehr. Ich wünsche Ihnen, daß Sie keine weiteren Probleme haben.«

Diesmal nahm ich den rechten Weg und ging bis zum Ende. Das dritte Haus in dieser Reihe gehörte dem Pelzhändler Grossek. Anders als die sonstigen Anwohner hatten die Grosseks die erste Etage unterteilt und die eine Hälfte zu einer Mietwohnung gemacht, in der seit einiger Zeit der angeschossene Hartmut Burger wohnte.

Ich fand zwei Klingelknöpfe an der Tür und schellte zunächst bei Grossek. Es war zwar noch früh, aber die Tochter war zu Hause. ›Die nächste Blondine‹, dachte ich, ›und der Tag ist noch so lang.‹

Barbara Grossek, 21, studierte Betriebswirtschaft und wollte später einmal das große Geschäft ihrer Eltern samt der bereits existierenden und noch zu gründenden Filialen übernehmen.

Sie war ein wenig größer und kräftiger als die anderen Blondinen der Umgebung; außerdem erschien sie mir intelligenter als zumindest einige der anderen.

Sie bat mich auf die Terrasse und machte Kaffee; dann schritten wir zur Befragung. Ich konnte keine besondere Reaktion auf irgendeine Frage erkennen; ob sie vielleicht bei einem der Sätze nach Diktat reagiert hatte, würde Baltasar selbst auswerten dürfen. Kurz nach halb fünf waren wir schon fertig.

Ich lehnte mich im bequemen Korbsessel zurück. »Schön haben Sie's hier«, sagte ich. Der Parkgarten wirkte aus dieser Ecke noch besser als aus der anderen, die ich gestern gesehen hatte.

Sie nickte und blickte zu den durch das Laub der Bäume schimmernden Häusern hinüber. »Ja«, sagte sie, »vor allem sieht man die Nachbarn nicht dauernd.«

Ich grinste. »Das klingt, als wären Sie ganz froh darüber.«

»Das können Sie nehmen, wie Sie wollen.«

»Ich fand sie eigentlich alle ganz nett, bis auf ...« Ich machte eine kleine Pause.

Sie sah mich scharf an. »Bis auf wen?«

Dann schaute sie wieder weg; ich konnte die Richtung nicht so genau sehen, aber ich glaube, sie blickte auf das Haus der Kleinsiepes beziehungsweise des abwesenden Herrn Pistorius.

»Na ja«, sagte ich vorsichtig, »die Tussi da drüben übertreibt's ein bißchen.« Auf den Busch klopfen heißt das, glaube ich.

Barbara Grossek verzog den Mund. »Bißchen ist gut«, murmelte sie.

Bevor sie aus der redefreudigen Stimmung in eine andere geraten konnte, setzte ich hinzu: »So was kann wohl ziemlich ärgerlich sein ...«

Sie kaute auf der Unterlippe. »Sie sind mir ja fast sympathisch«, sagte sie dann. »Die meisten Männer fallen prompt auf diese Nymphomanin rein.«

Mit dem Feingefühl, das mir manchmal eigen ist, bemerkte ich, daß in ihr eine Jalousie runterging, und wechselte das Thema. »Merkwürdig ist ja auch der Professor.«

Sie warf mir einen mehrdeutigen Seitenblick zu. »Wie kommen Sie darauf?«

»Na ja«, sagte ich gedehnt, »ich will nicht über Ihre Nachbarn lästern ...

»Ach, stellen Sie sich nicht an, wir sind unter uns!«

Ich nahm die Aufforderung an und erzählte ihr vorsichtig von meinem Besuch im Hause Ahrenborn.

Sie verzog das Gesicht und nickte heftig. »Er ist ein absoluter Widerling. Ich glaube nicht, daß seine Frau in ihrer ganzen Ehe einmal gelacht hat. Seine Kinder wahrscheinlich auch nicht.«

Ich blickte sie verwundert an.

»Kinder? Ich dachte, Frau Morken wäre einziges Kind ...«

»Wie man's nimmt. Der Herr Abgeordnete ist ein Pflegesohn. Ich weiß nicht, wieso, aber irgendwie sind seine Eltern in der letzten Kriegszeit umgekommen, und die Ahrenborns haben ihn großgezogen.«

Ich pfiff leise. »Die Eheleute Morken sind also Pflegegeschwister? Könnte man ja fast als Adoptivinzest bezeichnen.«

Sie lachte und sah mich beinahe aufmerksam an. »Hören Sie mal, wie sind Sie denn an diesen dämlichen Interviewerjob gekommen? Man könnte den Eindruck kriegen, daß Sie mehr im Kopf haben, als man dazu braucht.«

Selbstbewußtes Mädchen, dachte ich; dann beschloß ich, ein nicht ganz kalkulierbares Risiko einzugehen.

»Ach«, sagte ich wegwerfend, »von irgendwas muß man ja leben.« Nach einer kleinen Kunstpause setzte ich hinzu: »Ich hab Sprachen studiert und wollte immer *den* großen Roman schreiben; bisher hat's aber nur zu ein paar Krimis unter Pseudonym gereicht. Sie wissen schon, Heftchen. Zwischendurch muß man an die Flocken denken ...«

Sie rümpfte die Nase. »Scheiße, so was, ne?« sagte sie unverblümt.

Damit fiel sie aus der Sprache der Kaufmannstochter in die der Studentin. »Krimi ist überhaupt gut. Hör mal, wenn du hier mit dem Interviewen fertig bist …«

Dann merkte sie, was passiert war, und brach ab. »'tschuldigung. Ist mir so rausgerutscht.«

Ich nickte. »Kann passieren, macht aber nichts. So lange bin ich noch nicht aus der Uni raus.«

»Okay. Also, wenn du hier fertig bist, dann – nee, andersrum. Wenn du schon mal Krimis geschrieben hast, traust du dir dann zu, wenn dir jemand ne wirre Geschichte erzählt, die vielleicht ein Krimi ist, da irgendwie was draus zu machen? Ich meine, nicht was zu schreiben, sondern vielleicht mit 'n bißchen Fantasie auszuklamüsern, was hinter komischen Einzelheiten stecken könnte?«

Ich tat, als müßte ich überlegen.

»Kann sein. Ich meine, es kommt natürlich drauf an. Nee, also das würd ich auf jeden Fall gern mal versuchen. Vielleicht kommt dabei ja tatsächlich mal ein vernünftiger Krimi raus, nicht irgendwas, was man an den Haaren herbeigezogen hat. Worum geht's denn?«

Plötzlich war sie wieder halb verschlossen. »Ach«, murmelte sie, »ich glaub, ich bin einfach zu vertrauensselig. Schließlich kenn ich dich ja gar nicht.«

Ich sah sie von der Seite an, räusperte mich und sagte halblaut: »Das können wir gern ändern …«

Sie betrachtete mich forschend und rieb sich dabei die wohlgeformte Nase. Dann lächelte sie plötzlich. »Warum eigentlich nicht?« Sie musterte mich, aber es war nicht unangenehm. »Zieh dir bloß nicht so nen Anzug an, wenn …«

»Ah«, sagte ich, »für den Job hier muß ich. Ich versprech dir feierlich, für unser erstes Rendezvous treib ich ausgewaschene Jeans auf.«

Sie nickte. »Du mußt wahrscheinlich heute noch ein bißchen interviewen?«

»Mhm. Wann kommen denn deine Eltern?«

»Meistens gegen sieben.«

»Und der Herr Untermieter? Wie heißt er doch gleich ...«

»Ach«, sagte sie, »der schöne Hartmut. Der ist da. Er ist irgendwie krank. Ich weiß nicht, was er hat, jedenfalls war er schon länger nicht zur Arbeit und kommt nicht mehr in den Garten runter.« Es klang geringschätzig, vielleicht auch ein wenig bitter.

»Na ja«, sagte ich, »dann werd ich gleich mal bei ihm mein Glück versuchen und anschließend nebenan. Für deine Eltern komme ich später wieder. – Wieso wohnst du eigentlich zu Hause?«

»Warum nicht? Ich kann hier tun und lassen, was ich will, und keiner macht mir Vorschriften.«

»Und was ist das für ne wilde Kriminalstory, die du mir erzählen willst?«

»Ach, hier ringsrum. Irgendwas ist hier faul, und zwar schon ziemlich lange. Aber das führt jetzt zu weit. – Komm, ich bring dich zum schönen Hartmut.«

Wir gingen ins Haus. Von hinten sah ich die Haare, das knappe weiße T-Shirt, die knappen weißen Jeans und erfreute mich der Geometrie.

»Hör mal«, sagte ich, als wir in der Diele angekommen waren, »wann sehen wir uns?«

Sie blieb stehen und überlegte. »Warte mal – morgen ist Donnerstag, da kann ich nicht. Freitag, ja; Freitag geht. Freitag abend?«

»Paßt mir. Wollen wir sagen, gegen acht?«

»Okay, wo?«

Wir machten ein Restaurant als Treffpunkt aus.

In der oberen Etage angekommen, klopfte sie an eine Zwischentür und rief: »Hartmut! Besuch vom Statistischen Bundesamt!«

Dann zwinkerte sie mir zu und ging wieder nach unten.

Der Mann vom AA trug ein Flanellhemd, Jeans mit Bügelfalten und Sandalen. Ein paar Zentimeter größer als ich, schlank, dunkelbraunes Haar, Typ Latin Lover, ein schwerer Siegelring an einem seiner sorgfältig manikürten Finger. Er machte einen etwas nervösen Eindruck und hielt sich unnatürlich gerade. Ich sagte meinen Spruch auf, erinnerte ihn daran, daß er in der vergangenen Woche angerufen worden war, und er bat mich in seine Wohnung.

Im Wohnzimmer forderte er mich auf, Platz zu nehmen, bot mir etwas zu trinken an und entschuldigte sich überaus korrekt, als er in die Küche ging, um die Getränke zu holen.

Trotz des heißen Tages war das Fenster geschlossen; ein sanfter Blumenduft im Raum wies darauf hin, daß es offen gewesen war. Mit einem schnellen Blick stellte ich fest, daß das Fenster nur wenig links versetzt über der Terrasse lag, auf der Barbara Grossek und ich bis eben gesessen hatten.

Er kam aus der Küche zurück. Mühsam balancierte er in der rechten Hand ein Tablett mit zwei Gläsern, Eiswürfeln in einem Becher, einer Flasche Sprudel und einer Flasche Fruchtsaft. Ich sprang auf, um ihm zu helfen; natürlich ganz aus Versehen berührte ich dabei kurz seine linke Schulter. Er stöhnte leise.

»Tut mir leid«, sagte ich; »hab ich Ihnen wehgetan?«

Er winkte ab und sah mir zu, wie ich das Tablett auf dem Tisch deponierte. »Nicht der Rede wert«, sagte er. Dann, als Erklärung: »Ich bin vor einiger Zeit ungeschickt die Treppe hinuntergefallen; das Schlüsselbein ist angebrochen.«

»Oh, das tut mir aber leid. Ich kenne das, es ist scheußlich. Ich hatte so was auch mal. Bei mir hat es eine Weile gedauert, bis ich mich wieder richtig bewegen konnte. Haben Sie's schon lange?«

»Ein paar Wochen«, sagte er. Dann setzte er sich. »Also, schießen Sie los!«

In den nächsten Minuten erfuhr ich, daß er 34 Jahre alt

war, sowie Einzelheiten über seine Ausbildung, sein Jurastudium, die Bewerbung für den erhöhten Dienst am Vaterland im Auswärtigen Amt, seinen Aufenthalt in einem Andenstaat und ein paar andere Dinge.

Die Fragen beantwortete er schnell und flüssig; zwischendurch wirkte er jedoch einige Male unkonzentriert und zerfahren. Als wir beim Diktatteil waren, hörten wir plötzlich einen Schlüssel in seinem Türschloß. Ich sah, wie er die Lippen zusammenkniff. Dann hörte man trippelnde Schritte, ein helles »Hallo, Schätzchen«, und Frau Kleinsiepe stand im Raum.

Natürlich standen wir beide auf; Gentlemen wissen, was sich einer Dame gegenüber gehört. Sie blickte leicht erstaunt. »Ach, der nette Herr Interviewer«, sagte sie dann. »Da stör ich ja wohl. Ich komm dann nachher noch mal. Tschühüs.«

Schwups, und weg war sie. Wir setzten uns wieder. Burger mied meinen Blick und sagte nur:

»Wo waren wir gerade?«

Um halb sechs klingelte ich am mittleren Haus, bewohnt vom Kommunalpolitiker und Mitglied des Bonner Stadtrats Werner Treysa und seiner Familie. Zu meinem Entsetzen öffnete ein weiteres Wesen in Blond das Portal. Ich sagte meinen Spruch auf und wurde in den Salon gebeten.

»Ich bin allein zu Hause«, sagte sie. Es handelte sich um Tochter Ulrike, blond, schlank, in Tenniskleidung und barfuß, 19 Jahre alt. »Mein Vater macht im Moment natürlich Wahlkampf; er ist mit ein paar Assen von der Bundespartei unterwegs, Pfoten schütteln. Meine Mutter hilft ihm dabei, und meine Schwester ist vorige Woche zu einer Freundin an die Nordsee gefahren.«

»Nun ja«, sagte ich, »das ist natürlich schade. Ich sollte die Fragebogen komplett erledigen …«

Sie blickte auf die Papiere, die ich bereits auf den kleinen Couchtisch gelegt hatte.

»Mhm«, machte sie, »also, mich können Sie ruhig interviewen. Bei den anderen wird das schwierig.«

»Wann werden die anderen denn wieder vorhanden sein?«

Sie überlegte. »Inge kommt, glaub ich, Ende nächster Woche zurück. Und meine Eltern? Die tauchen zur Zeit periodisch nachts auf und verschwinden früh morgens wieder. – Kann ich Ihnen irgendwas zu trinken anbieten?«

Ich bat um Kaffee, und sie verschwand in der Küche. Wie die anderen Villen war auch dieses bescheidene Domizil weitläufig angelegt; die Inneneinrichtung war vergleichsweise bürgerlich, wenn auch längst nicht so karg wie im Haus des Professors. Solider Luxus ohne Extravaganzen, an den Wänden geschmackvolle, aber sicherlich erschwingliche Drucke älterer Maler. Der Polstersessel, in dem ich halb lag, war sehr bequem, aber ebenfalls weder besonders neu noch besonders teuer. Alles in allem machte dieses Wohnzimmer einen eher gemütlichen und vernünftigen Eindruck.

Gemütlich und vernünftig war auch das Interview. Ulrike Treysa hatte gerade Abitur gemacht und wollte im Wintersemester in Bonn mit dem Studium der Evangelischen Theologie beginnen.

»Sind Sie religiös?«

»Nee, aber alles, was mich interessiert, ist dicht, Numerus clausus. Sie wissen schon; vielleicht gefällt es mir am Ende sogar, oder ich mach es, bis irgendwo anders ein Platz frei wird.«

Im übrigen war sie offen, natürlich und ein wenig vertrauensselig. (Vielleicht liegt es an mir, wer weiß? Baltasar behauptet, meine Dackelaugen machten es jeder verkappten Großmutter unmöglich, mir einen Dackel oder ein Vertrauen nicht zu übergeben.) Bei der Frage nach sittlicher Belästigung, etwa durch einen Voyeur, kicherte sie.

»Komisch, daß Sie gerade danach fragen.«

»Wieso?«

Sie lehnte sich zurück und blickte durch das Fenster auf den Garten. »Na, vor ein paar Wochen ist hier nachts so 'n Johnny rumgeturnt. Ich glaub, der war schon älter.«

Ich bemühte mich, mir nichts anmerken zu lassen, und grinste. »Es gibt ja auch kaum eine Ecke, wo es sich mehr lohnt als hier.«

Sie schaute mich fragend an.

»Ich meine, in allen Häusern nette junge Damen in Blond; das macht bestimmt mehr Spaß als vor den Fenstern eines Altersheims.«

»Ich glaube, daß Sie da grundsätzlich recht haben, aber der Mann hatte offenbar andere Vorlieben.«

»Wieso? Ich meine, was für Vorlieben, und wie können Sie das so sicher sagen?«

Sie kicherte wieder. »Ach wissen Sie«, sagte sie, wobei sie ein klein wenig rot wurde, »wenn Sie es nicht weitersagen ...«

Ich versprach ihr hoch und heilig, wie ein Grab zu schweigen. Sie hatte anscheinend etwas gesehen und kam sich wichtig vor, durfte es aber nach den Maßstäben des Hauses nicht erzählen. Jedenfalls klang mir die Einleitung so.

»Meine Schwester«, sagte sie, »hat nen Freund. Ich weiß nicht, wo sie den aufgetan hat. Inge hat manchmal nen Hau. Jedenfalls ist der Typ so 'n ekelhafter Bodybuilder, wissen Sie, irrsinnige Muskeln, immer ein blödes Lächeln, wahnsinnig freundlich und absolut schwachsinnig. Inge meint, er wär aber ganz gut bei Kondition. Na ja, an dem Abend war sonst keiner da, und da taucht also der Bizeps hier auf. Inge wollte mir eine Kinokarte spendieren, die hab ich dann auch dankend angenommen und so getan, als wollte ich weggehen. Dann hab ich einen kleinen Spaziergang durch die Umgebung gemacht, und ... Sind Sie sicher, daß Sie das nicht schockiert? Ich meine, wir sind ja modern und reden über alles, aber ich weiß nicht, Sie sind wohl schon ein bißchen älter ...«

Die Naivität und das zweifelhafte Kompliment sorgten dafür, daß ich mich am Kaffee verschluckte. Nachdem ich mich freigehustet hatte, sagte ich:

»Also, keine Sorge, so alt bin ich nun auch wieder nicht.«

Sie nickte ernsthaft und erzählte weiter. »Na, jedenfalls bin ich um das Haus rum in den Garten geschlichen, leise und immer hinter den Büschen, für alle Fälle. Ich wollte doch sehen, wie das mit der Kondition ist ... Inges Fenster waren zu, aber sie hatte das Licht an. Also bin ich auf die Weide da hinten geklettert, mit nem Fernglas. Ich war ganz leise, für alle Fälle. Zufällig donnerten auch noch gerade ein paar Hubschrauber durch die Luft. Tja, und dann hab ich ein bißchen gekuckt. Mann, da war was los. Plötzlich hör ich irgendwas knacken, schau mich ganz vorsichtig um, und da seh ich den Typ in der Eiche sitzen. Das heißt, es war ja schon ziemlich dunkel, ich hab natürlich nur so Umrisse gesehen. Sah so aus, als ob er in die andere Richtung schaut. Ich hab dann ganz vorsichtig alle erleuchteten Fenster beobachtet. Ich kann Ihnen sagen, ich hab nie gewußt, was hier nach Einbruch der Dunkelheit los ist. Eine von den Morkens hatte Männerbesuch, ich weiß nicht ob Ines oder Iris, war zu weit weg. Die Kleinsiepes waren auch dabei, und die Pallenbergs, und alle mit Licht. Aber der Kerl hat eindeutig woanders hingeschaut, und zwar zu den Ahrenborns. Der Professor stand, seine Frau saß und weinte, und er hat offenbar mit ihr furchtbar rumgezetert, jedenfalls konnt ich nur sehen, wie sein Mund immer auf und zu geht, und so knappe, harte Handbewegungen, Gesten, und zwischendurch hat er sich immer ans Ohr gefaßt, das macht er, wenn er nervös oder aufgeregt ist. Ringsum die schönste Live-Mache, und der Kerl hockt im Baum und glotzt den Ahrenborns beim Streiten auf die Mäuler.«

Sie machte eine Pause und schüttelte den Kopf, als könnte sie es noch immer nicht verstehen.

»Na ja. Ich hab dann gehustet, nur so ganz leise. Da ist er furchtbar zusammengezuckt, hat sich umgedreht, mich gesehen, wahrscheinlich auch nur in Umrissen, und schwups, runter vom Baum, quer durch den Garten, und hinten bei Kleinsiepes durch die Büsche, weg.« Sie kicherte wieder.

Ich schüttelte den Kopf, grinste aber dabei und sagte mit vorwurfsvoller Stimme: »Na, hören Sie mal, wenn einer ein Voyeur ist, dann ja wohl Sie!«

Sie zog die Nase kraus und sah mir in die Augen. »Ts, ts«, machte sie dabei, »wieso Voyeur? Ich wollte doch nur mal sehen, wie es meiner Schwester geht. Und da das meine eigene Schwester ist, darf ich doch wohl, oder?«

Gegen diese Logik wollte ich nichts einwenden. Ich sagte also nur: »Und wie kommen Sie darauf, daß der Mann älter war?«

»Ich hab ihm natürlich hinterhergeschaut, mit dem Fernglas, und er mußte unter ein paar hellen Fenstern vorbei.«

Ich dachte an Baltasars Aufklärungsmission und fragte weiter: »Dick oder dünn?«

»Dünn. Warum fragen Sie?«

»Nur so, interessiert mich. Ich kenne einen, der so was schon mal macht, aber der ist fett.«

Sie lachte. »Nee, also, fett war der nicht. – Übrigens muß irgendwer weiter oben an der Straße ihn auch gesehen haben. Ein paar Tage später war nämlich ein Zeitungsfritze hier. Der hat erzählt, jemand, natürlich dürfte er keinen Namen nennen, hätte ne Anzeige gemacht, und er hätte davon erfahren, und ob wir sehr belästigt worden wären. Da waren aber meine Eltern und die liebe Inge dabei, deshalb konnte ich natürlich nichts erzählen.«

»Na ja«, sagte ich, »Sie leben ja offenbar in einer lustigen und aktiven Nachbarschaft.«

»Kann man sagen. Aber die meisten sind ganz okay, bis auf ein paar.«

Ich hatte das Gefühl, auf eine brauchbare Quelle gestoßen zu sein, deswegen riskierte ich weitere Fragen. »Könnte ich mir denken«, sagte ich, wie nachdenklich. »Der Professor drüben war jedenfalls ganz schön unangenehm zu interviewen. Mit seiner Frau durfte ich gar nicht erst reden, auch nicht mit der Haushälterin.«

Sie schüttelte den Kopf, machte aber ein verstehendes Gesicht. »Glaub ich gern. Frau Ahrenborn ist ein ganz armes Schwein. Traut sich kaum mal in den Garten, in die Stadt schon gar nicht. Und mehr als Guten Tag kann man mit ihr auch nicht reden. Dann verschwindet sie sofort. Ganz armes Schwein. Außerdem ist sie, glaub ich, ziemlich krank.«

Sie bat mich um eine Zigarette.

»Die Haushälterin ist ganz nett, anders als ihre Schwester. Die ist nämlich scharf wie Knofel. Und Herr Kleinsiepe ist ziemlich eifersüchtig. Irgendwann bringt er die noch mal um, glaub ich, oder einen von ihren wechselnden Beschälern. Neulich, so vor zwei Wochen, hat's hier mal geknallt, spät nachmittags. Ich dachte schon, jetzt hat er sie erwischt, aber da war bei Kleinsiepes nur das große Fenster geplatzt. Aber sonst sind alle ganz brauchbar. Die Morkens, zum Beispiel, bis auf den Vater. Mein Vater kann nicht gut mit ihm, das ist klar, das ist die andere Partei. Außerdem ist er ein ziemliches Ekel. Die Grosseks sind ruhig und lieb, und die Pallenbergs neben uns, beziehungsweise er und seine Lebensgefährtin, na ja, er ist ein alter Freund von meinem Alten. Wenn Morken und Ahrenborn nicht wären, und die

Kleinsiepe-Schnepfe, dann wär's hier richtig friedlich. Der alte Pistorius ist süß. Den haben Sie nicht kennengelernt, oder? Der ist ja auf Achse. Ein ganz lieber alter Mann, echt ruhig und so, 'n richtiger lieber Opa. Vor 'n paar Wochen wollte er die Kleinsiepes schon mal rausschmeißen, weil dauernd wegen ihr Theater war. Dann war irgendwas mit Morken und Ahrenborn, jedenfalls haben die beiden mit Frau Kleinsiepe und Pistorius ne Art Konferenz gemacht. Kurz danach ist er in Ferien gefahren. Mal gespannt, wie das wird, wenn er wieder hier ist.«

Hier hatte ich also die Inkarnation der Wochenendzeitungen vor mir. Sie plapperte und plapperte; ich erfuhr tausend Dinge über Leute, die ich nicht kannte und von denen ich noch nie etwas gehört hatte. Zwischendurch versuchte ich vorsichtig, mit ein paar Fragen wieder in diese sechs Villen zu gelangen, aber dabei kam nichts mehr heraus.

Als wir endlich den Bogen voll hatten und ich mich mit Dank verabschiedete, war es bereits kurz nach sieben. Ich bat nach einem Blick auf meine Uhr darum, ein Ortsgespräch führen zu dürfen. Wohlweislich stellte ich mich so, daß die kleine Klatschbase nicht etwa sehen konnte, welche Nummer ich wählte. Außerdem verzichtete ich darauf, meinen oder den Namen von Ariane Binder zu nennen, der ich nur kurz mitteilte, daß es ein wenig später werden könnte.

Gegen Viertel nach sieben klingelte ich bei Pallenberg. Hier ging alles sehr schnell. Karl Pallenberg, 49, Bauunternehmer, war ein massiger Mann, dessen Hände zeigten, daß er durchaus noch selbst mit anpackte, obwohl er mittlerweile über hundert Leute beschäftigte. Er hatte vor etwa zwanzig Jahren diese sechs Häuser gebaut. Fragen zu alten Beziehungen mit Nachbarn gehörten leider nicht zum Katalog. Er war zweimal verheiratet gewesen und beide Male erfolgreich geschieden worden; beide Frauen waren wieder verheiratet, Kinder hatte es nur in der ersten Ehe gegeben, und die waren mittlerweile alt genug, so daß er keine Alimente mehr zu zahlen hatte. Finanziell, körperlich und geistig gesund, das war mein Eindruck, und vor allem ganz normal.

Er lebte seit einiger Zeit mit seiner ehemaligen Mitarbeiterin Gudrun Lorenz zusammen. Eine stämmige Frau, üppig und blond, fröhlich, mit schneeweißen Zähnen, 34 Jahre alt; sie hatte kurze Zeit die Buchhaltung in Pallenbergs Unternehmen geleitet und überprüfte noch immer alle wichtigen Abrechnungen; dreimal pro Woche verbrachte sie jeweils den Vormittag in seinem Büro. Auch sie war geschieden. Im Vergleich zu einigen der verdrehten Akademiker, mit denen ich in den beiden vergangenen Tagen zu tun gehabt hatte, erschienen mir beide äußerst sympathisch, normal, aktiv, weder weinerlich noch versponnen. Sie waren sehr schnell bei der Ausfüllung der Fragebögen, zwischendurch bekam ich noch einen Teller mit Schnittchen hingestellt, und als ich ging, gegen halb neun, bedankte ich mich herzlich, und zwar ehrlichen Herzens.

Als ich wieder vor der Tür des Grossekschen Hauses stand, hoffend, nun die Eltern zu erwischen, fand ich einen Zettel an der Klinke. Die Handschrift kam mir bekannt vor, bis ich mich stumm einen Trottel schimpfte: Es war die Handschrift von Barbara Grossek, die ich ja am Nachmittag beim Diktat kennengelernt hatte. Die Nachricht war kurz und lakonisch: Alles ausgeflogen, Theaterabo. Bis Freitag. B. G.

Seufzend stieg ich in meinen Wagen und überlegte, ob ich allen Ernstes einen dritten Abend opfern sollte, um Baltasars verfluchte Bögen zu füllen.

Kurz vor neun fand ich in Plittersdorf einen Parkplatz fast genau vor dem Haus, in dem Ariane Binder wohnte. Sie hatte eine hübsch geschnittene, aber nicht allzu große Mietwohnung im Parterre des Hauses, das um die Jahrhundertwende gebaut war und hohe Decken aufwies, von denen vor Jahren irgendein Verbrecher den Stuck abgeschlagen hatte, weil er ihm wohl unmodern vorgekommen war. Ihr Blond war schon von einigen Silberfäden durchzogen, die zu färben sie für überflüssig hielt. Sie leitete die Bonner Pressestelle eines bedeutenden Wirtschaftsverbandes, ungewöhnlich für eine Frau in diesen männlich kontrollierten Kreisen, und ich machte eine entsprechend respektvolle Bemerkung.

»Nur tote Fische schwimmen mit dem Strom.« Sie lächelte.

»Mao Tse-tung«, sagte ich.

Das Lächeln stand ihr gut, und die kleinen Falten in ihrem Gesicht erschienen mir als schön. Das Gesicht empfand ich als fast klassisch geschnitten und ausdrucksvoll: leicht gebogene Brauen, eine hohe Stirn, grüne Augen, eine gerade Nase, volle geschwungene Lippen und ein kräftiges, aber nicht aufdringliches Kinn – ich entschloß mich zu einer Frechheit.

»Ich bin ein wenig unschlüssig, Madame«, sagte ich.

»Inwiefern?« Sie zündete sich einen dünnen, schwarzen Zigarillo an. Er paßte gut zwischen ihre schlanken, schmucklosen Finger.

»Nun, ich erkenne mit Überraschung an, pardon, daß Baltasar einen vorzüglichen Geschmack besitzt. Da er aber ein widerliches Geschöpf ist, fällt das Kompliment umgekehrt reziprok gegen Sie zurück.«

Sie lachte und prüfte, ob der Tee schon stark genug war. »Ihrer Äußerung entnehme ich, daß Sie und Baltasar gute Freunde sind. Er sagte, bevor er verschwand, daß ein mickriges Kerlchen mit Blähnabel auftauchen und Schmähreden gegen ihn sabbern würde. Daran könnte ich Sie erkennen.«

Ich klopfte gelassen auf meinen bescheidenen Wanst. »Blähnabel? Na schön. – Entschuldigen Sie meine Neugier, aber ich möchte Sie gern fragen, wie Baltasar an Sie geraten ist und was Sie mit seiner kriminellen Ermittlung zu tun haben. Ich habe ihn jedenfalls so verstanden, daß Sie informiert sind und daß ich Sie auf dem laufenden halten soll.«

Sie nickte und strich sich mechanisch einige Haare aus der Stirn. »Das ist zunächst ganz einfach. Als Ihr gemeinsamer Freund Moritz seine angebliche Recherche über diesen Voyeur machte, war meine Tochter gerade bei Morkens zu Besuch. Sie ist mit Iris befreundet, der jüngeren der beiden Töchter. Sie sind in der gleichen Klasse. Ihr Freund war offenbar zuerst bei allen anderen gewesen und kam zuletzt zu Morkens, zu einer Zeit, als Evelyn, meine Tochter, nach Hause wollte. Sie hat ihn wohl gefragt, ob er sie mitnehmen könnte, und er hat sie nach Hause gefahren.«

Sie goß den Tee in die beiden hauchdünnen Täßchen und bot mir Zucker und Sahne an.

»Auf dem Heimweg hat meine Tochter wohl – sie ist nämlich gar nicht so dumm – durch geschicktes Fragen herausbekommen, daß es gar nicht um einen Artikel ging. Darauf brachte sie Herrn von Morungen mit zu mir.«

»Sagen Sie nicht Herr von Morungen«, bat ich, »ich erkenne ihn dann gar nicht wieder.«

Sie überging den Einwand. »Das hat mehrere Gründe. Evelyn hatte vor ein paar Wochen den Eindruck, daß im Haus Morken etwas nicht so ist, wie es sein sollte. Da ich Frau Morken schon sehr lange kenne, habe ich meiner Tochter einige Dinge erzählt, die ich über die Familie weiß und die man nicht unbedingt erzählen muß, wenn die interessierte Tochter noch klein ist. Evelyn ist eine begeisterte Krimileserin und hat sich natürlich, als Herr von Morungen sich verplapperte, sofort eine wilde Geschichte ausgedacht, die passiert sein könnte.«

»Ah«, sagte ich. »Moritz, die Plapperschlange! Deshalb hat er nichts erzählt; er hat sich bestimmt geschämt.«

»Das kann gut sein. Jedenfalls hat Evelyn ihn mit in die Wohnung gebracht, und weil er ohnehin einen Fehler gemacht hatte, hat er mir dann die ganze Geschichte von der Zahnbürste und dem grauen Männlein erzählt.«

Sie lehnte sich zurück und grinste spitzbübisch. »Ich fand die Geschichte unwiderstehlich; ich glaube, ich habe schrecklich gelacht. Herr von Morungen wollte dann ein Versprechen von mir, sozusagen unter Pressekollegen, daß ich nichts weitersage. Er war richtig erleichtert, als ich ihm gesagt habe, daß ich dazu bereit wäre, aber nur unter einer Bedingung.«

»Welche Bedingung?«

»Ach, wissen Sie, diese Zeiten sind so grau und mechanisiert, daß ein fantastischer Farbtupfer richtig erfrischend ist. Ich habe ihm gesagt, ich würde schweigen, wenn er mich mit dem Erfinder des Zahnbürstenkomplotts bekanntmacht. Daraufhin hat er Baltasar angerufen und ihm gesagt, er hätte schrecklich wichtige Informationen und Baltasar müßte sofort kommen. Na ja, nach einer halben Stunde tauchte Herr Matzbach auf, und Moritz hat sich ganz schnell verdrückt. Wir haben dann hier, mit Evelyn, bis in die Nacht gesessen und geredet. Schließlich haben wir uns für den vorigen Freitag abend verabredet.« Sie blies eine lange Rauchfahne an die hohe Decke. »Ein bemerkenswerter Mann«, sagte sie. »Kennen Sie ihn schon lange?«

»Ungefähr sieben Jahre.«

»Wirklich bemerkenswert. Ich dachte immer, die Sorte wäre ausgestorben. Vielleicht irre ich mich, aber das wird sich herausstellen. Jedenfalls jetzt, nach der kurzen Zeit, habe ich das Gefühl, daß er vieles von dem verkörpert, was dieser Epoche fehlt.«

»Ja«, sagte ich, »er hat alle Macken, die spätestens im Mittelalter verboten wurden.«

»Seien Sie doch mal ernst. Er weiß so viel, denkt nicht in Schablonen, paßt in keine Schublade. Außerdem ist er auch noch zärtlich, und er liebt seine Freunde.«

Plötzlich schaute sie aus dem Fenster. Ich begriff, daß ihr die Offenheit unangenehm war und daß etwas sie überwältigt hatte. Halblaut sagte ich:

»Ich weiß, daß er seine Freunde – wie sagten Sie? Jedenfalls schlägt er mich häufig.«

Sie lächelte und sah mich wieder an. »Sie haben ja Takt«, sagte sie, halb erstaunt. »Danke. Jedenfalls füllt er sofort jeden Raum aus, in dem er sitzt.«

»Kein Wunder, bei soviel Fett.«

»Unsinn. Ich meine das auch – wie soll ich sagen, innerlich? Dagegen hilft nur eins: Man muß es akzeptieren; das versuche ich im Moment. Oder man wehrt sich mit Sarkasmen, wie Sie.«

Ich stand auf, ging um den Tisch herum, nahm ihre Hand, küßte ihre Fingerspitzen, ging zurück und setzte mich wieder.

Sie sah mich verwundert an.

Ich breitete die Arme aus. »Madame«, sagte ich, »wie sollte ich eine schöne Frau nicht lieben, die Gutes über meinen Freund Baltasar sagt?«

Sie wollte etwas sagen, schluckte es dann aber hinunter und beugte sich vor. »Na schön«, sagte sie, wobei sie auf den Tisch klopfte, »hören wir mit den Albernheiten auf und kommen wir zur Sache.«

Danach hörte ich eine Geschichte, die sie Baltasar schon erzählt hatte. Sie war mit Eva Morken, die damals noch Ahrenborn hieß, in die Schule gegangen. Die beiden Mädchen hatten sich angefreundet. Gelegentlich war sie auch im Haus der Ahrenborns gewesen.

»Aber nur ungern. Damals wohnten sie noch in Bonn. Das

Haus in Godesberg ist erst so neunzehnhundertsechzig, genau weiß ich's nicht mehr, gebaut worden. Ich habe mich nie wohl gefühlt bei ihnen. Zu Hause war Eva ganz anders als bei mir oder wenn wir gemeinsam irgendwas unternommen haben. Das war wie ein riesiger, düsterer Schatten.«

Der Schatten war der Vater, Professor Arno Ahrenborn. Er hielt Evas Mutter wie eine Leibeigene, die keine eigenen Gedanken und kein eigenes Gefühl haben durfte.

»Woher das kommt, weiß ich nicht. Frau Ahrenborn ist, glaube ich, sechs Jahre jünger als er. So um die Siebenundfünfzig heute. Das heißt, sie wäre ungefähr Jahrgang dreiundzwanzig. Soweit ich weiß, haben die Ahrenborns im Frühjahr einundvierzig geheiratet, und Eva ist im Juli zur Welt gekommen. Sie können sich das selbst ausrechnen. Frau Ahrenborn war siebzehn, er dreiundzwanzig, als es passiert ist, und das neunzehnhundertvierzig in einem Kaff in der Nähe von Eger. Ich glaube, er war so ein kleines Genie, hat mit siebzehn Abitur gemacht – eine Klasse übersprungen – und neunzehnhundertvierzig, mit gerade dreiundzwanzig, sein medizinisches Examen. Dann ist er wohl an dieses kleine Landkrankenhaus gegangen, in der Nähe von Eger.«

Was sie wußte, hatte sie von Eva, und die wiederum wußte nur, was ihre Mutter ihr gelegentlich verstohlen erzählt hatte. Vom Vater war nichts zu erfahren. Er war hart und kalt.

»Später hat Frau Ahrenborn praktisch aufgehört zu reden und sich ganz in sich selbst zurückgezogen. Ich glaube, daß sie schon seit vielen Jahren in einem Zustand ist, den man eigentlich nur als sehr krank bezeichnen kann. Natürlich kann niemand etwas machen, denn der Herr Professor hat ja, wie alle guten Leute dieser Art, seine hochgeschätzten Kollegen, die ihm jederzeit blindlings unterschreiben, daß seiner Frau nichts fehlt, und daß, selbst wenn die Tochter sich zu einer Anzeige oder etwas Ähnlichem hinreißen ließe, die Tochter wohl an Halluzinationen leiden muß. Außerdem kann Eva nichts unternehmen.«

Nun kam die zweite Phase des Terrors. Eva erinnerte sich dunkel an ihre ersten Jahre; irgendwie, wie es bei Kindern sein kann, verwischten sich aber die ersten Erinnerungen. So konnte sie zwar noch genau sagen, daß ein großes Haus in einem Wald lag, und in dem Haus arbeitete ihr Vater, und irgendwann hat alles gebrannt und sie sind geflohen, aber in welchen Abständen sich alles abspielte, war ihr nicht genau erklärlich. Die Flucht muß Anfang 1945 erfolgt sein, es war kalt und verschneit. In der Nähe hatte es immer einen älteren Jungen gegeben, Emil, den Eva widerlich fand.

»Sie weiß nicht genau, wann sie erfahren hat, daß Emils Vater Pfleger in diesem Krankenhaus war. Emil war offenbar nicht besonders empfindsam. Er muß mit seinem Vater und Ahrenborn, den er Onkel Arno nannte, gelegentlich auf die Jagd gegangen sein. Das hat er später mal selbst erzählt, auch, daß er früh selbst schießen durfte und mit einem Gewehr umgehen konnte. Jedenfalls ist Evas früheste Erinnerung an ihn, daß er vor ihren Augen einen lebenden Regenwurm geröstet und Frösche mit einem Strohhalm aufgeblasen hat, bis sie geplatzt sind. Den Regenwurm mußte Eva dann essen; Emil hat ihr die Nase zugehalten, bis sie den Mund aufmacht, um Luft zu schnappen. Wie alles zusammenhängt, hat sie nie herausbekommen, aber auf der Flucht war Emil plötzlich dabei; seine Eltern waren offenbar umgekommen. Später haben die Ahrenborns Emil offiziell adoptiert. Eva hat ihren Pflegebruder immer gehaßt; er muß sie oft malträtiert haben, war wohl ein kleiner Sadist. Später hat er dann Jura studiert. Als ich mich mit Eva anfreundete, war er nur selten im Haus. Er hatte zwar keine eigene Bude in Bonn und wohnte zu Hause, aber er kam immer spät und ging früh, weil er mit seinem Pflegevater wenig zu tun haben wollte.«

Sie machte eine kleine Pause und schenkte Tee nach.

»Eva und ich haben neunundfünfzig gemeinsam Abitur gemacht, in Bonn. Ich weiß noch, wie sie gejubelt hat. Jetzt komm ich endlich aus dem Kerker, das hat sie, ich weiß nicht wie oft, gesagt. Am Tag nach dem Abi wollten wir zusammen einen Ausflug machen, aber sie ist nicht gekommen. Ich konnte sie auch nicht erreichen. Außerdem hatte ich selbst genug Probleme. Bei mir zu Hause sah es nur wenig besser aus. Ich hab nach dem Abitur meine Sachen gepackt und bin ausgezogen. Damals war das noch schwerer als ein paar Jahre später, aber vielleicht einfacher als heute, jedenfalls was Arbeit angeht. Ich hatte nebenher Maschine und Steno gelernt und noch vor dem Abi versucht, eine Stelle als Sekretärin zu finden. Ich wollte zwei oder drei Jahre arbeiten und sparen, um hinterher studieren zu können.« Sie schwieg nachdenklich, und ich versuchte, mir vorzustellen, welche Mühsal und Not das 1959 für eine Neunzehnjährige gewesen sein muß.

»Mit meinen Leuten wollte ich nichts mehr zu tun haben, ich habe sie auch nie mehr gesehen. Ich hatte schon vorher – dabei haben mir ein paar Freundinnen mit ihrem Taschengeld geholfen, übrigens auch Eva – ein winziges möbliertes Zimmer gemietet. Eva wußte, wo sie mich finden konnte. Ungefähr eine Woche später tauchte sie abends bei mir auf. Sie war völlig gebrochen. Es hat eine ganze Weile gedauert, bis ich sie so weit hatte, daß sie sprechen konnte. Dann hat sie mir ihre Horrorgeschichte erzählt.«

Am Tag nach dem Abitur hatte der Vater sie in sein Arbeitszimmer befohlen. In Anwesenheit der schweigenden, tränenüberströmten Mutter erklärte er ihr, daß sie sozusagen umgehend ihren unangenehmen Pflegebruder Emil zu heiraten habe. Zunächst war sie wie betäubt. Dann weigerte sie sich und sagte, sie wolle studieren, dazu habe sie schließlich Abitur gemacht, und außerdem sei sie viel zu jung, und insgesamt sei Emil ihr widerlich. Ahrenborn ließ sie ruhig ausreden und blieb kalt. Das sei alles beschlossene Sache, und sie sei noch keine 21, also unmündig. Natürlich könne sie umgehend das Haus verlassen – ohne einen Pfennig. Er sei ein einflußreicher Mann mit vielen Verbindungen, und was immer sie versuche, er würde es zu verhindern wissen. Außerdem drohte er damit, ihrer Mutter – die sie liebte – das Leben zur Hölle zu machen.

»Eva war – ist – leider nicht so stark wie ich. Ich will mich nicht loben, mißverstehen Sie mich nicht. Vielleicht hätte ich in ihrer Situation auch nicht anders gekonnt. Immerhin ging es ja nicht nur um totalen, unwiderruflichen Rausschmiß ohne einen Pfennig. Da war die Drohung mit der hilflosen Mutter, und vor allem hat Eva ja immer unter dem Schatten ihres Vaters gestanden. Von klein an ist es ihr systematisch unmöglich gemacht worden, einen gegen ihn gerichteten Willen zu entwickeln. Und er war natürlich schlau. Ein Jahr später, nachdem sie vielleicht ins Leben, in die Uni hineingerochen und andere Leute kennengelernt hätte, wäre es ihm wahrscheinlich nicht mehr gelungen, sie derart – ja, plattzuwalzen. Abends kam dann das Gespräch mit Emil.«

Emil stand ein halbes Jahr vor dem juristischen Examen. Eva erfuhr nur, daß auch ihm der sofortige Entzug aller Mittel angedroht worden war. Und da mußte noch etwas sein, mit dem er unter Druck gesetzt wurde, aber das erfuhr sie nie genau. Jedenfalls war Emil gleichzeitig eiskalt und wütend. Sie wußte, daß er sie ebensowenig leiden konnte wie sie ihn; dazu kam, daß er im Verlauf seines Studiums mehrere Affären gehabt hatte und zur fraglichen Zeit mit einer Kommilitonin enger befreundet war.

»Diese sogenannte Aussprache hat in ihrem Zimmer stattgefunden, wobei Emil ihr klarmachte, daß Ahrenborn ein überwältigendes Druckmittel gegen ihn in der Hand hätte. Das Geld sei ihm nicht so wichtig; er würde zwar das Studium unterbrechen und eine Weile arbeiten müssen, bis er den zweiten Anlauf zum Examen machen könnte, aber das würde er wohl in Kauf nehmen. Es sei etwas anderes. Eva hat wohl versucht, ihn danach zu fragen, aber er hat nichts gesagt. Sie hat es nie herausbekommen, in all den Jahren nicht, soweit ich weiß. Emil hat darauf bestanden, daß es keine Alternative gäbe. Dann hat er gemeint, die Verlobung könnte man ja, wenn es denn schon sein müßte, gleich vollziehen. Dann hat er sie, unter dem Dach der Eltern, in ihrem eigenen Zimmer vergewaltigt. Ich weiß nicht, wieviel Gewalt dazu nötig war; wahrscheinlich war Eva viel zu durcheinander und angeekelt, als daß sie sich noch irgendwie hätte wehren können. Anschließend hat sie ein paar Tage mit Fieber im Bett gelegen, dann ist sie abgehauen und zu mir gekommen. Sie ist einige Wochen in dem kleinen Zimmer geblieben. Ich hatte tagsüber immer Angst, daß sie abends, wenn ich nach Hause kam, fort sein könnte, aber sie ist geblieben.«

Ich zündete mir eine weitere Zigarette an. Mir war sehr kalt. Ariane saß da, ganz ruhig, aber ihre Augen waren verschleiert. Sie trank einen Schluck Tee und räusperte sich.

»Ich habe alles mögliche versucht, aber sie war für nichts zu gewinnen. Sie wissen schon: Polizei, Anzeige gegen Vater und Pflegebruder, zumindest wegen Vergewaltigung – nichts. Dann ist ihre Periode ausgeblieben; Emil hatte einen Volltreffer gelandet. Als sie sicher war, ist sie morgens mit mir aus dem Haus gegangen. Sie war ganz ruhig. Sie hat sich von mir verabschiedet; alles Reden war umsonst.« Sie nahm einen neuen Zigarillo und paffte eine Weile, schweigend.

»Ein paar Wochen später flatterte mir eine Hochzeitsanzeige mit Einladung ins Haus. Ich habe ihr einen Brief geschrieben, in dem ich ihr sagte, daß mein Herz und mein

Dach jederzeit für sie da seien; sie könne aber nicht von mir erwarten, daß ich jemals einen Fuß über die Schwelle ihres Hauses setze; frühestens nach der Scheidung. Nicht ganz acht Monate später kam Ines auf die Welt.«

Ich drückte meine Zigarette aus und holte tief Luft. »Mein Gott«, sagte ich, »das ist ja eine gräßliche Geschichte. Nicht, daß ich etwa an Ihren Worten zweifle, aber wir haben das Zwanzigste Jahrhundert! Das ist doch wie ein Hintertreppenroman von Karl May.«

Sie nickte; um ihren Mund war ein sehr bitterer Zug. »Wo fängt für Sie das Zwanzigste Jahrhundert an? Auschwitz? Vietnam? Kambodscha? Archipel Gulag? Oder bei der Mondlandung und den Hungerkatastrophen?«

Ich hob hilflos die Hände. »Was soll ich dazu sagen? Sie haben natürlich recht, aber trotzdem ...«

Nach längerem Schweigen sagte sie: »Der saubere Emil ist heute ein geehrtes Mitglied des Bundestags. Irgendwie haben die beiden sich wohl arrangiert. Über die Umstände der zweiten Zeugung weiß ich nichts; bevor Evas Tochter Iris auf die Welt kam, hatten wir uns eine ganze Weile aus den Augen verloren. Das lag auch an mir; ich habe damals bei einer Betriebsfeier einen Fehler gemacht, der heute Evelyn heißt ... Mein damaliger Vorgesetzter; er war sehr anständig und hat die ganze Zeit anstandslos gezahlt. Er wollte mich sogar heiraten.« Sie blickte konzentriert in den Aschenbecher. »Na ja, einen Teil der Sache hatte ich Evelyn in den vergangenen Jahren so nach und nach erzählt. Irgendwann wollte sie natürlich wissen, wieso sie keinen Vater hat. Inzwischen hat sie ihn mal kennengelernt und hat doch lieber wieder keinen. An dem Abend mit Baltasar habe ich dann die ganze Geschichte erzählt, zum ersten Mal in all den Jahren. Sie können sich denken, daß meine Tochter entsetzt war. Es war sehr hilfreich, daß Baltasar dabei war. Er kann sehr geschickt beruhigen und ausgleichen.«

»Ah ja«, sagte ich. Und hatte das Gefühl, es sei an der Zeit, das Gespräch wieder auf ein anderes Niveau zu bringen. »Beruhigen und ausgleichen, sehr interessant. Mich regt er meistens furchtbar auf.«

Danach berichtete ich ihr, was ich in den beiden Tagen herausgefunden hatte. Abgesehen von einem allgemeinen Gefühl des Widerwillens gegen bestimmte Personen und einigen undeutlichen Verdachtsmomenten hatten wir natürlich nichts.

Wir beschlossen, uns am Wochenende noch einmal zusammenzusetzen.

»Bis dahin«, sagte ich, »hoffe ich, von der Haushälterin oder von Barbara Grossek noch etwas zu erfahren.«

»Oder von Evelyn«, sagte sie. »Die ist jetzt ganz wild darauf, den Vater ihrer Freundin aus dem Verkehr zu ziehen. Sie versucht, im Haus Morken irgendwas herauszubekommen.«

»Sie soll aufpassen«, sagte ich.

»Ich glaube, das sollten wir alle. – Na ja, vielleicht ist bis zum Wochenende Baltasar wieder da.«

»Wo steckt der eigentlich?«

»Oh«, sagte sie, »hat er Ihnen nichts gesagt?«

»Er hat geheimnisvolle Andeutungen abgesondert und behauptet, wenn er mir was sagte, wollte ich am Ende mit, und das wäre ihm zuviel.«

»Er ist unterwegs, um die Geschichte der Familie Ahrenborn zu recherchieren.«

»Hätte ich mir denken können, nach allem, was Sie darüber erzählt haben. Ich wüßte zu gern, was das für ein Druckmittel sein soll, mit dem der Professor seinen Pflegesohn zur Heirat gezwungen hat. Oder haben soll.«

»Eben. Ich weiß schon längst nicht mehr, ob ich Eva alles glauben kann. Vielleicht ist sie damals auf eine geschickte Lüge hereingefallen. Andererseits kann ich mir nun wirklich nicht vorstellen, daß der Herr Abgeordnete ihr seinerzeit etwas vorgespielt haben soll.«

»Was mir auch merkwürdig vorkommt«, sagte ich, »ist die Tatsache, daß hinterher alle in die Häuser da oben gezogen sind.«

»Angeblich wieder unter Zwang. Ahrenborn hat wohl beide Häuser gekauft beziehungsweise bauen lassen und dann Emil gezwungen, in das zweite Haus zu ziehen. Mit Eva hat er sich nie wieder abgegeben; für ihn war die als Problem mit der Hochzeit erledigt, und als Mensch hat sie nie für ihn existiert. Wenn für ihn überhaupt je ein Mensch existiert hat.«

»Seltsam, daß so einer ausgerechnet Mediziner wird.«

»Vielleicht aus Sadismus. Er ist ja Mikrobiologe und Toxikologe. Sein Interesse gilt, glaube ich, mehr den Giften und ihren Wirkungen als den Menschen, die darunter leiden. Seine praktischen Veranstaltungen an der Uni bestehen, soviel ich weiß, hauptsächlich daraus, daß er Mett vergiftet und seine Studenten das Zeug essen läßt, um herauszufinden, wie Mägen auf welches Gift reagieren. Ansonsten forscht er.«

Ich nickte. »Paßt hervorragend. Woher wissen Sie das?«

»Das hat mir Eva im Lauf der Zeit erzählt. Vor Jahren war ich auch mal kurz mit einem Mediziner liiert, der bei ihm studiert hatte.«

»Sind Sie noch mit Eva befreundet?«

»Nein, nicht mehr so richtig. Ich sehe sie alle paar Monate mal, im Theater oder in der Stadt; manchmal besucht sie mich auch, vielleicht einmal im Jahr. Ich bin wirklich nie bei ihr gewesen, obwohl sie mich oft eingeladen hat. Sie sagt, die Beziehungen zu ihrem Mann seien nichtexistent; man lebt so nebeneinander her im Haus Morken, und manchmal erledigt man seine Bedürfnisse außer Haus, diskret, und keiner weiß vom anderen Genaues. Ziemlich schmierige Sache, finde ich. Jedenfalls tun sie einander nichts Böses, anders als die Ahrenborns.«

Als ich gegen Mitternacht aufbrach, war Evelyn noch nicht da.

»Kein Grund zur Besorgnis«, sagte die Mutter, »sie ist alt genug.«

»Mißverstehen Sie mich nicht«, sagte ich, »darum geht es nicht. Ich würde ihr nur empfehlen, vorsichtig zu sein, solange sie darauf besteht, die Geschichte Morken/Ahrenborn zu erforschen.«

8.

Den Donnerstag als ereignislos zu bezeichnen, wäre übertrieben; andererseits ereignete sich nichts, was die Affäre weitergebracht hätte.

Nachmittags traf ich Susanne Weber wie verabredet im Cafe. Sie setzte sich kaum, wirkte nervös und gehetzt, blickte sich dauernd um und sagte, sie könne nicht bleiben. Sie bat um meine Telefonnummer und teilte mir atemlos mit, daß sie bei Ahrenborn gekündigt habe. Sie wolle sich krankschreiben lassen und ein paar Tage verschwinden; ob sie mich am Wochenende anrufen könnte?

Kurzerhand nahm ich sie am Arm – ich mußte sie fast zwingen –, brachte sie zu meinem Wagen in der Tiefgarage und fuhr dann mit ihr aus Bonn hinaus. Sie starrte die ganze Zeit aus dem Fenster und sagte kein Wort. Auf freiem Gelände, zwischen den Feldern nördlich von Bonn, hielt ich auf einem kleinen Weg und stellte den Motor ab. Niemand war uns gefolgt.

Ich klopfte ihr sanft auf die Schulter.

»Nun reden Sie ruhig«, sagte ich leise. »Ich tue Ihnen nichts, und niemand ist uns gefolgt. Bevor Sie anfangen, will ich Ihnen noch sagen, daß ich nichts mit Umfragen zu tun habe.«

Sie starrte geradeaus, durch die Windschutzscheibe, nirgendwohin. Ihre Hände waren zu Fäusten geballt.

»Sind Sie von der Polizei?«

Ich schüttelte den Kopf, was sie nicht sehen konnte. »Nein«, sagte ich, »ich bin so was ähnliches wie ein Privatdetektiv.«

Natürlich hoffnungslos übertrieben, aber immerhin nicht

ganz falsch. Ruckartig wandte sie mir das Gesicht zu und öffnete den Mund, um etwas zu sagen; dann verlor sie die Beherrschung und brach in hemmungsloses Schluchzen aus. Ich hütete mich davor, etwas zu sagen oder zu tun; ich ließ sie weinen. Allmählich wurde sie ruhiger.

»Danke«, sagte sie schließlich, als ich ihr ein großes Taschentuch aus meiner Jacke reichte.

Sie putzte sich die Nase, wischte die Tränen fort und gab mir das Tuch wieder. Dann lachte sie verlegen und streckte die Hand aus.

»Geben Sie es mir, ich werd es waschen.«

Ich steckte das Tuch weg und winkte ab. »Macht nichts. Nun erzählen Sie mal.«

»Also«, begann sie zögernd, »ich muß Ihnen ja wohl vertrauen, nachdem ich so umgefallen bin.«

Ich hob die Hand. »Hören Sie, ich möchte zwar sehr gern wissen, was los ist, aber Sie müssen nicht, wenn Sie nicht wollen. Vielleicht fällt es Ihnen leichter, wenn zuerst ich Ihnen etwas erzähle.«

Ich berichtete ihr kurz und unter Auslassung etlicher Dinge, daß wir – ein paar Leute – einen Mann vermißten, und daß seine Spur irgendwo auf dem Millionenhügel endete. Das stimmte so zwar nicht, aber egal.

»Wir haben noch nicht sehr viel herausbekommen, aber ein paar Dinge sind da oben reichlich merkwürdig. Was wir bis jetzt haben, reicht nicht aus, um damit zur Polizei zu gehen. Sobald wir mehr wissen, werden wir die Sache natürlich aus der Hand geben, aber im Moment würden die uns nur auslachen.«

Sie nickte. »Okay«, sagte sie. Dann begann sie zu sprechen.

»Als ich vorgestern abend mit Ihnen rausgegangen bin, muß der Professor uns belauscht haben. Das wußte ich natürlich nicht, sonst hätte ich noch leiser geredet. Gestern war alles ganz normal. Frau Ahrenborn hat in ihrem Zimmer gesessen und abwechselnd gelesen und aus dem Fenster gestarrt; zwischendurch hat sie ein paar Patiencen gelegt. Ich hab das Haus saubergemacht, gekocht, den Tisch gedeckt; dann, nach dem Mittagessen, hat Frau Ahrenborn sich hingelegt. Der Professor war den ganzen Morgen in seinem Arbeitsraum oder in dem kleinen Labor; Sie haben es ja gesehen. Beim Mittagessen hat er seine Frau einmal angeschrien. Konnte ich gut hören.«

»Essen Sie nicht mit den Ahrenborns?«

»Nein, ich esse in der Küche. Ist mir auch lieber ... Nach dem Mittagessen ist er also wieder in sein Arbeitszimmer gegangen. Ich nehme an, er bereitet alles mögliche für das Wintersemester vor. Ich war nachmittags in der Stadt, einkaufen. Abends, nach dem Essen, klingelt das Telefon. Ich hab abgenommen. Da war jemand mit verstellter Stimme dran. Sie kam mir bekannt vor, aber ich weiß nicht, wer es war. Jedenfalls sollte ich den Professor holen, es wäre wichtig. Der Professor ist an den Apparat gegangen. Ich hab den Tisch abgeräumt und dabei mit halbem Ohr gehört, wie er ein paar Mal ›Ja‹ und ›Muß das sein?‹ und ›Das ist natürlich böse‹ sagt. Danach ist er wieder in seinem Arbeitszimmer verschwunden. Ich hab noch einen Nachttee für Frau Ahrenborn vorbereitet und bin dann auf mein Zimmer gegangen, um ein bißchen zu lesen oder fernzusehen. Irgendwann hab ich gehört, wie unten sein Arbeitszimmer aufgeht. Sie wissen, es geht zum Garten. Ich hab was gehört wie ein Flüstern, aber der Fernseher lief in meinem Zimmer. Sehr viel später, so gegen elf, kurz nachdem ich den Apparat ausgeschaltet hatte, hab ich wieder was gehört. Ich hatte noch Licht an, hab es ausgemacht und bin ans Fenster gegangen, ganz vorsichtig. Jemand ist aus dem Arbeitszimmer vom Professor gekommen und durch den Garten verschwunden. Es war natürlich dunkel, und ich hab nicht viel sehen können, deshalb kann ich es nicht beschwören, aber er ist nach links gegangen, und von der Figur her könnte es Herr Kleinsiepe gewesen sein, mein nicht besonders lieber Schwager Ewald.«

»Eine Zwischenfrage, wenn ich darf. Ist so was oft vorgekommen, nächtlicher Besuch durch den Garten?«

»Ja – nein – ich weiß nicht. Ich hab schon gelegentlich das Gefühl gehabt, daß jemand nachts etwas mit dem Professor bespricht oder sich unter dem Fenster rumtreibt, aber sicher bin ich nie gewesen.«

Um ihr Mut zu machen, und weil es der Wahrheit entsprach, sagte ich: »Sie schildern die Sache aber sehr genau.«

Sie lächelte. »Ich hab ein ganz brauchbares Gedächtnis. – Also weiter. Heute morgen wollte ich nach dem Frühstück aus dem Haus gehen, heut ist ja mein freier Tag. Wir haben ausgemacht, daß ich an meinen freien Donnerstagen erst morgens aus dem Haus gehe, falls Unvorhergesehenes passiert, damit notfalls noch schnell etwas besorgt werden kann. Der Professor forderte mich auf, in sein Arbeitszimmer zu kommen. Als ich drin war und die Tür hinter mir zugemacht hatte, hat er mir gesagt, ich kann heute unmöglich gehen, er braucht mich. Ich hab ihm gesagt, daß mir das nicht paßt, weil ich verabredet wär. Darauf zieht er ein komisches Gesicht und sagt: ›Ach ja, mit dem Interviewer.‹ Ich hab natürlich einen kleinen Schreck gekriegt, und er hat mich scharf angesehen. ›Ich habe Ihnen ausdrücklich gesagt, ich wünsche nicht, daß Sie dem Menschen irgendwelche Auskünfte erteilen.‹ Wie er das gesagt hat, das klang so wie ein Schäferhund, der kurz knurrt und gleich zubeißen wird. Dann hat er sich vor den Glaskasten gestellt, seine Skelette angeschaut und dabei halblaut gesagt, als ob er mit Knochen spricht, aber es ging mich an: ›Es gibt da ein paar Leute, die ihre Nasen zu tief in Sachen stecken, die sie nichts angehen.‹ Ich hab ihn gefragt, ob er mich meint und was er damit sagen will. Plötzlich macht er ein Zeichen zum Fenster. Ich hab nur eine kurze Bewegung draußen gesehen, und da war jemand, aber der Professor stand so, daß ich durch ihn hätte durchkucken müssen, um was zu sehen. Wer auch immer draußen war, er ist jedenfalls sofort wieder verschwunden. Der Professor dreht sich um, schaut mich an, mit seinen eiskalten Augen, und meint: ›Ich würde mich anschließend gern länger mit Ihnen darüber unterhalten, damit Sie meine Beweggründe verstehen. Würden Sie bitte zehn Minuten auf Ihr Zimmer gehen und warten? Ich komme dann gleich zu Ihnen oder klingle, sobald ich fertig bin. Ich habe noch etwas zu erledigen.‹

Ich bin auf mein Zimmer gegangen. Natürlich hab ich aus dem Fenster geschaut, aber unten war nichts zu sehen. Wenn jemand draußen gewesen ist, dann war er jetzt wieder weg, oder der Professor hatte ihn reingeholt, während ich auf dem Weg nach oben war. Ich überleg natürlich, was das alles soll. Nach ungefähr einer Viertelstunde höre ich Schritte auf der Treppe, und der Professor steckt den Kopf in mein Zimmer. ›Ich muß Sie leider bitten, sich noch etwas zu gedulden‹, sagt er und zieht den Schlüssel ab. Bevor ich begreife, was er will, hat er meine Tür von außen zugesperrt und den Schlüssel abgezogen. ›Ich bin in etwa einer halben Stunde wieder hier. Sie können ruhig schreien, es wird Sie niemand hören. Sie wissen ja, daß um diese Zeit keiner da ist. Haben Sie bitte Geduld.‹ Und da saß ich.«

»Ist denn um diese Zeit wirklich niemand da?«

Sie runzelte die Stirn. »Nein. Herr Morken ist unterwegs. Frau Morken hatte ich in die Stadt gehen sehen. Die Mädchen sind beide früh aus dem Haus gegangen, die hatte ich auch gesehen. Pistorius ist verreist, meine Schwester und mein Schwager arbeiten, und auf der anderen Seite ist auch niemand da. Grosseks sind im Geschäft, Treysas machen Wahlkampf, Inge Treysa ist verreist, Ulrike Treysa spielt am Donnerstag um diese Zeit Tennis. Das weiß ich, weil ich sie schon mal begleitet hab. Pallenberg ist sowieso tagsüber nicht da, und die Lorenz ist Donnerstagvormittag bei ihm in der Buchhaltung.«

»Also genau die passende Zeit für so was. Halt – was ist mit Burger?«

»An den habe ich auch gedacht, der ist ja im Moment immer zu Haus. Ich bin ans Fenster gegangen, weil ich sehen wollte, ob er vielleicht sein Fenster drüben offen hat und mich hört, wenn ich schreie. In dem Moment kommt unten der Professor aus seinem Arbeitszimmer und steht auf dem Rasen, und neben ihm steht Burger. Der Professor deutet auf mein Fenster, Burger nickt, und beide gehen fort, zur anderen Seite.«

»Das ist ja eine schöne Sache«, sagte ich. »Was haben Sie denn gedacht?«

Sie holte tief Luft. »Was soll ich gedacht haben? Ich hatte irrsinnige Angst. Sie können das bestimmt nicht verstehen und halten mich für hysterisch, aber ich hab geglaubt, wenn er zurückkommt, bringt er mich um.«

Sie schüttelte den Kopf.

»Inzwischen weiß ich natürlich, daß alles Quatsch ist. Tagsüber, mitten in Bonn, wird keiner umgebracht, aber ich hatte trotzdem höllische Angst. Der Professor ist mir absolut unheimlich.«

Ich schaute ihr in die vom Weinen geröteten Augen. »Ich glaube nicht«, sagte ich dann langsam, »daß das alles Quatsch ist. Verraten Sie mir, wie Sie rausgekommen sind?«

Sie lächelte. »Weiß ich selbst nicht so genau. Das heißt, ich weiß es schon, aber ich wundere mich immer noch, wieviel Schwein ich dabei gehabt habe.«

»Warum sind Sie nicht einfach aus dem Fenster geklettert? Das ist zwar ein bißchen hoch zum Springen, aber Sie haben doch bestimmt schon mal nen Film gesehen, in dem jemand aus seinem Bettlaken nen Strick macht ...«

»'türlich. Geht aber nicht. In dem Haus gibt's ne Klimaanlage, die mit ner Diebstahlsicherung zusammenhängt. Wenn die Anlage läuft, kann man Fenster nur mit nem bestimmten Schlüssel öffnen, und den hat der Professor. Ich hab alles versucht, aber das Fenster war nicht aufzukriegen. Und diese Dreifachverglasung kriegen Sie auch nicht mit nem Schuh kaputt.«

Ich stieß einen Pfiff aus. »Mensch, Mädchen, das ist ja eine teuflische Kiste.«

Sie nickte. »Ich hab mich unheimlich konzentriert. Dann ist mir ein Einfall gekommen. Ich hab alles Wichtige in eine Tasche gepackt – Geld, Sparbuch, Ausweise und so – und dann meinen alten Wecker genommen. Sie kennen doch diese alten Blecheier, oder? Ich bin damit zum Waschbecken gegangen, hab ihn voll Wasser laufen lassen und mit aller Kraft in den eingeschalteten Fernseher geworfen. Es hat einen tollen Knall gegeben, und alles hat gestunken. Das Licht ging nicht mehr an. Kurzschluß. Wenn kein Strom mehr da ist, geht natürlich auch die Alarmanlage nicht. Dann hab ich das Fenster aufgemacht, meine Tasche rausgeworfen und bin hinterher. Ich hab mich am Fensterbrett festgehalten und hängen lassen, damit der Abstand nicht so hoch ist. Dann hab ich versucht, ein bißchen zu schaukeln, und ich hab's irgendwie geschafft, unten in einem kleinen Strauch anzukommen, neben dem Arbeitszimmerfenster.«

Ich war beeindruckt. »Alle Achtung. Ein bißchen kompliziert, aber gut gemacht.«

Sie lächelte etwas verschämt. »Ja, nicht wahr? Ich hatte eine irrsinnige Angst, daß mich doch noch jemand schnappt. Aber keiner hat mich gesehen. Ich bin wie eine Irre zur nächsten Telefonzelle gerannt und hab ein Taxi bestellt. Dann bin ich gleich bis nach Bonn gefahren.«

»Sagen Sie mal, hätte Ihnen nicht Frau Ahrenborn helfen können?«

»Die hat er bestimmt auch eingesperrt. Außerdem kann die sowieso nichts mehr tun. Die hat er so fertiggemacht über die Jahre, die ist nur noch Gemüse.«

Ich überlegte angestrengt. »Anzeige wegen Freiheitsberaubung? Lohnt sich nicht, da kann er sich rausreden, das wäre ein Versehen gewesen mit dem Schlüssel. Und sonst haben wir nichts in der Hand. Wenn Sie davon überzeugt sind, daß er Sie umbringen will … Ich glaub's Ihnen natürlich, aber die Polizei?«

Sie machte eine wegwerfende Handbewegung. »Ich bin selbst gar nicht mehr so sicher, ob ich nicht einfach durchgedreht habe.«

»Sie haben im Café gesagt, Sie hätten gekündigt?«

»Ja. Ich hab einen Brief auf dem Nachttisch liegen lassen.«

»Ich muß schon sagen! Für durchgedreht haben Sie noch an sehr viele Dinge denken können.«

Sie wirkte irgendwie ganz zufrieden, als sie sagte: »Muß ja alles seine Ordnung haben, nicht wahr? Man kann ja nicht einfach abhauen … Deswegen will ich mich jetzt krankschreiben lassen.«

Ich ließ den Wagen wieder an.

»Gut. Ich bring Sie zu einem Freund. Dann sehen wir weiter – nein, warten Sie. Wenn Sie recht haben, könnte doch irgendwer irgendwo warten. Ist zwar unwahrscheinlich, aber sicher ist sicher.«

Wir fuhren zu einem kleinen Ausflugslokal im Vorgebirge. Von dort rief ich Römertopf in seinem Krankenhaus an. Vorsichtshalber nahm ich Susanne mit in die Telefonzelle.

»Was willst du denn schon wieder?«

»Hör mal, Doc, kannst du ganz dringend weg?«

Er fluchte. »Eigentlich nicht, du Saftsack. Was ist denn los?«

»Ziemlich wichtig, in der besagten Angelegenheit. Wahrscheinlich geht es um ein Leben, das müßte dich als Arzt doch reizen. Außerdem eine Dame, also ein klarer Fall für einen Gynäkologen.«

Das Angenehme an guten Freunden ist, daß sie notfalls funktionieren.

»Wirklich wichtig?«

»Edgar, bei was soll ich schwören?«

Ich hörte ihn im Hintergrund murmeln. Dann meldete er sich wieder. »Okay, der Kollege übernimmt. Wo steckst du?«

Ich war besonders vorsichtig. »Ich kann mir nicht vorstellen, daß jemand mithört, aber für alle Fälle. Weißt du, wo wir in unserer grünen Jugend bei gutem Wetter manchmal zu einem Sonnenuntergangswein gesessen und furchtbar gefressen haben?«

»Mein Gott, machst du es dramatisch. Natürlich weiß ich das. In ner halben Stunde ungefähr.«

Wir setzten uns in eine Ecke, von der aus wir eine gute Übersicht hatten, und bestellten ein wenig zu essen. Susanne Weber hatte verständlicherweise keinerlei Appetit, aber ich bestand darauf, daß sie futterte.

Als Edgar endlich kam, setzte er sich kopfschüttelnd zu uns. Ich stellte die beiden einander vor.

»Du machst dir einen schönen Tag und frißt rote Grütze, und ich laß alles stehen und liegen, um dir dabei zuzusehen.«

Ich gab ihm einen gerafften Überblick über den Stand der ›Ermittlungen‹ und die Ereignisse, die Susanne Weber widerfahren waren. Er schnalzte mit der Zunge und starrte in seinen Kaffee.

»Tolle Sache, richtig wie bei Django oder Bogey, he? Tja, was machen wir?«

Ich wandte mich an Susanne Weber. »Sind Sie einverstanden damit, daß wir Sie an einen Ort bringen, wo niemand Sie findet? Sie müßten allerdings ein paar Tage dableiben und dürften keinen Kontakt mit der Außenwelt aufnehmen.«

Sie nickte langsam. »Das würde mir wahrscheinlich nicht schaden.«

Ich wandte mich wieder an Edgar. »Hast du einen Rezeptblock dabei?«

»Wozu denn nun das schon wieder?«

»Falls alles ein Irrtum ist, sollten wir die weitere berufliche Laufbahn der Dame nicht durch grundlose Kündigungen ohne Einhaltung des Termins belasten ...«

Er seufzte und zog ein Papier mit Klinikstempel aus der Tasche. »Was soll ich schreiben? Irgendwas Besonderes?«

Ich schüttelte drohend die Faust vor seiner Nase. »Nun mach schon. Muß was Glaubhaftes sein, was zu Gynäkologe paßt. Schreib meinetwegen: ›Mindestens drei Wochen arbeitsunfähig wegen geronnener Dotter in den Eierstöcken‹ oder sonst was.«

Das hatte immerhin den Erfolg, daß Susanne Weber zum ersten Mal richtig lachte.

Edgar schrieb irgendwas auf und gab mir den Zettel.

»Ich schick ihn dann an die bewußte Adresse«, sagte ich zu ihr. »Was nun?«

»Zahlen«, sagte Edgar vernünftig.

Ich winkte den Kellner herbei.

Als wir auf dem Parkplatz standen, kratzte Edgar sich den Kopf. »Denkst du«, fragte er vorsichtig, wobei er sich umschaute, »was ich denke?«

»Ich denke schon.«

Er nahm Susanne Weber am Arm. »Sie fahren mit mir«, sagte er. Zu mir gewandt, setzte er hinzu: »Du fährst hinter uns her, bis ich falsch rechts abbiege. Da bleibst du, bis ich wiederkomme.«

Ich nickte, holte ihre Tasche aus meinem Wagen und verabschiedete mich von Susanne Weber. Sie küßte mir zum Abschied die Wange.

»Danke«, sagte sie. »Hoffentlich geht alles gut, und ich kann mich mal revanchieren.«

Dann fuhren wir in wilder Schlenkerfahrt durch die Voreifel. Gelegentlich waren Wagen hinter uns. Wahrscheinlich alles harmlose Verkehrsteilnehmer, aber sicher ist sicher. Irgendwann bog Edgar jäh rechts ab, und zwar an einer Stelle mit Abbiegeverbot, in einen Feldweg hinein. Ich hielt ebenfalls an und versperrte die Zufahrt. Nach einer Weile raste ein Wagen vorbei, in dem zwei Männer saßen. Sie sahen mich nicht, denn ich stand mit meinem Wagen halb hinter einem Gebüsch, in der ersten Kurve des Feldwegs. Edgar, das wußte ich, würde durch den Wald fahren, dann dem Weg in einem weiten Bogen nach rechts folgen, die Straße, die wir gekommen waren, überqueren und weit jenseits, auf der linken Seite der Bundesstraße, Susanne Weber auf einem Bauernhof deponieren, den vor Jahren Bekannte gekauft hatten, die aus der Stadt hinauswollten.

Die beiden Männer in dem vorbeirasenden Wagen konnte ich zwar ebensowenig erkennen wie sie mich, aber ich hatte das undeutliche Gefühl, daß einer von beiden der Professor war. Wenn das stimmte, war es mir allerdings schleierhaft, wie er uns gefunden hatte. Zwei Stunden später tauchte Römertopf wieder auf, allein; er hupte und brauste zurück nach Bonn. Ich folgte ihm in gemächlichem Tempo.

Als ich bei ihm ankam, hatte er bereits Kaffee gebraut. Ich hatte in der Zwischenzeit noch eine Schrecksekunde erlebt. Plötzlich war der Wagen mit den beiden Männern wieder hinter mir gewesen. Er kam näher und näher, und erst im letzten Moment setzte er zum Überholen an, statt mich zu rammen. Ich kannte keinen der beiden Insassen, wie ich feststellte, als sie an mir vorbeirauschten.

Ich berichtete es Edgar.

Er schlürfte Kaffee und schaute mich dabei vorwurfsvoll an. »Ich glaube«, sagte er, »es ist höchste Zeit, daß Baltasar zurückkommt und die Sache wieder selbst in die Hand nimmt. Du machst das alles ein bißchen melodramatisch. Glaubst du wirklich, daß der Professor die Kleine killen wollte?«

Ich nickte. »Kommt dir vielleicht komisch vor, aber ich bin fest davon überzeugt. Frag mich bloß nicht nach dem Grund. Wenn ich wirklich einen Grund wüßte, wäre ich längst bei der Kripo.«

Mit einer gewissen düsteren Befriedigung betrachtete mich Edgar. »Es wird dich freuen, zu hören, daß Moritz gleich auftaucht.«

Ich wunderte mich. »Wieso sollte mich das freuen?«

»Weil er finstere Neuigkeiten hat. Er hat mich eben angerufen, kurz bevor du hier eingetrudelt bist.«

Er wollte nicht mehr sagen. Ich brauchte allerdings nicht allzulange zu warten. Moritz war ausnahmsweise pünktlich.

»Ihr günstigen Kaffeebären, zum Gruße allerseits!«

Moritz stürzte in die Wohnung; Edgar hatte die Tür aufgelassen. Gierig goß er, fast noch im Stehen, einen Topf Kaffee durch seinen Schlund und gab ein Geräusch von sich, das nach der Ursache ein Rülpsen, nach der Lautstärke aber ein Röhren war.

»Es tut sich was«, verkündete er dann.

»Hast du's ihm schon gesagt?«

Edgar verneinte.

Moritz strahlte mich an. »Die kleine Grossek, Barbara, ist verschwunden.«

Ich war nicht so erfreut, wie er offenbar erwartet hatte. »Das trifft mich«, sagte ich. »Sie ist ganz nett, und wir sind für morgen verabredet. Dabei wollte sie mir den Stoff für einen auf dem Millionenhügel spielenden Krimi erzählen.«

Moritz machte mindestens fünfmal aha. Dann sagte er: »Hast du etwa Feuer gefangen, alte Ratte?«

»Nein, dreimal nein, fürwahr. Sie ist, wie gesagt, ganz nett, und sie hat mir wilde Geschichten versprochen. Aber wenn nette Menschen verschwinden, ist das viel schlimmer, als wenn ich einen von euch mal ne Weile nicht sehe. – Was ist denn passiert?«

»Na, vor ein paar Stunden klingelte es in der Redaktion. Ich war dran, also bin ich rangegangen. Seitdem hab ich versucht, euch zu erwischen, ihr ungünstigen Zigeuner. Na ja, egal. Es war Vater Grossek, völlig aufgelöst. Ich hab natürlich zuerst so getan, als wär mir der Name unbekannt, und dann langsam geruht, mich zu erinnern, daß ich ihn vor einigen Tagen wegen eines Voyeurs interviewt hatte. Er war froh, mich an der Strippe zu haben. Er hat sowohl Zeter als auch Mordio geschrien, und die Polizei will von der Sache nichts wissen und sagt, wenn jemand einen Tag nicht auftaucht, wär das noch kein Grund zur Beunruhigung. Manche Leute bleiben jahrelang verschwunden, und hinterher tauchen sie auch nicht wieder auf.«

»Moritz«, mahnte Edgar, »die Logik!«

»Fiesling. Also: Die Herrschaften samt Tochter waren gestern abend im Theater. Das berühmte Godesberger Gastspiel-Abo. Sie ist mit den Eltern zusammen rausgegangen und im Gedränge vor dem Eingang plötzlich verschwunden. Seitdem ist sie futsch, ohne ein Wort, ohne einen Anruf. Dabei ist das Telefon schon so lange erfunden.«

Ich seufzte. »Toll. Und? Leute verschwinden eben. Vielleicht hat sie nen Freund getroffen, den sie den Eltern nicht demonstrieren will, oder sie wollte ne Sause machen und ist unter die Räder eines libidinösen Schubs geraten …«

Diesmal unterbrach Edgar mich. »Deine Bilder! Außerdem fällt das in mein Gebiet, und ich sage dir hiermit feierlich: Mir sind aus meiner gynäkologischen Tätigkeit sowie aus Theorie und Praxis der verschiedenen Verhaltensweisen keine libidomäßig relevanten Räder geläufig. Außer, natürlich, bei Cadillacfetischisten.«

Mir fiel plötzlich Burger ein. »Haltet mal eben eure Klappen«, sagte ich, »ich muß denken.«

Edgar und Moritz sahen einander an.

»Da wollen wir armen dummen Trottelchen nicht stören«, sagten sie unisono. »Sollen wir gehen?«

»Nee, zuhören. Reimt euch mal folgendes zusammen. Ich sitze mit Barbara Grossek auf der Terrasse. Sie erzählt mir, daß in der Nachbarschaft etwas faul ist und daß sie mir mehr erzählen will. Wenn nun jemand, bei dem etwas faul ist, zugehört hätte, was würde er dann tun?«

»Na ja«, sagte Edgar, »wenn wirklich was faul ist und er hat was gehört, dann wird er vermutlich nachdenken, ob sie was wissen kann. Wenn nicht, okay, es sei denn, er gerät in Panik. Wenn er zu dem Schluß kommt, daß sie was wissen könnte, was er verheimlichen will, dann wird er versuchen, sie daran zu hindern, es weiterzusagen. Oder es überhaupt zu wissen. Klar?«

»Klar«, sagte Moritz. »Ich bewundere dich.«

»Empfindsamen Dank«, sagte Edgar. »Aber wie kommst du darauf, daß jemand was gehört haben könnte?«

»Burgers Wohnzimmerfenster geht auf die Terrasse. Er wohnt im ersten Stock. Als ich zu ihm kam, war das Fenster zu, aber das Zimmer roch nach Blumen.«

»Vielleicht hat er eine alte Vase unter der Couch.«

»Moritz, sei mal ernst. Unter deinem Sofa riecht es bestimmt nicht nach Blumen. – Also, er hätte lauschen können. Er war nervös.«

»Wäre ich auch, wenn du mich interviewen wolltest.«

Moritz hatte seinen unernsten Tag, wie meistens sonntags bis samstags.

»Weshalb war er nervös? Das kann natürlich tausend Gründe haben, aber eigentlich müßte er ja gut ausgeruht sein und also ein dickes Nervenkostüm haben, er hat ja lange genug nicht mehr gearbeitet. Dann ist diese Tussi reingekommen, die Kleinsiepe.«

Moritz unterbrach mich wieder; er war wirklich in Hochform. »Geiler Ofen, die Alte«, sagte er.

Edgar stöhnte und stand auf. »Ich hol ein gebrauchtes Spültuch«, sagte er, »und kneble dich damit, du elender Sabberbeutel.«

Moritz hob grinsend die Hände. »Friede. Ich werde schweigen wie die menschliche Vernunft angesichts eines unnützen Sonderangebots.«

Ich machte weiter, als wäre nichts geschehen. »Sie hat einen Schlüssel zu Burgers Wohnung. Ihr Mann ist eifersüchtig. Vor einiger Zeit hat es mal geknallt, und zwar hat es sich wie ein Schuß angehört, aber da war nur das Wohnzimmerfenster bei Kleinsiepes geplatzt. So sagte mir die jüngere Tochter von Treysa, eine perfekte Plapperschlange.«

Edgar legte die Stirn in Falten. »Und Burger taucht mit einer Schußwunde aus einer Pistole auf. Hast du davon noch was gesehen?«

»Nee, er hatte ein Flanellhemd an.«

»Mitten im Sommer? Heiße Sache.«

»Ja, aber man sieht natürlich keinen Verband dadurch. Ich habe ihn, ganz aus Versehen versteht sich, an der linken Schulter berührt; das hat ihm weh getan, und er hat mir was von einem Sturz und dem Schlüsselbein erzählt.«

»Nicht von einem Unfall bei der Reinigung eines Jagdgewehrs?«

»Nein. Er konnte ja nicht wissen, daß ich die Variante kenne.«

Edgar überlegte. »Wußte die Treysa-Tochter, wann der Knall war?«

»Nicht genau.«

»Schade; das wäre natürlich hilfreich.«

Ich rührte heftig in meiner Kaffeetasse. »Ich hab ganz was anderes. Ich glaube, die Villen da oben haben alle Doppel- und Dreifachverglasung. Kann da ein Fenster einfach so platzen?«

Moritz grunzte. »Nicht freiwillig. War vielleicht zufällig ein Erdbeben, oder ist ein Satellit abgestürzt? Nichts, oder?«

»Konstruieren wir mal«, sagte ich. »Und zwar folgendes – es ist allerdings ein bißchen abenteuerlich: Kleinsiepe ist eifersüchtig. Er weiß, daß seine Frau alle möglichen glitschigen Pfade berutscht; das weiß die ganze Nachbarschaft. Es wissen auch ein paar Leute, daß es bei Kleinsiepes deswegen dauernd knallt. Aber sie macht es nicht so offensichtlich, daß man ihr mehr nachsagen kann als: Sie tut was. Wenn sie Burgers Schlüssel hat, fällt das früher oder später auf. Davon hat aber keiner gesprochen. Es gab zwar Andeutungen, daß sie was mit Burger hat oder er mit ihr, aber nicht einmal Barbara Grossek hat das so deutlich gesagt. Und wenn sie häufiger mit einem eigenen Schlüssel in seine Wohnung geht, dann müssen das doch die Grosseks, denen das Haus gehört und die da wohnen, am ehesten merken. Oder? Sie hat den Schlüssel also wohl noch nicht so lange.

Jetzt die Konstruktion. Kleinsiepe kommt früher nach Hause als angenommen. Er findet in seinem Wohnzimmer Burger und die Tussi vor, heftig in *action*. Er sagt was und wird vielleicht ausgelacht. Jedenfalls holt er seine Pistole und ballert. Er ist etwas größer als Burger. Du, Edgar, hast gesagt, nach Aussage deines Kollegen ist der Einschuß tiefer als der gedachte, wenngleich nicht mehr erfolgte Austritt der Kugel. Sie können also nicht gestanden haben. Möglicherweise hat Kleinsiepe auf Burger geschossen, während dieser am Boden lag. Dann hat er einen Schreck gekriegt und ins Fenster gefeuert, um ein Argument für den Knall zu haben.«

Edgar verzog das Gesicht. »Nicht sehr gut. Vielleicht hat er auf Burger geschossen, als Burger aufgestanden war, hat ihn aber verfehlt und das Fenster getroffen. Burger macht einen Hechtsprung und wird vom zweiten Schuß am Boden erwischt.«

»Und beide kommen so schnell hintereinander, daß Ulrike Treysa, die einen Knall hört und das Fenster zu Bruch gehen sieht, nur von *einem* Knall spricht«, sagte ich. »Anschließend kriegt Kleinsiepe einen Schrecken. Er und seine Frau verbinden Burger notdürftig und überlegen, was zu tun ist. Sie stellen bald fest, daß der Blutverlust nicht sehr groß ist; vielleicht hat Burger gezetert, aber man hat ihn nicht sofort zum Arzt gebracht. Vielleicht haben sie dann ein Gentlemen's Agreement geschlossen, wenn man das so nennen kann. Die Tussi kriegt nen Schlüssel und darf Burger jederzeit überlappen; dafür erzählen die beiden keinem, daß Kleinsiepe schon mal in der Gegend rumballert.«

Edgar nickte langsam. »Eigentlich eine befriedigende Hypothese«, sagte er. »Sex and Crime, und überhaupt alles, was der Mensch so braucht. Die Hypothese hat nur einen unklaren Punkt.«

Ich schüttelte den Kopf. »Sie hat bestimmt noch mehr unklare Punkte, aber das ist der wichtigste: Hat Kleinsiepe eine Pistole?«

Moritz grunzte abermals. »Darf ich mal was sagen?«

»Nur zu, wenn's nicht wieder nur Gewäsch ist.«

Er richtete sich auf. »Der dumme, geschwätzige Moritz hat nämlich inzwischen recherchiert und über einige Personen was rausgekriegt. Unter anderem über Kleinsiepe. Er hat einen Waffenschein und eine Pistole.« Triumphierendes Grinsen, dann wieder Schweigen.

»Was hast du denn noch rausgekriegt?« sagte Edgar.

Moritz winkte ab. »Alles zu seiner Zeit. Macht doch erst mal weiter. Ich hör euch so gern beim Denken zu, oder wie immer man das nennen soll.«

»Okay«, sagte ich. »Also weiter. Nehmen wir an, es wäre so. Das erklärt aber die anderen Dinge nicht. Wieso sollte man deshalb Barbara Grossek aus dem Weg schaffen? Und vergessen wir nicht den Professor, der die Weber einsperrt.«

Wir redeten hin und her, mal einer, mal zwei, mal alle durcheinander. Schließlich kamen wir, wenn auch mit unguten Gefühlen, zu der Folgerung, daß wir in der Sache Barbara Grossek praktisch nichts unternehmen und daß wir im übrigen die restlichen Einzelteile nicht in eine sinnvolle Beziehung zueinander setzen konnten.

»Kennst du einen vernünftigen Menschen bei der Kripo?« fragte ich schließlich Moritz.

»Ja, also, relativ vernünftig. Warum?«

»Wie, meinst du, wird er reagieren, wenn du ihm die Story so erzählst, wie sie sich uns im Moment darbietet?«

»Das kann ich dir sagen. Er wird herzlich lachen.«

»Wahrscheinlich. Versuch's trotzdem mal.«

Moritz schnitt eine Grimasse. »Okay, Boß. Ich werd's versuchen. Aber versprich dir bloß nichts davon.«

»Ich werd mich bemühen. Sag mal, du hast vorhin behauptet, du hättest noch was herausgefunden?«

»Na ja, herausgefunden ist zuviel gesagt. Es gab vor Jahren Gerüchte über Treysa. Er soll mal versucht haben, Pallenberg einen städtischen Bauauftrag zuzuschanzen. Es stellte sich nämlich raus, daß Pallenbergs Angebot bei der Ausschreibung das beste war, daher hat er den Auftrag bekommen. Die Konkurrenz hat damals wohl gemeint, er hätte Wind von ihren Angeboten gehabt, denn er hat seines als letzter eingereicht. Aber die Sache ist komplett im Sand verlaufen.«

»Wie schön«, sagte Edgar. »Ich glaube, es ist uns allen lieber, wenn nicht zu den unlösbaren Problemen, mit denen wir uns heute herumgeschlagen haben, noch ein weiteres kommt. Hoffentlich ist Baltasar bald wieder da. Ich hab keine große Lust mehr, diesen Zirkus stellvertretend für ihn zu inszenieren. Er ist auf die Schnapsidee gekommen, also soll er sehen, wie er damit fertig wird.«

Spät abends rief Moritz mich noch an. »Hör mal«, sagte er unwirsch, »du Affenarsch, ich hab mit Ziegler gesprochen.«

»Wer ist Ziegler?«

»Ludwig Ziegler, Kripo. Er hat nicht sehr laut gelacht, aber immerhin. Er wird dich am Montag anrufen, um die Sache von dir zu hören. Du siehst, er hat es eilig. Er meint, er hätte genug Dinge zu erledigen, die nicht so aussähen, als wären sie von Bekloppten erfunden.«

»Na ja, immerhin. Danke dir einstweilen.«

»O bitte, war mir kein Vergnügen. Fahr unwohl.«

Der Freitag schleppte sich mühsam dahin. Ich traute mich nicht aus dem Haus, weil ich damit rechnete, daß möglicherweise Barbara Grossek auftauchte oder anrief.

Am Nachmittag hatte ich mich soweit unter Kontrolle, daß ich mit Hilfe von Papier und Bleistift anfing, die Puzzlestückchen zu sortieren. Das half mir aber nicht sehr viel. Ich konnte sie nicht einmal zählen, weil ich nicht sicher war, ob das eine oder andere Stückchen zum Puzzle gehörte oder nur zufällig am Wegesrand herumlag.

Abends begab ich mich in das Restaurant, in dem ich mich mit Barbara Grossek verabredet hatte. Natürlich war ich viel zu früh. Ich trank eine Karaffe Wein und wartete. Dabei wurde ich immer nervöser.

Plötzlich kam mir ein anderer Einfall. Vom Münzfernsprecher im Eingang des Restaurants aus konnte ich alle sehen, die kamen oder gingen, brauchte also keine Angst zu haben, etwas zu verpassen. Ich rief Hussein an; zu meiner Erleichterung war er zu Hause.

»Hör mal«, sagte ich, »du mußt mir einen Gefallen tun.«

»Was ist denn los?«

»Du steckst doch da in so einer Import-Export-Kiste, oder?«

»Ja, immer noch.«

Ich bat ihn, sich unauffällig, aber möglichst schnell und umfassend umzuhören, und zwar besonders in den halbseidenen Kreisen, ob jemand etwas über den Rauchwarenhändler Albert Grossek wußte. Wenn schon alle anderen untersucht wurden, warum dann nicht auch er? Einer der Vorteile eines weitläufigen Bekanntenkreises in Bonn liegt darin, daß man fast alles von irgendwem oder über irgendwen herausbekommen kann.

Hussein knurrte. »Wie heißt der Pelzmensch?«

Ich buchstabierte, und er schrieb mit.

»Ich will's mal versuchen. Was ist halbseiden?«

»Unsauber, Untergrund. Leute, die ein Kilo Marihuana in einen Teppich wickeln, den sie nicht einführen dürfen, und beides nach Bonn schaffen.«

Er lachte. »Ah, du redest von meinen Freunden. Ich ruf dich an.«

»Danke, mein Lieber. Aber spätestens bald.«

»Spätestens Montag.«

Barbara Grossek kam nicht. Gegen Mitternacht verließ ich das Restaurant. Ich war besorgt. Später hatte ich Mühe, einzuschlafen. Als ich gerade eingeschlafen war, so gegen vier Uhr morgens, klingelte mich das Telefon wach.

Wer war's? Natürlich Baltasar.

»Hallo, Kleiner, ich bin wieder da.«

»Das freut mich. Konntest du mir das nicht morgen früh sagen?«

Er lachte. »Jetzt ist morgen früh. Oder meinst du: später?«

»Ah bah. Wann sehen wir uns?«

»Zum Mittagessen im Hause Binder?«

»Mit Vergnügen. Bis alsdann.«

»Schlaf lecker.«

Und siehe da: Die Last der Verantwortung war von mir genommen; ich schlief wie ein Engelein. Fast.

9.

Feist und gnädig thronte er im Morgenrock auf dem Sofa.

»Hallo Buddha«, sagte ich, nachdem mich Evelyn, die ich bei dieser Gelegenheit kennenlernte, in die Wohnung gelassen hatte.

»Ihr habt euch gut dekoriert«, erklärte ich der Allgemeinheit. Ariane Binder hockte, angetan mit einem Sari, auf dem Tisch, ließ die Beine baumeln und blies den Rauch ihres Zigarillos allgemein in Richtung Matzbach. In der Ecke, neben dem Fenster, fläzte sich Moritz in ausgefransten Jeans auf einem ältlichen Stuhl, der bedrohlich knackte. Zu guter Letzt erblickte ich Edgar, häßlich und adrett wie immer: Er stand, die Hände auf dem Rücken verschränkt, vor einem reichlich abstrakten Bild, dessen Farbtupfer die umgebende Tapete zu vergröbern schienen.

»Ich fühle mich wie ein Eindringling, der das Idyll aus der Balance bringt«, sagte ich, immer noch in der Tür stehend.

Evelyn gab mir einen kleinen Schubs, damit sie auch in den Raum konnte.

»He, seid ihr alle aus Gips?«

Endlich raffte sich jemand zu einer Antwort auf. Ariane Binder deutete auf einen freien Sessel und sagte: »Setzen!«

Ich blieb stehen. »Was ist denn los?«

Baltasar zog geräuschvoll den Inhalt seiner Nase hoch. »Wir haben gerade«, intonierte er, wobei er seinen Oberkörper unrhythmisch vor und zurück bewegte, »von deinen gestrigen Schandtaten gehört und sind entsetzt.«

Ich setzte mich. »Hallo, allerseits«, sagte ich laut und munter, »ihr Petzer und Verleumder. Du hast gut reden, Dicker.

Erst erfindest du eine Zahnbürste, mit der niemand etwas zu tun haben will, dann zwangsverpflichtest du uns alle, mit ihr die Ritzen zu kratzen, aus denen die Zeit ins Kraut schießen könnte, während du deinen Kadaver durch fremde Gefilde chauffierst, und schließlich kommst du zurück, nachdem wir alle Arbeit getan haben, und statt uns herzlich zu danken, gießest du den übelriechenden Inhalt deines Kübelmauls über mein armes Haupt. Weh!«

Frau Binder lachte hell, verließ den Tisch, kam zu mir herüber und streichelte mein Sünderhaar.

»Armer Kleiner«, sagte sie, »schlimm, so was.« Dann schloß sie Baltasar, Edgar, Moritz und mich mit einem Rundumblick in die Arme ihres Geistes und sagte: »Ich kann euch alle sehr gut leiden. Ihr seid ausnahmslos völlig verrückt.«

»Vor allem jeder einzelne«, sagte Edgar.

Baltasar saß nach wie vor völlig ungerührt und ohne sich im mindesten aus seiner Pose zu begeben auf dem Sofa. »Berichten!« sagte er.

Ich prustete. »Nix da, du Unhold. Erst mal berichtest du. Wo hast du eigentlich gesteckt?«

»Ich habe gearbeitet«, behauptete er.

Zu meinem Erstaunen bestand er nicht darauf, zunächst von mir beziehungsweise uns Einzelheiten zu erfahren. Das mag auch daran gelegen haben, daß Ariane, Edgar und Moritz ihn sicherlich schon eingehend über ihre und oberflächlich über meine Funde informiert hatten. Er holte tief Luft und setzte zu einem Monolog an, der im Original etwa eine halbe Stunde dauerte. Ich kann ihn unmöglich wiedergeben; hier also ein geraffter Bericht. Ich erlaube mir, dabei manche Verfluchungen wider mich auszulassen, desgleichen eloquente Abschweifungen und Verzerrungen, die für Baltasar so charakteristisch sind wie das Ei für die Henne, die aber nicht zur Sache gehörten.

Während ich mich noch der Illusion hingab (und Baltasar deshalb verfluchte), die Hauptlast der ›Ermittlungen‹ zu tragen, hatte Edgar einige Tage am Telefon verbracht. Baltasar hatte sich in die Idee verbissen, daß Haselmaus Brockmann umgenietet worden sei und daß der Anlaß dazu vielleicht länger in der Zeit zurückliege; daß es also notwendig sei, die Vorgeschichte der Personen zu eruieren. In einigen Fällen waren die groben Fakten nicht allzuschwer herauszufinden – Kleinsiepe, Pallenberg, Treysa und Grossek hatten die meiste Zeit ihres Lebens in oder bei Bonn verbracht. Es mußte also ausreichende Möglichkeiten geben, etwas über sie zu erfahren. Darauf setzte Baltasar Moritz an, dessen zahllose Verbindungen früher oder später alles Wissenswerte zumindest in Umrissen zugänglich machen sollten.

Schwieriger war es im Fall Ahrenborn, und damit auch Morken. Natürlich war es eine fixe Idee von Baltasar, daß ein ehrbarer Professor der Medizin und ein Mitglied des Deutschen Bundestags schwarze Flecken in der Vorzeit angesammelt haben könnten, aber er war nun mal in Reiselaune, also beschloß er, die Schauplätze ihres Vorlebens aufzusuchen. Diesen Beschluß hatte er bereits gefaßt (und die Durchführung eingeleitet), bevor Ariane ihm die Gruselgeschichte über die erzwungene Ehe ihrer Freundin Eva erzählte.

Einige Daten – Geburt, Ausbildung, erste Tätigkeiten usw. – waren leicht zu beschaffen; sie ließen sich Publikationen und Jahrbüchern entnehmen.

Hier nun begann Edgars Telefonitis. Mehr noch als alle anderen Berufsgruppen bilden die Mediziner eine Art Mafia. Mit der wiederholten Rede bei Abnehmen des Hörers auf der Gegenseite: »Römertopf in Bonn; guten Tag, Herr Kollege« öffneten sich Informationskanäle, die im Zweifel einer polizeilichen Untersuchung verschlossen blieben.

Von Mediziner zu Mediziner weitergereicht, machte Edgar zwei ehemalige Kommilitonen des stud. med. Ahrenborn ausfindig. Natürlich gab es noch mehr ehemalige Kommilitonen, aber diese beiden waren darüber hinaus mit Ahrenborn zusammen in einer schlagenden Verbindung gewesen und hatten ihn auch nach dem Ende des Studiums noch einige Male gesehen.

Beide praktizierten noch; der eine in Frankfurt, der andere in Bayreuth. Edgar teilte ihnen telefonisch mit, daß einige ehemalige Mitarbeiter und Schüler des verehrten Professors Ahrenborn beizeiten begönnen, eine Festschrift zu seinem 65. Geburtstag im Jahre 1982 zusammenzustellen; zu diesem Zweck sei ein kurzer biographischer Abriß unumgänglich, und ob die geschätzten Herren Kollegen bereit wären, da sie den Festschriftkandidaten noch aus der gemeinsamen Studienzeit kannten, ihre Erinnerungen zur Verfügung zu stellen? Selbstverständlich waren die Herren bereit, zumal Edgar ihnen Namensnennung zusicherte. In den nächsten Tagen, vermutlich am Wochenende, wenn es ihnen recht sei, käme dann ein Mitarbeiter namens Matzbach bei ihnen vorbei; er sei kein Mediziner, aber als Journalist und Autor bereit, die technische und stilistische Seite der Festschrift zu bearbeiten …

An dieser Stelle konnte ich mir zwei Unterbrechungen des Monologs nicht verkneifen.

»Sag mal, schlagende Verbindung – ich kann mich nicht erinnern, bei ihm einen Schmiß gesehen zu haben. Und wer ist denn auf die Idee mit der Festschrift gekommen?«

Edgar übernahm die Antwort auf die zweite Frage.

»Baltasar natürlich. Das heißt, wir haben zusammen überlegt, wie man es anstellen kann, daß seine alten Kollegen sich über ihn möglichst offen äußern, ohne ihm was davon zu sagen. Beide haben heilig versprochen, selbstverständlich nicht mit ihm Kontakt aufzunehmen, damit bei der Festschrift die Überraschung um so schöner wird.«

»Was den Schmiß angeht«, sagte Baltasar vorwurfsvoll, »er hat einen, aber du hast Perlmutt auf der Netzhaut. Der Schmiß sitzt genau in einer Falte, ein kleines Stückchen links von seinem Mund. Du sorgfältiger Rechercheur, du.«

Na schön; weiter im Text. (Übrigens, um Mißverständnissen vorzubeugen: Den Schmiß hatte Moritz entdeckt.)

Der zweite Teil der Telefonaktion unter Kollegen betraf Haselmaus Brockmann. Edgar durchforstete die Ärzteschaft von Dortmund und Hannover. »Guten Tag, Herr Kollege. Ich habe hier einen Patienten namens Brockmann, der einige merkwürdige Symptome zeigt, die auf (es folgt ein graecolatinischer Fünfzehnsilbler) hindeuten. Ich komme aber mit der Anamnese nicht sehr weit, da der Patient sich nur undeutlich erinnert. Allerdings meint er, er wäre vor Jahren einmal von der Firma Soundso aus bei Ihnen gewesen. Er ist nicht sicher, aber der Vertrauensarzt der Firma habe, meint er, geheißen wie Sie. Ach, Sie sind es nicht? Ja, an die Firma habe ich mich kürzlich schon gewandt, aber die hat heute einen anderen Vertrauensarzt, vor allem eine andere Personalabteilung, und die alten Unterlagen sind vor einigen Jahren bei einem Schwelbrand vernichtet worden …«

In Hannover fand sich niemand, in Dortmund immerhin ein Zahnarzt, der Brockmann vor drei Jahren behandelt hatte. Er hatte, als Baltasar diesen Bericht abgab, bereits Aufnahmen und einen kurzen Report an Edgar geschickt. So weit Edgar und sein Telefon. Baltasar hatte schon kurz nach Beginn seiner Suche, als er den abgelaufenen Paß stibitzte, einen anderen Entschluß gefaßt, der mit seiner Reiselust zu tun hatte. Er beschaffte sich, ohne mir etwas zu sagen, ein Einreisevisum in die Tschechoslowakei, das er wider Erwarten schnell und problemlos erhielt. Über Frankfurt und Bayreuth, wo er die beiden Arzte überfiel, fuhr er nach Eger und von dort zu verschiedenen kleinen Dörfern, die in der Vorgeschichte einiger Personen eine Rolle spielten. Zwar rechnete er damit, niemanden mehr zu finden, der sich an wen auch immer erinnerte, da der deutschsprachige Teil der weiland dort lebenden Bevölkerung geflohen, vertrieben oder umgekommen war; er hoffte jedoch wie üblich auf die mit ihm verbündete Göttin des Zufalls.

»Vor meiner Abreise habe ich noch ein Dutzend Briefe geschrieben, in einer meinen Onkel Brockmann betreffenden Erbschaftsangelegenheit, an das Rote Kreuz und andere Institutionen, die sich mit der Suche nach Kriegsvermißten befassen. Ich hoffe, daß in meinem Domizil Antworten liegen. Außerdem habe ich natürlich, denn ich bin ein pflichtbewußter Mensch, meinen Kummerkasten für die beiden nächsten Nummern fertiggemacht. Wahrscheinlich liegen schon wieder Berge von Problemchen da rum.«

Für Evelyn war der Punkt offenbar neu. »Was ist das für ein Kummerkasten, Baltasar?«

Er strahlte sie an. »Ich«, sagte er großväterlich, »bin Frau Griseldis.«

Sie kicherte und nannte den Namen der Zeitschrift.

»Genau«, sagte ich, »dort verbricht Baltasar Griseldenbach Woche für Woche unqualifizierte Ratschläge. Nicht alle Briefe hat er selbst erfunden, nur die meisten.«

»Ist das wahr, ja?«

Baltasar schüttelte verweisend sein Kinn. »Nein. Im Schnitt gibt es bis zu tausend Zuschriften pro Woche. Ein Team in der Redaktion sortiert sie vor, bearbeitet sie und beantwortet einen Teil. Die meisten sind Standardfragen, dumm, oder Scheinprobleme, und zu den meisten gibt es Standardantworten. Ich kriege dann immer so um die fünfzig, die entweder besonders ausgefallen sind oder von besonders allgemeiner Bedeutung. Davon suche ich vier oder fünf raus, die abgedruckt werden mit meiner psychologisch feinfühligen Antwort; zu den anderen diktiere ich auf Band die Antworten, die dann in der Redaktion abgeschrieben und als Briefe verschickt werden. Zufrieden?«

Evelyn wollte natürlich noch mehr wissen, aber ich mischte mich ein.

»Verzeihung«, sagte ich mit einem Blick zur Tochter des Hauses, »aber ich glaube, du solltest uns erst mal ein bißchen mehr über deine Reise erzählen.«

Baltasar hustete. »Nun habe ich schon eine halbe Stunde geredet, und mein Licht ist dir noch immer nicht genug?«

»Quatsch, Licht. Du hast ein bißchen über Vorbereitungen gelabert. Ich würde gern wissen, was bei deiner Tour rausgekommen ist.«

Evelyn verzog enttäuscht das Gesicht. »Na schön«, sagte sie schmollend, »dann mach ich jetzt das Essen fertig.«

Baltasar starrte mich finster an. »Meinst du«, sagte er herablassend, »wenn ich etwas wirklich Wichtiges entdeckt hätte, hätte ich das nicht schon längst herausposaunt?«

Moritz stöhnte und kam mir zu Hilfe. »Vielleicht«, sagte er, »ist dein von Schwemmgut, Lektüre und anderen Schadstoffen verstopftes Gehirn nicht in der Lage, die richtigen Schlüsse aus unwichtigen Dingen zu ziehen. Berichte also, o günstiger Mastbauch, auf daß wir es wissen.«

Matzbach schnaufte und sah Ariane weinerlich an. »Hörst du, wie meine lieben Freunde, die ich an meinem Busen genährt und mit meinem Herzblut getränkt habe, hörst du, wie sie mit mir umgehen? Ist das nicht widerlich? Ach, die Welt ist schnöde.«

Frau Binder wedelte mit einem Zipfel ihres Saris vor seiner fleischigen Nase herum. »Ich finde«, sagte sie spöttisch, »daß deine lieben Freunde ganz recht haben. Ich wüßte nämlich auch gern, was du gefunden hast.«

»Aha, eine Verschwörung. Nun gut, ihr werdet schon merken, was ihr nicht davon habt. – Also, zuerst die beiden Ärzte. Sie haben mir übereinstimmend erzählt, Ahrenborn sei clever und kalt gewesen, aber ein Mediziner mit Zukunft. Aus der Studentenzeit war nicht viel zu berichten – die üblichen Gelage, Streiche, Fechtereien, Bordellbesuche und so. Die erste ernsthafte Arbeit, abgesehen vom Famulieren, hat Ahrenborn in seiner Heimat verbracht, diesem kleinen Dorf bei Eger. Da gab es ein Landkrankenhaus, mitten im Wald, mit einem alten, schon etwas senilen Chef. Ahrenborn war der einzige Assistent, abgesehen von einem sehr tüchtigen Pfleger namens Morken, der beinahe Arzt hätte sein können, bis auf ein paar fehlende Papiere. Die beiden Kommilitonen haben Ahrenborn dort unabhängig voneinander mehrmals besucht. Dann wurden sie ins Feld bestellt. Der eine als Truppenarzt an die Ostfront, der andere mit einer Sanitätsabteilung nach Italien. Der aus Bayreuth sagt, er hätte sich bei seinem letzten Besuch ein wenig gewundert. Er hatte in Italien, als da die Sache zu schwimmen anfing, eine kleine Verletzung abbekommen und eine Weile in der Heimat verbracht. Anfang vierundvierzig ist er bei Ahrenborn vorbeigefahren, der immer noch in seinem Krankenhaus saß. Der Chef war inzwischen völlig vertrottelt, so daß Ahrenborn praktisch allein war und tun und lassen konnte, was er wollte. Übrigens hatte Ahrenborn einen Bruder bei der Gestapo; vielleicht hat der dafür gesorgt, daß Ahrenborn an diesem Krankenhaus bleiben konnte und weder wechseln noch an die Front mußte. Na ja, egal. Jedenfalls hat der eine Kollege sich gewundert. Ahrenborn hatte nicht sehr viel zu tun, und als der Kollege Anfang vierundvierzig bei ihm war, war ein Teil des Krankenhauses belegt mit russischen Kriegsgefangenen. In der Nähe war ein Lager.«

Matzbach machte eine Pause, bedeutungsschwer. Ich wollte etwas sagen, aber Moritz war schneller.

»Komisch«, sagte er, »russische Kriegsgefangene? Ich denke, die haben unsere Ahnen damals zu Millionen verrecken lassen oder gleich umgelegt. Außerdem hat es doch bestimmt, wenn überhaupt, Sanitätsstellen im Lager gegeben ...«

Baltasar nickte. »Kluges Kerlchen. Der Kollege meint, er hätte sich gewundert, unter anderem, weil er Ahrenborn nicht gerade für einen Apostel der Humanität gehalten hat. An Ahrenborns Frau erinnert er sich kaum; sie war ein verhuschtes Wesen, eine Person, die man vergißt, sobald sie stumm den Tee aufgetragen hat. Die Aussagen des anderen sind im übrigen ähnlich. Der Pfleger hat beide beeindruckt. Er war älter als Ahrenborn, und die beiden waren dicke Freunde, per du. Die Kollegen hatten beide den Eindruck, daß Morken der stärkere von beiden war, und daß Ahrenborn viel auf seine Ratschläge gab. An die Tochter erinnern sich beide kaum, dafür aber an den Sohn von Morken. Beide sind offenbar bei ihren diversen Aufenthalten mit Morken und Ahrenborn in den weitläufigen Waldungen auf die Jagd gegangen. Immer, sie wissen allerdings nicht mehr, wie oft insgesamt, aber immer sei der Junge dabeigewesen. Sie schildern ihn als einen aufgeweckten, kräftigen Burschen, der kaltblütig genug war, aus kurzer Entfernung einen Keiler zu erledigen, nachdem einer der Gäste ihn verfehlt hatte und das Tier auf – ich glaube, es war der aus Frankfurt, also, auf den aus Frankfurt losging.

Nach dem Krieg haben sie sich dann aus den Augen verloren, eine ganze Weile jedenfalls, und die alten Beziehungen nicht wieder aufgenommen. Sie haben sich schon mal auf Kongressen getroffen oder Publikationen von Ahrenborn gelesen, aber beide hatten eigentlich keine große Lust, ihn unbedingt wiederzusehen.«

An dieser Stelle kam Evelyn wieder und verkündete, es sei angerichtet. Wir gingen ins Eßzimmer, wo für alle sechs gedeckt war, und nahmen ein nahrhaftes Mahl, das aus Gemüsesuppe und Spaghetti mit Schinken und Backpflaumen bestand. Beim Essen berichtete Baltasar weiter, allerdings häufig mit vollem Mund und vielen Abschweifungen. Deshalb der Rest nun wieder gerafft.

Von Bayreuth fuhr er in die ČSSR. Alle Erhebungen über Brockmann waren ergebnislos, da keine Unterlagen aus der sudetendeutschen Zeit mehr zugänglich waren und keiner in der Gegend, aus der Brockmann stammte, sich an etwas erinnern konnte, soweit Baltasar überhaupt Leute fand, die bereit waren, Auskunft zu geben.

Besser sah es in Ahrenborns Heimat aus. Hier wohnten noch ein paar alte Böhmer, die sich, wenn auch ungern, an die Zeit des tausendjährigen Jahrzwölfts und des Protektorats erinnerten. Man zeigte ihm den Wald, in dem einst das Krankenhaus gelegen hatte. Es war im Februar 1945 bis auf die Grundmauern niedergebrannt, ohne daß ein Grund dafür bekannt geworden wäre. Allerdings hatte wohl kaum jemand nach Gründen gesucht. In der Nähe befand sich ein Anfang der 50er Jahre errichtetes Denkmal, das an die 137 Helden der brüderlichen Roten Armee erinnerte, die zwischen 1943 und 1945 hier an Verwundungen und unheilbaren Krankheiten gestorben waren.

Edgar, der die ganze Zeit geschwiegen hatte, während Moritz und ich gelegentlich überflüssige Bemerkungen machten, sagte an dieser Stelle plötzlich: »Hundertsiebenunddreißig in zwei Jahren? Ganz schön viel für so 'n kleines Krankenhaus.«

Baltasar ging nicht darauf ein. Fortsetzung seines Berichts:

Es gab – wie schon der Bayreuther Kollege erwähnt hatte –

in diesem Krankenhaus eine hermetisch geschlossene Abteilung, in der Patienten mit ansteckenden Krankheiten lagen. Ahrenborn hatte sie als Argument für die Anwesenheit russischer Gefangener überhaupt angeführt; er hätte sich bereit erklärt, ansteckende Krankheiten in dieser Station zu behandeln, damit nicht das ganze Lager und möglicherweise die ganze Umgebung angesteckt würden.

Einer der alten Landleute berichtete, Ahrenborn hätte um 1943 mit Reichsgeldern ein Krematorium errichten lassen, wenn auch nur ein kleines, das direkt an das Krankenhaus angebaut wurde. Hier konnten auch Verstorbene eingeäschert werden, die in der näheren Umgebung gewohnt und diese Bestattungsform vor ihrem Tod verfügt hatten.

»Den Rest«, sagte Baltasar, »erzähl ich euch nach dem Essen.«

Diese für ihn unübliche Rücksichtnahme auf schwache Mägen ließ mich Schlimmes befürchten. Als wir später wieder im Wohnzimmer saßen, bei Kaffee und Zigaretten, fuhr er fort:

»Der Rest ist schnell erzählt. Irgendwann im Sommer vierundvierzig hat sich im Wald hinter dem Krankenhaus eine Tragödie abgespielt, von der keiner mehr etwas Genaues wußte – es war ja eine Sache der Deutschen. Jedenfalls waren Soldaten darin verwickelt und Ahrenborns Bruder, der Gestapo-Mann. Es hat ein paar Tote gegeben, der Gestapo-Mann war auch dabei, und deshalb herrschte ein paar Tage lang mächtiges Durcheinander. Einer der Alten sagt, in der deutschsprachigen Zeitung sei damals ein Bericht erschienen, aber die Fortsetzung, die Aufklärung, habe man nie erfahren. Er wußte nicht mehr viel – wie gesagt: Affäre der Deutschen. Danach lief alles normal weiter. Im Krankenhaus wurde gestorben und eingeäschert, und das ging bis Anfang fünfundvierzig. Im Februar ist dann alles abgebrannt. Damals ging ja sowieso alles durcheinander. In der Nähe des Krankenhauses fand man hinterher den Pfleger Morken, erschossen; von den anderen hat man nie wieder etwas gehört. Als ich erzählte, daß Ahrenborn heute Professor ist, hat das keinen verwundert. Er sei ein guter Arzt gewesen, angeblich. Natürlich hat keiner ihn je selbst konsultiert, er war ja Deutscher. – Der Leiter des Kriegsgefangenenlagers hat sich kurze Zeit später erschossen, als die Amerikaner kamen. Und Ahrenborn hat neunzehnhundertfünfzig eine Dissertation über Reihenuntersuchungen an Patienten vorgelegt, die an ausgefallenen Formen einer bestimmten riskanten Virusinfektion litten. Seine Habilitation, ein paar Jahre später, war über ein ähnliches Thema.«

Er faltete die Hände über dem Bauch, aber die Geste war sehr ungemütlich. »Nun rechnet mal zwei und zwei zusammen.«

Natürlich hatten wir schon gerechnet und waren zu den gleichen, unerfreulichen Ergebnissen gekommen. Baltasar winkte ab, als ihm das Durcheinander zu laut wurde.

»Silicium«, schrie er. »Ihr benehmt euch wie eine Horde von Knallhamstern.« Etwas ruhiger setzte er hinzu: »Das ist im Moment alles müßig; da hängen zu viele leere Flaschen in den Luftschränken.«

Manchmal drückt er sich merkwürdig aus.

»Außerdem, wer will das beweisen? Okay, vielleicht hat er experimentiert; unsere Ahnen waren zu der Zeit ja sehr eifrig auf dem Gebiet. Das müßte man aber beweisen. Okay, vielleicht hat er die Klinik angesteckt und Morken umgelegt. Aber warum? Vielleicht war's auch sonst jemand. Vielleicht hat er seine alten Unterlagen, nach geziemender Schamfrist, zu akademischen Titeln verarbeitet. Aber warum ist er im Februar abgehauen? Zu der Zeit war die Gegend noch fest in deutscher Hand, und erst nach der Kapitulation sind die Amis gekommen, nicht die Russen. Und was ist das für eine Geschichte mit den Leichen im Wald? Zu viele Fragen.«

Er blickte mich an. »Später mehr dazu. Ich habe hier das Kommando. Was hast du zu melden? Schämst du dich nicht, wie in einem amerikanischen Krimi durch die Stadt zu rasen, Mädchen auf Bauernhöfen zu deponieren und jedes Telefon für abgehört zu halten?«

Ich war ein wenig gekränkt, obwohl ich ihm natürlich recht geben mußte. Wir palaverten den halben Nachmittag, ohne zu einem Ergebnis zu kommen. Schließlich warf ich Matzbach seine Fragebögen in den Schoß und empfahl mich. Ich hatte die Nase voll; angesichts der Rätsel, Halbantworten und offenen Fragen vergaß ich für kurze Zeit sogar meine Besorgnis über das Verschwinden von Barbara Grossek. Abends fiel sie mir wieder ein, aber nichts, was ich hätte tun können.

Ich verbrachte einen ruhig-unruhigen Sonntag. Keiner ließ sich blicken oder von sich hören. Inzwischen hatten aber die Zufälle, mit denen Matzbach verbündet ist, zu spielen begonnen; das wußte ich nur noch nicht.

Am Montag früh um neun schrillte das Telefon. Ich nahm unausgeschlafen ab, denn ich war erst gegen halb fünf über einem Buch eingeschlafen.

»Ja?«

»Ich.«

Eindeutig Matzbach. Er schwieg eine Sekunde, und ich hörte Stimmen im Hintergrund. Dann sagte er unfroh: »Du Schlafmütze wirst jetzt sofort aufstehen, dich anziehen und bei mir erscheinen.«

»Das meinst du«, sagte ich. »Ich werde nichts dergleichen tun, wenn nicht ein dringender Grund vorliegt. Dieses bezweifle ich aber. Du hast bestimmt wieder eine Zahnbürste zuviel an Bord, oder?«

Er schnaufte. »Mein Lieber, ich wollte es dir erst später sagen, aber da du dem armen alten Baltasar ja nichts glaubst, sag ich es dir gleich, damit du auch kommst. Heute früh wurde Barbara Grossek gefunden.«

Ich schluckte. »Tot?«

»Ja, und zwar schon länger. Ich habe im Moment das Vergnügen, Moritz und den verantwortlichen Herrn von der Kripo um mich herum zu sehen.«

»Ah ja«, sagte ich. »Moritz hat ja mit ihm mal gesprochen. Da hat er aber nur gelacht, oder?«

Baltasar grunzte. »Jetzt lacht er nicht mehr. Jetzt will er wissen, was wir wissen. Kommst du nun, oder müssen wir dich mit der grünen Minna abholen?«

Als ich bei Matzbach ankam, erfuhr ich die Einzelheiten. An der Bundesbahn-Strecke zwischen Godesberg und Bonn oder, genauer, zwischen Friesdorf und den östlichen Ausläufern von Kessenich, ziehen sich, nur selten von Häusern unterbrochen, Gärten hin. Es sind nicht eigentlich Schrebergärten, aber so etwas ähnliches. In dieser Gegend ist der Bahndamm richtig schön und hat eine leichte F.-J.-Degenhardt-Atmosphäre. Einige der Gärten sind ziemlich wild; viele scheinen schon vor langer Zeit aufgegeben worden zu sein. Sommers wächst es dort mächtig, und man weiß, wenn man vorbeifährt oder, soweit möglich, zwischen den Gärten Pfadfinder spielt, nicht so recht, ob die Formen des Wachstums geplant oder zufällig sind.

Ein Gartenbesitzer war nach längerem Sommerurlaub wieder in der Heimat eingetroffen. Da ihm zum Wiederbeginn seiner Arbeit noch einige Tage blieben, hatte er sich am frühen Morgen dieses Montags zu seinem Garten begeben, der wahrlich wild ins Kraut geschossen war.

»Der reine Zufall«, sagte der Hauptkommissar griesgrämig. »Im Prinzip hätte die Leiche da liegen können, bis ein

Archäologe in dreihundert Jahren vielleicht dort angefangen hätte zu buddeln.«

Der Gartenbesitzer hatte einen unangenehmen Geruch wahrgenommen. Er kam aus der Gegend zwischen dem Bahndamm und seinem Komposthaufen, der knapp an der Grenze des Grundstücks lag. Was immer dort passierte, konnte nur er feststellen, denn jenseits des Bahndamms erstreckte sich Brachland, eine wilde Wiese; diesseits – vom Garten aus gesehen – ein Grundstück, dessen Besitzer vor einigen Monaten gestorben war und dessen Erben bisher kein Interesse gezeigt hatten.

»Wenn der Mörder, die Mörder oder die Mörderin das gewußt hätten, dann hätten sie die Frau zehn Meter weiter nach Norden auf der anderen Seite des Damms gelassen, und wir hätten sie nie gefunden.«

Der Anblick war nicht sehr schön. Der Mann hatte die Polizei benachrichtigt und sich dann mühsam wieder nach Hause begeben. Es war allerdings noch einigermaßen zu erkennen, daß die tote Frau gewisse Ähnlichkeiten mit dem Bild der seit ein paar Tagen vermißten Barbara Grossek aufwies. Man konnte dem Vater die Identifizierung leider nicht ersparen.

»Sie wird im Moment obduziert«, sagte der Hauptkommissar. »Dann werden wir genau wissen, wann und wie sie gestorben ist. Es sah aus wie ein Schuß, aber die Äußerlichkeiten können von Hunden oder Krähen verändert worden sein.«

Er war ein wenig grau im Gesicht; Bonn ist zwar reich an Geschöpfen, die infolge der Inaktivität ihres Gehirns der Definition des klinischen Todes genügen und Beamtenbezüge kassieren, aber Gewaltverbrechen sind doch seltener als beispielsweise in New York.

»Nachdem Sie nun alle versammelt sind«, sagte er mürrisch, »wüßte ich gern, was Sie sich eigentlich einbilden und was los ist.«

Er steckte sich eine Zigarette in den Mundwinkel; als ich ihm Feuer geben wollte, winkte er ab.

»Danke, ich betrüge meine Lunge.«

Ich war erstaunt, zu hören, wie präzise Baltasar berichten konnte, wenn er nur wollte. Kann, wenn er will, obwohl ich bezweifle, daß ich es jemals wieder erleben werde. Er brauchte etwa eine Viertelstunde, um alles, was er, Moritz, Edgar und ich in den letzten Wochen herausgefunden hatten, klar und verständlich vorzutragen, ohne Abschweifungen und Zierat.

Nach etwa zwei Minuten verbarg der Hauptkommissar seine Augen hinter den Händen und stützte die Ellbogen auf den Tisch. Als Baltasar fertig war, blickte er uns der Reihe nach an und wiegte den Kopf hin und her.

»Einen Teil«, sagte er halblaut, »hat mir der da« – er wies auf Moritz, der übernächtigt in der Ecke saß – »schon erzählt. Haben Sie noch etwas zu ergänzen, meine Herren?«

Wir verneinten.

Edgar blickte auf seine Uhr. »Herr Ziegler«, sagte er, »brauchen Sie mich unbedingt hierbei, oder kann ich …?«

Der Hauptkommissar winkte müde. »Gehen Sie in Ihr Krankenhaus und bringen Sie nicht zu viele Patienten um«, sagte er. »Mich meuchelt die Geschichte.«

Baltasar heuchelte Anteilnahme. »Welche, Herr Ziegler? Diese, oder die Weltgeschichte, oder welch andere meinen Sie?«

Der Hauptkommissar gab keine Antwort. Er wartete, bis Edgar gegangen war, dann sagte er: »Also, wir wollen jetzt nicht über die kleinen Dinge reden, die zusammen schon ein paar hübsche Jährchen auf Staatskosten ergeben. Der geklaute Paß, der gefälschte Dienstausweis, Amtsanmaßung, Täuschung, Hausfriedensbruch und so weiter. Nein, ich will mich nicht aufregen. Alles zu seiner Zeit.«

Baltasar unterbrach ihn, kalt. »Sie vergessen, daß Sie mir zugesagt haben, unsere Aussagen zur Kenntnis zu nehmen, ohne die Umstände zu bedenken, unter denen wir an die Fakten gekommen sind.«

Der Hauptkommissar runzelte die Stirn, sagte aber nichts dazu. »Also, was haben wir? Nichts. Einen verschwundenen grauen Mann, eine überzählige Zahnbürste, Vermutungen über das Vorleben eines angesehenen Professors, weitere Vermutungen über das Vorleben eines Bundestagsabgeordneten, Klatsch über diverse Eheschließungsverfahren – nichts. Das einzig Greifbare ist dieser Schuß auf, wie heißt er, Burger, obwohl auch da Ihre Folgerungen rein hypothetisch sind und sich durch nichts beweisen lassen. Außerdem kann ich den Schuß zunächst nicht zur Kenntnis nehmen, denn Ihre Kenntnis beruht auf dem Bruch der ärztlichen Schweigepflicht, und Sie haben mich wiederum verpflichtet, nichts zu wissen.« Er formte mit den Händen eine Hohlkugel. »Nichts drin«, sagte er, wobei er mit dem Kinn auf diese Kugel deutete, »nur unverifizierte Vorgänge und unbeweisbare Vermutungen.«

Er deutete auf das Telefon und wandte sich an Matzbach. »Darf ich?«

Baltasar legte die Hand auf den Apparat. »Unter einer Bedingung.«

Der Hauptkommissar verzog den Mund. »Sie gehen mir auf die Nerven, Matzbach«, sagte er.

Baltasar hob die Brauen. Er sah sehr arrogant aus. »Sie vergessen Ihre Schule, Ziegler.«

Der Hauptkommissar zündete sich nun doch seine Zigarette an und stieß eine große Wolke aus. »Hören Sie«, sagte er heiser, »Sie wissen, daß Sie gesetzlich verpflichtet sind …«

Baltasar unterbrach ihn. »Sie hören zu«, sagte er. »Ich lege Ihnen einen Haufen unbeweisbarer Hypothesen hin, die nur deshalb unbeweisbar sind, weil wir armen Amateure nicht einfach das BKA anrufen und Informationen anfordern können. Wenn Sie in dieser Sache weiterkommen, dann nur, weil wir Ihnen genug Stoff gegeben haben, mit dem Sie arbeiten können. Schweigen Sie also über ihre sogenannten gesetzlichen Verpflichtungen. Wir haben schon wesentlich mehr getan, als irgendein Gesetz verlangt. Oder erlaubt. Wir nehmen Ihnen praktisch die Arbeit ab. Dafür könnten Sie wenigstens so höflich sein, mich in meiner eigenen Wohnung mit ›Herr Matzbach‹ anzureden. Oder haben Sie vielleicht schon irgendwas Positives getan? Ist der vor zwei Wochen von seiner Vermieterin als vermißt gemeldete Brockmann vielleicht von Ihnen gefunden worden? Im Gegenteil: Sie haben gelacht, als Moritz Ihnen letzte Woche mitteilte, daß eine Barbara Grossek verschwunden ist.«

Ziegler schluckte. »Darf ich Ihr Telefon benutzen, Herr Matzbach? Ich würde gern feststellen, ob sich im Fall Brockmann etwas getan hat, und einige andere Dinge.«

Baltasar grunzte und schob ihm den Apparat hin. Der Hauptkommissar rief einen seiner Mitarbeiter an, diktierte ihm eine Liste mit Namen – Ahrenborn, Morken, Kleinsiepe, Pistorius, Grossek, Treysa, Pallenberg, Brockmann – mit der Bitte um schleunige Beschaffung von Dossiers. Dann ließ er sich mit einem anderen Beamten verbinden, den er nach der Behandlung der Vermißtenanzeige Brockmann fragte. Schließlich gab er Baltasars Telefonnummer durch mit der Aufforderung, ihn dort umgehend anzurufen, sobald Neuigkeiten oder der Obduktionsbefund vorlägen.

Baltasar tat so, als gehe ihn das alles nichts an. Er holte sich ein Buch aus dem nächststehenden Regal und begann, interessiert zu lesen.

Der Hauptkommissar starrte Löcher in die Luft. Er trommelte auf der Tischplatte, dann räusperte er sich.

»Ich möchte mich entschuldigen, Herr Matzbach«, brachte er hervor.

Baltasar klappte das Buch zusammen und lächelte freundlich. »Was nun?« sagte er.

Ziegler grinste plötzlich. »Sie sind 'ne Nummer!« Er schüttelte den Kopf.

Baltasar verzog keine Miene. »Kann ich also weiter mit Ihrer loyalen Mitarbeit rechnen?« sagte er.

Ziegler schnappte nach Luft. »Jetzt hören Sie mal! Wenn Sie …«

In diesem Moment klingelte das Telefon. Baltasar nahm grinsend ab.

»Matzbach. – Moment.«

Er reichte Ziegler den Hörer. Der knurrte ein paar Unverständlichkeiten in die Muschel, sagte »Danke« und legte wieder auf. Nachdenklich blickte er zum Fenster.

»Hm«, sagte er, »also, um's kurz zu machen: Barbara Grossek ist nach erster Analyse etwa hundert Stunden tot. Genaueres wird sich bei weiteren Untersuchungen herausstellen. Das könnte heißen: zwischen Mittwoch abend und Donnerstag mittag. Todesursache wahrscheinlich ein Kleinkaliberprojektil, das aus kurzer Entfernung ins Herz geschossen wurde.«

Baltasar nickte. »Wieso wahrscheinlich?« sagte er dann.

»Sie hat außerdem eine Schädelfraktur. Es wird sich noch zeigen, ob sie vielleicht schon daran gestorben ist. Vielleicht hat man sie bewußtlos schlagen wollen, um sie in Ruhe erschießen zu können.«

Baltasar nickte abermals ruhig. »Sie wissen«, sagte er freundlich, »daß Kleinsiepe eine Pistole besitzt?«

Ziegler knurrte: »Ich weiß sogar, welches Fabrikat. Und ich sage Ihnen weiterhin, daß eine ballistische Untersuchung des Projektils bereits läuft. Nur, damit Sie nicht fragen müssen. Ich sag's Ihnen auch so.«

Er stand auf. »Wenn Sie wollen«, sagte er dann, an Baltasar gewandt, »kommen Sie mit.«

Baltasar stand ebenfalls auf. »Wohin?«

»Ich will mich ein wenig auf dem Millionenhügel umsehen, zum Beispiel bei Kleinsiepe. Ich möchte seine Pistole untersuchen.«

»Das ist sicherlich ein guter Einfall, Herr Hauptkommissar«, sagte Matzbach lächelnd, »und dürfte Ihrer Karriere förderlich sein. Ich zöge es allerdings vor, Sie nicht zu begleiten.«

Ziegler ignorierte die Beleidigung. »Warum?«

Baltasar verschränkte die Arme über der Brust. »Weil ich glaube, daß es besser ist, wenn ich dort nicht sichtbar herumlaufe. Man könnte mich erkennen, falls es irgendwann wirklich zur Sache kommt und wir wieder alles allein machen müssen, weil die Polizei pennt.«

Der Hauptkommissar war mittlerweile jenseits der Empfindlichkeiten. »Wie Sie wünschen.« Er hob die Schultern.

Moritz erhob sich gähnend. »Ich nehme an«, sagte er, »Sie haben nichts dagegen, daß sich die Presse an Ort und Stelle informiert?«

Ziegler musterte ihn. »Bei Ihrem Gesicht kann ich Ihnen nichts abschlagen. Kommen Sie. Meine Herren!«

Er verbeugte sich knapp vor Baltasar und mir und ging.

Moritz blieb kurz stehen und sah Baltasar fragend an.

Baltasar runzelte die Stirn. »Alles, was du kriegen kannst«, sagte er leise. »Fotokopien, Dossiers, was auch immer.«

Moritz nickte und verschwand ebenfalls.

»Baltasar«, sagte ich, »ich muß dich loben. Furchtlosigkeit im Angesicht einer Amtsperson.«

»Bah«, sagte er.

»Trotzdem versteh ich dich nicht. Wieso willst du denn jetzt nicht mitfahren?«

»Bist du dusselig!«

»Das erzählst du mir in deinem freundlichen Tonfall schon seit etwa sieben Jahren. Antworte doch einfach mal!«

»Na schön, aber nur, weil du's bist.«

Er setzte sich und packte eine Dose Streichhölzer am Schiebekragen. Während er aufzählte, legte er immer ein Hölzchen beiseite.

»Erstens: Entweder hat Kleinsiepe sie umgenietet oder nicht. Wenn er es war, zweitens: Entweder sie verhaften ihn, weil sie es beweisen können, oder nicht. Drittens: Wenn sie ihn verhaften, packt er entweder aus oder nimmt alles auf sich. Wenn er alles auf sich nimmt, ist die Sache für die Polizei erledigt. Oder glaubst du im Ernst, sie suchen dann weiter nach der Vergangenheit von Ahrenborn und dem Verschwinden von Brockmann?«

»Okay, nehmen wir an, sie verhaften ihn, weil die Kugel aus seiner Knarre kam. Warum willst du denn dann nicht dabeisein? Glaubst du immer noch, du findest deinen Bürstenhalter?«

»Mhm. Paß mal auf. Kleinsiepe kann es nicht gewesen sein.«

»Wieso nicht? Er – das nehmen wir ja an – hat doch schon mal geschossen, auf Burger.«

»Ja, klar. Vielleicht hat er auch die Grossek erschossen. Aber nur als Instrument. Er hat kein Motiv.«

»Das behauptest du! Vielleicht hat er aber eins. Eins, das dich überrascht und der Polizei genügt.«

»Das könnte sein, würde aber nicht bedeuten, daß es das wahre ist. Sieh mal, ich habe noch viele Hölzchen. Barbara

Grossek will dir etwas erzählen, Stoff für einen Krimi; sie meint, irgendwas ist faul in Hamlets Käserei. Ihr habt aber doch ausgiebig über Frau Kleinsiepe gesprochen, oder jedenfalls einigermaßen ausgiebig. Meinst du nicht auch, daß sie mehr gesagt hätte, wenn die faule Sache mit Kleinsiepe zu tun gehabt hätte? Weiter. Burger, wahrscheinlich, hat euch belauscht. Er erzählt es weiter – wem? Burger selbst kann nur wenig direkt mit der Sache zu tun haben. Okay, er könnte vielleicht schießen, aber weder die Leiche schleppen noch ihr den Schädel einschlagen. Dazu fehlt ihm mit seiner Schulterverletzung vermutlich noch die Kraft. Nehmen wir also an, er hat etwas erzählt. Wem? Frau Kleinsiepe? Oder Ahrenborn? Mit Ahrenborn hat er ja am nächsten Morgen konferiert, unter dem Fenster von Susanne Weber. Ahrenborn hat dabei auf das Fenster gedeutet, und Burger war so dezent gekommen, daß man annehmen muß, er wollte nicht gesehen werden – von Zeugen? Hinterher hat er sich offen mit Ahrenborn auf der Wiese gezeigt. Ahrenborn wußte, daß zu diesem Zeitpunkt niemand da war, vor dem man sich verstecken mußte – außer Susanne. Die war aber eingesperrt und konnte aller Voraussicht nach nicht entwischen. Sie war also kein Risiko. Daher sagte er Burger, daß er unbesorgt mit ihm über den Rasen gehen kann, und deutete auf das Fenster. Vielleicht hat er gesagt: ›Ich habe sie eingesperrt, sie läuft uns nicht weg, das erledigen wir später.‹ Und am Abend vorher, ziemlich spät, hatte Ahrenborn – das sagt jedenfalls Susanne Weber – mit Kleinsiepe konferiert. Und mit einem telefoniert, der zuerst seine Stimme verstellt hatte, den sie aber irgendwie zu kennen glaubte. Hat er vielleicht mit Burger telefoniert, der ihm sagt, Barbara Grossek weiß was? Oder mit Kleinsiepe, der ihm sagt, meine Frau sagt, Burger sagt, die Grossek weiß was? Und er sagt daraufhin zu Kleinsiepe, komm nachher vorbei, oder zu Burger, komm morgen früh? Nee, nun reim dir das mal alles zusammen. Ich kann es nicht. Aber ich bin sicher, daß Kleinsiepe, wenn er wirklich geschossen hat, nur ein Instrument war.«

Ich überlegte, kam aber auch nicht zu einer plausiblen Alternative. »Meinst du nicht«, sagte ich schließlich, »daß vielleicht Ahrenborn selbst …? Oder, warum nicht, Morken?«

Er schüttelte sich. »Wie kannst du nur an so was denken? Pfui. Was Morken angeht: In welchem Staat der Welt muß ein Parlamentsabgeordneter seine Morde eigenhändig ausführen? Dazu gibt es doch die Leibwache und die Ordnungsdienste der Parteien und so. Und die würden eine Leiche bestimmt nicht ausgerechnet schräg gegenüber vom Bundestag an einem Bahndamm ablegen. Und Ahrenborn? Der hat doch ganz andere Möglichkeiten, Mann, als ne simple Kugel. Der hätte sie wahrscheinlich mit irgendeinem unbekannten Virus vergiftet oder in Salzsäure aufgelöst oder sonst was, aber auf keinen Fall erschossen und am Bahndamm deponiert. Nein, ich bin ziemlich sicher, das war Kleinsiepe.«

»Vielleicht auch eine der diversen Frauen«, schlug ich vor. »Madame Kleinsiepe zum Beispiel.«

»Wie soll die, ohne große Spuren zu hinterlassen, die Leiche zum Bahndamm kriegen? Sie könnte zwar geschossen haben, aber dann muß ihr jemand beim Tragen geholfen haben, und damit sind wir wieder bei Kleinsiepe.«

Da kam mir der ganz tolle Einfall. »Und wenn«, sagte ich tückisch, »einfach ein Passant sie überfallen, betäubt, vergewaltigt, erschossen und zum Bahndamm geschleppt hat?«

Baltasar saß da, ruhig und unendlich überlegen. »Unmöglich«, sagte er. »Völlig unmöglich. Das wäre ein unwahrscheinlicher Zufall.«

»Unwahrscheinlich vielleicht, aber doch nicht unmöglich.«

»Unmöglich, sage ich. Aus zwei Gründen. Erstens ist sie praktisch beim Verlassen des Theaters verschwunden – sagen die Eltern. Wenn man ein Theater verläßt, vor allem in Godesberg, verschwindet man nicht einfach so. Da ist der Theaterplatz, und der ist ziemlich groß. Das ist nur erklärbar, wenn ein Bekannter oder ein Nachbar plötzlich auftaucht und sagt ›Hast du nen Moment Zeit? Es ist wahnsinnig dringend und geht ganz schnell.‹«

Ich stimmte zögernd zu. »Könntest recht haben. Und was ist dein zweiter Grund?«

»Ah«, sagte er, »das ist der eigentlich wichtige. Es wäre, wie ich sagte, ein unwahrscheinlicher Zufall. Und das ist unmöglich, denn bekanntlich arbeiten unwahrscheinliche Zufälle immer zu meinen Gunsten.«

Ich saß da, verdattert. Schließlich brachte ich heraus: »Okay, okay, quod erat demonstrandum. Was tun wir jetzt?«

Er grinste. »Nimm's nicht so schwer, mein Junge. – Wir werden jetzt warten, bis Moritz uns weiter informiert. Ich werde meinen Kummerkasten weiterführen, die Post ist reichlich, und du wirst dir ein gutes Buch nehmen. Das könnte dir nicht schaden. Du kannst natürlich auch nach Hause fahren und die Fortsetzung verpassen.«

Ich schmierte mir einige Brötchen, braute neuen Kaffee und vertiefte mich resignierend in *Das Prinzip Hoffnung*. Baltasar las seine Kummerpost und kicherte gelegentlich. Später las er mir einen besonders hübschen Brief vor, nachdem er schnell eine Antwort skizziert hatte.

»Hör mal. Eine nette Tussi, könnte mit deiner Frau Kleinsiepe verwandt sein.«

Ich protestierte. »Laß das Possessivpronomen weg, sie ist nicht meine Frau Kleinsiepe!«

»Okay, Friede. Nun lausch, vernimm und staune! – ›Liebe Frau Griseldis. Ich bin 19, ziemlich hübsch und Sekretärin. Mein Chef, 39, ist sehr attraktiv, mit einer netten Frau verheiratet, sie haben zwei süße Kinder. Im Januar muß er zu einem Kongreß nach Barcelona. Ein Freund von ihm hat in der Nähe einen Bungalow, in dem er anschließend noch ein paar Tage verbringen will. Seine Frau will dann die Kinder nicht allein lassen. Er hat mich jetzt eingeladen, mit ihm dorthin zu fahren und den Rest der Zeit mit ihm im Bungalow zu verbringen. Mein Problem ist nun: bis dahin sind noch fast fünf Monate. Wie soll ich mich bis dahin meinem Chef gegenüber verhalten? Ich möchte keinen Skandal, außerdem mag ich seine Frau sehr gern. Andererseits möchte ich die intimen Beziehungen zu ihm, die sehr befriedigend sind, fortführen, und zwar am liebsten öfter als wie bisher einmal die Woche. Und natürlich würde ich gern mit ihm nach Spanien fahren. Was soll ich bloß tun? Ich bin so verzweifelt. Bitte helfen Sie mir! Ihre X. Y.‹«

Ich lachte schallend. »Die hat Probleme! Ist ja entzückend.«

Baltasar grinste. »Wir leben«, sagte er feierlich, »in würdelosen Zeiten, in denen das Unterste zuoberst gekehrt ist und die Ordnung des Himmels nicht länger geachtet wird.«

»Wohl wahr«, sagte ich. »Was hast du ihr geantwortet? Und kommt das in die Zeitung, oder als Brief?«

»Das«, sagte er entschieden, »kommt ungekürzt in die Zeitung, sonst lege ich den Griffel nieder. Meine Antwort: ›Liebe X. Y. Da Ihre Entscheidung innerlich schon feststeht, möchte ich mich nicht mit Ihnen auf moralische Diskussionen einlassen; da wären Sie mir ohnehin überlegen. Nur so viel: Wenn Sie nicht mit Ihrem Chef nach Spanien fahren, sollten Sie sich einen neuen Job suchen. Da Sie aber wohl nach Spanien fahren wollen, empfehle ich Ihnen, die Pille oder sonst etwas zu nehmen. Erstens entkrampft das ein Büroverhältnis ungemein. Zweitens wären eventuelle Kinder bestimmt nicht so süß, bei der Mutter. Drittens wären Sie in dem Fall im Januar vielleicht im vierten Monat, und das kann einem das schönste Wochenende und den potentesten Chef versauen. Am besten fahren Sie allein nach Spanien. Sie können ja die Schreibmaschine mitnehmen, als Ersatz. Schicken Sie mir eine Ansichtskarte. Ihre Verzweiflung sollten Sie lieber herunterschlucken. Sie werden daran nicht sterben, sie ist nämlich kein Gift.‹ Na?«

»Sehr treffende Bemerkungen, Euer Liebden. Ich stelle fest, unsere Demokratie bietet zahllose Möglichkeiten, durch unqualifiziertes Gerede Geld zu verdienen.«

»Ja, nicht wahr? Nur sind unsere Minister viel besser bezahlt als ich.«

Er wühlte weiter, ich las weiter. Eine ganze Weile später erfüllte sich seine Rede von den ihn begünstigenden Zufällen auf geradezu unheimliche Weise. Er stieß einen schrillen Pfiff aus.

»Na, so was! Das ist ja unglaublich. He, hör mal: ›Liebe Frau Griseldis! Sie werden sich vielleicht über meinen Brief wundern, aber ich bin eine alte einfache Frau, und ich weiß nicht, was ich machen oder an wen ich mich sonst wenden soll. Seit vielen Jahren bin ich mit einem netten, gleichaltrigen Mann befreundet. Er heißt Pistorius und wohnt in Godesberg. Mitte September wollten wir gemeinsam in den Süden fahren. Vor vier Wochen schrieb er mir, er hätte in seiner Nachbarschaft merkwürdige Dinge herausgefunden. In den nächsten Tagen würde ich von ihm einen verschlossenen Brief in einem anderen Umschlag bekommen, den sollte ich, falls ihm etwas zustößt, der Polizei übergeben. Dann habe ich nichts mehr von ihm gehört. Zuerst habe ich mir keine Sorgen gemacht, denn er hat nie sehr viel geschrieben, meistens zweimal im Monat. Aber als der angekündigte Brief nicht kam, habe ich mir doch Sorgen gemacht. Ich habe ein paarmal bei ihm angerufen. Schließlich habe ich dann mit einer jungen Frau gesprochen, die bei ihm im Haus wohnt, ich glaube, zusammen mit ihrem Mann. Sie sagte, er wäre verreist. Das konnte ich nicht glauben, denn er hätte mir doch etwas gesagt. Ich habe dann noch einige Tage auf ihn gewartet, weil ich dachte, vielleicht ist er wirklich verreist, dann schickt er mir bestimmt eine Karte, um sich zu entschuldigen; aber bisher ist nichts gekommen. Ich weiß jetzt wirklich nicht, was ich machen soll, und ich bin sicher, ihm ist etwas zugestoßen. Können Sie mir raten? Soll ich damit zur Polizei gehen? Oder meinen Sie, ich werde nur ausgelacht? Bitte antworten Sie mir schnell!‹ Was sagst du dazu?«

Ich war längst aufgestanden und sah ihm über die Schulter, während er las, weil ich es zunächst nicht glauben konnte. Dann setzte ich mich auf das Sofa.

»Das ist nicht zu glauben«, sagte ich schwach. »Pistorius, der nette alte Witwer. Jetzt wird es ganz kompliziert.«

Wir dachten eine Weile nach. Baltasar zündete sich eine seiner Zigarren an.

»Also, den Brief, den er schicken wollte, hat sie nicht bekommen. Vielleicht ist er verlorengegangen, das kommt natürlich vor. Vielleicht konnte er ihn aber nicht mehr abschicken.«

Er stürzte sich mit Feuereifer auf die Sache. Ich versuchte, ihn zu bremsen, obwohl ich das gleiche dachte wie er.

»Vielleicht ist er ja tatsächlich ohne die alte Dame weggefahren.«

»Du bist tadelnswert«, sagte Baltasar vorwurfsvoll. »Deine Einwände kommen immer zum falschen Zeitpunkt.«

Er kaute auf einem Bleistift herum, dann sog er wieder an seiner Zigarre.

Schließlich, nach längerem Schweigen, sagte er: »Hilft nichts. Entweder er lebt und macht Ferien. Dann müßte aber irgendwer mal von ihm Post bekommen haben, oder nicht? Na ja, nicht unbedingt. Aber gehen wir mal davon aus, er hat was rausgekriegt. Was, spielt zunächst mal keine Rolle. Dann haben sie ihn vielleicht auch umgebracht. Wer, spielt zunächst auch keine Rolle. Wer immer ihn auf dem Gewissen hat, hat zweifellos dafür gesorgt, daß der geplante zweite Brief nicht mehr existiert, falls er je existiert hat. Danach brauchen wir wohl kaum zu suchen.«

Hier irrte Baltasar fürchterlich, aber das erfuhren wir zu spät.

»Was tun, was tun?« Er war offenbar unschlüssig. Schließlich faltete er den Brief zusammen und steckte ihn ein. Er nahm den Umschlag hoch und las die Anschrift.

»Die Dame wohnt in der Nähe von Wesel. Hm, das sind ungefähr zwei Stunden, zweieinhalb, bis ich sie gefunden habe. – Gut. Muß wohl sein. Wir werden jetzt noch warten, bis Moritz sich meldet und berichtet. Dann machen wir Pläne, und dann fahre ich nach Wesel. Ich will die alte Dame selbst dazu befragen.«

Ich nickte. »Das wird das beste sein«, sagte ich matt. »Ich gestehe, daß mich die Sache mitzunehmen beginnt.«

Zu meiner Überraschung kam diesmal kein schlimmer Scherz. »Mich auch, mein Lieber«, sagte er. »Ich glaube kaum, daß ich jetzt noch sinnvoll werde arbeiten können. Spielen wir Schach?«

Zwei Stunden später klingelte Moritz Sturm. Baltasar öffnete. Unser Chefreporter stürzte ins Zimmer, ein wenig bleich.

»Die nächste Leiche«, sagte er atemlos und ließ sich in einen Sessel fallen.

»Wer?« Baltasar und ich, unisono.

»Ratet mal!«

Manchmal ist der Hang zu makabren Scherzen allzu weitgehend, aber unaufhaltsam.

Baltasar schwieg. Ich machte natürlich den Fehler, zu raten. »Noch ein Grossek?«

Moritz schüttelte den Kopf.

Baltasar blickte mich verweisend an und sagte: »Nun denk mal scharf, du Trottel.«

»Wieso? Schafft man durch Denken eine Leiche aus der Welt?«

»Nein, aber man identifiziert sie.«

»Mach mir das mal vor.«

Er gab sich enttäuscht. »Ich dachte, du wärst nach unserem vorigen Denken schon längst drauf gekommen. Ich hab drauf gewartet.«

Ich war sprachlos und Moritz offenbar auch. Er machte den Mund auf und zu; schließlich sagte er: »Da schnall ich ab. Nun sag's schon. Dicker.«

Baltasar stemmte die Hände in die Hüften. »Also, ihr lernt ja auch nichts, wenn man euch was vormacht, wie? Die Leiche dürfte Ewald Kleinsiepe heißen.«

Moritz sackte in sich zusammen. »Ich geb's auf«, sagte er schwach, »das stimmt. Wie kommst du darauf?«

»Logik, elementare Logik, mein lieber Watson. Unter der Voraussetzung, daß er nicht der eigentliche Urheber des Mordes an Barbara Grossek ist, wird sein Tod unvermeidlich. Gleichzeitig stützt er endgültig die besagte Hypothese. Na, immer noch nicht?«

Ich schüttelte stumm den Kopf.

Baltasar setzte sich und zündete seine nächste Zigarre an. »Also«, sagte er, »es ist irgendwas faul. Es muß ziemlich faul sein, um einen Mord zu rechtfertigen beziehungsweise als Ausweg zu eröffnen. Barbara Grossek weiß was;

sie stirbt. Kleinsiepe erschießt sie, nehme ich an, und bringt sie an den Bahndamm. Kleinsiepe selbst ist zu einfach, um so böse Dinge zu tun. Er kann vielleicht im Jähzorn oder aus Eifersucht schießen, aber nicht kalt – es sei denn, er wird dazu gezwungen. Wer immer ihn zwingt, ist der eigentliche Mörder. Wenn nun Kleinsiepe gefaßt wird, was sicher ist, sobald die Leiche gefunden wird, könnte er ja auspacken. Rausreden kann er sich nicht, denn wenn er es war, dürfte er seine Pistole verwendet haben, und das kann man beweisen. Also muß er stumm bleiben. Er ist bestimmt nicht der Typ, der einem langen Verhör standhält, dazu ist er zu impulsiv. Ergo haben sie ihn umgelegt.«

Moritz grinste. »Falsch. Er hat sich eine Kugel in den Mund geschossen und vorher einen Abschiedsbrief geschrieben.«

Baltasar zog die Brauen hoch. »Interessant. Berichte mal.«

»Also, paß auf. Wir sind auf den Hügel gefahren. Kleinsiepes Wagen stand da rum. Auf Klingeln hat keiner geöffnet. Im Haus, meine ich. Wir haben von Morkens aus telefoniert, das heißt, der Hauptkommissar.«

Baltasar hob die Hand. »Moment. Wer war bei Morkens zu Hause?«

»Nur die Mutter, Frau Morken. – Der Hauptkommissar hat bei der Post angerufen. Dort haben sie ihm gesagt, Kleinsiepe sei seit Donnerstag krank. Dann hat er bei Frau Kleinsiepe angerufen, in ihrem Ministerium. Sie möchte sofort nach Hause kommen. Sie war ungefähr zwanzig Minuten später da. Hat zwar zuerst dumm geguckt, aber schließlich hat sie die Tür aufgemacht. Oben, im Wohnzimmer, lag Kleinsiepe und war hinüber. Auf dem Tisch lag ein Brief.«

Moritz grinste triumphierend und holte ein Stück Papier aus der Tasche. Er entfaltete es und reichte es Baltasar. »Ich habe«, sagte er stolz, »im Büro des Hauptkommissars in einer hektischen Minute eine Kopie geklaut.«

Wir beugten uns über das Papier. Wir lasen.

Am Mittwoch, nach dem Theater, habe ich Barbara Grossek abgepaßt. Ich war schon lange in sie verschossen, und sie hat mich immer aufgereizt. Wir sind in den Kottenforst gefahren; dort wollte ich sie zwischennehmen. Ich habe nichts zustande gebracht. Sie hat mich verhöhnt. Da erschoß ich sie.

Die Schrift war nicht ganz sicher, die drei letzten Wörter ziemlich krakelig.

Baltasar nickte langsam. »Erzähl weiter«, sagte er.

Moritz räusperte sich. »Na, die Kleinsiepe hat nen hysterischen Anfall gekriegt, nicht ganz unverständlich bei dem Anblick. Ziegler hat ihr nur noch den Zettel hingehalten und gefragt, ob das die Schrift von ihrem Mann ist. Sie hat genickt; das war's eigentlich schon. Dann haben sie noch den Wagen aufgemacht; im Kofferraum war Blut. So viel zu deiner Theorie, Matzbach.«

Baltasar schwieg und dachte offensichtlich nach, jedenfalls wackelten seine Ohren. Dann griff er zum Telefon und rief den Hauptkommissar an.

Dem Gespräch, beziehungsweise der hörbaren Hälfte, entnahmen wir, daß der Hauptkommissar den Fall damit als beendet ansah. Ein Mörder, ein Geständnis – was will man mehr? Baltasar bedankte sich und legte auf.

»Trottel«, sagte er. »Ihr seid auch Trottel. Ich will euch noch zwei Dinge zu knacken geben, ehe ich nach Wesel fahre. Ah, vorher noch eine Frage, Moritz. Wo ist Frau Kleinsiepe jetzt?«

»Der Polizeiarzt hat ihr ein Beruhigungsmittel gegeben; sie ist jetzt bei Pallenberg. Die Lorenz ist montags zu Hause.«

Baltasar rümpfte die Nase. »Na fein«, sagte er, »Also, ihr zwei Schwachköpfe, folgendes: Wo arbeitet Frau Kleinsiepe?«

Ich übernahm die Antwort. »In einem dieser widerlichen Kästen an der B 9, Höhe Friesdorf. Was ist das, Justizministerium? Jedenfalls da unten.«

»Okay. Wollen wir wetten, daß ihr Schreibtisch vor einem Fenster steht, das nach Westen geht, zur B 9 und zur Bahn hin? Zweiter Punkt. Ich habe gestern einen netten Sonntag mit der Auswertung der Fragebögen gehabt. Vielleicht solltet ihr zwei euch die Dinger auch noch mal ansehen.«

Er stand auf, betrachtete uns mißmutig und ging zur Tür. »Ich fahre jetzt, ich kann euch nicht mehr sehen. Zieht alles hinter euch zu, wenn ihr diese heiligen Hallen verlaßt. Cheerio.«

Moritz schaute mich an. »Was geht hier eigentlich vor? Was will er in Wesel?«

Ich zeigte ihm den Brief der alten Dame; Moritz seufzte. »Das wird ja immer komplizierter. Was ist denn das wieder für eine Geschichte? Liegt etwa noch irgendwo eine Leiche rum?«

Ich winkte ab. »Das kann sein, wird sich aber finden, oder auch nicht. Was mich interessiert, ist, was Matzbach nun schon wieder entdeckt hat.«

Ich fischte aus dem Stapel den von Kleinsiepe ausgefüllten Bogen. Wir beugten uns über ihn und verglichen ihn mit dem Geständnis.

»Na ja«, sagte Moritz, »sein Schlußbrief ist ein bißchen verkrakelt, aber dafür muß man Verständnis haben. Wenn man sich gleich ne Kugel durch den Kopf schießen will, ist das für Schönschrift ein ungünstiger Moment. – Was hat sich Baltasar da bloß für Sätze ausgedacht!«

Ich verglich. Die Schrift war eindeutig die gleiche. Kleinsiepe hatte beim Diktat einige Fehler gemacht, die im Geständnis nicht auftauchten, obwohl die Wörter ähnlich waren. Ansonsten konnte ich nichts entdecken. Und die Schreibfehler beziehungsweise das Vermeiden der gleichen

Fehler konnten einfach daran liegen, daß er sich nach dem Diktat hingesetzt hatte, um festzustellen, wie manche Wörter denn nun tatsächlich geschrieben wurden. Jedenfalls war das meine Erklärung.

Moritz schlug sich plötzlich vor den Kopf. »Ah«, sagte er, »jetzt weiß ich, worauf er mit dem Schreibtisch hinaus will.«

Das wußte ich auch, aber es brachte mich nicht wesentlich weiter.

»Das ist klar«, sagte ich. »Wenn ihr Schreibtisch so steht, daß sie nach Westen aus dem Fenster sehen kann, kann sie vielleicht den Bahndamm sehen. Sie wird aus der Entfernung bestimmt keine Einzelheiten sehen können, aber wenn man etwa davon ausginge, daß sie weiß, wo die Leiche gelegen hat, könnte sie auf jeden Fall sehen, wenn an der Stelle größere Dinge stattfinden, Polizeiaufläufe zum Beispiel.«

»Das heißt«, sagte Moritz nachdenklich, »sie könnte zum Beispiel telefonieren und irgendwem sagen, Barbara Grossek ist gefunden worden.«

»Ja«, sagte ich. »Ihrem Mann, zum Beispiel. Männe, das Spiel ist aus, mach Schluß. Oder Baltasars mysteriösem Drahtzieher. Dem Bescheid sagen, daß man die Leiche gefunden hat, und der geht zu Kleinsiepe, zwingt ihn, den Brief zu schreiben, und schießt ihm eine Kugel in den Mund.«

Moritz nickte. »So könnte es gewesen sein. Das Geständnis ist unwahrscheinlich. Oder glaubst du etwa ...?«

»Nee. Kann kaum sein. Kleinsiepe war auf seine Frau wahnsinnig eifersüchtig. Selbst, wenn er sich für ihre vielen Eskapaden revanchieren will, wird er deswegen kaum die Nachbarstochter nehmen und sie schon gar nicht erschießen, bloß weil er keinen hochkriegt. Und sie wäre bestimmt nicht gerade mit ihm in den Kottenforst gefahren.«

»Also«, sagte Moritz düster, »hat Baltasar mal wieder recht. Bloß kann das keiner beweisen, und die Polizei ist mit der Geschichte zufrieden, so wie sie ist. Nein, wie sie aussieht. Was hat Matzbach bloß noch alles in dem Geständnis gesehen?«

Wir zerbrachen uns den Kopf, kamen aber zu keinem Ergebnis. Schließlich vertagten wir uns auf den nächsten Morgen.

10.

Ich verbrachte einen angenehmen Abend im Hause Binder, in Gesellschaft von Mutter und Tochter. Evelyn war ein wenig darüber enttäuscht, daß es ihr bisher nicht gelungen war, durch vorsichtige Fragen aus ihrer Freundin Iris Morken etwas herauszubekommen. Wir versuchten, sie mit dem Hinweis zu trösten, daß Iris wahrscheinlich nichts wüßte; für Evelyn war es jedenfalls nicht sehr erfreulich, ihre Freundin verdächtigen zu müssen, im Besitz eines finsteren Geheimnisses zu sein, und ebenso unerfreulich, nicht dahinter zu kommen.

Meine Hoffnung, daß Baltasar vielleicht im Verlauf des Abends auftauchen und Neuigkeiten verbreiten würde, erfüllten sich nicht. Gegen Mitternacht fuhr ich nach Hause.

Am nächsten Morgen tauchte Moritz nicht auf; er rief nur kurz an. »Nix Neues«, sagte er, »ich bin unterwegs. Ich melde mich vielleicht am Nachmittag.«

Ich muß gestehen, daß mir die ganze Sache immer unheimlicher wurde.

Krimis lesen, in denen irgendwelche Leute umgebracht werden, die es nur auf Papier gibt, und in denen Verbrecher in Umlauf sind, deren Wirklichkeit sich auf Wörter beschränkt, ist eine Sache, daß plötzlich um einen her tatsächlich Schüsse fallen, selbst wenn man sie nicht hört, eine ganz andere. Ferner macht es etwas aus, ob man ein hartgesottener Detektiv ist oder ein nur zufällig über solche Dinge stolpernder Zivilist. Außerdem beschäftigte mich die Angelegenheit so sehr, daß ich kaum dazu kam, an etwas anderes zu denken oder etwas anderes zu tun. Dabei hatte ich genug anderes zu erledigen, denn mein Vorrat an freier Zeit ist nicht unbegrenzt, und manchmal muß ich Geld verdienen, damit ich Baltasar zum Kaffee einladen kann.

Ich konnte wirklich nicht ahnen, daß noch am selben Tag, an diesem Dienstag, an den ich vermutlich bis an mein Lebensende denken werde, alle offenen Fragen geklärt und einige Leute, darunter auch ich, von einem nicht unerklärlichen Gruseln befallen wurden.

Nachmittags tauchte Matzbach auf. Er war fröhlich und guter Dinge, und er brachte einen Stoß Papier mit.

»Also«, sagte er, nachdem er den ersten Schluck Kaffee resorbiert hatte, »ich habe Post bekommen.«

»So, so«, sagte ich, »wer schreibt dir denn?«

Er hörte nicht hin. »Außerdem«, knurrte er, »habe ich was gelesen.«

»Nein, sag bloß. Du gibst dich ausgesucht verfeinerten Genüssen hin, neuerdings.«

Er blähte einen Moment die Wangen auf. »Halt doch mal dein Maul.« Dann zog er die Fotokopie eines alten Zeitungsartikels aus dem Papierstapel und schob sie mir hin. »Hier, lies das!«

Ich las. Es war die Kopie des Ausschnitts einer Zeitung aus dem deutschsprachigen Randgebiet des weiland Protektorats Böhmen und Mähren. Darin stand zu lesen, daß sich im Wald von Z., in der Nähe des kleinen Krankenhauses, eine blutige Tragödie abgespielt habe. Zwei ehemalige Ostfrontsoldaten, die beide schwer verwundet worden waren und langsam wieder genasen, die beide aus der Nähe stammten, hatten sich auf einer ärztlich verordneten Wanderung befunden. Der eine von beiden, Klaus B., habe nach einer schweren Kopfverletzung die Sinne nicht wieder in der richtigen Reihenfolge zur Verfügung; er sei verwirrt, gänzlich abwesend, unfähig zu den einfachsten Handlungen, unfähig auch zur Sprache, aber harmlos. Der andere sei von mehreren schweren Bauchoperationen genesen und kümmere sich ein wenig um seinen Kameraden. Franz R. tue dies – habe dies getan –, da die Ärzte es für möglich hielten, daß sich bei Bewegung und Verrichtung normaler Tätigkeiten der Geisteszustand des Klaus B. wieder bessere.

Der Bericht war richtig schön dramatisch aufgebaut. Nach dem armen Versehrten und dem aufopfernden Kameraden kam eine heimatduselige Schilderung des Waldes und des zarten Emil M., Sohn des rechtschaffenen Pflegers im Krankenhaus, welch zartes Knäblein am nämlichen Tag im Walde zu lustwandeln sich nicht enthalten mochte. Allda er den Knaben gewahrte, zerbrach in Franz R., alles, was den deutschen Soldaten sonst stählt, und er entbrannte, o Opfer seines armen Geschicks, gedrückt von der Last der Entbehrungen ob des Vaterlands und einer russischen Kugel, entbrannte also jäh in heftigem Verlangen nach diesem Knäblein. Er ließ seinen Kameraden Klaus B. hilflos stehen und stürzte sich auf den zarten Emil M., diesem ein Leides zu tun. Von dem Gezeter und Gemenge drang mancher Laut in die Waldestiefen, und nahe bei dem verruchten Ort erraffte sich Alfred A., der zufällig anwesende Bruder des Arztes Arno A., dem leidenden Sohne des Pflegers in seines Bruders Hospital beizustehen. Doch vernehmet, denn es kömmet schlimmer. Bei Näherung des Alfred A., der seinen machtvollen Schritt mit machtvollem Rufen mehrte, zog der entfesselte Soldat ein Terzerol aus seinem Busen (vermutlich eine 08) und erschoß den mutigen Retter. Dann erging er sich weiter an dem Knaben. Der Schuß alarmierte nun den Vater des Jungen und den Arzt, die unter Zu-Hülfe-Nahme eines Jagdgewehres den Schauplatz erstrebten und dort nämliches grauses Bild erspähten. Da der Soldat alsbald abermals zum Pistol faßte, erschoß der Vater den sich an seinem Sohne labenden Wüstling.

Den armen verwirrten Kämpfer nahmen sie mit ins Krankenhaus, wo sie ihn pfleglich behandelten, bis die Polizei ihn und die zweierlei Leichname zu holen kam.

»Mann«, sagte ich bewundernd, »das ist ja eine Postille! Wo hast du die denn aufgetrieben?«

Baltasar zuckte mit den Schultern. »Ach, jede Landsmannschaft hat ihr Archiv, und außerdem gibt es noch eine ganze Reihe anderer Archive und Bibliotheken … Damit ist der gelegentliche Nutzwert der Landsmannschaften augenfällig, nicht wahr?«

Ich sprach ihm meine tiefe Bewunderung aus. »Aber was willst du damit anfangen?«

Er hob die Hand. »Das ist noch nicht alles.«

Eine der angeschriebenen Institutionen hatte ihm geantwortet. Dem Schreiben zufolge müsse sein vermißter Onkel Klaus Brockmann keinesfalls als vermißt gelten, denn er sei nicht vermißt. (»Aha«, sagte ich, »der Stil der Gazette gefällt mir viel besser als das hier.«) Dieser habe nämlich 1944 an der Ostfront eine Kopfverletzung erlitten, sei zunächst im Lazarett A., später im Hospital B. behandelt worden, wobei man ihm eine kleine Silberplatte in den Schädel setzte, und anschließend habe man ihn in die Heimat entlassen, allerdings unter Aufsicht, da eine gewisse Verwirrung nicht abgeklungen sei. Man könne jedoch nicht ausschließen, daß er in den Wirren bei Kriegsende umgekommen sei; ebenso möglich sei aber eine gelungene Flucht in den Westen. Diese Frage möchte man noch einer anderen Stelle stellen, und zwar … Mit freundlicher Hochachtung sowie vorzügl. Grüßen.

»Mensch«, sagte ich begeistert, »das ist schon toll. Aber typisch. Am Schluß hatten sie nix mehr zu fressen und keine

Munition, aber die medizinischen Akten, die haben sie aufgehoben. Wahnsinn!«

»Was machst du aus der Sache?« sagte er.

Ich seufzte. »Baltasar, du hast schon wieder diesen ekelhaften sokratischen Tonfall. Was mach ich aus der Geschichte? Tja, eine wilde Geschichte.«

»Ist das alles?«

»Ich weiß mal wieder nicht, worauf du hinauswillst.«

»Du Dummerchen.« Baltasar blickte mich mitleidig an.

Ich gab mir einen Ruck. »Was stört dich an der Sache? Daß ein entlassener Soldat im Wald einen Jungen anfällt? Okay, das klingt ein bißchen wild; wahrscheinlich hätte er nicht unbedingt bis in den Wald gehen müssen – aber es ist nicht unmöglich. Auch die anschließende Ballerei ist ziemlich wild, aber möglich.«

Baltasar ächzte. »Ich sehe schon«, sagte er traurig, »die Mitarbeit meiner Freunde erschöpft sich. Sie verschaffen mir Daten, die auszuwerten sie zu dumm sind, und wenn ich Daten herbeischaffe, vernebeln die lieben Kerlchen mit ihrem Geschwätz den Kosmos. Idiot!« brüllte er. »Wie ist das mit der Psychologie, du Denkferkel?«

Ich wehrte ab. »Ich betrachte mich als deinen Korrektor. Des Erfindens unendlich verwickelter Theorien ist dein Kopf beeindruckend fähig; das gebe ich gern zu. Mein Job dabei, wenn du es so platt sehen willst, ist der Einwand. Ich bin der Äußerer vernünftiger Einwände.«

»Ha, ha, ha«, machte Baltasar. »Vernünftige Einwände! Du brichst mir das Zwerchfell.« Er sah mich zweifelnd an.

»Ich gebe zu«, sagte ich, indem ich fortfuhr, als hätte ich seinen Ausbruch nicht gehört, »daß ich manchmal das Gefühl habe, du zählst zwei und zwei zusammen und erhältst sechs. Das kann durchaus daran liegen, daß du noch irgendwo eine dritte Zwei siehst, die mir verborgen ist. Ich gehe aber einfach davon aus, daß du dir in den Kopf gesetzt hast, ein bedeutender Kriminalist zu sein. Und wie ich dich kenne, du Universaldilettant, wird es dir früher oder später gelingen. Dann werde ich den Hut vor dir ziehen und ergriffen schweigen. Bis dahin, Freund, erlaube, daß ich dir die ganz dämlichen Fragen stelle oder Antworten gebe, die dir der geschätzte Hauptkommissar Ziegler vielleicht auch gäbe, wenn du ihm den Zirkus auftischtest.«

Baltasar grinste. »Weiß ich doch«, sagte er, »aber mach trotzdem mal weiter.«

Ich mußte ebenfalls grinsen. »Na gut. Also, ich sehe ein gewisses Problem. Wenn jemand so völlig unkontrolliert auf Knaben abfährt, dann erscheint es mir unwahrscheinlich, daß er dies erst in vorgerückten Jahren bei einem Spaziergang in einem Wald entdeckt.«

Baltasar nickte und hob stumm den Daumen für erstens.

»Zweitens«, sagte ich, »bin ich kein Mediziner, aber es erscheint mir als ungewöhnlich, daß jemand, der eine oder mehrere schwere Bauchoperationen hinter sich hat, in einem unbequemen Wald Gewalt gegen einen, wie wir gehört haben, kräftigen Knaben anwendet. Der Morken war ja wohl nicht so zart, wie die Postille ihn macht. Drittens: Selbst wenn die beiden ersten Punkte nicht so sind, wie ich sie jetzt sehe, bleibt das Problem des verwirrten Kameraden. Die Ärzte werden dem Soldaten wahrscheinlich gesagt haben, gehen Sie mit dem da spazieren, im Moment ist er blöd, aber harmlos, und vielleicht kommt er in der gewohnten Umgebung seiner Kindheit wieder zu sich. Dann kann ich mir nicht vorstellen, daß jemand vor den Augen eines Kumpels, der sich vielleicht eines Tages daran wird erinnern können, wenn er wieder normal ist, fremde Knäblein vergewaltigt. Viertens: Selbst wenn es so wäre, wenn er sich also unter den obwaltenden Umständen auf den Jungen stürzt, kann ich mir nicht vorstellen, daß er den herbeieilenden Alfred Ahrenborn erschießt und anschließend weitermacht, einfach so. Er muß doch genau wissen, daß der Schuß gehört wird – also wird er die Beine in die Hand nehmen.«

Baltasar strahlte mich an. »Siehst du«, sagte er, »es geht ja doch. Und fünftens?« Er reckte den kleinen Finger der Rechten provozierend gen Himmel.

»Na ja«, sage ich, »fünftens müssen die beiden Soldaten irgendwo in der Nähe untergebracht gewesen sein, da sie zu Fuß durch den Wald marschiert sind. Wenn sie schon länger da waren, dürfte der Betreffende gewußt haben, daß da ein Krankenhaus in der Nähe ist, daß man ihn hören wird, und daß der Junge wahrscheinlich zu dem Krankenhaus gehört.«

Baltasar nickte und schwieg.

»Du meinst«, sagte ich, »daß dieser verwirrte Klaus B. deine Haselzahnbürstenmaus Brockmann ist?«

»Sieht so aus«, sagte er. »Brockmann hatte eine Kopfverletzung, war verwirrt und wurde ›unter Aufsicht‹ oder wie das da heißt in seine Heimat entlassen. Er stammt aus einem Kaff, das vielleicht zwanzig Kilometer von dem Krankenhaus entfernt ist. Ich halte die Wahrscheinlichkeit für gering, daß da zur gleichen Zeit viele Klaus B.s mit Kopfverletzungen und geistiger Verwirrung rumgelaufen sind.«

Er stand auf und begann, auf und ab zu gehen. »Ich hab da noch eine andere These«, sagte er.

»Schieß los!«

»Paß mal auf: Wir wissen nicht viel über Ahrenborns Bruder, außer, daß er Gestapo-Mann war. Und wir haben keine Möglichkeit, festzustellen, ob man Pistolenschüsse, die in dem Wald abgefeuert wurden, im abgebrannten Krankenhaus hätte hören können. Im, wohlgemerkt. Glaub ich nämlich fast nicht. Nehmen wir an, sie – Ahrenborn und Morken

– wären draußen gewesen. Zum Beispiel« – sagte er gedehnt – »am Krematorium. Spielt keine Rolle, was sie da tun, wir haben auch da nur Vermutungen. Nehmen wir nun an, plötzlich tauchen die beiden ehemaligen Soldaten auf und sehen etwas, was sie nicht sehen sollen. Unser Professor, das wissen wir, ist eiskalt. Der wußte vierundvierzig längst, daß das Reich nicht mehr lange existieren würde und daß er in einem nachfolgenden Staat nur dann sinnvoll würde leben können, wenn er eine weiße Weste hatte. Vielleicht hat auch Morken die ganze Sache ausgetüftelt, denn der soll ja von beiden der dominierendere Partner gewesen sein. Ahrenborn ist nie in der Partei gewesen; wahrscheinlich reichte ein Bruder bei der Gestapo. Nun nehmen wir mal folgendes an.«

Er machte eine Pause, schüttelte den Kopf und sagte: »Klingt alles ziemlich an den Haaren herbeigezogen, und wahrscheinlich stimmt es nicht, aber nehmen wir's mal an. – Also, Ahrenborn und Morken kalkulieren: Früher oder später bricht alles zusammen, dann sitzen wir hier vielleicht nicht mehr in Deutsch-Böhmen, sondern in der Tschechei oder wie immer der Staat dann heißen mag. Wir können also sowieso nicht bleiben. Wohin? Von der einen Seite kommen die Russen, von der anderen die Amerikaner und Engländer. Logischerweise lieber nach Westen abhauen; wir kennen zu viele ehemalige russische Kriegsgefangene ... Bruder Alfred ist ein mittelhohes Tier bei der Gestapo und wahrscheinlich ›überzeugt‹. Wenn er überlebt, könnte er hinterher irgendwann den Mund aufmachen, und er weiß genau, was wir hier in den letzten Jahren gemacht haben. Irgendeine Form von gerichtlichem Nachspiel dürfte die braune Epoche auf jeden Fall haben, sei es seitens der Kriegssieger, sei es seitens eines Nachfolgestaats. Also – Bruder Alfred muß weg.«

»Meinst du, Ahrenborn wäre ausreichend kalt für einen Brudermord?«

Baltasar sah mich strafend an. »Wenn ich mir ansehe, was er mit Frau und Tochter gemacht hat und mit seinem Pflegesohn und wahrscheinlich mit Morken und noch mit ein paar anderen, dann trau ich ihm alles zu. Und vergiß nicht die russischen Gefangenen! – Weiter. Also, Bruder Alfred muß weg. Vielleicht, wie gesagt, stammt die Überlegung von Morken, der ja bis über die Kiemen in die Geschichte verwickelt war. Vielleicht hatten die beiden sich das schon lange überlegt und nur auf eine günstige Gelegenheit gewartet. Jetzt tauchen also plötzlich die beiden Soldaten auf. Vielleicht haben sie was gesehen, vielleicht aber auch nicht; jedenfalls beschließen Ahrenborn und Morken: Das ist die Gelegenheit. Sie legen Bruder Alfred und den einen der beiden Soldaten um und denken sich die passende Geschichte dazu aus. Söhnchen Emil durfte vielleicht ein Gewehr halten, damit er auch mitspielt, oder« – er verzog das Gesicht – »er durfte sogar selbst schießen.«

»Du solltest«, sagte ich, »Gruselgeschichten schreiben – aber du hast was vergessen. Wieso legen sie nicht auch den zweiten Soldaten um?«

»Ah«, sagte Baltasar, »das ist doch offensichtlich. Ahrenborn ist Arzt, wie gut oder schlecht auch immer. Er hat mit einiger Sicherheit sehr schnell gesehen, daß der andere ein harmloser Idiot ist, zumindest zu dem Zeitpunkt, und daß man ihn in keine blutrünstige Geschichte als Aktivisten einbauen kann. Und eine verirrte Kugel, die den verwirrten Zuschauer zufällig trifft, würde die Geschichte belasten. Sie wäre ein Moment des Zweifels, denke ich. Anders herum, so wie es gewesen sein könnte, ist der arme Verwundete natürlich ein tolles Argument und ein Geschenk des Himmels. Er macht die Geschichte glaubwürdig.«

Ich lachte. »Für dich vielleicht. Du hättest Friseur oder Perückenmacher werden sollen. Ich kenne keinen, der so viele einzelne Haare ohne Wurzeln aus der Luft herbeiziehen und zu einem so sinnlosen Netz verknüpfen kann. Wem willst du das erzählen? Oder gar beweisen?«

Baltasar setzte sich wieder. »Tja«, sagte er, »das ist richtig. Aber« – er richtete sich auf und wölbte die Brust – »man muß der fortschreitenden Entvölkerung des Millionenhügels Einhalt gebieten.«

»Wieso? Wir sind uns doch alle einig darüber, daß der Globus allzu dicht bevölkert ist.«

Baltasar hustete. »Wohl, wohl. Ich bin aber eher für Zurückhaltung bei der Zeugung. – Burger angeschossen; Barbara Grossek erschossen; Kleinsiepe erschossen; Brockmann ist ohne jeden Zweifel ebenfalls da oben ums Leben gekommen. Und Pistorius ist tot.«

Ich war erschlagen. »Woher weißt du das, oder willst das wissen? Hast du in Wesel etwas Neues erfahren?«

Baltasar schüttelte den Kopf. »Nein. Ich hab nichts Neues erfahren, aber sehr scharf nachgedacht. Das heißt, ich hab schon was Neues erfahren, aus einem der Briefe, die Pistorius an die alte Dame geschrieben hat.«

Er wühlte in seinem Papierhaufen und hielt mir einen Brief vor die Nase, danach einen weiteren.

»Hier«, sagte er, »schreibt Pistorius, er hätte einen interessanten Menschen kennengelernt. ›Den ehemaligen Buchhalter meines Nachbarn Pallenberg, du weißt, der Bauunternehmer.‹ Der Buchhalter ist einundsechzig und arbeitet nicht mehr. Er fährt manchmal ins Kasino nach Bad Neuenahr. Rente bezieht er offenbar noch nicht. ›Ich möchte wissen, wovon er lebt.‹ Der Brief ist ungefähr zwei Monate alt. Im nächsten heißt es, vor etwas sieben Wochen: ›Ich habe den Buchhalter, von dem ich Dir neulich geschrieben habe, eingeladen. Er kann sehr amüsant plaudern. Nach einer halben Flasche Cognac fing er an, mir sehr interessante Geschichten zu erzählen. Davon demnächst mehr‹.«

Baltasar machte eine Pause.

»Ich war gestern abend noch bei Moritz. Ihm ist eine Idee gekommen, beziehungsweise, er hat sich dunkel an etwas erinnert. Wir sind dann in seine Redaktion gefahren, nachts, und haben die Zeitungen der letzten Monate durchgeblättert.« Er schob mir mehrere Fotokopien hin.

Es handelte sich um eine Todesanzeige und zwei Meldungen. In der ersten hieß es, offensichtlich unter Alkoholeinfluß habe ein 61jähriger aus Bad Godesberg gegen 1 Uhr nachts versucht, die Fahrbahn der Konrad-Adenauer-Brücke oberhalb der Rheinaue zu überqueren, sei dabei überfahren worden und auf der Stelle gestorben. Eventuelle Zeugen würden gebeten et cetera. Die Todesanzeige galt einem Albert Westphal, der mit 61 Jahren durch einen tragischen Verkehrsunfall ums Leben gekommen sei.

Ich blickte auf. »Ist das der Buchhalter?«

Baltasar nickte. »Lies weiter«, sagte er.

Die zweite Meldung betraf eine spezifische Form von nächtlicher Ruhestörung an der Reichsstraße am Ortsausgang Röttgen; dort sei ein in Richtung Meckenheim fahrender Wagen von der Fahrbahn abgekommen und frontal gegen einen Baum geprallt, nachdem er eine Straßenlaterne gestreift hatte. Der Fahrer habe der Polizei erklärt, er habe einem Reh ausweichen wollen. Alkoholprobe, Sachschaden und so weiter.

»Moritz«, sagte Baltasar, »hat sich umgehört. Ein Anwohner hat es um zwanzig nach eins scheppern hören und die Polizei angerufen. Dann ist er rausgegangen und hat sich mit dem Fahrer unterhalten, bis die grünen Jungs gekommen sind. Es war ein Herr Pallenberg in einem, wie Moritz zitiert, ›Knautschmercedes‹.«

Ich nickte nachdenklich. »Richtig. Pallenberg hat mir was über seinen neuen Wagen und einen Unfall erzählt. Soll ich mir das jetzt wieder zusammenreimen?«

Baltasar nickte ebenfalls und hob den Finger. »Und«, sagte er hoheitsvoll, »vergiß nicht: Die unwahrscheinlichen Zufälle sind immer mit mir, nie gegen mich!«

Ich überlegte laut.

»Wovon lebt dieser Buchhalter, wenn er nicht arbeitet und keine Rente bezieht, aber gelegentlich nach Neuenahr ins Kasino fährt? Hat er ein System? Und was für interessante Geschichten hat er Pistorius erzählt? Hat vielleicht mal wieder jemand gelauscht? Kleinsiepes wohnen im selben Haus ... Nehmen wir an, Pallenberg hat mal was Böses getan. Der Buchhalter hat davon erfahren. Er erpreßt Pallenberg. Pallenberg zahlt; damit überbrückt der Buchhalter die Zeit bis zur Rente. Vielleicht hat er zuviel verspielt und will mehr. Pallenberg hat die Nase voll. Außerdem erfährt er irgendwie, daß sein lieber alter Mitarbeiter angefangen hat zu tratschen. Also lädt er ihn zu einem Umtrunk ein, fährt ihn auf die Adenauer-Brücke, zwingt ihn auszusteigen und überfährt ihn. So ungefähr?«

Baltasar klopfte auf den Tisch. »So ungefähr! Na, was meinste?«

»Du spinnst. Wir sind doch nicht im Chicago der Prohibition. Außerdem: Wie kommt Pallenberg dann so schnell nach Röttgen?«

Baltasar betrachtete mich mißmutig. »Wir sind in Bonn anno neunzehnachtzig, das ist viel schlimmer. Und die Fahrt nach Röttgen spielt überhaupt keine Rolle. Die Leiche wurde, steht hier, gegen ein Uhr angerichtet. Wenn der schon länger tot gewesen wäre, hätte es im Bericht gestanden. Er muß also noch warm gewesen sein. Der Unfall in Röttgen war um zwanzig nach eins. In zwanzig Minuten bin ich nachts dreimal von der Adenauer-Brücke in Röttgen.«

»Baltasar«, sagte ich händeringend, »wem willst du diesen hanebüchenen Unsinn erzählen? Die Polizei will Beweise, und du kannst ja wohl kaum vorhaben, du ungeheuer loyaler Staatsbürger, die Gesetze eigenhändig zu verteidigen, oder?«

»Nein«, sagte er, »keineswegs.«

Er wirkte irgendwie unheimlich selbstzufrieden.

»Was willst du denn dann?« fragte ich. »Dir und mir demonstrieren, daß die Republik so finster ist, wie du immer behauptest, oder was?«

»Nein«, sagte er, »keineswegs.«

»Nein, keineswegs, nein, keineswegs«, sagte ich erbost. »Was denn? Was soll der Zirkus?«

Er kicherte. »Du kannst dich ja richtig echauffieren, Jungchen. Toll! Sag mal: Wenn du einen überfährst ...«

»Tu ich nur manchmal; ich bin ja nicht du.«

»Ssst. Also, falls du einen überführest, und du stelltest fest, an deinem Auto seien Kratzer, Dellen, Blutspuren – was tätest du dann?«

»Waschen.«

»Damit kriegst du die Kratzer und Dellen nicht weg.«

»Ich würde«, sagte ich laut, »*mich* waschen und zur Polizei gehen.«

»Ah, bah. Du kannst nicht zur Polizei gehen. Was machst du?«

Ich war verstockt. »Nach Rußland emigrieren und Dissidenten überfahren.«

Baltasar seufzte. Dann sagte er: »Wenn du dieses Totfahren geplant hast, hast du dir auch vorher überlegt, daß du Spuren beseitigen mußt. Ist dir das notfalls dein Auto wert?«

Ich dachte an meine Rostlaube. »Immer.«

»Okay. Was hältst du von einem absichtlichen Unfall mit einer plausiblen Ausrede? An einer Stelle, wo solche Unfälle häufiger passieren, die weit genug von dem Ort entfernt ist, an dem du deinen Kumpel überfahren hast?«

Ich gab ihm zweifach recht. »Erstens ist es möglich. Zweitens werde ich es genauso machen, wenn du mir weiter in dieser Form auf die Erbse gehst.«

Er lachte. »Apropos Erbse«, sagte er. »Ich habe ja ein paar Gründe gehabt, als ich dich diese Umfrage machen ließ, mit den schönen Sätzen von Erbsen auf der Erpeler Ley und so.«

»Aha«, sagte ich. »Ich finde es ermutigend, von dir zu erfahren, daß meine Tätigkeit nicht gänzlich irrsinnig war. Was hast du dir denn gedacht?«

»Oh, Verschiedenes. Ich wollte nicht nur die Rechtschreibkenntnisse unserer Mitmenschen testen, obwohl auch dieses ein gräßliches Ergebnis gebracht hat. Ein paar Sachen waren die reine Ablenkung, einige andere nicht. Deine Eindrücke zu Reaktionen auf das Stichwort ›Voyeur‹ waren ja mager genug, aber immerhin. Viel interessanter ist das Stichwort ›Erpresser‹, in dem Erbsensatz.«

»So, so.« Ich war immer noch ungehalten. »Welche nobelpreisträchtigen linguistischen Erkenntnisse hast du denn daraus gezogen?«

Er grinste. »Schlechte Laune? Das gibt sich – sieh mal.«

Er kramte die Fragebögen aus seinem Papierberg und deutete jeweils auf die bestimmten Stellen. »Hier«, sagte er. »Das ist Frau Morken. ›… verprassen sie lieber mit einem Erpresser vom Parnaß‹.«

Ich bekam schlagartig gute Laune. »Du kannst dich«, sagte ich freundlich, »bei mir bedanken. Ich hab mir natürlich gedacht, daß du mit dem ›Erpresser‹ etwas beabsichtigst. Deswegen habe ich in allen Fällen geschickt diktiert, damit es auch wirkt.«

»Das«, sagte er, »hatte ich gehofft. Wie hast du diktiert?«

»Na, ganz einfach: ›... verprassen sie lieber mit einem‹ Pause, dann, wenn die Kandidaten ›einem‹ geschrieben hatten, weiter ›... Erpresser vom Parnaß‹.«

»Brillant, Watson«, sagte er. »Meine Überlegung war, wie du wohl inzwischen rausgekriegt hast, daß da etwas mit Moneten und Pressionen im Gang war. Also, dachte ich in meinem klugen Kopf, bau dir ein Spiel zusammen, das so glaubwürdig ist, daß sie es wirklich für ein Spiel halten. Dann leg eine Mine an eine Stelle, an der bestimmt niemand mehr eine erwartet, weil alle sich über den Satz amüsieren oder nachzählen, ob sie auch überall genug ›s‹ geschrieben haben. Hier, Frau Morken: der Wortabstand zwischen ›einem‹ und ›Erpresser‹ ist wesentlich größer als zwischen allen anderen Wörtern. Das große E ist verkrakelt, das r völlig verunglückt. Im übrigen hat sie eine saubere, gut ausgeschriebene Schrift.«

Er blätterte weiter. »Herr Kleinsiepe, Gott hab ihn selig. Eine schlimme Kinderschrift. Komisch, wie viele Erwachsene nie eine ausgeprägte Schrift bekommen.«

»Besser«, sagte ich, »eine leserliche Kinderschrift als deine Charakterklaue.«

»Wie?« Er tat empört. »Ich habe eine schöne Schrift!«

»Ja«, sagte ich, »wenn man einem hinkenden Känguruh Tinte unter die Füße schmiert, sieht das hinterher so aus wie deine Schrift.«

Er überhörte es. »Kleinsiepe hatte Probleme mit seinen ›s‹, ›ss‹ und ›ß‹, wie man sieht – hier, ›verpraßen‹, zum Beispiel. Den ›Erpresser‹ hat er richtig geschrieben. Aber das ist, in seinem ganzen Diktat, immerhin diese komplette DIN-A-4-Seite, das einzige Mal, daß er etwas durchgestrichen hat, und zwar heftig.«

Tatsächlich war nach ›Erp‹ der erste Schriftzug abgebrochen; er hatte die drei Buchstaben dann dick durchgestrichen und neu begonnen.

»Weiter. Burger. Typische beamtete Steilschrift. Er hat sich ganz gut unter Kontrolle. Siehst du was?«

Ich sah den Satz aufmerksam durch. Kein Krakeln, kein Streichen, aber –

»Hier«, sagte ich aufgeregt; es begann mich zu packen. »Vergleich mal ›Erbse‹, ›Erpeler‹ und ›Erpresser‹. Bei den beiden ersten Wörtern sind ›E‹ und ›r‹ verbunden; bei ›Erpresser‹ ist das ›r‹ ein klein bißchen abgespalten, so, als ob er da neu angesetzt hätte.«

Baltasar klopfte mir auf die Schulter. »Und hier Pallenberg. Der ist offenbar richtig zusammengezuckt. Er schreibt zwar nicht schön, aber leserlich und gerade. Nur der ›Erpresser‹ sackt nach dem ›E‹ unter die Schreiblinie. Das ist das einzige Wort auf der ganzen großen Seite.«

Er lehnt sich triumphierend zurück. »Na?«

»Sehr schön, Baltasar«, sagte ich. »Aber was beweist das?«

Er knurrte. »Du immer mit deinen administrativen Einwänden.«

Ich grinste. »Hast du den Fragebögen sonst noch was entnehmen können?«

Er fischte ein paar andere aus dem Haufen. »Oh ja, reichlich. Was den ›Erpresser‹ angeht, scheinen die anderen, vor allem die Töchter, nichts zu wissen. Aber die Orthographie! Möchte wissen, was die heute in der Schule lernen.« Kopfschüttelnd blätterte er. »Hier. Drei Handschriften in dem ganzen Haufen sind interessant.«

Ich wunderte mich, ich weiß nicht, zum wievielten Mal. »Bist du neuerdings auch unter die Graphologen gegangen?«

»Das«, sagte er bescheiden, »gehört zu meiner enzyklopädischen Bildung. – Hier, der Herr Bundestagsabgeordnete Morken. Die Schrift ist im Prinzip ausgeschrieben, hat aber einige Brüche.«

Er deutete auf drei oder vier Wörter. Dann erklärte er mir mysteriöse Zusammenhänge zwischen Schwüngen, Auf- und Abstrichen und was der Dinge mehr sind.

»Böhmische Dörfer«, sagte ich. »Was soll das alles heißen?«

Er lachte. »Böhmische Dörfer ist gut, bei den Geburtsorten unserer Helden. – Kurz gesagt, der Mann ist einerseits beherrscht und ziemlich gefühllos, andererseits unsicher, so, als stünde er unter Druck.«

Er überlegte. »Kann sein«, sagte er dann langsam, »daß das eine vorübergehende Sache ist. Er hat ja im Moment Wahlkampf. Sein Listenplatz ist sicher, aber die Sache ist natürlich anstrengend. Man müßte das mit älteren Schriftproben vergleichen. Egal.«

Er nahm das nächste Blatt.

»Der Professor. Ich habe selten eine so, nein, ich muß mich verbessern, ich habe noch nie eine so völlig leere Schrift gesehen. Es gibt viele Leute, die ›drucken‹, aber die haben alle irgendwelche Charakteristika dabei, zum Beispiel zwischendurch ein geschwungenes ›e‹ oder ›l‹. Hier ist nichts. Einige Buchstaben sind zwar nicht ›gedruckt‹, sondern sogar verbunden, aber sie sagen absolut nichts aus. Das einzige, was sich der Schrift entnehmen läßt, ist, daß dieser Mann absolut kontrolliert ist, keine unbedachte Aktion startet und immer eiskalt bleibt. Man könnte fast den Eindruck bekommen, daß er sogar an seiner Schrift gearbeitet hat, damit niemand darin etwas lesen kann.«

Er schüttelte den Kopf und legte den Bogen beiseite. Dann nahm er den dritten in die Hand und betrachtete mich aufmerksam.

Natürlich erkannte ich die Schrift, ich hatte ja gesehen, wer sie geschrieben hatte.

»Nanu«, sagte ich überrascht, »ausgerechnet die Tussi? Was ist denn an der Schrift so toll? Eine abgrundtiefe Dummheit?«

Baltasar schniefte. »Allein deine Dummheit«, sagte er, »versetzt in der Form Berge, daß man hinterher in ein Loch fällt. Frau Kleinsiepe hat eine ausgesprochen schwungvolle Schrift und eine einwandfreie Orthographie. Sie ist ihrem Mann weit überlegen. Hier, und hier, das sind die beiden interessantesten Züge. Sinnlichkeit und Durchsetzungsvermögen.« Er lehnte sich zurück.

Ich starrte auf den Bogen. »Na«, sagte ich zögernd, »Sinnlichkeit ist nicht sehr überraschend, denke ich. Und Durchsetzungsvermögen? Was heißt das? Daß sie alle Männer ins Bett kriegt, die sie haben will, oder was?«

Baltasar betrachtete eine Fliege, die am Fenster krabbelte. »Nee«, sagte er dabei, »sie ist clever, und es macht ihr nichts aus, daß man sie für eine dumme Tussi hält. Wahrscheinlich profitiert sie davon. Ich bin nicht sicher, ob ...«

Er sprach den Satz nicht aus. Ruckartig stand er auf und blickte auf die Uhr. »Hm«, machte er, »gleich zwölf. Kann ich mal telefonieren?«

Er wählte eine mir unbekannte, relativ kurze Nummer und ließ sich mit Hauptkommissar Ziegler verbinden.

»Herr Ziegler?« sagte er. »Matzbach. Haben Sie ein paar Minuten Zeit? – Ja, es ist wichtig. Ich habe die nächsten beiden Leichen für Sie. – Wie? Nein, ich spinne nicht mehr als Sie. – Was? Oh, das ist sehr interessant. Es könnte natürlich sein, aber bisher hat Grossek mit meinen Leichen nichts zu tun. – Ja, natürlich, Millionenhügel. Okay. Bis gleich, Wiederhören.«

Er strahlte mich an. »So«, sagte er fröhlich, »das große Finale kann losgehen.«

»Was«, sagte ich, »ist mit Grossek los?«

»Ha, ha«, machte Baltasar, »das wüßtest du gern, wie? Also, Ziegler ist gar nicht so doof. Der hat sich doch gestern Dossiers bestellt, das hast du ja mitgekriegt, nicht wahr? Dabei hat er alle möglichen Dinge angefordert und wohl ziemlich schnell bekommen, einschließlich Zoll- und Steuersachen. Alle einzelnen Unterlagen ergeben keinen Sinn, aber zusammen wird ein Strick draus. Sie verhaften ihn gerade.«

»Grossek?«

»Ja.« Er schüttelte den Kopf. »Und das ein paar Tage, nee, einen Tag, nachdem er vom Tod seiner Tochter erfahren hat! Die arme Frau. – Offenbar hat Grossek erstens gestohlene Pelze angenommen, umgearbeitet und verkauft, und zweitens unter der Hand aus dunklen Quellen seltene Tierfelle bezogen und weiterverarbeitet, deren Einfuhr und Verarbeitung verboten ist, weil die Tiere unter Schutz stehen, um sie vor der Ausrottung zu retten.«

Er machte eine Pause.

»Nett«, sagte er dann, »und alles mitten im friedlichen Bonn. – Ich darf noch mal, ja?«

Diesmal rief er Ariane an. Ich wunderte mich, daß sie an einem Dienstag nicht im Büro war; hinterher erfuhr ich warum.

»Ariane? Spinn deine Fäden, und grüß mir Evelyn. Aber seid vorsichtig! Wir sehen uns wie besprochen. Byebye.«

»Was ist das nun wieder für eine Sache?« fragte ich. »Ich verstehe nur noch sehr wenig von dem, was sich ereignet.«

»Das«, sagte Baltasar gönnerhaft, »ist ein allgemein metaphysischer Zustand.«

Ohne weitere Bemerkungen telefonierte er abermals. Diesmal rief er in der Eifel an, bei unseren Freunden auf dem Bauernhof, und erkundigte sich nach Susanne Weber.

Er sprach kurz mit ihr und bat sie, sich bereit zu halten, ich würde sie gleich abholen.

»Wozu«, sagte ich verzweifelt, »soll ich die Weber abholen?«

Baltasar stemmte die Fäuste in seine speckigen Hüften. »Weil ich nicht warten werde, bis die nächste Leiche anfällt.«

»Aha. Nun bin ich viel klüger. Wer ist denn die nächste Leiche?«

»Och, entweder Frau Morken oder Frau Ahrenborn oder Frau Kleinsiepe. Letztere ist zwar eine unwahrscheinliche Leiche, aber man kann nie wissen.«

»Das ist auch so ein weiser Satz, der mir bedeutende Erhellung bringt. Kannst du mir vielleicht sagen, worum es geht?«

Baltasar packte seine Papiere zusammen. »Spute dich«, sagte er. »Es gibt zwei Möglichkeiten. Entweder funktioniert der Hauptkommissar, dann ist die ganze Affäre heute abend vorbei und wir werden ein Festessen veranstalten. Oder er spurt nicht, dann nehmen wir die Sache endgültig in die Hand. Ich werde ihm etwas über Pistorius, den Buchhalter, Herrn Pallenberg und einen Unfall in Böhmen berichten.« Er trat mir freundschaftlich in den Bauch. »Mach dir nichts draus. Es läuft schon ein Alternativplan. Wenn du dich beeilst, kannst du gegen halb drei mit der Weber hier sein. Beziehungsweise in Bonn. Wir treffen uns, sagen wir um drei, Ecke Poppelsdorfer und Meckenheimer Allee. Wenn ich nicht da bin, fahr um den Block, bis ich komme.«

Er gab mir noch einige Anweisungen, die ich stumm entgegennahm. Schließlich sagte ich, nun wirklich verzweifelt:

»Okay. Ich verstehe überhaupt nichts, aber es soll so sein, wie Ihr befehlt, Herr. Aber was mach ich, wenn du inzwischen verhaftet oder zufällig überfahren wirst, oder sonst was?«

Er ging zur Tür und drehte sich kaum um, als er sagte: »Sorg dich nicht; du weißt, die Zufälle sind mit mir!«

Zähneknirschend machte ich mich auf die Fahrt in die Eifel.

11.

Als wir an der vereinbarten Ecke eintrafen, war es kurz vor drei. Baltasar war nicht da.

Ich begann, mein Mobil um die Poppelsdorfer Allee zu steuern, immer im Karree.

Susanne Weber, die auf dem Rücksitz saß, wurde nach und nach nervös. Sie lüftete den schwarzen Schleier, der von dem altertümlichen Hütchen vor ihr Gesicht hing.

»Hoffentlich ist ihm nichts passiert«, sagte sie. Sie hielt Ausschau nach allen Seiten.

»Keine Sorge«, sagte ich munterer, als ich mich fühlte. »Hoffentlich ist er niemandem zugestoßen.«

Sie quälte sich ein Lächeln ab.

Endlich, nach mindestens zehn Umrundungen, tauchte Baltasar unter den Bäumen der Meckenheimer Allee auf. Er plumpste auf den Sitz neben mir und begrüßte Susanne.

Abrupt dirigierte er mich zu einem halb auf dem Venusberg gelegenen Parkplatz. »Aussteigen«, sagte er. »Wir fahren jetzt mit meinem Wagen weiter.«

Sein schwerer alter Haifisch stand drohend in einer Ecke.

»Warum?«

Er vernichtete mich mit einem Blick. »Dein Wagen«, sagte er zähnefletschend, »ist auf dem Millionenhügel schon mal gesehen worden. Es ist zwar unwahrscheinlich, aber sicher ist sicher.«

Zum Glück fuhr er nicht selbst; das ist immer ein Terrorunternehmen. Während ich wartete, daß die Karre sich aufbockte, blickte ich ihn von der Seite an. Er verzog keine Miene.

»Berichten!« sagte ich, wobei ich seinen Kommandoton nachahmte.

»Ah«, sagte er verdrossen, »alles Kacke. Der Hauptkommissar ist doch ein Trottel.«

Sein Gesicht hellte sich auf, und er sah zuerst Susanne, dann mich fröhlich an. »Das heißt, meine lieben Kleinen«, sagte er, »daß wir alles selbst machen dürfen.«

Ich seufzte. »Erstens: Wohin soll ich fahren? Zweitens: Was ist los?«

Baltasar gab Anweisungen; als ich mich in den Verkehr auf der Trierer Straße eingefädelt hatte, verschränkte er die Arme vor dem Wanst und berichtete.

»Also, zuerst das Kurze und Lange über die Firma Grossek. Dies am Anfang, weil es uns eigentlich nicht interessiert. Aus mir unbekannten Gründen ist gestern abend, nein, heute ist ja schon Dienstag, also, am Sonntag abend ein Zöllner, der Herr sei mit ihm, auf einen merkwürdigen Einfall gekommen. Er sitzt an einem winzigen Grenzübergang an der belgischen Grenze, irgendwo da hinten bei Monschau, noch ein Stück südlich, ich hab den Namen vergessen. Jedenfalls ein Übergang, wo im letzten Jahrhundert nie kontrolliert worden ist; die winken ja normalerweise alles durch, erst recht an einem späten Sonntag abend; es war fast Mitternacht oder drüber. Manchmal sitzt dann da überhaupt keiner mehr, sogar bei den unsrigen, obwohl die ja sonst immer gründlich sind. Beamtenprinzip: Selbst wenn man nichts tut, man hat dazusein. – Okay. In den schlimmsten Terroristenzeiten sind da wohl schon mal ein paar Autos angehalten und untersucht worden, Jahre her. Der Zoll und der Grenzschutz sind bei so was ja auch von einer samenhaften Intelligenz. Wenn so was los ist, ein Attentat oder derlei, kontrollieren sie mit Vorliebe Enten, Käfer und andere Autos, die nicht aussehen, wie ein gutes Bürgerauto aussehen soll. Meistens haben die Insassen auch noch Bärte und lange Haare, pfui. Wie wir wissen, sind Terroristen allerdings meistens adrett angezogen, gut rasiert und fahren, um nicht aufzufallen, Benz oder BMW. Deswegen werden ja auch so viele von ihnen an den Grenzen der Bundesrepublik geschnappt. Typischer Behördenschwachsinn!«

Um seinen Worten Nachdruck zu verleihen, kurbelte er das Fenster herunter und spuckte auf die unschuldige Straße, sofern, heißt das, in Bonn etwas unschuldig sein kann.

»Am Sonntag also brach ein Grenzer oder Zöllner, ich weiß nicht genau, sämtliche diesbezüglichen Vorschriften. Erstens kontrollierte er überhaupt. Zweitens sonntags. Drittens bei Nacht. Und viertens einen adrett gekleideten Mann in einem Benz.« Er kicherte. »Der Beamte wird bestimmt degradiert und strafversetzt.«

Jetzt zündete er sich eine Zigarre an; ich kurbelte mein Fenster herunter.

»Weiter. In dem Wagen saß ein freundlicher Libanese. Er hatte gute Papiere. Der Beamte wollte den Kofferraum sehen; daraufhin versuchte der Mann, weiterzufahren. Das geht natürlich nicht. Ein paar Kilometer weiter – in der Gegend kann man nicht sehr schnell fahren, und vor allem nur in sehr wenige Richtungen – hat man ihn geschnappt. Sie haben eine Weile gebraucht, bis sie die Zwischendecke im Kofferraum aufkriegten. Waren sehr hübsche Pelze drin, und einige Päckchen Heroin. Zufällig hat der Fahrer dieses Wagens, der natürlich von nichts wußte, in den letzten Jahren regelmäßig Aushilfslöhne für Lagerarbeiten von Herrn Grossek kassiert, und zwar keine schlechten.«

Er schüttelte den Kopf.

»Grossek wollte es zu gut machen, eine illegale Sache legal verkleiden, damit sie nicht auffällt. Wär auch wahrscheinlich nicht aufgefallen, wenn nicht der Grenzer diesen schrecklichen Fehler gemacht hätte. Und wenn nicht der Libanese die Nerven verloren hätte. Im Dunkel an der Grenze hätte der Beamte wahrscheinlich gar nichts im Kofferraum gesehen. Und wenn nicht Ziegler die verschiedenen Informationen, die alle für sich interessant, aber unwichtig sind, zusammengesetzt hätte.«

Er paffte und befahl mir, auf einen links vor uns auftauchenden Parkplatz zu fahren.

»Was sollen wir hier?« fragte ich.

»Abwarten. – Also weiter. Ich hab dem Hauptkommissar natürlich heftig gratuliert. Er hat sich anständig bedankt und gemeint, irgendwie hätten wir ihn ja in die Richtung geschubst, aber er wäre natürlich auch von selbst drauf gekommen. Bah. Dann habe ich ihm die Pistoriusbriefe und die Zeitungsausschnitte über die Unfälle gezeigt und ihn gefragt, ob er zwei und zwei zusammenzählen kann. Daraufhin hat er fürchterlich gelacht und gesagt, das wäre ja wohl wieder eine von meinen Zahnbürstenfantasien. Ob er sonst noch was für mich tun könnte? Ich habe ihn gebeten, festzustellen, was mit Pallenbergs Unfallwagen passiert ist. ›Okay‹, sagte er, ›ich schulde Ihnen ja was, wenn's auch Blödsinn ist.‹ Die Streifenbeamten, die den Unfall aufgenommen haben, wußten natürlich nichts. Die Polizisten, die die nächste Schicht hatten, waren am folgenden Tag an der Unfallstelle vorbeigefahren und hatten gesehen, wie der Wagen von einem Abschleppfahrzeug hochgenommen und weggebracht wurde. Sie konnten sich auch noch an den Namen der Firma erinnern. Ziegler hat also dort angerufen, und die sagten, sie hätten die Karre zum Schrottplatz bei Buschdorf gebracht. Also ist Ziegler seufzend mit mir und einem Beamten von der Spurensicherung zum Schrottplatz gefahren.«

Er grunzte.

»Aber zuerst lachen. Bah. Jedenfalls, Pallenberg hatte einen weißen Diesel gefahren, einen Dreihunderter, glaube ich. Den haben wir ziemlich schnell gefunden; ein paar Leute waren gerade dabei, alles auszubauen, was noch nicht ausgebaut war. Der Wagen war vorn natürlich völlig zermatscht, aber keine Beule ist vollkommen. Der Spurensicherungsmensch hat sich die Sache angesehen, zuerst nur so, dann plötzlich genauer, und dann hat er was gefunden, irgendwo auf der Innenseite eines großen Knicks. ›Chef‹, sagt er zu Ziegler, ›ich schätze, da haben wir was.‹ Darauf hat Ziegler einen zweiten Wagen kommen lassen, die haben das betreffende Stück aus dem Auto herausgeschweißt, und wir sind zurückgedonnert. Der Beamte hat ein bißchen von seinem Fund abgekratzt. Ziegler hat noch gewartet, bis der andere die Sache unterm Mikroskop hat und meint, das wär Blut und Näheres später; dann ist er aufgebrochen, um Pallenberg hochzunehmen. Hat sich wieder herzlich bei mir bedankt, und irgendwas gebrummelt wie: ›Die Fahndungserfolge der Polizei kommen oft nur durch Mitwirkung der Bevölkerung zustande.‹ Ich hab ihn ausgelacht, gefragt, von welcher Fahndung er da redet, und ob er jetzt vielleicht bereit ist, sich mit mir um die wirklichen Verbrecher zu kümmern. Daraufhin hat er wieder mal gelacht, mir gönnerhaft auf die Schulter geklopft und gesagt, ich hätte jetzt zweimal Glück mit Schüssen ins Blaue gehabt, aber nun sollte ich ihn in Ruhe lassen und aufhören, aus reiner Niedertracht Professoren und Abgeordnete zu verdächtigen. Ich hab ihn gefragt, ob er bereit ist, die weiteren anfallenden Leichen auf seine Kappe zu nehmen. Und was er in Sachen Pistorius tun will. Er sagt, der alte Herr Pistorius wird sich schon melden, wenn er von seiner Reise zurückkommt; weitere Leichen könnte ich mir abends im Fernsehen ankucken, und im übrigen sollte ich jetzt verschwinden, denn er wollte eine Verhaftung vornehmen. So weit, so gut. Jetzt bin ich hier, und wir werden die Sache auf meine Weise erledigen.«

Ich holte tief Luft. Susanne Weber saß hinten und schwieg. Ich hatte ihr auf der Fahrt die weiteren Ereignisse geschildert, so daß sie bei Beginn von Matzbachs Monolog ungefähr soviel wußte wie ich. Sie hatte sich vermutlich in ihr Schicksal ergeben.

»Und was ist deine Weise?« sagte ich.

Baltasar blickte nach hinten auf Susanne. »Haben Sie den Schlüssel?«

Sie nickte. Natürlich hatte sie noch einen Hausschlüssel zur Villa Ahrenborn.

Baltasar schaute auf die Uhr. Es war fast Viertel vor vier. »Er müßte gleich kommen«, sagte er halblaut.

»Wer?« sagte ich.

Wir standen vor einem der zahllosen medizinischen Institute der Universität.

»Trottel«, sagte Baltasar, »Ahrenborn natürlich.«

»Wieso natürlich?«

»Er hat dienstags um sechzehn Uhr, auch in den Semesterferien, eine allgemeine Besprechung mit seinen Doktoranden. Hier.«

Ich kniff die Augen zusammen. »Na und? Willst du ihn überfallen?«

Baltasar seufzte wieder. »Ach, du bist ein … Nein, ich sag's nicht, weil ja eine Dame anwest. Ich will nur sehen, ob er tatsächlich kommt, dann kann's losgehen. Sonst müssen wir eine etwas riskantere Alternative durchführen.«

Ich drohte ihm mit geballter Faust. »Wenn du nicht bald erzählst, was du vorhast, mach ich Grießklöße aus dir.«

Dann packte er seinen Plan vor uns aus. Die Darlegung

des Plans brauchte nur wenige Minuten; als Baltasar fertig war, pfiff ich leise durch die Zähne.

»Sehr interessant, wirklich. Hausfriedensbruch, Einbruch, Diebstahl, Verletzung der Intimsphäre, Nötigung, Freiheitsberaubung – ich bin kein Jurist, aber wenn ich lange überlege, fallen mir noch ein paar Stichworte dazu ein. Hast du uns schon die Fürstensuite im Kittchen reserviert?«

Baltasar grinste. »Du vergißt, die Zufälle sind immer mit mir. Da wir Erfolg haben, wird Hauptkommissar Ziegler sich belobigen lassen und uns nichts anhängen.«

»Wie im Krieg«, sagte ich böse. »Im Frieden wird man ja wenigstens noch gefragt, ob man sich vielleicht freiwillig melden will. Ich fühle mich ganz krank.«

Susanne sagte nichts.

Ich fragte sie: »Was meinen Sie dazu?«

Sie kicherte plötzlich. »Mir ist eigentlich alles recht; Hauptsache, es passiert was.«

»Sie sind, glaube ich, genau so kindisch wie Baltasar. Dicker, wie ich dich kenne, hast du bestimmt noch ganze Scharen von Hilfstruppen postiert, nicht wahr?«

»Natürlich. Wirst du alle noch zu Gesicht bekommen. – Ah, da ist Ahrenborn. Das ist gut. Dann können wir den sicheren Plan durchführen.«

Ich schaute unauffällig in die Richtung, wo Ahrenborn seinen Wagen parkte und ausstieg. Wir standen weit genug entfernt, außerdem nicht auf dem institutseigenen Parkplatz.

»Welchen sicheren Plan?«

»Den hab ich dir doch eben geschildert.«

»Ah«, sagte ich begeistert, »das ist der sichere Plan? Wunderschön. Tu mir einen Gefallen, behalt den riskanten für dich, ja? Dieser hier reicht mir völlig. Was gehört denn zum anderen? Bomben? Baltasar an der Spitze der GSG 9? Ich als Kamikaze? Oder was?«

»Halt doch dein dummes Maul. – Jetzt geht er rein. Schön. Warten wir noch ein paar Minuten.«

Wir warteten schweigend. Ahrenborn kam nicht wieder heraus. Baltasar klatschte mir seine fette Pfote auf den Oberschenkel. »Fahr mal langsam auf den Institutsparkplatz, so, daß du zwischen dem Eingang und Ahrenborns Karre stehst, und dann laß den Motor laufen.«

Wortlos gehorchte ich. Ich kurvte geschickt zwischen Hauswand und Professorenwagen durch und hielt an. Baltasar öffnete vorsichtig die Tür und rutschte aus dem Auto. Ich war erstaunt, daß so viel Masse durch einen so engen Spalt ging, ohne zu quietschen.

Er kniete kurz zwischen den beiden Wagen. So, wie wir standen, konnte ihn keiner sehen. Dann zwängte er sich wieder durch die halboffene Tür und sagte:

»Los!«

»Was hast du gemacht?«

Ich fuhr in einem kleinen Bogen über den Parkplatz und steuerte die Ausfahrt an; dabei blickte ich kurz zurück. Beide Vorderreifen am Auto des Professors waren platt.

»Ei ja«, sagte ich, »Beschädigung fremden Eigentums. Oder ist das, weil Kriegszustand, Sabotage?«

Baltasar bemerkte nichts dazu. »Ab nach Godesberg«, knurrte er.

»Schön, wenn man sich auf seine Freunde verlassen kann«, sagte ich höhnisch.

Er nickte. »Und seien sie noch so dumm«, ergänzte er.

Baltasar ließ mich einen kleinen Umweg fahren.

»Aha«, sagte er, als wir in eine Nebenstraße einbogen, die zu Füßen des Millionenhügels ins Nichts verläuft, »die Luft ist rein. Sonst wäre Moritz hier.«

»Natürlich«, sagte ich. »Wer auch sonst? Moritz. Vielleicht mit einer kleinen Flak?«

»Hör mal«, sagte Baltasar ärgerlich, »wenn das alles deine spezielle Form von Humor, meinetwegen Galgenhumor, ist, na fein. Andernfalls kannst du aussteigen, und ich mach die Sache ohne dich.«

Ich bohrte in der Nase, als hätte ich nichts mit dem Rest der Welt zu tun. Das Ergebnis meiner Sondierung schnipste ich ihm auf den Schoß.

»Da«, sagte ich, »nix aussteigen. Wo ich nun schon bis über beide Kiemen in deiner Jauche stecke, will ich doch wenigstens sehen, wie du untergehst. Und wenn es mich die bürgerlichen Ehrenrechte kostet.«

In der Stichstraße, die zu den sechs Villen führte, standen zwei mir reichlich bekannte Wagen.

»Wo sind die Ganoven?«

Baltasar stieg aus und winkte uns. Susanne Weber und ich folgten.

Wir gingen zu Morkens Haus. Evelyn Binder öffnete und ließ uns ein. Die große Fensterfront des Wohnzimmers war verhängt, man konnte weder hinaus- noch hineinsehen. Im Wohnzimmer saßen Ariane Binder, Frau Morken, ihre beiden Töchter, Ulrike Treysa, dazu Edgar und Moritz und ein mir unbekannter mittelgroßer Mann, unauffällig und dunkelhaarig.

»Prima«, sagte Baltasar. »Alles da. Wer ist denn noch im Geviert?«

Ariane stand auf. Sie wies vage aus dem Fenster. »Frau Grossek ist zu Aussagen auf der Polizei. Treysas sind im Wahlkampf, desgleichen Herr Morken. Vor etwa einer Stunde war die Polizei da und hat bei Pallenberg die Lorenz abgeholt. Die Kleinsiepe ist gleich mitgefahren. Wir sind allein – bis auf Frau Ahrenborn.«

Baltasar rieb sich die Hände. »Und?« sagte er, und dabei sah er Frau Morken an.

Erst jetzt fiel mir auf, daß sie sehr blaß war. Ihre Hände öffneten und schlossen sich. Ariane Binder kniete sich vor sie auf den Teppich.

»Eva!« sagte sie bittend.

Frau Morken stand auf. »Gut«, sagte sie leise. »Besser ein Schrecken und ein Ende als dieser Dauerterror.«

Evelyn hatte die wichtigste Vorarbeit geleistet; sie hatte Ines und Iris auf ihre Seite gebracht. Ich bewunderte den Mut und die Überredungs- oder Überzeugungskünste des schmächtigen blonden Mädchens. Sie brachte offenbar die gleiche Energie auf wie ihre Mutter. Die beiden Töchter hatten Frau Morken überredet, mitzumachen, nachdem sie selbst überzeugt waren.

»Okay«, sagte Baltasar. »Moritz, du fährst die Mädchen zu Ariane. Da bleibst du, bis Edgar mit den anderen kommt. Dann hängst du dich an Ziegler.«

Er reichte ihm einen kleinen Gegenstand; sah aus wie ein winziges Walkie-talkie. »Du weißt, was du zu sagen hast, nicht wahr?«

Moritz nickte. Alle Blasiertheit war von ihm abgefallen. Ich glaube, zum ersten Mal, seit ich ihn kenne, wäre er nicht imstande gewesen, selbst wenn er gewollt hätte, dumme Sprüche zu klopfen.

Baltasar wandte sich an Frau Morken. »Ich habe ganz schnell noch eine Frage«, sagte er halblaut. »Erinnern Sie sich an Ihren Onkel Alfred?«

Eva Morken zögerte. »Ja, aber nur undeutlich. Ich glaube, ich konnte ihn nicht leiden.«

»Haben Sie je mit Ihren Eltern oder Ihrem Mann über ihn gesprochen?«

»Nein. Ich hab es irgendwann einmal versucht. Ich meine, daß heißt, irgendwo in meinem Kopf habe ich eine dunkle Erinnerung daran, daß – wie soll ich sagen? Ich glaube, Alfred und Emil haben viel zusammen unternommen, aber Emil wollte nie darüber sprechen, auch nicht, nachdem wir – uns arrangiert hatten.«

Baltasar deutete eine knappe Verbeugung an, Frau Morken ein gequältes Lächeln.

Alles um mich her geschah wie in einem Fiebertraum. Offenbar wußten alle Personen, welche Schritte sie auf dieser seltsamen Bühne zu tun hatten. Ich schloß mich an, gleichzeitig betäubt und hungrig.

Wir gingen aus dem Haus, alle dicht nebeneinander. Moritz nahm Evelyn an der Hand und legte den Arm um Ines Morkel. Ulrike Treysa und Iris Morken folgten ihnen.

Vor Ahrenborns Tür blieben alle stehen, wie auf Kommando. Baltasar nahm Susannes Arm und sagte leise:

»Bitte!«

Susanne Weber zog den Hausschlüssel aus der Tasche und schloß die Tür auf. Langsam, als müsse sie sich überwinden, die Schwelle noch einmal zu betreten, ging sie hinein. Baltasar folgte, dann Ariane und Eva Morken, Edgar, der dunkelhaarige Mann, zum Schluß ich. Susanne ging stumm den Korridor entlang, bis sie vor einer Tür stehen blieb. Sie klopfte.

»Frau Ahrenborn?«

Drinnen rührte sich etwas, aber sehr schwach.

»Frau Ahrenborn? Ich bin's, Susanne. Eva ist bei mir. Dürfen wir eintreten?«

Sie legte das Ohr an die Tür. Dann drückte sie die Klinke hinunter – nichts.

Sie blickte Baltasar an. »Abgeschlossen, aber Frau Ahrenborn ist drin.«

»Wo könnte der Schlüssel sein?« sagte Matzbach.

Sie zuckte mit den Schultern. »Den hat wahrscheinlich der Professor in der Tasche.«

Ahrenborn war ein vorsichtiger Mensch; sogar die Zimmertüren waren mit Sicherheitsschlössern versehen.

Baltasar räusperte sich. »Na schön«, sagte er dumpf. »Oder gibt's eine andere Möglichkeit?«

Der dunkelhaarige Mann trat vor. »Darf ich mal sehen?«

Er untersuchte das Schloß kurz, dann richtete er sich auf. »Geht«, sagte er, »dauert aber ein bißchen.«

Baltasar trat zur gegenüberliegenden Flurwand zurück. »Platz!« sagte er und winkte mir.

Wir nahmen Anlauf und warfen uns gleichzeitig gegen die Tür. Beim dritten Versuch splitterte etwas, beim vierten sprang die Tür auf.

Frau Ahrenborn saß in einem Sessel in Fensternähe. Zum ersten Mal sah ich sie: eine kleine, zierliche Frau mit unendlich gequälten Augen, weit jenseits ihrer 57 Jahre gealtert. Susanne ging zu ihr hin.

»Frau Ahrenborn«, sagte sie, »wie geht es Ihnen?«

Frau Ahrenborn sah sie an, ganz langsam, und murmelte etwas. Eva Morken kniete neben dem Sessel nieder. »Mutter!« sagte sie. Plötzlich riß die Selbstbeherrschung wie ein überdehntes Seil. Schluchzend legte sie den Kopf auf den Schoß ihrer Mutter.

Etwas wie ein verwundertes Leuchten geisterte für Sekundenbruchteile über das Gesicht der alten Dame. Sie bewegte die Hand, als wollte sie ihre Tochter streicheln. Dann war alles wie weggewischt, und sie saß wieder da wie vorher. Baltasar zupfte Edgar am Ärmel. Der nickte und ging vorsichtig um die Gruppe der sitzenden und knienden Frauen herum. Er bewegte die Hand vor Frau Ahrenborns Augen. Dann faßte er vorsichtig ihren linken Arm und streifte den lockeren Ärmel des Kleids hoch.

»Sie steht unter Strom«, sagte er, als er sich aufrichtete. Er blickte finster und deutete auf zahllose Einstiche. »Und zwar voll. Ich weiß nicht, was es ist, aber das allein reicht schon aus, um dem Professor die Approbation und die Lehrerlaubnis zu entziehen. Mindestens. Es sei denn, sie täte es selbst, aber das glaube ich nicht.«

Das große Aufgebot erwies sich als überflüssig; Baltasar hatte befürchtet, die Frau könnte aus Angst vor ihrem Mann nur unter Einsatz aller Überredungskünste von ehemaliger Haushälterin, Tochter und alter Freundin der Tochter dazu gebracht werden, das Haus zu verlassen. Ahrenborns üble Vorkehrungen wirkten sich zu seinen Ungunsten aus. Frau Ahrenborn war absolut unfähig, irgendeinen Willen zu äußern. Edgar nahm sie auf die Arme und trug sie zu seinem Wagen; Frau Morken und Susanne Weber packten ein paar wichtige Dinge in eine kleine Tasche.

Das Arbeitszimmer des Professors war nicht verschlossen. Wozu auch? Gab es darin etwas, was niemand sehen durfte?

Ich hatte selbst in dem Raum gesessen – mir war nichts aufgefallen. Baltasar wartete, bis Susanne Weber wieder ins Haus kam.

»Wo ist der Safe?« sagte er.

Stumm ging sie an uns vorbei ins Arbeitszimmer. Aus einem Regal nahm sie einige große Bücher, medizinische Nachschlagewerke. Dahinter war eine Holzverkleidung, bestehend aus quadratischen Platten. Sie nahm eine der Platten heraus; sie ließ sich mühelos aus den Fugen entfernen. Ein kleiner Safe war zu sehen. Das heißt die Tür eines kleinen Safes.

Baltasar winkte dem dunkelhaarigen Mann. Der ging langsam zur Wand.

»Baltasar«, sagte ich, »wer ist das?«

Der Mann drehte sich um und grinste. Baltasar legte der Finger auf seine wulstigen Lippen.

»Wenn du«, sagte er dabei, »keine Namen kennst, kannst du Ziegler keine verraten. Klar?«

Ich schwieg.

Der Mann streckte die Hand aus. »Erste Rate«, sagte er.

Baltasar drückte ihm etwas in die Hand; es raschelte wie Banknoten.

Der Mann steckte es ein und widmete sich dem Safe.

Ich blieb und sah ihm zu, während Baltasar durch den Korridor zurückging. Ich hörte ihn leise mit Frau Morken und Ariane reden. Dann hörte ich jemanden den Telefonhörer abnehmen und wählen. Frau Morken verlangte ihren Mann, der offenbar bei einer Versammlung war und erst zum Apparat geholt werden mußte. Es dauerte eine Weile; dann hörte ich sie sagen: »Emil? Ich bin's. Es ist was passiert, mit Mutter. Du sollst Vater sofort im Institut abholen und herkommen. Ja, ich weiß, daß du eine Versammlung hast, aber es geht um eure Köpfe. Ja. Sofort.«

Ohne Abschiedswort hängte sie ein. Es wurden noch einige Worte gewechselt, die ich nicht verstehen konnte, dann fiel die Haustür ins Schloß. Baltasar kam langsam ins Arbeitszimmer und grinste mich an.

»Na«, sagte er, »was macht das Adrenalin?«

Ich knurrte nur, hatte etwas wacklige Knie.

Der dunkelhaarige Mann drehte sich um. »Können Sie vielleicht mal die Klappe halten?«

Wir schwiegen. Baltasar zog ein Foto aus der Tasche und hielt es mir vor die Nase. Wenn meine Kenntnisse mich nicht trogen, handelte es sich um eine fotografische Kopie der Röntgenaufnahme eines Oberkiefers.

Ich zuckte mit den Achseln und sah Baltasar fragend an. Er deutete – wobei es wegen des Wurstfingers nicht ganz einfach war, festzustellen, was er meinte – auf einen Punkt ziemlich am Ende des Knochens. Dort war etwas, das wie ein kleiner Knubbel aussah. Man mußte allerdings – ich meine mich als Nicht-Mediziner – mit der Nase darauf gestoßen werden, um überhaupt etwas zu sehen.

Ich sagte nichts, versuchte, mir nicht den Kopf zu zerbrechen, und starrte abwechselnd in Baltasars grinsende Visage und auf den Rücken des Mannes an der Wand.

Plötzlich klickte etwas. Der dunkelhaarige Mann drehte sich grinsend um und streckte die Hand aus.

»Zweite Rate«, sagte er. »Der Safe ist offen.«

Baltasar drückte ihm wieder etwas in die Hand. Der Mann legte spöttisch die Fingerspitzen an die Schläfe. Baltasar begleitete ihn zur Haustür.

»So«, sagte er, als er zurückkam, »jetzt sind wir unter uns.«

Er blickte auf die Uhr. »Hm, das gibt uns ungefähr eine Stunde – wenn Morken sofort aufgebrochen ist. Er ist in Köln«, setzte er hinzu. »Wenn Moritz sich an die Absprache hält, sind wir genau im Zeitplan.«

Er setzte sich auf eine Kante des großen Schreibtischs. Ich räusperte mich mehrmals, denn ich hatte einen dicken Kloß in der Kehle.

»Baltasar«, sagte ich, als mein Hals endlich frei war, »lieber guter Baltasar, bis hierher kenne ich deinen Plan. Er ist von einer frivolen Leichtfertigkeit, die nur noch durch den Dusel übertroffen wird, den du dabei hast. Woher hast du den Safeknacker?«

Baltasar lächelte. »Ts, ts. Frag nicht zuviel. Man hat für alles seine Leute.«

Ich suchte mir einen Stuhl. »Was ist mit dem Foto?«

Er wedelte damit in der Luft herum. »Das«, sagte er, »ist der Oberkiefer von Klaus Brockmann, auch Haselmaus genannt. Aufgenommen in Hannover, oder war es Dortmund, vor mehreren Jahren.«

Er legte den Kopf schief und starrte einen Punkt in der Luft an.

»Der Knubbel ist eine Art Verwachsung. Nach Auskunft eines Kieferorthopäden kann so was durch Ungeschicklichkeit des Arztes bei einer Operation verursacht werden. In diesem Fall und nach bloßer Ansicht des Bildes meinte der Medicus jedoch, es sei eine angeborene oder in der Kindheit durch dies oder jenes ausgelöste Sache.«

»Prächtig. Dann wissen wir's ja. Und was sollen wir damit anfangen?«

Baltasar steckte das Bild wieder weg. »Ich mach diese Sache hier sehr gern mit dir«, sagte er lobend. »Du verbirgst deine Dummheit wenigstens hinter dem Versuch eines gewissen Sarkasmus. Zwar bleckt die Angst deine Zähne, aber das ist immer noch besser als Moritz; der würde jetzt sein Herz auf dem Boden schleifen lassen.« Er zündete sich eine neue Zigarre an.

»Ich danke dir für die lieblichen Reden«, sagte ich. »Deine Freundlichkeit ist, ich möchte fast sagen, anbiedernd. Paß auf, daß du nicht auf deiner Schleimspur ausrutschst. Oder soll ich nach einem Wischlappen suchen und sie wegwischen?«

»Spar dir das. – Ach, ich habe ganz vergessen dir zu sagen, wo unser Freund Burger steckt.«

Mir war die ganze Zeit so unwohl gewesen; nun wußte ich, warum. Bei der Aufzählung der anwesenden oder abwesenden Personen in diesem Hufeisen von Villen war der Name Burger nicht gefallen. Ich war zu nervös gewesen, um es zu bemerken, aber offenbar hatte mein Unterbewußtsein alles mitbekommen.

»Er hat heute früh«, sagte Baltasar selbstgefällig, »unter der wachsamen Beobachtung eines anderen lieben Freundes von mir, den du aber nicht kennst, sein Bankkonto geplündert, sich per Taxi nach Köln-Wahn bringen lassen und einen Flug nach Lima angetreten, über Frankfurt und so weiter.« Er kaute auf der Zigarre. »Offensichtlich hat er keine Nerven, der Junge; eigentlich eignet er sich dann nicht nur nicht als Verbrecher, sondern erst recht nicht für den diplomatischen Dienst. Stell dir mal vor, er wird als Geisel genommen und irgendwo ein paar Tage festgehalten. Der dreht ja durch, der Arme.«

Ich konnte mir ein Grinsen nun doch nicht mehr verkneifen. Langsam wich unter dem wohltätigen Einfluß von Baltasars Geschwätz die Beklemmung aus meinen Kniekehlen.

»Lieb von dir. Er würde deine Sorge um sein Wohl sicher zu schätzen wissen«, sagte ich.

Baltasar versenkte eine Pfote in seiner unförmigen Jackentasche und warf mir ein Objekt zu. Ich fing es auf; es war ein Glasschneider.

»Mach doch mal ein bißchen den Skelettkasten auf«, sagte er. »Ich seh mir inzwischen den Safe an.«

Ich fertigte ein akkurates Loch um das Schloß der kleinen Schiebetür, drückte – ich bin kein Profi – das ausgeschnittene Glasstück nach innen, sah es fallen und schob die Tür auf. Zugleich hörte ich einen Pfiff.

Baltasar hielt einen Stoß von Papieren in der Hand. »Schön«, sagte er strahlend, »sehr schön. Das bringt's. Dafür« – und er blickte mich vorwurfsvoll an – »gehe ich notfalls freiwillig ein paar Jahre in die Kiste.«

»Was hast du gefunden?« Mir war nun alles egal – wenn schon, denn schon.

»Ruhe!« sagte er.

Er setzte sich an den Schreibtisch und überflog seine Fundstücke.

Nach einer Weile, während derer ich die Buchtitel verständnislos gelesen und das kleine Labor besichtigt hatte, winkte er mich zu sich.

»Hier. Das sind die wichtigen Dinge. Erstens: Ein Konto in Zürich. Bestand sechsstellig. Zweitens: Ein Dollarkonto und eine Adresse in Buenos Aires. Bestand des Kontos ebenfalls sechsstellig. Wo hat der die Floppen her? Oha. Drei gleichlautende Zettel, unterzeichnet von Pallenberg, Treysa und Grossek. Text: ›Im Falle des Ablebens von Professor Ahrenborn verzichte ich auf jeglichen Anspruch gegen seine letztwilligen Erben. Desgleichen verpflichte ich mich, beim Ableben des genannten Prof. Ahrenborn einen in meinem Besitz befindlichen, versiegelten Brief zu vernichten.‹ Unterschrift. Das erklärt vieles.«

Ich widersprach entschieden. »Das erklärt überhaupt nichts. Kannst du mir sagen ...«

»Nun warte doch ab. Du wirst alles bald erfahren, Dummerchen. Du muß nur die Nerven behalten und dem lieben alten Baltasar vertrauen.«

Er blätterte weiter, ohne mich anzusehen. Ich hielt einen Augenblick die Luft an; dann gab ich auf.

»Aha«, sagte er, »das habe ich gesucht. Letztwillige Verfügung.« Ratsch, und das gute Büttenpapier war auf.

»Die heiligsten Güter des Abendlandes«, murmelte ich.

Baltasar schnob und las. »Bla bla bla ... verfüge ich, daß meine beiden Häuser in Godesberg, Adresse usw., verkauft werden sollen. Nach Auszahlung der Pflichtteile an meine Frau und meine Tochter Eva Morken soll der gesamte Restbetrag einschließlich aller sonstigen Vermögenswerte (Anlage siehe unten nach dem Stand vom 1. August 1980) in den Besitz von Frau Felicitas Kleinsiepe geborene Weber übergehen.‹ – Ich glaub, mich streift ein Bus.«

Mich streifte er auch.

Baltasar faltete die Papiere zusammen und steckte sie ein. »Leckere Sache«, sagte er. Dann stand er auf und ging zum Safe. Er verschloß ihn nicht, sondern lehnte die Tür nur an.

Das Holzpaneel paßte noch davor. Er stellte die Bücher wieder ordentlich hin.

Dann kam er zu mir. »Wir müssen jetzt tapfer sein, Fräulein«, sagte er höhnisch. »Ist das Ihre erste Entbindung?«

Ich kratzte meinen Bart. »Wenn ich nicht wüßte, daß du lebensmüde bist, würde ich dich jetzt danach fragen.«

Er ging zur Vitrine und musterte die Skelette. Eines, das letzte in der Reihe, fiel auf: Die Schädeldecke fehlte. Er nahm den Kopf von dem Haltegerüst und hielt ihn in der Hand.

»Ach, armer Yorick«, sagte er, »nun werde ich nie erfahren ...« Er sprach den Satz nicht zu Ende.

Wir warteten. Gegen sechs Uhr hörten wir ein Auto scharf bremsen und Türen zuknallen. Baltasar griff in seine unförmige Tasche und holte zwei weitere Objekte heraus. Das erste war ein Walkie-talkie.

Er drückte einen Knopf und fragte leise: »Moritz, alles an Bord?«

Nach kurzem Knistern kam die Antwort. »Alles an Bord. Viel Glück.«

Er ließ den Apparat eingeschaltet und verstaute ihn in einem Papierkorb.

Das zweite Objekt reichte er mir. Es war ein Revolver. »Notfalls«, sagte er leise, »einfach in die ungefähre Richtung halten und abziehen.«

Er klopfte auf seine Tasche. Da wußte ich, daß er selbst auch noch einen hatte.

Die Haustür ging auf, und Ahrenborn und Morken stürzten herein.

Ich habe lange überlegt, ob ich dieses Finale in Einzelheiten aufschreiben soll. Meine Adrenalinstöße, das Geifern des Professors, Morkens jähen Zusammenbruch, Baltasars Kälte und unerschütterliche Arroganz – ich habe mich dagegen entschieden. Vieles ist nur noch wie ein Traum, weil alles zu schnell ging und jede Einzelheit zu schwer wog. Es hätten Tage sein können, aber es war kaum eine halbe Stunde.

Baltasars entscheidende Frage kam gleich zu Beginn. Als die beiden in das Arbeitszimmer stürzten, bat er sie höflich, unter Hinweis auf die – allerdings zitternde – Knarre in meiner Hand, sich zu setzen. Dann wandte er sich an Morken.

»Wie«, sagte er ruhig, »kann ein intelligenter Mann und Jurist sich so lange von einem Ungeheuer erpressen lassen? Natürlich ist Ihre Karriere hin, Herr Morken, aber sonst?«

Morken starrte ihn an.

»Wo ist meine Mutter?« war alles, was er sagte.

Ahrenborn fletschte die Zähne.

»Ihrer Mutter geht es gut«, sagte Baltasar. »Sie ist, zum ersten Mal seit neunzehnhundertvierzig, in Gesellschaft freundlicher Menschen.«

Der Professor stand auf. »Hören Sie«, sagte er drohend, »ich will jetzt sofort wissen, was dieses Affentheater in meinem Haus bedeutet. Andernfalls werde ich ...«

Baltasar stand vor ihm, und ich hatte bis dahin nie gewußt, daß dieser fette Mann sich so schnell bewegen kann und so viel unabweisbare Autorität ausstrahlt.

»Sie werden überhaupt nichts«, sagte er mit einer Stimme, die so eisig war, daß es mir den Rücken hinunterlief. Morken zuckte zusammen. »Sie werden überhaupt nichts. Sie Experimentalmediziner, Massenmörder, Erpresser und Sadist. Setzen Sie sich. Oder nein, schauen Sie sich lieber Ihren Safe an.«

Der Professor ging mit abgehackten Schritten zur Wand, schob die Bücher beiseite und sah den offenen Safe, leer. Dann setzte er sich.

Baltasar wandte sich an Morken. (So habe ich es in Erinnerung, ungefähr. Vielleicht war bis dahin schon viel Zeit vergangen.) »Ein kleiner Junge«, sagte er, fast mitleidig, »der im Wald seinen Onkel erschießt, handelt in Notwehr. Man muß sich nicht von einem Erwachsenen mißbrauchen lassen, und man braucht keine Strafe zu fürchten.«

Morken begann plötzlich zu zittern.

»Und wenn der andere Onkel den kleinen Jungen später zwingt, den eigenen Vater zu erschießen, dann begeht nicht der kleine Junge ein Verbrechen, sondern der Onkel, der ihn auf diese Weise an sich ketten will.«

Was folgte, war allzu melodramatisch und in meiner Erinnerung allzu verwischt, als daß ich es eingehend schildern könnte. Baltasar erzählte, wie Morken Alfred Ahrenborn erschoß, der sich an Morken vergehen wollte; wie Soldaten zufällig Zeugen wurden; wie Ahrenborn Morkens Vater dazu brachte, den einen der beiden zu erschießen, den anderen aber nicht, weil er harmlos war und seine Mitwirkung bei einer Gewalttat unglaubhaft gewesen wäre; wie Ahrenborn das Krankenhaus niederbrannte und den Jungen zwang, seinen eigenen Vater zu erschießen, um einen Mitwisser weniger und einen Sklaven mehr zu haben; wie Ahrenborn die gräßlichen Experimente mit kriegsgefangenen Sowjetsoldaten hinterher nutzbringend auswertete; wie er von Pallenbergs Bestechungen erfuhr, durch die dieser an öffentliche Aufträge kam und Bauland erwerben konnte, bevor einer außer ihm wußte, daß es Bauland war; wie Treysa sich hatte bestechen lassen; wie Ahrenborn zufällig hinter Grosseks Geschäfte kam; wie er alle drei bluten ließ, ihnen später etwas von einem Mord erzählte, den er angeblich begangen hätte, und ihnen leere Blätter in versiegelten Umschlägen als Pfand gab. (Das war Baltasars Genie: eine reine Vermutung, die sich hinterher als richtig herausstellte.) Wie er Pallenberg angeleitet hatte, seinen ehemaligen Buchhalter beiseite zu schaffen. Und wie er sich nach Jahren der Härte gegen sich selbst von einer jungen, raffinierten Frau in Geheimnisse einführen ließ, die er zuvor nie gekannt hatte, jenseits von Bordellbesuchen und kurzen Zwangsbegattungen seiner unglücklichen Frau; wie er plötzlich den damals verwirrten, verwundeten Soldaten wiedererkannte, der sich erinnert hatte.

Brockmann mußte sterben. Wie der arme, eifersüchtige Kleinsiepe, der Burger angeschossen hatte und durchdrehte, als Barbara Grossek vage Gedanken äußerte. Ahrenborn hatte Barbara Grossek mit Kleinsiepes Pistole erschossen und mit Kleinsiepe zusammen zum Bahndamm gebracht. An eine Stelle, die Frau Kleinsiepe von ihrem Büro aus sehen konnte. Als sie sah, daß dort Polizei auftauchte, rief sie Ahrenborn an. Der ging zu Kleinsiepe, diktierte ihm den Brief und zwang ihn, sich eine Kugel in den Kopf zu schießen.

»Das«, sagte Matzbach finster, »war Ihr ganz großer Fehler, der Brief. Ich habe ihn genau gelesen und gesehen, daß Kleinsiepe ihn nicht selbst abgefaßt haben konnte. Sie haben, Herr Ahrenborn, Vokabeln und Umschreibungen verwendet, die Kleinsiepes Horizont weit überstiegen. Er hätte nie geschrieben, daß er Barbara Grossek abgepaßt hat, in sie verschossen ist, und daß er nicht imstande war … Er hätte, wenn er es wirklich getan hätte, geschrieben, daß er sie abgeschleppt und keinen hochgekriegt und sie erschossen hat. ›Da habe ich sie erschossen‹, niemals ›Da erschoß ich sie.‹ Daran habe ich Ihre Handschrift erkannt, im übertragenen Sinn. – Und was Sie mit dem armen kleinen Brockmann gemacht haben?«

Ahrenborn blieb stumm. Baltasar ging zu den Skeletten und nahm den Kopf ohne Schädeldecke heraus.

»Hier«, sagte er. »Die Decke mußte weg, weil Brockmann eine kleine Silberplatte im Kopf hatte. Das wäre vielleicht aufgefallen. Da Sie ein intelligenter Mann sind, haben Sie alle Zähne ausgebrochen, denn vielleicht hätte man ihn an Füllungen oder Teilprothesen erkennen können.«

Er warf ihm das Kieferfoto hin.

»Sie haben eines übersehen, weil Sie kein Kieferorthopäde sind. Hier« – er faßte in den Kopf hinein und fühlte – »ist der kleine Knubbel. Ein unveränderliches Merkmal.«

Mir wird heute noch schlecht, wenn ich an den nächsten Satz denke, der ganz langsam kam und tropfte und fiel und platzte.

Ich kann ihn nicht wiederholen. Ahrenborn hatte in den Sommerferien eine Versuchsreihe mit Freiwilligen weiterlaufen lassen, die infiziertes Mett aßen, um die Wirkung bestimmter Viren zu testen. Sie hatten es für Schweinemett gehalten.

»Nur das Skelett«, sagte Baltasar. »Was ich nicht weiß, ist, was Sie mit dem armen alten Pistorius gemacht haben.«

Morken war inzwischen nur noch ein Wrack. Er lachte gellend. »Fragen Sie ihn ruhig«, schrie er, »fragen Sie ihn, wieso er vor einem Monat, als ich zuletzt hier unten war, nur fünf Skelette hatte, und jetzt sind es sieben.«

Irgendwann klopfte Ziegler ans Fenster und beendete die Horrorshow.

Ich weiß noch, daß wir lange nach Mitternacht in irgendeiner Kneipe in Bonn hingen. Baltasar, Moritz, Edgar, Ariane, Evelyn, Susanne Weber und ich. Sogar der Hauptkommissar war zwischendurch kurz bei uns gewesen.

Ich glaube, die meisten von uns haben nur noch gelallt. Irgendwann tauchte Hussein auf. Er wollte mir erzählen, daß dieser Pelzhändler irgendwelche dunklen Geschäfte machte, aber das wußten wir ja schon.

Schließlich deklamierte Matzbach: »Ein Jammer ist nur, daß ich nun nie erfahren werde, woher diese verdammte Zahnbürste war.«

Der Barmann drehte sich um.

»Mann«, sagte er. »Sie sind ja fast schon wieder so besoffen wie damals. Jetzt erkenne ich Sie. Sie waren doch an dem Abend hier, als dieser irre Vertreter seine Zahnbürstenkollektion an die Gäste verschenkt hat, oder?«

ENDE

GISBERT HAEFS

UND OBEN SITZT EIN RABE

Aus: Jakob *Grunewald,* Willkürliche Biogramme, ^{2}1986*

»... wurde Baltasar Matzbach als ›Universaldilettant‹ bezeichnet, der sich in die Gefilde der Kriminalistik verirrt habe. Das Etikett ... beklebt einen, der von vielen Dingen zu viel weiß, um sie ernst zu nehmen, zu wenig, um von ihnen ernstgenommen zu werden, und genug, um Experten zu bluffen und Laien zu amüsieren ... Ein Bekannter mutmaßte auch, B.M. leide (?) an Elephantiasis der Seele. Interessanter sind jedoch andere Aspekte, so z.B. Matzbachs verwegene Verfressenheit; wie zu Zeus Sein Donner und zu Jehovah Sein Zorn gehört zu Baltasar Sein Wanst. Immerhin kann er es sich seit vielen Jahren leisten, Hecht zu essen und zum folgenden Fleischgang einen Grand Cru zu trinken. Er wuchs nach dem Verscheiden seiner Eltern bei Verwandten auf und studierte später Philosophie und Atomphysik. Dabei erfand er etwas für ein Betatron, so kompliziert, daß er es selbst schon längst nicht mehr erklären kann, aber das Patent wird international verwendet und wirft einiges ab; anschließend wandte Matzbach sich der Musik zu und komponierte ein bißchen, darunter einen vollendet schwachsinnigen Schlager, der noch immer läuft und zwei- bis dreimal pro Jahr neu aufgenommen wird, und so schickt die GEMA ihm bisweilen einen freundlichen Scheck. Ein Hauptgewinn im Lotto sorgte 1962 dafür, daß Baltasar aus dem Gröbsten heraus war. Er investierte klug und ergab sich der sinnlosen Bildung, wobei er von den exakten zu den diffusen Gebieten überging; so stammt aus seiner Feder ein in Fachkreisen geschätztes Werk über Monotheistische Strömungen des inselkelti-

* Alle Titel erschienen im Verlag für Enzyklopädische Geisteswissenschaften (Edinburgh – **Simla** – Wachtendonk – Córdoba – Beaune).

schen Druidentums.* *Einige Jahre hielt er sich an der bretonischen Nordküste auf, bevor die touristische Völkerwanderung sie verwüstete, und weilte dort als Mäzen und Manager junger Künstler, Veruntreuer von frühen Touristinnen und Privatdozent gegen Okkultismus. Dabei verfaßte er zwei weitere Standardwerke:* Schamanistische Einflüsse in die Analekten des Konfuzius* *und* Sexualpathologische Aspekte der Psychokinese.* *Und tat zahllose weitere unsinnige Dinge, die ausnahmslos zu Gold wurden (er habe, behauptet er, in dieser Beziehung etwas durchaus Eselhaftes an sich). Jahrelang verdiente er sich ein regelmäßiges Zubrot mit seinem Kummerkasten* Fragen Sie Frau Griseldis; *außerdem droht irgendwann die Veröffentlichung seines geheimen Hauptwerks* Der Leichnam in der Weltliteratur. *(Die Mutmaßung, seine detektivischen Aktivitäten seien nur ein Vorwand dafür oder umgekehrt, ist nicht von der Hand zu weisen.) …«*

---

* Alle Titel erschienen im Verlag für Enzyklopädische Geisteswissenschaften (Edinburgh – **Simla** – Wachtendonk – Córdoba – Beaune).

I. TEIL

1.

Ein Strahl der Oktobersonne auf seiner Nase weckte Andreas Goldberg. Kurz vor elf, stellte er fest, als er den Wecker betrachtete; reichlich spät für einen, der seit Jahren an frühes Aufstehen und feste Bürozeiten gewöhnt war.

Nach kurzem Dösen wälzte er sich auf die Seite und schaltete das Radio ein. Er erwischte das Ende der Nachrichten; ein Verkehrshinweis folgte, dann endlich Musik. Nach dem zweiten Musiktitel streifte er den Rest der Decke ab und stand auf. Die sinnliche Stimme der Moderatorin folgte ihm auf seinem nackten Marsch ins Bad.

Nach dem Zähneputzen ging er ins Wohn- und Schlafzimmer zurück. Die Sprecherin verwies auf die nächste Musiknummer; Andreas tänzelte über die Trümmer der unvollendeten Wohnungsauflösung; dabei grinste und pfiff er.

Während er die verstreuten Kleidungsstücke einsammelte, begann er sogar zu singen. Schließlich ging er zum Nachttisch, auf dem bis vor etwa fünfzig Stunden der elektrische Wecker und ein kleineres Schmuckkästchen seiner Frau gestanden hatten. Dort blieb er einen Moment stehen und belächelte die rechte, unbenutzte Hälfte des Betts.

Dann betrachtete er, beinahe irritiert, seine linke Hand, streifte den Ehering vom Finger und legte ihn auf die Platte des Nachttischs. »Möglicherweise«, murmelte er, »werde ich ihn versetzen müssen. Große Klasse.«

Immer noch unbekleidet öffnete er das große Fenster neben dem Eßtisch. Die kurzsichtige ältere Dame im Haus jenseits des Gartens winkte ihm; sie schälte am offenen Küchenfenster Kartoffeln. Andreas winkte zurück. Dann hüpfte er in die kleine Küche. Er fand noch einen Rest gemahlenen Kaffees, füllte die Kaffeemaschine mit Wasser, schüttete Kaffee in den Filter und schob zwei Scheiben Weißbrot in den Toaster. Dann brach er ein kleines Stück von einer weiteren Scheibe ab, versah es mit dick Butter, Leberpastete, Senf und einem Tupfer Marmelade und ging damit zurück ins Zimmer.

Neben dem Tisch hockte auf einer Mahagonistange der alte zerzauste Rabe, an dem Andreas hing und um dessen Aussehen, Eß- und Lausegewohnheiten es zuletzt immer häufiger Streit mit Madame gegeben hatte. Der Rabe hob ein Bein, legte den Kopf schief und sah mißtrauisch drein.

»Morgen, Poe!«

Poe fraß fast alles, am liebsten Dinge, bei denen harmlose Zuschauer entweder mit Neid (Kaviar und Schnecken *à la bourguignonne)* oder mit Würgen kämpften (etwa bei gebratener Blutwurst mit süßer Sahne). Der Rabe schielte auf das Brotstückchen mit Leberpastete und Garnierung, dann auf Andreas' Zehen. Schließlich ließ er sich dazu herab, seinen Ernährer direkt anzusehen.

»Lümmel!« krächzte er. Andreas hielt ihm das Brot hin. Mit einem Schnabelstreich nahm Poe sein Frühstück in Besitz.

Als der Kaffee fertig war, hatte Andreas sich zu einer leichten hellen Leinenhose aufgerafft und Post und Zeitung aus dem Briefkasten geholt. Es war köstlich, bei lauter Musik aus dem Radio zu frühstücken und dabei zu lesen, ohne sich deswegen dauernd rechtfertigen zu müssen. Zwischendurch blickte er auf den Stuhl an der anderen Seite des Tisches.

Nachdem er die Sportseite studiert hatte, wandte er sich der Post zu. Die Telefonrechnung, zwei Werbedrucksachen, ein großer Umschlag mit dem Aufdruck seiner bisherigen Firma – vermutlich seine restlichen Papiere – und eine Ansichtskarte aus Südfrankreich. Von einer alten Bekannten. Eigentlich war die Bekannte eine alte Freundin seiner Frau, und zuerst hatte er sie überhaupt nicht leiden können. Dann hatte seine Frau darauf gedrängt, daß er sie schätzen lerne. Schließlich hatte er herausgefunden, daß sie tatsächlich ganz sympathisch war.

Worauf Irene beschloß, das sei nun zu viel. Auch darüber hatte es Krach gegeben. Die Karte war adressiert an »Irene u. Andreas Goldberg«; eine Anschrift, die nicht mehr existierte. In einem Nebensatz auf der Karte war zu lesen, daß die gute Sarah sich in der Provence von ihrer »Chaosbeziehung« endgültig zu erholen gedachte. »Na so was«, murmelte er.

Inzwischen hatte Poe sein Frühstück beendet und flatterte durch den Raum. Dann ließ er sich auf der bloßen Schulter seines Herren nieder. Dort begann er sanft aber eindringlich, mit seinem Schnabel in Andreas' Ohr Streicheleinheiten zu suchen und zu verteilen. Als Andreas ihn nach einer Weile fortjagte, protestierte der Rabe mit dem Ausruf »Rübensau!« Während er zur Stange zurückflatterte, klingelte das Telefon.

Andreas wanderte in die halb leergeräumte Diele. Beim fünften Klingeln nahm er den Hörer ab und meldete sich. »Goldberg.«

»Morgen Andy. Hier Irene.« Pause. »Wie, eh, geht's dir?«

»Ausgezeichnet.«

»Ach, wirklich?«

»Ja, sicher. Warum denn nicht? Es ist doch ein herrlicher Tag ...«

»Na ja, schließlich liegt man nicht jeden Tag in Scheidung ...«

»Übernimmst du außer diesen juristischen Fachausdrücken noch was von Robert?«

Sie schluckte. »Geht dich das was an?«

»Nein, glücklicherweise nicht mehr. Und glücklicherweise bin ich nicht für deinen Geschmack zuständig, was Nachfolger angeht.«

»Bitter?«

»Nein, süß. Ich hab grad ein Brot mit Kirschmarmelade gegessen. Im Moment wisch ich mir die Finger an der Hose ab. An der hellen, weißt du.«

»Okay.« Nun klang sie kühl und geschäftsmäßig. »Zur Sache. Ich hab noch ein paar Dinge in der Wohnung. Die kann ich im Moment nicht unterbringen. Können sie noch ein paar Tage liegenbleiben?«

Andreas grinste in die Muschel. »Sicher, solange ich noch hier bin.«

»Was heißt denn das?«

»Tja, ohne meine dynamische, gutverdienende Frau kann ich mir diese Luxuswohnung nicht mehr leisten. So viel Arbeitslosengeld werd ich wohl nicht kriegen …«

»Aber du kannst doch bestimmt sofort einen neuen Job haben, bei deiner Qualifikation?!«

»Können kann ich schon, ich weiß nur im Moment nicht, ob ich sofort wollen will.«

»Aber wieso denn? Stimmt das etwa nicht, daß die Firma pleite ist? Hast du etwa gekündigt?«

Er lachte. »Nein, nein. Die Firma ist pleite, und zwar ist sie genau zum passenden Zeitpunkt pleite gegangen. Ich werde mir jetzt ein bißchen Zeit nehmen, um über dies und jenes nachzudenken. Außerdem kann ich mal ein Buch lesen. Oder versuchen festzustellen, warum ich dich eigentlich früher für liebenswert gehalten habe. Wenn ich was rauskriege, sage ich's Robert. Vielleicht kann er es nutzbringend vergeuden. Übrigens, Grüße von Sarah.«

Eisige Pause. »Aha. Hab ich's mir doch gedacht. Und du hast immer so getan, als ob nichts wäre. Meine alte Freundin …«

»Alles Quatsch. War nie was und ist nix. Sie hat eine Postkarte aus der Provence geschrieben, an uns beide. Liebe Grüße aus dem Urlaub im sonnigen Südfrankreich. Bäh.«

Irene murmelte irgend etwas; dann seufzte sie. »Na schön, mit dir kann man offenbar heute nicht vernünftig reden. Am besten fährst du gegen einen Baum. Ich besuch dich dann im Krankenhaus.« Damit hängte sie ein.

Andreas legte sanft auf und ging grinsend ins Zimmer zurück. In einem Bücherregal stand ein Foto, das sie zurückgelassen hatte. Es zeigte Irene und Andreas im ersten Lenz einer hoffnungsvollen jungen Liebschaft. Nachdenklich betrachtete er das Bild. Die liebe Irene. Jetzt war sie achtundzwanzig, drei Jahre jünger als er, und seit der Aufnahme vor etwa vier Jahren hatte sie sich kaum verändert. Blond, schlank und dynamisch; Besitzerin einer Top-Boutique für die ganz Armen im Bonner Stadtzentrum. Daneben stand er; er fühlte sich nicht viel älter als damals. Prüfend betrachtete er die langen braunen Haare, die er damals getragen hatte. Jetzt waren sie viel kürzer; Irene war modebewußt. Den Tatarenschnurrbart hatte er mit Nägeln und Zähnen verteidigt, und zugenommen hatte er auch nicht. Vielleicht hatten sich zwei oder drei Linien in seinem eher hageren Gesicht angesiedelt, aus dem Berufsleben oder der Eheveranstaltung. Die Muskeln waren allerdings nicht mehr so stramm wie zur Zeit der Aufnahme; in den letzten Monaten, als sich Konstruktionsbüro und Ehe dem jeweiligen Ende näherten, war er kaum noch zu Schwimmen oder Tennis gekommen.

Sorgfältig löste er das Foto aus dem Rahmen und ging zum Tisch. Das Feuerzeug schien ihm in diesem Fall stillos. In der Küche fand er Streichhölzer. Als noch etwa ein Drittel des Bildes zu sehen war, fischte er aus einem Kästchen auf der Fensterbank eines jener schwarzen Zigarillos, die Irene »ekelhafte Stinkmorcheln« zu nennen pflegte. Er zündete es mit dem Rest des Fotos an; dann warf er das unansehnliche Dokument eines Irrtums in den Aschenbecher.

Mit Poe auf der Schulter verließ er eine halbe Stunde später die Wohnung. Im Parterre überfiel ihn die Frau des Vermieters. Sie mußte im Hinterhalt gelegen haben.

»Guten Morgen, Herr Goldberg«, flötete sie. »Haben Sie heute frei? Und wie geht es Ihrer Frau? Ich hab sie ja heute noch gar nicht gesehen.«

Andreas lächelte freundlich. »Guten Morgen, liebe Frau Fischer. Wie geht's denn Ihrem Mann? Ich hab ihn ja heute noch gar nicht gesehen.«

Herr Fischer, ein pensionierter Postbeamter, führte immer zwischen halb zwölf und eins mit der Zuverlässigkeit einer Stechuhr seinen Dackel spazieren, in eine nahe gelegene Kneipe. Dort trank der Hund regelmäßig einen Napf Wasser. Was auch erklärt, daß Herr Fischer meistens müde zum Mittagessen erschien und streng roch. Die umfangreiche Wirtin schob eine Strähne aus der Stirn, verschränkte die Hände unter der Schürze und legte den Mund in weinerliche Wellen.

»Ach, er ist mit dem Felix unterwegs. Sie wissen schon.«

Bevor sie ihre Fragen wiederholen konnte, legte Andreas die Hand auf den Knauf der Haustür. »Na, er wird schon wiederkommen«, sagte er. »Was ich von meiner Frau nicht hoffe. Die Firma ist pleite, ich bin arbeitslos, mir geht es ausgezeichnet, und ich möchte hiermit zum nächstmöglichen Termin kündigen. Das kriegen Sie aber noch schriftlich. Wiedersehen.«

Mit gelassener Seele und ruhiger Hand lenkte Andreas seinen alten Diesel quer durch die Stadt. Poe hüpfte auf dem Beifahrersitz hin und her und brabbelte unverständliches Zeug. Wie der Rabe und etliche andere Dinge, so war auch der Wagen stets ein Objekt des Streits gewesen: »Er stinkt bestialisch nach Diesel/er ist unmodern/er ist langsam/kannst du dir nicht mal was Schnittigeres zulegen?« Und so weiter. »Waschen könntest du ihn auch mal wieder, wenigstens.«

In einem Dorf auf der anderen Seite des Rheins lebte Großvater Goldberg. Seit seine Eltern, zu denen er kein besonders gutes Verhältnis gehabt hatte, vor Jahren bei einem Flugzeugabsturz ums Leben gekommen waren, war der Großvater Andreas' einziger erwähnenswerter Verwandter. Ein alter Schuster, nun 76 Jahre alt, der in den Bergen östlich von Bonn, am Übergang zum Westerwald, in den vergangenen Jahrzehnten einen alten Fachwerkhof schnuckelig ausgebaut hatte und dort mit einer erstaunlichen Sammlung toter Tiere und lebender Weine hauste.

Als Andreas die Küche betrat, rührte der alte Mann in der Pfanne herum. »Hunger?«

»Nein, eigentlich hab ich gerade erst gefrühstückt. Was gibt's denn?«

In der Pfanne entstand eine undefinierbare, köstlich duftende Tunke. Hermann Goldberg wies mit dem Kopf auf den Backofen, in dem Andreas nur Folie erkennen konnte.

»Braune Forellen.«

Andreas nickte. »Also, wenn was abfällt.«

»Hm.«

Die nächsten Minuten verbrachten sie schweigend. Der alte Goldberg zog aus einem Wandschrank selbstgebackenes Weißbrot hervor; mit einer Kopfbewegung schickte er Andreas in den nicht ganz tiefgelegenen Weinkeller. Andreas wählte nicht lange aus; sein Großvater kannte ein paar Winzer an der Mosel, die sich weigerten, ihre gesamte Ernte zu zuckern. Mit einer Riesling-Spätlese '76 kehrte er in die Küche zurück. Sein Großvater brach in einen vollständigen Satz des Entsetzens aus.

»Braune Bachforelle und '76er Spätlese! Viel zu schwer.

Dazu nimmt man einen Gros Plant oder Muscadet oder so. Höchstens nen angeschnibbelten Weißklevner. Pah.«

Andreas verzichtete darauf zu fragen, was ein angeschnibbelter Weißklevner sei. Der Großvater nahm die Flasche und verschwand in schweigender Empörung.

Andreas war einige Zeit nicht mehr bei seinem Großvater gewesen und hatte das Gefühl, irgend etwas habe sich verändert. Die Bohlen knarrten wie immer. Auf dem massiven Eichentisch lag eine rotweißkarierte Tischdecke, die fast bis zur Hälfte der gedrechselten Beine hinabreichte. Vielleicht war die Decke neu, aber das war es nicht. Auch nicht die Lampe, die zwischen den schweren Tragebalken baumelte. Der Wandschrank, der alte Bauernschrank mit der verzierten Tür, hinter der sich Geschirr befand – kopfschüttelnd bemerkte Andreas endlich neben der Tür zum Flur einen kleinen Getränkekühlschrank, der dem Knurren nach mit Volldampf arbeitete. Er hob die Klappe und sah hinein – mehrere Vögel und eine Kreuzotter. Er schüttelte sich und schloß die Klappe wieder.

Hermann Goldberg kam zurück, in der Hand eine Flasche eines zwei Jahre alten Sancerre.

»Oder so was«, knurrte er, während er die Flasche geräuschlos entkorkte. Andreas betrachtete die von dicken Adern gemusterten Hände, die immer noch zu Feinarbeit fähig waren. Er schnitt ein paar Scheiben von dem frischen Weißbrot ab, holte Knoblauchbutter aus dem Wandschrank und suchte Gläser, während sein Großvater den Fisch auflegte.

Nach einigen Gabeln strich der alte Mann graue Haare hinter das linke Ohr und betrachtete seinen Enkel. »Nix zu tun?«

»Ich mach heut blau. Keine Lust.«

»Hm.«

Nach dem Essen holte der Alte Schachbrett und Figuren –

selbstgeschnitzt, aus schwerem rötlichen Holz, das Andreas nicht identifizieren konnte, und mit wundervoller Maserung – aus einer Schublade.

»Hm?«

»Sicher.«

Der Großvater überließ Andreas das Aufbauen der Figuren und holte einen irdenen Tabakstopf und mehrere Pfeifen aus einem anderen Zimmer. Andreas nahm die angebotene Pfeife schweigend an, was er lange nicht mehr getan hatte. Gegen halb drei begannen sie mit der ersten Partie. Nach der zweiten Partie und Flasche blickte Andreas auf die Uhr; es war kurz vor sechs, und er hatte beide Partien verloren. Aber gute Partien, die zu verlieren mehr Vergnügen macht als mancher Sieg.

Hermann Goldberg lehnte sich zurück und stieß eine dicke Rauchwolke aus. Dann legte er die Pfeife auf den Tisch und richtete den Zeigefinger drohend auf Andreas.

»Also: Ihr habt euch getrennt, und du hast gekündigt.«

Andreas zuckte zusammen. »Jein. Getrennt, und die Firma ist pleite. Kommt aber aufs gleiche raus. Bloß: Woher weißt du das?«

Der Großvater grinste. »Völlig klar. Irene hat dir immer die Pfeife madig gemacht, weil man dann stinkt. Wenn du nicht irgendwas Dickes auf dem Herzen hättest, hättest du mir längst irgendeinen seichten Unsinn erzählt. Drittens hast du lausig gespielt. An irgendwas gedacht, was dir nicht unangenehm ist. Viertens fehlt an deinem Finger der Ring.«

»Volltreffer. Irene ist vorgestern nach einem letzten fetten Krach ausgezogen, ich hab gestern zum letzten Mal bei Schmitz gearbeitet. Pleite.«

Der alte Mann holte die nächste Flasche. Während er sie entkorkte, musterte er seinen Enkel scharf über die markante Nase hinweg. »Und jetzt?«

»Was weiß ich? Zuerst bin ich mal ledig und arbeitslos. Ich hab nicht vor, daran schnell was zu ändern.«

»Gut so. Würd mich freuen, wenn was von deiner Freizeit hierbleibt.«

Andreas nickte und stopfte sich die nächste Pfeife. Seine Zunge würde sich am nächsten Morgen anfühlen wie ein empfindsames Waschbrett. Aber das spielte keine Rolle.

Plötzlich fiel ihm ein, daß er etwas Wichtiges vergessen hatte. Er blickte auf die Uhr. »Gerade noch Zeit«, sagte er.

Der Großvater blickte ihn fragend an.

»Ah, ich hab was vergessen, nen Termin morgen früh. Geld, weißt du, Versicherung und Bank und so was. Vor zwei Wochen festgemacht. Entweder muß ich den morgen früh absagen oder noch kurz mit Irene sprechen. Wenn ich Glück hab, ist sie noch im Laden. Wo ist das nächste Telefon?«

Der alte Mann hatte sich immer geweigert, sinnlose Dinge wie ein Telefon oder einen Kühlschrank anzuschaffen; Andreas hatte bereits heimlich gehofft, mit dem – wie auch immer zweckentfremdeten – kleinen Kühlschrank sei vielleicht auch ein Telefon ins Haus gekommen. Der Großvater deutete mit dem Pfeifenstiel in die ungefähre Richtung der Bundesstraße.

»Wenn du hinkommst, links, ungefähr vier Kilometer.«

Andreas nickte und erhob sich. »Bin gleich wieder da.«

Mit einigermaßen schlechtem Gewissen stieg er in seinen Wagen. Auf der kurzen Strecke würde wohl kein Ortssheriff mit Blaseröhrchen lauern. Er hatte Glück, führte ein kurzes Gespräch mit Irene und fuhr wieder zurück.

»Hm?«

»Ich treff sie morgen ganz früh in ihrer derzeitigen Wohnung.«

»Hm?«

»Ein Jurist, Anwalt.«

»Hm!«

Andreas grinste; er kannte und teilte die Meinung seines Großvaters über Juristen. Er setzte die gestopfte Pfeife in Brand.

»Großvater«, sagte er paffend, »du hast Irene nie so richtig gemocht, oder?«

Der Alte schüttelte den Kopf. »Hab gedacht, vielleicht ändert sie sich noch. Hat sie aber nicht. War zu – eh, stromlinienförmig. Kein Windwiderstand. Klar, sie weiß, was sie will. Karriere. Geld. Ansehen. Mode. Wollte sie immer schon, hast du aber nicht kapiert, Trottel. Dir ging's um Streicheln, Wärme und Persönlichkeit, eh? War nix, Junge.«

»Warum hast du mir ...«

»Wenn ich was gesagt hätte, hättst du's geglaubt?«

»Nee.«

»Eben.«

Sie spielten noch viele Partien und leerten noch mehrere Flaschen. Irgendwann nachts, in einem knarrenden Bett, erwachte Andreas und starrte an die niedrige Decke. Der Morgenstern trieb schon sein Unwesen, und das mattgraue Licht zeichnete Gaukler auf die Wände. Da kicherte Andreas und fühlte sich wohl. Und während er noch überlegte, weshalb er wohl gekichert hatte, schlief er schon wieder ein.

Kurz vor sechs, als er den Großvater in der Küche rumoren hörte, stand er auf. Die Sonne war noch nicht aufgegangen, aber es war schon fast hell und klar. Es würde wieder ein sehr schöner Herbsttag werden. Nach einem schnellen Kaffee und einer Scheibe Weißbrot mit Butter und Honig brach Andreas auf. Poe, der die Nacht in einem Haufen Holzwolle verbracht hatte, war unwirsch. Sein Frühstück hatte nur aus Brot und Käse bestanden. Wahrscheinlich fehlte ihm der Kaviar. Fröhlich pfeifend, später ganz in erfreuliche Gedanken versunken, fuhr Andreas eine Weile kreuz und quer über Landstraßen, durch ihm unbekannte Dörfer, Berge hinauf und wieder hinunter, durchquerte grüne Täler, überfuhr einmal beinahe ein Schaf. Irgendwo tankte er, zahlte, winkte dem Tankstellenpächter oder -besitzer freundlich zu und fuhr weiter.

Gegen halb neun fand er in der Nähe der Wohnung des Juristen einen Parkplatz. Er lief, mit Poe auf der Schulter, durch die morgenstille Straße der Bonner Nordstadt. Irene, dachte er dabei spöttisch, wird sich freuen, wenn ich das liebe Tier zum Rendezvous mitbringe.

Im Parterre eines stattlichen Altbaus mit gepflegter Jugendstilfassade betrieb Robert zusammen mit zwei Kollegen eine Anwaltspraxis samt Notariat. In der ersten Etage wohnte einer der Kollegen, in der zweiten er, und mit ihm neuerdings Irene.

Vor der Haustür standen zwei uniformierte Polizeibeamte. Andreas wollte an ihnen vorüber. Sie hielten ihn auf.

»Wer sind Sie bitte?« sagte einer.

Andreas nannte seinen Namen, verwundert. Die beiden Männer nickten einander zu.

»Herr Goldberg«, sagte der linke, irgendwie ernst, »begleiten Sie uns bitte. Es handelt sich um eine Identifizierung.«

2.

Irene betrachtete noch einen Moment den Apparat, nachdem das unerfreuliche Morgengespräch mit Andreas beendet war. Dann schüttelte sie den Kopf und ging ins Bad, um sich fertigzumachen. Alles sah noch ein wenig wüst aus. Roberts Wohnung war zwar geräumig und bis zu ihrem überfallartigen Einzug relativ leer gewesen, aber innerhalb weniger Stunden läßt sich ein halber Haushalt nicht befriedigend einräumen.

Sie dachte, während sie sich anzog, an die vielen kleinen Dinge, derentwegen die Sache schiefgelaufen war. Einen richtig großen Grund hätte sie nicht nennen können.

Sie bezweifelte auch, daß Andreas mehr als addierbare Kleinigkeiten aufzählen könnte. Obwohl es heiß war, fror sie einen Augenblick in dem Badezimmer mit der hohen Decke und den weißen Wänden. Es kam ihr fremd vor. Lächerlich, dachte sie, dabei hatte sie schon so oft in den letzten Monaten hier, in dieser Wohnung, die Nacht verbracht und in diesem Bad getan, was man in einem Bad gemeinhin tut. Sie dachte an die Annehmlichkeiten eines weitläufigen Altbaus mit Stuckdecken und an Robert, der schon seit zwei Stunden zwei Etagen tiefer bei der Arbeit war. Er hatte eine wichtige Verabredung um neun Uhr gehabt. Sie dagegen hatte sich den Luxus erlaubt, einmal richtig auszuschlafen. Sie dachte, während sie dezentes Makeup auftrug und dabei zufrieden ihr ovales Gesicht mit den geschwungenen Brauen und den vollen Lippen betrachtete, an die vergangene Nacht mit Robert, an die Mischung aus Zurückhaltung und Technik. Es haftete dem Beilager, dachte sie spöttisch, etwas Juristisches an. Präambel, Erlaß,

Ausführungsvorschrift, Nachtrag. »Wahnsinnig aufregend«, murmelte sie. Dann schalt sie sich in Gedanken ein dummes Huhn. Abwarten, gewöhnen, und außerdem alles selbst eingebrockt.

Unzufrieden verließ sie die Wohnung. Sie wußte, daß ihr nichts mehr an Andreas lag, nahm an, daß umgekehrt das gleiche galt, und ärgerte sich darüber, daß sie die Jahre und Gemeinsamkeiten nicht wie eine welke Pflanze ausreißen und vergessen konnte. In dem alten Treppenhaus klangen ihre Schritte fremd.

Auf der Straße brauchte sie einen Moment der Orientierung im gleißenden Mittagslicht. Endlich fand sie die Sonnenbrille in ihrer Handtasche. Die abends so belebte Nordstadt mit den zahllosen Kneipen wirkte ausgestorben. Die wenigen Geschäfte konnten das Treiben der Abende nicht ersetzen. Mit energischen Schritten, wie um sich selbst von der Dringlichkeit ihrer Absichten und der Festigkeit ihrer Seele zu überzeugen, ging sie in Richtung Zentrum.

Ihre Boutique erreichte sie gerade noch rechtzeitig, um der Verkäuferin beim Zuschließen zuzusehen.

»Hallo Sylvia«, sagte sie. »Wie war's denn heute?«

»Hallo Irene. Ruhig. Bei dem tollen Herbstwetter sind die Leute wahrscheinlich im Grünen. Oder im Büro. – Du siehst ein bißchen müde aus.«

»Bin ich aber nicht. Ich hab gut geschlafen.«

Sylvia lächelte. »Das heißt nichts. Ich meine, das kommt ganz drauf an …«

Irene lächelte zurück. »Komm«, sagte sie, kurz entschlossen, »ich lad dich ein.«

Am vergangenen Tag hatte Sylvia die Boutique allein gehütet. Die Frauen waren einigermaßen miteinander befreundet. Sylvia wußte in Umrissen über ihr Privatleben Bescheid. Die abgebrochene PH-Studentin, ein hübsches, dunkelhaariges Mädchen, ließ sich mit dem Rücken zum

Alten Rathaus, über dem die Sonne fast senkrecht stand, vor einer Crêperie nieder.

»Na?« sagte sie. »Was Neues?«

Irene studierte kurz die Speisekarte, die sie nach drei Jahren in der mittelbaren Nachbarschaft fast auswendig kannte.

»Nicht direkt.«

Sie schwiegen, bis sie bestellt hatten. Irene lehnte sich zurück, betrachtete Sylvia und zündete sich eine leichte Zigarette an.

»Eigentlich überhaupt nichts Neues. Reicht aber auch im Moment«, sagte sie dabei.

Sylvia war anscheinend neugierig. »Wie war's denn?«

»Was?«

»Na, die beiden ersten Nächte im neuen Heim.«

Irene inhalierte tief und hustete. »Ganz angenehm.« Sie kniff die Augen zusammen, weil sie in die Sonne sehen mußte.

»Ist das alles?«

Irene rümpfte die Nase. »In der Sonne und ohne Wind kann man's hier draußen noch gut aushalten, nicht? Immerhin haben wir Mitte Oktober.«

Der Nachmittag im Laden verlief einigermaßen ereignislos. Kurz nach fünf klingelte das Telefon. Irene schüttelte den Kopf. Sylvia ging an den Apparat und meldete sich mit dem Namen der Boutique. Dann sagte sie »Moment bitte!« und hielt Irene den Hörer hin.

Irene stand auf, kam durch den Raum und nahm an. »Ja?« Sie lauschte eine Weile und verzog das Gesicht, schließlich sagte sie: »Na ja, wenn das sein muß. Schade, ich hatte gedacht, wir könnten vielleicht irgendwas unternehmen. Schön, dann werd ich ein bißchen aufräumen. Bis irgendwann um Mitternacht.«

Damit hängte sie ein.

»Robert hat schon wieder eine von diesen späten Verabredungen«, sagte sie mürrisch.

»Hat er das öfter?«

»In den letzten Wochen so im Schnitt zwei- bis dreimal. Er meint, es könnte was Größeres werden und er könnt mir nichts sagen. Wär diskret und geheim und wichtig und so, aber wenn's was würde, würd's ein dicker Knaller. Mir wär lieber, er hätt ein bißchen mehr Zeit.«

»Was soll das heißen, Knaller? Ich mein, bei nem Anwalt. Bei nem Reporter, okay, aber was hat Robert mit Knallern zu tun?« Sie kicherte und setzte hinzu: »Ich hab nie den Eindruck gehabt, daß es bei ihm richtig knallt, was auch immer. Entschuldige.«

Irene hob die Brauen.

Gegen sechs Uhr klingelte das Telefon erneut. Wieder ging Sylvia an den Apparat, und wieder war es für Irene.

»Wer?« fragte sie, während sie durch den Raum kam.

»Andreas.«

»Aha. – Ja, hier Irene. Was ist los?«

Sie lauschte, nickte und murmelte ein paarmal »Ja«. Schließlich sagte sie: »Okay, wenn du es heute nicht schaffst, dann morgen früh. Ich bin so ab acht auf. Bis dann. Tschüs.«

Sylvia war wieder neugierig, und Irene hatte die kurze Mißstimmung von vorhin offenbar wieder vergessen.

»Was Wichtiges?«

»Na ja, wie man's nimmt. Er hatte vor ein paar Wochen für morgen früh einen Termin mit einem Bankmenschen gemacht, wegen Papieren und Versicherungen und so. Hatte sich deshalb extra für morgen freigenommen, lange im voraus. Jetzt spielt das ja keine Rolle mehr.«

»Wieso spielt was keine Rolle mehr?«

»Na, das Freinehmen. Er ist arbeitslos. Die Firma, bei der er war, ist pleite. – Jedenfalls ist morgen der Termin, und da ist natürlich noch einiges zu regeln, mit unseren Sachen, meine ich. Einiges läuft ja auf meinen Namen, obwohl beide dran beteiligt sind. Sachen, bei denen ich wegen des Geschäfts bessere Zins- oder Steuerkonditionen kriege als er. Da müssen wir natürlich sehen, was wir damit jetzt machen.«

Sie starrte einen Moment ins Leere.

»Merkwürdig, all die Trümmer nach ein paar Jahren«, sagte sie dann. »Meine Lebensversicherung, zum Beispiel. Wenn mir was passiert, kriegt er das Geld, und umgekehrt. Das müssen wir jetzt natürlich ändern. All dieser Papierkram.«

Pünktlich um halb sieben machte Irene den Laden zu.

»Sag mal.« Sie wandte sich an Sylvia, vor der Boutique. »Macht es dir was aus, morgen noch mal den Vormittag allein zu sein? Ich weiß nicht genau, wann Andreas diesen Termin hat und wie schnell wir mit unseren Sachen klarkommen.«

Sylvia schüttelte den Kopf. »Macht mir nichts aus.«

»Schön. Dann bis irgendwann morgen mittag.«

»Tschüs. Räum schön auf.«

Irene hatte keine Lust, noch etwas zu unternehmen oder jemanden zu sehen. In Roberts Wohnung machte sie sich ein paar Spiegeleier, Toast, einen Topf Tee. Langsam und zerstreut aß sie, bis sie merkte, daß alles schneller kalt wurde, als sie es verzehrte.

Danach räumte sie noch halben Herzens einen Teil ihrer bisher herumliegenden Sachen weg. Schließlich schaltete sie den Fernseher ein. Irgendwann kurz vor Mitternacht ging sie ins Bett. Sie war noch wach, als Robert kam. Er war zu müde, um noch viel zu essen oder zu reden. Als sie einschlief, schnarchte er bereits leise.

3.

»Ziegler. Bitte nehmen Sie Platz, Herr Goldberg.«

Andreas setzte sich wortlos. Er stand noch unter dem Eindruck der gräßlichen Bilder.

Der Hauptkommissar betrachtete ihn prüfend. Irgendwie nahm Andreas einen mittelgroßen Mann mit grauem Haar, Geheimratsecken und einem gekerbten Gesicht wahr. Jemand brachte Kaffee. Andreas nahm einen Schluck und rauchte eine Zigarette, von der er nichts schmeckte.

Ziegler räusperte sich und blickte auf die Uhr. Es war kurz nach zehn. »Herr Goldberg«, sagte er halblaut, »es tut mir leid, aber wir konnten es Ihnen nicht ersparen.«

Andreas nickte und zündete sich mechanisch eine weitere Zigarette an. Er sah alles wie durch Milchglas und hörte wie durch Watte. Vier Schußwunden.

»Darf ich Ihnen trotzdem einige Fragen stellen?«

Er nickte.

Ziegler musterte ihn skeptisch, als erwarte er nicht allzuviel von der Befragung. »War Ihre Frau häufig in dieser Wohnung?«

»Wir waren dabei, uns zu trennen. Sie ist vor zwei Tagen zu ihm gezogen.«

Ziegler runzelte die Stirn. »Wer ist ›ihm‹?«

»Robert Naumann.«

»Kannten Sie ihn gut?«

»Flüchtig. Aus Kneipen.«

»Sie waren nicht befreundet?«

»Nein. Irene hat natürlich von ihm erzählt, aber sonst kenne ich ihn nicht weiter.«

Ziegler spielte mit einem Bleistift. Andreas starrte wie hypnotisiert auf das Schreibinstrument.

»Herr Goldberg, Ihre Vermieterin hat ausgesagt, Sie seien arbeitslos.«

»Ja. Meine Firma hat Pleite gemacht. Konstruktionsbüro Schmitz.« Er leierte die Adresse herunter.

Ziegler notierte. Auf dem Gang außerhalb des Zimmers hörte Andreas eine Stimme, die ihm bekannt vorkam. Jemand wurde verabschiedet und verließ das Gebäude. Es war die Stimme von Sylvia, der Verkäuferin. Ein Beamter in Zivil trat ein, ging zu Ziegler, gab ihm einen Zettel und deutete auf etwas.

Ziegler las schnell und konzentriert. Er pfiff durch die Zähne. Dann sah er Andreas an, und in seinen Augen war ein neuer, fast liebevoller Ausdruck.

»Herr Goldberg«, sagte er langsam, »die Informationen, die ich hier habe, sind so schwerwiegend, daß ich Sie darauf aufmerksam machen muß, daß Sie nicht verpflichtet sind, Aussagen zu machen. Wünschen Sie einen Anwalt hinzuzuziehen?«

Verständnislos starrte Andreas ihn an. »Wozu soll ich einen Anwalt hinzuziehen? Ich verkehre nicht mit Juristen. Außerdem habe ich nichts zu verbergen.«

Ziegler sah ihn scharf an. »Na schön, wie Sie meinen. Also: Ihre Frau hat Sie vorgestern verlassen?«

»Nein. Inzwischen sind es drei Tage. Und sie hat mich nicht verlassen; wir haben uns darauf geeinigt, daß sie auszieht.«

Ziegler machte eine Handbewegung. »Sie sind arbeitslos und haben gestern mündlich Ihre Wohnung gekündigt. Darf ich wissen, warum?«

»Die kann ich mir jetzt kaum leisten.«

»Haben Sie finanzielle Sorgen?«

»Wer hat die nicht? Aber Sorgen würde ich nicht direkt sagen. Das hängt alles davon ab, wie schnell ich wieder einen Job kriege. Oder wie schnell ich wieder einen Job haben will.«

Ziegler grunzte. »In der augenblicklichen Wirtschaftslage kommt es dabei wohl weniger auf Ihren Willen an, oder?«

Andreas zuckte mit den Schultern. »Das wird sich herausstellen.«

Ziegler trommelte auf den Schreibtisch. Der andere Beamte starrte betont desinteressiert aus dem Fenster.

»Was haben Sie letzte Nacht gemacht?«

Andreas lachte. »Wollen Sie ein Alibi von mir? Na schön, sollen Sie haben. Ich habe gestern meinen Großvater besucht und bin am frühen Nachmittag bei ihm eingetroffen. Wir haben gegessen, getrunken und Schach gespielt. Da ich etwas zuviel getrunken hatte und es außerdem schon ziemlich spät war, habe ich bei ihm übernachtet. Heute morgen kurz nach sechs habe ich ihn verlassen. Ich bin nach Bonn gefahren und wollte zu einer Verabredung mit meiner Frau, meiner demnächst Exfrau. Mein Gott, Gott hab sie selig. Da wurde ich von Ihren Kollegen erbeutet. Den Rest wissen Sie ja wohl, oder?«

Ziegler nickte. »Wo wohnt Ihr Großvater?«

Andreas nannte die Adresse und fügte hinzu: »Telefon hat er nicht. Sie müssen sich schon persönlich zu ihm begeben.«

»Keine Sorge, das prüfen wir nach. – Haben Sie gestern am späten Nachmittag telefonisch ein Treffen mit Ihrer Frau vereinbart?«

»Ja, das habe ich Ihnen aber schon gesagt; und daß ich heute morgen auf dem Weg zu ihr war.«

Ziegler nickte erneut. »Haben Sie. – Sagen Sie, worum ging es bei dem Treffen?«

»Oh, um die Klärung finanzieller Angelegenheiten.« Er schlug sich vor die Stirn. »Mensch, der Termin. Ich war um zehn Uhr verabredet. Kann ich bitte mal telefonieren?«

Ziegler nickte zum dritten Mal. »Gleich. Nur noch ein paar kurze Klarstellungen. – Ist es zutreffend, daß Vermögen, gemeinsames Vermögen von Ihnen und Ihrer Frau, im allgemeinen auf den Namen Ihrer Frau angelegt ist?«

»Woher wissen Sie das denn?«

Ziegler antwortete mit einer Gegenfrage. »Und Ihre Frau hat wohl eine hohe Lebensversicherung zu Ihren Gunsten abgeschlossen?«

Wie betäubt starrte Andreas den Hauptkommissar an. Er begriff, endlich, was Ziegler von ihm wollte.

»Also, ich fasse zusammen. Ihre Frau verläßt Sie; Sie verlieren Ihre Stelle; Ihnen stehen finanzielle Schwierigkeiten ins Haus. Nennenswertes Vermögen, soweit es existiert, läuft auf den Namen Ihrer Frau. Ferner gibt es zu Ihren Gunsten eine Lebensversicherung Ihrer Frau. Vielleicht haben Sie sich doch nicht in relativer Eintracht getrennt. Vielleicht wollte Ihre Frau das auf ihren Namen laufende Vermögen nicht teilen. Vielleicht hatten Sie, Herr Goldberg« – Ziegler sprach nun sehr laut und zufrieden –, »ein sehr gutes Motiv, Ihre Frau umzubringen und, warum nicht, den Liebhaber gleich mit.« Er beugte sich vor und brüllte: »Wo waren Sie heute früh?«

»Hab ich Ihnen doch schon gesagt, Mister.«

Ziegler blickte ihn aus zusammengekniffenen Augen an. »Sie haben mir gesagt, Sie hätten kurz nach sechs Ihren Großvater verlassen. Angenommen, es stimmt. Ich kenne die Gegend, in der der alte Herr lebt, nicht so genau, aber ich schätze, daß Sie von da aus in etwas mehr als einer halben Stunde, sagen wir in einer dreiviertel Stunde in Bonn sein können. Das wäre gegen sieben. Sie kamen aber erst gegen halb neun vor dem Haus an. Wo waren Sie in der Zwischenzeit?«

»Ich ... ich bin durch die Gegend gefahren.«

»So«, sagte Ziegler höhnisch, »durch die Gegend gefahren? Welche Gegend denn bitte?«

»Ich weiß nicht. Ich hab irgendwo getankt, aber nicht auf Ortsnamen geachtet.«

Ziegler lehnte sich zurück und verschränkte die Arme vor der Brust. »Sie geben also zu, daß Sie gegen sieben Uhr in Bonn gewesen sind?«

»Nichts. Ich war kurz vor halb neun in Bonn.«

»Stimmen Sie denn meiner Rechnung zu, daß Sie gegen sieben in Bonn hätten sein können?«

Widerwillig räumte Andreas das ein.

Ziegler zog eine Grimasse. »Gegen acht Uhr kam ein dringender Anruf für Herrn Naumann im Anwaltsbüro an. Eine der Sekretärinnen versuchte, das Gespräch in die Wohnung durchzustellen. Keiner ging an den Apparat. Darauf bat sie Herrn Curtius, den Kompagnon, mit einem im Büro vorhandenen Zweitschlüssel zu Naumanns Wohnung zu laufen und Herrn Naumann dringend an den Apparat zu holen. Curtius tat das. Er und Naumann sind alte Freunde, und Curtius hatte Zutritt zur Naumannschen Wohnung, sogar wenn dort, hm, Damen anwesend waren. Um fünf Minuten nach acht Uhr öffnete Curtius die Wohnungstür und rief. Als er keine Antwort erhielt, ging er ins Schlafzimmer. Dort fand er Herrn Naumann und Ihre Frau im Bett vor, erschossen. Die Obduktion ist noch nicht abgeschlossen, aber der Arzt ist sicher, daß der Tod in beiden Fällen zwischen sieben und halb acht eintrat. Beide Körper waren noch nicht erkaltet.« Ziegler legte den Bleistift auf Andreas an. »Sie, Goldberg, haben ein Motiv: Eifersucht. Und ein zweites: Geld. Sie erben, da die Ehe formell noch gilt, die Boutique samt Inventar, alle Papiere und sonstigen Vermögenswerte. Außerdem fallen Ihnen aus der Lebensversicherung Ihrer Frau hundertfünfzigtausend Mark zu. Sie können nicht entkräften, daß Sie nicht zur Tatzeit hätten am Tatort sein können. Den Beweis werden wir noch erbringen. – Wir werden Sie, mit Ihrem Einverständnis oder ohne dieses, ein Weilchen hierbehalten. Ich nehme an, daß die Ausstellung eines Haftbefehls wegen dringenden Tatverdachts keine Schwierigkeiten machen wird. Sie werden verdächtigt, zwei Personen, die Ihnen bekannt sind, ermordet zu haben. Wenn Sie Glück haben, können Sie sich auf Totschlag im Affekt oder so etwas rausreden. Vielleicht ist Ihre Pistole ja einfach losgegangen, heh? Die meisten Pistolen gehen ja ganz einfach los. Ich kenne kaum einen, der absichtlich schießt, heh? – Wollen Sie uns das Verfahren nicht erleichtern und einfach gestehen? Sie haben doch keine Chance!«

Andreas holte tief Luft. »Nun machen Sie mal nen Punkt«, sagte er energisch. »Ich hatte nichts gegen Robert, bin froh, daß ich nach ewigem Krach endlich nicht mehr mit meiner Frau zusammenleben muß, finanziell geht es mir so schlecht nun auch wieder nicht. Ich habe also keinen Grund, so was zu unternehmen. Ich bin erst um halb neun an Ihrem ›Tatort‹ angekommen, als die beiden, wie Sie sagen, längst tot waren. Ich habe kein Motiv, war zur fraglichen Zeit woanders, und ich habe keine Pistole. Was soll also dieser ganze Unfug?«

Ziegler betrachtete ihn freundlich. »Das«, sagte er langsam, »werden wir noch rauskriegen. Was die Pistole angeht: Lieber Mann, wissen Sie, wie viele gestohlene oder nicht gemeldete Pistolen und Revolver in der Bundesrepublik im Umlauf sind und wie wenige von den Leuten, die sie besitzen, einen Waffenschein haben? Es wäre zwar schön, wenn wir die Tatwaffe vorzeigen könnten, aber trotz allem: Sie haben ein Motiv, auch wenn Sie es leugnen. Sie hatten die Gelegenheit, denn Sie können nicht nachweisen, daß Sie zur Tatzeit nicht in Bonn waren. Für einen Haftbefehl reicht das allemal.«

Andreas zündete sich eine weitere Zigarette an. Seine Finger zitterten. Er inhalierte tief und verschluckte sich. Hustend sagte er: »Okay, selbst wenn alles so wäre, selbst wenn Sie recht hätten – erklären Sie mir doch mal, wieso ich denn um halb neun wieder zu dem Haus zurückgehen soll, in dem ich angeblich eine Stunde vorher zwei Leute umgebracht habe? Meinen Sie nicht, ich rechne damit, daß man sie inzwischen gefunden hat? Und laufe trotzdem einfach so Ihren Schupos in die Arme?«

»Sie mußten damit rechnen, daß die Verabredung mit Ihrer Frau einigen anderen Leuten bekannt war, zum Beispiel, um nur eine zu nennen, der Verkäuferin – wie heißt sie gleich? Sylvia Cordes. Also mußten Sie diese Verabredung einhalten. Übrigens sehr geschickt von Ihnen, weil das zunächst für Ihre Unschuld zu sprechen scheint.«

Andreas hob die Hände. »Sie haben sich das offenbar fest in den Kopf gesetzt. Was kann ich tun, um Sie zu überzeugen?«

Ziegler lächelte. »Wenig, schätze ich. Motiv, Gelegenheit und Nutzen, alles ist da. Sie können einen Anwalt hinzuziehen.«

»Na schön, zunächst bleibt mir ja wohl nichts anderes übrig. Was haben Sie jetzt mit mir vor?«

Ziegler sah auf die Uhr. »Ich werde Sie gleich bitten, mit mir eine kleine Fahrt zu unternehmen, und zwar zu Ihrer Wohnung. Wir würden uns da gern ein bißchen umsehen. Zum Richter müssen wir auch noch, außerdem ist zu klären, was mit Ihrem Wagen geschieht, den Sie am Tatort abgestellt haben.«

Andreas murmelte in einem Anflug von Sarkasmus: »Ich habe gegen halb neun die Parkscheibe eingestellt. Ab halb elf bin ich Freiwild für die Politessen. Ich hoffe, Sie werden mir im Fall eines Parkprotokolls ein glaubhaftes Alibi verschaffen.«

Ziegler grinste. »Mal sehen.«

»Ich müßte ein paar Telefonate führen, wenn das möglich ist.«

Ziegler betrachtete ihn mißtrauisch. »Sie brauchen niemanden zu beauftragen, Spuren zu verwischen, etwa in Ihrer Wohnung. Wir haben sie zwar noch nicht geöffnet, aber sie steht unter Bewachung.«

»Das habe ich mir gedacht. Im übrigen habe ich nichts zu verwischen. Sie vergessen: Ich habe nichts getan. Wenn Sie mir mißtrauen, können Sie ja die Telefonate erledigen. Ich sage Ihnen, wen Sie anrufen und was Sie sagen sollen, und Sie können es selbst formulieren. Vielleicht bin ich ja James Bond und verwende Geheimcodes bei meinen Botschaften.«

»Gut. Wen soll ich anrufen?«

»Ich möchte gern, daß jemand meinen Großvater informiert. Dann muß ich meinen Termin bei der Bank absagen; eigentlich ohnehin zu spät, aber Höflichkeit schadet nie.«

Ziegler nickte und notierte sich die Nummer. Nach dem kurzen Gespräch mit der Bank – Ziegler war diskret; er teilte lediglich mit, daß Herr Goldberg wegen des tragischen Todes seiner Frau zur Zeit unabkömmlich sei – wandte er sich wieder an Andreas.

»Ihren Großvater werden wir persönlich informieren. Was soll mit Ihrem Wagen geschehen, und wer ist jetzt für den Laden Ihrer Frau zuständig?«

»Ach, du liebe Zeit, das auch noch. Na ja, sagen Sie am besten dem Mädchen, sie soll so weitermachen wie bisher. Irgendwann in den nächsten Tagen würde sich jemand drum kümmern.«

Danach nannte Andreas eine Telefonnummer.

Ziegler blickte mißtrauisch auf. »Die Nummer kommt nur bekannt vor. Ist das nicht ...« Er nannte den Namen einer Lokalzeitung.

Andreas nickte. »Ich bin mit einem der Redakteure befreundet. Morungen heißt er, Moritz von.«

Ziegler stöhnte. »Nein, muß das sein? Ein lästiger Mensch mit unmöglichen Bekannten.«

»Sollten Sie mich meinen?«

»Was wollen Sie denn von ihm?«

»Fragen, ob er mir einen brauchbaren Anwalt empfehlen kann, sonst nichts. Sie brauchen ihm ja nichts zu sagen.«

Dieser Donnerstag war lang und unangenehm. Als Andreas sich in dem kargen Einzelzimmer, das die Justizadministration für ihn freundlich bereitstellte, auf die Pritsche bettete, war er beinahe froh, zunächst einmal nichts tun zu können noch zu müssen. Schlafen, vielleicht träumen, dachte er, und es kam ihm vor wie ein Zitat. Er vermißte Poe. Der Rabe hatte den größten Teil des Tages in der Obhut einer Polizeisekretärin verbracht, die sich sichtlich vor ihm ekelte und deren Antipathie er mit mehreren Schnabelhieben erwidert hatte, bis man ihn in eine Abstellkammer sperrte. Dort hatte er, dem Vernehmen nach, Akten besudelt und ungebührlich gelärmt. Andreas grinste. Wenigstens der Rabe ließ sich nicht unterkriegen. Abends endlich hatte Großvater Goldberg, der mit Moritz von Morungen erschien und seinem Enkel nur wortlos auf die Schulter klopfte, den Raben mitgenommen. Poe akzeptierte nur wenige Menschen; glücklicherweise gehörte der Großvater zu ihnen. Mit dem immerhin beruhigenden Gefühl, daß er sich nun vorläufig nur um sich selbst zu kümmern brauchte, schlief Andreas endlich ein. Im Einschlafen empfand er das wortlose Schulterklopfen seines Großvaters als unendlich wohltuend und viel hilfreicher denn Moritzens lärmende Redseligkeit.

Und wen hatte der Hauptkommissar gemeint, als er Moritz grimmig anstarrte und sagte: »Schleppen Sie mir bloß nicht diesen widerwärtigen Fettwanst an«?

4.

An diesem sonnigen Samstag vormittag im Oktober saß Matzbach, friedlich schmausend und mit der Welt zufrieden, unter dem geöffneten Fenster im Wohnzimmer. Er trug einen teuren und häßlichen Morgenrock aus reiner Seide, knallgelb, und wackelte gelegentlich mit den Zehen. Ihm gegenüber, in dezenterem Morgengewand – blaßblau –, saß seine Freundin Ariane Binder, Herrin der Behausung. Unter dem kurzen Blondhaar mit beginnender Versilberung war ihr Gesicht in den normalen Relationen der Einzelzüge nicht auszumachen, da sie hemmungslos lachte. Der Schwung des vollen Mundes wurde dadurch überdehnt, doch brachte es die leuchtenden Zähne zur Geltung. Die Wölbung der Brauen mochte übertrieben sein, dafür blitzten die grünen Augen. Ihre schlanken, schmucklosen Finger spielten mit einem schwarzen Zigarillo. Sie hatte ihr Frühstück bereits beendet. Matzbach berichtete mit vollem Mund von den ausgefallenen Zuschriften und seinen teilweise reichlich frechen oder bizarren Antworten. Er hatte die letzten Tage in Klausur verbracht und die nächsten beiden Folgen seiner Kolumne *Fragen Sie Frau Griseldis* für eine namhafte Illustrierte fertiggestellt. Arianes Tochter Evelyn, angetan mit Jeans und T-Shirt, hatte schulfreien Samstag und litt an einem sozialen Schub. Sie wuselte in der Küche herum und bereitete die Köstlichkeiten, die der nach mehreren Tagen intensiver Arbeit ausgehungerte Baltasar schneller verzehrte, als sie herangeschafft wurden.

Begonnen hatte er mit einem kleinen Filetsteak, garniert mit einem Spiegelei, Cornichons und einer Mischung aus zerschnittener Tomate und Zwiebelstückchen, scharf gebraten.

Der zweite Gang des Frühstücks hatte bestanden aus drei sehr krossen Brötchen, dazu drei weichgekochte Eier; die Brötchen mit dick Butter und – in dieser Reihenfolge – Pfälzer Leberwurst, gekochtem Schinken und altem Gouda belegt. Dazu inzwischen etwas mehr als einen Liter Kaffee.

Als Evelyn mit dem dritten Gang, einer Pfanne mit vier Rühreiern, Schinken und *Herbes de Provence*, den Raum betrat, klatschte Baltasar in die Hände.

»Ach ja«, sagte er, »nach den Mühen der vergangenen Tage und den Fährnissen der letzten Nacht, hm, beginnen nun Gram und Ungemach von mir abzufallen. Fast fühle ich mich wieder wie ein Mensch.«

Evelyn stellte die Pfanne auf einen Holzdeckel vor Baltasars Nase. »Reicht das zuerst mal, oder willst du noch mehr?«

Baltasar ergriff einen Holzlöffel und begann, in der Pfanne herumzurühren. »Nein, nein, das reicht einstweilen.« Er schaufelte mit Macht in sich hinein.

Ariane legte ihren Zigarillo in einen Aschenbecher. »Abgesehen von deiner Frechheit beim Beantworten von Herzenskümmernissen«, sagte sie lächelnd, »und bei der Verbindung der letzten Nacht mit Wörtern wie Fährnisse und Ungemach verwundert mich am meisten dein Fassungsvermögen.«

Baltasar grinste; keine leichte Sache mit prallem Mund. Kaum verständlich sagte er: »Die Möglichkeiten des menschlichen Versagens sind zahllos und unüberschaubar. Wenigstens beim Essen kann man mir nichts vorwerfen. Ich betrachte das als eine erfreuliche Einschränkung der potentiellen Unfähigkeiten.«

Als er sein Frühstück beendet hatte, lehnte Baltasar sich wohlig grunzend zurück, schnaufte und zündete sich eine seiner kurzen, schwarzen, stinkenden Zigarren an. »Ah ja«, sagte er in eine Rauchwolke hinein, »oh ho. Hm.«

Ariane kicherte. »Mit anderen Worten, du fühlst dich wohl.«

Baltasar brachte eine Art Lächeln zustande.

»Und jetzt«, sagte Evelyn, »ein Punktstrahler auf dein Gesicht, und wir können eine Geisterbahn aufmachen. Würde einer deiner lieben Freunde sagen.«

Baltasar bugsierte mit Hilfe kreiselnder Mundbewegungen die Zigarre in den rechten Mundwinkel und sprach an ihr vorbei. »Ich halte mir diese lieben Freunde nicht wegen ihrer Wahrheitsliebe, sondern aus reiner Sentimentalität. Schließlich stellen sie eine seltene Spezies dar.«

Ariane schrieb Anweisungen auf einen Zettel und reichte ihn Evelyn. »Da, Tochter. Das sind die Einkaufsvorschläge. Wenn dir noch was einfällt ...«

Baltasar nahm die Zigarre aus dem Mund und betrachtete die beiden Frauen nachdenklich. »Merkwürdig. Zuerst bereitet sie das opulente Morgenmahl zur Zerbrechung des Fastens, und jetzt geht sie auch noch einkaufen. Etwa freiwillig? Oder hast du was ausgefressen?«

Evelyn schüttelte den Kopf. »Ich war in letzter Zeit brav wie ein Lämmchen.«

Ariane räusperte sich.

»Dann«, murmelte Baltasar, »gibt es nur noch zwei Möglichkeiten, o Tochter meiner Kebse. Entweder du bist krank und leidest an einer Überdehnung des Gemüts, oder du willst heute abend Mutters Auto klauen.«

Evelyn kicherte und sah Ariane vorsichtig von der Seite an. »Darauf läuft es hinaus.«

Ariane äußerte sich nicht. Evelyn zögerte noch einen Moment, dann stand sie auf.

»Okay, ihr zwei Hübschen«, sagte sie, »dann will ich mal. Bis nachher.«

Als die Tür ins Schloß gefallen war, drückte Ariane ihren Zigarillo im Aschenbecher aus und betrachtete Baltasar prüfend. »Sag mal«, begann sie.

Baltasar hob abwehrend die Hand. »Aber nur, wenn es was Unwichtiges ist.«

»Du warst schon charmanter. Ich entsinne mich einer Rede, die du vor einiger Zeit gehalten hast. Darin hieß es, und ich zitiere wörtlich: ›Nichts, was aus deinem Munde kommt, könnte je unwichtig für mich sein.‹«

Baltasar nickte. »So ist es, und es ist gut, daß du das einsiehst. Alles, was ich sage, ist so völlig bedeutungslos, daß schon allein die Nichtigkeit es zu einem kosmischen Ereignis macht.«

Ariane verzog den Mund. »Sei bitte mal nur halb so albern. Wir müssen ja nicht dauernd Slapstickdialoge abhalten, oder?«

Baltasar legte die Zigarre zeremoniell in den Aschenbecher, beugte sich vor, setzte die Miene namens *Zerknirschte Ergriffenheit* auf, riß Arianes rechte Hand an sich, spitzte seinen fleischigen Mund zu einem Hühnerpopo und hauchte eine Art Geräuschbaiser auf Arianes Fingerspitzen.

»Sprich«, sagte er sanft, »du Hauptpfosten in meinem Seelenpferch, o du Frohlocken des himmlischen Kolibris!«

Ariane brach in schallendes Gelächter aus und tätschelte Baltasars Pfoten. »Ich schaffe es nicht, dir länger als drei Sekunden wirklich böse zu sein.«

Baltasar ergriff seine Zigarre und wedelte mit ihr. »Ich bin ein gewaltiges Ohr, und nichts könnte mich so wonniglich füllen wie der Wohlklang deiner Stimme.«

Ariane nickte. »Eigentlich bist du ausreichend abgefüllt, nach diesem Frühstück, aber nun denn. – Ich habe noch Urlaub zu kriegen. Hast du einen Vorschlag, was man damit machen könnte?«

Ariane leitete die Pressestelle eines großen Industrieverbandes mit Sitz in Bonn. Wegen unaufschiebbarer Dringlichkeiten im Lauf des Jahres hatte sie bisher erst einen Teil ihres Urlaubs nehmen können. Baltasar kaute auf der Zigarre herum; dann nahm er sie wieder aus dem Mund und legte sie fort. »Das ist in der Tat eine schwierige und wichtige Frage«, sagte er.

Ariane lächelte. »Kann es sein«, sagte sie, wobei sie bemerkte, daß Baltasar den Kopf gesenkt hielt und Krümel auf dem Tischtuch zu zählen schien, »daß du eine einfache Frage aus den falschen Gründen für schwierig hältst?« Sie betrachtete sein krauses Haupthaar, bis er den Kopf hob. Seine grauen Augen blickten in ihre grünen.

»Keine Sorge«, sagte sie, »ich erzähle keinem, daß du eine Seele hast.« Dann ergriff sie seine Hände und hielt sie einen Moment lang. »Aber es ist eine Kostbarkeit, das zu wissen.«

Er berührte ihre Nasenspitze mit dem Finger. »Kluges Weib, du irrst. Meine Seele ist allgemein bekannt; durch die Art und Weise ihres offenkundigen Fehlens ist sie weiterhin sogar definiert. Ich glaube, daß eine Menge Volks dir gänzlich verschiedene Vorträge über dieses, das meinige, Seelenobjekt halten könnte.«

»Ich weiß, daß du ein diskreter Mensch bist, der lieber seinen Hintern als sein Herz zeigen würde; das Herz ist viel intimer. Aber darum geht es nicht.«

»Und um was geht es?«

»Es geht darum, daß du dir gerade den Kopf darüber zerbrichst, wie du mir möglichst schonend ein paar Dinge sagen sollst.«

Baltasar streichelte sie und grinste. »Du machst das richtig gut. Mach weiter bitte.«

»Eigentlich sollte ich dich hängenlassen. Ich glaube, ich lasse dich hängen. Du mußt das schon selbst machen.«

Baltasar verschränkte die Hände hinter dem Kopf. »Wozu, wenn du es doch schon weißt?«

»Bist du sicher, daß ich es weiß?«

Er seufzte. »Na schön. Du bewohnst den Vorzugsplatz in meinem Herzen. Das ist so seit einem Jahr. Das kann auch die nächsten hundert Jahre so weitergehen. Ich bin nur nicht dazu geschaffen, tagtäglich mit jemandem zusammenzuleben. Nun stelle ich es mir zwar sehr angenehm vor, mit dir ein paar Tage oder Wochen irgendwohin zu fahren; ich fürchte aber, daß dann irgendwann die Frage auftaucht, ob wir nicht unseren Kram zusammenschmeißen sollen. Und dann müßte ich dir weh tun, und das will ich nicht. Und das wäre dann auch der Schluß.«

Ariane musterte ihn einige Sekunden schweigend. »Du hast das schon öfter erlebt, ja?« sagte sie dann.

Baltasar breitete die Arme aus. »Wie sollte ich nicht? Schließlich neige ich nicht zur Askese. Askese ist eine der wenigen Formen geschlechtlicher Perversion, für die ich nichts übrighabe.«

»Sehr interessant.«

»Sauer?«

»Ein bißchen.«

»Warum?«

»Na, sauer ist nicht das richtige Wort. Ich bin nur ein bißchen enttäuscht darüber, daß du mich nach einem Jahr so wenig kennst. Meinst du, ich brauche keinen Freiraum, oder ich laß von heut auf morgen meinen Job sausen und verkauf meine Tochter, nur um dauernd in deiner Nähe zu sein?«

Baltasar beugte sich vor, lächelnd, faßte Ariane bei beiden Ohren und drückte ihr einen schmatzenden Kuß auf die Stirn. »Okay, erledigt. Wann fahren wir wohin?«

Etwa eine Stunde später klingelte das Telefon. Ariane erhob sich vom Boden, wo sie und Baltasar mit Landkarten beschäftigt waren, und ging zum Apparat.

»Binder. – Ah, Moritz, grüß dich. Wie geht's? ... Danke, mir geht's ausgezeichnet ... Ja, der Dicke ist hier. Moment!« Auffordernd bewegte sie den Hörer.

Matzbach erhob sich seufzend. »Nicht einmal am Wochenende ist man vor diesen Kanaillen sicher. Vor allem, wo ich doch nie Wochenende habe.« Er nahm Ariane den Hörer aus der Hand. »Ja, was ist los?«

Er lauschte eine Weile schweigend, dann brabbelte er unverständliche Laute vor sich hin. »Na ja, na schön, aber nur, weil du es bist«, sagte er schließlich. »Reicht Montag?« Moritz ließ offenbar eine längere Rede los; Baltasar seufzte. »Muß das sein?«

Er wandte sich an Ariane. »Hör mal, hast du Einwände gegen baldigen Kaffeebesuch?«

Ariane blickte von den Karten auf. »Wer? Moritz?«

»Und ein Rechtsanwalt.«

Sie zuckte mit den Schultern. »Ziemlich exotischer Besuch. Von mir aus.«

Baltasar rümpfte die Nase. »Was ist an Moritz und einem Anwalt exotisch? Banal, würde ich eher sagen. Hörst du, du mieses Subjekt? Ich denke nicht daran, einen Schritt vor die Tür zu machen. Das Wetter ist viel zu schön, um es in seiner Beschaulichkeit zu stören. Also pack deinen Juristen ein und komm her. Was? Ja, sofort.«

Ariane grinste. »Gut, daß ich nicht zu deinen Freunden zähle. Ich hätte dich aus lauter Zuneigung längst umgebracht und ausgestopft. Wann kommen sie?«

»Sofort. Viertelstunde oder so.«

Sie erhob sich wieder vom Boden und faßte mit spitzen Fingern ihren Bademantel an. »Vielleicht sollten wir uns anziehen.«

Baltasar machte »p« mit sehr viel Luft und einer ärgerlichen Grimasse. »Wenn ich anfange, mich für fremde Leute an- oder auszuziehen, kannst du meinen Nachruf aufsetzen.«

»Mach, was du willst. Da das hier meine Wohnung ist, bin ich, was mich angeht, anderer Meinung.« Sie boxte ihn freundlich in den Magen. »Außerdem siehst du süß aus in deinem widerlichen Kimono.«

Zwanzig Minuten später trafen Moritz und der Anwalt ein. Moritz, lang, schlaksig und nervös wie immer, stellte seinen Begleiter vor.

»Das ist Herr Korff«, sagte er, »mit Doppel-Eff. Frau Binder. Der da drüben, in diesem komischen Kaftan, ist der eminente Kriminalist Matzbach.«

Korff verbeugte sich höflich vor Ariane und musterte Matzbach, der sich ächzend von der Couch erhob. Baltasar stapfte barfuß um den Couchtisch herum und reichte Korff die Hand. »Kommen Sie«, sagte er, »setzen Sie sich.« Moritzens ausgestreckte Hand übersah er.

Ariane, angetan mit einem knielangen Jeansrock und einer hellgrauen, kurzärmeligen Bluse, stellte Tassen zurecht und goß Kaffee ein. Mit Genuß verschüttete sie eine mittelgroße Menge: auf Baltasars Kimono.

»Och, das tut mir aber leid. Hab ich dich verbrüht?«

Baltasar grunzte, stand auf und watschelte nach nebenan. Korff, ein grauhaariger, mittelgroßer Mann mit scharfer Nase und müden braunen Augen lächelte sie an und wies aus dem Fenster.

»Einen hübschen kleinen Garten haben Sie, gnädige Frau«, sagte er. Dabei rührte er mit der anderen Hand, die den Löffel hielt, in seinem Kaffee.

Baltasar erschien wieder. Er hatte den bekleckerten gelben Kimono gegen etwas womöglich noch Schrecklicheres ausgetauscht, nämlich eine grellrosa Latzhose, zu der er jedoch keineswegs ein Hemd trug, und barfuß war er noch immer. Fettwülste quollen allenthalben ins Freie. Als er sich gesetzt hatte, verschränkte er die Hände hinter dem Kopf. Korff betrachtete die buschigen Achselhöhlen, nahm einen Schluck Kaffee aus seiner Tasse und verschluckte sich.

Moritz, der neben ihm auf der Couch saß, klopfte ihm auf den Rücken. »Machen Sie sich nichts draus. Der ist immer so.«

Nachdem Korff sich freigehustet hatte, warf er Ariane einen Blick zu, der um Verzeihung zu bitten schien. Dann sagte er, an Moritz gewandt: »Sind Sie ganz sicher, Herr von Morungen, daß wir hier richtig sind?«

Moritz bleckte die Zähne. »Nein, ich bin sicher, daß wir hier falsch sind. Aber es ist, so wie ich es sehe, zunächst einmal die einzige Möglichkeit.«

Korff bewies Charakter. »Herr Matzbach, wie mir Herr von Morungen berichtet, hat Hauptkommissar Ziegler ihn gebeten, bitte nicht ›diesen widerwärtigen Fettwanst‹ anzuschleppen. Ich gestehe, daß ich nun begreife, was er damit meinte, und daß ich dem Hauptkommissar von Herzen zustimme.«

Moritz kniff die Augen zusammen, und Ariane gluckste leise.

Baltasar verzog keine Miene. »Vielleicht erzählen Sie mir einfach, was los ist. Beleidigungen können wir hinterher noch reichlich austauschen. Hat Ihnen schon mal jemand gesagt, daß Sie aussehen wie ein Jurist?«

Moritz beugte sich vor. Er klopfte auf den Tisch. »Ruhe auf den billigen Plätzen. Wollen wir zur Sache kommen?«

Korff nickte und wandte sich an Ariane. »Darf ich rauchen, gnädige Frau?«

Ariane reichte ihm Zigaretten, Moritz gab ihm Feuer.

Baltasar sagte: »Aber inhalieren können Sie selbst?«

Korff überhörte das. Er nahm noch einen Schluck Kaffee, dann begann er zu sprechen.

»Herr von Morungen meinte, Sie seien der richtige Mann für diese etwas unangenehme Sache …«

Moritz unterbrach. »Wenn Sie erlauben, würde ich gern schnell zusammenfassen, Herr Korff.«

Korff nickte. Moritz fixierte Baltasar.

»Also«, sagte er, »ein Freund von mir, Andreas Goldberg, ist innerhalb weniger Tage arbeitslos geworden und hat sich von seiner Frau getrennt. Seine Frau ist zu einem anderen Mann gezogen, und zwar Anfang der Woche. Am Donnerstag früh, also vorgestern, war Andreas mit ihr dort, in ihrer neuen Behausung, verabredet, um irgendwelche Finanzgeschichten zu klären. Als er ankam, so gegen halb neun, wurde er von der Polizei empfangen. Kurz nach sieben, wahrscheinlich, sind die Frau und ihr Neuer, übrigens ein Anwalt, im Bett erschossen worden. Nun ist das Problem folgendes: Andreas ist arbeitslos, seine Frau hatte eine brauchbare Lebensversicherung, deren Nutznießer Andreas wäre; außerdem hat sie ihn verlassen – so sieht es die Polizei –, und man hat gehört, daß sie und Andreas sich gestritten haben. Andreas hätte also mehrere Motive: Geld, Eifersucht, gekränkte Eitelkeit, was weiß ich. Deshalb haben sie ihn zuerst vorläufig festgehalten, und inzwischen liegt ein ordentlicher Haftbefehl vor.«

Baltasar verzog das Gesicht. »Nun ja, solche Dinge sollen vorkommen. Aber wo ist das Problem?«

Korff übernahm die Fortführung. »Das Problem liegt darin, daß Herr Goldberg sagt, er sei unschuldig, daß er es nicht beweisen kann, daß andererseits eine ganze Menge Indizien gegen ihn vorliegen.«

»Also langsam«, sagte Baltasar.

Ariane, die ihn beobachtete, stellte fest, daß seine Augen leuchteten.

»Was sagt Goldberg, und was sind die Indizien?«

Korff drückte seine Zigarette aus. »Goldberg hat am Mittwoch seinen Großvater besucht ...«

Moritz warf ein: »Der wohnt irgendwo in den Bergen, allgemeine Richtung Westerwald.«

»Er hat dort übernachtet und ist gegen sechs Uhr morgens oder kurz danach von dort wieder abgefahren. Der Großvater bestätigt das auch. Nun hätte Goldberg innerhalb etwa einer dreiviertel Stunde in Bonn sein können. Er sagt, er sei erst kurz nach acht in Bonn eingetroffen und vorher ziellos und verträumt durch die Gegend gefahren.«

Baltasar nickte. »Das heißt, er hätte um sieben schießen können, wäre dann gegangen und gegen halb neun wieder aufgetaucht, ja?«

»So sieht Hauptkommissar Ziegler die Sache. Goldberg war gegen acht, halb neun mit seiner Frau verabredet, wie er zugibt und wie von anderer Seite bestätigt wurde. Motiv und Gelegenheit hatte er also durchaus. Nun kommt hinzu, daß in der Wohnung, in der der Doppelmord geschah, reichlich Fingerabdrücke von Goldberg gefunden wurden, obwohl er nach seinen Aussagen die Wohnung nie betreten hat. Außerdem hat die Polizei in seiner Wohnung einen Schlüssel gefunden, und zwar einen Schlüssel zur Wohnung, in der diese Tragödie sich ereignet hat.«

Alle schwiegen einen Moment. Dann sagte Ariane nachdenklich: »Also, dieser Goldberg hätte zur fraglichen Zeit da sein können, hätte einen oder mehrere Gründe gehabt, seine Frau umzubringen, ist nie in der Wohnung gewesen, hat dort trotzdem Fingerabdrücke hinterlassen, hat einen Schlüssel – das ist doch alles ganz schön überzeugend, oder?«

Korff nickte. »Bedauerlicherweise ja. Goldberg hat zwar für alles eine einigermaßen plausible Erklärung, aber da sprechen so viele Dinge gegen ihn …«

Baltasar räusperte sich. »Wohl wahr. Es sind schon Leute für weniger gehängt worden.«

Korff blickte ihn streng an. »Bei uns gibt es keine Todesstrafe, Herr Matzbach.«

Baltasar winkte ab. »Warten Sie. Wie ich unsere Landsleute kenne, wird sie demnächst wieder eingeführt. Was sagt Goldberg denn zu den einzelnen Punkten?«

Moritz kratzte sich den Kopf. »Na, was soll er sagen? Die Fingerabdrücke, sagt er, sind leicht zu erklären. Sie sind sämtlich an Gegenständen, die bis vor ein paar Tagen noch in seiner Wohnung, beziehungsweise der gemeinsamen Wohnung, gestanden haben und die er zum größten Teil mit verpackt hat. Für den Schlüssel hat er keine Erklärung. Er meint, in der Wohnung wären noch so viele Sachen, die seiner Frau gehören und die er nicht in allen Einzelheiten kennt, dazu gehört auch der Schlüssel.«

Baltasar steckte die Hände unter den Latz der Hose und kratzte sich am Bauch. Ein häßliches Geräusch füllte den Raum. »Hat er zu seinem Motiv vielleicht auch was zu sagen?«

Moritz nickte. »Ja, und das glaube ich ihm sogar. Er sagt, er ist froh, endlich von seiner Frau getrennt zu leben. Auch, daß seine Firma Pleite gemacht hat, kratzt ihn nicht weiter. Er meint, jetzt kann er endlich mal in Ruhe ein paar Bücher lesen, mit Leuten reden und so weiter. Geldsorgen habe er nicht, zumindest keine großen. Erstens kriegt er ja Arbeitslosengeld, demnächst jedenfalls. Das ist zwar wesentlich weniger, als er bisher verdient hat, und damit kann er sich die teure Wohnung nicht mehr leisten, aber die wäre ohnehin in dieser Form und Lage und Preisklasse ein Wunsch seiner lieben Irene gewesen, und er will sehen, ob er nicht eine kleinere Altbauwohnung in der Nordstadt oder in Poppelsdorf findet.«

Baltasar grinste. »Da muß er sich aber beeilen. Wie ich die Stadtväter kenne, werden sie sich bemühen, schnell alles abzureißen, was deinen Goldberg interessieren könnte.«

Moritz grunzte. »Was das Geld angeht, fehlt noch zweitens. Er hat ein paar tausend Mark auf der Bank. Ein Teil davon läuft auf den Namen seiner Frau, deshalb hatte er sich mit ihr am Donnerstag verabredet, um das alles auseinanderzupusseln. – So, das wär's. Oder hab ich was vergessen, Herr Korff? Nein? Na gut. Was hältst du davon, Baltasar?«

Matzbach zündete sich eine Zigarre an. »Im Moment noch nichts«, sagte er paffend. »Ich müßte erst ein bißchen mehr wissen. Was hat die Frau gemacht, was hat Goldberg gemacht, bevor er arbeitslos wurde, wie lange waren die beiden verheiratet, wer ist der Nachfolger gewesen und so weiter.«

In den folgenden Minuten erfuhr er weitere Einzelheiten. Als die Rede auf die Boutique kam, runzelte er die Brauen. »Hm, gleich zwei Uhr, das ist zu spät für heute. Oder kennt ihr die Adresse von dem Mädel? Gibt es Telefon in dem Laden?«

Korff zückte sein Notizbuch. »Ja. Die Nummer ...«

»Moment. Darf ich?« Als Ariane nickte, verblüfft ob der jähen Aktivität und noch mehr ob der jähen Höflichkeit, stand Baltasar auf und ging zum Telefon. Korff nannte die Nummer; Baltasar wählte und sprach mit der Verkäuferin, die auf Anweisung des von Andreas mit der einstweiligen Führung der Geschäfte betrauten Anwalts die Boutique bis auf weiteres allein leitete. Er verabredete sich mit ihr für den frühen Abend. Nachdem er aufgelegt hatte, watschelte er wieder zu seinem Sessel zurück.

»So«, sagte er, »wo waren wir stehengeblieben?«

Korff berichtete weiter. Bei der Erwähnung der Anwaltskanzlei in der Nordstadt öffnete Baltasar die Augen.

»Ha, die kenne ich, alle drei. Ich wohne ja da in der Gegend, und manchmal treiben die sich sogar in Kneipen rum. Wen hat's denn erwischt? Den schönen Robert Naumann? Ist das die Möglichkeit!« Er klatschte in die Hände.

Korff blickte ihn tadelnd an. »Ich finde das reichlich geschmacklos, Herr Matzbach.«

Baltasar betrachtete ihn freundlich. »Ich glaube, zwischen uns beiden wird noch einmal eine innige Freundschaft entstehen, Herr Jurist. Haben wir jetzt alles?«

Moritz schüttelte den Kopf. »Nein, es gibt noch etwas. Andreas sagt, er hätte auf der Fahrt nach Bonn getankt. Er kann sich aber nicht mehr erinnern, wo, und eine Quittung hat er natürlich auch nicht. Er weiß nicht mehr, wo er im einzelnen gewesen ist. Es war ein schöner Morgen, und ihm war so fröhlich ums Herz, und da ist er einfach der Nase nach gefahren.«

Baltasar machte »ts ts ts«, indem er seine Zunge unappetitlich laut vom oberen Gaumen entfernte. »Wenn man wüßte, wie seine Nase aussieht, könnte das schon helfen. Hat Ziegler das nicht überprüft?«

Korff hob die Schultern. »Lieber Herr Matzbach, trotz aller Pleiten in den letzten Jahren gibt es in diesem Land noch immer viel zuviel Tankstellen. Angeblich wurden gestern alle fraglichen Tankstellen an allen in Frage kommenden Straßen zwischen Westerwald und Bonn abgeklappert, aber ohne Ergebnis.«

Matzbach betrachtete ihn mißmutig. »Ich verbitte mir weitere Intimitäten der Form ›Lieber Herr Matzbach‹«, sagte er. »Nun habe ich mich ja in einem Anfall geistiger Umnachtung, die sich bei mir wie bei den meisten Leuten in hemmungsloser Aktivität äußert, mit dieser Verkäuferin verabredet, aber eigentlich weiß ich gar nicht, was das alles soll. Glaubt einer von den Anwesenden daran, daß Goldberg unschuldig ist?«

Korff schwieg; man sah, daß ihm sein eigenes Schweigen peinlich war. Schließlich ging es um seinen Mandanten. Ariane wiegte den Kopf hin und her.

Moritz ermannte sich. »Ich bin überzeugt davon. Ich kann mir Andreas nicht als Mörder vorstellen. Zweitens – das gerade war erstens –, also zweitens hat er keine Schußwaffe.«

Baltasar lachte. »Das ist ein tolles Argument. Was glaubst du, wie viele Leute in diesem unserem Lande« – dabei steckte er, in der Manier eines lästigen Politikers, die Zunge zwischen die Zähne und betonte dehnend das ›n‹ – »mit unregistrierten Waffen rumlaufen und wie leicht es ist, eine zu bekommen, wenn man will?«

Korff sagte: »Ich wüßte gern, ob Sie etwas zu unternehmen gedenken, Herr Matzbach.«

Baltasar faltete die Hände wieder hinter dem Kopf, was Ariane mit einem leisen Stöhnen quittierte. »Ich glaube eigentlich nicht, daß ich etwas tun werde«, sagte er halblaut. »Sehr zu meiner eigenen Enttäuschung, übrigens. Ich hatte mich schon richtig gefreut, daß wieder mal etwas los ist, aber das sieht doch alles zu klar aus. Vielleicht wäre es anders, wenn ich mit diesem Goldberg befreundet wäre und aus persönlichen Gründen an seine Unschuld glauben müßte. Aber so, wie es ist, kann ich nur den armen alten Lichtenberg verfremden: Ich habe mit Goldberg nicht jahrelang in einerlei Nachtgeschirr gepisset und kann also nicht sagen, was an ihm ist.«

Moritz sprang plötzlich auf. »Ich hab noch was für dich, Dicker. Vielleicht ist es sinnlos, wahrscheinlich ist es irrsinnig, aber immerhin. Eine persönliche Information zum Thema Goldberg.«

Baltasar betrachtete ihn mißtrauisch. »Keine Variation, hoffe ich.«

»Was? Ach so, du Kalauer. Nein. Etwas, was dich interessiert oder wenigstens interessieren sollte. Andreas hat ein Haustier.«

Baltasar stöhnte und blickte auf die Uhr. »Wer Kinder und Tiere haßt, kann nicht ganz schlecht sein. Wer Haustiere hält, tötet auch seine Frau. Ich glaub, ich ruf die Verkäuferin an und sag die Verabredung wieder ab.« Er stand auf.

Moritz hob die Hand. »Moment noch. Es ist kein gewöhnliches Haustier.«

Matzbach kniff die Brauen zusammen. »Was denn? Hat er ein Mastodon im Garten?«

»Nein, das nicht. Sein Haustier flucht.«

Matzbach legte den Kopf schief. »Was tut es? Es flucht?«

»Richtig, und zwar geläufig. Außerdem ist es mindestens genauso bösartig wie du.«

»Ich, bösartig? Pah. Nun sag schon, was mit dem Tier los ist«

Moritz grinste. »Andreas hat einen alten, räudigen Raben. Der flucht und ißt gern Kaviar mit Marmelade oder Erdbeertörtchen mit Senf.«

Baltasar strahlte. »Ein erfreuliches Tier. Fast neige ich dazu, an die Unschuld dieses Mister Goldberg zu glauben. Hast du noch was dazu zu sagen?«

Moritz nickte triumphierend. »Ja. Der räudige Rabe mit dem widerlichen Geschmack heißt Poe.«

Baltasar atmete tief durch. »Alles klar. Dann ist Goldberg unschuldig.«

5.

Die abendliche Unterhaltung mit der Verkäuferin Sylvia überließ Baltasar mit Vergnügen Ariane, die keine Lust hatte, zu Hause zu bleiben. Mit Vergnügen insofern, als Sylvia bei Baltasars Anblick in schallendes Gelächter der Kategorie »höhnisch« ausbrach. Er begab sich daraufhin in die nächstgelegene Kneipe und meditierte in einen Wein hinein, bis Ariane zu ihm stieß.

Nachdem sie sich gesetzt und ebenfalls einen Wein bestellt hatte, sagte sie: »Ist nicht viel bei rausgekommen.« Sie musterte Baltasar spöttisch. »Nach deinem ekelhaften Benehmen heute nachmittag gönne ich dir eigentlich das Gelächter dieser Dame von Herzen.«

Baltasar verneigte sich im Sitzen. »Ich danke dir für deine freundlichen Widmungen. Du labst meine Seele. Deine Worte gehen mir runter wie warme Galle.«

Ariane nickte. »So soll es auch sein. – Sie weiß nichts. Außer einer kleinen Sache, die vielleicht ganz interessant sein könnte.«

Baltasar spielte mit seinem Feuerzeug und wartete.

»Dieser Robert Naumann hatte Mittwoch abend einen wichtigen und reichlich geheimnisvollen Termin, von dem er sich viel versprach. Er hat, kurz vor Goldberg, im Laden angerufen und Irene Goldberg mitgeteilt, daß er deswegen nicht mit ihr essen oder sonstwas könnte.«

Baltasar verschränkte seine Hände und stützte sein Kinn auf den derart gebildeten Hügel. »Aha.« Nach einer kleinen Pause setzte er hinzu: »Ich begreife eine ganze Reihe von Dingen nicht.«

Ariane klatschte in die Hände. »Das ist aber schön. Der

allwissende Matzbach begreift etwas nicht. Daß ich das noch erleben durfte!«

Baltasar grinste. »Hab ich dir wieder eine kleine Freude bereitet? Ernsthaft: Da ist einmal die Geschichte mit der Tankstelle. Ich kann mir zwar vorstellen, daß jemand morgens früh bei schönem Wetter völlig verträumt durch eine Landschaft fährt und nicht mehr genau weiß, wo er überall gewesen ist. Aber bei dem Polizeiaufgebot in dieser Republik müßte das doch feststellbar sein. Immerhin kommen zur Zeit auf einen Kommunisten hierzulande ungefähr hundert Polizisten.«

Ariane nickte. »Das mag wohl sein, aber Goldberg ist kein Kommunist. Warum sollte man also hundert Polizisten mit der Überprüfung seiner Ausflüge beauftragen?«

Baltasar runzelte die Stirn. »Dann kommt noch hinzu, daß, wenn eine Boutiquenbesitzerin und ein Rechtsanwalt ermordet werden, und zwar im Bett des Anwalts, man nicht unbedingt davon ausgehen muß, daß die Schüsse der Dame gelten.« Er kniff die Augen zusammen, bis sie aussahen wie die eines angetrunkenen Stachelschweins. »Ich denke mir da etwas Simples und Unerfreuliches. Die Bonner Kripo ist personell unterbesetzt und überbelastet. Daher ist es verwunderlich, daß überhaupt Ergebnisse zustande kommen, und nicht, daß Fälle ungeklärt bleiben. Ich könnte mir denken, daß unser Freund Ziegler den vorbeispazierenden Andreas Goldberg, der ein Motiv und kein Alibi hat, am liebsten knutschen würde. Damit hat Ziegler einen Spatz in der Hand. Warum soll er aufs Dach klettern und Ringeltäubchen suchen?«

»Fühlst du dich nicht wohl?«

»Wieso?«

»Na, deine Bilder! Was haben Spatzen und Tauben mit Morden zu tun? Du hast schon bessere Vergleiche erfunden. Und du hast schon andere Leute für derartige Vergleiche, wie du eben einen produziert hast, der Sprachlosigkeit geziehen.«

Baltasar schob die Unterlippe vor. Er sah aus wie ein trotziges Kind nach einer Tracht Prügel. »Ah bah. So fallen meine gestrigen Tugenden heute in Form gegenwärtiger Laster auf mein schütteres Haupt. Vielleicht sollte ich auswandern und in Australien Bumerangschnitzer werden. Also: Goldberg ist das friedliche Täubchen auf dem First, und Ziegler verkneift sich die Suche nach dem tückischen Sperber auf der Wolke. Zufrieden?«

Ariane nickte, ohne eine Miene zu verziehen.

Baltasar fuhr fort: »Wenn ich das Gerede von Moritz und diesem Korff richtig verstanden habe, sind beide der Meinung, daß Ziegler die Sache im Prinzip für erledigt hält und keine großen Anstrengungen macht, in anderen Richtungen zu suchen. Hm. Was kann man machen, was soll man tun? Wenn dieser Rabe namens Poe nicht wäre, könnten wir in Urlaub fahren.«

Ariane lachte. »Das Tier scheint es dir ja angetan zu haben. Aber in Urlaub fahren können wir ohnehin nicht sofort. Eine oder zwei Wochen muß ich schon noch durchziehen, es liegt zuviel Unerledigtes auf meinem Schreibtisch.« Sie spielte mit dem Stiel ihres Weinglases. »Was hast du denn in den nächsten Wochen zu tun?«

Baltasar hüstelte geziert. »Ich habe zwei Runden Vorsprung mit meinem Kummerkasten. In der nächsten Woche könnte ich noch zwei Folgen von *Frau Griseldis* fertigmachen, um ungestört mit dir spazierenzufahren. Andererseits ...«

»Andererseits was?«

»Andererseits habe ich in diesem Jahr des Unheils noch nicht so viel Pengö auf die Seite gebracht, daß ich die Zinseszinsen meines Vermögens in Keuschheit ruhen lassen könnte.«

»So so. In Keuschheit?«

»Nein, eigentlich nicht. Irgendwas stimmt heute mit meinem Sprachbeutel nicht. Ich glaube, er ist leck. Die Dinger sollen sich natürlich vermehren, und auch in der Finanzwirtschaft ist Jungfernzeugung unüblich. Obwohl«, sagte er nachdenklich, »die langfristigen Planungen des zuständigen Ministers so aussehen, als ob er ganz fest mit der unbefleckten Vermehrung nicht vorhandener Gelder rechnete.«

»Nun labert Er wieder. Hat Er sonst nichts zu tun? Wo hat Er denn eigentlich die Schallgrenze oder Zinsgrenze oder was auch immer angesetzt?«

»Oh, sagen wir das mal so: Jenseits jeder beliebigen sechsstelligen Jahreseinnahme mache ich mir keine Sorgen.«

Ariane lachte. »Wie, und das hast du noch nicht erreicht?«

»Nein, es fehlen noch kleinere Sümmchen.«

Sie beugte sich vor. »Ich meine, es geht mich ja auch gar nichts an, aber ich will ehrlich zugeben, daß ich keine Ahnung habe, wovon du eigentlich lebst.«

Baltasar nickte. »Das frage ich mich auch. *Frau Griseldis* allein macht den Matzbach nicht fett.«

»Dafür frißt du dich ganz schön rum, oder?«

Baltasar klopfte sich auf den Bauch. »Das sind alles erstklassige Rohstoffe, und selbst angegessen. Pah. Ich wollte gerade etwas über die traurige Tatsache sagen, daß man als erstklassiger Kriminalist nicht leben kann.«

»Ha, ha, ha«, machte Ariane. »Du bescheidenes Kerlchen. Vor einem Jahr hast du durch Zufälle und die Hilfe deiner Freunde etwas herausgekriegt. Du konntest doch selbst nichts dafür. Und schon hält er sich für einen erstklassigen Kriminalisten!«

Baltasar spielte mit einer seiner Zigarren. »Das«, sagte er finsteren Gesichts, »klärt die Sache. Ich will nicht davon sprechen, daß zwischen uns eine gewisse Spannung zu bestehen scheint, die nicht mit der Kriminalistik, sondern viel mit einem gewissen Gespräch heute früh zu tun haben dürfte. Nein, darüber schweige ich mich aus. Ich rede auch nicht davon, wie du hörst, daß ich alles, was ich anfange, zu einem beachtlichen Ende bringe. Es sei auch fern von mir, etwa zu behaupten, daß ich begabt bin. Nein, von alledem wollen wir taktvoll schweigen. Aber deine Trotzigkeit bewegt mich dazu, etwas anzukündigen.« Er starrte ihr düster in die Augen. »Ich werde«, sagte er, »nicht nur beweisen, daß dieser Goldfisch unschuldig ist, sondern auch, wer die böse Sache vollzogen hat. Ich habe gesprochen. Howgh.«

»Ich bin beeindruckt von deiner redseligen Verschwiegenheit. Und wie willst du das alles anstellen?«

»So, wie jeder erstklassige Kriminalist in diesem Lande es machen muß. Leben kann man nicht davon, es sei denn als Polizist. Und um Dinge zu tun, für die nach den hiesigen Gesetzen die Ermittlungsbehörden zuständig sind, muß man diese Gesetze umgehen. Ich werde genau das tun. Zahlen!«

Ariane äußerte noch eine Reihe hämischer Einwände und Kommentare; es gelang ihr jedoch nicht, Baltasar in irgendeiner äußerlich erkennbaren Weise zu beeindrucken. Galant öffnete er ihr die Kneipentür, danach die Beifahrertür seiner schwarzen Pallas. Nachdem er sich hinter das Lenkrad geklemmt hatte, knurrte er: »Ein neues Auto brauche ich auch demnächst. Alles geht schief. Buhuh.«

Ariane tätschelte sein Knie, was zu heftigem Gasgeben führte. Der Wagen machte einen Satz.

»Armer Kleiner«, sagte sie, »was fehlt denn dem Mobil?«

Baltasar seufzte. »Nur, daß es in die Jahre kommt und daß dieser dumme Verein seit 1974 keine Autos mehr baut, die ich zu fahren bereit bin. Hier sitzt man wie in Omas Wohnzimmer. Die neuen Dinger sind eine Art Parterre-Helikopter mit Rundum-Armaturen. Ich glaube, ich steige auf Pferd und Karosse um.«

Schweigend steuerte er durch die Bonner Nacht. Als sie vor Arianes Wohnung in Plittersdorf parkten, stellte sie fest, daß ihr Wagen – und mit ihm ihr Töchterlein – durch Abwesenheit glänzte.

»He he«, sagte sie, »das sieht so aus, als hätten wir zur Abwechslung die ganze Wohnung für uns.«

Baltasar stellte den Motor ab und betrachtete sie mißtrauisch von der Seite. »Was heißt das? Willst du einen nächtlichen Hausputz vornehmen, aufräumen oder so was?«

»Nein«, sagte sie lächelnd, »nichts dergleichen. Aber wir haben ausreichend Platz und Ruhe für eine Versöhnung.«

Sie stiegen aus. Kurz vor der Haustür seufzte Baltasar. »Na ja«, sagte er, »das Fernsehprogramm wird immer mieser. Was bleibt einem da noch übrig?«

Spät nachts tauchte Evelyn wieder auf. Sie musterte Ariane und Baltasar, die in lockeren Gewändern am Tisch saßen und Dame spielten, mit einem leichten Grinsen. Sie selbst sah ein wenig derangiert aus und war überaus fröhlich.

Baltasar zwinkerte ihr zu. »Na«, sagte er, »du solltest, glaube ich, eine Zitrone pressen und unverdünnt und ohne Zucker trinken.«

Evelyn schüttelte sich. »Wozu?«

»Das würde dich zwar nicht wieder in den Stand der Heiligkeit versetzen, aber immerhin dein seliges Grinsen vertreiben.«

»Soll ich in die Küche gehen und drei Zitronen pressen?«

»Ungezogenes Balg«, sagte Ariane. »Du solltest weniger reden und dafür lieber Kaffee machen.«

»Nachts um zwei?«

Baltasar nickte. »Ich leide, wie jedermann auf den ersten Blick sehen kann, an niedrigem Blutdruck. Ohne Kaffee kann ich nicht schlafen.«

Evelyn bewegte die Lippen und sagte etwas Unhörbares. Dann schaltete sie die Stimme wieder zu. »Na ja, gut, weil ihr's seid.« Sie verschwand in der Küche.

Bei Kaffee verfolgte sie die letzten Züge der Partie Dame, die mit einem totalen Sieg Arianes endete. Plötzlich sagte sie mit der Andeutung eines Kicherns in ihrer Stimme: »Ratet mal, wen ich heut abend getroffen habe.«

Als keiner antwortete, gab sie die Lösung bekannt: »Moritz und Edgar samt Begleitungen.«

»Ah«, sagte Baltasar, »der windige Reporter und der eminente Gynäkologe. Wo war das?«

Evelyn erwähnte eine Kneipe in Bonn, in der Nähe der Argelanderstraße. »Und ratet mal, worüber sie sich unterhalten haben.«

»Die Großwetterlage«, schlug Ariane vor.

Evelyn schnitt eine Grimasse. »Nee, über euch.«

Baltasar schlürfte mit etwa 95 Dezibel an seinem Kaffee. »So, über uns. Das war bestimmt sehr interessant. Haben die Zuhörer applaudiert?«

»Nein, geweint. – Im Ernst: Moritz hat etwas von einem neuen Fall erzählt. Er wäre heute früh hier gewesen.«

»Wer? Der Fall?«

»Nein, Moritz. Baltasar, du bist schrecklich. Das muß gewesen sein, als ich einkaufen war, stimmt's?«

»Du hast dich ja lange genug mit dem Einkaufen aufgehalten«, murrte Ariane.

Baltasar schlürfte abermals. »Und was«, sagte er schlabbernd, »wußte der windige Reporter, diese Plapperschlange, zu berichten?«

»Er hat gesagt, du würdest in Sachen Mord wieder aktiv.«

»Das«, sagte Baltasar empört, »hat er gesagt? In Sachen Mord aktiv werden! Pah. Er soll sich vorsehen, daß er nicht Opfer meiner Aktivitäten wird.«

Evelyn lachte. »Er drückte das anders aus. Er sagt, er will morgen früh, also heute, ins Bonner Münster zur Messe eilen und eine Kerze anstecken. Verbunden mit der Bitte an sämtliche Bewohner des Olymp, ihn diesmal zu verschonen.«

Baltasar zündete sich eine Zigarre an und spuckte einen Tabakkrümel auf den Boden. »Das kann er haben. Nie wieder, jedenfalls nicht bald, werde ich ihn in die Geheimnisse meiner aufregenden Nachforschungen einweihen.«

»Römertopf hat so ähnliche Wünsche geäußert.«

»Die Kanaille.«

»Er will in den nächsten Tagen das Telefon nicht beantworten, egal, wie oft du es klingeln läßt.«

Ariane grinste spöttisch. »Armer Baltasar. Moritz hat dir das eingebrockt und will nun nichts davon wissen. Der gute Edgar hat wahrscheinlich wieder viel zu nette Patientinnen, die er auch in der Freizeit umhegen muß. Und der freischaffende Autor ist auf Tauchstation gegangen, damit du ihn nicht findest. Wie willst du, ohne Hilfe deiner lieben Freunde, diesen Fall klären? Gib doch auf. Am Ende mußt du richtig arbeiten dabei. Beim letzten Mal hattest du ja deine Laufburschen.«

Baltasar schuf eine urweltliche Qualmwolke, die immer mehr einem Drachen ähnelte, je näher sie der Decke kam. Bevor die optische Bedrohung konkret hätte werden können, verging das Spektakel.

»Bah«, sagte er, »und abermals bah. Morgen, nach dem Frühstück, also heute demnächst, werde ich euch verlassen. Dann werdet ihr mich ein Weilchen nicht sehen, und ich werde in einsamer Schlacht wider das Böse fechten.« Nachdenklich setzte er hinzu: »Obwohl es mich beruhigt, daß auf meine Freunde kein Verlaß ist. Mein Glaube an das Schlechte im Menschen wäre sonst arg erschüttert worden. Aber es gibt ja noch mehr freiwillige Zwangsrekruten.«

Nach dem Frühstück verabschiedete sich Baltasar und fuhr in die Nordstadt, zu seiner chaotischen Behausung. Er fahndete nach einem Notizbuch, in dem mehrere Telefonnummern standen, die er sich nicht merken konnte. Zunächst räumte er die Schreibmaschine beiseite, indem er sie auf den Boden stellte. Dann verschob er einen Stapel beschriebener Blätter, die beiden nächsten Folgen seiner *Frau Griseldis.* Dabei stieß er eine Bücherpyramide um, die sich krachend in Einzelteilen auf eine Batterie leerer Weinflaschen stürzte, deren eine zerbrach. Als er sich bückte, um die größeren Splitter aufzuklauben, brachte er mit dem Gesäß eine Stehlampe aus dem Gleichgewicht, die in ihrem Untergang seinen Eßtisch vom schmutzigen Geschirr der vergangenen Woche befreite. Von dem Lärm verschreckt, schnitt er sich den Finger an einer Glasscherbe. Nörgelnd richtete er sich auf, betrachtete das Panorama und warf einen hilfeheischenden Blick auf Boschs *Garten der Lüste* an der Wand über dem Sofa. Danach räumte er auf. Nach etwa einer Stunde, als er wieder treten konnte, ohne sich die Beine zu brechen, wischte er sich Schweiß und Staub von der Denkerstirn und schmiß die Kaffeemaschine an. Erneut suchte er sein Notizbuch. Er fand es schließlich unter einem Stapel von Schallplatten, meterweit entfernt vom Schreibtisch.

Als ersten versuchte er. Römertopf zu erreichen. Der häßliche Gynäkologe mit den angewachsenen Ohrläppchen war entweder nicht zu Hause, oder er hatte tatsächlich beschlossen, kein Telefonat anzunehmen. Seufzend probierte Baltasar es mit Moritz. Auch hier meldete sich niemand. Als dritten rief er einen gewissen Haefs an, der sich aber hütete, ans Telefon zu gehen. Dann fiel ihm der arbeitslose Philosoph und Volleyballfreak Henry Hoff ein. Auch dort nichts.

So umfing ihn jähe Ratlosigkeit ob der fruchtlosen Bemühungen, und in dieser zerbrechlichen Stimmung empfand er es als eine Erlösung, daß er vom Aufräumen schmutzig und verschwitzt war.

»Wenn man nicht weiß, was man tun soll, soll man nichts tun«, murmelte er. »Napoleon. Wenn man nicht weiß, was man unterlassen soll, sollte man sich waschen. Matzbach. Häh.« Pfeifend begab er sich ins Bad, riß sich die Kleider vom Leib und hüpfte wie eine Gazelle unter die Dusche.

6.

Ganz wider seine Gewohnheiten erhob Baltasar sich am frühen Montagmorgen zu einer unchristlichen Zeit, gegen acht Uhr. Im Verlauf eines notdürftigen Frühstücks – er frühstückte etwa so, wie eilige Menschen Bücher lesen: diagonal – sortierte er noch einmal die Einzelheiten, die ihm bisher bekannt waren. Mehrere abendliche Telefonate hatten ihm zwar keine weiteren Kenntnisse eingetragen, dafür aber, immerhin, einen relativ frühen Termin mit den beiden überlebenden Anwälten.

Kurz vor neun drückte er den Klingelknopf. Eine junge Dame, die kurz vorher in den Schminktopf gefallen sein mußte, öffnete ihm die Tür und bat ihn in die Praxis. Die beiden juristischen Gentlemen harrten seiner bereits, tranken Kaffee und beredeten wahrscheinlich die anstehenden Unordnungen des Tages.

»Ach, Sie sind das«, sagte der größere der beiden, als Matzbach sich mit seinem Nachnamen vorstellte. »Sie hatten ja am Telefon schon gesagt, daß wir uns aus den Kneipen hier in der Ecke kennen, aber ich konnte mit dem Namen kein Gesicht verbinden. Von Schlamm. Das ist mein Partner Curtius.«

Von Schlamm war etwa so groß wie Baltasar, also knapp unter einsneunzig, halb so feist, mit blondem Schopf, der sich zu lichten begann, und einem Gesicht, das kantig wirkte, bis auf das eher rückwärts orientierte Kinn. Curtius, ein wenig kleiner und schlank, dunkelhaarig, machte auf den zweiten Blick den besseren Eindruck; er überließ offenbar das Reden seinem Kollegen und zog zurückhaltendes Denken vor.

»Na«, sagte Baltasar, nachdem er sich gesetzt hatte, »kommen wir doch am besten gleich zur Sache.«

»Möchten Sie einen Kaffee?« sagte Curtius. »Nicht, daß ich ablenken will, aber es ist ja noch sehr früh.«

»Sie haben also Zweifel an der derzeitigen Meinung der Bonner Kriminalpolizei«, sagte von Schlamm.

»Kaffee.« Baltasar nickte und blickte von einem zum anderen. »Ich weiß nicht, wie Sie zu der Sache stehen ...«

Curtius lachte kurz und hart. »Na, wie wohl. Wir sind natürlich begeistert. Allerdings frage ich mich, was Sie mit der Affäre zu tun haben und was Sie von uns erwarten.«

Baltasar faltete die Hände über dem Bauch und betrachtete die beiden friedlich, aber ohne jede Zuneigung.

»Das will ich Ihnen sagen, und zwar zunächst in Kürze. Ich glaube nicht, daß Schüsse, die auf einen Anwalt und seine Geliebte abgefeuert werden, und zwar zu einer Zeit, wo beide sich im Bett des Anwalts befinden, unbedingt der Geliebten gelten müssen. Für die Kripo ist Herr Goldberg, der mit seiner Noch-Frau verabredet war und kurz nach dem Mord vor dem Haus auftauchte, natürlich ein Himmelsgeschenk. Mir erscheint diese Erklärung allzu plausibel und einfach. Ich könnte mir eher denken, daß jemand etwas gegen Ihren Kollegen Naumann hatte und daß die Dame nur eine Art Zugabe war.«

Von Schlamm rümpfte die Nase. Die Sekretärin brachte den Kaffee und zog sich wieder zurück. Als die Tür sich geschlossen hatte, sagte von Schlamm: »Sie drücken das ein bißchen salopp aus. Vielleicht haben Sie recht, aber so, wie es jetzt aussieht, hat die Polizei für ihre Annahme etliche gute Gründe. Sie dagegen gehen von einer reinen Möglichkeit aus, für die nichts als eben die Möglichkeit spricht.«

Baltasar nickte. »Bis jetzt, ja. Nun habe ich aber erfahren, daß Ihr verblichener Kollege in den letzten Wochen mehrfach, und zwar jeweils relativ spät am Abend, berufliche

Verabredungen hatte. Die Verkäuferin in der Boutique, die Frau Goldberg gehörte, sagte, ihre Chefin hätte am Mittwoch abend, kurz vor Geschäftsschluß, mit Naumann telefoniert; danach hätte sie, ein bißchen mürrisch, gesagt, das sei nun wieder eine von diesen dusseligen, späten Verabredungen. Er meinte, es wäre wichtig und geheim, aber wenn es was würde, könnte es ein Knüller werden.«

Curtius und von Schlamm wechselten Blicke. Dann sagte von Schlamm: »Merkwürdig. Sehen Sie, wir hocken im Moment in einem Raum, weil wir etwas zu besprechen hatten und weil wir auf Sie gewartet haben. Normalerweise arbeitet jeder von uns in seinem eigenen Zimmer. Die meisten Dinge laufen getrennt ab. Außer wenn es Probleme gibt oder etwas passiert, was alle interessiert. Wir wissen also in der Regel nicht, was die anderen gerade bearbeiten, wenn es nicht bei Beratungen zur Sprache kommt. Ich muß gestehen, was Sie da erzählen, ist mir völlig neu.«

Curtius nickte. »Ich habe auch keine Ahnung, was das bedeutet. Sind Sie sicher, daß man sich auf diese Verkäuferin verlassen kann?«

Baltasar grinste. »Zumindest was Klatsch angeht. Goldbergs Anwalt bestätigt das. Sie muß ungeheuer neugierig sein und alles, was sich einigermaßen interessant anhört, wie ein Schwamm aufsaugen.«

»Tja«, sagte von Schlamm, »vielleicht kann man das klären.« Er klingelte die Sekretärin herbei. »Sagen Sie, wer hat in der letzten Zeit Naumanns Termine notiert, Telefonate und so weiter?«

Die junge Dame überlegte. »Einige habe ich angenommen und aufgeschrieben, die meisten hat, glaube ich, Kirsten mitbekommen.« Sie lächelte leicht verlegen. »Ich war ja ein paar Tage krank ...«

Curtius blickte von Schlamm an. »Tja, vielleicht sollten wir uns das wenigstens ansehen. – Bitten Sie doch Kirsten, mit allen wichtigen Terminkalendern, Telefonblocks und so weiter reinzukommen.«

Die andere Sekretärin erschien relativ schnell. Sie war noch ein bißchen jünger und noch ein bißchen stärker geschminkt als die erste. Sie schien den Sonntag in fröhlicher Feier verbracht zu haben; unter der Schminke sah sie schlecht aus und hatte tiefe Ringe unter den Augen, kaum verdeckt von einem satten Grün aus den Tiegeln der kosmetischen Industrie.

»Fräulein Roth«, sagte Curtius, »was können Sie uns über Naumanns Termine der letzten paar Wochen sagen?«

Fräulein Roth setzte sich auf den angebotenen Stuhl und begann zu blättern. »Nun«, sagte sie gedehnt, »einmal die üblichen Geschichten. Gerichtstermine und so weiter; dann hat er mir eine Reihe von Briefen diktiert …«

Curtius bat sie, alle für die Termine der letzten sechs Wochen wichtigen Unterlagen herbeizuschaffen.

Während sie die Unterlagen zusammensuchte, wandte Curtius sich wieder an Matzbach. »Sie nehmen also an, daß die Schüsse Naumann allein galten und weder amouröse noch finanzielle Gründe hatten?«

Baltasar wiegte den Kopf hin und her. »So kann man das nicht sagen. Ich halte es nur für möglich, daß nicht Goldberg der böse Bube ist, sondern jemand, der andere und bessere Gründe hatte, auf Naumann zu schießen. Vielleicht spielt dabei auch Geld eine Rolle, wer weiß?«

Von Schlamm zündete sich eine Zigarette an und hustete. »Im Prinzip glaube ich zwar nicht daran, daß Goldberg es nicht war. Es ist aber zumindest seltsam, daß der ermittelnde Hauptkommissar es bisher nicht für nötig gehalten hat, Naumanns berufliche Aktivitäten der letzten Zeit wenigstens anzutippen. Da haben Sie schon recht, Herr Matzbach.«

Curtius stützte die Ellenbogen auf den Schreibtisch und faltete die Hände unterm Kinn. »Im Moment ist das alles

Theorie. Aber wenn wir von der Möglichkeit ausgehen, daß der Mord etwas mit Naumanns Terminen zu tun haben könnte, bringt uns das natürlich in eine unangenehme Lage.«

Von Schlamm runzelte die Stirn. »Wieso?«

»Ganz einfach. Wenn es so ist, dann werden wir vielleicht in den nächsten Wochen beim Aufarbeiten all der Dinge, die der Kollege uns hinterlassen hat, über etwas stolpern, was uns möglicherweise der gleichen Gefahr aussetzt.«

Von Schlamm machte eine wegwerfende Handbewegung. »Alles Unsinn. Nun mach nicht aus einer Mücke einen Elefanten.«

Sie schwiegen. Die junge Dame ließ auf sich warten. Curtius betrachtete Matzbach neugierig.

»Wenn Sie eine persönliche Frage erlauben: Wieso interessiert Sie die Sache, wie kommen Sie zur, hm, Kriminalistik, und was machen Sie sonst?«

Baltasar zündete sich umständlich eine Zigarre an. »Ich bin von einem Freund gebeten worden, mich um die Sache zu kümmern. Er ist seinerseits mit Goldberg befreundet und schwört, daß der es nicht gewesen sein kann. Ich habe letztes Jahr durch Beharrlichkeit der Absichten und Klarheit des Geistes einen verzwickten Fall geklärt, und seitdem halten einige Leute mich für einen begabten Kriminalisten. Damit, im Vertrauen gesagt, unterschätzen sie mich in beleidigender Weise.«

Die beiden Anwälte lachten. Das Eintreten von Fräulein Roth enthob Baltasar der Pflicht, mehr über sich zu erzählen. Sie stapelte Akten auf den Schreibtisch, hinter dem Curtius saß, der seine Ellenbogen von der Platte nehmen mußte. Fräulein Roth nahm den Terminkalender in die Hand und las Daten und Namen vor, gab Stichwörter und verwies auf Durchschriften von Briefen, amtliche Schriftstücke etc. In vielen Fällen war entweder Curtius oder von Schlamm in der einen oder anderen Weise beteiligt oder zumindest informiert. Nach etwas mehr als einer Stunde hatten sie den Berg abgetragen.

Curtius rieb sich den linken Nasenflügel. »Na ja, viel ist nicht dabei herausgekommen. Nur diese paar Namen hier.«

Baltasar betrachtete die Liste, die er nebenher angefertigt hatte. Sie enthielt fünf Namen.

»Nun, immerhin. Fünf Leute, über die sonst nichts in den Unterlagen zu finden ist. Können Sie mir etwas über sie erzählen?« Er las den ersten Namen auf der Liste vor: »Hermann Albring.«

Curtius und von Schlamm verneinten. Fräulein Roth runzelte die Stirn, bis ein Teil der Schminke fast abbröckelte.

»Ich glaube, mich erinnern zu können«, sagte sie langsam, »daß Herr Naumann mal was von einem Journalisten gemurmelt hat.«

»Haben Sie ein Telefonbuch?« sagte Baltasar.

Nachdem sie es geholt hatte, riß er es an sich und begann zu blättern. »Aha. Hier haben wir ihn. Albring, Hermann, fr. Journalist – fr. heißt wahrscheinlich frisch, fromm, frivol, fröhlich oder frei, eh? Schauen wir doch mal, ob es die anderen auch gibt. Telefonbücher sind eine interessante Lektüre; man weiß nie genau, wie es ausgeht. – Aha. Fricke, Lorenz, MinRat. Ob das *der* Fricke, Lorenz ist? Jedenfalls der einzige im Buch.«

Er notierte sich in beiden Fällen Adresse und Telefonnummer.

»So«, sagte er munter, wobei er die wartenden Anwälte kurz anblickte, »machen wir weiter. Baginsky, Christine – auch nur eine solche vorhanden. Sehr schön. Vorwaldt, Roland – so, da gibt es keinen. Entweder hat er kein Telefon, oder er wohnt nicht in Bonn. Haben Sie häufig Klienten von außerhalb?«

Von Schlamm schüttelte den Kopf. »Kommt gelegentlich vor, aber nicht oft. Manchmal haben Leute Gerichtstermine in Bonn, weil sie hier was Böses getan haben, und es wäre zu teuer, ihre eigenen Anwälte aus Flensburg oder Garmisch mitzubringen. Aber sonst? Na ja, vielleicht der eine oder andere Fall aus der Umgebung. Sie wissen schon, Leute vom Dorf oder aus kleinen Orten in der Nähe, wo es keine Anwälte gibt. Die suchen uns dann aus dem Branchenverzeichnis heraus.«

Baltasar nickte. »Ich glaube Ihnen, daß das ein seltener Fall ist«, sagte er. »So, wie Sie heißen – wenn ich einen Anwalt brauchte, würde ich bestimmt keinen namens Schlamm nehmen, und dann auch noch ›von‹.«

Von Schlamm fand das gar nicht komisch, während Curtius grinste.

»So, der letzte; Stücker, Eduard, auch vorhanden.« Er klappte das Telefonbuch wieder zu. »Sagen Sie, Fräulein Roth«, sagte er dann sanft, »erinnern Sie sich bei diesen Namen noch an andere Einzelheiten?«

Sie konzentrierte sich sichtbar. Neben ihrem linken Auge löste sich ein kleines Bröckchen Putz von der Fassade und zerschellte auf dem Terminkalender, den sie auf dem Schoß hielt.

»Nein«, sagte sie schließlich, »jedenfalls nichts, was mir jetzt einfällt.«

Baltasar summte ein paar Takte eines aktuellen Schlagers vor sich hin. »Die Herren«, sagte er dann, »haben hoffentlich nichts gegen eine kurze Untersuchung von Naumanns Schreibtisch einzuwenden?«

Curtius schüttelte den Kopf. »Ansehen können Sie ihn sich auf jeden Fall.«

Von Schlamm setzte hinzu: »Solange Sie ihn nicht mitnehmen.«

Baltasar bedachte ihn mit einem Blick, der in Worten etwa »Schwache Revanche für die Geschichte mit dem Namen« hätte lauten können.

In Naumanns Raum wandte er sich zunächst noch einmal an die Sekretärin. »Für den letzten Mittwoch oder sonstige Tage in den letzten paar Wochen haben Sie aber keine Abendtermine notiert, oder?«

Sie blätterte noch einmal vor und zurück, schüttelte aber den Kopf. »Nein. – Moment, doch, natürlich, aber nicht notiert. Letzten Mittwoch – warten Sie mal, wie war das denn? Ach so, ja, mittags hat er mir gesagt, ich soll ihn daran erinnern, bevor ich gehe, daß er noch mit Köln telefonieren muß. Ich habe ihn daran erinnert und bin dann gegangen.«

»Wen er in Köln angerufen hat, wissen Sie aber nicht?«

»Nein, tut mir leid.«

Naumanns Schreibtisch erbrachte keine weiteren Informationen.

Wie um sich zu entschuldigen, sagte Fräulein Roth: »Ich habe ihn aufgeräumt, nachdem – nachdem das passiert ist.«

»War irgend etwas auf dem Schreibtisch, was vielleicht wichtig sein könnte oder Ihnen aufgefallen ist?«

»Nein.«

Auf einem kleinen Beistelltisch mit Rollen lagen etliche juristische Werke, Kommentare, Gesetzestexte und so weiter. Baltasar betrachtete sie mit Mißtrauen und Mißfallen. »Herr Curtius«, sagte er, »ich habe nun herzlich wenig Ahnung von solchen Dingen. Können Sie mir sagen, ob bei diesen Schriftwerken etwas ist, dessen Anwesenheit Sie verwundert?«

Fräulein Roth bestätigte, daß sie die Bücher dort aufgetürmt habe, soweit sie sich auf dem Schreibtisch befunden hatten, daß sie aber keines entfernt oder hinzugelegt habe.

Curtius überflog die Bände. »Das ist alles nicht besonders ausgefallen. Aber warten Sie mal, Naumann hatte die Angewohnheit, Zettel in die Bücher zu legen, wenn er mit etwas beschäftigt war, damit er relevante Texte schnell wiederfinden konnte.«

Er begann zu blättern. Tatsächlich fanden sich Zettel in mehreren Büchern.

»Na ja«, sagte er schließlich, »was meinst du dazu?«

Von Schlamm betrachtete die aufgeschlagenen Seiten und zuckte mit den Schultern. »Dazu ist nicht viel zu sagen. Das sind Dinge, die jeder von uns jeden Tag dreimal aufschlägt. Jedenfalls oft. Hier – das ist ungewöhnlich.« Er wies auf eine Seite in einem älteren Werk.

Matzbach beugte sich vor und überflog die Texte. »Saatgut«, murmelte er, »du liebe Güte.«

Er bat um einen weiteren Zettel, setzte sich an Naumanns verwaisten Schreibtisch und notierte sich in Stichworten die Themen, die Naumann offenbar in letzter Zeit behandelt hatte.

»Saatgut, Beleidigung, Ehrabschneidung, Schadenersatz, Fahrverbot, Informationsrecht der Öffentlichkeit, Verfahrensfehler oder wie immer das heißen mag, Untersuchungshaft …« Er brabbelte noch einiges vor sich hin; dann stand er wieder auf. »Ja, so, hm, aber ob das was bringt?«

Von Schlamm wandte sich ab, Curtius grinste. »Tja, mehr scheint nicht dazusein.«

Baltasar überlegte kurz. »Hatte Naumann vielleicht ein eigenes Verzeichnis wichtiger Telefonnummern, einen Notizblock, auf den er während des Telefonierens Männchen malte oder so was?«

Fräulein Roth nickte, ging aus dem Raum und kam sofort wieder zurück. Sie hielt Baltasar eine kleine Telefonkladde hin. »Hier, das waren einige Nummern, die er nach und nach eingetragen hat. Er hat es dann aber mir gegeben. Ich habe vorhin schon kurz nachgesehen; von den fünf Namen steht keiner drin.«

Sie machte eine Pause und schlug die Augen nieder. »Seinen Kritzelblock habe ich aber weggeworfen.«

Baltasar zog eine weinerliche Grimasse und durchblätterte die Kladde. Sie enthielt zahlreiche Namen und Eintragungen, darunter auch »Irene priv.« und »Irene Laden« und mehrere weitere weibliche Vornamen samt Telefonnummern.

Seufzend reichte er der Sekretärin die Kladde zurück. »Ich glaube nicht, daß es etwas bringt, wenn ich alle Nummern anrufe. Schade, daß Sie den Kritzelblock weggeworfen haben.«

Er sah sich noch einmal im Raum um, beobachtet von Curtius und Fräulein Roth. Von Schlamm hatte sich zurückgezogen.

Plötzlich hellte sich das Gesicht der jungen Dame auf. »Moment«, sagte sie, »da war noch was.« Sie ging zu einem ziemlich hohen Aktenschrank, stellte sich auf die Zehenspitzen und tastete mit der rechten Hand auf dem Schrank herum.

»Hier, das lag auf dem Schreibtisch.« Sie reichte Baltasar einen DIN-A3-Block der Art, wie Druckereien oder Verlage ihn als Werbegeschenk herstellen: oben ein kleingedruckter Jahreskalender, unten Eigenwerbung, dazwischen sehr viel Platz für Notizen.

Curtius warf ihr einen scheelen Blick zu. »Finden Sie, daß der Schrank der richtige Platz dafür ist?«

»Ich wollte das Ding zuerst wegwerfen, dann habe ich es da oben hingeworfen, weil es mir beim Aufräumen im Weg war, und schließlich hab ich es einfach vergessen.«

Baltasar strahlte. »Ein Lob Ihrer Vergeßlichkeit, denn hier stehen ein paar Nummern. Haben Sie noch mal die Kladde, bitte?«

Er setzte sich wieder hin und suchte. Es dauerte nicht sehr lang; auf der Schreibunterlage fanden sich lediglich neun Nummern. Zwei davon waren die beiden »Irene«-Nummern; die übrigen sieben standen nicht in der Kladde. Eine der Nummern hatte eine Kölner Vorwahl. Baltasar notierte sich die Ziffern, dann reichte er die Schreibunterlage zurück.

»Heben Sie sie gut auf.« Er wandte sich an Curtius. »Spätestens übermorgen hole ich den lieben Goldberg aus dem Kerker, und dann wird sich mein Freund Ziegler, der eminente Hauptkommissar, vermutlich persönlich herbemühen.«

Curtius musterte ihn mit zusammengezogenen Brauen. »Sie sind reichlich arrogant.«

Baltasar lächelte. »Ich kann es mir leisten.«

»Wieso sind Sie so sicher, daß Sie Goldberg rausholen werden?«

Baltasar stützte sich mit einer Hand auf den Schreibtisch; mit der anderen machte er eine großartige Geste. »Weil ich das beschlossen habe. – Eine Frage hätte ich noch an Sie, Mademoiselle.«

Fräulein Roth zuckte zusammen. »Meinen Sie mich?«

»Just. Ist es oft vorgekommen, daß Naumann selbst telefoniert hat, oder haben Sie ihn immer verbunden?«

Sie nickte, dann schüttelte sie den Kopf. »Beides. Ich meine, meistens habe ich ihn verbunden, aber manchmal hat er auch selbst gewählt.«

»Die Kölner Nummer hier und die anderen, die auf dem Block stehen, sind Ihnen unbekannt?«

»Ja. Ich kann mich jedenfalls nicht erinnern, daß ich sie jemals gewählt hätte.«

Nach einer kurzen Verabschiedung begab Matzbach sich zu seinem Wagen und donnerte quer durch die Nordstadt zur Bornheimer Straße. Gegenüber vom Großmarkt, auf dem die Landwirte der Umgebung ihre Erzeugnisse abliefern, läutete er Sturm.

Der arbeitslose Philosoph und Volleyballfreak Henry Hoff öffnete sofort. Persönlich. Er wohnte im vierten Stock, deshalb überraschte seine Anwesenheit im Parterre Matzbach zutiefst.

»Was machst du denn schon so früh hier unten, du Stinktopf?«

Hoff blinzelte. Er war noch reichlich verschlafen. In zerfledderten Jeans und zerschlissenen Latschen stand er an der Haustür. Im Gegensatz zu anderen brauchte er nicht zu Matzbach aufzuschauen, denn er war noch ein bißchen länger als dieser, wenn auch nicht im entferntesten so fett. »Post«, sagte er weitschweifig.

»Willst du Briefträger werden?«

Hoff trug einen Stapel von Briefen unter dem Arm. Während sie zur Treppe gingen, sagte er: »Bin ich doch schon, wie du siehst, du feistes Ungeheuer. Hast du gefrühstückt?«

Oben angekommen – Matzbach prustend – gingen sie in die Wohnküche. Hoff suchte nach einem sauberen Becher und goß Kaffee für Matzbach ein. Danach ergriff er seinen noch halbgefüllten Becher und hockte sich auf die Tischkante. Mit geschickten Fingern drehte er eine Zigarette.

Baltasar musterte ihn mißbilligend. »Seit wann drehst du denn?«

Hoff hob die Schultern. »Seit ich mir keine Zigaretten mehr leisten kann.«

Matzbach rührte in seinem Becher. »Mich bewegt eine Frage. Wie kommt es, daß du unten, an den Briefkästen stehend, hörst, wenn ich oben bei dir klingle?«

Hoff leckte den Klebstreifen des Zigarettenpapiers ab und hängte das Produkt in den linken Mundwinkel. Während er ein Streichholz an der Wand anriß, erwiderte er undeutlich.

»Das ist ganz einfach. Ich habe nichts gehört, aber auch durch das Milchglas der Haustür ist deine Silhouette unverkennbar.«

»Was aber, o luchsäugiger Milchglasvoyeur, treibst du so früh am Tag dort unten? Bist du unter die Korrespondenzler gegangen?«

Hoff exhalierte und klopfte auf den Stapel von Briefen. »Das sind Schreiben von bedeutenden Männern unserer Volkswirtschaft.«

Matzbach nickte. »Dachte ich mir. Teilen sie dir in wohlgesetzten Worten mit, daß sie zu ihrem unaussprechlichen Vergnügen deine Mitarbeit in ihren Unternehmungen weiterhin werden entbehren wollen?«

Hoff langte nach einem herumliegenden Messer mit Spuren von Margarine und Marmelade, wischte es an der Hose ab und nahm den obersten Brief. Er zerschlitzte das reichlich bedruckte Büttencouvert, zog ein Blatt heraus und überflog die wenigen Zeilen.

Matzbach betrachtete den Vorgang schweigend. Ein Brief nach dem anderen wurde seziert, obduziert, klassifiziert und relegiert; in der dafür vorgesehenen Ablagenische zwischen Herd und Boiler wucherte bereits ein Meter.

Hoff nahm die halbgerauchte Zigarette aus dem Mund, klemmte sie zwischen die Spitzen von Daumen und Mittelfinger und schnipste sie in den Spülstein, in dem sie zischend neben ihren Schwesterkippen des Morgens verlosch.

»Ja, ja«, murmelte er, »›Ihre Unterlagen erhalten Sie mit getrennter Post zurück. Wir danken für Ihr Interesse.‹«

Matzbach räusperte sich. »Vielleicht hättest du etwas Anständiges lernen oder jetzt endlich einmal an Umschulung denken sollen.«

Hoff wackelte mit den Zehen; das Schauspiel war halböffentlich, dank des Zustands der umgebenden Socken. »Was denn, deiner Meinung nach?«

»Nun, Dachdecker vielleicht, oder Pirat, Papst, Papagallo, Petrochemiker, Päderast, was weiß ich. Jedenfalls ist der Zustand eines arbeitslosen Philosophen absurd.«

Hoff schüttelte den Kopf und schob das Kinn vor. »Pillosophen sind nie arbeitslos. Sie denken unausgesetzt.«

Matzbach faltete die Hände auf dem Tisch. »Alle Ausgesetzten, Aussätzigen, Insassen und Aussassen tun das. Das ist nichts Besonderes.«

»Du hast bei deinen widerlichen Wortspielereien die Hintersassen und die Freisassen vergessen. Und den Sassafras.«

Matzbach beäugte mißtrauisch den Becher, dann nahm er einen Schluck Kaffee zu sich. »Hör mal, bist du über deine Arbeitslosigkeit hinaus beschäftigt?«

Hoff rutschte vom Tisch und setzte sich vorsichtig auf einen Stuhl, dessen Beine an beginnender Altersarthritis litten. »Natürlich. Ich schreibe Bewerbungen, lese Stellenanzeigen, zerbreche mir den Kopf und mache Schulden. Ich habe also keine Zeit für dummes Zeug.«

»Wann, lieber Freund, hättest du Zeit für dummes Zeug? Wenn du einen Job hättest?«

»Nein, dann wäre ich beschäftigt.«

»Also nie?«

Hoff kniff den Mund zusammen. »Worum geht es denn?«

Matzbach folgte mit den Blicken einigen Fliegen, die auf dem Rand des Marmeladenglases balancierend zu einem Flug durch die Küche starteten. »Um ein oder zwei kleine Morde.«

»Um Himmels willen. Wen hast du umgelegt? Soll ich dich ins Ausland schmuggeln?« Er beugte sich vor und schien ganz besorgt.

Matzbach grunzte. »Nichts dergleichen. Ich habe beschlossen, rätselhafte Geschehnisse zu erhellen.«

»Ah. Das Dunkel deines Geistes zur Umleitung der Justiz verwenden, willst du das schon wieder?«

Baltasar zog eine seiner Zigarren aus einer Jackentasche und zündete sie umständlich an, ehe er antwortete. »Keiner versteht mich, und niemand hat mich lieb. Alle spotten meiner. Aber«, sagte er laut und energisch, »ich werde euch alle vor Scham erröten machen.«

»Wir werden alle ob deiner Scham erröten.«

Matzbach stand auf. »Gut«, sagte er böse, »wenn du nicht willst, dann gehe ich jetzt.«

Er setzte sich wieder. Hoff begann mit der Anfertigung einer weiteren Zigarette und schwieg beredt. Mit der ersten Rauchwolke blies er das Streichholz aus. Er schob durch heftige Mundbewegungen die Zigarette in die Mitte seines Gesichts und klemmte sie dabei in einer Weise zwischen Unter- und Oberlippe ein, daß sie am Ende des Transportverfahrens aufwärts zeigte, den Glutkegel kaum zwei Millimeter von der Nasenspitze entfernt.

»Baltasar, Baltasar«, sagte er dann, »du dauerst mich. Erleichtere deine Seele und sprich!«

Mit knappen Worten berichtete Matzbach ihm von den Vorfällen, die zu Goldbergs Verhaftung geführt hatten, sowie von seinen bisherigen Taten.

Hoff lauschte stumm. Schließlich lehnte er sich zurück und kicherte. »Und so zieht der Held in den Kampf.«

Matzbach zog den Inhalt seiner Nase hoch. »Ja, um durch heftiges Bewegen meiner Arme eine Wirksamkeit anzudeuten, die jener der bürokratischen Windmühlen ähnlich ist.«

»Und was soll ich dabei tun?«

Baltasar runzelte die Stirn. »Helfen, Informationen sammeln, dumme Vorschläge machen, dich in Kneipen umhören und so weiter.«

Hoff nickte langsam. »Hab ich mir gedacht. Sind deine Helfer vom letzten Mal noch so gestreßt, daß sie diesmal keine Lust haben?«

»Alle haben irgendeine dumme Ausrede oder gehen nicht ans Telefon oder sonst was.«

»Kann man ihnen das verdenken?«

Baltasar grinste. »Nein. Also, wie steht's mit dir?«

Hoff überlegte.

»Also, eigentlich müßt ich ja in den nächsten Tagen mindestens vier Dutzend Bewerbungen schreiben.«

»Die Absagen werden auch ohne dein Zutun kommen. Du bist für jede qualifizierte Arbeit in einem so hohen Maße ungeeignet, daß alle größeren Körperschaften dieser Republik dich an erster Stelle auf ihrer Ablehnungsliste führen.«

Hoff warf mit einem alten Brötchen nach Matzbach. »Volleyballtrainer«, sagte er nachdenklich, »könnte ich natürlich auch werden ... Im Ernst, Baltasar: Du weißt, daß ich seit sechs Monaten kein Arbeitslosengeld mehr bekomme, Unterstützung würden sie sich von meinem Vater zurückholen, und das will ich nicht. Ich hab keinen Pfennig mehr und muß mir dringend etwas suchen, egal was. Tagsüber Bewerbungen schreiben, abends Bierzapfen oder so. Wenn ich in Kneipen was für dich rauskriegen sollte – ich könnte mir im Moment nicht mal n Bier leisten ...« Er schwieg und begann, während er noch paffte, eine weitere Zigarette zu drehen.

Baltasar blickte an die Decke. »Soll ich dir was pumpen?«

Hoff musterte interessiert seinen Kühlschrank, als sei dieser eben zur Tür hereingekommen. »Nee, das ist lieb, aber ich wüßte nicht, ob oder wann ich's zurückgeben kann ...«

»Eigentlich«, sagte Baltasar nachdenklich und nebenhin, »brauche ich für ein paar Tage eine Mischung aus Fahrer und Sekretär. Kannst du tippen?«

Mit diesem Vorwand einigten sie sich, nachdem Hoff sich noch eine Weile geweigert hatte, bis Baltasar schließlich grob sagte: »Stell dich nicht so an. Ich setz dich als Bestechungsgeld oder Geschäftsunkosten ab.«

Danach zog er einige Blätter aus der Innentasche seiner Jacke. »Ist dein Telefon schon gesperrt?«

»Noch nicht, kann aber nur noch ein paar Tage dauern.«

Baltasar entfaltete die Blätter, legte sie auf den Tisch und strich sie glatt. Dann zog er einen Kugelschreiber aus der Brusttasche seines Hemdes. »Hier habe ich vier Telefonnummern, Namen und Adressen, und einen Namen ohne sonstige Informationen. Hier« – er wies auf den anderen Zettel – »habe ich sieben Telefonnummern. Vier, und zwar diese, jene, solche und welche, stehen auch auf dem anderen Blatt. Das ist beruhigend. Jetzt möchte ich mit Hilfe deines ungesperrten Telefons feststellen, wer sich hinter den anderen Nummern versteckt.«

Hoff stand auf, ging nach nebenan und kam mit dem Apparat zurück, der ein langes Kabel hatte. »Hier, versuch dein Glück.«

Baltasar bohrte seinen dicken Zeigefinger in die Löcher der Wählscheibe. »Wenn du wieder zu Wohlstand gelangt bist, schaff dir bitte mir zuliebe eines mit Tasten an, ja?« Dabei wählte er jene der Nummern, welche eine Kölner Vorwahl hatte. Offenbar bekam er sehr schnell Anschluß, denn er öffnete halb den Mund, schloß ihn wieder, lauschte und begann zu grinsen; dabei notierte er etwas. Schließlich legte er den Hörer auf die Gabel und kicherte. »Ich habe ein interessantes, wenn auch einseitiges Gespräch mit einem automatischen Anrufbeantworter hinter mir.«

Hoff knackte mit den Fingergelenken. »Aha. Wessen Apparat war das denn in Köln?«

Matzbach schob ihm den Zettel hin. Hoff las laut: »Gesellschaft zur Stärkung der Verben e. V. – was ist denn das?«

Matzbach zuckte mit den Schultern. »Das weiß ich nicht; ich finde aber, es klingt pittoresk. Der Apparat hat mir freundlicherweise mitgeteilt, daß der Anschluß nur an Wochenenden sowie Donnerstagen bemannt sei. Wir werden der Sache demnächst auf den Grund gehen. – Gut, zur nächsten Runde jetzt. Komische Nummer das.«

Hoff betrachtete den Zettel. »Acht Ziffern und eine Zwei am Anfang – hm. Die meisten Nummern hier im City-Bereich rechts und links der Bahn, so zwischen Bahnhof und Bonn-Center, fangen mit einer Zwei an, aber die sind alle sechsstellig. Das sieht wie eine Durchwahl aus, vielleicht eines der Ministerien? Oder der Kanzler persönlich?«

Matzbach grunzte. »Werden wir sehen. Kanzler wär natürlich lustig, eh? Diese Tante in der Boutique, diese sogenannte Verkäuferin, ein unmögliches Stück Mensch, hat ja erzählt, die verblichene Dame habe ihr erzählt, der verblichene Herr habe dieser erzählt, etwas, falls es etwas ergäbe, würde ein dickes Ding.«

Hoff nickte. »Völlig klar, das habe ich mühelos verstanden. Telefonier lieber!«

Matzbach rümpfte die Nase, begann dann aber zu wählen. Nach der sechsten Ziffer war Schluß; er hielt die Muschel so, daß Hoff die mißtönende Amseltriole und »Kein Anschluß unter dieser Nummer« hören konnte.

»Also«, murmelte Matzbach, »was machen wir mit dieser achtstelligen Nummer?«

»Vielleicht ist es die Kontonummer eines Menschen, der deinen Rechtsanwalt erpreßt hat?«

Matzbach seufzte nur; dann nahm er den Hörer wieder auf und wählte eine Null, danach die acht Ziffern. Nach dem fünften Tuten nahm jemand ab.

Matzbach nahm die Meldung schweigend entgegen, räusperte sich dann und sagte mit leicht verunsichert wirkender, halbhoher Stimme: »Ja, eh, entschuldigen Sie bitte, aber ist dort nicht die Kentaurenapotheke? – Aha, so, danke sehr. Bitte, entschuldigen Sie, daß ich mich verwählt habe.« Er legte auf. »Hm, ich weiß zwar nicht, ob das etwas einbringt, und es war ja auch nur so eine Idee. Eine Dame namens Gabrieli.«

Er notierte den Namen hinter der Telefonnummer, der er in Klammern eine Null voransetzte, und versah die ganze Zeile mit mehreren Fragezeichen. »Ich dachte nur daran, daß ich manchmal, wenn ich mir eine auswärtige Nummer aufschreibe, die Null fortlasse, weil sie selbstverständlich ist.«

Hoff nickte. »Weise, wenn ich auch nicht bei allen toten Anwälten voraussetzen würde, daß sie deine Macken teilen.«

Baltasar schwieg und wählte die dritte Nummer. Dort nahm sehr rasch jemand ab; Baltasar sagte lediglich: »Verzeihung, falsch verbunden«, und legte wieder auf.

»Und?«

Matzbach stülpte die Lippen nach außen. »Ein Hotel; wenn ich mich nicht irre, nahe am Botanischen Garten.« Er starrte auf seinen Zettel. »Was machen wir nun? – Na, es ist bald Mittag, Wenn du mich zum Essen ausführst, lade ich dich ein.«

Hoff grinste. »Wenn du mir einen Vorschuß zahlst, lade ich dich ein.«

»Gemacht. Schreib dir nur vorher diese paar Namen und Nummern auf.«

Hoff holte Papier und einen Stift und schrieb brav jene Namen, Adressen und Nummern ab, die Matzbach mit Hilfe des Telefonbuchs und der Sekretärin der Anwaltskanzlei gefunden hatte.

»So«, murmelte er, als er fertig war, »Fricke, Albring, Baginsky, Stücker und Vorwaldt, letzterer ohne alles. Was soll ich damit machen?«

»Das erkläre ich dir beim Essen.«

Sie gingen zu Fuß in eine kleine Gaststätte neben dem Großmarkt, in der man für unter zehn Mark ein kräftiges Mittagessen mit Suppe und Nachtisch bekam. Beim Kaffee einigten sie sich darauf, daß Matzbach einen Abstecher zu Großvater Goldberg unternehmen würde, während Hoff versuchen sollte, in Kneipen nahe den jeweiligen Adressen oder auf sonstige Weise etwas über die fünf beziehungsweise vier Leute zu erfahren. Matzbach stand auf.

»Ich werde jetzt fahren«, sagte er friedfertig. »Ich bin nämlich scharf drauf, diesen Raben kennenzulernen.«

7.

Als Baltasar mit einigen Mühen und Verirrungen die Fachwerkbehausung des Großvaters erreicht hatte, war dieser nicht aufzufinden. Murrend streunte Matzbach über das von alten hohen Bäumen bestandene Grundstück. Schließlich entschied er sich für einen Einbruch, den er jedoch nicht durchzuführen brauchte, da die Tür nicht verschlossen war. Langsam und verwunderten Auges wanderte er durch das Haus und versuchte, die vielerlei toten Tiere einzuordnen, die ihn allenthalben anstarrten. »Dieses«, murmelte er vor sich hin, »ist eine veritable Geisterbahn. Schuhu, altes Mädchen!«

Letzteres war als Gruß gedacht und galt einer ausgestopften Schleiereule, die zwischen Zinnkrügen auf einer Anrichte residierte. Ihr gegenüber, auf einem kleinen Bord, das mit Holzstiften in der Wand verankert war, trotzte ein Tukan der Belagerung durch Teedosen.

Seufzend und kopfschüttelnd kehrte Matzbach schließlich dem verwinkelten Hinterteil des Hauses den Rücken und begab sich in die Küche. Kaum hatte er die Tür geöffnet, als auch schon im Sturzflug ein schwarzes Objekt auf ihn losfuhr. Mit knapper Not entging Baltasar einem Schnabelhieb.

Der Rabe machte eine Zwischenlandung auf einer Stuhllehne und breitete die Flügel aus. Dabei musterte er Matzbach und krächzte etwas, das sich wie »Rotzlümmel« anhörte. Dann schlug er heftig mit den Schwingen und setzte zum nächsten Angriff an. Baltasar ergriff die Offensive und warf dem startenden Jagdflieger eine Streichholzschachtel vor das Flugbein, was den Raben jedoch nur kurzzeitig irritierte. Als er unter Gekrächz erneut auf Matzbachs Gesicht losging, schnappte Baltasar ihn in der Luft mit beiden Händen, hielt die Flügel fest, sah ihm streng in die Augen und hielt ihm folgenden Vortrag:

»Du Schmutzfink, du Abgrund der Widerwärtigkeit. Du Unhold, du Flatterratte, du Segelolm, unterbelichtetes Stück Aerodynamik, pickender Satan und Schnabelschnepfe. Harmlose Einbrecher zu belästigen, bah. Mieses UFO, du räudiger Meuchelmörder. Wenn ich dich jetzt loslasse, bitte ich mir mehr Respekt aus, und vor allem Friedensliebe. Hast du mich verstanden?«

Der Rabe lauschte in seiner unbequemen Lage mit quergelegtem Kopf. Als Matzbach ihn emporhielt und schüttelte, schiß ihm der Vogel in die Brusttasche.

»So«, sagte Baltasar erbost, »das zahl ich dir heim, du Mistkäfer. Wenn du mich beschmutzt, werde ich dich eben waschen, in heilsamer Umkehr der Injurien.«

Mit wenigen Schritten hatte er das Waschbecken der Küche erreicht. In einer Hand hielt er den Raben, mit der anderen öffnete er den Kaltwasserhahn. Dann ergriff er eine Plastikdose mit Spülmittel und besprühte das Tier. So geschah es, daß dem zeternden Raben ein Bad angedieh, und Baltasar redete ihm während des Vorgangs begütigend zu.

»Siehst du, die Reinlichkeit des Leibes fördert die Gelassenheit der Seele. Als ich noch ein Albatros war, habe ich immer freiwillig heiße Bäder in Geysiren genommen, und dabei haben Meerjungfrauen mir das Gefieder gezaust. Oh, die Schönheit der vergangenen Inkarnationen. Um ein zänkischer Rabe zu werden, mußt du in deinem letzten Leben ziemlich gesündigt haben. Was warst du nur, du Tier? Wer könntest du gewesen sein? Schwarz, räudig und zänkisch – ein Jesuit?«

An dieser Stelle öffnete sich die Tür, und Großvater Goldberg trat ein. Er betrachtete die Szene mit offensichtlichem Wohlgefallen.

»Dem Geruch nach hat er Sie angeschissen. Ich kenne seine Gründe nicht. Ich weiß auch nicht, wer Sie sind und was Sie in meinem Haus machen, aber dem da kann eine Abreibung nicht schaden.«

»Ihr Enkel«, sagte Matzbach, während er die feuchte Amtshandlung beendete, »hat einen merkwürdigen Geschmack. Wenn seine Frau als Frau so liebenswert war wie der Rabe als Rabe, dann wundert mich nichts mehr an dieser ganzen trüben Angelegenheit.«

Er wartete auf weitere Worte des Großvaters, aber dieser war durch die ungewöhnliche Menge an Wörtern, die er bereits gesprochen hatte, so erschöpft, daß er zunächst schwieg und der Prozedur mit einem falschen Lächeln zusah. Schließlich knurrte er: »Kaffee?«

Baltasar knurrte zurück: »Mit Milch.«

Dann trocknete er den Raben mit einem schmutzigen Spültuch ab und schlug ihm mit dem Zeigefinger auf den Schnabel. »So, du Früchtchen, das sollte dir eine Lehre sein.« Er blickte sich suchend um und entdeckte ein Glas mit Marmelade. Zum Glück stand es offen da, sonst hätte er einhändig Schwierigkeiten gehabt. Mit seinem dicken Zeigefinger holte er ein schönes Häppchen aus dem Glas und schmierte es sich ins Ohr. Dann setzte er den immer noch stummen und geduldigen Raben auf seine rechte Schulter und ließ ihn los. Offenbar war dies das richtige Rezept: Der Rabe trippelte ein wenig auf der Stelle, dann begann er, die Marmelade vorsichtig aus Baltasars Gehörgang zu naschen.

Der alte Goldberg schaute zu und grinste. »Gut so.«

Das Wasser begann zu kochen. Während Goldberg den Kaffee in einer alten Blechkanne aufbrühte, setzte Matzbach sich sanft auf einen Stuhl. Der Rabe ließ sich nicht stören.

Als der Großvater zwei Emaillebecher, Löffel und ein Milchkännchen auf den Tisch gestellt und sich gesetzt hatte, blickte Baltasar ihm in die Augen.

»Ich hoffe, ich muß Sie nicht auch in ähnlicher Weise von meiner Person überzeugen.«

»Ich kann mich allein waschen, danke.«

Matzbach rührte in seinem Kaffee und berichtete knapp: zur Person, zur Sache, zu den Anlässen und Auswirkungen. Als er damit fertig war, nahm er einen großen Schluck Kaffee und griff in die Brusttasche, um eine Zigarre herauszuziehen. Nachdenklich betrachtete er seine verschmierten Finger, an denen nun nicht nur Marmelade haftete.

»Trottel!« sagte der Rabe. Dann keckerte er.

Matzbach stand auf, ging zum Waschbecken und versuchte, mit spitzen Fingern, Wasser und dem Spültuch seine Brusttasche notdürftig zu säubern. Der Rabe blieb derweil auf der Schulter und verfolgte die Reinigung mit Anteilnahme.

Als Baltasar wieder saß, klopfte der alte Mann mit knochigem kräftigen Finger auf die Tischplatte. »Und jetzt?«

»Ganz einfach. Moritz hat Ihnen am Wochenende den Wagen gebracht. Sie geben mir Schlüssel und Zulassung, und ich versuche mit Hilfe des Wagens und dieses Flugsauriers hier, die Tankstelle zu finden, an der Ihr Enkel getankt hat.«

Goldberg schnaubte. »Zwischen hier und Königswinter oder Siegburg, egal, gibt's tausend Tankstellen.«

»Na ja, ein paar weniger werden's schon sein. Aber haben alle Diesel?«

Goldberg kniff die Brauen zusammen. »Weiß nicht. Wohl die meisten. Hier gibt's viele Bauern.«

»Kriegen die ihren Treibstoff nicht woanders?«

Goldberg zuckte mit den Schultern.

Matzbach leerte seinen Becher und stand auf. Er ging abermals zum Waschbecken, diesmal, um sein Ohr von den Marmeladeresten zu säubern. Der Rabe protestierte und flog auf die Schulter des Großvaters, wo er leise brabbelnd hocken blieb.

Als Baltasar mit den Fingern schnipste und den dicken Zeigefinger auf den Raben richtete, musterte der Vogel ihn unbewegt.

»Poe, komm her«, sagte Baltasar energisch und deutete auf seine rechte Schulter. Mit leichtem Staunen verfolgte der Großvater den Flug des Vogels, der gehorsam auf Baltasars Schulter zurückkehrte.

»Das ist mir neu«, sagte er. Dann holte er aus einer Schublade Schlüssel und Papiere, reichte sie Matzbach und winkte ihm zu folgen. Sie gingen zu einem Schuppen auf dem hinteren Teil des Grundstücks. Goldberg öffnete das Tor, und Matzbach inspizierte den alten Diesel. Ächzend klemmte er sich hinter das Steuer, schob den Sitz nach hinten, um atmen zu können, und betrachtete sinnend das Armaturenbrett. Der Rabe flatterte auf die Rückbank, wo er auf und ab stolzierte.

»So so«, sagte Baltasar.

»Was?«

Baltasar wies auf den Tachometer. »Hier, der Zähler für die Tageskilometer. Normalerweise stellt man ihn ein, wenn man aufgetankt hat. Bis Bonn sind es etwa fünfzig Kilometer. Angenommen, Ihr Enkel hat in Bonn noch mal, na, sagen wir zehn Kilometer zurückgelegt, macht von hier aus sechzig. Dann hat Moritz vielleicht noch einmal zehn Kilometer gemacht, um aus Bonn herauszukommen, und wieder fünfzig, um den Wagen herzubringen. Macht hundertzwanzig plusminus zehn Prozent. Nun hat der gute Andreas aber nicht hier, sondern auf dem Weg nach Bonn getankt. Und Umwege gemacht. Wenn wir genau wüßten, wie viele Kilometer Moritz zurückgelegt hat, wüßten wir, wie weit von Bonn die betreffende Tankstelle sein kann. Selbst unter Berücksichtigung der Tatsache, daß Ihr Enkel Umwege gemacht hat, würde uns das schon helfen.«

Goldberg nickte.

Matzbach stieg wieder aus und ging zu seinem eigenen Wagen. »Wo ist das nächste Telefon?«

Der Alte erklärte es ihm.

Baltasar hob die Hand. »Gut, bis gleich«, sagte er. In diesem Moment ließ sich der Rabe auf seiner Schulter nieder und krächzte. Baltasar seufzte. »Na schön, Vieh, komm mit.«

Er fuhr zur Telefonzelle und hatte Glück; Moritz war in der Redaktion.

»Na, Matzbach, auf der Pirsch?«

Baltasar gab einen Schnalzlaut von sich. »Hör mal, ich will was wissen.«

Morungen stöhnte. »Was willst du wissen? Bin ich deine Auskunftei? Ruf die Auskunft an!«

»Wie weit bist du mit Goldbergs Wagen gefahren?«

Moritz schnaufte. »Wie soll ich das wissen?«

Baltasar fluchte. Danach sagte er: »Also, paß auf. Hast du den Tageszähler angefaßt?«

Moritz überlegte. »Ach so. Du willst die Tankstelle finden. Mhmhm … Ich habe nicht nur den Tageszähler nicht angefaßt, sondern mir sogar gemerkt, welche Zahl er zeigte.«

»Soviel Umsicht hätte ich dir gar nicht zugetraut. Welche Zahl war's denn?«

Moritz gluckste. »Das, lieber Freund, kriegen wir raus. Ich hab mir nämlich ne assoziative Eselsbrücke gebaut, um sie zu behalten. Na, was sagst du dazu?«

Matzbach schüttelte sich. »Bitte bitte, tu es mir kund.« Er warf ein Markstück nach, bevor die Post das interessante Gespräch kappen konnte.

Moritz holte tief Luft. »Also, ich hab mir die Zahl so gut merken können, weil sie was mit Erotik zu tun hat.« Er machte eine Pause; dann setzte er kleinlaut hinzu: »Und jetzt hab ich's vergessen.«

Baltasar ächzte. »Erotik? O du lieber Himmel. Und jetzt hat er es vergessen!«

Moritz summte leise; es klang wie eine Störung in der Leitung. Schließlich sagte er: »Aber das kann man rekonstruieren, dazu sind ja Eselsbrücken da. Warte mal. An dem Morgen hatte der Kollege von der Filmredaktion mir was von einem unanständigen Film erzählt, den er besprechen sollte …«

»War die Zahl vielleicht hundertfünfundsiebzig? Oder neunundsechzig? Oder was?«

Moritz grunzte. »Sei still, bring mich nicht durcheinander. Bei deinem Geschwätz soll man auch noch denken … Ich hab den Film wieder! *Ein* siebzehnjähriger Junge tut in diesem Film mit *zwei* fünfzehnjährigen Mädchen irgendwelche Dinge, die dann frei sind ab sechzehn.«

Baltasar addierte. »Das macht dreiundsechzig.«

Moritz hustete. »Kopfrechnen gut, aber das war nicht die Zahl. Warte mal. Der Film spielt in Los Angeles. In Los Angeles gibt es doch diesen furchtbaren Freeway, du kennst doch bestimmt auch Bilder davon, diese grausigen Autobahnschlangen, die in siebzehn Schichten über-, unter- und nebeneinander wie Zöpfe verflochten sind, ja?«

Baltasar seufzte. »Noch eine siebzehn. Das macht achtzig.«

»Dabei fiel mir ein, daß ich ein paar Tage vorher eine alte Bekannte, mit der mich, lang ist's her, was Erotisches verband, vom Flughafen abgeholt hab, Köln-Wahn. Die sagte irgendwas über die Verflechtung der Autobahnzu- und -abfahrten, deswegen fiel mir Los Angeles ein. Die Dame aber ist dreiunddreißig.«

»Das bringt uns auf hundertdreizehn. Mach nur so weiter.«

»Keine Sorge. Ich hab's jetzt, aber es ist blödsinnig. Die Dame erzählte mir, daß sie demnächst einen wohlhabenden

Menschen von sechsundvierzig Jahren zu ehelichen gedenkt. Das macht hundertneunundfünfzig. Die Quersumme von einhundertneunundfünfzig ist fünfzehn. Da das ganze Gerede im Prinzip um Sex kreiste, multiplizier mal fünfzehn mit sechs. Also neunzig. Geteilt durch die zwei fünfzehnjährigen Mädchen ergibt das fünfundvierzig. Und das, lieber Baltasar, ist die Zahl, die der Tageszähler zeigte. Hah.«

Baltasar sagte schwach: »Erstaunlich. Bist du ganz sicher?«

»Ja. Da fällt mir ein, daß ich auch an das Ende des Zweiten Weltkriegs gedacht habe. Bitte sehr, die erfolgreiche Gegenprobe.«

»Du dummes Stück Dreck, warum schreibst du dir so was nicht auf?«

Moritz kicherte. »Jetzt, wo du es sagst, fällt mir ein, daß ich es wohl aufgeschrieben habe. Heute früh hab ich in meiner Jacke einen zerknüllten Zettel gefunden, auf dem stand fünfundvierzig, aber damit konnte ich überhaupt nichts anfangen, und deswegen hab ich ihn fortgeworfen.«

Als Baltasar wieder bei Großvater Goldberg angekommen war, berichtete er diesem von den außergewöhnlichen Gedächtnisleistungen des Lokalredakteurs. Goldberg lauschte schweigend, runzelte nur zwischendurch die Stirn.

Poe, der die ganze Zeit friedlich auf Baltasars Schulter gehockt und nicht einmal das Telefonat durch unziemliches Betragen gestört hatte, startete plötzlich wild durch und jagte unter Kriegskrächzen hinter einem Eichhörnchen her.

Matzbach breitete eine Karte auf der Motorhaube seines Wagens aus und zog mit einem Kugelschreiber eine Art Halbkreis um Beuel.

»Hier. Wenn der Tacho fünfundvierzig zeigte, dann kann man ungefähr zehn abziehen für Fahrten in Bonn. Ihr Enkel hat bestimmt keine Fähre benutzt, um auf die linke Rheinseite zu kommen, an so was würde er sich wohl erinnern. Die nächste Brücke oberhalb von Godesberg ist bei Neuwied, das ist zu weit und scheidet also aus.«

Er musterte kritisch den Halbkreis.

»Wenn er große Umwege gefahren ist, kann ihn das ja durchaus bis ins Bergische Land gebracht haben.«

Großvater Goldberg schüttelte den Kopf. »Glaub ich nicht.« Er wies auf die Gegend östlich von Köln, ohne sich auf einen bestimmten Punkt festzulegen. »Von da aus wäre er über die Flughafenautobahn nach Bonn zurückgefahren.«

Baltasar nickte. Den Auskünften nach hatte Andreas Goldberg ausdrücklich betont, er sei auf lieblichen Landstraßen durch den Morgen gebummelt, also schieden Autobahnen ebenso aus wie die einigermaßen häßliche Strecke Neuwied–Honnef–Königswinter, die außerdem am Rhein entlang verläuft, und vom Rhein hatte der Delinquent ebenfalls nicht gesprochen.

Matzbach strichelte eine zweite Linie, ungefähr einen Viertelkreis östlich und südöstlich von Beuel. »Hier irgendwo, ungefähr fünfunddreißig Kilometer von Beuel entfernt, dürfte er getankt haben. Das kann Richtung Altenkirchen gewesen sein, aber auch Richtung Eitorf.« Er seufzte. »Daß die Menschen aber auch immer so unbedachte Schritte unternehmen müssen.«

Er pfiff auf den Fingern und brüllte »Poe!«, dann, als das nichts bewirkte, »Rabenaas!« Irgendwo raschelte es, und der Vogel landete auf Baltasars Schulter.

»Ich werde jetzt ein bißchen diesen Wagen bewegen und den Tank leerfahren. Vielleicht kommt etwas dabei heraus.«

Goldberg nickte. Baltasar kletterte wieder hinter das Steuer, steckte den Schlüssel ins Zündschloß und wartete, bis das Vorglühen beendet war. Dann startete er den Motor, der unter Ächzen duftige Wölkchen absonderte. Als er den Rückwärtsgang einlegte und aus dem Schuppen herausschoß, klopfte Goldberg auf das Dach. Matzbach kurbelte das Fenster herunter.

»Ja?«

Der Großvater grinste. »Schnallen Sie den Raben an, er greift Ihnen sonst in die Gangschaltung!«

Poe hüpfte auf dem Beifahrersitz auf und ab, sprang dann auf die Rückenlehne und gähnte. Baltasar bedankte sich mit einem gehobenen kleinen Finger für den Raben-Rat und fuhr los.

Kurz nach sieben bog er hupend wieder auf Goldbergs Grundstück ein. Es wurde dunkel und empfindlich kalt.

»Ach ja«, sagte Baltasar traurig, als er mit dem fröstelnden Raben auf der Schulter die Küche betrat, »die schönen Tage von Aranjuez sind nun vorüber.«

Goldberg blickte vom Herd auf, an dem er mysteriöse Mischungen erhitzte. »Spät kommt Ihr, doch Ihr kommt.«

Matzbach nickte und deutete eine rituelle Verbeugung an. »Der lange Weg säumt meine Entschuldigung«, erwiderte er. Seufzend ließ er sich auf einen Stuhl sinken.

Goldberg schob den Unterkiefer vor. »Wein?«

Baltasar nickte. »Und Kaviar für den finsteren Pfadfinder«, sagte er mit einer Kopfbewegung nach rechts, zum geschulterten Poe.

Goldberg langte eine mit feuchten Lappen zur Kühlung umwickelte Flasche aus einer Ecke hervor, entwickelte sie, zog vorsichtig den Korken heraus und stellte zwei Gläser auf den Tisch. Nachdem er sie gefüllt hatte, nahm Matzbach einen vorsichtigen Schluck und schüttelte sich.

»Brrr, das zieht einem ja die Löcher in den Socken von innen zu! Riesling?«

Goldberg nickte. »Guter alter«, sagte er fast liebevoll, »das heißt junger, aber wie früher, ohne Zucker.«

Baltasar nahm einen weiteren Schluck und grunzte schon beifälliger. Goldberg bestrich eine Scheibe Graubrot mit gesalzener Butter, schmierte eine Schicht Erdbeermarmelade darüber, garnierte die Angelegenheit mit Zwiebelringen und krönte alles mit einigen Tupfern Senf. Dann schnitt er es in winzige Stückchen und schob es dem Raben hin, der von Baltasars Schulter hüpfte und munter zu speisen begann.

»Das Tier«, sagte Matzbach ungläubig, »muß krank sein.«

Goldberg nahm den Topf vom Herd und teilte den Inhalt gerecht; einen der überhäuften Teller stellte er vor Matzbach, mit dem anderen begab er sich an die andere Seite des Tisches und setzte sich.

»Essen!«

Baltasar schnupperte und strahlte. »Ah, die Köstlichkeiten der oberen und der unteren Sphäre, Himmel und Erde.«

Gebratene Blutwurst, Kartoffelpüree und Apfelkompott untereinander, in Zusammenarbeit mit dem Riesling, beanspruchten seinen Gaumen derart, daß er hinterher sofort zu einer Zigarre greifen mußte, um wieder zu sich zu kommen.

Großvater Goldberg stopfte eine alte stinkende Pfeife mit altem stinkenden Tabak, blies eine übelriechende Wolke in Richtung Poe und lehnte sich zurück.

»Berichten!«

Baltasar paffte noch einige Sekunden, dann nahm er die Zigarre aus dem Mund. »Tja, was soll ich berichten? Ich bin gefahren, kreuz und quer. Immer wenn ich das Gefühl hatte, links könnte ein schönes Tal sein, oder vielleicht würde der häßliche Kirchturm mir zuliebe einstürzen, wenn ich nur nah genug an ihm vorbeiführe, immer dann bin ich abgebogen. Ich habe die Tankstellen nicht gezählt, an denen ich gehalten habe. Irgendwann gegen sechs wurde der Rabe unruhig. Ich dachte, er müßte vielleicht mal, und weil ich keine Lust hatte, ihm wieder meine Brusttasche zu reichen, habe ich angehalten. Aber er wollte nicht raus. Ich bin also weitergefahren, und siehe da, hinter der nächsten Kurve war eine Tankstelle.« Baltasar musterte den immer noch mampfenden Vogel. »Hat er sich verdient«, sagte er. »Ich habe dann an der Tankstelle gehalten, und Poe ist rausgeschossen, kaum daß ich die Tür geöffnet hatte. Der Tankstellenpächter kam an und grinste. ›Sie mit Ihrem komischen Vieh schon wieder?‹ sagte er, bevor er mein Gesicht gesehen hatte. Dann hat er mich ein wenig befremdet gemustert. Ich habe ihm erklärt, daß ich Wagen und Vogel nur leihweise besäße, und ihn dann gefragt, wann er die beiden zuletzt gesehen hätte.«

Goldberg beugte sich vor. »Na, und wann?«

Baltasar verschränkte die Arme vor der Brust. »Na, wann wohl! Ich als Universaldilettant bin darauf angewiesen, daß die unwahrscheinlichen Zufälle immer mit mir sind und nie gegen mich.« Er zog einen Zettel aus der Innentasche seiner weiträumigen Wildlederjacke und schob ihn dem Großvater hin.

Goldberg las. »›Der unterzeichnende Dingsbums, Pächter der Tankstelle und so weiter, bestätigt hiermit, am Morgen des vergangenen Donnerstag, Datum gegen 7 Uhr 30, den Wagen mit Kennzeichen XYZ mit Diesel vollgetankt zu haben. Er erinnert sich genau an eine birnenförmige Delle am hinteren rechten Kotflügel und daran, daß der Fahrer dieses Wagens einen Raben bei sich hatte. Beschreibung des Fahrers …‹ Klar, eindeutig Andreas.«

Goldberg faltete den Zettel säuberlich zusammen, strich den Falz mit dem Daumennagel glatt; dann reichte er Baltasar das Papier mit spitzen Fingern. Als Baltasar es wieder an sich genommen hatte, blickte der alte Mann ihm in die Augen und streckte die rechte Hand aus, die Matzbach drückte.

»Baltasar«, sagte Goldberg halblaut, »ich danke Ihnen.«

»Großvater«, sagte Baltasar sanft, »nichtsnutzige Enkel prachtvoller Ahnen sollte man unterstützen, um die Trauer von ehrwürdigen Häuptern fernzuhalten.«

Dann lehnte er sich wieder zurück. »Allerdings gebe ich zu, daß der Rabe einen wichtigen Teil zu verantworten hat. Ich weiß nicht, ob die birnenförmige Delle allein genügt hätte.«

Er machte eine Pause und murmelte dann nachdenklich: »Stellt sich die Frage: Was mach ich jetzt?«

Goldberg musterte ihn aufmerksam. »Wieso? Was wollen Sie denn jetzt noch machen?«

Baltasar stützte die Ellenbogen auf den Tisch und zündete seine erloschene Zigarre wieder an. »Na ja, ich hatte mich auf eine verwickelte Affäre gefreut, und jetzt ist alles so einfach. Oder auch nicht. Es ist zwar klar, daß Ihr Enkel nicht der böse Bube ist, aber irgendwer muß ja die beiden Liebenden umgenietet haben. Warum soll ich denn der Polizei den Rest überlassen, nachdem ich einmal angefangen habe? Das könnte meinem lieben Freund Ziegler so passen, pah.«

Goldberg schüttelte den Kopf. »Versteh ich nicht. Wer ist Ziegler?«

»Ein gelegentlich unfreundlicher Hauptkommissar der Bonner Kripo, mit dem ich schon einmal das Vergnügen hatte. Haben Sie ihn nicht kennengelernt?«

»Nein. Hat wahrscheinlich einen Untergebenen zu mir geschickt. Was wollen Sie tun?«

Matzbach rümpfte die Nase. »Es kommt ohnehin nichts Zählbares in bar dabei heraus, also kann ich doch gleich versuchen festzustellen, wer wirklich was und warum und wie getan hat, oder?«

Goldberg grinste. »Sie haben sonst nichts zu tun?«

»Doch, aber für ein bißchen Aufregung sollte man sich immer Zeit nehmen.«

Poe segelte mit trägen Schlägen durch die Küche und landete ächzend auf der Fensterbank. Goldberg musterte ihn böse.

»Kleiner Kacker«, sagte Matzbach, »muß er etwa?«

Schweigend öffnete Goldberg das Fenster; der Rabe schoß in die kühle Nacht.

Während Goldberg eine weitere Flasche besorgte, schnüffelte Baltasar mißtrauisch an den Tabakbeständen des Alten. »Sie«, sagte er dann, als der Großvater wieder am Tisch Platz genommen hatte, »rauchen wohl auch alles, was sich nicht wehrt oder nicht schnell genug laufen kann, wie?«

Goldberg stopfte sich eine weitere Pfeife. »Spezialmischung.«

Matzbach sog die Luft durch die geblähten Nüstern ein und leckte sich die Lefzen. »Hinreißendes Aroma. Fingernägel, Gewürznelken, Kameldung, Dörrobst und Juckpulver, eh?«

Goldberg betrachtete ihn verärgert. »Hören Sie doch endlich auf zu labern. Entweder labern oder trinken. Schach?«

Sie spielten viele Partien und laberten nicht mehr. Weit nach Mitternacht zählte Baltasar die Flaschen und setzte Goldberg matt.

»Dä«, sagte er.

Goldberg musterte die Stellung und nickte.

Baltasar lehnte sich zurück und ließ einen epochalen Rülpser. »Bleibt immer noch die Frage, was ich jetzt mache«, knurrte er. Nachdenklich sog er an seiner Zigarre.

Ein schwarzer Flügel zuckte vor dem Fenster, dann pochte es.

»Lenore!« schrie Baltasar. »Nimmermehr!«

Goldberg ließ den Raben herein. Poe sah zufrieden und zerzaust drein.

»Haben die zur Zeit Wallungen?« sagte Matzbach.

»Dieses entsetzliche Vieh hat immer Wallungen. Mir wär schon lieb, wenn Andreas sich bald wieder um das Monster kümmert.«

»Sehen Sie«, sagte Baltasar langsam und deutlich, wenn auch bemüht, »wenn ich morgen früh mit dem Wisch meinen lieben Freund Ziegler besuche, wird er mich verfluchen, und dann werden sie Andreas freilassen. Vielleicht wird Ihr Enkel mich knutschen wollen, und davor graut mir mehr als vor Zieglers Ausfälligkeiten. Zusammengefaßt: Ich habe nichts davon. Ziegler hat nichts davon. Andreas hat auch nichts davon. Ein paar Tage der Meditation bei karger Kost schaden keinem. Wenn ich also den Zettel abliefere, ist eitel Grausen angesagt. Dann wird der stumpfe Stulpenstiefel der Polizei die zarten Spuren, die der Mörder vielleicht hinterlassen hat, zertrampeln, und ich gehe wieder einmal leer aus. Wenn Sie es noch ein paar Tage mit dem Vieh aushalten und nicht so dringend darauf bestehen, daß Ihr minderwertiger Enkel morgen pfeifend durch die Gegend fährt und sich hinterher wieder an nichts erinnert, wenn dies, dann jedoch …«

Goldberg stützte den Kopf auf die Fäuste. »Was dann?«

»Dann jedoch würde ich gern noch ein paar Tage lang ermitteln, um meinen Vorsprung zu behalten, wenn die Herren von der Kripo errötend meinen Spuren folgen.«

Goldberg nickte. »Kann ich verstehn. Von mir aus lassen Sie ihn noch 'n paar Tage hängen. Wie wollen Sie denn weitermachen?«

Baltasar seufzte. »Ich bin von unfähigen Zuarbeitern abhängig. Einer dieser Menschen bemüht sich, über einige andere etwas zu erfahren. Sobald er etwas erfahren hat, werde ich etwas unternehmen. Andernfalls auch früher.«

»Sehr erhellend, Ihre Ausführungen.«

Matzbach setzte ihm eine halbe Stunde in unterschiedlichen Wortlauten auseinander, was er zu tun beabsichtigte.

Goldberg erklärte alles für Blödsinn. »Und jetzt«, sagte er am Schluß, »gehe ich ins Bett. Aber vorher sag ich Ihnen noch was. Wenn ich nicht das Gefühl hätt, ich steh in Ihrer Schuld …«

Matzbach hustete. »Also, was dann?«

»Sie haben den Tankwart gefunden. Mit dem Zettel kriegen Sie Andreas frei. Deshalb dürfen Sie ihn noch, sagen wir, zwei Tage hängenlassen …«

Baltasar unterbrach ihn. »Wenn ich den Zettel nicht gefunden hätte und Andreas nicht rausholen könnte, müßte ich ihn also sofort rausholen?«

»Für Unsinn sind Sie zuständig. – Also, zwei Tage, mehr nicht. Dann kann der dumme Junge noch ein bißchen in sich gehen. Er ist ja sowieso arbeitslos.«

»Also gut. Morgen schicke ich den Wisch seinem Anwalt, mit der Bitte, alles zu überprüfen. Den Brief kriegt dieser Korff übermorgen früh. Wenn *er* es nicht tut – wozu sollte er auch –, prüft Ziegler bestimmt alles nach. Also werden sie Andreas frühestens Mittwoch nachmittag freilassen. Wenn ich bis dahin nicht mehr rausgekriegt hab, kann ich ohnehin aufgeben.«

Goldberg ging vor ihm her und zeigte ihm das Zimmer, in dem ein Gästebett harrte. »Hat man Ihnen schon mal gesagt«, sagte er dabei, »daß Sie reichlich arrogant sind?«

Baltasar nickte. »Es hat sich wiederholt, und eines Tages habe ich dann beschlossen, es auswendig zu lernen, um es mir endlich zu merken.«

Kurz nach sieben Uhr wurden die Insassen des Goldbergschen Fachwerkhauses von unchristlichem Lärm geweckt: ein Telegrammbote. Goldberg, leicht verkniffenen Gesichts, schlurfte mit dem Telegramm in der Hand zu Matzbachs Kemenate.

Baltasar rieb sich die Augen. »Sandmann, heil dir«, knurrte er. Dann riß er den Umschlag auf. ›Sofort Hoff anrufen. Fricke. Hoff.‹ Er zeigte Goldberg das Telegramm.

»Was denn«, knurrte der Alte, »Hoff anrufen, Fricke, Hoff? Idiotisch, diese moderne Lyrik. Kaffee?«

Baltasar stürzte ins Bad, zu seiner Zahnbürste. Anschließend spurtete er zu seinem Wagen und verschwand. Eine Viertelstunde später kam er zurück.

»Na?« Goldberg goß dampfenden Kaffee in zwei Emaillebecher. Baltasar schlürfte, fluchte über seine verbrannte Zunge und griff zu einer Zigarre.

Goldberg schüttelte den Kopf. »Frühstücken Sie immer so?«

»Nur wenn ich Zeit hab. – Also: Hoff ist manchmal ein cleveres Kerlchen. Er hatte sich ausgerechnet diesen Fricke als ersten rausgepickt, weil Ministerium.«

»Welchen Fricke, wieso weil Ministerium?«

Matzbach setzte ihm schnell auseinander, was es über die Liste mit den Namen und die Telefonnummern und überhaupt zu erzählen gab.

»Hat also ein Ministerium nach dem anderen angerufen und sich mit Herrn Fricke verbinden lassen wollen. Natürlich gab es nicht überall einen Fricke in leitender Position. Schließlich hatte er einen, der hieß aber Eusebius mit Vornamen und war ein anderer. Klar, wenn ich Eusebius hieße, wäre ich auch ein anderer. Im Innenministerium landete er bei einer freundlichen jungen Dame. Die sagte, Herr Fricke habe gegen Mittag das Büro verlassen und wolle erst am Donnerstag wieder erscheinen.«

Goldberg nickte. »Nette junge Dame. Was hätte Ihr Hoff denn gemacht, wenn Fricke dagewesen wäre? Ihn gefragt, ob er in der letzten Zeit jemand umgebracht hat?«

»Er hätte ihn nach dem Vornamen gefragt und dann behauptet, er wolle einen Kasimir Fricke sprechen und sei falsch verbunden. Jedenfalls, Fricke ist aushäusig. Darauf hat Hoff prachtvoll gelogen und der jungen Dame gesagt, er müsse Fricke unbedingt sprechen. Er sei ein entfernter Vetter, und in der Familie hätte es einen Todesfall gegeben.«

»Noch ein Todesfall, sehr schön.«

»Daraufhin ist die Dame sehr gesprächig geworden. Herr Fricke hätte nur gesagt, er wolle noch ein paar Dinge vorbereiten und dann morgen, also heute, früh in die Rhön fahren. Sie wisse nicht, weshalb, aber so sei es nun mal.«

Matzbach machte eine Pause und schlürfte wieder von dem Kaffee. »Dann hat Hoff noch ein paar andere Telefonate gemacht, bei denen aber nichts rausgekommen ist. Schließlich hat er sich gestern abend vergewissert, daß Fricke noch in seiner Wohnung ist. Er ist hingefahren, hat Licht gesehen, hat dann von der nächsten Zelle aus angerufen und beim Klang einer Männerstimme aufgelegt. Dann hat Hoff versucht, mich zu erreichen. Das war natürlich unmöglich, weil ich hier war.«

»Unmöglich.«

»Eben. Also hat er die halbe Nacht nicht geschlafen und statt dessen das Telegramm aufgegeben. Er hat noch einen Hilfsposten rekrutiert, der hat ihn eben angerufen und ihm gesagt, Fricke habe das Haus mit einem Taxi verlassen und sich zum Bahnhof begeben, mit leichtem Gepäck.«

Matzbach machte eine Pause. »Ich bin zufrieden«, sagte er dann. »Wahrscheinlich kommt nichts dabei heraus, und Fricke besucht einen entfernten Vetter, weil jemand gestorben ist, aber immerhin hat Hoff Organisationstalent. Das ist eine wertvolle Entdeckung. Hoff ist jetzt zum Bahnhof geprescht; er wird in der Nähe des Fahrkartenschalters warten, bis ein Mensch mit leichtem Gepäck vorbeikommt, der so aussieht, wie der andere Posten Fricke beschrieben hat, und der eine Fahrkarte in die Rhön löst. Dann wird auch er eine solche lösen und einsteigen. Der andere Posten wird in

Hoffs Wohnung gehen und darauf warten, daß ich ihn anrufe.«

Goldberg hatte dem Vortrag mit leichtem Zwinkern gelauscht. Nun sagte er: »Findig, aber völlig blödsinnig. Wo hat Hoff denn den zweiten Posten her?«

»Ha«, sagte Matzbach, »das ist es ja, das hätte ich ihm nicht zugetraut.«

Mehr war nicht aus ihm herauszuholen. Nach einer Weile begab er sich erneut zu seinem Wagen und fuhr zur Telefonzelle. Als er zurückkam, strahlte er über die ganze enorme Fläche seines feisten Gesichts.

»Sehr schön. Fricke und Hoff fahren über Frankfurt nach Fulda, wo sie voraussichtlich in vier Stunden eintreffen werden. Ich auch. Herr Großvater, es war mir ein Vergnügen. Hier ist der Zettel. Schicken Sie ihn bitte an Anwalt Korff.«

Er nannte die Adresse und setzte hinzu: »Wenn Sie ihn erst heute nachmittag in den nächsten Dorfbriefkasten werfen, kommt er erst übermorgen an, das gibt mir noch einen weiteren Tag. Und halten Sie diesen Vogel fest. Ich will ihn nicht dabeihaben.«

8.

Am frühen Nachmittag musterte Matzbach die Gesichter der Passagiere, die in Fulda den Bahnsteig verließen. Ihm erschienen alle gleich häßlich, vor allem Hoff, der mit allen Anzeichen des Beleidigtseins näher kam.

»Altes Ekel«, sagte er, als er Matzbach erreichte, »da geht er.« Er deutete mit dem Kopf diskret in eine ungenaue Richtung.

Matzbach sah mindestens zehn Leute. »Wer?«

»Seine hurtige Exzellenz, der Herr Ministerialrat Lorenz Fricke.« Hoff wies nun offen auf den Rücken eines älteren Herren, der sich anschickte, das Bahnhofsgebäude zu verlassen. Matzbach sah nur einen grauen Haarkranz unter einem lächerlichen Hut sowie die hintere Hälfte eines abgetragenen grauen Anzugs, einen Rucksack und dicke Wanderschuhe.

»Was macht der in Fulda, mit einem Rucksack?«

Hoff seufzte und blickte Matzbach anklagend an. »Zuerst schickst du mich auf Nachforschungen aus, dann läßt du mich wochenlang Zug fahren, obwohl ich doch Züge hasse wie die Beulenpest, und schließlich sagst du nicht ›Danke, teurer Freund, für heftigen Einsatz‹, auch nicht ›Armes hungriges Kerlchen, soll ich dich zu einem kleinen Bankett einladen‹, nein, du fragst einfach, was wer wo wie will. Ekelhaft.«

Baltasar ergriff Henry am Arm und zog ihn zum Ausgang. Fricke stand unschlüssig da und blickte in den Himmel, dann auf seine Armbanduhr. Er hatte ein verwaschenes Gesicht, an dem nur eine Knollennase bemerkenswert war. Matzbach und Hoff blieben im Ausgang stehen, wo sie halb hinter einem Wandvorsprung warteten. Schließlich schüttelte Fricke den Kopf und ging zum Taxistand. Er verhandelte mit dem Fahrer des ersten Wagens, dann warf er seinen Rucksack auf den Rücksitz und stieg vorne ein.

»*Merde alors*«, sagte Baltasar fröhlich, »nun müssen wir ihm folgen. Ich hätte dich sonst zu einem opulenten Menü an der Pommesbude da drüben eingeladen.«

Hoff fluchte durch die Zähne, zündete sich eine – nicht selbstgedrehte – Zigarette an und folgte Matzbach, der eiligen Schrittes zu seinem Wagen ging.

»Merk dir die Nummer«, knurrte Baltasar. Das Taxi fuhr an, noch ehe sie seinen Wagen erreicht hatten. Zum Glück war die nächste Ampel rot.

Mit einigem Abstand folgten sie dem Taxi. Hoff rauchte mit Genuß.

»Die ganze Strecke von Frankfurt bis hierher habe ich in einem Nichtraucherabteil sitzen müssen«, beklagte er sich, »sonst hätte ich ihn nicht im Augenwinkel behalten können.«

Matzbach verzog das Gesicht. »Ein guter Agent wird nie aus dir. Agenten quengeln anders. Wie oft hast du ihm gesagt, daß du ihn beschattest?«

Hoff drückte die Zigarette an der Fensterscheibe aus und warf die Kippe auf den Boden, während er mit der anderen Hand den Aschenbecher demonstrativ zuschob. »Er hat mich nicht gesehen, jedenfalls nicht bemerkt«, sagte er mit zusammengebissenen Zähnen. »Zum Glück bin ich weder so widerlich noch optisch so aufdringlich wie du.«

Baltasar pfiff ein fröhliches Liedchen; dann sagte er munter:

»Ich sehe voraus, daß wir eine nette Zeit haben werden. Du bist prächtig gelaunt.«

Daraufhin holte Hoff tief Luft und beschimpfte Matzbach minutenlang, wobei er in allen Einzelheiten auf die undurchsichtige Familiengeschichte, die Formen freier Lebens- und Gewerbeführung mütterlicherseits und die besonderen Charaktereigenschaften Matzbachs einging, nicht, ohne sich in längeren Spekulationen über erbliche Geistes- und venerische Krankheiten zu ergehen.

Matzbach lauschte interessiert und hielt dabei vornehmen Abstand zum Taxi. Bald lag Fulda hinter ihnen; das Taxi beschleunigte und bog dann in eine Landstraße ein. Irgendwann verstummte Hoff. Matzbach griff blind nach hinten und förderte eine Packung mit Keksen und ein paar Brötchen zutage, die er unterwegs in aller Eile an einer Autobahnraststätte erstanden hatte. »Hier, friß.«

Hoff mampfte still vor sich hin. Das Taxi lag weit vor ihnen; Matzbach bemühte sich, so oft es ging, wenigstens einen Wagen zwischen dem Taxi und seinem Auto zu lassen. Das wurde schwieriger und schließlich unmöglich, da die Gegend immer einsamer und höher und der Verkehr immer karger wurde.

Nach etwa dreißig Kilometern Fahrt bremste Matzbach jäh ab. Das Taxi hatte angehalten und stand kurz vor der Einmündung der bisher genutzten Straße in eine andere, dem Anschein nach etwas größere.

»Was machen die denn, zum Teufel?« Hoff kniff die Augen zusammen und starrte nach vorn.

Matzbach grinste. »Armer Junge«, sagte er, »wie allen Atheisten bleibt auch dir nur noch der Teufel, wenn du glauben oder fluchen willst, eh?«

Hoff krümmte die Finger, wie um einen dicken Hals auf Standhaftigkeit und Durchmesser zu untersuchen.

Matzbach musterte die Landschaft, fand aber nichts ausreichend Spannendes in ihr und widmete sich der Landkarte. »Wahrscheinlich erklärt Fricke jetzt dem Fahrer, wo er genau hinwill.«

Hoff grunzte. »Wenn wir es doch auch schon wüßten. Sind wir bald am Kyffhäuser?«

»Dummerchen«, sagte Baltasar, »der liegt weiter im Norden. Wir sind aber bald bei unseren sozialistischen Brüdern und Schwestern.«

»Freunden!« sagte Hoff.

Matzbach schüttelte den Kopf. »Nein. Freunde kann man sich aussuchen, Verwandtschaft muß man hinnehmen.«

Hoff grinste plötzlich. »Das Aussuchen nützt einem aber auch nicht immer; wenn ich dich so betrachte ...«

Baltasar schlug vor: »Nimm einfach an, wir hätten diesseits von Adam weitere gemeinsame Vorfahren, dann kannst du's vielleicht besser aushalten.«

Plötzlich setzte das Taxi sich wieder in Bewegung. Niemand war ausgestiegen. Matzbach rollte ebenfalls wieder an.

»Aha«, sagte er, »also rechtsrum.«

Hoff musterte die Karte. »Blödsinn. Die B 278 nach Süden – links liegt ein wichtiger Ort, eine Metropole gewissermaßen, namens Hilders. Wenn sie nicht dahin wollen, wohin dann? Um nach Gersfeld oder Würzburg zu fahren, ist die bisherige Strecke ein Riesenumweg.«

Matzbach flötete leise. »Nicht nur an deiner Grammatik, sondern auch an deiner Leseweise der Karte habe ich einiges auszusetzen. Stell dir vor, sie biegen gleich wieder links ab?«

Hoff fand die dünn eingezeichnete Nebenstraße auf der reichlich großformatigen Karte. Ein die Ortschaft Frankenheim einschließender sozialistischer Schnabel hackte hier ein Stück aus der Bundesrepublik.

»Früher«, sagte Matzbach, »muß es eine direkte Verbindung von Hilders nach Fladungen gegeben haben, bis die Asiaten sich dazwischengeklemmt haben. Da, siehste!«

Das Taxi verschwand nach links, passenderweise genau nach Osten, wie Matzbach leise vor sich hin murmelnd feststellte.

»Merkwürdige Örter«, sagte Hoff, »gibt es hier. Batten, Seiferts. Namen sind das.«

»Hier hat man vorgestern die Zukunft vergraben und inzwischen den Platz vergessen, wo sie liegt.«

Hoff zog den Inhalt seiner Nase hoch. »Deine Reden erleichtern einem den Abschied von dir. Ich will raus!«

Matzbach gab Gas, um das Taxi nicht aus den Augen zu verlieren. Nach einer weiteren Weile bogen die Verfolgten wieder in eine andere winzige Landstraße. Plötzlich, mitten in der Landschaft, hielt das Taxi an. Baltasar steuerte seinen schwarzen Haifisch in eine von der Forstverwaltung zu just diesem Behuf vorgesehene Lücke der restlichen Bewaldung; das gelang ihm eben noch, bevor der Baumbewuchs aufhörte. Nach etwa einer Minute, vermutlich des Handelns und Zahlens, stieg Fricke aus, öffnete die hintere Tür, nahm seinen Rucksack, winkte dem Fahrer und schritt kräftig aus.

»Allgemeine Richtung Süd-Südost«, stellte Matzbach fest.

Sie warteten, bis das Taxi gewendet und sie wieder passiert hatte; dann fuhren sie vorsichtig weiter. Als sie die Stelle erreichten, an der Fricke ausgestiegen war, hielten sie wieder an. Matzbach stieg aus, kletterte auf das Trittbrett und starrte in die Ferne.

»Weg«, sagte er, als er sich ächzend wieder in den Sitz fallen ließ. »Keine Spur von ihm.«

Hoff lehnte sich zurück und verschränkte die Arme vor der Brust. »Herrlicher Tag heute. Kaum Sonne, dafür aber jede Menge hervorragender Wanderwege, oder?«

Matzbach knurrte und studierte die Karte. »Ich wollte, ich hätte ein Meßtischblatt von dieser Gegend. Und einen Kompaß.«

»Willst du wandern? Du könntest glatt abnehmen dabei.«

Matzbach schwieg und fummelte mit dem Finger auf der Karte herum. Schließlich meinte er: »Na, ungefähr dreieinhalb bis vier Kilometer bis zur Grenze, aber die liegt hinter uns. Er geht von der DDR weg.«

»Er wird seine Gründe haben.«

»Wer hätte die nicht? Aber: Wohin geht er? Hier sind wir jetzt. In die Richtung geht er, sofern er geht. In einer Woche ist er in Bad Kissingen. Ob da noch andere Orte zwischen liegen, kann ich dieser vermaledeiten Karte nicht entnehmen. Er könnte genausogut, um eventuelle Verfolger zu irritieren, und vielleicht hat er uns ja gesehen, also, er könnte genausogut nur hier ausgestiegen sein, um uns an der Nase herumzurühren.«

»Schwierig, bei deinem Zinken.«

Matzbach schnaubte. »Und dann geht er nach Süden, ein bißchen später nach Westen, dann nach Norden, überquert diese Straße, auf der wir uns befinden und von der die Karte nichts weiß, und geht schließlich doch in Richtung DDR. Wenn er dann noch nach Nordosten schwenkt, ist er in ein paar Tagen in Schmalkalden. Da kann er sich mit irgendwelchen Leuten vom Land verbünden.«

»Hör doch mit deinen Kalauern auf, um des Satans willen.«

Matzbach faltete die Karte zusammen und starrte düster aus dem Fenster. »Die Frage ist, was machen wir jetzt?«

Hoff zündete sich eine neue Zigarette an. »Ich weiß was. Wir fahren zum nächsten Restaurant, dort lädst du mich zu einem reichhaltigen Mahl ein, und dann fahren wir gemütlich zurück nach Bonn und vergessen den ganzen Stuß.«

Baltasar ließ den Motor an und wendete den Wagen. Er fuhr bis zur letzten Kreuzung zurück.

»Da«, sagte er nach einem gründlichen Blick auf die Hinweisschilder; »wie du siehst, gibt es in dieser Einöde menschliche Siedlungen.«

Hoff nickte. »Ja; deine scharfsinnige Analyse dieser Schilder überzeugt mich.«

»Deshalb, o Henry, werde ich dich jetzt an einem passenden Punkt absetzen.«

Er wendete abermals. Hoff blickte ihn von der Seite an. »Wieso Punkt, und inwiefern passend?«

Matzbach fuhr langsam und starrte angestrengt auf die Landschaft rechts und links der Straße. Er sagte nichts. Etwa einen Kilometer jenseits des Punktes, an dem Fricke das Taxi verlassen hatte, gab es auf der rechten Seite unweit der Straße einen Hügel. Baltasar bremste.

»Hier«, sagte er, wobei er auf den Hügel deutete, »wirst du dich bitte sehr placieren und die Augen offenhalten.«

Hoff protestierte. »Ich weiß nicht, ob ich das werde. Wozu soll das gut sein?«

»Von da oben kannst du ziemlich weit gucken. Wenn der Genosse Ministerialrat irgendwo den Kopf hebt, kannst du ihn, wenn überhaupt, höchstens von da oben sehen.«

Er stellte den Motor ab und öffnete die Tür. Mit dem Zündschlüssel winkte er aufmunternd. Hoff seufzte und stieg aus. Matzbach verschloß sorgfältig die Türen und erstieg den Hügel. Oben angekommen spähte er nach Süden und Südwesten. Eine gräuliche, monotone Landschaft breitete sich aus, die bald abzufallen schien. Matzbach zog die Karte aus der Jackentasche und studierte sie noch einmal. »Wir sind hier«, murmelte er, »ungefähr achthundert Meter hoch, vielleicht ein bißchen mehr. Da drüben« – er wies nach Westen – »scheint ein Tal zu sein, wahrscheinlich ein Flußtal. Ich gäbe was für eine genauere Karte. Hm.«

Er faltete die Karte zusammen und starrte auf die merkwürdige Gegend, in der Fricke verschwunden war.

»Sieht aus wie ein Hochmoor«, sagte er. »Aber das kriegen wir noch raus. Teurer Freund, halte du treulich die Wacht, bis ich wiederkehre, zu lösen die Bande.«

Hoff zertrat den Rest seiner Zigarette. »Mir gefällt es hier nicht. Ich möchte jetzt gern eine Couch haben, ein großes Pils und eine sehr entgegenkommende Kellnerin.«

Baltasar spuckte aus. Dann versenkte er die Pranke in der abgründigen rechten Außentasche seiner Jacke, und als er sie wieder hervorzog, war eine Pistole darin. Er reichte sie Hoff, der sie mit spitzen Fingern entgegennahm.

»Falls«, sagte Matzbach betont lässig, »Fricke ein Schelm ist und bisweilen Anwälte samt deren Kebsen killt, ist es ratsam, vorsichtig zu sein. Kannst du mit so was umgehen?«

Hoff betrachtete das Gerät in seiner Hand. Er hielt die Pistole, als sei diese eine bißbereite Kobra. »Nein«, sagte er gequält, »bis vor kurzem wohnte ich in einer westlichen Demokratie, in der so was nur in der öffentlichen Hand liegt.«

Baltasar grinste. »Nicht zu vergessen, neben dem Gewaltmonopol der Bürokratie, auch das gelegentliche Aufflammen ritterlicher Duellgefühle bei Ganoven.«

Hoff musterte die Pistole immer noch.

Baltasar klopfte ihm auf die Schulter. »Wenn es dringend wird, einfach mit dem richtigen Ende auf den Anlaß der Dringlichkeit zielen und an diesem netten Hebel ziehen.«

»Wann wird es dringend?«

Baltasar blickte noch einmal in die Runde und dann auf seine Uhr. »Hm, kurz nach drei. Das gibt uns noch ungefähr drei Stunden Tageslicht, oder? Der Platz hier hat den Vorteil, daß man weit sehen kann. Und den Nachteil, daß man gut gesehen wird. Aber keiner kann ungesehen nah genug herankommen, um dringend zu werden, mein Lieber, also reg dich nicht auf. Außerdem bin ich in einer Viertelstunde oder so wieder hier. Ich werde jetzt mal eben ins nächste Dorf rasen, versuchen, dort eine Karte und ein paar Auskünfte zu kriegen, und dann komm ich wieder. Mach's gut.«

Er grüßte spöttisch und kletterte wieder zu seinem Wagen hinunter. Hoff setzte sich unglücklich auf einen großen Stein knapp unterhalb der Hügelspitze und betrachtete abwechselnd die Pistole und die Landschaft.

»Man muß warten, bis es dringend wird«, murmelte er dabei. »Bei mir ist im Moment etwas anderes viel dringender. Aber an solche Nebensächlichkeiten denkt natürlich ein großer Geist nicht. – He!« brüllte er hinter Matzbach her, der gerade seinen Wagen wieder aufschloß, »bring Klopapier mit, hörst du? Ich weigere mich, ohne Papier weiter Räuber und Gendarm zu spielen!«

Matzbach winkte, zeigte ihm einen Vogel und stieg ein. Dann wendete er den Wagen und jagte los.

Nach einer halben Stunde kam er zurück. Prustend erklomm er den Hügel, warf Hoff eine Rolle Papier in den Schoß und setzte sich neben ihn.

»Da«, sagte er, »für hinterlistige Zwecke. Irgendwas Besonderes?«

Hoff schüttelte den Kopf und reichte ihm die Pistole, sichtlich froh, das Ding wieder loszuwerden.

»Nee«, sagte er, »einmal dachte ich, ich hätte da drüben eine Bewegung gesehen, aber das war wohl nichts.«

Matzbach nickte und breitete eine Detailkarte auf dem Boden aus. »Hier sind wir. Du hattest die letzten fünfunddreißig Minuten das Privileg, allein und Aug in Aug einem der berühmtesten Hochmoore des Vaterlandes gegenüberzuhocken. Dieses ist das Schwarze, weiter unten findet sich das Rote Moor.«

Er zog mit dem Finger ein paar dünne Linien nach, die aussahen wie die Schleifspuren einer Schwarzfußfliege, die die Karte beschlichen haben könnte.

»Das sind Wege durch die Moore, Knüppeldämme und so. Wir werden jetzt, sobald du deine Geschäfte erledigt hast, ein wenig hineinspazieren und nachsehen, ob wir den teuren Vermißten entdecken. Natürlich nur von fern.«

Hoff verzog das Gesicht. »Hast du eigentlich überhaupt kein menschliches Empfinden? Nun willst du mich auch noch durch ein Moor jagen? Kann man da wieder rauskommen, oder werden wir in tausend Jahren anthropologische Kuriositäten sein?«

Matzbach erhob sich und faltete dabei die Karte wieder zusammen. »Ich habe noch zu viele erfreuliche Dinge zu erledigen, als daß ich jetzt die Beförderung zur Moorleiche anstrebte. Und dann auch noch an deiner Seite, pah. Sieh zu, daß du schnell fertig wirst.«

Er kletterte abwärts, zum Wagen. Nach ein paar Minuten folgte Hoff. Er setzte sich auf den Beifahrersitz.

Matzbach startete den Wagen wieder. »Na, hast du erfolgreich eine anthropologische Kuriosität deponiert?«

Hoff zog es vor, nicht zu antworten. Sie fuhren zu der Stelle zurück, wo Fricke verschwunden war und ein kleiner Weg begann. Baltasar fuhr einige Meter weiter, wo er den Wagen am Straßenrand abstellen konnte. Dann machte er aufmunternde Handbewegungen, denen Hoff seufzend nachkam.

Nachdem sie einige Minuten gegangen waren, verengte sich der Weg. Matzbach zog die Karte heraus und betrachtete sie mit zusammengekniffenen Brauen. »Aha.«

Hoff blickte ihn an. »Was ahast du?«

Matzbach hielt ihm die Karte unter die Nase. »Da, noch ein bißchen weiter, und wir sind richtig schön drin. Und dann gabelt sich der Weg, und dann wird es lustig.«

Hoff reichte ihm die Karte zurück. »Angenehme Gegend, reichliche Vegetation; jüngst sah ich auch einen Wisent, und irgendwo da vorn hockt bestimmt einer mit Blasrohr und Giftpfeilen.«

Matzbach antwortete nicht; er stapfte voran.

Nach etwa einer Viertelstunde erreichten sie die Stelle, an der sich der Weg gabelte.

Baltasar zog erneut die Karte zu Rate. »Ich schätze, es kommen nur zwei Möglichkeiten in Frage, rechts oder links.«

Hoff nickte. »Weise. Mehr Möglichkeiten gibt es ja auch nicht. Außer nach oben und nach unten. Welchen von den beiden Wegen wollen wir denn nehmen?« Er sah sich mit einem Kopfschütteln um. »Asphalt mag ja stinken, aber es trägt besser als das da.« Er deutete auf die graugrüne Fläche, die unregelmäßig mit Gesträuch und undefinierbaren Halmen bewachsen war.

Baltasar lachte. »Alles halb so wild. Das meiste trägt so gut wie Asphalt. Die haben die Wege hauptsächlich deshalb angelegt, um die Menschenmassen, die sich hier in der Saison durchwälzen, von der zerstörerischen Zertrampelung kostbarer Moose abzuhalten. Dieses Jahr sind erst elf Leute im Moor abhanden gekommen.«

Hoff verschränkte die Hände hinter dem Rücken und wippte auf den Fußspitzen. »Das freut mich, dann brauche ich mich ja vor nichts zu fürchten. Elf, sagst du? Woher weißt du das?«

Baltasar deutete mit dem Daumen nach hinten. »In dem Dorf, wo ich eben war und wo ich die Karte in einem kleinen Laden gekauft habe, haben sie das erzählt.«

»Aha. Und wie sind diese elf Leute abhanden gekommen? Verirrt, erschossen, ertrunken, verdurstet?«

Baltasar grinste. »Leichtsinnig gewesen, nehme ich an. Manche findet man im Verlauf des Jahres, andere erst nach Jahrzehnten, andere nie. Tröste dich, keiner wird dich vermissen.« Er starrte wieder auf die Karte und auf die beiden Wege. »Na ja, es gibt nur die beiden Möglichkeiten. Ich glaube, dieser hier, der nach Südwesten geht, sollte eher in Frage kommen als der andere Weg. Der andere führt in einem Bogen nach Südosten zu einem Ort. Ich glaube nicht, daß jemand aus Bonn hierherkommt, nur um eine halbe Stunde durch ein Moor zu laufen und dann in einem Ort herauszukommen, den er mit fünf Minuten längerer Taxifahrt auch erreicht hätte.«

Er faltete die Karte zusammen. »*Vamos*!«

Murrend folgte Hoff. Nach weiteren zwanzig Minuten erreichten sie eine kleine Verbreiterung des Wegs; auch wuchsen hier einige Bäume, und man hatte zwei grob zugehauene Bänke aufgestellt.

Hoff ließ sich auf eine der Bänke sinken und zündete sich eine Zigarette an. »Ah«, sagte er, »fester Boden. Kontinente haben ihre Vorzüge. Wohin willst du eigentlich noch?«

Matzbach setzte sich neben ihm auf die Bank und befragte erneut seine Karte. Dann blickte er auf die Uhr. »Also, Fricke hat ungefähr eine Dreiviertelstunde Vorsprung. In dem Gelände hier könnten wir fünf Minuten hinter ihm sein und würden ihn nicht sehen. All diese Biegungen und das Gestrüpp. Ich wüßte nur gern, ob er tatsächlich hier entlanggegangen ist.«

Er schob Hoff die Karte hin, stand auf und ging zu einem Abfallbehälter neben der anderen Bank. Dort ließ er sich auf die Knie nieder und fischte etwas heraus. Mit spitzen Fingern hielt er es hoch: ein zusammengeknülltes Stück Papier. Er zog es auseinander und strich es auf der Bank glatt. »Siehst du«, sagte er, »wer den Schmutz nicht scheut, hat am Finden mehr Freud. Alter Spruch aus dem Volksmund der Rhön.«

Hoff blinzelte. »Schöner Spruch. Was soll ich sehen?«

Matzbach kam zu ihm und reichte ihm das Papier. Es handelte sich um eine Tüte, wie Bäcker sie zur Verpackung von Brötchen benutzen. Der Aufdruck verriet, daß der betreffende Bäcker in Bonn sein Unternehmen betrieb, und zwar ganz in der Nähe von Frickes Wohnung.

»Ja, ja«, murmelte Baltasar, »Picknick am Wegesrand.« Er riß die Tüte auseinander und betrachtete die Innenseite. Deutlich waren Spuren von Butter zu erkennen.

»Na schön«, sagte Hoff, »aber was haben wir davon?«

Baltasar warf das Objekt, nachdem er es zusammengeknüllt hatte, in den Abfallbehälter zurück.

»Wir wissen jetzt zweierlei«, sagte er. »Erstens, daß ein Mensch, der irgendwann in jüngerer Zeit in Bonn Brötchen gekauft hat, hier vorbeigekommen ist. Zweitens, daß es nicht allzulange her sein kann, denn die Butter ist noch nicht ranzig.«

Hoff seufzte. »Wie viele Menschen kaufen in Bonn Brötchen, und wie viele von ihnen könnten diesen wunderschönen Pfad gegangen sein? Außerdem liegt mir nichts davon vor, daß Fricke heute früh beim Bäcker gewesen wäre.«

Baltasar schloß die Augen. »Vielleicht hat er die Brötchen letzte Woche gekauft, hat sich heute früh Brote geschmiert, verstehst du, Scheiben, abgeschnitten von einem Laib, beschmiert mit Butter und belegt mit Salami oder Schinken oder sonst was, und weder für das eine noch für das andere mußte er heute früh einkaufen gehen. Und ich glaube nicht, daß in dieser Jahreszeit noch große Mengen von Bonnern mit Bonner Brötchentüten durch die Rhön streunen. Immerhin befinden wir uns in der zweiten Oktoberhälfte, und das Wetter beginnt, ungnädig zu werden. Und drittens: Schau mal in den Mülleimer.«

Hoff runzelte die Brauen und stand auf. Er warf einen Blick in den Abfallbehälter. »Nun ja, du wirst wohl recht haben. Jedenfalls ist der Behälter vor kurzem geleert worden, sonst wäre mehr drin als dieses Brötchenpapier und eine Coladose. Und jetzt?«

Baltasar hielt ihm die Karte hin. »Jetzt gehen wir zurück zum Wagen und suchen uns ein Plätzchen, an dem man etwas essen und das Ende des Weges betrachten kann.«

Hoff folgte der dünnen Linie auf der Karte mit dem Finger. »Du meinst, er geht geradeaus?«

»Wenn nicht, dann hat er zu wenig Gepäck. In zwei Stunden wird dieser Tag abgehakt und zu den Akten gelegt. Wenn Fricke nicht geradeaus geht, kommt er nirgends hin. Dann hätte er wohl in dieser Jahreszeit ein Zelt oder einen Schlafsack dabei. Sein kleiner Rucksack sah mir aber eher nach Brötchen, Zahnbürste und Unterhose zum Wechseln aus. Also los.«

Sie gingen zurück. Als sie den Wagen erreicht hatten, erkundigte Hoff sich vorsichtig: »Und du bist ganz sicher, daß wir jetzt irgendwo hinfahren, wo man etwas essen kann? Ich meine, nicht, daß ich hungrig wäre, ich habe ja erst gestern abend etwas gegessen; ich frage einfach so.«

Baltasar startete den Motor, wartete, bis der Wagen sich auf die Beine gepumpt hatte, und fuhr an.

»Nicht zu vergessen die Brötchen, die ich dir ausgegeben habe. Aber keine Sorge, du kriegst gleich was. Der Weg, den Fricke gegangen ist, überquert irgendwo weit hinter uns diese Straße und führt dann weiter nach Wüstensachsen. Da gibt es bestimmt was zu essen.«

Im nämlichen Ort angekommen, suchte Matzbach nach einem Parkplatz von bestimmter Beschaffenheit.

»*Mon dieu,* warum kurvst du hier so rum? Da an der Straße ist doch genug frei!«

Baltasar warf Hoff einen niederschmetternden Blick zu. »Ich will dieses Vehikel an einem Punkt abstellen, wo zumindest seine Nummernschilder vor neugierigen Augen geschützt sind. Was meinst du, würdest du denken, wenn du als Bonner in der Rhön plötzlich ein Auto mit Bonner Nummer sähest, noch dazu ein so prachtvolles Fahrzeug?«

Hoff schwieg. Schließlich fand Matzbach einen Parkplatz, der ihm zur Zufriedenheit gereichte. Sie gingen durch den Ort. Matzbach deutete mit dem Kinn auf einen imaginären Punkt. »Da drüben müßte nach meiner Berechnung ein müder Wanderer auftauchen. Und hier steht ein passend prächtig gebautes Gasthaus.«

Zu seinem Entsetzen erfuhr Hoff von der nicht besonders entgegenkommenden Kellnerin, daß die Küche geschlossen sei und erst gegen sechs Uhr wieder öffnen werde. Matzbach erkundigte sich nach Schnittchen, die glücklicherweise zu bekommen waren, und bestellte größere Mengen Kaffee dazu.

»Und jetzt?«

Hoff kaute, stellte dumme Fragen mit vollem Mund und blickte Matzbach an, als sei dieser die Inkarnation der babylonischen Verwirrung.

Baltasar nahm einen riesigen Schluck Kaffee, rülpste und griff dann nach einer Zigarre. »Jetzt werden wir warten, ob und bis der einsame Wandersmann erscheint.«

»Und dann?«

»Feststellen, wohin er sich begibt, und ihm folgen.«

Hoff rümpfte die Nase. »Wie wir wissen, das heißt, wie mir seine Sekretärin sagte, will er Donnerstag früh, also übermorgen, wieder im Ministerium sein. Also wird er sich wohl früher oder später nach Bonn begeben. Wozu sollen wir hier noch dumm rumsitzen?«

Matzbach distanzierte sich. »Du magst so sitzen; ich sitze immer geistreich.«

»Im Ernst – was willst du eigentlich?«

Matzbach breitete die Arme aus. »Wie ich dir berichtet habe, weiß ich, daß Andreas Goldberg nicht der böse Bube ist. Das wird spätestens morgen auch der liebe Ziegler wissen, der Genosse Hauptkommissar. Dann kommt der Junge raus, und die Herren von der Kripo werden all das nachholen, was ich seit gestern früh gemacht habe, also Informationen über mögliche andere Ursachen und Missetäter sammeln. Dann kommen sie bei den gleichen Namen und

Adressen an wie ich, und bis dahin möchte ich einen kleinen Vorsprung haben. Ich habe mir das eben so in den Kopf gesetzt.«

Melancholisch folgte er einer besonders gelungenen, krötenförmigen Rauchwolke mit den Augen. »Denn der Neid ist überall grün und gewaltig die menschliche Niedertracht. Zitat Ende. Und was wäre das Leben ohne erlebte und hinterher erzählte Anekdoten? Du weißt, wie sehr große Geister sich in kleinen Zeiten langweilen. Deshalb gönn mir doch dieses unschuldige Vergnügen der Gaunerjagd!«

Henry hustete. »Wahrlich, du bist schon zu bedauern. Minderwertigkeitskomplexe, gepaart mit defektem Denkapparat, ein schweres Los. Ich werde dir getreu zur Seite stehen, und erst wenn der behandelnde Arzt, ganz in Weiß, die Tür hinter dir schließt, werde ich dich verlassen.«

»So ist es recht, mein Freund. Ich wußte, ich kann auf dich bauen. Was nun unseren Kandidaten angeht …« Er machte eine Pause, blies asymmetrische Rauchfiguren und schaute aus dem Fenster. »Also, es will mir nicht so recht in den Kopf, was ein Ministerialrat im Innenministerium so plötzlich, zwei Tage vielleicht, im Herbst in der Rhön treibt, und dann auch noch zu Fuß.«

Hoff sagte höhnisch: »Kann ich dir erklären. Er wandert durchs Moor.«

Matzbach dankte mit einer gekonnten Verbeugung. »Abgesehen davon. Er nimmt sich zweieinhalb Tage frei, nicht etwa zwei oder drei, sondern zweieinhalb; dann erledigt er irgendwas, und ich wüßte gern, was er gestern noch so Dringendes zu erledigen hatte. Morgens klettert er in die Eisenbahn, läßt sich nach Fulda verschaffen, steigt dort in ein Taxi, fährt mit diesem runde vierzig Kilometer – bestimmt zu einem satten Preis – und verschwindet mit leichtem Gepäck im Moor. Ich schätze, er wird innerhalb der nächsten beiden Stunden hier auftauchen, irgendwo, hier oder anderswo, ein Nachtlager mieten, morgen früh ab nach Fulda, oder vielleicht schon heute abend, und dann zurück nach Bonn. Was soll das alles?«

Hoff zuckte mit den Schultern. »Ein kleiner Zwischenurlaub.«

»Zwischenurlaub! Firlefanz. Hätte er mit einem freien Tag, letzten Freitag zum Beispiel, besser haben können. Hätte er Donnerstag abend nach Fulda fahren können, dort übernachten, Freitag morgen in die Wildnis und juphei. Nee, nee, nee, das überzeugt mich nicht, da steckt mehr hinter. Bloß was?«

Hoff betrachtete die Kellnerin. »Vielleicht hat er ein Liebchen im Moor und mit ihr ein Rendezvous. Dann kommt er erst morgen.«

Matzbach schnaubte. »Bla-bla. Versuch doch mal eine andere Richtung.«

Hoff grinste. »Welche, o Sokrates?«

»Denkst du nicht auch, daß ein dem Senator für das Büttelwesen unterstellter Amtmann den Feinden des Reichs ein Mehreres würde sagen können?«

»Mitnichten, o Matzbacchus. Wenn Fricke überhaupt an wichtige Dinge herankommen könnte – na ja, könnte sein, im Innenministerium, warum nicht? Aber dann hat er bestimmt seine Kontaktleute in Bonn oder Köln oder so, denen er Informationen weitergibt.«

»Muß nicht unbedingt sein. In letzter Zeit sind ja doch etliche DDR-Agenten hochgenommen worden. Stell dir vor, Fricke sitzt an einer Stelle, wo er nicht nur Dinge erfährt, die vielleicht unsere Brüder im Osten interessieren, sondern wo er auch noch erfährt, welche der Kontaktleute zur Zeit beschattet werden?«

Hoff lehnte sich zurück. Nachdenklich sagte er: »Natürlich könntest du recht haben. Jemand aus dem Innenministerium, der nicht nur irgendwas weiß, sondern weiß, welche Agenten in den nächsten Tagen oder Wochen auffliegen werden beziehungsweise welche überhaupt den hiesigen Stellen bekannt sind, wäre natürlich ungeheuer wertvoll. Aber eben weil er so wertvoll wäre, hätte er bestimmt andere Möglichkeiten der Nachrichtenübermittlung als eine Wanderschaft durch Hochmoore in der Rhön. Die Grenze ist hier genauso dicht wie überall, und wie wir wissen, ist er nicht zur Grenze gegangen.«

Matzbach winkte ab. »Das heißt nichts. Klar, er könnte ganz einfach die DDR-Botschaft in Godesberg anrufen, und wie ich unsere Leute einschätze, würden sie es nicht einmal feststellen. Darauf, auf die generelle Dummheit, kann er sich aber nicht verlassen. Vielleicht ist etwas im Busch, das so wichtig ist, daß es unbedingt schnell und sicher übermittelt werden muß. Also fährt er nach Fulda, steigt dort in ein Taxi, das von einem freien Mitarbeiter Ostberlins gesteuert wird, fährt mit ihm lange genug in der Gegend herum, um auch eine längere Sache loszuwerden, und läuft dann zur Entspannung ein bißchen durchs Moor, und natürlich, um einen plausiblen Grund zu haben. Oder er hat mit einem Kontaktmann einen bestimmten hohlen Baum im südwestlichen Moorabschnitt vereinbart, deponiert dort Mikrofilme und wandert weiter. Oder oder oder. Daß die deutsche Binnengrenze uns so verrammelt vorkommt, heißt doch nicht, daß die anderen nicht nachts einen von ihren Leuten ungesehen durchschleusen können, wenn sie wollen. Vielleicht hat der im Moor gewartet.«

Hoff spielte mit seinem Zigarettenpäckchen und dem Wegwerffeuerzeug. Halblaut sagte er: »Na ja, das könnte alles sein, aber es ist eigentlich doch alles reichlich unwahrscheinlich. Ich glaube, du liest zu viele Thriller.«

Sie unterhielten sich eine Weile über das Thema, wobei Matzbach noch etliche ausgefallene Varianten einfielen. Schließlich baten sie um Spielkarten, die die Kellnerin ohne

Entgegenkommen brachte, und spielten Offiziersskat. Kurz nach sechs räusperte Matzbach sich und neigte den Kopf zum Fenster.

»Nicht hinschauen; er kommt.«

Hoff war zerstreut; er hatte eben eine blanke Zehn umgedreht, zu der Matzbach das As besaß. »Wer kommt?«

»Fricke.«

»Na ja, irgendwann mußte er ja kommen, oder? Hast du doch selbst dauernd behauptet.«

Fricke, schleifenden Schrittes, blieb auf der Straße stehen und sah auf seine Armbanduhr. Dann kam er in die Gaststätte und setzte sich nahe bei der Tür an einen Tisch. Als die Kellnerin zu ihm ging, bestellte er ein großes Bier und bat sie, ihm ein Taxi zu rufen. Sie zapfte zuerst und telefonierte dann.

Matzbach saß mit dem Rücken zu Fricke und war massig genug, um Hoff zumindest größtenteils der Sichtbarkeit zu entziehen. Als die Kellnerin wieder an ihnen vorbeikam, sagte er leise: »Zahlen, bitte!«

Nachdem das geregelt war, spielten sie weiter, bis ein Taxi vorfuhr und Fricke ebenfalls zahlte. Sie warteten, bis Fricke in das Taxi eingestiegen war und offenbar Anweisungen gegeben hatte, denn der Wagen drehte und fuhr nach Norden.

Sie hasteten zu Matzbachs Fahrzeug. Baltasar beschleunigte heftig und jagte die enge, kurvenreiche Strecke entlang. Es dauerte nicht allzulange, bis das Taxi vor ihnen zu sehen waren.

Hoff seufzte. »Was willst du jetzt tun?«

Matzbach zuckte mit den Schultern. »Was wohl? Mal sehen, wo er hinwill.«

»Fulda, schätze ich.«

»Ist nicht gesagt. Was soll er jetzt in Fulda, außer übernachten? Ich kenn zwar die Fahrpläne nicht, aber ich glaube, es wäre jetzt schon nicht mehr ganz so einfach, noch nach Bonn zu kommen.«

Er hielt vorsichtigen Sichtkontakt zu dem Taxi, das zielstrebig, aber nicht zu schnell fuhr. Schließlich erreichten sie Hilders.

Kurz vor der ersten größeren Kurve stieg der Taxifahrer auf die Bremse; der Wagen rollte langsam um die Biegung, und Matzbach bremste ebenfalls. Fricke stieg aus dem Taxi, nahm seinen Rucksack und wechselte zur anderen Straßenseite hinüber. Dort lag ein Hotel. Baltasar fuhr langsam weiter, bis er parken konnte, ohne den Verkehr zu gefährden. Dann stellte er den Motor ab und zündete sich eine Zigarre an.

Sie warteten schweigend etwa zehn Minuten. Dann öffnete Matzbach die Tür. »Du bleibst bitte sitzen. Der Schlüssel steckt. Falls er etwa doch wieder herauskommen sollte, rutsch rüber und laß schon mal an, ich komme dann sofort.«

Damit warf er die Tür zu und stiefelte zum Eingang des Hotels hinüber.

Drinnen war es angenehm warm; die Beleuchtung im Empfangsraum war gedämpft.

Hinter dem Empfang saß ein jüngerer Mann, der lächelnd aufblickte, als Matzbach näher trat.

»Guten Abend. Was kann ich für Sie tun?«

Matzbach stützte sich auf den Rand des Empfangstischs. »Ich wäre eventuell daran interessiert, in einem oder zweien Ihrer Zimmer zu übernachten.«

Der Mann lachte. »Aber mit dem allergrößten Vergnügen doch, der Herr. Wie viele Betten hätten Sie denn gern?«

Matzbach beugte sich vor. »Wie viele haben Sie denn?«

Der Mann lachte erneut. »Reichlich, minus vier.«

»Wieviel ist reichlich minus vier? Wenn dabei mindestens zwei herauskommt, könnten wir uns vielleicht einigen.«

Er hatte einen schnellen Blick in das vor dem Mann offen liegende Buch geworfen und den Namen Fricke entziffert.

»Zwei können Sie haben. Wie viele Personen sind Sie?«

»Ich bin zwar verschieden, aber persönlich einer. Ich habe draußen noch einen minderwertigen Reisegefährten, dessen einziges Glück das Essen ist.«

Der Mann schob ihm das Buch hin. »Wenn Sie bitte beide eintragen wollen, hier und hier. Dem Hunger Ihres Freundes kann abgeholfen werden. Die Küche ist geöffnet.«

Matzbach nahm die Schlüssel an sich und inspizierte die Gemächer. Die Inspektion fiel zu seiner Zufriedenheit aus, so daß er Hoff Zeichen gab.

Dieser stellte den Wagen an eine bessere Stelle, stieg aus und kam mit dem gesamten Gepäck der Expedition ins Hotel. Sie brachten die Sachen auf ihre Zimmer und gingen dann noch einmal nach draußen.

»Weniger«, sagte Baltasar mißmutig, »um meinen adonischen Leib durch die Abenddämmerung dieses wesentlichen Orts zu schleifen, als vielmehr, um nachher durch ein Fenster zu spähen und ein Zusammentreffen mit Fricke glimpflich zu gestalten.«

Hoff äußerte sich nicht; er ließ nur seinen Magen knurren.

Nach etwa einer halben Stunde, als es vollständig dunkel war, kehrten sie zum Hotel zurück.

Baltasar spähte. »Da sitzt er und schaufelt Kalorien.«

Er warf einen zweiten Blick hinein. »Aha«, machte er danach, »nun ja, dann hinein.«

Zielsicheren Schrittes steuerte er auf einen bestimmten Tisch zu, an dem Fricke sie nicht sehen konnte.

»Wieso gerade hier?« sagte Hoff leise. »Vorn wär doch auch gegangen.«

Matzbach seufzte. »Wäre es. Aber wenn er mal auf den Topf will, kommt er an dem Tisch, den du meinst, genau vorbei. Bäh.«

Sie aßen ein reichliches Mahl und tranken üppige Pokale voll säuerlichen Frankenweines, und weil es ihnen infolge der miserablen Organisation der Veranstaltung an Lektüre gebrach, mußten sie mit der Gesellschaft des jeweils anderen vorliebnehmen und mit einem Schachbrett. Fricke verschwand relativ bald; sie hörten seine Schritte, durch Teppiche gedämpft, der Treppe zustreben. Zuvor hatte er sich von der Kellnerin und dem Mann, der nicht nur Empfangschef, sondern auch Oberkellner und Besitzer des Hotels war, mit einem müden »Gute Nacht allerseits!« verabschiedet.

Später winkte Matzbach den Mann herbei und lud ihn zu einem Wein ein.

»Ab wann könnten Sie uns wecken, und ab wann gibt es Frühstück?«

»Wann wollen Sie denn weiter?«

»Wann geht der erste Zug?«

Sie waren auf ihrem Spaziergang an einem kleinen Bahnhof vorbeigekommen, der sehr an jene Gebäude erinnerte, vor denen in gewissen Filmen harte Männer mit Colts im Gürtel und gelegentlich Fliegen auf der Wange ihr Stelldichein mit dem Schicksal in Gelassenheit erwarten.

»Der erste geht sehr früh, aber wenn Sie zu einer normal frühen Zeit nach Fulda wollen, so kurz vor halb acht.«

»Kann man vorher schon frühstücken, oder müssen Sie dann extra für uns den Ofen anwerfen?«

»Nein, keine Sorge. Der Herr, der vorhin da drüben gesessen hat, will auch mit dem Zug fahren und vorher frühstücken. Außerdem stehen wir hier alle früh auf.«

9.

Auf der Treppe, wo sie, bereits mit ihrem ungeheuren Marschgepäck in der Hand, beim Abstieg zum deutschen Hotelfrühstück einander erstmals an diesem Mittwoch sahen, brach Hoff in heftiges Gelächter aus. »Was hast du denn gemacht? Einen melodramatischen Schub gehabt, was?«

Matzbach schwieg, indigniert zu früher Morgenstunde. Hoff musterte ihn abermals.

»Ich gebe zu«, sagte er dann, »wenn ich nicht wüßte, daß du es bist, würde ich dich für ein magenkrankes Nilpferd halten, oder so ähnlich. Aber es steht dir gut. Wen willst du foppen?«

Baltasar legte einen Finger auf den Mund. Im Frühstücksraum saßen nur zwei Gäste; Fricke war einer davon. Matzbach steuerte wieder einen entfernten Tisch an; Fricke war allerdings zwischen Marmelade und der örtlichen Weltzeitung derart hin und her gerissen, daß er für Passanten kein Auge mehr hatte.

Bei Kaffee und Marmeladenbrot setzte Baltasar Hoff leise auseinander, was er plante.

»Ich werde mich, damit er nicht immer nur dich sieht, mit ihm in diesen Zug setzen und nach Fulda fahren, nur, um sicher zu sein, daß er nicht zwischendurch aussteigt. Du wirst bitte mit dem Wagen die gleiche Strecke wie der Zug fahren, soweit dies möglich ist, und an jedem Bahnhof kurz halten, bis du sicher bist, daß weder er noch ich aussteigen. Wahrscheinlich treffen wir uns dann in Fulda. Klar?«

Henry nickte. »Versteh ich alles, aber sag mir trotzdem: Warum hast du dich angemalt? Jetzt, bei Licht, muß ich dir ein Kompliment machen. Du siehst wirklich völlig anders aus.«

Baltasar grunzte. »Ich habe mir ein wenig Klopapier in die Schuhe geschoben, um meinen Gang zu verändern. Das siehst du natürlich nicht, wenn ich sitze.«

»Ich bin begeistert. Der Kandidat wird es besonders dann vermerken, wenn du im Zug wieder sitzt.«

Baltasar reagierte nicht darauf. »Außerdem habe ich mir mit zwei, drei dünnen Strichen ältere Augen und wehmütige Kerben um den Mund gemacht. Man soll sparsam mit dem wenigen umgehen, was man hat. Der Bleistift war nicht sehr lang. Paß mal auf.«

Er stand auf und ging zur Tür, in seiner normalen Art. Dort drehte er sich um, musterte Frickes Zeitung, hinter der sich ein vielleicht böser Kopf verbarg, ließ die Schultern hängen und kam zurück.

Hoff machte große Augen. »Toll. Das magenkranke Nilpferd nehm ich zurück. Fußkranker Tapir paßt besser. Und was soll das alles?«

Matzbach setzte sich wieder.

»Es gebricht dir«, sagte er verdrossen, »am notwendigen psychologischen Feingefühl. Wenn man jemanden lange kennt, übersieht man viele Dinge. Es gibt Leute, die können sich einen Bart wachsen lassen oder einen alten Bart abnehmen, und keiner ihrer langjährigen Freunde wird es merken. Fremde dagegen werden zuallererst so oberflächliche Dinge wie Bart oder Gang sehen oder, wenigstens, unbewußt wahrnehmen. Ich will lediglich dafür sorgen, daß der liebe Junge neben mir im Zug sitzt und mich morgen, wenn ich ihm unbemalt gegenübertrete, nicht erkennt. Er wird dann vielleicht denken oder sagen: Der kommt mir irgendwie bekannt vor. Aber das ist auch alles.«

Henry leerte seine Kaffeetasse. »So so. Du kommst mir irgendwie unbekannt vor.«

Baltasar seufzte und zog seine Brieftasche. »Hier, damit du dich an mich erinnerst. Und für alle Fälle. Ich weiß nicht genau, wieviel noch im Tank ist.«

Er schob Hoff mehrere Hunderter hin und stand auf. »Ab sofort«, sagte er leise, »kennen wir uns nicht mehr. Du bleibst jetzt hier sitzen und bezahlst die Rechnung, sobald Monsieur und ich gegangen sind. Dann gehst du vorsichtig zum Wagen. Und fahr ihn nicht zu Schrott, wie du das mit deinen immer tust.«

»Aye, aye, Sir.«

Fricke warf einen Blick auf die Uhr an der Wand, dann auf seine Armbanduhr und faltete die Zeitung zusammen. Matzbach ging langsam, wie unter einer Last, an ihm vorbei zum Ausgang. Hoff blickte verdutzt hinterher und winkte dann der Kellnerin. »Geben Sie mir bitte die Rechnung.« Er nannte die Zimmernummern. Fricke stand nun auf und nahm seinen Rucksack zur Hand. Hoff stützte den Kopf auf die Hände und verbarg sich fast völlig, konnte aber sehen, daß Fricke bleich und gequält in den Morgen blickte.

Die Rechnung kam schnell; kaum zwei Minuten, nachdem Fricke das Hotel verlassen hatte, machte auch Henry Hoff sich auf den Weg. Es war ein kalter, klarer Oktobermorgen. Als er um die Ecke des Hotels bog, um zum Wagen zu gehen, sah er nicht allzuweit vor sich Matzbach und Fricke. Baltasar ging schwer und mühsam, mit hängenden Schultern, vermutlich auch noch leise ächzend. Fricke überholte ihn, blickte ihn von der Seite an und blieb stehen. Hoff ging vorsichtig auf die andere Straßenseite. Er sah so etwas wie Mitleid in Frickes Gesicht. Da ringsum alles still war, hörte er sogar die Unterhaltung der beiden.

Fricke: »Kann ich Ihnen helfen? Wollen Sie auch zum Bahnhof?«

Matzbach antwortete ächzend und pfeifend, mit gequälter, hoher Stimme: »Sie sind sehr freundlich, mein Herr, aber das kann ich ja wohl nicht von Ihnen verlangen.«

Fricke: »Ach, kommen Sie, geben Sie mir Ihre Tasche.«

Er nahm Baltasars leichte Tasche, nahm den Dicken am Arm und steuerte mit ihm die Straße hinunter in Richtung Bahnhof. Hoff schloß den Wagen auf, warf sein Gepäck hinein und setzte sich hinter das Steuer.

»Man hält es«, sagte er halblaut zum Lenkrad, »nicht für möglich.« Er folgte den beiden mit den Augen, bis sie langsam hinter der Straßenbiegung verschwanden. Sie würden gleich eine kleine Brücke überqueren und sich dann nach rechts zum Bahnhof begeben.

Kopfschüttelnd ließ er den Motor an und betrachtete noch einmal die Karte, um festzustellen, wo der nächste Bahnhof war. Dann gab er Gas.

Kurz vor neun Uhr verließ Matzbach den Bahnhof in Fulda und steuerte hinkend und gebrechlich auf den Wagen zu. Hoff erkannte ihn erst, als er sich bis auf zehn Meter genähert hatte. Baltasar öffnete die Fahrertür und knurrte: »Rutsch rüber.«

Hoff gehorchte. »Großmutter, was hast du für platte Füße?«

»Damit ich dich besser in den Hintern treten kann.« Matzbach ließ sich in den Sitz sinken und seufzte. Dann zündete er sich eine Zigarre an und wischte mit dem Taschentuch die Spuren der Maske aus dem Gesicht.

»Ah bah«, sagte er. »Auftritt erfolgreich beendet. Fricke ist ein merkwürdiger Zeitgenosse. Wollen wir unser zweites Frühstück noch hier oder an der nächsten Autobahnraststätte zu uns nehmen?«

Hoff zuckte mit den Schultern. »Mir egal. Im Moment bin ich noch voll der guten Marmelade. Pfui.«

Baltasar startete, fädelte sich in den reißenden Fuldaer Verkehr ein und stieß gewaltige Rauchwolken aus.

Hoff fragte mitfühlend: »Auch Nichtraucherabteil?«

»Dieser ungeheuerliche Schienenbus ist durchgehend für Raucher. Aber wie sieht ein hinfälliger Greis mit Zigarre aus? Unglaubwürdig. Also hab ich's mir verkniffen.«

»Nun komm schon zur Sache.«

»Tja, was soll ich erzählen? Du wirst es mir ohnehin nicht glauben.«

»Versuchs wenigstens.«

»Hast du bemerkt, wie Fricke heute aussah? So, als hätte er die Nacht in Karl Mays Geistermühle verbracht. Bleich und gequält. Aber sehr hilfsbereit. Hat mich am Arm genommen und meine Tasche zum Bahnhof getragen. Dann hat er mir eine Fahrkarte besorgt, damit ich nicht vor dem Schalter stehen mußte.«

Hoff grinste. »Armes zerbrechliches Kerlchen. Wußtest du da schon, wohin er fahrt?«

»Natürlich. Auf dem Weg zum Bahnhof haben wir leichte Konversation gemacht.« Er ahmte seine hohe Greisenstimme nach: »Zu liebenswürdig, mein Herr. Man trifft heute so wenige hilfsbereite Leute, es ist manchmal nicht einfach. Fahren Sie auch nach Fulda?« Er kicherte. »Na, dann hat er mir noch in den Zug geholfen. Ein Wahnsinnszug. Offenbar hauptsächlich für Pendler. Jedenfalls war alles ganz schön voll. Wir haben Sitzplätze gekriegt, natürlich, aber glücklicherweise nicht nebeneinander. Ich konnte ihn die ganze Zeit beobachten, unauffällig.«

Matzbach machte eine Pause und trommelte mit den Fingern auf dem Lenkrad herum. »Rat mal, was er während der Fahrt gemacht hat.«

Hoff hob die Brauen. »Was weiß ich? Gesungen, gelesen, aus dem Fenster gestarrt, in der Nase gebohrt?«

»Nix dergleichen. Er hat zuerst leise vor sich hin gesummt, dann hat er einen Rosenkranz aus der Tasche gezogen und bis Fulda gebetet. Ein paarmal schoß ihm das Wasser in die Augen. Er hat nicht direkt geheult, aber heftig geblinzelt und gewischt.«

Hoff blinzelte heftig. »Na so was. Und dann?«

»Dann ist er ausgestiegen, hat mir noch aus dem Zug geholfen und sich verabschiedet. Er wartet jetzt auf einem anderen Bahnsteig auf den Zug nach Frankfurt und fährt von dort aus wieder nach Bonn. Das heißt« – er blickte auf die Uhr –, »inzwischen müßte er wohl schon unterwegs sein.«

Hoff schüttelte langsam und nachdenklich den Kopf. »Wandert durchs Moor, schläft im Hotel, sieht morgens aus wie der ausgekotzte Tod, ist hilfsbereit, betet Rosenkranz und weint leise vor sich hin. Kriegst du das auf die Reihe?«

Matzbach brabbelte etwas, das sich wie »mitnichten« anhörte, schwieg dann aber eine ganze Weile, die Zigarre zwischen den Zähnen, die Hände am Lenkrad.

Hoff blickte ihn von der Seite an.

»Hat man dir schon mal gesagt, daß du Ähnlichkeit mit Churchill hast? Ich meine, ich traue dir nicht zu, einen Weltkrieg dadurch zu gewinnen, daß du Champagner schlürfend in der Badewanne sitzt und vier Sekretärinnen gleichzeitig beschäftigst, aber immerhin: die Zigarre und die Häßlichkeit des Gesamtbildes …«

Mit einem kurzen, der leiblichen Nachfüllung gewidmeten Zwischenaufenthalt auf einer der anmutigen Autobahnraststätten der Republik durchfuhren sie in den folgenden Stunden einen Teil derselben und erreichten am frühen Nachmittag wieder deren Metropole.

In Hoffs Wohnung fanden sie einen Zettel vor, auf dem die zusätzliche freiwillige Hilfskraft notiert hatte: »Keine Lust mehr. Bin weg. Tschüs.«

Hoff braute Kaffee, während Matzbach sich wie ein Geier auf das Telefon stürzte. Zur Abwechslung erwischte er Moritz sofort. »Hör zu«, sagte er. »Ich geb dir jetzt ein paar Namen durch. Sieh mal, ob du was in euren Archiven findest.«

Moritz protestierte. »Ich hab genug zu tun, auch ohne deinen Quatsch. Worum geht's denn?«

»Immer noch um den netten kleinen Doppelmord.«

»Ah«, sagte Moritz vergnügt, »ich dachte, man hätte dir die Hände schon abgehackt, zumindest aber gebunden.«

»Wieso dieses?«

Moritz gluckste. »Ungünstiger Murxbär, weißt du es denn noch nicht? Heute früh erreichte ein Zettel mit einer Zeugenaussage, einem Alibi für Andreas, die Kanzlei Korff. Der Herr Anwalt hat sich sofort zu Ziegler begeben. Der versucht seit Stunden wutschnaubend, dich zu erwischen.«

Matzbach hüstelte. »Das tut mir leid, aber ich bin im Moment nicht erreichbar. Ich werde mich auch hüten, in die Nähe meines Telefons zu gehen.«

»Wo steckst du denn? Ziegler hat's schon bei Ariane versucht.«

»Wo ich stecke, werde ich dir gerade sagen, du Plapperschlange. Dann kann ich es Ziegler ja gleich durchgeben.«

»Betrüblich, wie genau du deine Freunde kennst. Was sind das für Namen?«

Matzbach diktierte ihm Namen und, soweit er sie wußte, Adressen von Fricke, Albring, Baginsky, Stücker und Vorwaldt sowie, als letztes: »Die Gesellschaft zur Stärkung der Verben e. V. in Köln.«

Moritz atmete heftig. »Gesellschaft zur Stärkung von was?«

»Verben. Wie Tuwörter.«

»Wie stärkt man denn Verben? Mit Kragenstärke oder Korsett, oder wie? Und vor allem: wozu?«

»Weiß ich alles nicht. Wenn ich das wüßte, würde ich doch dich nicht fragen. Beziehungsweise *früge* ich dich nimmer, wenn du es denn gestärkt haben willst.«

Moritz notierte. Dann sagte er: »Hör mal, Mistbach, hier ist im Moment verschärfte *action* angesagt. Was dagegen, wenn ich die Leitung spalte?«

»Nee, spalte nur. Ich ruf später noch mal an.«

Er ging wieder in Hoffs Wohnküche, in der es nach Kaffee roch.

»So so so«, sagte er bei der Entgegennahme eines gefüllten Bechers. »Freund Ziegler sucht mich. Ei, was machen wir denn da?«

Hoff schlug vor: »Entweder *hide and seek*, oder *search and destroy*. Ich bin für Verstecken.«

Matzbach grübelte. Schließlich setzte er den Becher so hart auf den Tisch, daß eine Woge überschwappte. »Ha, hm. Ich glaube, es ist an der Zeit, die Offensive weiter auszubauen. Wen, meinst du, wird Ziegler als nächstes aufsuchen?«

»Na ja, wahrscheinlich die Anwälte, denke ich mir.«

Baltasar nickte. »Bravo, Söhnchen. Und dort wird er alles finden, was ich gefunden habe, denn die ehrenwerten Herren werden ihm zweifellos genauestens mitteilen, was ich dort getan und gelassen habe. Und dann wird er furchtbar zuschlagen.« Er wischte die Kaffeelache mit seinem Ärmel auf die andere Seite des Tischs hinüber, wogegen Hoff sich mangels Stoffes nicht wehren konnte. »Und dann wird er vermutlich die fünf Namen durchgehen und all das finden, was mir bisher verschlossen war.« Matzbach kicherte. »Das wird ihm aber nichts nützen, denn, wie ich vom letzten Mal noch weiß und wie Ziegler in diesem Fall schon wieder reichlich demonstriert hat – wie hab ich den Satz angefangen? Also, jedenfalls wird er aus allem, was er findet, die falschen Schlüsse ziehen.«

Er rekelte sich und rieb den Rücken an der Stuhllehne. »Infolgewessen ich ungestört weitermachen kann, oder?«

Hoff stand auf, holte einen Lappen von der Spüle und wischte den exilierten Kaffee fort.

»Wenn du meinst«, sagte er, »dann mach, mach, was du willst. Mir ist alles recht, solange ich nicht dauernd deine Pistole halten und deine Fantasmagorien erleben muß.«

Baltasar erhob sich lächelnd. »Du bist ein wahrer Freund. Ich wußte, es ist kein Verlaß. Ich werde mich jetzt auf die Pirsch begeben, und falls Ziegler sich bei dir meldet, hast du mich nicht gesehen. Klar?«

Gegen sieben Uhr rief er an und zitierte Hoff zu einem, wie er es nannte, »frugalen Geschlemme« in ein chinesisches Restaurant.

»Man hat nach dir verlangt«, sagte Hoff, als er sich zu Matzbach an den Tisch setzte.

»Wer ist man?«

»Na, den einen kannst du dir ja denken. Ziegler auf der Suche nach dem widerlichen Fettwanst, der sich immer in behördliche Ermittlungen einmischt.«

Matzbach nickte und schwieg. Nachdem der Kellner die Bestellungen aufgenommen hatte, beugte er sich vor.

»Na ja, was soll's? Sonst noch wer?«

Hoff zog einen Zettel aus der Tasche. »Moritz hat schnell gearbeitet. Er bittet mich, dir zu sagen, seine schnelle Arbeit möchte er durch In-Frieden-gelassen-Werden honoriert sehen.«

Baltasar zog die Mundwinkel geringschätzig nach unten. »Pah, man wird sehen. Was hat er denn?«

Hoff wedelte mit dem Zettel. »Ich habe beim Telefonieren geschrieben, das kannst du wahrscheinlich nicht lesen. Ich lese es dir also vor.«

Er räusperte sich wirkungsvoll.

»Also, Gesellschaft zur Stärkung der Verben – Fehlanzeige. Desgleichen Roland Vorwaldt. Hermann Albring ist ein Kollege von Moritz, ein freier Journalist, wie im Telefonbuch vermerkt. Er sitzt in Bonn und arbeitet unregelmäßig für verschiedene größere Zeitungen in Norddeutschland, in der Provinz. Moritz kennt ihn nicht näher, nur vom Sehen, sagt aber, soweit er wüßte, hätte dieser Albring neulich einem Politiker auf den Schlips getreten. Da steht wohl demnächst ein Prozeß an.«

Baltasar strahlte. »Aha. Da war doch unter den Dingen, mit denen sich Naumann vor seinem Ableben befaßte, unter anderem die Rede von Beleidigung und Ehrabschneidung. Damit hätten wir zumindest einen Anhaltspunkt.«

»Wieso Anhaltspunkt? Okay, vielleicht hat Albring in dieser von Moritz angedeuteten Sache Naumann konsultiert, aber umgebracht?«

Matzbach winkte ab. »Das meine ich doch gar nicht. Vielleicht hat der Politiker Naumann umgebracht, eh? Wer war es denn eigentlich?«

Hoff versuchte, seine eigene Schrift zu entziffern. »Ein Mensch namens Miltz, glaube ich; viel mehr wußte Moritz aber auch nicht. Er sagt, wenn er zu dem Fall noch etwas entdeckt, gibt er es durch. Weiter. Über unseren tapferen Wandersmann Lorenz Fricke liegt auch nichts vor, abgesehen von einer acht Jahre alten Meldung, daß L. Fricke bei einem Kegelwettbewerb im Innenministerium den zweiten Platz belegt hat. Ist wahrscheinlich nicht sehr hilfreich, oder?«

Matzbach äußerte sich nicht dazu. Der Kellner brachte die Suppe. Hoff musterte sehnsüchtig seinen Napf, der Tomatensuppe mit Fleisch enthielt, las dann aber weiter vor. »So, also weiter. Eduard Stücker ist ein dichtbeschriebenes Blatt. Moritz hat mir nur einige Punkte durchgegeben, er will in den nächsten Tagen ein komplettes Dossier mit Kopien aller Unterlagen zusammenstellen und dir zuschicken. Also kurz:

Stücker hat offenbar einen sehr guten Namen als Gutachter und Berater und arbeitet sowohl für Privatleute als auch für große Firmen als auch für öffentliche Auftraggeber. Er unterhält drüben, in Oberdollendorf, ein Büro für Landschaftsarchitektur und Stadtplanung mit zirka zehn Angestellten, darunter angeblich sehr hübsche Sekretärinnen. Er hat in den letzten zehn bis fünfzehn Jahren etliche größere Projekte im Großraum Bonn konzipiert, beraten und war an der Durchführung beteiligt. Das ist im Moment alles über ihn, aber da kommt noch einiges an Details nach.«

Matzbach, rücksichtslos wie immer, löffelte bereits und nickte; undeutlich und mit ziemlich feuchter Aussprache äußerte er etwas, das wie »Hönashindaföichfoscht« klang; Hoff interpretierte dies als »Schön, das sind ja erfreuliche Fortschritte« und schielte auf seine dampfende Suppe.

»So, zum letzten beziehungsweise zur letzten. Baginsky, Christine, ist eine renommierte Kapazität in Sachen Biologie, Biochemie und Ernährung. Sie ist gerade aus Südamerika zurückgekommen. Dazu erschien in mehreren Zeitungen ein Bericht über ihre neuesten Arbeiten. Und zwar hat sie wohl im bolivianischen Hochland mit einer dortigen Kartoffel experimentiert, die zwar nicht ganz so nahrhaft ist wie die *tartufola teutonica,* dafür aber anspruchslos, was Boden und Pflege betrifft, und gegen die meisten hiesigen Schädlinge resistent. Moritz schickt dir auch den dazugehörigen Bericht mit.«

Erleichtert legte er den Zettel weg und griff zum Löffel. Matzbach legte den Löffel weg und ergriff den Zettel; dabei sagte er halblaut: »Siehste, plötzlich kommen immer mehr Sachen zusammen. Man muß nur seinen privaten Geheimdienst unterhalten. Ich war nämlich vorhin in dem einen Hotel, dessen Telefonnummer auch auf Naumanns Zetteln stand. Dort habe ich unter sorgfältiger Umwicklung meines Zeigefingers mit einem Fünfziger diesen in die Brusttasche des Portiers gesteckt, um sein Herz abzutasten. Das hat mir interessante Einblicke in das Gästebuch verschafft. Und rat mal, wen ich da gefunden habe?«

Er blickte Hoff derart aufdringlich und auffordernd auf den Suppenlöffel, daß Henry sich zu einer Antwort genötigt sah. »So, wie du anfängst, wahrscheinlich Vorwaldt.«

Matzbach nickte triumphierend. »Und rat mal, wo Vorwaldt laut Eintragung wohnt! In La Paz, Bolivien.«

Er ergriff seinen Löffel wieder, nachdem er den Zettel eingesteckt hatte, und schickte sich zu weiterem Suppeschlürfen an; vorher meinte er nur noch eilig: »Das klärt das Stichwort ›Saatgut‹ und das Hotel. Hm, prächtig.«

Nach dem Essen, kurz nach Beginn der Zigarre, informierte Matzbach Hoff: »Ich weiß, wer es war.«

»Wer was war?«

»Na, der Mörder.«

»Oho, wer war's denn?«

Matzbach grinste. »Ziegler. Er hat das alles organisiert, um mich reinzulegen. Ich weiß nämlich im Moment wirklich nicht weiter.«

»Was erwartest du denn eigentlich? Daß ich dir drei Dutzend Einzelteile eines Puzzles präsentiere, die sich unter deinem Auge zu einem Bild zusammenfügen?«

Baltasar schob die Unterlippe vor. »So ungefähr. Na ja, mal abwarten, ob in dem Päckchen, das Moritz schicken will, irgendwas wichtig ist. Du könntest mir einen Gefallen tun, Sekretär.«

»Welchen, Arbeitgeber und Diktator?«

Matzbach zog sein Scheckbuch heraus, desgleichen einen Füllhalter, malte einige Ziffern und Buchstaben auf ein buntes Stück europäischen Papiers und schob das Endergebnis Hoff über den Tisch zu.

»Hier«, sagte er, »dein Gehalt für diese Woche. Mach mir gelegentlich mal ne Quittung. Also, da du wenig von Pistolen hältst, denke ich mir, daß eine Erforschung der Sekretärinnen dieses Stücks namens Stücker eher in dein Fach schlägt.«

Hoff grinste. »Das ist natürlich ein liebenswerter Auftrag. Das, glaube ich, mache ich gern. Was möchtest du denn über sie wissen? Ihre Gewohnheiten, Vorlieben, Schuhgrößen oder was?«

»Soviel wie möglich über ihren Boß. Aber laß dir Zeit, du brauchst nicht alle gleichzeitig anzumachen.« Er starrte auf seine feisten Finger. »Moritz werde ich morgen belästigen. Ich werde ihn bitten, Madame Baginsky genauestens zu interviewen, unter besonderer Berücksichtigung der juristischen Aspekte von Saatgut. An Vorwaldt kommen wir nicht ran. Fricke ist mir ein Rätsel; ich wüßte zu gern, was ihn in die Rhön getrieben hat, aber im Moment weiß ich nicht, wie man dahinterkommen könnte, außer, indem man ihn direkt fragt. Stücker gehst du bitte von hinten an, auf dem Weg über seine Damen, soweit die erhältlich sind. Albring sollte am besten wohl auch Moritz machen.«

»Er wird dich verfluchen.«

»Soll er. Ich lade ihn demnächst in eine Eisdiele ein, das liebt er.«

Hoff beugte sich neugierig vor. »So, damit hast du alle Arbeit verteilt. Und was machst du inzwischen? Versteckst dich unter Arianes Bett und wartest auf Erfolgsmeldungen?«

»Ich verstecke mich unter niemandes Bett. Ich begebe mich morgen abend nach Köln, zur wöchentlichen Sitzung der Gesellschaft zur Stärkung der Verben e. V. Ich will erstens wissen, was das für ein Verein ist, und zweitens, was Naumann mit ihnen zu tun hatte. Und bis dahin, teurer Freund, werde ich mich meinem Kummerkasten widmen.

Man muß ja schließlich irgendwas Unvernünftiges tun, sonst kommt man zu nichts.«

»Nun denn, Frau Griseldis. Ist damit der Abend beendet?«

»Wir könnten natürlich noch festzustellen versuchen, welche Sorte Wein heute im ›Gamsbart‹ gezapft wird und ob sie einen dritten zum Skat verlockt.«

Hoff seufzte. »Ich sehe schon, das wird ganz harte Arbeit.«

10.

Die Gesellschaft zur Stärkung der Verben e. V. tagte in einem noblen alten Haus neben anderen alten noblen Häusern kurz hinter dem Kölner Zoo.

Etwa fünfzehn Leute beiderlei Geschlechts drängten sich um einen Tisch in dem großen, gemütlich eingerichteten Raum im Parterre. Auf dem Tisch befanden sich Gläser und Raschen. Eine mittelgroße Frau mit klaren, sympathischen Gesichtszügen blickte Matzbach neugierig an und kam ihm einige Schritte entgegen.

Baltasar reichte ihr die Hand und stellte sich unter einem kleinen Neigen des Kopfes vor. »Matzbach.«

»Ah, willkommen, Herr Matzbach. Wir haben gestern miteinander gesprochen. Ich bin Frau Gabrieli. Kommen Sie; darf ich Ihnen etwas anbieten?«

Sie gingen zum Tisch; die anderen machten Platz und sahen Matzbach zum Teil mit unverhohlener Neugier, zum Teil diskret aus den Augenwinkeln an. Er stellte sich selbst laut vor, danach mußte er eine Serie von Händen drücken und hörte Namen. Manche waren lang, andere kurz, wieder andere schmerzlos oder albern, und die Hände variierten ebenfalls sehr stark; es fühlte sich an von schlapp über feucht und wischiwaschi, aggressiv und ungern bis hin zum harten, sicheren Händedruck eines Mannes, den Matzbach auf Mitte Fünfzig schätzte, mit breiten Schultern, gut austrainierten Muskeln, gebräunt, einem starken Kinn und forschenden, grauen Augen in einem guterhaltenen Gesicht. Der Grund dafür, daß Matzbach von ihm mehr aufnahm als von den meisten anderen, war einfach und plausibel. Er stellte sich vor mit dem Namen »Stücker«.

Während Matzbach sich unbewegten Gesichts für ein Glas trockenen Weins entschied, lebten rings um ihn herum die abgebrochenen Gespräche wieder auf. Halben Ohres vernahm er die Rede eines jüngeren Mannes, der seine Nachbarin wie folgt informierte: »Wissen Sie, gestern abend widerfuhr mir etwas Unangenehmes. Vielleicht sahen Sie bereits diese kleine Wunde an meinem Gelenk.« Er hielt die rechte Hand hoch, daß man den winzigen Schnitt sähe. »Als ich meine Nachttischlampe ausknops, schlopf die Birne aus der Fassung und zerschull. Einige Fragmente fielen mir ins Bett. Es war ganz schön mühsam, alle einzeln herauszusuchen.«

Die Nachbarin nickte mitfühlend. »Sochen Sie lange, oder ging es schnell?«

»Ach, wie gesagt, es war mühsam.«

Baltasar verschluckte sich nicht an seinem Wein, er riß nun aber doch ein wenig die Augen auf. An der Kopfwand des Raums hing ein Schild mit dem Kategorischen Konjunktiv *Das Würde des Deutschen sei antastbar!*

Matzbach lauschte eine Weile den ringsumher ablaufenden Gesprächen, in denen immer wieder seltsame Imperfektformen seine Aufmerksamkeit erheischten; dies um so mehr, als in normalen Gesprächen, im üblichen mündlichen Umgang, mit wenigen Ausnahmen, Vergangenes im zusammengesetzten Perfekt berichtet wird. In dieser Runde verwandten die Sprecher nicht nur Imperfekte, sondern diese fast immer in einer unüblichen Form. Nach einer Weile nahm er die Gelegenheit wahr, sich mit Frau Gabrieli zu unterhalten.

»Sagen Sie, Madame«, bat er, »ich habe den Namen Ihrer Gesellschaft irgendwo gelesen und war, natürlich, neugierig. Deshalb habe ich Sie angerufen, um Näheres zu erfahren. Viel mehr wollten Sie mir ja nicht erzählen; Sie meinten ja, ich solle kommen und mich selbst überzeugen. Nun bin ich hier. Ich finde die reizenden Imperfekte äußerst unterhaltsam, wüßte aber doch gern, was die Zielsetzung Ihrer Gesellschaft ist.«

Frau Gabrieli lächelte, vielleicht ein wenig spöttisch. »Oh, das ist ganz einfach. Sie werden unser Leitmotiv bemerkt haben.«

Sie wies auf den Kategorischen Konjunktiv. Baltasar nickte.

»Sehen Sie, es gibt einige Menschen, die aus ästhetischen Gründen gegen die Verflachung der Ausdrucksmöglichkeiten sind. Natürlich kann und will niemand die normale Entwicklung der Sprache aufhalten, sonst wären wir noch immer bei Latein. Wir empfinden lediglich, daß durch Preisgabe zahlloser Ausdrucksmöglichkeiten die Welt weder besser noch gemütlicher geworden ist. Es ist eine Preisgabe ohne Gegenleistung.« Sie musterte ihn sinnend. »Ich weiß nicht, ob Sie zu diesem Thema überhaupt ein Verhältnis haben.«

Baltasar drehte den Stiel seines Weinglases hin und her. »Natürlich«, sagte er, »habe ich dazu ein Verhältnis. Ich hätte allerdings Schwierigkeiten, wenn ich Ihnen genau angeben sollte, wie dieses Verhältnis beschaffen ist.«

»Verstehe ich Sie richtig ...«

»Sie verstehen richtig. Einer unserer verführenden Politiker sprach neulich von einem Unverhältnis zwischen aufgewandten Mitteln und erreichtem Ergebnis. Das ist, natürlich, blanker Nonsens. Zwischen zwei verglichenen Dingen gibt es kein Un-Verhältnis, denn auch eine Relation von, sagen wir, eins zu einer Milliarde ist ein Verhältnis, wenn auch ein unausgewogenes. Mein Verhältnis zu Ihrem Anliegen ist wahrscheinlich minder denn Ihres, aber ich bin ja gekommen, um mich informieren und vielleicht anwerben zu lassen.«

Stücker unterhielt sich angeregt mit mehreren Leuten, die in einem Kreis um einen Louis-Quinze-Fauteuil standen. Frau Gabrieli bat um Feuer für ihre Zigarette.

»Wir werben nicht«, sagte sie dann; »wir wissen genau, daß alles vergebens ist. Wir betreiben das als ein schöpferisches Spiel gegen die modernen Pädagogen, die ihre Schüler B-l-ö-t-z-i-n schreiben lassen, weil man ja versteht, daß sie ›Blödsinn‹ meinen.«

Baltasar suchte in seiner Jacke nach den Zigarren. »Ja, das hat aber noch einen Aspekt. Die armen Kinder müssen sich später mal irgendwo um eine Anstellung bewerben, und dazu sollten sie in der Lage sein, einen orthographisch einwandfreien Lebenslauf abzuliefern. Nicht alle prospektiven Arbeitgeber können sich in ihrer geistigen Verwirrung mit den Kulturbürokraten messen.«

Frau Gabrieli blinzelte. »Sie haben natürlich recht, aber die praktischen Probleme sind so groß, daß wir hier uns nur theoretisch damit befassen können. In Spielform.«

»Nichts ist ernster als ein Spiel«, sagte Matzbach geziert. »Um es sinnvoll zu spielen, muß man strikte Regeln einhalten; das unterscheidet es von der sogenannten Realität, die vor allem daraus besteht, daß man einige Systeme von Regelbrüchen auszutarieren sucht. – Aber nun erzählen Sie mir doch mal, was hier an den Abenden geschieht.«

Sie deutete mit einer ungenauen Armbewegung auf die Leute, die herumstanden oder -gingen, tranken und dabei mit wechselnden Gesprächspartnern diskutierten.

»Heute, bis jetzt jedenfalls, sieht es nach einem allgemeinen Reden aus«, sagte sie. »Manchmal besprechen wir spezielle Themen; ein bestimmtes Buch oder eine aktuelle Politikerrede mit besonderem Wortmüll, oder so.«

Baltasar nickte nachdenklich. »Ich könnte mir diese Veranstaltung gut unter dem Titel ›Tanz auf dem Vulkan‹ vorstellen. Der Ausbruch ist nicht zu verhindern, aber man sollte ihn stilvoll erwarten.«

Frau Gabrieli nahm einen Schluck aus ihrem Sektglas. »So ist es. Wie gesagt, dadurch, daß sprachliche Nuancen aufgegeben wurden, ist die Welt nicht gemütlicher geworden. Sie wird auch nicht besser werden, wenn ab morgen alle Bewohner der Republik wieder den Konjunktiv korrekt verwendeten oder wenn man alle Politiker, die ›ich würde sagen‹ sagen, zwangspensionierte. Aber sie wird ein bißchen weniger arm sein. Sie ist arm und armselig genug, auch ohne Gestammel.«

»Vergessen Sie nicht«, warf in diesem Moment Stücker ein, der zu ihnen getreten war, »die Ausführungen der Metalinguistik zu diesem Thema. Wenn die Sprache das Denken formt, nicht umgekehrt, dann führt Sprachverfall automatisch zu einem Verfall des Denkens, und die Welt wird noch unordentlicher, ungemütlicher und armseliger. Prost.« Er hob sein Glas, trank und zwinkerte Matzbach zu.

Ernsthaft fuhr er fort: »Wir wissen ja, sofern wir uns für Geschichte interessieren, was aus dem Römischen Imperium geworden ist. Am Ende, so sehe ich das jedenfalls, konzentrierte sich aller Wille zur Macht und zur Ordnung darauf. Palastintrigen zu überstehen und bessere Getreidepreise zu erzielen. Das sind Probleme, die einem Caesar, Cicero oder Seneca lächerlich erschienen wären. In der Spätzeit des Imperium Romanum gab es Männer dieser Größenordnung nicht mehr. Merkwürdigerweise auch keine großen Stilisten …«

Matzbach blies einen zur Auflösung strebenden, schlampigen Rauchring an die Decke.

»Na ja«, sagte er, »Sie können Cicero und Seneca aber nicht gerade als Exponenten der imperialen Idee hinstellen.«

»Außerdem«, warf Frau Gabrieli ein, »hat ein Jegliches seine Zeit, wie in einem anderen, stilistisch wertvollen Buch zu lesen steht. Meinen Sie nicht, daß für das Imperium einfach die Zeit abgelaufen war?«

Stücker zuckte mit den Schultern. »Uhren kann man vor- oder nachstellen; man kann sie auch anhalten. Man muß nur wollen. Woran ist denn das Imperium zugrundegegangen?« Er blickte Frau Gabrieli und Matzbach herausfordernd an.

Baltasar runzelte die Stirn. »Soviel ich weiß, an Bleivergiftung.«

Stücker nickte heftig. »Genau. Übersetzen Sie das mal. Die Führungsschicht hat sich dem Lotterleben in Wohlstand ergeben und nicht mehr über das Imperium nachgedacht, sondern nur noch über immer raffiniertere Genüsse. Dazu gehörte Wein aus immer seltsamer geformten Gefäßen und Bleiamphoren und so weiter. Elite kaputt, Imperium futsch. Wir«, sagte er mit Betonung, »sind heute in der gleichen Situation.«

Frau Gabrieli schüttelte den Kopf und verzog indigniert den Mund. »Erlauben Sie, Herr Stücker, wir sind kein Imperium. Der Kelch ist vor vierzig Jahren knapp an uns vorbeigegangen.«

»Richtig. Warum ist er an uns vorbeigegangen? Weil das letzte westliche Imperium, England, noch Beharrungs- und Machtwillen hatte. Andernfalls wäre Amerika zu spät gekommen, und wie nach einem britischen Aussteigen aus dem Konflikt die UdSSR allein ausgesehen hätte, weiß ich nicht. Und was war das Endergebnis? Das Empire ging zu Bruch, weil die Engländer zu lange in Wohlstand geschlafen hatten und auf dieses letzte große Ringen nicht vorbereitet waren; am Schluß haben sie gewonnen, aber sie haben es als Empire nicht überlebt. Amerika hat sich, trotz einiger Anläufe, nicht dazu aufraffen können, ein Imperium zu werden, Frankreich ist auch nicht mehr, was es mal war, und wir sowieso. Alle zusammen könnten wir noch etwas tun, aber wir versuchen es ja nicht einmal.«

Matzbach hustete. »Meinen Sie nicht, daß manche Leute, darunter ich, Ihre Ausführungen durchaus unter ›reaktionär‹ einstufen und abhaken könnten?«

»Sicher, das könnten Sie, aber ich glaube nicht, daß Sie recht hätten. Natürlich ist das alles unpopulär, aber Friedfertigkeit und der Verzicht auf jegliche Macht sind nur dann sinnvoll, wenn alle Beteiligten dafür sind und sich daran halten. Die Goten und Vandalen waren nicht so friedlich wie die Weströmer, die Türken hatten andere Vorstellungen als die Byzantiner, Hitler sah die Dinge nicht so wie die Briten und die Franzosen, und heute …«

Frau Gabrieli blickte ihn unter zusammengezogenen Brauen an. »Was ist heute?«

Stücker hob die Schultern langsam und ließ sie dann jäh wieder sinken. »Heute teilen, fürchte ich, unsere östlichen Nachbarn unsere Neigung zu Frieden und Wohlstand nicht. Und die südlichen, auf denen wir noch immer herumtrampeln, sehen die Dinge wohl auch anders.«

Matzbach grinste. »Wie bringen Sie denn Ihr friedliebendes Britannien und die anderen friedliebenden Kolonialmächte mit den ausgebeuteten und zertrampelten Völkern der südlichen Hemisphäre zusammen? Und die ausgelöschten Kelten und Karthager mit den friedliebenden Römern?«

Stücker schmunzelte. »Ich widerspreche Ihnen nicht, wenn Sie sagen, die Engländer hätten gar nicht erst nach Indien gehen sollen. Aber nachdem sie einmal da waren, hätten sie die Sache nicht in derartiger Unordnung hinterlassen sollen. Ich glaube nicht, daß es den Leuten in Lahore und Madras heute besser geht als zu Zeiten der Engländer; ich glaube sogar, daß einige der Millionen Ermordeten in Pnom Penh oder der Flüchtlinge aus Ho-Tschi-Minh-Stadt gerne noch unter einem französischen Gouverneur leben würden.«

»Lebten«, warf Frau Gabrieli ein, »oder lüben. Leben, lub, geluben.«

»Womit wir«, sagte Baltasar, beinahe erleichtert, »wieder bei der Sprache wären.«

Stücker nickte. »Ich wollte Sie auch nicht unterbrechen, als ich Sie unterbrach. Sie waren, glaube ich, gerade bei der Schule, nicht wahr? Dazu ist noch zu sagen, daß es eine schöne Sache ist, wenn man allen Interessenten die Möglichkeit gibt, das Abitur zu machen. Ich will nicht davon sprechen, daß niemand ein Volk von Abiturienten beschäftigen kann. Nur ein anderer Gesichtspunkt. Wenn man die Startchancen so weit verbessert hätte, daß jeder die Chance hat, das Abitur zu machen, wäre nichts dagegen zu sagen. Aber was hat man gemacht? Man hat die Zielanforderungen so weit gesenkt, daß auch Leute ohne langen Anlauf und ohne Leistungen ankommen können. Das ist«, sagte er grimmig, »als wollte man in der Leichtathletik allen die Möglichkeit geben, 100 Meter in 10 Sekunden zu laufen. Dann beschließt man, nicht die hundert Meter, sondern die zehn Sekunden sind wichtig, also läuft man nur noch 70 Meter, damit mehr Teilnehmer in 10 Sekunden ankommen. Schließlich wird die Strecke auf 50 Meter verkürzt, und am Ende läuft man gar nicht mehr. Was aber, wenn andere, zum Beispiel unsere Freunde im Osten, lächelnd zusehen, wie wir es uns im Stand gemütlich machen, und uns dann, wenn uns die Füße eingeschlafen sind, überrennen?«

Er blickte Frau Gabrieli an. »Ich weiß, daß diese Gesellschaft ein Spiel ist, aber man kann es auch ernst nehmen. Ich betrachte dieses geschätzte Forum, das sich mit dem Verfall der Sprache befaßt oder sich an diesem ergötzt ...«

Matzbach unterbrach. »Was halten Sie von der Einführung des Genitivus absolutus? So, daß diese Gesellschaft sich dessen ergötze.«

Stücker blickte ihn einen Moment lang irritiert an, dann lachte er. »Gut, also dessen ergötzt. Jedenfalls betrachte ich diesen Verein als eine, wenn auch winzige Möglichkeit, eine kleine Form von Ordnung aufrechtzuerhalten. Neben den anderen Möglichkeiten, um die ich mich bemühe.«

Matzbach streifte die Asche seiner Zigarre in einem dafür vorgesehenen irdenen Töpfchen auf dem nahen Beistelltisch ab. »Was machen Sie denn sonst noch?«

»Oh«, sagte Stücker, »vieles. Wollen Sie das wirklich hören?«

Frau Gabrieli intervenierte. »Ich glaube, Herr Matzbach ist in erster Linie gekommen, um zu erfahren, was wir hier so treiben. Vielleicht sollten wir ihm vordringlich einmal die Arbeitsweise unserer Gesellschaft demonstrieren, und nicht seine Zeit mit Beschäftigungsnachweisen der einzelnen Mitglieder blähen.«

Stücker kicherte. »Das haben Sie nett gesagt, Frau Vorsitzende. Ich bin ja schon still. Vielleicht ergibt sich später oder demnächst noch einmal die Möglichkeit ...«

Im Verlauf der nächsten Stunden erlebte Matzbach eine höchst angenehme Demonstration dessen, was die Mitglieder der Gesellschaft zur Stärkung der Verben e. V. bei ihren Zusammenkünften zu treiben pflogen.

Der kostbar ausgestattete Salon der alten Villa eignete sich vortrefflich für diese Form der Spielerei. Baltasar hatte nach und nach das Gefühl, bei Madame de Sévigné zu sitzen oder in einem Salon, in welchem die Herren Montaigne und La Boëtie, jeweils in zehnfacher Ausfertigung wiedergeboren, dabei rücksichtslos ihre Geisteskräfte dezimierend, ernsthaft vor sich hin blödelten.

Hauptanliegen der Gesellschaft schien es zu sein, alle schwachen Verben, die ihre Vergangenheitsformen durch ein angehängtes -t- bilden, derart zu stärken, daß saftige Konjunktive möglich wurden, wo die Sprache selbst sie nicht vorgesehen hatte; daß man das Licht ausknöpse; daß etwas zerschülle; daß einige – wie eine sich im dekorativen Hosenanzug auf der Chaiselongue fläzende junge Dame bemerkte – wohl lieber durch die umliegenden Kneipen zögen und zöchen (zu: zechen, zoch, gezochen), als daß sie hier säßen, stünden oder, nach dem einen oder anderen Cocktail, schlöffen oder im Stehen schliefen. Mit besonderem Grimm vermork man, daß übles Gesindel, lichtloses Gelichter, jüngst sich dazu aufschwünge oder sich gar erdrisse, einerseits alle möglichen starken Konjunktive durch die ausschließlich der zukünftigen Unwahrscheinlichkeit vorbehaltene Bildung mit »würde« zu entsetzen, andererseits ausgerechnet das schwache »brauchte«, das gar keinen Umlaut bilden dürfe, zu »bräuchte« erhöbe. Man stimmte über mehrere Umbildungsvorschläge ab; die Gesellschafter schworen feierlich, hinfort nur noch »streben, strab, gestroben«, mit der Wahlmöglichkeit »sträbe/ströbe«, ferner »hoffen, huff (hüffe), gehuffen« sowie »schmusen, schmos, geschmosen« mit der bewegenden Möglichkeit »schmöse« zu verwenden. Baltasar, als Gast des Abends, äußerte zwischendurch: »Ich verwünde es nimmer, enthöpfe meinem Gemäul jemals ein schwächlich ›würde‹, es sei denn, ich söffe derart, daß es mir Sprechen und Sein verschlüge«, wofür er geziemenden Beifall erhielt. Zur Lösung des Problems, wie solcherlei Bildungen erreichbar seien, wenn das zu stärkende Verb hinderliche Zwischenkonsonanten aufwiese, etwa in Fällen wie »zeichnen« oder »speichern«, schlug ein pensionierter Oberförster in Tweed und grönem Hötchen vor, man solle dann den hemmenden Mitlaut an eine andere Stelle verschieben, so daß es etwa laute »zeichnen, zinch, gezinchen oder gezichnen« beziehungsweise »speichern, spirch, gespirchen oder gespichern«; durch dieses listige Verfahren sei zwar kein Umlaut möglich gemacht, doch werde immerhin die Bildung eines eindeutigen Konjunktivs durch Anfügung eines -e- erleichtert.

In ähnlicher Weise vergnog man einander durch die Erörterung zusammengesetzter Adjektive, die bekanntlich nur in ihrem ersten Teil gesteigert (gestirgen) werden, wobei

»nächstliegend« ja auch näherliegend sei denn »naheliegendst«. Eine kleine Debatte über die Vorzüge und Nachteile eines kürzlich erschienenen Buches über die Schwierigkeiten des farbenblinden Gummistiefelmörders angesichts violett gesprenkelter Kühe, welche ihm die Konjunktive verböten, beschloß den Abend. Vor dem Ende desselben toschen Matzbach und Stücker grinsend ihre Adressen aus.

Bei der Heimfahrt beschäftigten Baltasar mehrere Fragen. Einige waren grammatikalischer Natur; andere betrafen Stücker und seine Ansichten. Waren das Scherze eines intelligenten Menschen im Rahmen eines Gesellschaftsspiels, oder möglicherweise doch Ernst? Und wie kam der wohl eher an juristischem denn an gutem Deutsch interessierte Anwalt Naumann in diese Runde? Schließlich jedoch huk Matzbach den Tag als vergangen und vergessen ab und hopf in seine Koje.

11.

Nach einem ereignislosen Freitag begab Baltasar sich abends – nicht, ohne zuvor telefonische Erlaubnis eingeholt zu haben – zu Ariane. Er war dort kaum eingetroffen, als das Telefon klingelte.

Ariane nahm ab, meldete sich, grinste und hielt Matzbach den Hörer hin. »Du wirst schon wieder gesucht, Moritz.«

Baltasar nahm den Hörer seufzend entgegen und redete in seiner unfreundlichen Art eine Weile mit dem Journalisten. Dann blickte er Ariane an.

»Er will vorbeikommen, mit diverser Begleitung, in Sachen Mord sowie in Sachen Kartoffeln.«

Ariane nickte. »Sag ihm, es gibt Pfannkuchen.«

Sie holte eine Flasche trockenen Sherry und zwei Gläser.

»Ein wenig ist noch drin; meine frühreife Tochter hat in letzter Zeit häufig durstige Bekannte mitgebracht.«

Baltasar schüttelte den Kopf. »Nein, gehört sich das? Wie will sie so ihr Abitur schaffen?«

Ariane prostete ihm zu. »Wie stehen die Ermittlungen?«

Baltasar setzte das Glas ab. »Ach, so-so. Es ist mir mit der Hilfe eines räudigen Raben, des besagten Poe, gelungen, den Tankwart ausfindig zu machen, bei dem der verhaftete Kandidat zur Tatzeit weilte. Er hat jetzt also ein Alibi und läuft vermutlich schon wieder in der Gegend herum. Hoffentlich merkt er sich jetzt, wo er tankt. Freund Ziegler wird sich über meine Intervention gefreut haben; angeblich versucht er mich seit Tagen zu finden, um mich zu beschimpfen oder mir die rote Karte zu zeigen oder so.«

Er nahm das Glas wieder auf und hielt es vor seine Augen. »Apart«, sagte er, während er durch Glas und Flüssigkeit Ariane betrachtete, »ein arianisches Prisma. – Außerdem habe ich fünf Leute ermittelt, mit denen der verblichene Anwalt ohne Wissen seiner Sekretärin oder seiner Kollegen zuletzt zu tun hatte.«

Er berichtete über die merkwürdigen Irrfahrten von Lorenz Fricke durch die Rhön, die Sprachwallungen der Gesellschaft zur Stärkung der Verben e. V., die munteren Sprüche von Eduard Stücker, die Kartoffeln von Christine Baginsky, die Hotelrechnung von Roland Vorwaldt und die undeutlichen Streitfälle von Hermann Albring.

»Na ja«, sagte Ariane schließlich, »das ist alles reichlich wirr. Mehr weißt du noch nicht?«

Baltasar verneinte stumm; nach einem kleinen Schluck kommentierte er: »Der Mensch ist fehlerhaft und widerwärtig. Nicht einmal ich bin vollkommen. Was erwartest du also?«

Sie lächelte. »Ein friedliches Wochenende ohne Morde.«

Baltasar beugte sich vor und streichelte ihre rechte Hand. »Gut«, flötete er, »anmutige Propyläe meines Tempelherzens, ich werde an diesem Wochenende davon absehen, jemanden zu töten. Es sei denn, um dir einen Kopf zu Füßen zu legen, und auch das nur, wenn dein Gemüt danach dürsten sollte.«

Kurze Zeit später klingelte Moritz Sturm. Er betrat die Wohnung in Begleitung zweier Menschen, die dort bisher nicht gesichtet worden waren.

»Das«, sagte er mit Grandezza, »ist die Hüterin des Hauses, Ariane Binder. Jener Kloß hinten ist Mistberg, eh, Matzbach. Darf ich präsentieren? Ich beehre mich: Andreas Goldberg, weiland Mörder, und Sarah – jetzt hab ich doch deinen Nachnamen vergessen. Wie war er gleich?«

Die hübsche, dunkelhaarige Frau lächelte. Man sah ihr an, daß sie vor kurzem länger der Sonne teilhaftig geworden war; ihre weißen Zähne blitzten, und die vom Lächeln bewirkten Ausläufer ihrer leicht erhöhten Backenknochen trafen sich knapp neben dem Grübchen im Kinn.

»Mendel«, sagte sie; »zumindest noch ein paar Wochen.«

Ariane stellte Gläser hin und deutete einladend auf einige Sitzgelegenheiten.

»Wieso?« sagte Baltasar. »Was hat das mit den Wochen zu tun? Wechseln Sie mit den Mondphasen Ihre Bezeichnungen?«

Moritz setzte sich, verknotete seine langen, dünnen Beine und sagte: »Nein. Aber wieder so ein Fall. Auch hier hat die Angst vor Scheidung nicht die Ehe verhindern können, und nun sind die Konsequenzen zu ziehen.«

»Ei ja«, murmelte Baltasar, »nicht jeder wird solcherlei Probleme mit Hilfe eines unbekannten Schützen und ohne juristischen Aufwand los.«

Andreas Goldberg zuckte zusammen, fing sich aber rasch wieder. »Ich hörte«, sagte er, »daß ich Ihnen meine Freiheit verdanke.«

Baltasar winkte ab. »Lesen Sie Sartre, dann wissen Sie erstens, woher sie kommt, und zweitens, daß sie nicht viel wert ist.«

Goldberg lachte. »Jedenfalls möchte ich mich bei Ihnen herzlich bedanken. Wie haben Sie den Tankwart gefunden?«

Baltasar breitete die Arme aus. »Fragen Sie Ihren eminenten Raben, er hat mich geführt. Übrigens ein widerliches Vieh.«

»Ich hörte bereits, daß Sie ihn ins Herz geschlossen haben. Mein Großvater berichtete von der Dressur.«

Baltasar nickte. »Dann wissen Sie Bescheid.« Er wandte sich an Sarah Mendel. »Heiraten Sie den Jungen bloß nicht gleich, wenn Sie geschieden sind. Seine Frauen enden übel.«

Sie winkte ab. »Nichts dergleichen. Ich will ihn nur ein bißchen – trösten. Er trägt schwer an dem herben Verlust.«

Ariane stand auf. »Pfui«, sagte sie, »ihr seid mir alle viel zu makaber. Ich gehe jetzt in die Küche und erhole mich bei Pfannkuchen. Ich hoffe, alle haben Hunger.«

Moritz strahlte sie an. »Bist du eigentlich schon vergeben? Man findet selten Menschen, denen zur rechten Zeit das Rechte einfällt.«

Als Ariane gegangen war, zog Moritz aus seiner prallen Aktentasche vielerlei heraus.

»Hier«, sagte er, indem er Matzbach einige Fotos hinschob. »Ich glaube, Andreas hat sie auch noch nicht gesehen. Ich habe aber Zweifel, daß er sie unbedingt wird sehen wollen.«

Goldberg verzog das Gesicht und winkte ab. »Nicht dringend«, sagte er leise. »Mir steckt der Anblick bei der Identifizierung noch in den Knochen.«

Baltasar nahm die Fotos auf und betrachtete sie genau. »Unschön und bestimmt nicht zur Veröffentlichung gedacht, nicht wahr?«

Moritz nickte. »Ich habe sie leihweise von Korff bekommen, der sie eigentlich längst der Polizei hätte zurückgeben müssen.«

Die Bilder zeigten die Leichen von Irene Goldberg und Robert Naumann. Beide wiesen je zwei Einschüsse auf, in der Mitte der Stirn und im Herzen.

Matzbach legte die Bilder hin. »Das ist merkwürdig. Die Einschüsse sitzen genau gleich, geometrisch. Es muß sich um einen guten Schützen mit einer ruhigen Hand handeln. Oder er hat verdammt viel Zeit gehabt und aus nächster Nähe geschossen.«

Moritz schob ihm einige Blätter hin, offenbar Fotokopien eines teils mit Maschine geschriebenen, teils vorgedruckten Textes. »Hier, ebenfalls von Korff geschmuggelt: der Obduktionsbefund. Nix aus nächster Nähe.«

Matzbach überflog die Seiten, denen eine kurze Abhandlung über die aus den Körpern entfernten Geschosse beigefügt war.

»Also übliches Kaliber, abgefeuert aus einer üblichen Handfeuerwaffe; wahrscheinlich mit Schalldämpfer, sonst hätte ja jemand im Haus oder in der Nachbarschaft etwas hören müssen. Einschüsse verlaufen schräg, die Projektile wurden aus etwa drei Metern Entfernung abgefeuert. *Das* heißt«, sagte er aufblickend, »vermutlich, daß die beiden im Bett gelegen und geschlafen haben oder, vielleicht, durch die Annäherung des Schützen erwacht sind. Nach Meinung der Spurensicherung jedenfalls sind sie im Bett erschossen worden.«

Andreas Goldberg hatte dem Gerede mit deutlicher Zurückhaltung und Abneigung gelauscht. Seine linke Hand war geballt, die rechte tastete nach der linken Hand der neben ihm sitzenden Sarah. »Moment mal«, sagte er mühsam, »steht da etwas darüber, ob die Einschüsse bei beiden unterschiedlich verlaufen?«

Baltasar blätterte.

»Ja«, sagte er dann überrascht, »das steht hier, allerdings mit einem Fragezeichen versehen und der Bemerkung, eine plausible Erklärung gebe es zunächst einmal nicht.«

Andreas nickte heftig. »Doch«, sagte er bitter, »die gibt es. Irene war eine wilde Schläferin. Sie ist meistens morgens mit den Füßen unter dem Kopfkissen und dem Kopf am Fußende aufgewacht.«

Baltasar runzelte die Stirn. »Aha. Das spricht dafür, daß die beiden tatsächlich noch fest geschlafen haben, als der Mörder sein finsteres Tagwerk begann.«

Er schob Papiere und Fotos wieder zurück zu Moritz. Dann griff er zu einer Zigarre, legte sie aber gleich wieder fort.

»Nein«, knurrte er, »gleich gibt's Pfannkuchen. – Was wollen uns die Dichter des Berichts damit sagen? Ein

Mensch, Mann oder Frau, betritt eine fremde Wohnung in der Frühe, und zwar so leise, daß die in der Wohnung befindlichen Leute nicht aufwachen. Was für eine Sorte Schloß hatte Naumanns Wohnungstür?«

Andreas überlegte. »Wenn ich mich nicht irre, ein normales Sicherheitsschloß, BKS oder wie die Dinger heißen. Ich mußte ja mit Herrn Ziegler den Tatort besichtigen …«

Baltasar verschränkte die Arme über seiner Wamme. »Und die Tür war nicht aufgebrochen?«

Andreas schüttelte stumm den Kopf.

»Das stünde ja auch in diesen klugen Papieren zu lesen, Musbach«, sagte Moritz vorwurfsvoll.

Baltasar feuerte einen giftigen Blick auf ihn ab. »*Silence, monsieur l'emmerdeur,* ich kann lesen, *nebbich.* – Er muß also einen Schlüssel gehabt haben, der Finsterling. Außerdem muß er einigermaßen kaltblütig sein, eine ruhige Hand haben und wahrscheinlich häufiger eine Waffe in derselben halten, denn jemand, der noch nie geschossen hat, trifft wohl kaum so akkurat. Wer«, sagte er, fröhlich, »außer Ziegler und mir kommt also für die böse Tat in Frage? Abgesehen davon, daß ich keinen Schlüssel habe?«

Andreas fragte irritiert: »Wieso Ziegler und Sie?«

Baltasar grinste. »Ich, weil ich erträglich gut schieße, und Ziegler, weil er diese ganze Sache durchgezogen hat, nur um mich zu foppen.«

Moritz stöhnte. »Marsbach, Märzbock, Mistbrocken; wenn du sonst nichts zu der Affäre beizutragen hast, solltest du zu deinem Kummerkasten zurückkehren. In ernsthaften Zirkeln bist du völlig fehl am Platz.«

Sarah, die noch immer Andreas' rechte Hand hielt, begann zu kichern. »Ein netter Umgangston unter lieben alten Freunden. Kennt ihr einander schon länger?«

Moritz nickte weinerlichen Gesichts. »Ich hab es getragen sieben Jahr.«

Baltasar beugte sich vor, begutachtete Moritzens Hemd und sagte: »Dann wasch es doch endlich.«

Diese Form der Konversation setzte sich bis zu völliger Verblödung während des Pfannkuchenessens fort. Ariane mischte mit; Andreas hielt sich zurück. Als man beim Kaffee angekommen war, meldete er sich zu Wort.

»Herr Matzbach, ich habe den Eindruck, daß Sie sich weiter mit diesem Blutbad beschäftigen wollen.«

Baltasar nickte.

»Kann ich Ihnen irgendwie dabei helfen? Ich meine ...« Er zögerte, blickte der Reihe nach Sarah, Ariane und Moritz an und schloß dann die Augen. Halblaut fuhr er fort: »Immerhin war sie meine Frau, wenn da auch am Schluß nichts mehr war ...«

Baltasar blickte Moritz an. »Du da, weißt du, was Ziegler zur Zeit treibt?«

»Morgen wird er sich um eine kleine Demonstration kümmern, nehme ich an. Im übrigen sucht er natürlich den Mörder oder die Mörderin, aber was er genau macht, weiß ich nicht.«

»Was für eine Demonstration?«

»Ach, morgen ist eine winzige Demo angesetzt, auf dem Rasen der Poppelsdorfer Allee. Wahrscheinlich werden zwanzig Demonstranten und zweihundert Polizisten daran teilnehmen, und so was läßt sich doch der Monsieur von der Kripo nicht entgehen.«

Ariane warf ein: »Morgen ist Samstag, da hat er wohl dienstfrei, oder?«

Moritz setzte ein zweifelndes Gesicht auf.

Baltasar erkundigte sich: »Worum geht es denn bei der Demonstration? Vielleicht mache ich mit, damit Ziegler sich freut.«

Moritz keckerte. »Er würde sich bestimmt freuen und dich wegen subversiven Betrachtens von Bäumen festnehmen, oder so. Es geht um diese bescheuerten Entlaubungspläne.«

»Bitte was?«

»Hast du noch nichts davon mitgekriegt? Das geht doch nun schon seit Monaten um, quer durch die ganze regionale und überregionale Presse, mit Erklärungen, Protesten, Gegenerklärungen und allem, was dazugehört. Die Idioten von der Stadt wollen doch, nachdem sie erfolgreich alles, was in Bonn ansehnlich war, wegsaniert haben, den letzten Rest auch entfernen, die Poppelsdorfer Allee.«

Matzbach nickte. »Ach so, natürlich, davon hab ich gehört. Aber wen wundert das eigentlich? Wenn man sich Beamte hält, deren Daseinszweck der Umbau der Stadt ist, darf man sich nicht wundern, wenn sie zur Sache gehen. Sonst wüßte man doch, daß sie überflüssig sind. Außerdem werden sie bestimmt von einigen Leuten reichlich des hübschen Baren erhalten. Sind die Pläne denn jetzt endgültig durch?«

Sarah hob die Hand. »Entschuldigung, ich war ein paar Wochen weg und vorher mit privater Chaotik völlig ausgelastet. Worum geht es denn da?«

Moritz zuckte mit den Schultern. »Kurz gesagt ist es so. Vor ein paar Jahren ist für etliche hundert Millionen diese sinnlose U-Bahn gebaut worden, weil Bonn so was natürlich braucht, auch wenn nur zwei Kilometer davon unter der Erde sind. Gleichzeitig ist eine Straßenbahnstrecke stillgelegt worden, die hinter dem Bahnhof in Richtung Endenich verlief. Die Schienen hat man rausgerissen, da ist nichts geblieben. Jetzt sind einige von den Jungs, die dafür bezahlt werden, fremder Leute Geld zu verbraten, auf den Gedanken gekommen, daß diese Weltgegend, also allgemein der Bonner Westen, doch wieder an das U-Bahn- beziehungsweise Straßenbahnnetz angeschlossen werden soll. Natürlich geht das nicht einfach, indem man da, wo früher Schienen waren, wieder welche legt. Die könnten den Autoverkehr behindern, den die Herren durch öffentliche Verkehrsmittel ersetzen wollen. Man sieht, es ist alles sehr klar und logisch. Nein, diese westliche Trasse soll unterirdisch verlaufen, jedenfalls die ersten fünfhundert Meter, und was bietet sich da besser an als die Poppelsdorfer Allee? Da stehen schließlich nur ein paar hundert schöne alte Bäume und ein paar hundert schöne alte Villen. Mit anderen Worten: Diese Allee fallt aus dem optischen Gesamtbild der Stadt heraus. Es ist da noch nicht uniformiert und betoniert worden. Man will jetzt unterirdisch bohren; dabei werden wohl alle Bäume gefällt werden müssen, und die zuständigen Leute erklären mit Bedauern, daß sie keine Garantie für die Grundmauern der Villen übernehmen können.«

Er seufzte und nahm einen riesigen Schluck Kaffee zu sich. »Außerdem liegen natürlich inzwischen Gutachten vor, die besagen, daß die meisten der Bäume krank sind.«

Matzbach strahlte. »Na, siehst du!« sagte er fröhlich. »Das beweist doch wieder, daß die Wirtschaft funktioniert. Und die braven Bäume, die pünktlich dann krank werden, wenn eine Bank oder eine Versicherung gern da bauen will, wo die alten Villen stehen! Ist das nicht schön?«

Moritz verzog das Gesicht. »So ist es. Ich wollte einen bösen Artikel dazu schreiben; das hat mir der Chef untersagt. Das heißt, nicht untersagt. Er hat mir dringend abgeraten. Sein Schwager sitzt im Rathaus, und der habe ihm wichtige Informationen darüber gegeben, aus denen zu entnehmen sei, daß alles gar nicht so ist, wie es aussieht. Übrigens« – er blickte Matzbach an, als wolle er ihn hypnotisieren – »weißt du, von wem das vorläufig letzte Gutachten zu dem Thema stammt?«

»Nein. Ich beschäftige mich in meiner Freizeit gelegentlich mit harmlosen Mördern, aber an die großen Verbrecher komm ich nicht ran. Wer war es denn?«

Moritz grinste. »Unser Freund Stücker.«

Infolge allgemeinen Erstaunens bei Sarah und Andreas sahen Moritz und Baltasar sich genötigt, Informationen über Eduard Stücker abzusondern. Moritz griff nach seiner Aktenmappe.

»Hier«, sagte er, wobei er auf ein dickeres Bündel klopfte, »ist einiges über Stücker und seine Aktivitäten der letzten zwanzig Jahre, soweit diese öffentliches Interesse verdienten. – Und hier sind die anderen Sachen, die ich dir noch heraussuchen wollte.«

Baltasar nahm das Bündel entgegen und neigte dankend den Kopf. »Huldreicher Liebling der Morgenröte«, sagte er salbungsvoll, »eminenter Auswurf des Olymp und Verkörperung außerdienstlicher Zuverlässigkeit, ich danke Euch.«

Er warf das Bündel lieblos auf einen leeren Sessel. »Ich werde mich gelegentlich damit befassen. Heute abend hab ich frei.«

Er runzelte die Stirn und dachte nach.

»Gevatter«, sagte er dann, an Moritz gewandt, »hast du dich inzwischen mit dieser Kartoffeldame unterhalten?«

Moritz schüttelte den Kopf. »Ich habe vielleicht noch andere Dinge zu tun, ungünstiger Ekelbär, und außerdem schlafe ich hin und wieder. Du wirst dich da noch ein paar Tage gedulden müssen. Ich werde sie am Montag anrufen und um einen Termin bitten. Zufrieden?«

Baltasar und Ariane verlebten ein Wochenende in zurückhaltender Bescheidung und ohne auswärtige Zudringlichkeiten. Matzbach durchblätterte die Papiere, die Moritz hinterlassen hatte, und schnalzte gelegentlich mit der Zunge.

Montag begab er sich wieder in seine Wohnung, in der ihn gegen Mittag ein unwirscher Ziegler anrief, der sich weitere Einmischungen in die amtlichen Ermittlungen verbat. Matzbach versprach ihm höflich, ihn bei Gelegenheit von Fortschritten wissen zu lassen, und hängte ein.

Nachmittags erfuhr er von gemeinsamen Bekannten, Hoff sei am Wochenende mit einer reizenden Rothaarigen gesehen worden. Abends rief Henry an und berichtete von Unterredungen mit einer Sekretärin des berühmten Eduard Stücker, die aber außer einem Überblick über seine wesentlichen Taten der letzten Zeit nichts erbracht hätten. Ein detaillierter Bericht werde folgen.

Also werkelte Matzbach bis in die Nacht hinein an den nächsten Folgen von *Frau Griseldis,* hüpfte anschließend wie ein Zicklein unter die Dusche, umhüllte sein fettes Egogefäß mit Frottee, trank einen Schlaftrunk und zog unter den fröhlichen Fanfaren seines Schnarchens bis zur Morgendämmerung wider seine Träume zu Felde.

In barbarischer Frühe, gegen sieben Uhr, riß ihn langanhaltendes Klingeln aus dem Schlummer. Eine freundliche Dame vom Postamt las ihm am Telefon den Wortlaut eines Telegramms vor, das später mit der normalen Post zugestellt wurde. Der Text lautete: »Hilfe stop assassinen stop sofort kommen les baux stop anrufen hotel xy stop william.«

Mit einer für seine normalen Aufstehgewohnheiten, speziell nach dreieinhalb Stunden Schlafs, unüblichen Lust eilte Baltasar ins Bad. Danach ließ er sich von der Auslandsauskunft die Nummer des betreffenden Hotels in Les Baux heraussuchen und rief dort an. Er war sich völlig darüber im klaren, daß die Morgenwonne mit dem Stichwort »Assassinen« zu tun hatte und damit, daß ein ferner Lockruf Abenteuer versprach, während er in der Heimat, der teuren, mit seinem Doppelmord nicht weiterkam.

Der Mensch, der im Hotel den Hörer abnahm, versicherte ihm, Monsieur William Bronner weile in seinem Gemach und er werde ihn ans Telefon holen. Es dauerte nicht sehr lang. William hörte sich entfernt, entnervt und erschöpft an.

»Matzbach«, sagte er hastig, »kannst du kommen?«

»Was ist denn los?«

Bronner hustete. »Zu viele Zigaretten und kein Schlaf«, sagte er. »Mann, ich hab das ganze Wochenende versucht, dich zu erreichen. Ich hab mich mal wieder in was eingemischt, was mich nichts angeht, jetzt sind sie hinter mir her. Ich weiß nicht, wie schnell sie mich finden.«

»Was hast du gemacht, und wer ist *sie*?«

»Kann ich dir nicht am Telefon sagen. Kannst du kommen?«

»Ja.«

»Sofort?!«

»Wenn ich heute nachmittag aufbreche, kann ich morgen früh da sein. Reicht das?«

Bronner seufzte. »Kann sein. Vielleicht ist es in zwei Stunden schon zu spät. Versprich mir, daß du mir ein würdiges Begräbnis besorgst.«

»Mann, mach's nicht so dramatisch ...«

»Hör zu, vielleicht muß ich schnell abhauen. Denk an den Mond von Sankt Remigius und an den dritten Schlupfhafen der Johannisbeere. Da kommt jemand, ich muß aufhören. Mach schnell ...«

Es klickte. Matzbach fluchte und wählte das Hotel erneut an. Besetzt. Nach fünf Minuten versuchte er es abermals. Diesmal kam er durch. Man teilte ihm mit, Monsieur Bronner habe soeben das Gebäude verlassen.

Murrend dachte er eine Weile vor sich hin; dann rief er Ariane an, die noch nicht zur Arbeit aufgebrochen war. »Hör mal«, sagte er nach einem freundlichen Morgengruß, »ein Freund, noch so ein windiger Reporter, hat mich gerade aus Südfrankreich angerufen. Die Assassinen sind hinter ihm her.«

Ariane kicherte. »Was ist los? Bist du krank, so früh aufzustehen? Und was hat das arme Kerlchen wieder geträumt!«

»Ich bin knallwach und todernst. Wann kannst du deinen Urlaub nehmen? Du hattest was von Bergen gesagt, die du noch versetzen müßtest.«

»Ganz ernst?«

»Total.«

»Die dicksten Berge sind versetzt. Mit einem dringenden Grund könnte ich eigentlich sofort …«

»Okay, also deine Urenkelin ist bei der Entbindung explodiert oder so was.«

»Pfui, wie witzig.«

»Ich hol dich gegen zwölf Uhr ab. Geht das?«

»Ja, in Ordnung. Bis dann.«

»Adios.«

Anschließend warf Baltasar Moritz und danach Hoff aus dem jeweiligen Bett, beauftragte sie, die Stellung durch förderliche Umtriebe weiter auszubauen, schrieb für Hoff einen neuen »Gehaltsscheck« aus, den er in einen Briefumschlag steckte, und beendete in rasender Eile *Frau Griseldis*. So begann ein wildes Abenteuer in der Provence, aber das ist eine andere Geschichte.*

---

* vgl. *Das Doppelgrab in der Provence*

II. TEIL

1.

Nach der Rückkehr aus der Provence siegestrunken, mußte Baltasar zunächst einmal zurückfinden in die Niederungen des Daseins. Zwar hatte er reichlich vorgearbeitet, aber nun war es Zeit, die nächste Folge von *Fragen Sie Frau Griseldis* zusammenzustellen, am besten gleich zwei. So wurde es Ende November, bis er sich wieder mit seinem Doppelmörder beschäftigen konnte.

An einem Samstag, dessen Morgenröte er im Hause Binder erblickte, bemerkte er in Arianes Küche ein neues Objekt. »Was ist das?«

Ariane nahm den Topf mit einem seltsamen Aufbau hoch. »Ein Wasserfilter. Evelyn hat ihn aufgetrieben. Eine sehr gute Sache.«

»Wozu braucht man einen Wasserfilter?«

»Man filtert, o dummer Mann, Wasser darinnen.«

Sie goß gefiltertes Wasser in die Kaffeemaschine. Baltasar, ohnehin noch nicht ganz wach, konnte dem Vorgang nur mühsam folgen.

»Wozu filtert man Wasser?«

»Man filtert es, o Baltasar«, sagte Ariane, wobei sie ein wenig Butter von ihrem Morgenrock wischte, »daß es besser schmecke.«

»Ist dieses vonnöten?«

Sie stemmte die Hände in die Hüften. »Fragen über Fragen an einem widerlichen Wintermorgen.«

Beim Frühstück führte sie weiter aus. »In diesem Teil des Orts Bad Godesberg, der heute nur noch ein Anhängsel der Metropole ist, wird das Trinkwasser dem Rhein entnommen. Um es genießbar zu machen, versetzt man es mit Chlor. Es riecht und schmeckt wie ein Hallenschwimmbad. Dieser Filter soll Schmutz und Chlor entfernen, und ich muß zugeben, das Wasser schmeckt besser. Du mit deinen ewigen Zigarren bemerkst natürlich keinen Unterschied zwischen dem Kaffee vorher und dem Kaffee danach.«

Baltasar grinste. »O doch. Ich messe ihn an dem, was zwischendurch vorgefallen ist.«

Ariane schnalzte. »Ich spreche von Filtern und dem Vorher-Nachher-Effekt.«

Baltasar nickte. »Es ist interessant«, sagte er nachdenklich, »daß auch an dieser Schandtat der Kandidat Stücker beteiligt ist.«

Ariane blinzelte. »Wie das?«

»Ich habe in den letzten Tagen neben *Frau Griseldis* auch den Mord bearbeitet und dazu noch einmal alles durchgewühlt, was die kundigen Kerlchen mir zusammengestellt haben. Unter anderem die Liste der Leistungen des Eduard Stücker.«

Er lehnte sich zurück, schob den Frühstücksteller von sich und zündete eine Morgenzigarre an.

»In dieser Liste findet sich ein Gutachten auch zum Thema des Godesberger Leitungswassers. Ich muß weiter ausholen.«

Er blies einen Rauchring an die Decke und kniff die Augen zusammen.

»Also: In den sechziger Jahren wurde die Godesberger Satellitenstadt Heiderhof konzipiert, du kennst die ja, auf der Höhe im Süden. Dazu wurden mehrere Gutachten angefertigt, von Geographen, Geologen, Hydrologen und ich weiß nicht was für Logenbrüdern sonst noch. Im Prinzip gab es zwei gegensätzliche Meinungen. Die einen sagten, das ist alles Quatsch, weil der Boden sehr wasserhaltig ist, zum größten Teil aus Kies besteht, zwei Grundwasserspiegel oder wie das heißen mag hat und so weiter. Das heißt, wenn man baut, wird man erstens Schwierigkeiten mit den Häusern bekommen, weil die auf dem nassen Kiesuntergrund nicht sehr hoch und schwer sein können, sonst sacken sie ab. Also darf man auch keine tiefen Keller anlegen. Zweitens wird man beim Bau der Zufahrtstraße mindestens einen, wenn nicht beide Grundwasserschichten anschneiden – die Straße ist ja am Hang hochgezogen worden, und dafür mußte einiges Erdreich bewegt werden.«

Ariane runzelte die Brauen. »Gegen frisches Grundwasser ist doch nichts zu sagen. Das kann man doch prachtvoll trinken, oder?«

»Ja, natürlich, aber das kommt gleich. Die anderen Gutachter sagten, es werde keine Probleme geben. Zu diesen gehörte Stücker. Nun gut. Dann wurde also das Projekt gestartet. Es stellte sich heraus, daß die Warner recht behielten. Auf dem Heiderhof stehen viele Häuser, die nur einen Meter oder noch weniger Fundament und Keller besitzen, und beim Bau der Straße schoß kristallklares Grundwasser in die Stadt. Was hat man damit gemacht?«

Ariane verzog das Gesicht. »Und ich habe einen Wasserfilter«, sagte sie düster.

Baltasar klopfte auf den Tisch. »Genau. Prächtiges, sauberes, leckeres Grundwasser; was sollte man damit machen? Auch hierzu wurden in aller Eile Gutachten eingeholt, weil man ja nichts offensichtlich Sinnvolles tun kann, solange es nicht von Gutachtern befürwortet wird. Wieder war Stücker beteiligt. Er schlug vor, die Kanalisation auszubauen und das Grundwasser in den Rhein zu leiten. So wurde es gemacht. Man hätte es natürlich in die Trinkwasserversorgung leiten können, aber das wäre ja zu offensichtlich gewesen. Deshalb hast du dir einen Wasserfilter kaufen müssen. Die Industrie, übrigens, nicht nur hier, sondern überall, zapft nach wie vor Grundwasser ab und benutzt es zum Kühlen und Reinigen. Unser Trinkwasser kommt nicht daher. Als Einwohner Bonns wußte ich natürlich bisher nichts davon, denn das Bonner Wasser ist ganz trinkbar; es kommt aus einer Talsperre.«

Ariane nickte. Erbost sagte sie: »Eigentlich ist es eine Sauerei. Aber was ich nicht verstehe: Wieso bringst du Stücker immer wieder ins Gespräch? Ich meine, es spricht nicht für ihn daß er diese Gutachten gemacht hat, aber was hat das mit deinem Mord zu tun?«

Baltasar hob hilflos die Schultern. »Verehrteste«, sagte er, »nichts. Es gibt nur eine ganze Serie solcher Gutachten und Projektentwürfe aus seinem Bleistift.«

Sie faltete die Hände hinter dem Kopf. »Was hat er denn noch befürwortet?«

»Oh, vieles, und zwar reichlich. Zum Beispiel den U-Bahn-Bau und die Verwüstung der Bonner City, du weißt schon, den Abriß der alten Häuser vor dem Bahnhof und den Bau dieser monströsen Gips- und Betontürme. Dann eine völlig absurde Sache: den City-Umbau in Godesberg. Kalkuliert in den sechziger Jahren, als Godesberg noch das Einkaufszentrum für das gesamte Hinterland war. Damals hat er, neben anderen, vorgeschlagen, zu Füßen der Godesburg ein Geschäftsviertel mit Supermärkten und allem Kiki aufzuziehen. Das ist ja inzwischen gebaut worden, nur fahren die Leute aus dem Ländchen schon längst nach Bonn. Alles, was dabei herausgekommen ist, sind also Betonmonster mit irrsinnigen Mieten und pausenlos Pleiten. Ein besonders schönes Gutachten hat er auch zum Bau der rechtsrheinischen Autobahn abgeliefert.«

Baltasar legte die Zigarre weg und kratzte sich; der Kimono warf wilde Wellen.

»In Ramersdorf steht eine der ältesten Ritterkommende auf deutschem Boden. Die meisten anderen sind entweder im verlorenen Osten oder in Palästina oder so. Da das Land ohnehin dem Bund gehörte, ist dort zu einmütigem Entsetzen vor ein paar Jahren ein Autobahnzubringer mit siebenundzwanzig Schleifen, neunzehn Spuren und dreihundert Richtungen gebaut worden. Er umzingelt die alte Kommende. Wenn LKWs vorbeifahren, zittern die Mauern, und keiner weiß, wie lange das Ding noch stehen wird. Und zu dem Bau gehörte ein Park, an dessen Ende ein wunderschönes altes Pförtnerhäuschen stand. Zwischen den Resten des Häuschens und der Kommende verlaufen jetzt drei Fahrspuren. Stücker war auch dafür.«

Er schüttelte den Kopf.

»Bei der Veranstaltung in Köln, bei den Konjunktivisten, hat er mir etwas über Macht, Beharrungswillen und Schopenhauer erzählt. Vielleicht ist das der Grund dafür, daß er in den letzten Jahren alle möglichen Projekte befürwortet hat, die widersinnig sind: Durchsetzen des Apparats der Administration gegen die Bevölkerung, um jeden Preis. Was weiß ich. Stärke nach innen als Basis für angestrebte Stärke nach außen.«

Er lächelte müde.

»Leider ist das weder ungesetzlich noch mörderisch. Okay, vielleicht hat er den einen oder anderen Beamten geschmiert, um auch für das nächste teure Gutachten berücksichtigt zu werden. Aber daraus kann ich mir immer noch kein Motiv für einen Mord konstruieren.«

Ariane wackelte mit den Füßen. »Nimm mal an, der Anwalt wäre zufällig dahintergekommen, daß Stücker bestochen hat …«

Matzbach winkte ab. »Kein Grund. *Mon dieu,* was soll ihm passieren? Man wird ihn und ein paar andere vor Gericht zerren, wenn nicht überhaupt alles vertuscht wird. Dann bekommt er eine Geldstrafe aufgebrummt, die er mit einem freundlichen Lächeln bezahlt. Er hat sein Schäfchen im trockenen.«

Er griff nach einer unförmigen Reisetasche, die sein Wochenendgepäck barg; neben der Zahnbürste und einem Satz frischer Unterwäsche bestand dies vor allem aus Papier. »Hier, Moritzens Dossier. Eduard Stücker, geboren 1927 in Lassahn, Mecklenburg, pipapopu … seit 1961 Büro bei Bonn – wo ist es denn – ach, hier. Besitzt Landhäuser in der Eifel, im Sauerland, eine Strandvilla in St. Peter-Ording, ein Chalet in der Normandie. Wahrscheinlich hat er auch ein nettes kleines Konto in der Schweiz. Und dem soll die Aussicht auf ein Verfahren wegen Bestechung soviel Angst machen, daß er dafür zwei Leute abmurkst?«

Ärgerlich warf er den Papierhaufen wieder in die Tasche. »Unser kleiner Ausflug in die Provence war amüsant. Leider geht es in dieser Angelegenheit überhaupt nicht voran. Moritz und Henry fördern Details ans Tageslicht, mit denen kein Mensch etwas anfangen kann. Stücker wäre ein prachtvoller Mörder, aber ich sehe keinen Grund, warum er es hätte tun sollen. Oder können. Ich werde«, sagte er erbittert, »in der kommenden Woche zum Frontalangriff übergehen.«

Ariane lächelte, beinahe mütterlich. »Armer Kleiner, was will das liebe Kerlchen denn unternehmen? Frontalangriff, pah.«

Baltasar nickte. »Genau, pah. Ich weiß es nicht. Ich werde mich ein bißchen mit der Kartoffeltante unterhalten. Das Interview, das Moritz mit ihr gemacht hat, brachte gar nichts. Dann werde ich Fricke zuerst verbellen und danach stellen und ihn fragen, was er in der Rhön gemacht hat. Und ich werde ein Gespräch mit diesem Journalisten Albring führen. Und mich noch mal in Köln erkundigen, ob neben den opulenten Konjunktiven andere Dinge angefallen sind. Ich Trottel, ich weiß ja bis heute nicht einmal, ob Naumann jemals in Köln bei diesen Leuten gewesen ist.« Düster setzte er hinzu: »Und ich sehe nichts. Wahrscheinlich war es am Ende doch Andreas Goldberg. Oder dieser widerliche Rabe.«

Am Montag lief Matzbach auf dem Weg durch die Stadt dem geschätzten Hauptkommissar Ziegler in die Arme.

»Ah, Matzbach«, sagte Ziegler honigsüß. »Dieses Zusammentreffen erfreut mich.«

Matzbach verneigte sich. »Zahllose Glückssterne«, versicherte er, »überstrahlen diesen Tag, da mir endlich Ihr Antlitz in seiner ganzen Leuchtkraft zuteil wird.«

Ziegler hielt ihn am Ärmel fest. »Na, Sie Hobbydetektiv, möchten Sie mich nicht zu einer Tasse Kaffee und einer Unterhaltung in mein Büro begleiten?«

Baltasar strahlte. »Solch eine formidable Einladung, noch dazu im November und aus Ihrem hochmögenden Munde – wer wollte sich da sträuben?«

Schweigend gingen sie zu Zieglers Büro. Nachdem beide Platz genommen hatten, beugte sich Ziegler über den Schreibtisch vor und starrte Matzbach auf die Nase.

»So«, sagte er, wesentlich weniger freundlich, »nun wollen wir mal zur Sache kommen.«

Baltasar hob die Hand. »Moment, Verehrtester, wie war das mit dem Kaffee?«

Ziegler fletschte die Zähne, wandte den Kopf zur Tür, hinter der seine Assistenten und Sekretärinnen saßen, und brüllte »Kaffee!«

Dann wandte er sich wieder zu Matzbach. »Ich hatte bisher nicht die Freude, wie im letzten Jahr von Ihnen mit haltlosen Verdächtigungen, telefonischen Verhaltensvorschlägen und ähnlichem Schwachsinn behelligt zu werden. Ich ersehe daraus, daß Sie nichts wissen, und das macht mich froh.«

Baltasar grinste. »Ziegler, Ziegler, zwischen uns wird nach und nach eine enge Freundschaft wachsen, ich sehe das klar vor mir, und mir graut. – Hatte ich letztes Jahr vielleicht unrecht?«

Ziegler brauchte nicht zu antworten, denn in diesem Moment brachte eine junge Dame zwei Tassen Kaffee herein. Sie lächelte Matzbach zu und ging wieder hinaus. Ziegler spielte mit einem Bleistift.

»Es ist richtig«, sagte er, »daß Sie im vorigen Jahr auf kriminellen Wegen zu einem Punkt gelangt sind, an dem ich früher oder später auch angekommen wäre. Soweit will ich Ihnen nicht widersprechen. Aber diesmal?«

»Nun ja«, sagte Baltasar. »Wer hat den Tankwart gefunden?«

Ziegler nickte. »Was Sie nicht wissen können: Eine Stunde bevor Korff mit Ihrem Alibi-Zettel auftauchte, hat ein Beamter den gleichen Tankwart ausfindig gemacht und von ihm erfahren, daß Sie schon dagewesen waren.« Ziegler lehnte sich zurück; mit dem Ausdruck satter Zufriedenheit nahm er einen Schluck Kaffee.

»Sie sehen also, nicht alles, was Sie tun, ist von einzigartiger Qualität. – Danach habe ich die Anwälte aufgesucht und festgestellt, daß Sie auch dort schon gewesen waren. Und daß Sie sich Namen und Telefonnummern notiert hatten.« Ziegler zog eine Schreibtischschublade auf, entnahm ihr mehrere Blatt Papier und überflog sie. Schließlich legte er alle Blätter bis auf eines zurück, schob die Lade zu und musterte Matzbach.

»Roland Vorwaldt«, las er vor, »laut Auskunft der bolivianischen Behörden seit dem 28. September wieder in La Paz, hat seitdem das Land nicht verlassen.«

Matzbach lächelte. »Ich danke Ihnen, lieber Freund, für diese Mitteilung. Ich muß zugeben, ich hatte Probleme, diese Auskunft zu erhalten, und meine Gewährsleute sind nicht unbedingt zuverlässig. Sie, lieber Ziegler, bestätigen mir, was ich für nicht ganz gesichert halten mußte.«

Ziegler nahm die unverschämte Lüge gelassen hin. »Hermann Albring«, las er weiter, »reiste in der Woche des Mordes als Berichterstatter mit einer Parlamentarierdelegation nach Marokko. Kollegen und Delegationsmitglieder versichern, daß sie ihn am bewußten Donnerstag morgens in, wie heißt das, Oudjda gesehen haben.«

Baltasar nickte. »Ich weiß. Einer seiner mitreisenden Kollegen hat es mir vor einiger Zeit erzählt.«

Ziegler grunzte und trank noch ein wenig Kaffee. »Lorenz Fricke war an jenem Donnerstag um halb acht morgens im Ministerium. Um fünf nach halb acht hat er von seinem Schreibtisch aus mit einem Beamten in einem anderen Flügel telefoniert.«

Matzbach runzelte die Stirn. »Ich nehme an. Sie haben das nachgeprüft?«

Ziegler zog die Mundwinkel nach unten. »Was denken Sie von uns? Der andere Beamte hat ihn angerufen. Fricke hat weder von außerhalb telefoniert, noch hat ein anderer ihm seine Stimme geliehen.«

Matzbach nickte. »Immerhin«, sagte er nachdenklich, »wenn Fricke um sieben Uhr seine Wohnung verlassen hat, mit einem Taxi in die Nordstadt gefahren ist, dort Naumann und Frau Goldberg erschossen hat und mit einem weiteren Taxi ins Ministerium gefahren ist, kann er trotz allem dort gegen halb acht eingetroffen sein.«

Ziegler nickte. »Ja«, gab er zu, mit einem sarkastischen Unterton in der Stimme, »das kann er durchaus. So war es aber nicht. Er hat sich, wie jeden Morgen, mit dem Bus zum Ministerium begeben, und ein Kollege, der die gleiche Strecke fährt, hat bestätigt, daß Fricke eingestiegen ist. Er erinnert sich, daß er sich mit Fricke über ein am Mittwoch ausgestrahltes Fernsehstück unterhalten hat.«

Baltasar verbarg seine Enttäuschung. »Was hat er denn in der folgenden Woche in der Rhön gemacht?«

Ziegler grinste höhnisch. »Ich weiß, daß Sie ihn, hah, beschattet haben, zusammen mit Ihrem merkwürdigen Freund Hoff. Was haben Sie sich denn gedacht, warum er in die Rhön fährt?«

»Was weiß ich? Vielleicht, um einen Kontaktmann aus dem Osten in Grenznähe zu treffen, oder sonst was.«

Ziegler legte das Papier weg. »Nichts dergleichen. Das könnte er außerdem hier in Bonn bequemer haben. Nein.« Er blickte ernst. »Das ist eine persönliche Tragödie. Sie werden bei Ihren ungeheuren Ermittlungen festgestellt haben, daß Fricke nie verheiratet war. Er hat 1942 mit einem Mädchen, mit dem er befreundet war und das er wohl heiraten wollte, eine Wanderung durch die Rhön unternommen. Dabei ist sie ins Moor geraten und umgekommen. Seitdem fährt er jedes Jahr, sofern es möglich ist, am Jahrestag dieser Tragödie in die Rhön und, na ja, wenn Sie so wollen, pilgert die Strecke ab, die sie damals gelaufen sind.«

Baltasar kratzte sich den Kopf. »Das erklärt seine Erschütterung und den Rosenkranz, den er auf der Rückfahrt gebetet hat.«

Ziegler nahm das Papier wieder auf. »Bleiben also«, sagte er müde, »Frau Baginsky und Herr Stücker. Frau Baginsky ist die einzige, die kein restlos überzeugendes Alibi hat. Sie hatte am Donnerstag in der Frühe einen Termin bei Inter Nationes in Bad Godesberg, und dort war sie pünktlich um acht Uhr, wie ihr Gesprächspartner versichert. Wie Ihnen bekannt sein dürfte, wohnt sie im Godesberger Süden. Ihre Nachbarin versichert, sie habe gegen halb acht den Wagen aus der Garage geholt und sei fortgefahren; dies habe sie gehört. Nun könnte natürlich jemand für sie den Wagen geholt haben; gesehen hat man sie an dem Morgen nicht. Aber das erscheint mir reichlich weit hergeholt. Vor allem gehe ich davon aus, daß sie, wenn sie tatsächlich etwas Böses getan hätte, dieses sorgfältig vertuscht haben würde.

Sie ist eine intelligente Frau; wenn sie eine Mörderin wäre, hätte sie bestimmt ein überzeugendes Alibi. Außerdem brauchte sie Naumann beruflich. Er hatte sich für sie in Fragen, juristische Fragen, die mit Saatgut und Kartoffelpatenten und so zusammenhängen, eingearbeitet. Dafür gibt es zur Zeit praktisch keinen Spezialisten mehr, und Frau Baginsky ist untröstlich, daß sie nun wieder von vorn anfangen muß.«

Baltasar wiegte den Kopf hin und her. »Na ja, das klingt alles dünn, bis auf das akustische Alibi der Nachbarin. Was ist mit Stücker?«

Ziegler grinste. »Der hat ein Alibi. Er hat die Nacht bei seiner Sekretärin in Ippendorf verbracht, hat sie gegen sieben Uhr verlassen, um nach Hause zu fahren und sich umzuziehen, und als sie um Viertel vor acht ins Büro kam, saß er bereits im dunklen Anzug hinter dem Schreibtisch und erwartete einen wichtigen Besucher, der dann auch um acht Uhr kam.«

Ziegler legte das Papier weg. »Natürlich hätte er auf der Fahrt von Ippendorf zu seinem Haus und seinem Büro auf der anderen Rheinseite schnell in die Nordstadt sausen, Naumann und Frau Goldberg erschießen und dann die Fahrt fortsetzen können. Aber Ippendorf–Oberdollendorf samt Erschießen und Umziehen innerhalb einer dreiviertel Stunde ist reichlich hastig. Sie wissen doch, wie es in der Nordstadt mit Parkplätzen aussieht.«

Baltasar nickte. »Allerdings weiß ich nicht, wie es dort morgens um halb acht mit Parkplätzen aussieht. Das ist eine Zeit, zu der ich nicht einmal einen Hund auf die Straße schicken würde, geschweige denn meinen köstlichen Leib und Charakter.«

Ziegler runzelte die Stirn. »Na ja, was Ihre Köstlichkeit angeht, da sind, glaube ich, mehrere verschiedene Meinungen im Umlauf.«

Baltasar zündete sich eine Zigarre an und blies Ziegler den ersten kräftigen Schwall Rauch ins Gesicht. »Also«, sagte er dabei munter, »es war keiner von allen, wie?«

Ziegler nickte verdrossen. »Offenbar. Ach so, bevor Sie mich beschimpfen. Natürlich habe ich auch die Kölner Nummer ermittelt und mit der Vorsitzenden dieser Gesellschaft zur Stärkung der Verben gesprochen. Frau Gabrieli kannte Naumann schon lange. Bevor sie sich auf die Sprache geworfen hat, hat sie ein paar Semester Jura studiert. Daher. Sie haben sich gelegentlich gesehen, einfach so. Irgendwann hat sie ihm von der Gesellschaft erzählt, und Naumann ist aus Neugier ein paarmal dagewesen. Übrigens, die Verabredung, zu der er am Abend vor seinem Tod noch gefahren ist, war mit Frau Gabrieli. Sie hatte ein paar juristische Probleme mit der Weiterentwicklung der Gesellschaft, die sie wohl langfristig in eine GmbH mit Zeitschrift und eigener Redaktion umwandeln will. Naumann war bei ihr und hat mit ihr die nächsten nötigen Schritte und Schwierigkeiten durchgesprochen. Das wär's.«

Ziegler faltete die Hände, legte das Fingerknäuel auf die Schreibtischplatte und blickte Matzbach an. »Mehr habe ich nicht. Mehr werden auch Sie nicht rauskriegen, denke ich mir.«

Matzbach lächelte. »Ziegler«, sagte er freundlich, »Sie sind reizend. Welcher Ihrer Launen verdanke ich diese ausführliche Information? Haben Sie mir nicht neulich noch gesagt, Sie wollten nie wieder etwas von mir sehen oder hören?«

Ziegler nickte. »Ja, ja«, sagte er ungeduldig, »das wäre mir auch am liebsten. Aber da sich heute diese zufällige Gelegenheit ergeben hat, wollte ich Sie soweit informieren, um sicherzugehen, daß Sie mir nicht morgen das Telefon heißquatschen und mir sensationelle Mitteilungen machen, die ich längst kenne.« Er blickte ihn scharf an. »Ich wünsche also«, sagte er deutlich, »daß Sie sich nicht schon wieder in Sachen einmischen, die Sie nichts angehen. Lassen Sie mich in Frieden. Es sei denn, Sie hätten wirklich etwas. Aber wo die Klugheit der Polizei versagt, dürfte auch Ihre Impertinenz keine Chance haben.«

Er stand auf und ging zur Tür, die er ausladend öffnete. »Und das«, sagte er sarkastisch, »macht mich glücklich.«

Baltasar stand auf. »Sie legen also den Fall zu dem Berg von Akten, auf dem ›ungelöst‹ steht?«

Ziegler rümpfte die Nase. »Zunächst jedenfalls. Neues würde natürlich wieder alles umwerfen. Aber ich sehe nichts, im Augenblick. Raus mit Ihnen, und lassen Sie mich um Himmels willen jetzt und in aller Zukunft zufrieden. Ich habe nämlich«, sagte er, als Matzbach sich bereits auf dem Gang befand, »eine verdammte Abneigung gegen verdammte Amateure.«

Fröhlich pfeifend begab sich Matzbach in seine Wohnung. Er räumte Zigarren und Marmelade beiseite, um an sein Telefon zu gelangen. Dann rief er Hoff an.

»Ich habe gerade«, sagte er gutgelaunt, »etwas erhalten, womit ich niemals gerechnet hätte.«

Hoff schien weder erstaunt noch besonders neugierig zu sein. »Was denn? Ein Päckchen vielleicht, oder gar eine Ansichtskarte?«

»Nichts dergleichen, mein wirrer Freund. Ich hatte ein Gespräch mit dem lieben Ziegler. Er hat mir viele Dinge erzählt. Daraus habe ich Informationen gewonnen, und vor allem einen Eindruck. Er ist am Ende mit seinem Latein in diesem Fall; die Sache Naumann und Goldberg wird zu den Akten gelegt. Die Art und Weise, wie er mir alles erzählte, war ein verschlüsselter Hilferuf. So denke ich bei mir.«

»Aha. Nun, dann laß ihn rufen.«

Matzbach wischte einen Stapel Bücher vom Schreibtischsessel und setzte sich. »Gibt's bei dir was Neues?«

Hoff stieß einen undefinierbaren Laut aus. »Was soll's Neues geben? Ich schreib immer noch Bewerbungen und erfreue mich des Daseins.«

Matzbach pfiff durch die Zähne. »Warum wirst du nicht Anlageberater? Wenn du schon nichts rauskriegst, kannst du damit vielleicht wenigstens was reinkriegen.«

Hoff lachte gequält. »Irrsinnig komisch.«

Matzbach summte und trommelte mit den Fingern auf dem Marmeladeglas herum. »Hör mal«, sagte er schließlich, »Fricke, Vorwaldt und Albring sind sauber ...«

Hoff unterbrach ihn. »Fricke auch?«

Matzbach grunzte und berichtete von der Unterredung mit Ziegler und den Informationen über Frickes Vorleben und seine Rhönfahrten. Hoff lauschte und sonderte zwischendurch merkwürdige Laute ab. Schließlich sagte er:

»Wahrscheinlich war das Mädel schwanger, Fricke hat sie ins Moor gestoßen und übt jetzt tätige Reue, indem er pilgert und Rosenkranz betet, obwohl er evangelisch ist.«

»Evangelisch?«

Hoff lachte. »Ach, Quatsch, nur dummes Zeug. Ist ja sowieso egal. Also Fricke ist sauber. Und die anderen?«

Matzbach berichtete von den Ausführungen des Hauptkommissars zu Baginsky und Stücker. »Ich glaube nicht, daß ich mein Renommee als Meisterdetektiv bei dieser Affäre ausbauen kann ...«

Hoff kicherte. »Renommee? Interessant. Und ausbauen? So, so.«

»Ah, bah. Jedenfalls scheinen die beiden ja auch aus dem Schneider zu sein. Ich werde sie noch einmal besuchen, um meinen Frust zu vergrößern, bevor ich den Kram hinschmeiße. Verhör du doch noch mal die Sekretärin.«

Hoff stöhnte. »Die hab ich doch längst abgeseilt!«

»Dann seil sie wieder an.«

»Okay, Boß. Wenn's denn sein muß ...«

»Und melden, sobald du was erfährst. Falls du was erfährst.«

Hoff seufzte. »Ich werd schon nichts erfahren, tröste dich. Außerdem weiß ich gar nicht, wie ich ihr meine wechselnde Zuneigung verkaufen soll.«

»Laß dir was einfallen. Bis die Tage.«

Hoff hängte wortlos ein.

In einem weiteren Telefonat erfuhr Baltasar, daß auch Moritz nichts mehr zu berichten wußte und sich außerdem jede weitere Belästigung verbat. Danach rief Matzbach Frau Baginsky an, teilte ihr kurz mit, wer er sei und warum er sie zu sprechen wünsche, und vereinbarte ein Treffen am Abend.

Dieses Treffen war nicht unangenehm, aber ergebnislos. Frau Baginsky war eine charmante Gesprächspartnerin und berichtete viele interessante Dinge über die zehntausend Sorten Kartoffeln, die Verhältnisse auf dem bolivianischen Altiplano, die Arbeit des Kartoffelinstituts in Lima, die Versuche, neue Kartoffeln mit bestimmten Eigenschaften zu züchten und in den Hungergebieten der Welt heimisch zu machen, und ihre Versuche, auf dem europäischen Markt eine von ihr entwickelte Abart gewinnbringend loszuwerden. Das Essen in dem Lokal, in dem sie sich trafen, war ausgezeichnet, aber Baltasar fuhr einigermaßen unerfreut zu seinem Domizil zurück, denn er hatte nichts erfahren, was ihm in seiner Suche nach dem Mörder helfen konnte. Man hatte auch über Mord geredet. Frau Baginsky wußte reizende Geschichten von Indiogiften zu erzählen. Danach war man auf südamerikanische Literatur gekommen und die vielerlei Arten des Todes in den Werken der neueren Autoren.

»Besonders«, hatte sie gesagt, »hat es mir Borges angetan. Kennen Sie den? Dieser Argentinier, der besser ist als alles, was zur Zeit in Europa schreibt, und der trotzdem nie den Nobelpreis kriegen wird.«

»Flüchtig. Warum wird er den Preis nie bekommen?«

»Ach, er widerspricht sich selbst mit Lust. Die europäischen Leser und Kritiker finden das amüsant, solange es sich um Spitzfindigkeiten auf dem Gebiet des Geistes, der Philosophie oder so handelt. Er spielt aber genauso mit politischen Äußerungen, in denen er sich mit der gleichen Lust selbst widerlegt. Alles Teil seines großen Spiels, jede Weltanschauung zu widerlegen, weil für ihn Religion und Philosophie Zweige der fantastischen Literatur sind. Und jedes System, das die Gesetze des Universums zu erklären versucht, ordnet jeweils einem Aspekt alle anderen unter. Was weiß ich – das Kreuz, der dialektische Materialismus oder, was mich betrifft, die Kartoffel als Nabel des Kosmos. Jedenfalls nimmt man ihm hier seine politischen Scherze übel, die man nicht als Scherze erkennen will. Ein Mitglied der Nobelkommission hat gesagt, er wird den Preis aus politischen Gründen nie bekommen. Egal – jedenfalls spielt er auch sehr schön mit dem Tod. Er hat da so ein System von Symbolen in seinen Texten. Wenn jemand etwas erkennen könnte, im Sinne philosophischer Erkenntnis, taucht meistens ein Turm oder eine Leiter auf, und jemand, der stark ist, ist in diesen Geschichten fast immer von kräftigen Farben oder stabilen Formen umgeben, einem Quadrat, zum Beispiel. Wenn jemand stirbt, wirft die Abendsonne bleichrotes Licht durch Scheiben, die wie Rhomben geformt sind, und so. Das ist alles sehr schön und sehr perfekt.«

Irgendwie ließen Matzbach die Rhomben nicht los. Am folgenden Morgen, Dienstag, besorgte er sich ein paar Bücher und begann Geschichten zu lesen, in denen Labyrinthe, Spiegel, Türme aus Blut, Tiger und Kompasse vorkamen. Am Nachmittag riß er sich davon los und rief Frau Gabrieli und Herrn Stücker an. Mit ihm verabredete er sich für den

Abend in Stückers Wohnung; danach warf er sich in seinen Wagen und suchte Frau Gabrieli in ihrer Wohnung auf.

Nach kurzem Vorgeplänkel beschloß er, ohne Umschweife zu fragen. Er erfuhr allerdings nicht viel. Frau Gabrieli sagte, Naumann sei an dem betreffenden Mittwoch fast vier Stunden bei ihr gewesen, um die genauen Zielsetzungen der zu gründenden GmbH durchzusprechen und die finanziellen Aspekte zu berechnen. An Sitzungen der Gesellschaft habe er zweimal teilgenommen; einmal vor etwa einem halben Jahr, aus Neugier, und ein zweites Mal eine Woche vor seinem Tod, Donnerstag. Es sei ein schöner Abend gewesen, noch sehr warm, und so habe man im Garten der Villa, in der sich die Gesellschaft zu treffen pflege und die ein wohlhabendes Mitglied der Vereinigung, das selbst in der ersten Etage wohne, zu diesem Zweck zur Verfügung stelle, den größten Teil des Abends verbracht. Fast alle Mitglieder seien dagewesen.

Äußerst unbefriedigt fuhr er zurück nach Bonn. Er hatte noch einige Stunden Zeit bis zu dem relativ späten Termin mit Stücker. Verdrossen hockte er an seinem Schreibtisch, umgeben vom verstreuten Treibgut seiner Tätigkeiten und Nahrungsgewohnheiten, wie eine feiste Spinne im selbstgehäkelten Netz. Er beantwortete zwei dusselige Problembriefe mit der *Frau Griseldis* eigenen Weisheit, an der es ihm im übrigen gebrach. Zwischendurch führte er Selbstgespräche, in denen er sich beim Schicksal bitterlich darüber beklagte, daß die unwahrscheinlichen Zufälle, auf die er in allen Lebensbereichen vertraute, ihn diesmal im Stich ließen. Schließlich ergriff ihn Verzweiflung bei der Überlegung, dieses könne sich, über die Detektivspielerei hinaus, demnächst auf alle Bereiche seines Daseins ausdehnen.

Dann ermannte er sich, stieß eine Reihe kräftiger Flüche aus, stieg in seine weiträumige Jacke und verließ wütend sein Domizil.

In einem nahen Lokal nahm er ein reichhaltiges Mahl zu sich, bestehend aus einer fürchterlich gesunden Gemüsesuppe, einer umfangreichen Rinderroulade mit Kohlfüllung, dazu Kartoffeln – keine bolivianischen – und als Nachtisch überbackenen Camembert; Kaffee und Calvados brachten ihn in eine etwas bessere Stimmung. Gestärkt verließ er das Lokal, ging zu seinem Wagen und lenkte ihn nach Oberdollendorf, in die rechtsrheinische Nacht.

2.

In der obwaltenden Finsternis, schwächlich bekämpft durch müde Laternen, nahm sich Stückers Domizil dämonisch aus. Es lag zu Füßen eines der nördlichsten Weinberge Europas, hatte mindestens acht Generationen überdauert und bröckelte noch nicht. Matzbach parkte seinen Wagen vor dem Eingang, warf einen Blick auf seine Borduhr – 21:05 – und begab sich zur Haustür.

Stücker hatte ihn offenbar erwartet oder war zufällig in der Diele gewesen, denn er öffnete sofort.

»Ah, Herr Matzbach«, sagte er, »pünktlich, pünktlich.«

Einladend deutete er auf eine geöffnete Tür, hinter der mattes Licht einen feudalen Salon skizzierte. Matzbach salutierte dankend und ging hinein. Stücker folgte ihm, blieb aber im Rahmen stehen.

»Ich war gerade in der Küche mit einem Assamtee befaßt. Trinken Sie so was, oder möchten Sie etwas anderes?«

»Immer zu, lassen Sie sich nicht stören. Ich trinke mit.«

Stücker grinste, deutete mit einem verwaschenen Halbkreiswedeln seines rechten Arms auf eine Mehrzahl von Sesseln und Couches und verschwand in der Küche.

Matzbach wanderte langsam durch den weitläufigen Raum. Das Mobiliar war nicht gerade uralt, aber doch schon für bessere Brieftaschen. Auf einem feingeschnittenen alten Stehpult prangte ein marmorner Gaius Julius Caesar. Baltasar sah ihm nachdenklich in die Augen.

Die Teppiche waren echt und mußten allein ein Vermögen gekostet haben; bei den meisten Bildern war Matzbach nicht sicher, abgesehen von einem Miró. Wie jeden lesenden Menschen zog zunächst einmal das fremde Bücherregal

Baltasar an. Er war noch bei der Inspektion, als Stücker mit einem Tablett erschien.

»Ah«, sagte er, »der Herr lesen.«

Er stellte das Tablett auf den Couchtisch, entzündete die Kerze eines Stövchens und deponierte auf diesem eine kostbare silberne Teekanne. Hauchdünne Porzellantassen, ein Töpfchen mit Sahne, ein weiteres Töpfchen mit hellem Kandis wurden strategisch verteilt. Matzbach riß sich von den Büchern los und ging zum Tisch.

Als sie einander gegenübersaßen, goß Stücker den Tee auf die mit Anmut in die Täßchen gehäuften Kandisstückchen.

»Ach ja«, sagte Baltasar versonnen, »Meißen ist ein schönes Städtchen.«

Stücker grinste abermals. »Na ja, so schön nun auch wieder nicht. Aber diese netten alten Näpfchen machen schon was her.«

Baltasar bediente sich reichlich mit Sahne und brach die Ebene des hohen Teestils erbarmungslos mit einer stinkenden Zigarre. Stücker stand auf und holte einen älteren, nicht ganz billigen Aschenbecher. Dann musterte er seinen fetten Gast.

»Ich hörte«, sagte er, »daß Sie gelegentlich an einem mysteriösen Mordfall arbeiten.«

Baltasar legte die Zigarre in den Aschenbecher. »Aha«, sagte er verblüfft.

Stücker zwinkerte mit dem rechten Auge. »Ich habe heute nachmittag in einer Vereinsangelegenheit mit Frau Gabrieli telefoniert, als Sie gerade gegangen waren.«

»Ich bekenne versäumt zu haben, die Dame zur Verschwiegenheit aufzufordern.«

Stücker nahm einen Schluck Tee. Wie beiläufig sagte er: »Kann es sein, daß Ihr Besuch, der mir willkommen ist, nicht privater oder linguistischer, sondern krimineller Natur ist?«

Baltasar seufzte. »Na schön, wenn Sie darauf bestehen: ja. Obwohl ich es natürlich vorgezogen hätte, noch ein bißchen Versteck zu spielen und im trüben zu angeln.«

Stücker nickte. »Ich glaube, Sie brauchen hier eher ein Schleppnetz. Haben Sie was rausgefunden? Es geht ja wohl um diesen Anwalt, der ein paarmal im Verein war, oder?«

Baltasar nahm seine Zigarre wieder auf und verbarg sich hinter Qualm. »Richtig. Da wir schon offen spielen: Was wissen Sie von ihm? Wie kommen Ihr Name und Ihre Telefonnummer auf seinen Schreibblock?«

Stücker betrachtete den wachsenden Aschekegel der Zigarre. »Das hat mich die Polizei auch schon gefragt. Ich werde Ihnen die gleiche Antwort geben. Ich habe Naumann damals flüchtig kennengelernt, als er zum ersten Mal zu einer Tagung der Gesellschaft kam, und ihn später einmal telefonisch konsultiert. Das ist alles.«

Baltasar rührte in seinem Tee, als könnte er durch heftige Löffelbewegungen dunkle Geheimnisse zum Aufsteigen aus der Brühe veranlassen. »Aha. Darf ich wissen, weshalb Sie ihn konsultiert haben?«

Stücker lächelte.

»Es ist da keinerlei Geheimnis. Ich brauchte einen Ratschlag für eine Transaktion, die ich dann dem Anwalt treuhänderisch übertragen haben würde. Seine Auskünfte haben mich aber veranlaßt, die Transaktion gar nicht erst vorzunehmen.«

»Was, verzeihen Sie, wollten Sie transagieren?«

Stücker gluckste. »Nettes Wort. Nun, wenn Sie nichts dagegen haben, möchte ich die Sache lieber nicht ausbreiten. Sie wäre, wie Naumann mir versicherte, nicht ganz legal gewesen.«

Er lehnte sich in seinen Sessel zurück.

»Erzählen Sie mir doch mal, was da eigentlich passiert ist. Ich habe nur irgendwas über einen Doppelmord in der Zeitung gelesen. Dann soll jemand verhaftet worden sein, und der ist inzwischen wieder freigelassen. Der Ehemann der Ermordeten, wenn ich nicht irre.«

Baltasar nickte. »Ja. Soweit stimmt das in groben Zügen. Sagen Sie mir, was Sie darüber wissen, dann brauche ich Ihnen nichts doppelt zu erzählen.«

Stücker verschränkte die Arme. »Ach, erzählen Sie ruhig doppelt. Spannende Geschichten höre ich gern mehrmals, und Sie haben so ein angenehm tiefes Organ.«

»Na, ich will's kurz machen. Naumann und seine Gespielin wurden in der Frühe erschossen. Es war kein Raubmord, denn Geld und Schmuckstücke befanden sich reichlich in der Wohnung, und nichts davon fehlte – soweit feststellbar. Der Täter muß einen Schlüssel gehabt haben, denn die Tür war nicht aufgebrochen, und die Fenster eignen sich nicht zum Eindringen. Außerdem muß er kaltblütig und ein guter Schütze sein; das kann man aus der Ausführung der Tat schließen. Die Polizei hatte zunächst einmal den verlassenen Ehemann in Verdacht. Er hatte einen Schlüssel und zwei vermeintliche Motive: Geld und Eifersucht. Über die Herkunft des Schlüssels wußte er nichts, und die beiden Motive seien, sagte er, unzutreffend.«

Stücker unterbrach. »Moment. Nicht so schnell. Erstens, wieso war der Täter kaltblütig und ein guter Schütze? Zweitens, wie war das mit der Herkunft des Schlüssels und der Nichtigkeit der Motive?«

Baltasar runzelte die Stirn. »Nun, zum Schlüssel gab er an, seine Frau sei gerade erst ausgezogen und die Wohnung sei noch voll von Groß- und Kleinkram, den sie erst noch abholen wollte. Dazu gehöre auch der Schlüssel, von dessen Existenz er nichts gewußt habe, bis die Polizei ihn unter anderem Zeugs fand. Was das Motiv oder die Motive angeht: Eifersucht sei keineswegs im Spiel. Die Ehe war ziemlich kaputt, und er war froh, seine Frau einigermaßen friedlich loszuwerden. Und Geld brauchte er so dringend nun auch nicht, daß er deswegen zwei Leute umbringen würde. Außerdem, behauptete er, sei er zur fraglichen Zeit mit dem Wagen irgendwo zwischen Westerwald und Bonn unterwegs gewesen.«

Mit aufgesetzt naiver Eitelkeit fügte er hinzu: »Es ist mir gelungen, sein Alibi zu beweisen. Er hat zur Zeit der Tat weit von Bonn entfernt getankt; der Tankwart hat das bestätigt.«

Stücker nickte versonnen. »So, so. Ihnen ist es also gelungen. Nun gut. Aber was ist mit dem kaltblütigen Täter?«

Baltasar erkundigte sich freundlich: »Haben Sie ein Stück Papier?«

Stücker blickte irritiert, stand dann auf und holte einen Schreibblock.

Baltasar zog einen Füller aus seiner Brusttasche.

»Altmodisch, wie?« sagte Stücker. »Richtiger alter Kolbenfüller?«

Baltasar schnaubte. »Meinen Sie, ich lasse mich zu diesen widerlichen Patronen hinab? Das ist was für Schützen …«

Er zeichnete zwei rudimentäre Männchen nebeneinander auf das Papier. »Hier«, sagte er, »so lagen die beiden.«

Dann malte er Kreuzchen an fünf Stellen. Die linke Figur versah er mit drei Kreuzen: im – angedeuteten und deformierten – Kopf, in Nähe des Herzens und schräg versetzt in Nähe der Leber; die rechte Figur erhielt Kreuzchen in Kopf und Bauch. Dann verband er die Kreuze durch Striche dergestalt, daß linker Kopf und rechter Bauch Endpunkte einer, rechter Kopf und linke Leber Endpunkte der anderen Linie waren, wobei das Kreuzchen im linken Herzen auf dieser zweiten Linie lag.

»So«, sagte er, »das ergibt ein großes Kreuz. Wenn wir die Eckpunkte verbinden, erhalten wir ein Quadrat mit beiden Diagonalen.«

Stücker starrte auf die Skizze. »Sehr seltsam«, sagte er mit flacher Stimme. »Wer denkt sich so was aus? Sind Sie ganz sicher, daß die Lage der Körper und die Kreuzchen, ich nehme an, das sind Einschüsse, so genau richtig sind?«

Baltasar nickte. »Ja, natürlich. Was mißfällt Ihnen daran?«

Stücker machte eine schnelle Handbewegung. »Ach, nichts. Abgesehen davon, daß ich es sehr seltsam finde. Und was schließen Sie daraus?«

Baltasar steckte seinen Füller wieder ein. »Wenn ich morgens in ein Schlafzimmer ginge, um jemanden umzubringen, würde ich wahrscheinlich keine geometrischen Figuren herstellen, sondern versuchen, die Sache so schnell und gründlich wie möglich zu erledigen. Der Schütze muß ein bißchen verspielt sein, eine sehr ruhige Hand haben und gut schießen beziehungsweise zielen können.«

Stücker betrachtete noch immer die Skizze. »Wieso?«

»Also, er hat vermutlich aus einer Entfernung von drei Metern geschossen, jedenfalls verlaufen die Einschüsse schräg. Er muß ein paar Schritte vom Fußende des Bettes entfernt gestanden und geschossen haben. Um aus dieser Position heraus so genau und geometrisch korrekt zu schießen, braucht man schon ein bißchen Routine, denke ich mir.«

Stücker blickte auf; er schob Matzbach das Blatt wieder zu, das er zu sich herübergezogen und genauestens gemustert hatte. »Nun ja, kann sein.« Er starrte auf einen Luftpunkt oberhalb von Matzbachs rechtem Ohr.

Baltasar schwieg eine Weile. Plötzlich sagte er halblaut: »Grüne Meisen sind senfhaltiger als ich.«

Stücker riß sich zusammen. »Wie bitte?«

Baltasar sagte, lauter: »Ich habe mir erlaubt. Sie zu fragen, ob Ihnen etwas Hilfreiches einfällt.«

Stücker schüttelte den Kopf. »Entschuldigen Sie, ich hatte nicht zugehört. Aber was sollte mir dazu einfallen?«

Baltasar faltete den Zettel zusammen und steckte ihn ein. »Ist ja auch egal. Reden wir über etwas Erfreulicheres. Wann findet die nächste Konjunktiv-Versammlung statt?«

»Donnerstag, glaube ich. Ich weiß nicht, ob ich diesmal teilnehmen kann. Wollen Sie wieder hingehen?«

Baltasar schob die Unterlippe vor. »Weiß nicht, das kommt drauf an, ob ich Zeit habe.« Er deutete auf das Bücherregal. »Sie sprechen und lesen einige Sprachen, sehe ich.«

Stücker nickte. »Man muß ja etwas tun, um nicht einzurosten.«

Matzbach stand auf und ging zum Regal. Eigentlich war es eher ein Schrank, tief, mit gegeneinander zu verschiebenden Glasscheiben; eine war hinter die andere geschoben.

Baltasar musterte die momentan unverglasten Bücher. »Gorki, Korolenko, Gogol im Original«, murmelte er.

Stücker blickte ihn aufmerksam an. »Können Sie etwa auch Russisch?«

Baltasar schüttelte den Kopf. »Bedauerlicherweise nicht. Meine Kenntnisse reichen lediglich aus, um die kyrillischen Zeichen zu entziffern. – Dante, Italo Svevo, Camões, ah, mein Freund Borges.«

Stücker lächelte. »Kennen Sie den auch?«

Sie unterhielten sich eine Weile über diverse Autoren; später, gegen Ende des Tees, blickte Stücker auf die Uhr. »Gleich elf«, sagte er. »Tut mir leid, Herr Matzbach, aber ich muß Sie jetzt rauswerfen. Ich habe nachher noch eine – hm, diskrete Verabredung. Die Dame ist verheiratet und möchte nicht gesehen werden. Ich hoffe. Sie haben dafür Verständnis?«

Nachdem sie sich voneinander höflichst verabschiedet hatten, stieg Matzbach in seinen Wagen. Stücker blieb in der Haustür stehen und winkte. Im Rückspiegel stellte Baltasar fest, daß Stücker ihm nachschaute. Leise summend drehte er eine Runde um den großen Block und stellte seinen Wagen in einer Gasse ab. Vorsichtig näherte er sich von einer

Seite, die ihm einen Blick auf Stückers Tür erlaubte, zu Fuß dem Haus. Er hielt sich im Schatten, in der Nähe der Hauswände, und blieb hinter einem Baum mit breitem Stamm und tiefhängenden Ästen stehen. Die nächste Laterne war weit genug entfernt.

Geduldig und regungslos wartete er. Kurz nach Mitternacht glitt aus einer für ihn von rechts kommenden Straße ein stabiler Lieferwagen mit Standlicht vor Stückers Haus und blieb stehen. Der Fahrer ließ den Motor laufen, während schnell und leise vier Männer ausstiegen.

Die Tür öffnete sich; Stücker mußte gewartet haben. Die Männer huschten ins Haus; der Fahrer stellte den Motor ab. Im Haus gingen einige Lichter an, durch Vorhänge gedämpft, in Räumen, in denen Matzbach nicht gewesen war. Nach kurzer Zeit kamen die Männer zurück. Jeder trug eine Kiste; die nicht allzu großen Behälter schienen schwer zu sein, denn die Männer gingen langsam und waren bemüht, das Gleichgewicht zu halten. Stücker trat nicht auf die Straße; er schloß sofort wieder die Tür. Die Männer luden die Kisten in den Wagen, der unmittelbar darauf mit ihnen verschwand.

Baltasar widerstand der Versuchung, sich eine Zigarre anzuzünden, da er nicht sicher sein konnte, ob Stücker nicht noch die Umgebung beobachtete. Er wartete bis drei Uhr. Bei Stücker brannten immer noch mehrere Lichter. Er schien hin und her zu gehen, denn sein Schatten zeichnete sich mal vor dem einen, mal vor dem anderen Fenster ab. Kurz nach drei Uhr endlich erloschen die Lichter.

Baltasar wartete noch eine Weile; da Stücker sich nicht mehr zeigte, hoffte er schließlich, der Mann habe das Bett aufgesucht, denn er hatte keine Lust mehr, länger auszuharren. Vorsichtig zog er sich außer Sichtweite zurück, zündete sich eine Zigarre an und ging zum Wagen.

Den Rest der Nacht verbrachte er im wesentlichen damit, daß er in einem Sessel saß, Männchen malte, meditierend ins Leere äugte, zwischendurch kurz einnickte und gelegentlich saftige Flüche murmelte.

Morgens begab er sich, müde und ratlos, unter die Dusche, rasierte sein Antlitz und wanderte dann mit einem Becher Kaffee in der linken Hand und einer unangezündeten Zigarre hinter dem rechten Ohr auf und ab, auf und ab, bis ihn das Telefon aufschreckte.

»Matzbach.«

»Aha. Schon wach?« Es war Hoff.

Baltasar setzte den Kaffeebecher ab. »Nein, noch. Hast du was Neues?«

Henry sagte, vorsichtig vorbereitend: »Halt dich fest, oder, besser, setz dich.«

Baltasar blieb stehen. »Ich stehe fest auf meinen Säulen, also spute dich und rede.«

»Gut. Also, ich bin in Gnaden wieder von der jungen Dame aufgenommen worden. Irgendwas an mir muß wohl stumm, aber wirkungsvoll Vergebung erheischen.«

Matzbach grunzte. »Ich wage keinerlei Vermutung anzustellen, was das wohl sein könnte. Nun red schon.«

»Also, paß auf. In letzter Zeit hat Stücker eine Menge Briefe selbst getippt, was unüblich ist. Sonst diktierte er alles seinen Damen. Diese hier hegt einen kleinen Groll gegen ihn, denn sie hatte bis vor kurzem eine Liaison mit ihm.«

»Aha. So ist das also.«

»Genau. Ziegler hat dir ja neulich von Stückers Alibinacht mit einer seiner Damen berichtet. Das war diese. Das hatte sie mir in der ersten Runde unserer Bekanntschaft noch nicht erzählt, seit, hm, acht Stunden weiß ich es. Sie ist natürlich von der Polizei befragt worden und hat die Geschichte, die Stücker erzählte, bestätigt.«

Er machte eine Pause, offenbar nicht, um Eindruck zu schinden, sondern, um Kaffee zu trinken.

Matzbach fragte dazwischen: »Und stimmt die Geschichte nicht? Hat sie aus libidinösen Gründen etwa gelogen, die Liebe?«

»Nichts da, das stimmt alles. Sie ist nur böse auf Stücker, weil er sie seit dieser Nacht nicht mehr näher angeschaut hat; ich glaube, ihre Zuneigung zu mir und ihre Verzeihung sind eine Art Rache an ihm, oder so. Jedenfalls passierte Folgendes. Stücker also tippt neuerdings Briefe selbst, natürlich nicht alle. Vor ein paar Tagen, Ende letzter Woche, hat er ihr außerdem ein paar Briefe diktiert. Nachdem sie sie getippt hat, reicht sie sie ihm wieder rein, zum Unterzeichnen. Nun kommt das Problem. Irgendwie konnte sie die Vorlegemappe nicht finden, hat ihm also die Briefe samt Durchschlägen als kleinen Stapel reingereicht. Er ist mit anderer Korrespondenz beschäftigt und sagt, sie soll alles hinlegen. Später bringt er ihr den Stapel mit seinen Unterschriften wieder raus, persönlich. Als sie alles durchsieht, die Durchschläge aussortiert und abheftet und so weiter, findet sie unter dem Stapel ein paar Briefe, die sie nicht geschrieben hat. Sie will sie ihm sofort wieder reinbringen, aber dann ist sie doch zu neugierig und überfliegt die Briefe.«

Matzbach wurde ungeduldig. »Nun mach's nicht so spannend. Was stand drin?«

»Also, Stücker ist offenbar dabei, seine sämtlichen Häuser und Grundstücke zu verkaufen, zum Teil, wie die junge Dame meint, weit unter Preis, also offenbar eilig, und außerdem hinter dem Rücken seiner Angestellten, die sonst auch für solche Sachen zuständig sind. Dann fiel ihr auf, daß er seit einigen Wochen die Buchhaltung selbst macht und daß keiner in der letzten Zeit Kontoauszüge gesehen hat. Bis vor ein paar Wochen hat er auch sein Privatkonto von seiner Geschäftsbuchhaltung bearbeiten lassen.«

Hoff nahm einen Schluck Kaffee; die Arbeit seines Kehlkopfes übertrug sich unästhetisch durch die Telefonleitung.

»Also«, sagte er dann, frisch geschmiert, »sie gibt ihm die Briefe wieder rein und sagt, die hier gehören wohl nicht dazu. ›Aha‹, sagt er, ein wenig irritiert, ›vielen Dank. Ein Versehen.‹ Später hat er versucht, rauszukriegen, ob sie die Dinger gelesen hat. Er hat ihr sogar ein Abendessen mit Folgeerscheinungen aufdrängen wollen, aber sie hat kaltlächelnd abgelehnt. Jedenfalls, sagt sie, hat sie nichts davon durchblicken lassen, daß sie die Briefe gelesen hat. Im Prinzip geht es sie ja auch nichts an, was er mit seinem Privatbesitz macht. Gestern hatte er Besuch von einem Kollegen. Sie haben eine Weile hinter verschlossenen Türen verbracht; dann, beim Rausgehen, hat sich der Kollege ungefähr wie folgt verabschiedet:

›Na ja, tut mir leid, die Zusammenarbeit mit Ihnen war immer gut. Aber ich hoffe, ich werde mich mit dem Kram zurechtfinden. Sie haben ja tüchtige Mitarbeiter.‹ – Was machst du daraus?«

Baltasar setzte sich. »Aha. Ich nehme an, ich mache daraus das gleiche wie deine junge Dame. Stücker verkauft alles, Privatbesitz und Geschäft. Die Frage ist: Warum? Und: Was hat er vor?«

»Ich weiß es nicht. Nach allem, was sie sagt, liegt geschäftlich kein Grund vor, etwa die Kanone ins Schilf zu werfen. Und für geordneten Rückzug ins Rentnerdasein geht er die Sache ein bißchen hastig und heimlich an, oder?«

Matzbach grübelte. Schließlich sagte er: »Ich habe einige Verdächte und keinerlei Beweis. Kannst du Mademoiselle vielleicht zu einem Rendezvous in ihrer Mittagspause überreden? Zum Beispiel …« Er zögerte einen Moment, nannte dann ein am Rhein gelegenes Restaurant, das nicht allzuweit von Stückers Büro entfernt war.

»Ich versuch's, ich ruf dich gleich wieder an. Wann etwa wär's dir genehm?«

»So früh wie möglich, aber ich richte mich nach der Mittagspause der Lady.«

Nachdem er aufgelegt hatte, zündete er sich die lange hinter dem Ohr getragene Zigarre endlich an und wartete auf Henrys nächsten Anruf. Der kam wenige Minuten später.

»Alles klar. Gegen eins.«

»Gut. Ich komm vorher bei dir vorbei, so um die zwölf, ja?«

»Gut. Bis nachher.«

Nach diesem Telefonat begann Matzbach intensiv nachzudenken. Als er ein paar Möglichkeiten ausgetüftelt hatte, rief er Frau Gabrieli an, die nicht sehr erbaut war, von ihm schon wieder behelligt zu werden.

»Herr Matzbach«, sagte sie leidend, »was muß ich denn diesmal für Sie tun?«

»Vielleicht viel. Ich habe ein paar kurze Fragen. Die letzte Sitzung, an der Naumann teilnahm, die im Garten: War Stücker da auch anwesend?«

»Ja, natürlich.«

»Wieso natürlich? Ist er immer dabei?«

»Nein, das nicht. Jeder fehlt mal hin und wieder, das ist nicht anders zu erwarten.«

»Wieso sind Sie denn so sicher, daß Stücker damals anwesend war? Sie können doch unmöglich alle Gesichter aller Mitglieder in allen Sitzungen im Kopf behalten.«

»Nein, natürlich nicht. Aber bei Stücker bin ich deswegen sicher, weil er zwischendurch noch einmal fortmußte und später wiederkam, an diesem Abend.«

»Wissen Sie, warum er fortmußte?«

»Er hätte noch eine kurze geschäftliche Verabredung, sagte er. Im übrigen ist er mir keinerlei Rechenschaft schuldig und kann, wie alle anderen, kommen und gehen, wann es ihm beliebt.«

Matzbach überhörte den scharfen Unterton. »Gut. Wissen Sie noch, wann die Sitzung begann?«

Sie zögerte. »So kurz nach fünf. Nein, warten Sie, kurz vor fünf. Ich erinnere mich, daß einer sagte, so früh hätten wir uns noch nie getroffen.«

»Wann etwa ist Naumann gekommen?«

»Der war unter den ersten. Genau wie Stücker übrigens.«

»Wissen Sie noch, was Naumann an dem Tag anhatte?«

Frau Gabrieli räusperte sich. »Ich nehme an, einen Anzug. Im Gegensatz zu Ihnen trug er korrekte Kleidung.«

Baltasar grinste. »Sie haben gesagt, an diesem Abend sei es warm gewesen. Hatte Naumann seinen Anzug die ganze Zeit vollständig an, oder hat er sich vielleicht das Jackett ausgezogen?«

Sie antwortete zunächst nicht. Nach einer kleinen Weile sagte sie unsicher: »Ich weiß es nicht genau. Doch, natürlich, jetzt fällt es mir wieder ein. Irgend jemand machte den Vorschlag, in Anbetracht der Hitze die Kleiderordnung zu lockern. Darauf haben die meisten der anwesenden Herren ihre Jacken ausgezogen und die Krawatten geöffnet.«

»Wo haben die Gentlemen ihre Jacken aufbewahrt? Haben sie sie über die Stühle gehängt?«

»Im Garten gibt es praktisch keinen einzigen Stuhl, sondern alte Holzbänke und derlei, ohne Lehnen. Nein, die Herren haben ihre Jacken ins Haus gebracht.«

Matzbach nickte vor sich hin. »Gut. Jetzt kommt das wichtigste Problem. Ist Stücker gegangen, bevor oder nachdem die Jacken abgelegt wurden?«

»Nachdem. Er hatte seine nicht ausgezogen; als die anderen ihre auszogen und ins Haus brachten, meinte er, er müsse ohnehin gleich gehen.«

»Wo wurden die Jacken genau abgelegt?«

»Mein Gott, das weiß ich nicht so genau. Ich nehme an, die meisten haben ihre Jacken einfach in dem großen Raum abgelegt, den Sie kennen.«

»Mußte Stücker durch diesen Raum, um das Haus zu verlassen?«

»Ja, natürlich. Der Zugang zur Terrasse und zum Garten ist nur von diesem Salon aus möglich.«

»Wie lange war Stücker fort, und wann ungefähr ist er aufgebrochen?«

»Herr, Sie sind lästig. Woher soll ich das noch so genau wissen? Ich schätze, es kann gegen halb sechs gewesen sein, als er ging, und er ist vielleicht etwas mehr als eine Stunde fortgeblieben. Ja, ungefähr eine Stunde. Jetzt fällt mir ein, daß er, bevor er ging, Naumann gefragt hat, ob er ihn nachher noch einmal kurz sprechen könne; er werde in etwa einer Stunde wiederkommen. Naumann hat darauf gesagt, er sei den ganzen Abend anwesend.«

Sie summte nachdenklich vor sich hin, dann ergänzte sie: »Dabei fällt mir ein, daß die beiden einander sehr merkwürdig angeschaut haben, wie zwei Hunde an der Reviergrenze.«

Matzbach unterdrückte das Bedürfnis zu bellen. »Feindselig?«

»Irgendwie lauernd, eher.«

»Aha. Eine letzte Frage, gnädige Frau, dann lasse ich Sie in Ruhe. Wissen Sie zufällig, wo Naumann seine Schlüssel aufbewahrte?«

»Nein, woher sollte ich das wissen?«

»Na ja, manche Leute tragen einen Schlüsselbund in der Jackentasche, und andere befestigen ihre Schlüssel an einem nachgemachten Schekel, den sie am Gürtel tragen.«

»Also, am Gürtel hatte Naumann nichts, das wäre mir wohl aufgefallen.« Dann energisch: »Meinen Sie etwa, Herr Stücker hätte an Naumanns Jacke gehen und Schlüssel daraus entwenden können?«

Baltasar sagte langsam: »Das könnte durchaus sein.«

Frau Gabrieli war empört. »Also, hören Sie mal zu. Herr Stücker ist, abgesehen von seinen gelegentlichen politischen Scherzen, ein ruhiger und freundlicher Mann. Ich finde Ihre Verdächtigungen absurd. Außerdem wäre das doch ziemlich riskant gewesen. Wenn er einen Schlüssel, oder gar alle, aus Naumanns Jacke genommen hätte, was, wenn Naumann in seiner Abwesenheit mal eben ins Haus gegangen wäre, vielleicht, um sich Zigaretten aus der Jacke zu holen?«

Matzbach seufzte. »Verehrteste, erstens kann man wohl davon ausgehen, daß jemand, der einen Mord plant, wenn Stücker dies getan haben sollte, auch ein solch kleines Risiko nicht scheut. Zweitens ist es durchaus möglich, daß ich unrichtig denke. Ich danke Ihnen jedenfalls.«

Bevor sie noch etwas sagen konnte, legte er auf.

Anschließend rief er im Innenministerium an, ließ sich mit Herrn Fricke verbinden, nannte seinen Namen und bat darum, ihn in einer wichtigen Angelegenheit sofort aufsuchen zu dürfen.

»Wenn es sein muß«, sagte der Beamte zögernd, »kommen Sie vorbei. Ist es dienstlich?«

Matzbach behauptete dies unverfroren, bedankte sich, zog sich einigermaßen vollständig an und verließ die Wohnung.

Fricke drückte ihm nur sehr schlaff die Hand und bot ihm einen Sitz an. Dabei musterte er ihn irritiert.

»Ich habe das Gefühl«, sagte er, »daß ich Sie schon mal gesehen habe, weiß aber nicht, wo.«

Matzbach lächelte. »Ich habe angeblich zwei Doppelgänger, obwohl meine Freunde behaupten, ich allein sei schon viermal mehr, als der Kontinent mit Gesundheit ertragen könne.«

Fricke lächelte mühsam und setzte sich hinter seinen Schreibtisch. »Nun, Herr Matzbach, was ist so dringend, daß Sie mich unbedingt sofort sprechen müssen?«

Baltasar lehnte sich zurück. Langsam und ohne genaue Detailangaben setzte er ihm auseinander, daß er privat in der Mordaffäre Naumann ermittle, da ein Freund, der Ehemann der ermordeten Frau, in die Sache verwickelt sei.

Fricke äußerte Verständnis dafür, daß Freunde sich in Kümmernissen um ihre Freunde kümmern müssen. »Allerdings sollte man doch derlei Dinge den zuständigen Behörden überlassen.«

Baltasar nickte. »Sie haben natürlich vollkommen recht, Herr Fricke; ich werde die Sache auch bald auf sich beruhen lassen, da ich Herrn Ziegler, den damit befaßten Beamten, sehr schätze und für einen fähigen Mann halte.«

»Daran tun Sie gut. Herr Ziegler ist wirklich ein reizender Mensch. Er wollte von mir wissen, wie ich beziehungsweise wie mein Name in die hinterlassenen Papiere des bedauernswerten Herrn Naumann gekommen ist.«

Baltasar beugte sich vor. »Verzeihen Sie meine Neugier«, sagte er beinahe demütig, »aber genau das wüßte ich auch gern.«

Fricke legte die Hände auf die Schreibtischplatte. »Och, wenn das alles ist ... Also, ein Bekannter hatte mir Naumann empfohlen. Ich wollte ein neues Testament aufsetzen und hab mich bei Naumann erkundigt, was das wohl kosten würde und was dabei zu beachten wäre. Naumanns Preis war mir aber zu hoch, deshalb habe ich bisher nichts weiter in der Sache unternommen.«

Baltasar nickte verständnisvoll. »Dürfte ich Sie noch fragen, wer dieser Bekannte ist?«

Fricke blickte ihn an. »Ich weiß wirklich nicht, ob das sein muß. Na ja.«

Er nannte einen Namen, den Matzbach noch nie gehört hatte, und setzte hinzu: »Er ist eigentlich kein Bekannter. Er wohnt nur in meiner Nähe, und wir sehen einander gelegentlich auf der Straße. Da er Makler ist, dachte ich, er kennt vielleicht den geeigneten Mann. Ich hätte natürlich auch unsere Hausjuristen konsultieren können, aber ich will das aus dem Ministerium heraushalten …«

Matzbach dankte und verabschiedete sich bald. Da er noch ein wenig Zeit hatte, bis er mit Hoff verabredet war, suchte er fröhlich pfeifend die Kanzlei Curtius und von Schlamm auf. Beide Herren seien, bedeutete ihm die getünchte Sekretärin, sehr beschäftigt.

Er habe nur eine kleine Bitte, sagte Matzbach höflich. Ob man ihm vielleicht mitteilen könne, ob engere beziehungsweise häufigere Beziehungen zwischen dem Makler und Herrn Naumann bestanden hätten. Die Dame nickte sofort. Man arbeite, sagte sie, seit vielen Jahren mit dem Büro dieses Herrn in Grundstücksangelegenheiten und damit zusammenhängenden Rechts- und Vertragsfragen gut zusammen. Matzbach bedankte sich und ging.

Nachdem er Hoff abgeholt hatte und den Wagen eine Weile schweigend in Richtung des jenseitigen Rheinufers gesteuert hatte, sagte er plötzlich: »Es wird heiß, aber genau weiß ich noch immer nichts.«

Hoff lachte höhnisch. »Das wissen alle seit Jahren. Fein, daß du es in deiner ungeheuren Arroganz endlich selbst bemerkst.«

Baltasar machte eine Handbewegung der Milde und des Vergebens. »Neid, das ist, was aus deinem Halse quillt.«

Hoff hob die Schultern. »Meinetwegen. Was hast du denn noch rausgekriegt?«

Baltasar winkte ab. »Ich werde mich hüten, die zarten Sprößlein meines Denkens den Unbilden deiner Dummheit auszusetzen, ehe nicht die Sonne meines Geistes sie zu vollendetem Wachstum getrieben hat.«

Hoff murmelte etwas, das »widerliches Stinkeschwein« oder so ähnlich lauten konnte.

In feindseligem Schweigen erreichten sie das vereinbarte Restaurant. Es war kurz vor ein Uhr. Sie hatten kaum den Wagen verlassen, als die rothaarige Sekretärin in ihrem italienischen Kleinwagen ebenfalls den Parkplatz vor dem Restaurant am Rhein erreichte. Man begrüßte einander, wobei Hoff die vollendet höfliche Vorstellung übernahm. Seine Wortwahl drückte eine unverständliche Abneigung gegen seinen dickeren Freund aus. Sie gingen Richtung Restaurant. Als sie es betraten, blickte an einem der Tische jemand auf, erhob sich, legte einen Zwanzigmarkschein auf den Tisch und kam ihnen entgegen.

»Der Herr sei auf Ihrem Weg, lieber Freund«, sagte Baltasar munter.

Stücker blickte die Sekretärin an, dann Hoff, schließlich Matzbach. »Aha«, sagte er, nicht einmal unfreundlich und mit einer kleinen Menge Arroganz, »wie ich sehe, habe ich nicht die Mühe walten lassen, die bei Briefen, Sekretärinnen und ähnlich gefährlichen Dingen angebracht ist.«

Matzbach nickte. »So ist es. Außerdem bei einer Reihe anderer Dinge, zum Beispiel bei nächtlichen Verabredungen mit Kistenträgern.«

Stücker grinste spöttisch. »Na, reimen Sie sich alles schön zusammen. Wenn Sie damit fertig sind, können Sie mich überraschen. Bei Philippi, Teuerster, sehen wir uns wieder.«

Er legte zwei Finger an die Schläfe, salutierte und ging.

3.

»Die Sache«, murmelte Baltasar, »erfährt eine gewisse Beschleunigung.«

Er winkte den beiden, die unschlüssig dastanden, sich zu setzen, was er bereits getan hatte.

»Ja, aber …«, sagte Hoff. Er wirkte verwirrt.

»Was aberst du?«

Henry setzte sich. »Ich denke, vielleicht sollten wir uns jetzt nicht mehr lange hinsetzen. Offenbar ist da doch was unterwegs.«

Baltasar studierte ausgiebig und mit Interesse die Speisekarte. »Ich gebe zu, es war ein Fehler, daß wir uns ausgerechnet hier verabredet haben. Bei der kurzen Entfernung zum Büro hätte ich natürlich einkalkulieren müssen, daß Stücker selbst auch hierhinkommen könnte. Egal, es ist passiert. – Wenn wir förmlich sein müssen«, wandte er sich an die junge Dame, »heiße ich Herr Matzbach. Da das aber häßlich klingt, wäre ich auch mit Baltasar zufrieden, formlos.«

»Wie dein Charakter«, warf Hoff ein.

»Also gut, Baltasar; ich bin Eva.« Sie wirkte ein wenig verstört. »Was ist denn eigentlich los?«

Baltasar gab eine längere Bestellung in Auftrag, der Henry und Eva entnehmen konnten, daß er es nicht eilig hatte. Seufzend bestellten auch sie.

Als der Kellner sich zurückgezogen hatte, stützte Baltasar sich mit den Ellbogen auf den Tisch.

»Also«, sagte er halblaut, damit man am Nebentisch nichts hörte, »es ist einiges los. Ich bin aber noch nicht voll im Bild. Deshalb möchte ich erst ein paar Fragen stellen.«

Er musterte Eva nachdenklich.

»Es ist indiskret«, sagte er dann, »aber vielleicht wichtig. Kannst du dich genau an Einzelheiten erinnern? Ich meine an die bewußte Nacht von Mittwoch auf Donnerstag vor ein paar Wochen.«

Sie nickte. »Was willst du wissen? Ich meine – welche Sorte Einzelheiten ...«

Baltasar winkte ab. »Nicht diese. Ihr seid, denke ich mir, im Bett gewesen. Das kommt gelegentlich vor und ist nicht erwähnenswert. Wie gingen aber Einschlafen und Aufstehen vor sich?«

Sie überlegte kurz. »Also«, sagte sie dann, »er hat gesagt, er müßte früher aufstehen als sonst, weil er um acht eine Verabredung hätte und sich dafür noch umziehen müßte. Er hatte nämlich nur saloppe Freizeitsachen an, nichts Passendes für wichtige Gespräche.«

Baltasar hob die Hand. »Moment. Seid ihr sonst gemeinsam zum Büro gefahren?«

»Nein. Immer mit zwei Wagen und einem kleinen Abstand. Im Büro wußten es zwar alle, aber das wußte er nicht. Er wollte immer gern Abstand und Diskretion haben und so. Jedenfalls hat er meinen Wecker geschnappt und gestellt und auf seiner Seite des Betts behalten.«

Baltasar verzog zweifelnd den Mund. »Wieso weißt du das noch so gut?«

Sie lächelte. »Weil er mich wegen des Weckers beschimpft hat. Ich habe nämlich so einen altmodischen, leise tickenden Reisewecker, zum Zusammenklappen, weißt du. Mich machen diese brummenden Elektro-Radio-Wecker nervös, und das Ticken beruhigt mich.«

Hoff schüttelte sich. »Ekelhaft. Erwarte nie, daß ich dir einen nächtlichen Gegenbesuch abstatte. Mit so einer lärmenden Zeitbombe im Zimmer.«

Eva warf ihm einen Blick voll mörderlicher Verachtung zu. »Mein Chef sagte so was Ähnliches. Er hat sich den

Wecker auf kurz vor sieben gestellt. Ich war noch reichlich müde, als der losratterte. Stücker ist aufgestanden, hat sich rasiert und ist gefahren.«

»Wann war das?«

»Sieben, kurz nach sieben vielleicht. Ich habe mich noch mal umgedreht und ein Viertelstündchen weitergeschlafen. Dafür hab ich mir das Frühstück geschenkt. Viertel vor acht war ich im Büro. Da saß er schon im dunklen Anzug an seinem Schreibtisch.«

Baltasar schüttelte den Kopf. »Das paßt«, sagte er mürrisch, »aber es paßt nicht.«

Hoff mischte sich ein. »Worüber redest du?«

Matzbach kratzte mit dem Fingernagel Rillen ins unsaubere Tischtuch. »Wenn er nicht wie ein Geisteskranker rast, braucht er mindestens zwanzig Minuten von Ippendorf nach Oberdollendorf. Das kann zu der frühen Stunde sogar hinkommen; die *rush hour* fängt wohl erst so gegen halb acht an, nicht wahr?«

Eva nickte. »Ja, wenn alle Büromenschen unterwegs sind.«

»Okay. Also, er fährt, sagen wir, fünf nach sieben von dir los. Dann könnte er gegen fünf vor halb acht zu Hause sein, sich umziehen und ins Büro kommen. Klar, das schafft er bis Viertel vor acht. Wie lange, glaubst du, hast du noch geschlafen?«

»Vielleicht zwanzig Minuten. Aufstehen, anziehen, Zähne putzen, ab ins Auto. Ich habe vor dem Zähneputzen auf den Wecker geschaut, da war es halb acht.«

Baltasar nickte nachdenklich. »Angenommen, du gehst ungefähr um halb acht aus dem Haus. Wo steht dein Wagen?«

»Wo ich Platz finde. Ich glaube, an dem Morgen mußte ich ein paar Meter gehen, er stand weiter weg als sonst.«

»Gut. Also Abfahrt kurz nach halb acht, sagen wir fünf Minuten?«

Sie nickte, und in ihren Augen glomm eine Frage auf.

Baltasar musterte sie. »Du fährst, denke ich, Trierer Straße, Sternenburgstraße, Argelanderstraße auf die B 9 und dann Richtung Südbrücke.«

Sie nickte erneut, inzwischen deutlich unsicher.

»Wie war der Verkehr?«

»Och«, sagte sie, »zuerst ging es, aber an der Reuterbrücke wurde es dick.«

»So. Wir haben gesagt, daß Stücker bei freier Strecke etwa zwanzig Minuten braucht. Nun verrat mir, wie du es bei zumindest teilweiser *rush hour* in zehn schaffst.«

»Du hast recht.« Sie schüttelte den Kopf. »Ich war wohl ziemlich verpennt an dem Morgen, deshalb hab ich mir gar keine Gedanken über die Sache gemacht.«

»Hast du keine Uhr im Wagen?«

»Die ist seit langem kaputt. Die Tankanzeige auch. Ist ja kein Luxusmobil und schon ein bißchen älter.«

Baltasar machte Wulstlippen, ein Zeichen für heftiges Denken. »Diese *rush hour* läßt mich nicht los. Kann sie notfalls auch schon fünf vor halb acht losgehen?«

Sie machte ein zweifelndes Gesicht. »Kann sein. Sie ist aber richtig dick erst so um die zwanzig vor.«

Henry klopfte auf den Tisch. In diesem Moment brachte der Kellner drei Portionen Tagessuppe.

Als sie wieder unter sich waren, sagte Hoff: »Teufel auch, Mastbauch, darauf war ich nicht gekommen.«

Baltasar nickte unbewegt. »Ich weiß. Du bist für die einfacheren Dinge des Daseins wie klares Denken und so nicht geeignet; dafür hast du ja auch Philosophie studiert. Jedenfalls ist es ganz gut, daß ich dich nicht unbeaufsichtigt Detektiv spielen lasse. Weiß der Himmel, was dabei herauskäme.«

Eva blickte von einem zum anderen. Dazu mußte sie sich umdrehen, denn Hoff saß neben ihr.

»Ich glaube«, sagte sie, »ihr liebt euch, wie?«

Baltasar schüttelte den Kopf. »Nur alte Ehepaare und gute Feinde gehen so miteinander um. Verheiratet sind wir keineswegs. Was also bleibt? Prost!« Er hob den Suppenlöffel und schlürfte.

Nachdem der Kellner die Suppenteller abgeräumt und die Hauptgerichte gebracht hatte, lehnte Hoff sich wieder vor. Mit einem Messer zielte er auf Baltasars Kehle.

»Also, was machst du daraus?«

Baltasar schnetzelte sein Steak und spießte einen Fetzen Fleisches auf seine Gabel. Indem er diesen unrhythmisch hin und her bewegte, sagte er: »Moment. Erst kommt der Genuß des Leibes, und später die Reue des Verstandes. – Ein paar Fragen, allenfalls, beim Essen. Eva, wo stand an dem Morgen Stückers Wagen?«

Sie musterte ihn, kaute zu Ende, schluckte und fragte: »Wo? Oben bei mir oder vor dem Büro?«

Matzbach seufzte. »Unten. Oder andersrum. Von Stückers Wohnung zum Büro sind es vielleicht hundert Meter. Kam er immer mit dem Wagen ins Büro?«

Eva schüttelte den Kopf; ihre roten Haare flogen apart hin und her. »Nee, zu Fuß. Aber, Moment, an dem Morgen, als ich ins Büro kam, stand sein Wagen auf dem Parkplatz davor. Richtig. Komisch.«

Matzbach verweigerte während seiner Nahrungsaufnahme alle weiteren Auskünfte. Er aß konzentriert. Beim Kaffee sagte er schließlich: »Also, ich fasse zusammen. Stücker stellt deinen Wecker auf kurz vor sieben und verläßt das Haus kurz nach sieben. Beziehungsweise deine Wohnung. Du verläßt sie gegen halb acht, laut Wecker, oder fünf nach halb, und bist gegen Viertel vor acht, laut Büro-uhr, im Büro. Stimmt das, habt ihr im Büro eine Uhr?«

»Ja, mehrere. Auf jedem Schreibtisch eine, und außerdem in der Eingangshalle an der Wand.«

»Eine Armbanduhr hast du nicht?«

»Wozu?« Sie wedelte mit ihrem linken Handgelenk, an dem eine nette kleine Perlensammlung flimmerte. »Das ist doch viel hübscher als eine Uhr, oder?«

»Einverstanden. Wir stellen fest, zur fraglichen Zeit, nämlich morgendliche *rush hour* mit halbdickem Verkehr, kannst du nicht in zehn Minuten von Ippendorf nach Oberdollendorf kommen. Du wirst etwa eine halbe Stunde brauchen. Sagen wir, fünfundzwanzig Minuten? Nun ist es unwahrscheinlich, daß alle Uhren im Büro gleichzeitig falschgehen oder verstellt sind, richtig? Oder hat von deinen Kolleginnen jemand was gesagt?«

Sie schüttelte stumm den Kopf.

»Also bleibt nur eins: Stücker hat, als er den Wecker stellte, gleichzeitig diesen vorgestellt, und zwar um mindestens eine Viertelstunde. Er ist also nicht um sieben, sondern ungefähr Viertel vor sieben aus deiner Wohnung verschwunden. Und er ist nicht nach Hause gefahren, denn nach dem Umziehen fährt er bestimmt nicht die hundert Meter. Jedenfalls unwahrscheinlich. Er hatte also, na, sagen wir mindestens fünfzig Minuten Zeit, um vor allen anderen im Büro zu sein. Und du bist nicht um halb acht, sondern Viertel nach sieben aus dem Haus gegangen, und gegen zwanzig nach losgefahren. Damit bist du noch vor der großen Welle dagewesen. Du hast gesagt, ab Reuterbrücke wurde es dicker. Richtiger Stau, oder nur voller und deshalb ein bißchen langsamer?«

»Richtiger Stau nicht«, sagte sie.

»Okay. Das heißt, du bist noch gut durchgerutscht und hast vielleicht fünf Minuten mehr gebraucht als bei freier Fahrt.«

Sie blickte auf ihre rosigen Fingernägel. »Aber wo hat er sich umgezogen?«

Baltasar grinste. »War schon jemand im Büro, als er hinkam?«

»Nee, bestimmt nicht. Ich war die erste, und sowieso eigentlich zu früh. Wir fangen sonst um acht an. Die anderen sind auch alle zwischen acht und Viertel nach gekommen.«

Baltasar lächelte fröhlich. »Siehste. Damit konnte er also rechnen. Was, wenn er den dunklen Anzug im Wagen hat, Handkoffer oder so? Er fahrt ins Büro, zieht sich in seinem Raum um, bringt die anderen Kleider wieder nach draußen und schmeißt sie in den Kofferraum, samt dem Handkoffer? Und wartet, bis du kommst und ihm sein Alibi lieferst.«

Ihre Hände umklammerten die Kaffeetasse; sie zitterten leicht. »Du meinst, er …«

Baltasar klopfte bei jedem der folgenden Punkte mit seinem feisten Finger auf die Tischdecke, die inzwischen, vor allem an seinem Platz, noch unsauberer war.

»Erstens, er bricht Viertel vor sieben auf. Zweitens, er fährt, hm, Trierer Straße, Meckenheimer Allee, Baumschulallee, Viktoriabrücke, Ring, Nordstadt – Viertelstunde. Er parkt, geht zum Anwaltshaus, schließt auf, geht die Treppe hinauf, öffnet Naumanns Wohnung, geht hinein, erschießt die beiden. Zehn nach sieben. Vielleicht untersucht er Naumanns Schreibtisch, findet etwas oder findet nichts, schaut auf die Uhr und geht wieder. Viertel nach sieben. Sagen wir, er hat nicht direkt vor der Tür einen Parkplatz gefunden. Das waren drittens, viertens und fünftens. Sechstens, er fährt wieder ab. Jetzt ist es zwanzig nach sieben. Um ganz sicherzugehen, daß er zeitig ankommt, fährt er auf die Autobahn, über die Nordbrücke, dann Richtung Ramersdorf. Was fährt er?«

»Benz.«

»Also, er fährt, und zwar kann er schnell fahren, denn die Bahn ist noch ziemlich leer, und sein Wagen hat genug PS. In Ramersdorf fährt er auf die Bundesstraße. Jetzt, achtens, ist es halb acht. Die Staus beginnen, aber in Gegenrichtung. Alle wollen nach Bonn hinein, er hat vermutlich immer noch ziemlich freie Bahn aus Bonn hinaus. Sagen wir fünf Minuten? Okay. Also, neuntens. Ungefähr um fünf nach halb acht erreicht er das Büro, steigt aus, nimmt seinen hypothetischen Handkoffer, zieht sich im Büro um. Zwanzig vor acht. Er geht wieder zu seinem Wagen, wirft die anderen Sachen in den Kofferraum, schließt ab und sitzt um sechzehn vor acht an seinem Schreibtisch. Wie klingt das?«

Eva nickte; sie war ein wenig bleich.

Hoff strahlte Baltasar an. »Toll, Alter. So könnte es gewesen sein. Nun sag mir nur noch eines: Warum sollte er das tun? Und woher kann er schießen? Du hast doch gesagt, der Täter muß ein kaltblütiger und routinierter Schütze sein.«

Eva sagte schwach: »Er hat einen Schießstand im Keller.«

Matzbach lächelte triumphierend. »Was das Motiv angeht«, sagte er wegwerfend, »das findet sich schon noch.«

Hoff hob die Hand. »Noch ein Einwand. Wie kommt er an die Schlüssel zu Haustür und Wohnungstür?«

»Ah«, sagte Matzbach, »richtig, das habe ich dir ja noch nicht erzählt.«

Er berichtete von seinem Gespräch mit Frau Gabrieli und schloß: »Er hätte also beim Verlassen des Gartens in Naumanns Jacke greifen und die Schlüssel herausholen können. Riskant ist, wenn er sie mitnimmt. Aber er arbeitet ja nicht allein. Ich weiß nicht, wer die Männer waren, die ihn nachts besucht und seine Kisten verladen haben, aber immerhin waren Männer da. Angenommen, er macht einfach schnell Abdrücke von den Schlüsseln, steckt sie dann wieder in Naumanns Jacke und verschwindet. Er gibt die Abdrücke einem seiner Leute, der Schlüssel herstellt, und kehrt ohne Probleme relativ bald wieder zu dieser komischen Gesellschaft zurück. Klar?«

Hoff nickte seufzend. »Aber klar doch. Also hat Stücker zwar kein Motiv, dafür aber Komplizen. Wer die sind, was die machen und wozu er sie hat, weiß keiner. Wenn du damit zu Ziegler gehst, was glaubst du, wird er sagen? ›Herr Matzbach, bitte beehren Sie mich bald wieder. Es ist mir immer eine Lust, Ihren Dichtungen zu lauschen.‹ Oder so ähnlich.«

Baltasar nickte. »Eben. Ich möchte auch einmal einen sauberen Fall haben, den man wie ein Schachspiel lösen kann, statt immer solch verwickeltes Zeug beackern zu müssen. Aber mir ist es ja nicht beschieden. Bah.«

Er brabbelte noch eine Weile derartiges Zeug vor sich hin. Schließlich blickte er Eva an.

»Und was machen wir jetzt mit dir? Nachdem er uns hier gesehen hat und diese düsteren Reden über Philippi ausstieß, können wir dich ja nicht wieder zur Arbeit schicken, oder?«

»Doch«, sagte sie tapfer. »Es sind ja noch genug andere da.«

Baltasar winkte dem Kellner und bezahlte. Dann wandte er sich an Hoff.

»Du bringst sie hin, geleitest sie zur Tür, sorgst dafür, daß man dich sieht, und setzt dich in ihren Wagen oder sonstwo hin, jedenfalls so, daß du ein bißchen Überblick hast.«

Hoff war begeistert. »Und was mache ich, wenn er etwas dagegen hat und seine berühmten Gorillas antanzen läßt?«

Baltasar grinste und wartete mit einer Antwort, bis sie das Lokal verlassen und den Parkplatz erreicht hatten. Dann griff er in seine Tasche und holte jenes Objekt heraus, das Hoff bereits in der Rhön mit solcher Wonne gehandhabt hatte.

»Dann«, sagte er mild, »nimmst du dieses Gerät.«

Hoff nahm die Pistole ungern in Empfang. »Hast du eigentlich einen Waffenschein? Und wieso verlangst du von mir plötzlich, daß ich Wildwest spiele?«

Baltasar klopfte ihm auf die Schulter. »Reg dich nicht auf. Ich habe einen Waffenschein, und wovor hast du eigentlich

Angst? Du bist doch davon überzeugt, daß ich spinne, daß Stücker kein Motiv hat und daß alles Unsinn ist. Also genieß die Gelegenheit, deine Jungfer vor einem hypothetischen Drachen zu schützen, Sankt Henry. Und ruf mich an, wenn was passiert.«

Hoff sagte düster und fatalistisch: »Wenn ich dann noch telefonieren kann. Wo bist du zu erreichen?«

»Och, zuerst bei mir, dann bei Ziegler, dann unterwegs, dann bei Ariane.«

Mit einem ergebenen Schulterzucken hakte sich Hoff bei Eva unter. »Wohlan denn, Jungfer«, sagte er, »schreiten wir fürbaß. Der Drache harret unser.«

Eva zwinkerte Matzbach zu. Dann ging sie mit Henry zu ihrem Wagen; Matzbach klomm in den seinen und steuerte heimwärts.

In seiner Behausung angekommen, griff er zum Telefon. Sein erster Anruf galt dem Makler, dessen Name er von Fricke und der farbigen Dame im Anwaltsbüro kannte. Eine Angestellte teilte ihm mit, der Patron sei nicht anwesend, er begutachte just mehrere Objekte mit prospektiven Interessenten. Man erwarte ihn gegen siebzehn Uhr zurück.

Verärgert wählte Matzbach die Nummer der Mordkommission. Ziegler war wie üblich freundlich und weitschweifig.

»Äh, Matzbach«, knurrte er, »was wollen Sie denn schon wieder?«

Baltasar räusperte sich geziert. »Ich sah jüngst, wie um Mitternacht einige Männer einem Wagen entstiegen und im Hause Stücker einige Kisten holten, mit seiner Einwilligung.«

»Sehr interessant, was Sie nachts so alles machen.«

»Ferner, Herr Hauptkommissar, besitzt Stücker einen eigenen Schießstand und hat sie belogen. Er hat in der Nacht, in der er seine Sekretärin beglückte, deren Wecker um mindestens eine Viertelstunde vorgestellt, hatte also Zeit, bei Naumann anzuklopfen.«

Ziegler knurrte. »Das mit dem Schießstand war mir neu. Noch was?«

Baltasar berichtete von der hemdsärmeligen Veranstaltung in Köln und der Möglichkeit, Schlüssel zu kopieren.

Ziegler schwieg einen Moment. »Matzbach«, seufzte er dann, »das ist doch alles viel zu vage. Wo ist das Motiv? Es gibt schließlich in der Republik ungefähr zwanzig Millionen Leute, die kein Alibi und vielleicht eine Gelegenheit gehabt hätten, Sie eingeschlossen. Ich kann da nichts unternehmen. Selbst wenn ich wollte, könnte ich nicht. Und ich will nicht.«

Baltasar nickte in den Apparat. »Hab ich mir gedacht, teurer Freund. Ich hab nur eine Bitte. Ich habe mir leichtsinnigerweise die Nummer des Wagens gemerkt, der die Kisten bei Stücker abgeholt hat. Wahrscheinlich ist sie falsch, aber trotzdem.«

Ziegler zischelte etwas. »Na schön. Geben Sie durch.«

»Moment. Versprechen Sie, mich sofort zurückzurufen und mir zu sagen, was Sie rausbekommen haben? Meine Nummer haben Sie ja.«

Ziegler ächzte. »Auch das. Aber sagen Sie es nicht weiter, ich darf das nämlich nicht.«

Matzbach kicherte. »Ziegler, demnächst sollten wir Brüderschaft trinken. Ich mag Sie.«

»Die Nummer!«

Matzbach nannte sie ihm; es war eine Kölner Zulassung.

Ziegler legte grußlos auf. Baltasar kicherte immer noch. Leise sagte er: »Er ist hilflos, der Gute.«

Dann zündete er sich eine Zigarre an und legte die Beine auf den Schreibtisch. Plötzlich kam ihm eine andere Idee, und er spannte Papier in seine Maschine und begann heftig zu tippen.

Das Telefon schrillte.

»Matzbach.«

»Ziegler. Ich habe Ihre Nummer.«

»Ich lausche, lieber Freund.«

Ziegler raschelte vernehmlich mit Papier. »Die Sache«, sagte er langsam, »stinkt. Ich brauche sofort alles, was Sie wissen, schriftlich. Und zwar ohne jegliche Rücksicht auf irgendwen, sogar auf meine Person.«

Baltasar lachte meckernd. »Ich sitze seit unserem letzten Gespräch an der Maschine und tippe rücksichtslos alles, was ich weiß, auf blankes Papier. Sobald ich fertig bin, bringe ich es Ihnen rüber. Wem gehört der Wagen?«

Ziegler atmete stoßweise in die Muschel. »Ich sage es Ihnen nur unter einer Bedingung: Sie halten sich ab sofort ganz raus.«

Baltasar strahlte, was Ziegler natürlich nicht sehen konnte. Da nun etwas Dickes im Busch war, war er bereit, sämtliche Meineide zu schwören.

»Ich schwöre, mich rauszuhalten.«

Ziegler seufzte. »Ich bin viel zu gutmütig. Das kann mich den Kopf kosten, aber ich habe es Ihnen versprochen. Ich sage Ihnen noch vorneweg eins: Die Sache liegt jetzt schon nicht mehr in meiner Hand. Sobald das Gespräch beendet ist, gebe ich alles weiter.«

»Sie machen das reichlich spannend. An wen?«

Ziegler seufzte abermals. »BKA, MAD und ein paar andere«, sagte er. »Ich brauche sofort Ihren Bericht. Der Wagen, den Sie gesehen haben, gehört einem Wirt aus dem Kölner Nachtjackenviertel, von dem die zuständigen Kollegen seit einiger Zeit wissen, daß er für das KGB arbeitet. Nowosti in Köln, Sie wissen schon.«

Matzbach atmete heftig aus. »Das ist für mich eine Nummer zu groß.«

»Für mich auch. Wann kommen Sie rüber, oder soll ich Ihnen einen Wagen schicken?«

»Nee, lassen Sie nur, ich bin sowieso mit dem Tippen noch nicht fertig. Sind Sie später da?«

Ziegler zögerte. »Ich muß noch einmal etwa eine bis zwei Stunden fort. Wenn noch was passiert, hinterlassen Sie mir eine Nachricht.«

Baltasar bedachte gerade die nächsten Schritte, als das Telefon klingelte. Es war Hoff, und er war aufgeregt.

»Hör zu, Dicker. Ich hab noch gewartet, ob er vielleicht wiederkommt, aber jetzt sieht es nicht mehr so aus. Stücker ist fort. Er ist nach dem Essen vom Lokal aus ins Büro gefahren, hat telefoniert, etwas aus dem Safe geholt und ist dann verschwunden.«

»Okay. Irgendeine Ahnung, wohin er gefahren ist?«

»Die Dame von der Mittagsschicht hat nur ein Wort gehört. Lauren.«

»Wer oder was ist das?«

»Ein Mensch in St. Peter-Ording. Stücker hat telefoniert, dabei ist er laut geworden und hat den anderen angebrüllt. Seine Tür war nicht ganz fest zu. Solltest du nicht Ziegler informieren?«

»Schon erledigt. Wie steht's, kommst du mit?«

»Wohin?«

»Dahin.«

Hoff zögerte. Plötzlich lachte er. »Du bist wahnsinnig. Ich auch. Jetzt hab ich schon so viele verschwitzte Fingerabdrücke auf deiner Pistole gelassen, daß ich wissen will, wie das ausgeht. Testament brauch ich keins, ich hab eh nix.«

»Okay. Ich hol dich bald ab. Also bis gleich.«

Baltasar legte auf. Mit mehreren Versuchen via Moritz und ein paar andere Bekannte gelang es ihm, Andreas Goldberg ausfindig zu machen.

»Was tun Sie im Moment?«

Goldberg seufzte. »Ich räume die Wohnung auf, warte auf Interessenten beziehungsweise Nachmieter, versuche die Boutique zu verkaufen, füttere den Raben und langweile mich.«

»Es geht los. Wollen Sie mitmachen?«

Goldberg lachte. »Ernsthaft?« Er zögerte. »Ich glaube, Sie sind verrückt genug, was Verrücktes zu unternehmen. Gut. Einmal hab ich für nichts im Knast gesessen, dann kann ich genausogut versuchen, eine nachträgliche Begründung zu liefern. Außerdem schulde ich Irene noch was, postum sozusagen.«

»Bis gleich dann. Ich hol Sie ab. Haben Sie ne Waffe?«

»Nur den Raben.«

Baltasar lachte. »Okay, Kumpel, mitbringen. Da wir jetzt auf Gedeih und Verderb zusammenspielen müssen, schlag ich vor, wir lassen das Sie.«

»Alles klar. Bis gleich, Baltasar. Ich sag Sarah Bescheid, daß sie sich heut abend nicht grämt.«

»In Ordnung. Bis nachher. Halbe Stunde.«

Danach rief Baltasar Ariane in ihrem Büro an, erzählte ihr kurz das Wichtigste und verabschiedete sich.

Sie seufzte. »Fröhliches Gangsterfangen, du unmögliches Monstrum.«

Er lächelte in die Muschel. »Wartest du auf mich?«

Sie gluckste. »Ach, ich hab hier nur die ganze Pressearbeit dieses Industrieverbands zu machen, zu Hause eine freche Tochter zu beaufsichtigen und zu bekochen, und gelegentlich ein bißchen zu schlafen. Wenn ich noch Zeit finde, werde ich wohl ein paar Sekunden an dich denken und auf dich warten.«

»So leb denn wohl, Feinsliebchen. Gedenke meiner, wenn du Nachrichten hörst.«

»Fahr wohl, Drachentöter«, sagte sie, und es klang gar nicht spöttisch, eher traurig. Als wollte sie dabeisein.

So begann die letzte Runde. Ziegler war nicht zu erreichen.

Matzbach hinterließ Grüße und den Hinweis, der betreffende Herr sei ausgeflogen, vermutlich Richtung St. Peter-Ording. Dann empfahl er sich.

4.

»Ist das ganz sicher mit St. Peter-Ording?«

Matzbach stützte sich auf die Kante des wuchtigen Schreibtischs in Stückers Büro. Sein Blick schweifte zum offenstehenden Safe, zum Fenster, dann wieder zurück zu den Umstehenden. Goldberg, der gerade erst mit ihm angekommen war, hielt sich zurück, desgleichen, ausnahmsweise, der Rabe auf seiner Schulter. Hoff redete heftig gestikulierend auf Eva ein, der etwas nicht zu gefallen schien, nach der Miene zu urteilen, die sie aufgesetzt hatte. Die ältere Dame, die während der Mittagspause die Stellung gehalten und inzwischen, von Hoff aufgehetzt, alle möglichen Papiere herausgesucht hatte, nickte.

»Ja. Kurz nachdem Herr Stücker fort war, rief Lauren noch einmal an, daher weiß ich bestimmt, daß es Lauren war. Er wollte Herrn Stücker sprechen, und zwar sagte er ›Kann ich Stücker noch mal sprechen?‹ Als ich ihm sage, Herr Stücker ist eben fortgefahren und ich weiß nicht, wann er wiederkommt, murmelt er etwas vor sich hin. Ich bin nicht sicher, aber es klang so wie ›Hat es sehr eilig, wie?‹ Ich habe gefragt, ob ich etwas ausrichten kann, und er meint, das ist nicht nötig, alles andere könnte er mit Stücker mündlich abmachen.«

Matzbach runzelte die Stirn. »Ganz schön leichtsinnig, die Burschen«, sagte er. »Haben Sie Laurens Nummer?«

Die Frau nickte.

»Können Sie ihn mal eben anrufen, nur, um sicherzugehen, daß er tatsächlich von da oben aus angerufen hat und nicht von der Riviera?«

»Was soll ich ihm sagen?«

»Sagen Sie ihm, Stücker lasse ihm ausrichten, er solle sich beeilen.«

Sie nickte und ging in ihr Zimmer. Matzbach ging hinterher, »vorsichtshalber«, wie er murmelte, sah ihr beim Wählen zu, bis er ob der Vorwahl sicher war, daß sie tatsächlich eine Nummer in Norddeutschland anrief, und lauschte, einige Meter zurückgezogen, dem Gespräch. Dieses war allerdings kurz. Sie legte bald wieder auf.

»Laurens Sekretärin«, sagte sie, »sagt, er ist kurz aus dem Haus gegangen. Sie will es ihm ausrichten, wenn er wieder da ist.«

Sie gingen in Stückers Raum zurück. Baltasar setzte sich auf die Schreibtischkante und musterte seine Mitstreiter.

»Nun gut, er ist also da, und Stücker fährt wahrscheinlich zu ihm. Frage ist, was er da will.«

Goldberg schlug vor: »Baden.« Er hielt eine Zeitung vom Tage hoch und las vor: »›Eine für Anfang Dezember ungewöhnliche Kältewelle ist über Norddeutschland hereingebrochen. An der schleswig-holsteinischen Nordseeküste gingen nach heftigen Polarwinden Schnee und Hagel nieder. Die meisten Strände sind vereist.‹ Wir sollten uns warm anziehen. Außer Baltasar, der lebt vom eigenen Fett.«

Eva hatte die fruchtlose Debatte mit Hoff beendet und kramte nun in einem kleinen Schränkchen, in dem, wie sie sagte, Stücker gelegentlich Aufzeichnungen aufbewahrte.

»Ich verstehe nicht«, sagte Matzbach, »wieso Stücker so plötzlich, so leichtsinnig und mit, na ja, so vielen Fehlern ausklinkt.«

Eva stieß einen kleinen Triumphschrei aus und hielt einen Zettel hoch. »Hier hab ich's!«

Sie reichte das Stückchen Papier Matzbach, der es überflog. Es enthielt einige romantische Namen und weniger romantische Ziffern sowie etliche Häkchen.

»Was soll denn das?«

Eva sah ihm über die Schulter.

»Fleur de Lys ist sein Chalet in der Normandie. Die Ziffer dahinter, dreihunderttausend, dürfte der Verkaufspreis sein, obwohl es wesentlich mehr wert ist. Das Häkchen heißt vermutlich abgehakt, erledigt. Auch die anderen Namen sind Häuschen, die er hier, da und dort besitzt und größtenteils ganzjährig vermietet hat. Wie du siehst, ist ›Stormvogel‹ nicht abgehakt, und das ist seine Villa in St. Peter-Ording.«

»Aha«, sagte Baltasar. Er addierte im Kopf die Summen. »Nett – knappe anderthalb Millionen. Nicht zu reden von sonstigem Vermögen und dem Preis für dieses eminente Büro samt Mitarbeitern und beweglichen Gütern.«

Inzwischen hatte sich das natürlich schon herumgesprochen; niemand war mehr überrascht.

Murmelnd fügte Baltasar hinzu: »Aber wieso setzt er sich nicht schnell ostwärts ab?« Dann gab er sich einen Ruck und griff zum Telefon. Er wählte Ziegler an, aber der war noch immer nicht greifbar. Einer seiner Assistenten notierte Matzbachs Vorschlag, Stückers Büro genauer zu untersuchen, und empfahl ihm, sich aus der weiteren Angelegenheit herauszuhalten.

Wenig später jagten sie auf der Autobahn nach Norden. Goldberg steuerte, denn Matzbach hatte dies so verfügt. »Ich hab nicht geschlafen, und Henry hat, eh, auch nicht geschlafen. Also fahr du.«

Er legte sich bequem im Beifahrersitz zurück, kippte die Lehne nach hinten, ohne Rücksicht auf Henrys Knie. Hoff verzog sich schimpfend auf den Sitz hinter Goldberg. Der Rabe knabberte eine Weile an Baltasars linkem Ohr, dann setzte er sich schnabelklappernd auf des Dicken Wamme und rutschte so lange hin und her, bis die Lage ihm genehm war.

»Die Damen«, sagte Baltasar schläfrig, »werden sagen, typisch bekloppte Chauvi-Tour, dies.«

Goldberg nickte. »So was Ähnliches hat Sarah mir durchs Telefon an den Kopf geworfen.«

Henry, von hinten, meldete sich ebenfalls zu Wort. »Eva hat mir die Hölle heißgemacht – oder sie wollte. Eigentlich ist sie ja ganz nett.«

Baltasar gähnte. »Bleib angeseilt. Oder seil dich ab. Deine Sache.«

Goldberg hupte einen aus der rechten Spur biegenden LKW an. »Andererseits«, sagte er, »ist in diesem Wagen wahrlich nicht für sechs Leute Platz.«

Baltasar öffnete ein Auge und stierte den Raben an. »Sieben, wenn du dieses Vieh mitrechnest. Aber das ist nicht das Problem.«

Hoff kicherte hohl. »Er hat es schon wieder raus. Baltasar weiß alles. Was, bitte, ist denn das Problem?«

Matzbach streckte die Hand nach hinten aus, schlaff. »Gib mir die Pistole. Bei den billigen Reden, die du führst, ist ja keiner seines Lebens sicher.«

Hoff reichte ihm schweigend das erbetene Objekt; Baltasar steckte es in die Jackentasche und schloß wieder die Augen. Matt sagte er: »Das Problem ist, daß die Frauen viel vernünftiger sind als wir. Sie wollen ja gar nicht mit. Sie finden nur, daß wir die Sache den zuständigen Behörden überlassen sollten und daß abenteuernde Männer erstens verrückt sind und ihnen zweitens auf die Nerven gehen. Sie haben ja völlig recht. Aber das Vernünftigste zeichnet sich in diesem Fall durch grauenerregende Langeweile aus.«

Er legte den Kopf auf die Seite.

»Weckt mich, wenn was passiert. Oder wenn Poe auf den Topf will. Meine Brusttasche ist in diesem Zusammenhang tabu.«

Infolge ihrer Abfahrtszeit gerieten sie in sämtliche Staus zwischen Leverkusen und Kamen. In der Nähe von Osnabrück begann das absolute Schlechtwettergebiet mit zweierlei Niederschlägen.

Matzbach bemerkte von all dem nichts; er schnarchte leise. Kurz vor Bremen wachte er auf, als Goldberg eine Tankstelle ansteuerte. Anschließend übernahm Hoff das Lenkrad.

Wenig später blickte Baltasar auf die Uhr. »Wenn wir durchfahren, sind wir um drei Uhr in St. Peter-Ording. Was, so frage ich mich, sollen wir zu einer solchen Zeit bei diesem Wetter in jenem Orte?«

Also liefen sie die letzte für sie erreichbare Autobahnraststätte an, tranken Kaffee, alberten mit dem Raben herum, der die verschlafene Bedienung terrorisierte, und spielten Skat.

Im Morgengrauen, kurz vor dem Ziel, klopfte Goldberg auf Matzbachs Schulter. Inzwischen steuerte Baltasar sein Gefährt und die Geschicke der Insassen.

»Was werden wir jetzt eigentlich machen? Und fändest du es nicht an der Zeit, uns endlich zu erzählen, wie das alles zusammenhängt?«

Baltasar starrte in den düsteren Morgen jenseits der Windschutzscheibe. »Wir werden uns vorsichtig umschauen. Was die Zusammenhänge angeht, weiß ich selbst noch nicht alles; deshalb ziehe ich es vor, mich in kühles Schweigen zu hüllen.«

Er tat das dann doch nicht, sondern gab ihnen in kühner Zusammenfassung einen Überblick über alles, was er sich inzwischen zusammengereimt hatte, wobei er einige wichtige Dinge ausließ und andere, die er nur vermutete, ebenfalls verschwieg. Er kam auch nicht dazu, langwierige Erörterungen anzustellen, denn sie erreichten das Ziel ihrer Fahrt. Baltasar hielt an einer Tankstelle im letzten größeren Ort vor St. Peter-Ording und erstand nach dem Volltanken einige detaillierte Straßenkarten, soweit solche vorhanden waren.

Nachdem er sich nach Studium der Karten für eine der mehreren möglichen Zufahrten entschieden hatte, steuerte er den Ortsteil Ording an, in dem Stückers Villa lag und in dem sich auch Laurens Büro befand. Er lenkte den Wagen über Brösum in einem kleinen Nordschwenk eine Straße entlang, die die nordöstlichen Ausläufer von Ording knapp hinter dem Deich erreichte.

Ein müder, fröstelnder Polizist stoppte sie, als sie den Deich erreichten. Ein zweiter stand nicht weit entfernt neben einem halbverborgenen Polizeiwagen.

»Aha«, murmelte Baltasar. »Feuerschutz. Es hat sich schon was getan.«

Der Beamte bat um Zulassungspapiere und Ausweise. Bei dem Namen Matzbach in Baltasars Ausweis stutzte er. »Ah ja«, sagte er, »Herr Matzbach; Sie werden schon erwartet. Sie möchten sich bitte sofort in Sankt Peter auf der Wache melden.« Er klappte die Ausweise wieder zu und reichte sie Baltasar zurück.

»Wie komme ich da hin?«

Der Beamte wies nach Westen. »Wenn Sie da entlangfahren, kommen Sie nach ungefähr einem halben Kilometer an eine Kreuzung, von da ab ist es ausgeschildert.«

Baltasar nickte dankend. »Wie oft muß ich mich noch ausweisen?«

Der Beamte lächelte. »Nicht mehr. Wir haben die Zufahrten unter Kontrolle, keiner kommt raus oder rein. Aber drinnen können wir nicht auch noch jede Straße kontrollieren.«

Er legte grüßend die Finger an den Schirm der Dienstmütze. Matzbach winkte, kurbelte das Fenster hoch und fuhr langsam an. Im Rückspiegel sah er, wie der Beamte dem anderen etwas zurief. Dieser griff daraufhin durch das geöffnete Fenster in den Polizeiwagen.

Baltasar knurrte und bog in die Straße hinter dem Deich ein. Rechts und links lag noch einiges an Schnee, die Straße schien geräumt oder freigefahren, aber bei kurzem Bremsen stellte er fest, daß dünnes Eis auf der Decke lag. Der Wagen rutschte unangenehm, bevor er ihn abfangen konnte.

»Was jetzt?«

Baltasar hob die Schultern auf Hoffs Frage. »Mal sehen. Ich schätze, den Kollegen Lauren dürften sie schon haben, der müßte ja hier bekannt sein.«

»Meinst du«, sagte Goldberg, »daß Stücker schon hier ist? Oder ob er sich's anders überlegt hat?«

Baltasar wackelte mit dem Kopf. »Ich weiß nicht, was er hier noch erledigen will. Aber wenn es so wichtig ist, daß er nach allem, was in Bonn passiert ist, das Risiko auf sich nimmt, noch herzusausen, dann wird er bestimmt versuchen, die Sache durchzuziehen, was immer die Sache sein mag.«

Entgegen den Anweisungen des Polizeibeamten steuerte er den Wagen nach Ording hinein. In diesem Wetter, zu dieser Tageszeit und im Winter war der Ortskern mit Strandzugang absolut trostlos; zum Glück standen zwischen den Betonkästen noch immer einige kleinere, schmucke oder prächtige Häuser, das trübe Auge zu laben. Baltasar entdeckte einen kleinen Laden mit Lebensmitteln, Sonnenölen und Campingausrüstung, der bereits geöffnet war.

»Okay«, sagte er halblaut und lenkte den Wagen an den Bordstein. Hoff und Goldberg sahen zunächst einander, dann ihn an.

»Was wird denn das nun?« sagte Henry.

Baltasar zog die Handbremse und löste den Gurt. »Ich werde jetzt aussteigen, zwei oder drei Dinge kaufen und mir den Ort ansehen, speziell die eine oder andere Straße. Ihr beiden werdet derweil die Wache in Sankt Peter besuchen und Grüße von mir ausrichten. Ich werde mich dort melden, oder wir treffen uns da drüben in dem Café. Das wird ja wohl demnächst mal öffnen.«

Goldberg starrte hinüber. »Es gehört zu dem Hotel, wenn ich mich nicht irre, und das Hotel ist teilweise erleuchtet. Was willst du denn unternehmen?«

Baltasar öffnete die Wagentür. »Puh«, sagte er, als der erste Lufthauch ihn erreichte, »unwirtliche Brise. Ich will mich nur umsehen, wie gesagt. Keine Sorge, ich mach keinen Unsinn.«

Hoff murmelte: »Das wär das erste Mal. Matzbach und kein Unsinn, hihihi.«

Sie fuhren davon. Baltasar ging langsam zu dem Lädchen, erstand eine Tafel Schokolade als Notration und einen kleinen Kompaß, den man als Ring tragen konnte. »So was«, sagte er grinsend, »hab ich mir immer schon gewünscht.«

Dann verließ er den Laden und ging zum Hotel hinüber, um eine Tasse Kaffee zu trinken und in Ruhe noch einmal die Karte zu studieren.

Anschließend wanderte er durch die stillen Straßen. Schräg gegenüber von Stückers ansehnlicher Villa stand ein unauffälliges Auto, in dem zwei unauffällige Menschen in Zivil unauffällig Zeitung lasen. Baltasar pfiff fröhlich vor sich hin, folgte einem älteren Mann über einen Zebrastreifen und umrundete eine Litfaßsäule vor einem großen Block mit Ferienwohnungen und Apartments.

Der Mann vor ihm trug einen billigen, abgeschabten Wintermantel, dessen Kragen hochgeschlagen war, und darüber eine Pelzmütze. Offenbar war er kahlköpfig, denn zwischen Kragen und Mütze war kein Haar zu sehen. Er ging leicht gebeugt und stützte sich auf einen Spazierstock.

Baltasar betrachtete mißmutig den Rücken und rechnete sich aus, daß der Alte, ginge er nicht so gebeugt, etwa so groß wäre wie er.

Vor einem der zahllosen Eingänge zu dem Block blieb der Mann stehen, nahm den Stock in die linke Hand, steckte die rechte Hand in die Manteltasche, drehte sich um und blickte Matzbach an. Mit seinem grauen Spitzbart, den weißen, buschigen Brauen und den tiefen Linien um die Augen sah er aus wie ein achtzigjähriger, pensionierter Admiral, aber die Augen gehörten Eduard Stücker.

»Hätte ich mir denken können«, sagte er leise, wobei er die Hand in der Tasche bewegte. Etwas Spitzes zeichnete sich ab.

Die Straße war leer, der Polizeiwagen außer Sicht hinter der nächsten Ecke, und mit zufälligen Beobachtern in den Wohnungen des Blocks war zu dieser Jahres- und Tageszeit und bei diesem Wetter nicht zu rechnen. Baltasar blieb stehen, wo er stand. Stücker bewegte die Hand in der Tasche auffordernd nach rechts.

»Sie werden jetzt in diesen Eingang treten«, sagte er. »Außerdem werden Sie keinesfalls die Hände in die Taschen Ihrer unmöglichen Jacke stecken. Verschränken Sie die Arme über der Brust.«

Matzbach gehorchte; mit verschränkten Armen, was wegen der Menge wettertrutzigen Stoffs nicht ganz einfach war, trat er in den Eingang. Stücker folgte ihm.

»Moment«, sagte er. Er lehnte den Stock gegen die Wand und tastete Matzbach mit der linken Hand ab. Es dauerte nicht lange, bis er die Pistole in der Jackentasche gefunden hatte.

»Aha. Spielzeug, wie?«

Er steckte die Waffe ein, nahm seinen Stock wieder auf und knurrte: »Jetzt stoßen Sie die Tür mit den Ellbogen auf, und dann stecken Sie Ihre Hände in die Tasche.«

Baltasar gehorchte wortlos. Im Gang dirigierte Stücker ihn zu einer Treppe, hinab, einen weiteren Gang entlang, abermals eine Treppe, dann sagte er: »Stop.«

Sie standen vor einer Tür. Das Namensschild neben der Klingel lautete Bensemeier.

»Ihr Pseudonym ist albern«, sagte Matzbach.

Stücker grinste, wobei sich der graue Spitzbart hob. Er öffnete die Tür mit einem Schlüssel, linkshändig, wobei er nach dem Schlüsselloch tastete und Matzbach nicht aus den Augen ließ, die rechte Hand immer noch an der Waffe in der Tasche.

Es war eine kleine Wohnung, halb im Souterrain. Die vergitterten Fenster des Wohnraums schauten auf einen verlassenen, verschneiten Park hinaus. Stücker blieb in der Tür stehen und zog nun endlich die Hand mit Revolver aus der Tasche. »Gehen Sie jetzt bitte dort an die Kopfseite des Tischs.«

Er verschloß die Tür hinter sich. Baltasar schaute sich um, während er den Tisch umrundete. Der Wohn- und Kochraum der kleinen Wohnung war einigermaßen rechteckig. An einer der langen Seiten war die Tür, gegenüber das Fenster; dazwischen, in Längsrichtung, stand der Tisch, verhüllt von einer billigen Stoffdecke. Neben dem Fenster führten verschlossene Türen an den Kopfenden des Raumes in weitere Zimmer, vermutlich Schlafzimmer und Bad. Neben der Tür stand ein größerer Schrank mit Aufsatz, in der Ecke ein kleines Wasch- und Spülbecken, an der Kopfseite Herd und Kühlschrank, flankiert von einem kleinen Teewagen. Matzbach zog vorsichtig und langsam den Stuhl unter dem Tisch hervor. Der Abstand zum Teewagen war nicht sehr groß.

Stücker machte eine auffordernde Bewegung mit der Waffe. »Hier ist nicht geheizt«, sagte er, »aber gut isoliert. Wenn Sie wollen, ziehen Sie Ihre dicke Jacke aus. Ich bin allergisch gegen jähe Bewegungen. Dann setzen Sie sich auf den Stuhl und rutschen an die Tischkante, so nah es geht.«

Baltasar zog die Jacke aus und warf sie auf den Stuhl an der Fensterseite des Tisches.

»Nett haben Sie es hier«, sagte er, »und Ihrer freundlichen Einladung mag ich nicht widerstehen.«

Er befolgte Stückers Befehle, während dieser mit einer Hand in einer Schrankschublade herumwühlte. Schließlich hielt er ein Knäuel starker Schnur hoch.

»Man muß für das Angeln gerüstet sein, wenn man feiste Fische fangen will«, sagte er höhnisch. Er legte den Revolver griffbereit auf das Bord neben sich; schnell und geschickt knüpfte er Schlingen. Baltasar kalkulierte seine Chancen und blieb still sitzen. Stücker stand fast sieben Meter von ihm entfernt.

Der Mann nahm den Revolver wieder in die Hand und kam zu Matzbach.

»Die Arme nach hinten«, befahl er, »und keine Mätzchen; ich mach das erst mal mit einer Hand. Der Revolver bleibt auf Sie gerichtet, bis ich sicher bin.«

Er machte es gründlich. Die Arme wurden miteinander und mit der Rückenlehne des Stuhls verbunden, die Schnur um Matzbachs Bauch gewickelt, dann kamen die Beine dran, die an die Stuhlbeine gefesselt wurden. Stücker zog alles fest an, bis Matzbach sich nicht mehr rühren konnte. Schließlich begab sich Stücker auf die andere Seite des Tischs, zog den Mantel aus und setzte sich. Der Revolver lag vor ihm.

»Ein unverhofftes Wiedersehen«, sagte er.

Baltasar verzog das Gesicht. »Nicht so ganz. Ich hatte fest mit Ihnen gerechnet. Und viel Verkehr ist hier im Ort im Moment nicht.«

Stücker lehnte sich zurück und betrachtete den Dicken interessiert. »Aha. Haben Sie den Zettel gefunden, oder was?«

Matzbach nickte. »Außerdem haben Sie noch ein paar Fehler gemacht. Erstens dachte ich mir wohl, daß Sie versuchen würden, aus Bonn heraus und näher zu Ihren östlichen Freunden zu kommen. Zweitens haben Sie bei Ihrem Gespräch mit Lauren zu laut geredet; die Tür war nicht ganz dicht. Drittens hat Lauren noch mal angerufen, nachdem Sie weg waren.«

Stücker schnitt eine Grimasse. »Der dumme Kerl. Aber er hat seine Quittung schon.«

Matzbach hob die Brauen. »Verhaftet?«

Stücker blickte ihn kalt an und klopfte auf den Revolver. »Denken Sie, ich lasse zu, daß er auspackt?« Er schüttelte den Kopf. »Ich hatte ihm am Telefon empfohlen, alle wichtigen Dinge zu vernichten und sich dann an einem bestimmten Ort zu verbergen. Damit man ihn nicht findet. Als ich Sie mit Eva ins Restaurant kommen sah, hatte ich das Gefühl, es wäre nun Zeit.«

Baltasar zog den Inhalt seiner Nase hoch. »Und dann haben Sie ihn in dem Versteck ...«

Stücker gähnte. »Was denn sonst? Das war einer der Gründe, weshalb ich noch herkommen mußte.«

Baltasar schnalzte mit der Zunge. »Weshalb haben Sie eigentlich diesen dummen Zettel liegenlassen?«

Stücker machte eine wegwerfende Handbewegung. »Ich konnte ihn in der Eile nicht finden, deshalb.«

Er warf einen Blick auf seine Armbanduhr und stand auf. Neben dem Herd stand eine Thermoskanne.

»Von außen hereingebracht«, sagte Stücker; »hier fehlt es an allem. – Keiner soll sagen, ich ließe meine Gäste verdursten.« Er holte zwei Becher aus dem Schrank, goß Kaffee hinein und stellte einen vor Matzbach ab. Aus einer Schublade holte er einen antiken Strohhalm.

»Hier. Damit ich Sie nicht losmachen muß.«

Baltasar sog am Röhrchen. »Haben Sie keine Sahne?« knurrte er.

Stücker setzte sich wieder, grinsend. »Ich bin kein Hotel.« Er trank einen Schluck.

»Nun denn«, sagte er plötzlich, »es bleibt noch Zeit, und ich könnte mich genausogut mit Ihnen unterhalten. Wie haben Sie mich erwischt, Sie Sherlock Holmes?«

Baltasar versuchte seine Finger zu bewegen. Er hatte ein

taubes Gefühl in den Händen. »Durch meine kleinen grauen Zellen und Ihre Fehler und Leistungen.«

Stücker verzog das Gesicht. »In der Eile sind Fehler. Was wissen Sie?«

Baltasar grinste. »Bevor Sie auf den Gedanken kommen, mich mit Blei zu tätowieren, will ich Ihnen sagen, daß alles, was ich weiß, der Polizei schriftlich vorliegt. Sie wissen, nehme ich an, daß der Ort abgesperrt ist und Ihre Villa bewacht wird?«

Stücker nickte. »Es würde nichts ändern, wenn ich beschlösse, Sie umzulegen. Aber wozu? Mir ist schon klar, daß Sie nicht ohne Rückendeckung auftauchen. Andererseits« – er blickte wieder auf die Uhr und grinste spöttisch – »können Sie mich nicht mehr aufhalten, und der arme alte Rentner Bensemeier, der manchmal mit dem Polizeichef Skat gespielt hat, wird ja wohl kaum von den Posten verdächtigt werden. Außerdem gibt es noch ein paar Entschlüpflöcher ...«

Baltasar runzelte die Stirn. »Ich hätte mir denken sollen, daß Sie sich nicht mir zu Ehren verkleidet haben.«

Stücker lachte. »Nein, selbst wenn ich mit Ihnen hier gerechnet hätte. Das war meine sichere zweite Persona, wenn Sie so wollen, und es hat nie jemand bemerkt, daß Bensemeier und der Villenbesitzer Stücker nie gleichzeitig in St. Peter-Ording waren. Übrigens hat auch Stücker mit dem Polizeichef Skat gespielt.«

Baltasar musterte ihn finster. »Es ist noch vieles offen. Durch Ihre Eile haben Sie mich daran gehindert, in Frieden zu Ende zu forschen.«

Stücker klopfte auf den Tisch. »Na schön, machen wir ein Quiz miteinander. Ich bin ein entgegenkommender Gastgeber, und es spielt ohnehin keine Rolle mehr. Also, wie haben Sie mich gefunden, und was haben Sie herausgekriegt?«

Baltasar sog wieder an seinem Strohhalm und verbrühte sich die Zunge. Er fluchte leise.

»Nun ja«, sagte er dann, »sicher war ich erst in dem Moment, als Sie sich von mir haben bluffen lassen, in Sachen Geometrie. Es lebe die argentinische Literatur.«

Stücker nickte versonnen. »Ja. War dumm von mir, aber einen Moment war ich wirklich unsicher. Sie werden jedoch zugeben müssen, daß es nicht schlecht gedacht war.«

Baltasar grinste. »Ohne Ihre Eitelkeit fordern zu wollen: Es war gut. Hinterlassen Sie immer solche Spuren?«

»Nicht immer. Nur bei den Projekten, die es wert sind. Sie werden zum Beispiel gelegentlich dort, wo ich zuständig war, unter hundert Säulen eine finden, die asymmetrisch ist, oder so. Aber lassen wir das. Weiter.«

»Ja. Dann haben Sie mich reichlich durchsichtig aus dem Haus komplimentiert, mit Ihrer verheirateten Gespielin. Ich habe mich ein bißchen auf Posten gestellt und den Kistentransport beobachtet. Was ich nicht verstehe, ist Ihr Leichtsinn mit dem Wagen.«

»Nicht meine Schuld. Ich hatte meine ... Freunde um einen neutralen Wagen gebeten, zur Sicherheit. Ich wußte zwar nicht, daß die Beziehungen zwischen uns und dem Wirt bekannt waren, aber man muß sich vorsehen. Jemand hat dann angeordnet, daß doch dieser Wagen genommen werden sollte. Ich habe fast das Gefühl, man wollte die Kontakte zur Kölner Gastronomie abbrechen und den deutschen Behörden einen Köder servieren. Egal. Schlecht war nur, daß ich mit Beobachtung rechnen mußte, von Ihnen oder von der Polizei, und daß damit meine Zeit knapp wurde.«

Baltasar rümpfte die Nase. »Was war denn in den Kisten?«

»Papiere und ungefähr eine Million Mark in bar.«

Baltasar pfiff durch die Zähne und rechnete. »Das macht ungefähr eine Viertelmillion in Rubel, eh?«

»Gilt aber nicht. Ich habe mir durch wichtige Dienste einige Gegenleistungen des Vaterlands aller Werktätigen erworben. Dazu gehört eine Pension, und außerdem wird alles eins zu eins eingetauscht. Immerhin ist eine Million in harten Devisen nicht unwichtig. Das alles wird reichen, um ein paar Jahre in der Mongolei Bergziegen zu jagen. Und in Sibirien zu angeln. Ein ruhiges, beschauliches Dasein mit Bewegung und Lektüre. Natürlich sind die Reisemöglichkeiten begrenzt. Aber Kuba und Angola sind auch nicht zu verachten.«

»So ungefähr habe ich mir das gedacht. Wie gesagt, wichtig war Ihr Fehler bei meinem Geometriebluff. Danach fiel mir ein, was Sie in Köln so alles verzapft haben. Zusammen mit den Unterlagen über Ihre Arbeit ergab das ein völlig idiotisches Bild. Bis ich auf den Gedanken kam, alles aus einem ganz anderen Winkel zu sehen.«

Stücker faltete die Hände und blickte ihn interessiert an. »Was haben Sie sich denn in Ihrem dicken Kopf gedacht?«

»Mir war rätselhaft, wie man Intelligenz und Neigung zu schönen Dingen mit den völlig irrsinnigen Projekten vereinbaren soll, die Sie immer befürwortet und durchgezogen haben.«

»Sie haben recht. All die Projekte waren und sind kompletter Blödsinn.«

»Dann habe ich mir gedacht, daß Sie, um zu Macht und Geld zu gelangen, einfach skrupellos Unsinn verkauft haben. Aber Macht und Geld hätten Sie auch anders bekommen können.«

»Wohl wahr«, sagte Stücker, »habe ich auch.«

»Dann kam mir der Verdacht, Ihre politischen Scherze könnten vielleicht Ernst sein, finsterer Ernst. Und ich dachte an Ihre Rede, daß für etwas nicht unbedingt die Zeit abgelaufen sein muß, wenn man den Willen hat, die Uhr zu manipulieren. Dieser Satz brachte mich, wörtlich genommen, überhaupt erst auf die Idee, Ihr Alibi anzuzweifeln. Vielleicht, überlegte ich, hat er es selbst wörtlich genommen. So kam ich auf den verstellten Wecker.«

»War doch ein guter Einfall, oder?«

Baltasar nickte. »Was aber hätten Sie getan, wenn Eva einen Radiowecker hätte?«

Stücker lächelte kalt. »Ich hatte zwei andere Damen in petto, beide mit Wecker. Sie sind allerdings nicht rothaarig, deshalb war dies im Rahmen der Geometrie die beste Möglichkeit.«

Baltasar machte große Augen. Beinahe andächtig sagte er: »Dann wird mir die Symbolik Ihrer Handlungen erst völlig klar. Ich muß Ihnen noch ein Kompliment machen.«

Stücker neigte den Kopf. »Borges hat mich auf viele Ideen gebracht. Ich wollte eine persönliche, wenn auch nur wenigen lesbare Spur hinterlassen, die als Beweis nicht ausreicht. Vielleicht hätte ich es ohne diese Eitelkeit besser und unauffälliger machen können. Die Nähe von Zeugung und Tod, die Farben und die Formen.« Er lächelte.

Baltasar fühlte seine Hände nicht mehr. »Stücker, dachte ich, ist nicht nur in Sachen Grammatik für *Law and Order*, sondern überhaupt für strenge Regeln. Es könnte sein, daß Sie mit Ihren Projekten die Macht der Zentrale gegen die Bevölkerung stärken wollten. Um auf diese Weise den von Ihnen so gesehenen Untergang des Abendlandes aufzuhalten.«

Er warf einen Blick aus dem Fenster, das vermutlich nach Westen ging.

Stücker folgte dem Blick und deutete auf die Gitter. »Schreien Sie ruhig. Der ganze Block ist leer, bis auf uns, und im Park ist auch niemand. Weiter, bitte.«

»Ich habe Ihre Reden über das Imperiale hin und her gewendet. Alle Imperien bauen auf dem Befehl des Starken über den Schwachen auf, eben *imperare.* Dann dachte ich, Stücker ist zu intelligent, um sich einzubilden, durch derartige Aktionen in der unwichtigen Bundesrepublik den Untergang der westlichen Welt aufhalten zu können. Indem er die Starken, sprich Bürokratie und Industrie, bei Projekten unterstützt, die nichts stärken, sondern durch Zerstörung vieles schwächen. Die Uhr des westlichen Imperialismus läßt sich bestimmt nicht in Bonn zurückdrehen. Außerdem ist sie völlig abgelaufen.«

Stücker blickte demonstrativ auf die Uhr. »Machen Sie schneller«, sagte er, »ich habe nicht mehr viel Zeit.«

Baltasar seufzte. »Sie gehören offenbar zu den Leuten, die hinter einem freien Spiel der Kräfte gleich Chaos vermuten. Übrigens eine sehr deutsche Gewohnheit. Die Erkenntnis, daß Demokratie eine Form von stabilisierter Unordnung sein muß, hat sich bei unseren Landsleuten nie durchsetzen können. Sie wollen immer Ruhe und den starken Mann. Jedenfalls habe ich beschlossen, Ihre geäußerte Sehnsucht nach einer *pax britannica* oder *pax romana* wörtlich zu nehmen. Stücker will, dachte ich, Frieden um jeden Preis. Es soll nicht Konkurrenz sein, nicht Debatte, sondern einer soll herrschen, damit keiner streite. Diskussion ist verbaler Unfriede, ja? Pluralismus Chaos, wie? Dann begriff ich, daß nicht *unsere* Republik das Erbe der preußischen Ordnungsvorstellungen angetreten hat, denen Sie offenbar anhangen. Die DDR ist das wahre Deutschland, in dieser Hinsicht. Und nicht der Westen, sondern der Osten ist politisch und militärisch imperial. Wenn wir die westlichen Wirtschaftsknebel aus dem Spiel lassen. Die können, wenn es hart auf hart geht, nur vor Ort von Soldaten zugedreht werden. – Also haben Sie sich gesagt: Wer es ist, ist mir gleich, nur soll einer herrschen, daß dieser Unfriede ein Ende habe. Also *pax sovietica*.«

»Richtig«, sagte Stücker. »In meinem Herzen habe ich das erwogen, als die Alliierten, die westlichen, am siebzehnten Juni dreiundfünfzig nichts taten. Endgültig beschlossen habe ich es, als sich der Westen am Suezkanal freiwillig die Hosen auszog, während die Sowjetunion in Ungarn demonstrierte, was Imperialismus ist.«

Baltasar räusperte sich und verschluckte einige Einwände. »Wahrscheinlich«, sagte er mit düsterem Gesicht, »haben Sie sich dann überlegt, wie Sie die Agonie des Westens beschleunigen könnten. Und Sie sind zu mehreren Schlüssen gekommen. Erstens, zum Beispiel, daß die Bundesrepublik zwar unbedeutend ist, wenn es um eine Belebung des Westens geht, aber wichtig bei seiner Verteidigung. Zweitens, daß es Wege gibt, diese Position zu schwächen, die gründlicher und effektiver sind als das Ausforschen neuer Waffensysteme.«

Stücker verschränkte die Arme vor der Brust und lächelte. »Genau so ist es«, sagte er mit einer gewissen Wärme in der Stimme. »Und ich gebe Ihre Komplimente zurück. Ihre Analyse meiner Überlegungen ist zutreffend. Vietnam und, natürlich zeitlich versetzt, Afghanistan, Angola und so weiter haben mich immer wieder in meinen Plänen und Wünschen bestärkt.« Er entschränkte die Arme wieder, faltete dafür die Hände hinter dem Kopf und legte ein Bein auf die Tischkante. »Was, glauben Sie, hätte, sagen wir, Caesar im Fall Vietnam getan? Er wäre zu Fuß nach Hanoi gegangen. Man kann einen Gegner erst ausschalten, wenn man seine Basis angreift. Als die Amerikaner diese fiktive Grenze am soundsovielten Breitengrad respektierten, außer in der Luft, und obwohl sie wußten, daß General Giap anders verfuhr, war mir völlig klar, daß sie nicht gewinnen konnten. Weil sie, genau genommen, nicht gewinnen wollten, denn die ehrwürdige Parole von der Verteidigung der Freiheit und die Frage der wirtschaftlichen Einflußsphären, all das reicht nicht aus, wenn der Herrschaftswille fehlt. Die Engländer vor hundert Jahren hätten das anders gemacht, und die Vietnamesen aus Hanoi *haben* es anders gemacht. Sie bestimmen heute im Süden, in Laos und Kambodscha, nach diesem üblen Zwischenspiel. Und die Russen machen so etwas auch anders. Sie sind zu Fuß nach Kabul gegangen.«

Baltasar leckte sich die Lippen; er hatte einen schalen Geschmack im Mund. »Der Gedanke ist Ihnen nie gekommen, daß man vielleicht friedlich und in Gleichberechtigung miteinander verfahren könnte? Ich meine, die anderen Varianten haben wir in den letzten vier Jahrtausenden reichlich durchprobiert, und es ist wenig Gutes dabei herausgekommen.«

Stücker zog eine verächtliche Grimasse. »Das ist etwas für Träumer. Wenn zwei Leute Waffen haben, aber einer von ihnen sie eigentlich nicht anwenden will, ist das Endergebnis vorhersehbar. Ich halte mich an die Realität, und die heißt Fressen oder Gefressenwerden, Befehlen oder Gehorchen, Siegen oder Untergehen. Deshalb habe ich mich auf die Seite der künftigen Sieger gestellt und versucht, die Sache zu beschleunigen. Und«, sagte er fast andächtig und mit einer gewissen Majestät, »nennen Sie mir eine Möglichkeit, einen Gegner schneller zu schwächen als so. Durch wahnsinnige Projekte, die Geld verschleudern, das anderswo dringender gebraucht würde. Durch gründliche Zersetzung der ökologischen und damit letztlich ökonomischen Basis. Vor allem aber durch Desillusionierung der Bevölkerung. Glauben Sie, wenn es demnächst zum großen Showdown kommt, daß noch viele Leute bereit sein werden, vor allem junge, diese marode Republik und ihre blinden Bürokraten mit der Waffe zu verteidigen? Ein geschwätziges Vaterland leerer Sonntagsreden, das seinen Bewohnern nicht einmal anständiges Trinkwasser bietet? Vor allem: wozu? Was ist da noch wert, verteidigt zu werden?«

Baltasar bildete sich ein, seine tauben Finger zu bewegen. Halblaut sagte er: »Oh, es gibt einige Freiheiten.«

Stücker lachte spöttisch. »Was zählt das? Die bürgerlichen Freiheiten, das ist eine angenehme Erfindung der Europäer aus den letzten anderthalb Jahrhunderten. Fragen Sie mal einen Chinesen, Afrikaner oder Südamerikaner, was er davon hält. Ich bin dafür, daß wir wieder zu den wichtigen Dingen zurückkommen. Macht, zum Beispiel, und das Überleben der Gattung, nicht die Freiheit der vielen, die ohnehin nichts damit anfangen können, außer vor der Glotze zu sitzen. Der Kreml und der Vatikan wissen, daß das Individuum nicht zählt. Und der Kreml hat mehr Divisionen. Die Visionen überlasse ich da gern dem Papst.«

»Aber wie vereinbaren Sie Individualist und Genußmensch das mit Ihren eigenen Wünschen?«

Stücker winkte ab. »Ich bin kein Teilchen in der Maschine«, sagte er stolz, »ich bin Treibriemen. Damit habe ich, was ich will, Macht, und die Möglichkeit, sie zu nutzen. Das ist meine Lust, die mir bei der Beschaffung anderer Lüste hilft. Ihre bürgerlichen Freiheiten sind für jene da, die selbst zu schwach sind. Ich habe hier die Freiheit dessen gehabt, der Macht und Geld besitzt, und ich werde auch in jedem anderen System oben sein.« Er lächelte, beinahe wehmütig. »Ach, wenn ich an die nützlichen Idioten der bundesdeutschen Administration denke. Es war so schön, mit ihnen zu spielen. Vielleicht werde ich mich langweilen.«

Baltasar hustete. Er sehnte sich nach einer Zigarre. »Dieser Terminus«, sagte er mühsam, »wird ja eigentlich hier anders angewendet. Ich meine die nützlichen Idioten.«

Stücker grinste. »Ja. Nett, nicht? Wer arbeitet denn dem Gegner in die Hände? Der, der sich gegen Mißstände wehrt, oder der, der sie verursacht?« Er blickte auf die Uhr und nahm das Bein vom Tisch. »Es wird Zeit.«

Baltasar bewegte auffordernd den Kopf. »Moment, es gibt noch reichlich Fragen. Ich weiß, daß und wie Sie Naumann erschossen haben; ich nehme an, weil er etwas wußte. Aber was war es genau?«

Stücker zögerte. Dann lachte er. »Es spielt, wie mehrfach gesagt, keine Rolle mehr. Eigentlich ist es ganz einfach. Sie haben wahrscheinlich Ihre Vermutungen, können aber nichts beweisen, oder?«

Baltasar nickte. »Ich denke zum Beispiel an unredliche Ausnutzung noch nicht spruchreifer Projekte.«

»Nett gesagt. Ja, natürlich. Als Gutachter habe ich oft Vorstudien zu Projekten angefertigt, die erst lange danach definitiv beraten wurden. Natürlich war ich wie alle verpflichtet, meine Kenntnisse nicht auszunutzen. Man muß sich vorsehen. Ich habe, wann immer etwas Interessantes anstand, dafür gesorgt, daß unbescholtene Leute namens Meier, Müller oder Schmitz mit Geld, das mir gehörte, wertlose Grundstücke kauften, die später plötzlich für eine Autobahn oder einen großen Verwaltungsbau benötigt wurden. Ein Teil des Ertrags blieb natürlich bei den Müllers & Co. Außerdem mußte ich gelegentlich in die Zuneigung wichtiger Leute investieren …«

Baltasar sog wieder an seinem Strohhalm; der Kaffee war inzwischen kalt. »Ich schätze, daß einige der von Ihnen geförderten Projekte durchgeführt wurden, weil Sie nicht versäumt hatten, die zuständigen Beamten in bar zu überzeugen.«

Stücker grinste wieder. »Sie drücken das so fein aus. Matzbach, ich glaube, wir hätten gute Freunde werden können. Egal. Leider war ich nicht immer so vorsichtig. Ein- oder zweimal habe ich als Strohmann einen Menschen genommen, der in den letzten dreißig Jahren seines Lebens ein Schläfer des KGB war. Wissen Sie, was ein Schläfer ist? Einer, der vielleicht einmal aktiviert wird, sozusagen auf Abruf, aber bis dahin völlig normal lebt und nicht auffällt. Dieser Mann hatte mir vor Jahren für einen Grundstückskauf im Zusammenhang mit der Ramersdorfer Autobahn seinen Namen geliehen. Jetzt ist er tot.«

Er seufzte und starrte ins Leere. Dann schüttelte er den Kopf und fuhr fort.

»Man ist nie vorsichtig genug. Mit seinem Tod wäre eigentlich alles erledigt, aber leider habe ich in ihm eine Art

Zuneigung geweckt. Nun kommen ein paar blödsinnige Zufälle zusammen. Vor kurzem ist ein KGB-Mann in Washington abgesprungen und hat seinen Gastgebern eine Namenliste überreicht. Ich stehe nicht darauf, aber der teure Verstorbene, der Schläfer. Dieser hat, wegen der erwähnten freundschaftlichen Gefühle und weil er sonst kaum Anhang hatte, mich in seinem Testament bedacht. Das Testament hat ausgerechnet Naumann aufgesetzt. Daher kannte er meinen Namen. Dann wurde ich gewarnt, wegen der Liste. Ich habe also beschlossen, langsam meine Zelte abzubrechen und alles in Sicherheit zu bringen. Nach all den Jahren habe ich natürlich keine Lust, in einem hiesigen Gefängnis zu enden. Ich ziehe bescheidenen Luxus vor.«

Er legte das andere Bein auf die Tischkante und starrte Matzbach an.

»Zweiter Zufall ist folgender. Naumann arbeitete mit einem bestimmten Makler zusammen. Ausgerechnet diesem Makler habe ich mein Haus in Oberdollendorf angeboten, ausgerechnet zu einem Zeitpunkt, als Naumann ein Objekt außerhalb der City suchte, weil er seine Altbauwohnung satt hatte. Eines Tages kam er mit dem Makler zu einer Besichtigung. Ich hätte meinen Rückzug komplett allein durchführen sollen, nicht über Makler, sondern über Anzeigen oder so. Leider hatte ich ja noch ein paar andere Sachen zu tun. Der dritte Zufall brachte die Sache endgültig ins Rollen. Der Bundesrechnungshof ermittelt wegen finanzieller Unsauberkeiten beim Ramersdorfer Autobahnbau. Mein Kontaktmann im Verkehrsministerium hat plötzlich Feuer unter dem Hintern bekommen und sich überlegt, ob er auf dem Weg einer Selbstanzeige mit folgendem freiwilligen Ausscheiden einem Verfahren wegen Bestechlichkeit im Amt mit Entlassung und anderen Folgen entgehen kann. Er hat sich ausgerechnet Naumann als Anwalt ausgesucht, um die Pros und Contras durchzusprechen. Dabei hat Naumann ihn davon überzeugt, daß, wenn überhaupt, nur rückhaltlose Offenlegung aller Einzelheiten ihm helfen kann. Also hat er Naumann meinen Namen genannt. Er hat mich zwar anschließend gewarnt, aber da war alles zu spät.«

Stücker seufzte abermals und nahm das Bein vom Tisch. Er stand auf, blickte auf die Uhr, legte die Hände auf den Rücken und begann im Zimmer auf und ab zu gehen.

»Vierter Zufall. Jemand hat Wind von der KGB-Liste bekommen und in einem unsäglichen Lokalblatt einen Bericht veröffentlicht mit dem Titel: ›Unbescholtener Bürger KGB-Agent?‹ Der Bericht enthielt nur Initialen und vage Andeutungen der Wohngegend des Verstorbenen. Naumann hat ihn gelesen und sich alles zusammengereimt. Dann hat er mich angerufen und mir am Telefon auf den Kopf zugesagt, daß ich a) besteche und b) mit dem KGB zusammenarbeite, und welche Vorschläge ich hätte, um ihn von einer Anzeige abzuhalten.«

Baltasar blickte Stücker nachdenklich an. »Das erklärt Ihre plötzliche Hast und die verschiedenen Fehler, die sich aus der Eile ergaben.« Er schwieg einen Moment, setzte dann hinzu:

»Aber wie kam die KGB-Geschichte in Pressezirkel?«

»Was bleibt in Bonn denn geheim? Egal, jedenfalls mußte ich meinen Rückzug beschleunigen, meine, hm, Latifundien verkaufen, unter Preis und schnell, und zusehen, daß ich vor dem großen Gewitter verschwinde. Naumann wurde ungeduldig. Ungefähr eine Woche vor seinem Ableben habe ich ihn angerufen und ihm gesagt, wir könnten uns unauffällig in Köln, bei der Verbengesellschaft, treffen. Da war er, kurz bevor die Sache kritisch wurde, erstmals aufgetaucht. Das wäre natürlich blöder Zufall Nummer x. Ich hatte noch keine genauen Pläne. Der Zufall ergab es, daß es heiß war und alle ihre Jacken auszogen. Da habe ich beschlossen, etwas zu tun. Ich kannte mich ja in dem Haus aus und wußte, daß in einer bestimmten Schublade Wachskerzen lagen. Ich habe Abdrücke seiner Schlüssel gemacht und sie zu einem Schlosser gebracht, der ebenfalls zu den Freunden von der anderen Seite gehört. Sie haben bestimmt Verständnis dafür, daß ich den Namen nicht nenne.«

Er blieb stehen, lehnte sich an die Tischkante und lachte.

»Naumann war dumm. Ich hatte nicht vor, ihm etwas zu tun, wenn es nicht unbedingt sein mußte. Er wollte eine knappe Million. Ich habe versucht, ihn zu vertrösten. Ich wollte sehen, ob ich nicht alles über die Bühne bringen und verschwinden kann, bevor er ungeduldig wird.«

Er zuckte mit den Schultern.

»Das ging leider nicht. Ich wurde meine Häuschen und mein Geschäft nicht so schnell los, und nach all der Arbeit will ich natürlich nicht mit leeren Händen abhauen. Jedenfalls rief Naumann mich dienstags an und sagte, wenn er nicht bis Donnerstag früh Geld sähe, würde er reden. Dann habe ich mir mein Alibi verschafft, wie Sie wissen, und es war ein Vergnügen, und dann habe ich Naumann besucht. Ich nahm an, daß er wohl nicht so dumm wäre, in der Kanzlei Schriftsätze herumliegen zu lassen, die ihn indirekt belasten, wegen Erpressung und so, und daß er sie, wenn überhaupt, so spät wie möglich in der eigenen Wohnung anfertigt. Ich habe alles gefunden, es lag sauber in der obersten Schreibtischschublade, Original und Durchschläge. Ich brauchte nicht lange zu suchen. Danach hatte ich wieder Zeit, bis Sie mit Ihrer dicken Nase kamen. Dann mußte ich endgültig die Uhren vorstellen, um bei dem schönen Bild zu bleiben.«

Baltasar musterte sein Gegenüber. »Warum haben Sie nicht versucht, mich umzunieten?«

»Pfui, welch häßliches Wort. Also, dafür gab es zwei Gründe. Erstens war ich inzwischen mit dem Verkauf so ziemlich fertig, bis auf die Villa hier oben. Zweitens war mir klar, daß Sie nicht versuchen würden, mich zu erpressen, und daß Sie infolgedessen vermutlich Ihre Kenntnisse würden weitergegeben haben oder, zumindest, daß Sie irgendwo einen Briefumschlag hinterlegt hätten, mit der Aufschrift ›Bei meinem Ableben zu öffnen‹ oder so. Deshalb. Außerdem haben mir Ihre Konjunktive gefallen.«

Stücker blickte wieder auf die Uhr. »Ich muß gehen.« Er griff nach seinem schäbigen Mantel, setzte die Pelzmütze auf und war wieder der Rentner Bensemeier.

»Danke für die Warnung im Restaurant«, sagte er dabei. »Als Sie mit Eva reinkamen und die Kisten erwähnten, wußte ich, was die Uhr geschlagen hatte.«

Baltasar konnte es sich nun nicht verkneifen, seinerseits zu grinsen. »Das war Ihr letzter grober Fehler. Ich hatte nämlich immer noch nichts gegen Sie in der Hand und hätte auch noch nichts unternommen. Erst als Sie jählings aufgebrochen sind und dabei von Philippi geredet haben. Sie Caesaren-Eleve, habe ich beschlossen, den lieben Hauptkommissar über die Autonummer des Kistentransporters zu informieren. Sie hätten also noch Zeit gehabt.«

Stücker verzog das Gesicht. »Na ja, ist jetzt egal. Haben Sie mich also zweimal geblufft. Sehr gut.«

Baltasar nahm das Kompliment ungerührt hin. »Was ich nicht verstehe, ist, was Sie unbedingt noch in St. Peter-Ording zu tun hatten.«

Stücker holte Matzbachs Pistole aus seiner Manteltasche und legte sie auf den Schrank. Baltasar konnte sie zwar sehen, aber sie war unerreichbar weit weg.

»Habe ich Ihnen doch schon gesagt«, knurrte Stücker. »Lauren mußte weg. Das hätte natürlich ein Kollege erledigen können, aber ich dachte ja, es wäre eilig. Außerdem hatte Lauren für mich die Villa verkauft und das Geld in bar bei sich.« Er hob eine Aktenmappe hoch, die unauffällig neben dem Schrank gelehnt hatte.

»Ein kleines Taschengeld. Schließlich hatte der gute Stücker, den es nicht mehr gibt, als Bensemeier viele interessante Dinge gesammelt: Unterlagen, Papiere, Sie wissen schon. Nicht einmal Lauren wußte von dieser Wohnung hier. Das mußte jetzt alles verschwinden. Tja, das habe ich diesen Morgen erledigt, bevor Sie aufgetaucht sind. Es waren hübsche Papiere dabei, über vielerlei Projekte in dieser Republik.«

Matzbach ächzte. »Wollen Sie damit sagen ...«

Stücker grinste diabolisch; Bensemeiers Spitzbart zuckte. »Meinen Sie, ich sei der einzige gewesen? Wissen Sie, der Kapitalismus hat zwei Nachteile. Erstens, daß er den Sozialismus mit Technik, Geld und Getreide subventioniert. Und zweitens, daß er sich selbst so gekonnt untergräbt. Dem kann man leicht nachhelfen, und dazu braucht man nicht viel Aufwand. Mißverstehen Sie mich nicht. Ich habe nichts gegen den Westen. Hier habe ich sehr angenehm gelebt. Jetzt werde ich sehr angenehm weiterleben, denn die materiellen Mittel habe ich. Andere machen im gleichen Sinn weiter, und deshalb mußten die Papiere verschwinden. Wenn Sie von wahnsinnigen, teuren und schädlichen Projekten hören, denken Sie an mich und meine Freunde.«

Er öffnete die Tür und zog den Schlüssel ab, der bisher innen gesteckt hatte.

»Verlieren Sie nicht die Nerven«, sagte er. »In drei, vier Stunden bin ich in Sicherheit, dann werde ich den zuständigen Leuten mitteilen, wo man sie findet. Ich werde noch ein wenig westliche Schokolade kaufen, als Proviant für den armen alten Bensemeier, und dann geht es los.«

Er winkte mit dem Spazierstock und lächelte mitleidig. »Übrigens können Sie erzählen, was Sie wollen, es wird

Ihnen doch keiner glauben. Die Uhr, mein Lieber, ist abgelaufen. Grämen Sie sich nicht.«

Er salutierte mit dem Spazierstock. Dann ging er hinaus und zog die Tür zu. Baltasar hörte, wie sich der Schlüssel im Schloß drehte. Langsam leiser werdend entfernten sich die Schritte des Mannes auf dem Gang. Dann war alles still.

Baltasar wartete einige Minuten, um sicher zu sein, daß Stücker nicht zurückkehrte. Dann stieß er einen heftigen Fluch aus. »Manche Leute«, knurrte er, »unterschätzen sowohl die Beweglichkeit als auch das Gewicht dicker Menschen.« Er begann, unter Einsatz aller noch einigermaßen beweglichen Muskeln, den Stuhl zu bewegen. Durch mächtiges Vorwölben des Bauchs erreichte er es, daß der Abstand zwischen dem Tisch und ihm sich Millimeter für Millimeter vergrößerte. Dann versuchte er, den Stuhl zum Wackeln zu bringen. Arme und Beine konnte er nicht bewegen, wohl aber die Füße, mit denen er sich vom Fußboden abdrückte, und den Kopf, dessen wildes Pendeln die Füße unterstützte.

Kurz hinter ihm stand ein Teewagen. Wenn er sich bei seinen letzten Blicken durchs Zimmer, ehe er gefesselt wurde, verschätzt haben sollte, würde sein Nacken die Rechnung begleichen müssen.

Nach und nach gelang es ihm, den Stuhl rückwärts zu verschieben. Dann begann er, mit aller Macht zu schaukeln.

Krachend stürzte das hölzerne Möbelstück unter dem Gewicht von zwei Zentnern Matzbach auf den Teewagen und zerbrach. Baltasar brüllte vor Schmerz, als die Wucht des Sturzes den Rücken traf, aber nach dem ersten Schock spürte er keine weiteren Schmerzen; er konnte sich teilweise bewegen. Durch Zerren und Krümmen erreichte er, daß die Schnur sich von der zersplitterten Stuhllehne löste. Seine Arme waren zwar noch zusammengebunden, aber er konnte sie immerhin um einige Zentimeter bewegen, hinter dem Rücken.

Er gönnte sich einige Minuten, um durchzuatmen und sich zu konzentrieren.

»Die tapferen Strampelbeinchen«, murmelte er mit zusammengebissenen Zähnen, »los!«

Nun, da er nicht mehr in sitzender Haltung gefesselt war, schaffte er es, wenn auch unter Aufbietung aller Kräfte, die Bauch-, Gesäß- und Beinmuskulatur einzusetzen. Die Stuhlbeine ächzten und brachen. Schwer atmend rollte er sich durch den Raum, bis er mit dem Bauch auf einem der abgesplitterten Holzteile lag. Ohne Rücksicht auf Hemd und Haut begann er, die Schnur über die Bruchstücke zu reiben.

Nach etwa einer Viertelstunde war er frei. Schwitzend, mit schmerzendem Rücken und einer leicht blutenden Wunde über dem Magen genoß er das Kribbeln in den Händen; dann suchte er das Becken in der Kochnische auf, um die kleine Wunde zu spülen. Kein Wasser. Offiziell war niemand im Haus, das Wasser mußte also abgestellt sein.

Er riß einen Fetzen aus dem Hemd, tupfte das Blut ab und zog einige Splitter aus der Haut. Dann warf er den Fetzen fort und griff nach seiner Jacke. »Allerletzte Runde«, knurrte er dabei.

Die Pistole auf dem Schrank war geladen; Stücker hatte sich sicher genug gefühlt, deshalb hatte er nicht weiter an die Waffe gedacht.

Matzbach musterte die stabile Holztür. Knurrend richtete er die Pistole auf das Schloß und feuerte viermal. Die Schüsse im geschlossenen Raum betäubten ihn beinahe. Mit singenden Ohren tat er den letzten Schritt. Er steckte die Waffe ein, packte die Klinke mit beiden Händen, stemmte ein Bein gegen die Wand und riß die Tür auf. Dann rannte er durch die Gänge, nahm die Treppen im

Laufschritt, schoß, wie ein Pfropfen aus der Flasche, aus dem Eingang und rannte dorthin, wo er den zivilen Polizeiwagen gesehen hatte. Die Männer saßen noch immer unauffällig hinter ihren Zeitungen. Er klopfte an die Scheibe.

»Ja?« Der im Fahrersitz kurbelte das Fenster herunter.

»Matzbach«, sagte Baltasar schwer atmend, »rufen Sie in der Zentrale an, dort wird man Ihnen sagen, was der Name bedeutet.«

Er unterdrückte das Pfeifen seiner Lunge, holte tief Luft und sprach hoheitsvoll: »Sie sollten sich den Namen ohnehin merken. Übrigens läuft Stücker hier, verkleidet als der Rentner Bensemeier, durch die Gegend.«

Die Männer blickten einander an. Der Beifahrer zog ein Sprechfunkgerät unter dem Sitz hervor.

»Na schön«, sagte er. »Da Sie den Namen Stücker kennen, wollen wir das mal weitergeben. Halt, wo wollen Sie hin?«

Aber Baltasar lief bereits weiter. Er erinnerte sich plötzlich an Eigentümlichkeiten der Detailkarte, die er vor Stunden gemustert hatte.

Vor dem vereinbarten Café stand sein Wagen. Er entdeckte Hoff und Goldberg samt Rabe an einem Tisch in Fensternähe und winkte ihnen heftig zu. Sie hatten vorsichtshalber gleich bei der Bestellung bezahlt und stürzten ins Freie.

»Was ist los? Mann, wie siehst du denn aus?«

Baltasar bemerkte erst jetzt, daß seine Jacke offen war. Er wischte die Frage ungeduldig beiseite. »Habt ihr in den letzten Minuten einen alten Mann mit Pelzmütze gesehen?«

Hoff stutzte. »Ja. Der ist eben da drüben in den kleinen Laden gegangen. Warum?«

Baltasar blickte in die angegebene Richtung. In diesem Moment verließ Stücker das Geschäft und schaute zu ihnen herüber.

Baltasar zischte nur »Deckung!« und stieß Hoff, der neben ihm stand, zu Boden. Hoff versuchte, sich an Goldberg festzuhalten und riß diesen dabei ebenfalls um. Matzbach sprang mit einem Satz hinter seinen Wagen. Stücker schoß zweimal, ließ die Einkaufstüte fallen, die er zusammen mit dem Stock in der linken Hand getragen hatte, und rannte um die Ecke.

»Auf, ihr Männer!« Baltasar riß die Wagentür auf. Dabei knurrte er Hoff an: »Hast du schon wieder nicht abgeschlossen?«

Hoff kletterte auf den Beifahrersitz, Goldberg sprang in den Fond.

»Was ist denn los? Wer ist der Alte?«

Baltasar suchte nach den Schlüsseln in Hoffs Tasche, da Henry nicht daran dachte, sie herauszuholen. Fluchend startete er den Wagen.

»Stücker«, sagte er.

Sie fuhren um die Ecke, hinter der Stücker verschwunden war. Dort lag ein kleiner Parkplatz, und dann begann der Strand. Ein Jeep schoß mit hohem Tempo auf sie zu. Baltasar überflog blitzschnell die Straße mit den Augen. Links standen einige Betonpfosten, um die Zufahrt zum dahinterliegenden Teil des Strandes zu versperren, rechts war die Wand des Gebäudes, in dem sich der Laden befand.

»Festhalten!« schrie er, während er kurbelte und den Wagen querstellte. Der Jeep drehte mit quietschenden Reifen ab und jagte über einige kleinere Stufen auf den Strand hinaus, der jenseits des Parkplatzes nicht durch Betonklötze abgesperrt war. Dort begann der Wagen zu schlingern und zu rutschen, bis es Stücker gelang, ihn zu stabilisieren. Dann jagte er nach Norden.

Hoff, blaß um die Nase, schnallte sich an. »Willst du etwa hinterher?«

Baltasar antwortete nicht, sondern riß die Karte aus dem Handschuhfach. Er warf einige Blicke auf die Ecken, die ihm im Moment wichtig erschienen. »Festhalten, Jungs, es geht rund!«

Damit wendete er den Wagen und brauste los. Nach ein paar Metern fragte er nebenher: »Wie war's bei der Polizei?«

Goldberg auf der Rückbank grinste. »Ziegler läßt telefonisch grüßen. Er bringt dich um, wenn er dich kriegt. Du sollst um Himmels willen auf der Polizeiwache bleiben, am besten in einer Zelle-elle-elle ...« – der Wagen hüpfte über einige Bodenunebenheiten, die für das vorgelegte Tempo nicht gedacht waren – »und den Kopf einziehen. Es sind ein paar Spezialisten unterwegs, mit Helikopter und so.«

Baltasar steuerte schräg und mit Beschleunigung über eine Eisfläche, fing den Wagen kurz vor einem Baum wieder ab und schrie: »Flugplatz! Natürlich, ich Idiot.«

Hoff klammerte sich an den Haltegriff seiner Tür. »Zugegeben, Idiot«, sagte er schwach, »aber wieso Flugplatz?«

Im Telegrammstil informierte Baltasar sie, daß Stücker in Verkleidung und mit Jeep wohl irgendwohin fahren wollte, daß er von Schlupflöchern geredet hatte und von drei bis vier Stunden, bis er in Sicherheit sein würde.

»Mit Jeep, vielleicht mit Spikes, schafft er das. Die Polizei hat die Straßen gesperrt, die in den Ort führen. Er kommt also über die Straßen nicht raus. Wahrscheinlich wollte er sich auf seine Verkleidung verlassen, aber jetzt weiß er, daß er erkannt ist. Auf den Gedanken, bei dem Wetter und Eis über den Strand zu donnern, ist er vielleicht schon vorher gekommen, als Notlösung, jetzt ist es seine einzige Chance. Wahrscheinlich wartet auf dem Flugplatz südlich von hier einer mit einer startbereiten Maschine, um ihn mitzunehmen.«

Er zog den Wagen halsbrecherisch um eine Kurve.

»Also Strand und irgendwo östlich wieder auf einen Feldweg – er kennt ja die Gegend. Dann ist er um die Posten herum und kann zum Flugplatz. Von hier ist er schnell über der Nordsee, über Dänemark oder über der DDR.«

Goldberg hielt den Raben fest, dem die Fahrt Freude machte und der wie ein wilder Esel krächzte.

»Vielleicht solltest du uns in Ruhe erzählen, was los ist«, sagte Hoff. »Was ist mit deinem Hemd?«

Baltasar gab keine Antwort. Der Karte nach mußte er nun bald einen Zubringer zum Strand erreichen, der für Autos passierbar war.

»Da«, schrie er, »links. Geht in Deckung!«

Die Zufahrt war gesperrt. Ein kleiner Holz- oder Plastikbock mit einem Schild »Zufahrt gesperrt! Glatteis!« stand mitten auf der Straße. Der Bock flog über den rechten vorderen Kotflügel.

»Plastik!« Baltasar spuckte das Wort aus.

Die Straße überquerte den Deich; sie war stark vereist.

»Ich möchte jetzt nicht in einem Wagen mit Heckantrieb sitzen«, zischte Matzbach.

Mühsam schafften sie es bis zur Deichkrone. Danach ging die Straße scharf nach rechts, abwärts, beschrieb dann wieder einen Bogen nach links und führte zwischen gespenstischen, vereisten Schilffeldern ins Watt, beziehungsweise auf den kilometerbreiten Strand.

Der Wagen rutschte von der schräg nach unten führenden Straße, drohte zu kippen, stellte sich wieder aufrecht und landete auf einem Eisfeld in der Kurve. Fluchend und kurbelnd brachte Matzbach ihn wieder auf die Straße zurück und steuerte ihn strandwärts.

Hoff blickte nach vorn. »Schönes Wetter. Eis, und da vorn dazu noch ein bißchen Nebel.«

Goldberg lachte gequält. »Ich war schon mal hier in der Nähe an der Küste. Das sieht nach einem netten kleinen Seenebel aus.«

Die »Straße« war ein planierter, fast völlig vereister Weg.

Nach einigen hundert Metern vorsichtigen Manövrierens zwischen den unübersehbaren Schilffeldern erreichte Matzbach den sommers als Parkplatz vorgesehenen Freiraum zwischen Deich und Strand, Ried und Prielen. Er entdeckte eine weniger vereiste Stelle, steuerte sie an und bremste sanft.

Hoff blickte ihn stirnrunzelnd an. »Was willst du hier?«

Matzbach schlug die Detailkarte auf.

»Hier sind wir«, sagte er. Er deutete mit dem Finger auf eine schraffierte Fläche, neben der ein P zu sehen war. Auf der Karte führte nach rechts, ostwärts, eine gestrichelte Linie vom Parkplatz weg.

»Stücker muß mit seinem Jeep vorsichtig fahren, es ist sehr glatt; man scheint hier oben nicht zu streuen.«

»Ist ja genug Sand da, denken die wahrscheinlich«, kommentierte Hoff mit einer Handbewegung zum endlosen Wattenmeer.

»Also braucht er länger als wir. Er wird, denke ich, gleich da vorn links ins Bild kommen. Er muß die Anlagen des Sportclubs umfahren« – er deutete auf die Karte – »und müßte dann da vorn bei diesen komischen Pfahlbauten auftauchen.«

Weit vor ihnen waren undeutlich abstrakte Gebilde zu sehen.

»Dann hat er nur noch eine Möglichkeit. Er muß zum Flughafen; anders kommt er hier nicht weg. Der Flughafen liegt im Süden; alle Zufahrtsstraßen sind von der Polizei abgesperrt. Es gibt aber diese kleine, gestrichelte Linie hier.«

Er wies wieder auf die Karte. Laut Legende handelte es sich bei diesen – und anderen derartigen – Stricheleien um »nicht befestigte Wege, nur mit geländegängigen Fahrzeugen zu passieren«. Der Weg hielt einen Abstand von etwa fünfhundert Metern zum Deich und schwenkte nach einigen Kilometern nach Süden, folgte der Küstenlinie in eine kleine Bucht und traf in der Nähe eines Gehöfts auf eine Nebenstraße.

»Hier kann er raus. Die Kontrollen sind näher am Ort; da unten erwartet ihn keiner.« Matzbach klopfte auf die Karte, etwa dort, wo der Flugplatz eingezeichnet war.

»Hier kann er hintenrum, über Feldwege, den Flugplatz erreichen. Angenommen, da steht eine Maschine mit laufenden Propellern und einem startbereiten Genossen am Steuerknüppel, eh? Stücker braucht sich gar nicht beim Tower zu melden, und alle kleinen Feldwege können unsere grünen Freunde bestimmt nicht kontrollieren. Man hat es ja eilig. Stücker kann wahrscheinlich ungesehen zu der hypothetischen Maschine kommen, und die Gentlemen werden ohne Starterlaubnis starten.«

Er starrte auf die Karte. Weiter vorn gab es noch einen Strichelweg, der auf den anderen stieß. Dann nur noch Wattenmeer und Priele, die so uneben und so stark vereist waren, daß selbst ein Jeep sie nicht würde passieren können.

»Hier auf dem Parkplatz«, sagte Hoff, »kann er uns ausmanövrieren. Außerdem könnte er den kleinen Weg da vorn nehmen. Willst du ihn mit Gewalt stoppen?«

Matzbach grübelte. Schließlich sagte er: »Also müssen wir so weit vorfahren, daß er nicht mehr zu einem dieser Pfade gelangt. Auf, Freunde, wir sperren das Wattenmeer. Pah.«

Hoff spähte nach vorn. »Da«, sagte er, wobei er auf einen Punkt deutete, weit vorn und ein wenig nach links versetzt. »Da kommt er.«

Matzbach beschleunigte, soweit das auf dem Eis möglich war. Schlitternd und hoppelnd bewegte der Wagen sich vorwärts. Sie überquerten die unregelmäßig vereiste Fläche des Strandparkplatzes. Rechts begann eine Reihe von Pfosten, gleichzeitig Markierung und Begrenzung, die anzeigte, wo der Weg zu den auf der Karte eingezeichneten, undeutlich sichtbaren Pfahlbauten im Watt verlief. Links neben dem Weg, der zwar nicht hoch, aber immerhin ein wenig aufgeschüttet war, schien bei anderem Wetter und Flut ein Priel zu sein; dort türmten sich Schollen, in mehreren Ebenen, teils übereinander und mit Höhenunterschieden von bis zu einem Meter.

»Erfreulicher Anblick«, knurrte Matzbach. »Da kommt auch kein Jeep durch.«

Das Eis knirschte unter ihnen. Immer wieder setzte der Wagen vorn und hinten auf. Sie hielten sich neben der Pfostenkette, wenn auch schlingernd.

»Au«, brüllte Hoff, als er wieder an die Decke geschleudert wurde, »die Hydraulik. Und der Auspuff. Oh! Au!«

Schräg links vor ihnen war Stückers Jeep zu sehen. Er hielt sich am Rand des landeinwärts kriechenden Nebels, der die nun sichtbaren Pfahlbauten erreicht hatte. Jenseits der merkwürdigen Konstruktionen verlor sich die Kette der Pfosten im Nebel.

Der Wagen rutschte gefährlich weit nach rechts. Kurz vor der Kollision mit einem der Markierungspfosten gelang es Baltasar, ihn zu fangen. Er gab etwas mehr Gas und spürte, wie die Lenkung wieder packte. Der Jeep hielt deutlich auf das Ende des Weges nahe bei den Pfahlbauten zu.

»Da kommt er nicht durch«, sagte Goldberg auf dem Rücksitz. Er hatte den Raben losgelassen und beugte sich vor. Poe turnte krächzend durch die Kabine.

Der Jeep kam ihnen entgegen. Baltasar bemühte sich, den Wagen genau in der Mitte zwischen Pfosten und Eispriel zu halten, um keinen Raum für einen entgegenkommenden Wagen zu lassen.

Sie hatten die hohen Pfahlbauten fast erreicht. Der von der Nordsee kommende Nebel verschluckte das erste dieser Gebäude.

Stücker hielt genau auf sie zu. Es gab für ihn eine winzige Möglichkeit. Kurz vor der ebenen Fläche, aus der die Pfahlbauten aufragten, erweiterte sich der Weg zu einer für mehrere Wagen ausreichenden Park- und Wendestrecke. Dort würde Stücker an ihnen vorbeimanövrieren können. Vielleicht.

Baltasar schnalzte mit der Zunge. »Seine einzige Chance.«

Weiter rechts, jenseits der Pfostenkette, war der vereiste Boden viel zu uneben, fast wie auf der linken Seite, im Eispriel.

»Nun wird es windig. Achtung, Freunde! Die Fährnisse«, setzte er hinzu, »überschreiten alsbald das dem Himmel genehme Maß der leichten Unterhaltung.«

Der Jeep beschleunigte. Matzbach gab Gas, um überhaupt Kontrolle über den Wagen behalten zu können. Es wäre völlig unmöglich gewesen, auf dem vereisten Boden zu bremsen. Beide Wagen rasten schlingernd auf die breite Stelle am Ende des Wegs zu. Stücker schien versuchen zu wollen, hart am Rand des Eispriels zu bleiben. Er wollte Matzbachs Wagen offenbar auf der linken Seite passieren.

Baltasar zog weiter nach links hinüber. Der Wagen gehorchte kaum noch, aber sie erreichten das Ende des Wegs als erste. Vor ihnen ragten die Pfahlbauten empor, vom Nebel beleckt und zum Teil schon verschlungen. Bierreklame zierte eine der Bauten: ein hochstieliges Strandlokal.

Dann befanden sich die beiden Wagen auf einer spiegelglatten Eisfläche nebeneinander und waren nicht mehr zu kontrollieren. Mit einem fürchterlichen Knall prallten Jeep und Pallas längsseits gegeneinander. Baltasar sah für einen Moment dicht neben sich Stückers aufgerissene Augen.

Der Rabe grölte.

Geisterhaft und mit immer noch hohem Tempo trudelte der Jeep auf einen der massiven Tragpfähle des Restaurants im Watt zu, legte sich elegant auf die Seite; dann krachte er mit dem Heck gegen den Pfahl, wurde herumgerissen, krachte mit der Schnauze gegen einen zweiten der hohen und dicken Tragpfosten, überschlug sich, rutschte in eine ausgespülte Vertiefung unterhalb des Restaurants, knallte gegen eine Betonverankerung und blieb liegen.

Hoff, Goldberg und Matzbach nahmen all dies nur aus den Augenwinkeln wahr, nebelhaft und unwirklich. Baltasar kurbelte wie wahnsinnig und trat das Gaspedal voll durch. Einen Moment lang hatte er die Illusion, er könnte den Wagen noch einmal unter Kontrolle bekommen. Die Lenkung bot Widerstand, die Vorderräder schienen zu greifen. Dann sah er einen der Hauptpfähle des zweiten Hochbaus auf sich zuschießen und schloß entsagungsvoll die Augen.

»Schnöde Welt«, murmelte er. Der Wagen prallte mit dem linken vorderen Kotflügel gegen das massive Holz, tanzte auf dem Eis einen Dreiviertelkreis, blieb an einem anderen Pfahl hängen, rutschte über einen Pfosten hinweg, der nur etwa einen halben Meter hoch war und an dem vielleicht zu anderen Jahreszeiten Boote festgezurrt wurden. Der Pfosten riß den Boden des Wagens auf und brach dabei ab. Der Motor setzte endgültig aus. Mit dem restlichen Schwung schob der Wagen die Schnauze unter eine Querstrebe zwischen zwei Pfählen des mehrfach heimgesuchten Gebäudes.

Stille. Matzbach öffnete die Augen und ließ das Lenkrad los. Neben ihm atmete Hoff seufzend durch.

»Es ist«, sagte Baltasar leise, »noch ein wenig Leben in den Gebeinen.«

Er wandte sich um. Poe hüpfte auf seine Schulter und keckerte. Andreas Goldberg saß bleich auf der Beifahrerseite, in die Türecke gedrückt, überschüttet von Splittern der Heckscheibe, und hielt sich den rechten Arm, der unnatürlich abgewinkelt war.

»Gebrochen«, sagte er und verdrehte die Augen. Dann ließ er den Kopf auf die Brust sinken und stöhnte.

Hoff löste seinen Gurt und blickte Baltasar an. »Wie hast du das ohne Gurt überstanden?« sagte er; es klang irgendwie mißbilligend.

Matzbach hob die Schultern. »Ich weiß nicht. Wenn's frontal geknallt hätte, wär ich wahrscheinlich inzwischen ein Teufelchen.«

Er versuchte die Tür zu öffnen, aber sie war durch die Karambolagen zu stark eingedrückt. Hoff lehnte sich gegen die Tür an seiner Seite; sie ließ sich langsam bewegen. Er krabbelte ins Freie; Baltasar kletterte hinterher.

Die hintere Tür war zu öffnen. Vorsichtig halfen sie Andreas aus dem Wagen und klopften die Splitter aus seinem Haar und seinen Kleidern. Dann hievten sie ihn auf den Vordersitz. Wie durch ein Wunder war die Windschutzscheibe heilgeblieben.

»Wir werden versuchen, dich hier möglichst ohne Stoßen wegzukriegen«, sagte Baltasar.

Andreas versuchte ein Lächeln. »Es geht schon«, sagte er leise, »ich darf nur nicht lachen.«

Baltasar streichelte ihm den Kopf. »So ist es richtig, mein braver Grenadier.«

Er wandte sich zu Hoff um, der in eine andere Richtung starrte. »Was macht der Jeep?«

Henry zuckte mit den Schultern. »Gut in Watte verpackt, möcht ich meinen.«

Inzwischen konnte man keine zehn Meter mehr blicken. Baltasar zog die Pistole aus der Jacke, holte das Magazin heraus, nahm ein neues aus dem Handschuhfach und schob es in die Waffe.

»Mal sehen«, sagte er.

Hoff riß die Augen auf. »Du glaubst doch nicht, daß er da heil rausgekommen ist.«

»Genausowenig wie wir.« Matzbach wandte sich an Andreas. »Sicher ist sicher. Wir sehen mal nach. Bleib du inzwischen ruhig sitzen. Wenn's knallt, zieh den Kopf ein.«

Andreas nickte vorsichtig.

Baltasar und Henry gingen langsam dorthin, wo sie hinter dem Nebel Stücker und seinen Wagen vermuteten. Poe landete auf Baltasars Schulter.

»Na«, sagte Matzbach, »immer dahin, wo *action* ist, wie?«

Die Szene war gespenstisch. Das ferne, unsichtbare Meer lieferte ein gedämpftes Hintergrundrauschen. Alle anderen Laute erstickte der Nebel. Er hing über allem wie ein wattiertes Deckbett. Die Männer hörten ihre eigenen Schritte kaum, auch nicht das Knirschen des Eises, wenn sie ins Schlittern gerieten. Baltasar stolperte über einen schmutzigen, heißen Gegenstand, der eine Vertiefung ins Eis geschmolzen hatte. Fluchend stand er wieder auf. Seine eigene Stimme klang wie aus weiter Entfernung. »Der Auspuff«, verkündete er. Henry zuckte zusammen, als über ihm eine Möwe ihren Klagelaut ausstieß.

Vor ihnen sickerten die Umrisse des Restaurants aus dem Nebel. Nach einigen weiteren Schritten sahen sie den Jeep; er lag auf dem Überrollbügel, das Dach war abgerissen, zwei der Räder drehten sich träge wie Gebetsmühlen.

Plötzlich bewegte sich hinter dem Wagen etwas. Henry gab Matzbach einen Stoß und ließ sich fallen. Baltasar stürzte hinter einer Eiswelle zu Boden. Gleichzeitig hörten sie, gedämpft, einen Schuß, dann einen zweiten. Die Kugeln pfiffen durch die wattierte Luft. Zuckend stürzte eine tödlich getroffene Möwe aus dem undurchsichtigen Himmel in Henrys Nacken.

Baltasar und Henry blieben liegen und starrten zum Jeep hinüber. Die Sekunden verstrichen, dann bewegte sich wieder etwas, nicht genau auszumachen. Der Nebel wurde noch dichter.

Baltasar rutschte zur nächsten Eiswelle. Plötzlich sprang Stücker hinter dem Jeep hervor und rannte nach links, zu einem der Pfähle. Er trug etwas in der linken Hand. Baltasar zielte und schoß. Stücker stieß einen Schrei aus, knickte ein, blieb wie ein Fragezeichen stehen, drehte sich um und schoß zurück. Die Kugel ging über Baltasars Scheitel hinweg und blieb mit dumpfem Plopp in einem im Nebel unsichtbaren Pfahl stecken. Poe hüpfte auf den breiten Rücken des Dicken und klapperte mit dem Schnabel.

Baltasar schoß ein zweites Mal, gezielt, ohne sich von dem Raben ablenken zu lassen. Stücker schrie auf, ließ die Waffe fallen und das, was er in der anderen Hand hatte, und hielt sich die Rechte. Baltasar stand auf und näherte sich ihm ein, zwei Schritte.

»Geben Sie auf, Mann«, rief er. »Sie haben doch keine Chance mehr.«

Stücker ließ die verwundete Hand los und verlagerte sein Gewicht auf das rechte Bein. Das linke Hosenbein war blutgetränkt.

»Kein Gefängnis, Matzbach«, sagte er halblaut, fast bittend. Dann bückte er sich und griff mit der linken Hand nach dem Revolver, der zu seinen Füßen auf dem Eis lag.

In diesem Moment startete Poe. Andreas behauptete hinterher, Blut habe den Raben immer schon angezogen, und Baltasar entsann sich Poes erster Attacke, vor Wochen in Großvater Goldbergs Haus.

Stücker richtete sich auf; das schwarze Objekt erreichte ihn. Mit einem qualvollen Aufschrei ließ er die Waffe fallen und griff sich an den Kopf. Er erwischte Poe, riß ihn von seinem Gesicht und blieb einen Moment unbeweglich stehen.

Baltasar machte noch ein paar Schritte. Stücker starrte ihm entgegen. Die rechte Hand hing kraftlos herab, in der linken hielt er den zeternden Raben, der plötzlich verstummte, weil Stückers Finger sich verkrampften und ihm das Genick brachen. Dann ließ der Mann den Vogel fallen.

Baltasar hob seine Waffe, ließ sie aber wieder sinken. Er sah, wie Stücker die Zähne fletschte und mit der linken Hand in sein Gesicht faßte. Er tastete nach seinem linken Auge, aber dort war nur noch die Wunde, die Poes Schnabel hinterlassen hatte. Er öffnete den Mund zu einem dumpfen Stöhnen. Dann drehte er sich um und torkelte in den Nebel hinein.

Baltasar brachte es nicht fertig, die Waffe noch einmal zu heben. Langsam ging er dorthin, wo der Rabe lag, und hob ihn auf. »Kein Heldengrab«, sagte er leise, »aber ein Ehrenfeuer.«

Henry klopfte ihm wortlos auf die Schulter und bückte sich nach Stückers Revolver. Er war blutverschmiert.

»Wo hast du ihn getroffen?«

Baltasar schwieg und starrte in den Nebel. »Rechte Hand«, sagte er schließlich, »und linkes Bein. Und Poe das linke Auge.« Er hob den toten Vogel hoch.

Henry blickte auf das Tier und sagte nur: »Ah.«

Baltasar steckte Poe in seine Jackentasche. Leise summend, wie man summt, wenn man im Keller ist oder sich auf eine Melodie konzentriert, um ein Entsetzen zu überwinden, ging er ein paar Schritte, bückte sich, nahm die Mappe auf, die Stücker getragen und verloren hatte, begab sich zum Jeep, blickte in das zertrümmerte Vehikel und wandte sich wieder Henry zu.

»Wenn du«, sagte er leise, »nichts verrätst, verrate ich dir was. Wenn es denn schon sein mußte, hätte ich richtig treffen sollen, um ihm etwas zu ersparen. Ein guter Pistolero wird nie aus mir.«

Henry boxte ihm in den Bauch. »Dafür hast du andere Eigenschaften.«

Baltasar hob die Brauen. »Schluß mit den Sentiments. Zurück zu Andreas.« Er drehte sich um.

»Was ist in der Mappe?« sagte Henry, während sie durch den Nebel stapften.

»Papierchen. Einige beschrieben, die dürften Ziegler & Co. interessieren, andere bunt bedruckt, die mich mehr interessieren. Jetzt jedenfalls.«

Andreas saß blaß auf dem Beifahrersitz, die rechte Hand zwischen zwei Knöpfe seines Mantels geschoben.

»Habt ihr«, sagte er trotzig, wenn auch mühsam, »da hinten einen Western synchronisiert, oder was? Diese Ballerei.«

Sie bastelten mit Binden aus der Autoapotheke einen Notverband und eine Behelfsschlinge, in die er den Arm betten konnte, während sie ihm Bericht erstatteten.

Schließlich bat Baltasar ihn um die Erlaubnis für eine kleine Amtshandlung. Mit einiger Gewalt öffnete er den Kofferraum und holte den Benzinkanister heraus. Dann ging er ein paar Schritte vom Wagen fort, legte Poes Überreste aufs Eis, begoß sie mit Benzin, suchte nach Streichhölzern und riß eines an, das er in die Lache warf.

Stumm betrachteten sie das Feuerwerk; als alles verbrannt war, zerstreuten sie die karge Asche.

Baltasar ging um seinen zertrümmerten Wagen herum und schnaubte. »Na ja«, sagte er, »hast dich tapfer geschlagen. Und ich brauchte sowieso einen neuen.«

Dann wandte er sich Andreas zu. »Die Frage ist jetzt, wie kriegen wir dich zum nächsten Krankenhaus.«

»Ich kann laufen.«

Henry zeigte ihm einen Vogel. »Bis zum Deich sind's ein paar Kilometer, schätzungsweise. Und leckeres Eis. Was haben wir davon, wenn du da noch ein paarmal ausrutschst?«

Er tat einige Schritte vom Wagen weg. »Ich glaube, ich werde vorsichtig, um nicht im Nebel hängenzubleiben, die Pfosten entlang wandern und zusehen, daß ich Hilfe hole.

Ich kann ja auch mal was tun. Du brichst dir den Arm, Baltasar ballert, ich wandere.«

Er brauchte allerdings nicht weit zu gehen. Bald kam ihm ein vorsichtig gesteuerter Polizeiwagen entgegen. Man hatte aus dem umgefahrenen Sperrbock und aus Berichten von Anwohnern über ein in Richtung Watt jaulendes Auto Schlüsse gezogen.

Am Flugplatz war ein Mann verhaftet worden, über dessen Identität nichts zu erfahren war. Auch Ziegler sagte nichts, später. Dafür berichtete er, daß man Stückers Leiche gefunden hatte, als der Nebel die Suche nicht länger behinderte.

»Er ist Richtung Meer gegangen«, sagte er. Man saß in Arianes Wohnung, bei Kaffee und Cognac. Anwesend neben Ziegler und Ariane sowie, natürlich, Matzbach waren Henry, Andreas und Sarah.

»Er ist aber nur bis zum letzten Pfahlbau gekommen, vielleicht zweihundert Meter, weiter nicht. Ich nehme an, das verletzte Bein, die Schmerzen und vor allem die Wut und Enttäuschung haben ihm den Kopf vernebelt. Er muß ausgerutscht oder gestolpert sein. Der Boden ist da sehr uneben, und natürlich vereist. Er ist in die vom Meer ausgespülte Vertiefung unter dem letzten Pfahlbau gerutscht und hat sich den Kopf an einem Pfosten aufgeschlagen. Hier, die rechte Schläfe.« Er machte eine Bewegung mit der Hand. »Abgeschürft, bis in die Haare. Ein bißchen Haut und einige Haare fanden sich in etwa eineinhalb Metern Höhe an dem Pfosten. Laut Obduktion hat er dabei eine Gehirnerschütterung erlitten und wahrscheinlich das Bewußtsein verloren.«

Baltasar kniff die Augen zusammen. »Und woran ist er gestorben?«

Ziegler musterte ihn aufmerksam. »Schwäche durch Blutverlust; und vor allem ist er erfroren. Es hat ja fast einen Tag gedauert, bis er gefunden wurde. Warum fragen Sie?«

Baltasar lächelte. Es sah nicht sehr echt aus. »Ich wollte nur wissen, wieweit ich direkt Schuld trage. Es ist zwar in vielen Gegenden üblich, daß man erst dann Mitglied des Senats werden kann, wenn man einen Baum gepflanzt, einen Sohn gezeugt und einen Feind erschlagen hat. Da ich aber weder am Senat interessiert bin noch Pflanzungen und Zeugungen vorzunehmen gedenke, bedrückte mich der Gedanke an eine Erschlagung.«

Ziegler hob die Brauen. »Aus Ihrem Seelenleben soll jemand schlau werden! Im übrigen bleibt da die Frage Ihrer indirekten Beteiligung. Aber das wollen wir nicht diskutieren. Es würde mich«, sagte er gedehnt, »etwas anderes interessieren. Und zwar die Mappe, die Sie meinen Kollegen ausgehändigt haben und die so dünn war. Die paar Blätter darin waren zwar ganz interessant, aber die hätte man auch falten und in die Jackentasche stecken können. War da nicht vielleicht sonst noch was in der Mappe?«

Henry und Andreas verschluckten sich an ihren jeweiligen Getränken und begannen zu husten.

Matzbach blickte völlig unschuldig drein. »Was soll denn in der Mappe gewesen sein?«

Ziegler starrte ihm in die Augen, doch hielt Baltasar dem Blick stand, ohne mit einer Wimper zu zucken.

»Geld«, sagte Ziegler. Er zwinkerte. »Sauberes Geld, das er für seine Villa bekommen hat. Es ist nicht falsch und nicht illegal, wenn man von seinen diversen Bestechungen absieht, die irgendwann einmal die Basis für das Vermögen geliefert haben. Es wäre der Staatskasse willkommen gewesen.«

Nach einer Pause erhob er sich.

»Na ja, da kann man nichts machen, nicht wahr, Matzbach? Ich werde Sie jetzt alle verlassen.«

Ariane erhob sich ebenfalls, und auch Baltasar stand auf. »Sagen Sie, Ziegler, Sie haben mich noch gar nicht wegen abenteuerlicher Einzelgänge ohne behördliche Genehmigung beschimpft.«

Ziegler räusperte sich. »Ich gehe davon aus, daß nach Lage der Dinge dank der Maskierung des Herrn Bensemeier, befahrbaren Wegen auf der Meerseite des Deichs und Präsenz eines Flugzeugs Stücker wohl ohne Sie entkommen wäre. Deshalb verzichte ich darauf, wegen der Mappe weitergehende Untersuchungen anzustellen. Gehaben Sie sich wohl.«

Als er gegangen war, wedelte Andreas sanft mit seinem Gipsarm. »Also, Dicker, was ist mit der Mappe?«

Gleichzeitig sagte Ariane: »Also, Baltasar, was war das für ein geometrischer Bluff, auf den Stücker reingefallen ist?«

Sie bezog sich auf die längeren Erörterungen, die bei Kaffee und Cognac stattgefunden hatten, und auf die Berichte.

»Die Mappe«, sagte Baltasar, indem er sich wieder setzte und unter seinem Sessel eine Leinentasche hervorzog, »enthielt, was dieses Täschchen nunmehro birgt. Zwischenzeitlich barg ich es auch an meinem Busen.«

Er zog den Reißverschluß auf und entleerte die Tasche durch Umdrehen. Bündel von Banknoten purzelten auf den Tisch.

Als die Ahs und Ohs beendet waren, sagte er: »Ich habe sie gezählet, o Freunde, und es sind sehr viele. Und wie wir soeben gehört haben, ist es sauberes Geld. Ich finde, durch unseren tapferen Einsatz haben wir es verdient. Hat einer von euch beiden Kanaillen Hemmungen, sein Drittel anzunehmen? Für jeden ist es eine knapp sechsstellige Summe.«

Andreas schüttelte den Kopf.

Henry kicherte plötzlich. »Ich bin arbeitslos. Da mir niemand *eine* Stelle geben will, sehe ich nicht ein, daß ich etwas mit sechs Stellen ablehnen soll.«

Matzbach schob die Bündel zur Seite. »Später wird gezählt und dividiert. Es ist immerhin ein Fortschritt, daß bei meinem Detektivspielen mal etwas Zählbares herauskommt.«

Dann berichtete er über die Symbole im Werk eines argentinischen Autors.

»Interessant dabei ist, daß sich um diese Symbole die verschiedenen Ebenen der Erzählungen aufbauen, aber das nur am Rande. Leben, Kraft, Vollendung und so sind bei Borges immer mit starken Farben wie Rot und stabilen Formen umgeben – Quadrate, Kugeln und derlei. Tod und Hinfälligkeit et cetera dagegen mit schwachen Farben wie Grau und mit Formen, die nach Auflösung streben. Vor allem mit Rhomben. Das sind diese unregelmäßigen Vierecke, die so aussehen, als wollten sie jeden Moment zusammenklappen und zu einer einzigen schlappen Linie werden.«

Während die anderen ihm noch immer verständnislos lauschten und nicht wußten, worauf das alles hinauslaufen sollte, griff er zu Papier und Füller und begann, Männchen zu malen.

»Nun denn«, sagte er munter. »Diese Kartoffeldame hat mir davon erzählt, und das ließ mich nicht mehr los. Etwas in meinem Hinterkopf bohrte die ganze Zeit. Als ich von Stückers Alibi und der rothaarigen Eva hörte und dann ein paar andere Puzzlesteine in die Finger bekam, fielen mir die Bilder von Naumann und Irene wieder ein, die wir gesehen haben. Ganz sicher war ich, als ich in Stückers Regal diesen Argentinier wiederfand.«

Er hatte seine Gemälde beendet und hielt das Papier hoch. Links waren zwei Strichmännchen zu sehen, die nebeneinander lagen. Baltasar hatte die fünf Kreuzchen eingezeichnet, mit denen er Stücker überrascht hatte: in den Köpfen, in Brusthöhe und leicht versetzt dort, wo man bei besser gemalten Figuren die Leber würde vermutet haben. Er verband die Kreuzchen so, daß sich ein Quadrat mit Diagonalen ergab. Dabei lag der hypothetische Herzschuß der linken Figur auf der Diagonalen zwischen der Leber der linken und dem Kopf der rechten Figur.

»Das aber war der Bluff. Offenbar war ich so überzeugend, daß Stücker selbst glaubte, er hätte eine Gedächtnislücke oder einen Fehler gemacht. Er war jedenfalls verwirrt und ein paar Sekunden geistesabwesend.«

Nun deutete er auf die beiden anderen Strichmännchen. Diese lagen so, wie man dank Andreas' Aufklärung die Lage der beiden Ermordeten annehmen konnte: Irene, rechts, mit dem Kopf nach unten, ihre Füße neben Naumanns Kopf. Wieder malte er Kreuze.

»Tatsächlich nämlich«, sagte er, »hat Stücker viermal geschossen, und zwar genau, er hat die Köpfe und die Herzen getroffen.«

Er verband die Kreuze.

»Und was erhält man so? Einen regelmäßigen Rhombus, auch als Parallelogramm bezeichnet.«

Er machte eine kleine Pause, bevor er fortfuhr. »Nun hätte, wie er mir sagte, Stücker auch zwei andere Damen mit verstellbarem Wecker für sein Alibi mißbrauchen können, aber dazu war er zu eitel. Er hat mit dem nicht ganz neuen Gedanken von der Ähnlichkeit der beiden Vorgänge Zeugung und Sterben gespielt. Darum hat er an den Beginn seines Alibis die Nacht mit der rothaarigen Eva gestellt, ans Ende die Ermordung von Naumann und Irene durch einen bleiernen Rhombus. Die beiden anderen Damen kamen für seinen perfekten Plan nicht in Frage, denn sie haben die falsche Haarfarbe.« Er betrachtete die Gesichter seiner Zuhörer.

»Wir haben eben erfahren«, sagte er dann, »daß Rot in dieser argentinischen Spezialsymbolik, die aber auch schon älter ist, für das Leben steht. Und daß ein Rhombus, wie Stücker ihn mit Blei gezeichnet hat, dem Tod entspricht. Hier ein Zeugungs-, dort ein Tötungsvorgang. Ein bißchen makaber. Noch makabrer wird es dadurch, daß Stücker zusätzlich sozusagen eine abstrakte Diagonale gezogen hat, indem er nicht zweimal Form oder zweimal Farbe, sondern einmal Farbe und einmal Form nahm.« Er lehnte sich zurück.

Ariane blickte ihn kopfschüttelnd an. »Fein ausgetüftelt von ihm, und natürlich auch von dir, aber insgesamt absolut irrsinnig. Wie eitel auf seine eigene Handschrift kann man eigentlich sein?!«

Aber Baltasar war mit seinen Ausführungen noch nicht am Ende. »Deswegen«, sagte er, »weiß ich auch, daß Stücker mir noch eine Botschaft hinterlassen hat, und sie macht mich nicht froh.«

Er zeichnete wieder. Dann deutete er auf eine Schlangenlinie unter einem Viereck. »So ungefähr«, sagte er, »sehen die ausgespülten Löcher unter den Pfahlbauten aus. Die Vereisung auf dem Watt kam vor allem von Eisregen und gefrorenem Normalregen. Ihr seht, daß die Vertiefung *unter* dem Pfahlbau ist. Ich habe mir zwei Löcher angesehen. In einem ist mein Wagen verendet, neben dem anderen fand das Duell statt. Unter den Pfahlbauten ist kein Eis, sondern nur Sand. Die Bauten halten den Niederschlag ab. Wenn Stücker also gefallen wäre, dann wäre er vermutlich der Länge nach in die Grube geknallt.«

Baltasar hob den Zeigefinger.

»Wie Ziegler sagt, hat er sich die rechte Schläfe aufgeschlagen, und man hat in anderthalb Meter Höhe Haare und Haut am Pfosten gefunden. Der Pfosten ist aber zu weit vom Rand der Vertiefung entfernt, bei den Bauten jedenfalls, die ich gesehen habe. Wenn Stücker nur gestürzt wäre, hätte er sich vielleicht am Fuß des Pfostens den Kopf aufgeschlagen, aber nicht in anderthalb Meter Höhe.«

Hoff blickte bestürzt drein. »Du meinst …«

Baltasar nickte. »Ein letztes Zeichen. Er hat sich absichtlich den Kopf verletzt, um die verlorene Sache zu beenden. Und wenn man alles verbindet, die Schußwunden in der rechten Hand und im linken Bein, das linke Auge und die Schürfstelle an der rechten Schläfe, was erhält man dann?«

Er malte einen Rhombus auf sein Papier, und alle waren lange still.

ENDE